Schreiben | Sprechen und Zuhören | Sprache | Lesen und Medien

W0373003

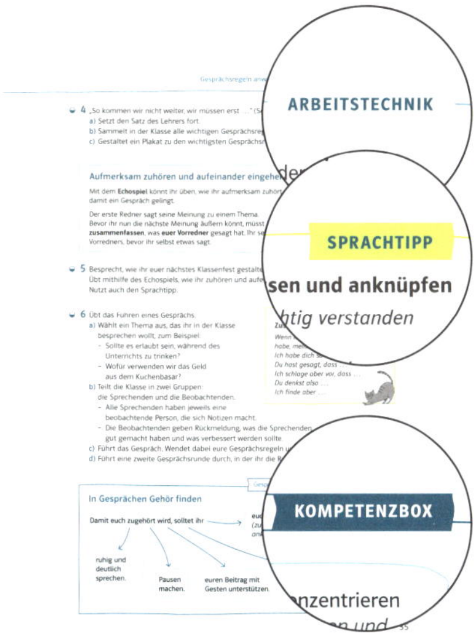

Trainieren

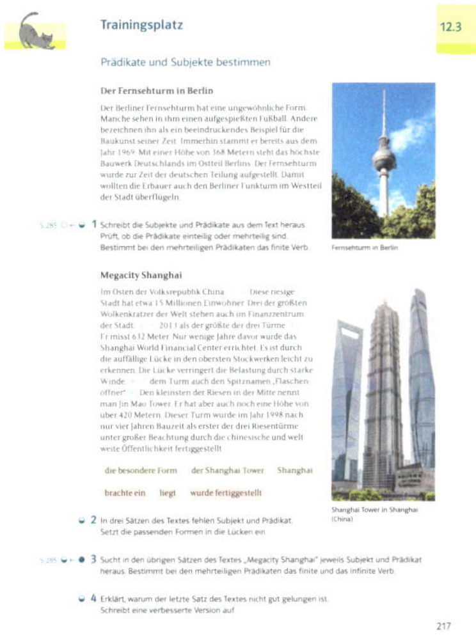

Überprüfen

Arbeitstechniken unterstützen euch beim Lösen der Aufgaben.
Sprachtipps helfen euch beim Formulieren.
Kompetenzboxen sagen euch, was ihr wissen und können müsst.

Trainingsplatz
Hier könnt ihr nach einem oder mehreren Teilkapiteln alles das üben, was ihr zuvor gelernt habt.

Das könnt ihr jetzt!
Hier bereitet ihr euch auf Klassenarbeiten und Tests vor.
Mit den Lösungen in eurem Buch könnt ihr euch selbst überprüfen.
Beispiellösungen für die Klassenarbeiten findet ihr im Online-Bereich.

Symbole

○ ◒ ●	einfache, mittlere, schwierige Aufgabe
S.280 ○ ← ◒	mittlere Aufgabe wird mit Starthilfe einfach
S.280 ◒ ← ●	schwierige Aufgabe wird mit Starthilfe mittel
6	Übungsaufgabe
6	Aufgabe mit sprachlichen Übungen
MK	Aufgabe zur Entwicklung von Medienkompetenz
6 EXTRA	Zusatzaufgabe, Projekt
I	interaktive Übung
A	Audio
V	Video
D	Dokument

Rechtschreibstrategien

	verwandte Wörter suchen
→	Wörter verlängern
	Wörter zerlegen und Silbe für Silbe mitsprechen
A?a	Nomen und Nominalisierungen großschreiben
	nachschlagen

Die Medien (interaktive Übungen, Audios, Videos und Dokumente) zum Schulbuch sind online und offline verfügbar.

1. QR-Code scannen oder Link in einen Browser eingeben
2. Mit den persönlichen Klett-Zugangsdaten anmelden
3. Digitale Medien online nutzen oder in die **Klett Lernen App** herunterladen

Link
qr.klett.de/LC-B6J-qgo

5

Deutsch kompetent

Erarbeitet von:
Thomas Bickelhaupt
Martina Blatt
Susanne Büttner
Melanie Dutzi
Maria Geipel
Barbara Geist
Julia Glage
Heike Henniger
Katja Hofmann
Janina Kiehl
Claudia Lübeck
Sascha Moritz
Sina Ruch
Anja Seiffert
Daniel Sieverding
Suzana Vezjak
Andreas Zdrallek

Herausgegeben von:
Martina Blatt
Heike Henniger
Andreas Zdrallek

Unter Beratung von:
Anna-Maria Scheerle
Karin Sousa
Friederike Gruber
Eren Hajizadeh-Zaker
Katja Hofmann
Klaus Maiwald

Ernst Klett Verlag
Stuttgart · Leipzig · Dortmund

Inhalt

1 Ich – du – wir
Sich und andere informieren 10

1.1 Unsere neue Schule • Informationen sammeln, ordnen und präsentieren 12
Ein Interview führen 12
Auf der Internetseite der Schule Informationen finden 13
Ein Plakat gestalten 13
Einen persönlichen Brief schreiben 14

1.2 Kinder in anderen Ländern • Sachtexte lesen und verstehen 16
Einen Überblick gewinnen 16
Fragen an den Text stellen 17
Unbekannte Wörter klären 18
Schlüsselwörter markieren und Abschnitte zusammenfassen 20
Den Inhalt des Textes kurz wiedergeben 21
TRAININGSPLATZ Sachtexte lesen und verstehen 22

1.3 Anders lernen • Gezielt nach Informationen suchen 24

1.4 Meine Welt – viele Sprachen • Sprachen vergleichen 26

Das könnt ihr jetzt! 30

Starthilfen → S. 268

Prozessbezogene Kompetenzen:
Sprechen und Zuhören: durch gezieltes Fragen Informationen beschaffen • Gespräche verfolgen • aktiv zuhören *Schreiben:* Textkonventionen • flüssig schreiben • eigene Befindlichkeiten ausdrücken • formalisierte lineare Texte *Lesen:* Lesetechniken und Lesestrategien • Verstehensbarrieren identifizieren • Verständnisfragen formulieren • Sach- und Gebrauchstexte verstehen

Inhaltsbezogene Kompetenzen:
Sach- und Gebrauchstexte: Methoden der Texterschließung • Informationen entnehmen • Verstehensschwierigkeiten benennen • Vorwissen aktivieren • Informationsquellen nutzen • eigene und fremde Lebenswelten beschreiben und vergleichen *Medien:* digitale Medien gezielt nutzen • einfache Suchstrategien prüfen *Sprachgebrauch und Sprachreflexion:* Großschreibung von Höflichkeitsformen • Satzzeichen bei Anreden • Vortrags- und Präsentationstechniken • Bewusstsein für den eigenen Sprachgebrauch und dessen Beeinflussung durch verschiedene Sprachregister • sprachliche Fremdheitserfahrungen

Zentrale Schreibformen:
Brief

2 Jetzt verstehe ich dich!
Sprachlicher Umgang mit anderen 32

2.1 Vorschläge bitte! • Gesprächsregeln anwenden und in Gesprächen Gehör finden 34

2.2 Den richtigen Ton treffen • Auffordern, bitten, sich entschuldigen 36
TRAININGSPLATZ Auffordern, bitten, sich entschuldigen 38

2.3 So sehe ich das! • Sich in Figuren versetzen und Meinungen schriftlich begründen 39
Figuren verstehen und Rollenspiele durchführen 39
Meinungen in einer förmlichen E-Mail begründen 41

Das könnt ihr jetzt! 44

Starthilfen → S. 269

Prozessbezogene Kompetenzen:
Sprechen und Zuhören: situations- und adressatengerechte Redeweise • verschiedene Gesprächsformen • eigene Positionen vertreten • appellieren • aktiv zuhören • Gesprächsverhalten *Schreiben:* formalisierte lineare Texte • argumentieren *Lesen:* Darstellung von Lebenswirklichkeiten in Texten

Inhaltsbezogene Kompetenzen:
Literarische Texte: Leseeindruck, erstes Textverständnis • nacherzählen • Perspektivwechsel • dargestellte Lebenswelt beschreiben, mit der eigenen vergleichen *Sprachgebrauch und Sprachreflexion:* Großschreibung von Höflichkeitsformen • Satzzeichen bei Anreden • gelingende, misslingende Kommunikation • Gespräche als Mittel der Problemlösung • Sprechabsichten • verbale, nonverbale Ausdrucksmittel • Absichten formulieren • Wortwahl, Tonfall, Umgangsformen • standardsprachlicher, umgangssprachlicher Sprachgebrauch • öffentliche, private Kommunikationssituationen

Zentrale Schreibformen: E-Mail

3 Erlebt – erdacht – erzählt
Mündlich und schriftlich erzählen 46

3.1 **Wenn Ohren zu Augen werden • Erzähltipps kennenlernen** 48

3.2 **Zauberzungen • Mündlich erzählen** 51

3.3 **Was ist denn hier passiert? • Eine Erlebniserzählung verfassen** 53
Eine Erlebniserzählung planen 53
Eine Erlebniserzählung schreiben 54
Stationen: An der Sprache einer Erzählung arbeiten 55
Eine Erlebniserzählung überarbeiten 57
TRAININGSPLATZ Eine Erlebniserzählung verfassen 58

3.4 **Hummelreiter, Felsenbeißer & Co. • Eine Fantasiegeschichte verfassen** 60
Eine Fantasiegeschichte untersuchen 60
Eine Fantasiegeschichte planen, schreiben und überarbeiten 63

3.5 **Plötzlich verschwunden • Eine Erzählung zu Bildern verfassen** 66

Das könnt ihr jetzt! 68
Klassenarbeit: Eine Erzählung zu Bildern verfassen 68
Klassenarbeit: Eine Erlebniserzählung verfassen 69

Starthilfen → S. 270

Prozessbezogene Kompetenzen:
Sprechen und Zuhören: Unterschied zwischen mündlichem und schriftlichem Sprachgebrauch • Situationen und eigene Erfahrungen szenisch gestalten • verschiedene Formen mündlicher Darstellung: erzählen, nacherzählen • vorlesen *Schreiben:* flüssig schreiben • Schreibstrategien • nach Mustern schreiben • sprachliche Mittel • anschaulich erzählen • Erzähltechniken • Erzähllogik • Texte überarbeiten: Schreibkonferenz *Lesen:* sinnbezogen lesen • literarische Texte verstehen

Inhaltsbezogene Kompetenzen:
Literarische Texte: Lesetechniken • Methoden der Texterschließung • Leseeindruck, erstes Textverständnis • Inhalte herausarbeiten • nacherzählen • Ort, Zeit, Figuren, Spannungskurve und Aufbau *Medien:* Gesamteindruck eines Bildes, Grundzüge (Bildinhalt, Bildaufbau, Gestaltungsmittel) *Sprachgebrauch und Sprachreflexion:* Wortbedeutungen mithilfe von Umschreibungen, Oberbegriffen und Wörtern gleicher oder gegensätzlicher Bedeutung auch unter Zuhilfenahme von Nachschlagewerken • Wortfelder • Wortfamilien

Zentrale Schreibformen:
erzählend: Geschichten zu Bildern und anderen Impulsen

4 Okapi, Nasenbär & Co.
Tiere und Gegenstände beschreiben 70

4.1 **Tierisch gut! • Tiere genau beobachten und beschreiben** 72
Merkmale von Tierbeschreibungen kennenlernen 72
Eine Tierbeschreibung planen, verfassen und überarbeiten 74
TRAININGSPLATZ Tiere genau beobachten und beschreiben 78

4.2 **Ich sehe was, was ihr nicht seht • Gegenstände beschreiben** 80
TRAININGSPLATZ Gegenstände beschreiben 82

Das könnt ihr jetzt! 84
Klassenarbeit: Einen Gegenstand beschreiben 84
Klassenarbeit: Ein Tier beschreiben 85

Starthilfen → S. 272

Prozessbezogene Kompetenzen:
Sprechen und Zuhören: Unterschied zwischen mündlichem und schriftlichem Sprachgebrauch • mündlich beschreiben *Schreiben:* Informationsquellen nutzen • flüssig schreiben • Schreibstrategien verwenden • informieren: Tiere, Gegenstände beschreiben • sachlicher Stil • Texte überarbeiten: Textlupe *Lesen:* Sach- und Gebrauchstexte sinnbezogen lesen

Inhaltsbezogene Kompetenzen:
Sach- und Gebrauchstexte: Methoden der Texterschließung • Texten Informationen entnehmen • Informationsquellen nutzen *Sprachgebrauch und Sprachreflexion:* Wortbedeutungen mithilfe von Umschreibungen, Oberbegriffen und Wörtern gleicher oder gegensätzlicher Bedeutung auch unter Zuhilfenahme von Nachschlagewerken • Wortfelder • Wortfamilien

Zentrale Schreibformen:
beschreibend: Tierbeschreibung, Gegenstandsbeschreibung

5 Tausend Worte, tausend Bilder
Jugendbücher und ihre filmische Umsetzung entdecken 86

5.1 Wer liest, gewinnt • Jugendbücher entdecken 88
Interessante Bücher finden 88
Bücher weiterempfehlen 91

5.2 Kopfkino • Jugendbücher verstehen 92
Den Autor kennenlernen 92
Figuren untersuchen 93
Handlung und Spannungsaufbau untersuchen 95
TRAININGSPLATZ Figuren, Handlung und Spannungsaufbau untersuchen 98

5.3 Kamera ab! • Filme untersuchen 100
Ein Film braucht einen Regisseur 100
Filme erzählen Geschichten mit Bildern 102
Kameraperspektive und Einstellungsgrößen untersuchen 103
Eine Filmproduktion ist Teamarbeit 105

Das könnt ihr jetzt! 106

Starthilfen → S. 274

Prozessbezogene Kompetenzen:
Sprechen und Zuhören: szenisch gestalten • nacherzählen • vorlesen *Lesen:* flüssig und sinnbezogen lesen und vorlesen • Texte verstehen • Analyse- und Interpretationsverfahren • Lebensentwürfe und Lebenswirklichkeiten in Texten • ästhetische Qualität eines Textes

Inhaltsbezogene Kompetenzen:
Literarische Texte: Methoden der Texterschließung • Leseeindruck, erstes Textverständnis • nacherzählen • Ort, Zeit, Figuren, Spannungskurve, Aufbau, Autor, Erzähler, Erzählperspektive, Erzählform • sprachliche Gestaltungsmittel • Deutungsansätze • dargestellte Lebenswelt beschreiben, mit der eigenen vergleichen • Informationen zum Autor berücksichtigen • Bedeutsamkeit eines Textes erläutern *Medien:* audiovisuelle Medien • eine Vorlage medial umformen • Gesamteindruck eines Films beschreiben • eigene Bildvorstellungen • Inhalte eines Films wiedergeben • Gestaltungsmittel in audiovisuellen Texten: Einstellung (Nahaufnahme, Totale), Kameraperspektive (Frosch-, Vogelperspektive), Ton

Zentrale Schreibformen:
beschreibend: Textbeschreibung

6 Von Wünschen und Träumen
Märchen und Sagen entdecken 108

6.1 Magisch • Märchen untersuchen und verfassen 110
Den Aufbau eines Märchens erkennen 110
Merkmale von Märchen erkennen 113
Ein Märchen fortsetzen 116
Ein Märchen nach Vorgaben schreiben 117
Moderne Märchen untersuchen 119
TRAININGSPLATZ Merkmale und den Aufbau erkennen, eigene Märchen verfassen 121

6.2 Vom Hörensagen • Merkmale von Sagen erkennen 124
TRAININGSPLATZ Merkmale von Sagen erkennen 127

Das könnt ihr jetzt! 128
Klassenarbeit: Ein Märchen fortsetzen 128
Klassenarbeit: Ein Märchen nach Vorgaben schreiben 129

Starthilfen → S. 276

Prozessbezogene Kompetenzen:
Sprechen und Zuhören: szenisch gestalten • nacherzählen • vorlesen *Schreiben:* flüssig schreiben • nach Mustern schreiben • sprachliche Mittel • anschaulich erzählen • Erzähltechniken • Erzähllogik • Texte überarbeiten *Lesen:* flüssig und sinnbezogen lesen und vorlesen • literarische Texte verstehen • Analyse- und Interpretationsverfahren • ästhetische Qualität eines Textes • Textformen

Inhaltsbezogene Kompetenzen:
Literarische Texte: Methoden der Texterschließung • Leseeindruck, erstes Textverständnis • Inhalte herausarbeiten • nacherzählen • Ort, Zeit, Figuren, Spannungskurve und Aufbau • Autor, Erzähler, Erzählperspektive, Erzählform • zentrale Merkmale von Märchen und Sagen • Deutungsansätze • handlungs- und produktionsorientierte Verfahren: Texte weiterschreiben, Perspektivwechsel • Wirkung eines Textes beschreiben • einfache Texte vergleichen • Wertungen von Texten begründen • Bedeutsamkeit eines Textes erläutern
Medien: eine Vorlage medial umformen

Zentrale Schreibformen:
beschreibend: Textbeschreibung
erzählend: Märchen

Schreiben | Sprechen und Zuhören | Sprache | Lesen und Medien

7 **Sommerhitze – Flockenwirbel**
Gedichte entdecken 130

7.1 **Wind und Wetter • Die Form erkunden** 132
7.2 **Bunte Zeiten • Den Inhalt und die Stimmung erfassen** 134
TRAININGSPLATZ Den Inhalt und die Stimmung erfassen 138
7.3 **Wenn Wörter malen • Sprachliche Bilder entschlüsseln** 139
TRAININGSPLATZ Sprachliche Bilder entschlüsseln 141
7.4 **Blitze zucken, Donner krachen • Gedichte vortragen und auswendig lernen** 142

Das könnt ihr jetzt! 144

Starthilfen → S. 278

Prozessbezogene Kompetenzen:
Sprechen und Zuhören: gestaltend vorlesen und vortragen *Lesen:* flüssig und sinnbezogen lesen und vorlesen • literarische Texte verstehen • Analyse- und Interpretationsverfahren • ästhetische Qualität eines Textes • Mehrdeutigkeit

Inhaltsbezogene Kompetenzen:
Literarische Texte: Leseeindruck, erstes Textverständnis • Reim • sprachliche Bilder • Vers, Strophe • sprachliche Gestaltungsmittel beschreiben • zentrale Merkmale von Gedichten • Deutungsansätze formulieren • einfache Texte vergleichen • Wertungen von Texten begründen *Medien:* eine Vorlage medial umformen

8 **Auf die Bühne!**
Szenisch spielen 146

8.1 **Dornröschen • Eine Szene pantomimisch darstellen** 148
8.2 **Pippi Langstrumpf in der Schule • Einen Dialog szenisch gestalten** 151
TRAININGSPLATZ Sprechweise und Körpersprache bewusst gestalten 153

Das könnt ihr jetzt! 154

Starthilfen → S. 279

Prozessbezogene Kompetenzen:
Sprechen und Zuhören: Texte und Situationen szenisch gestalten • sinngebend und gestaltend vorlesen und vortragen *Lesen:* literarische Texte verstehen • ästhetische Qualität eines Textes • Mehrdeutigkeit

Inhaltsbezogene Kompetenzen:
Literarische Texte: Leseeindruck, erstes Textverständnis • nacherzählen • Dialog, Regieanweisung • sprachliche Gestaltungsmittel • Komik • Merkmale von Märchen und dialogisch-szenischen Texten *Sprachgebrauch und Sprachreflexion:* Zusammenhänge zwischen verbalen und nonverbalen Ausdrucksmitteln: Gestik, Mimik, Stimme

9 **Genial medial?**
Mediennutzung und Medien erkunden 156

9.1 **Was guckst du? • Den eigenen Umgang mit Medien untersuchen** 158
9.2 **Der erste Blick zählt • Zeitschriften untersuchen** 161

Das könnt ihr jetzt! 164

Starthilfen → S. 280

Prozessbezogene Kompetenzen:
Lesen: Methoden der Texterschließung • Sach- und Gebrauchstexte verstehen

Inhaltsbezogene Kompetenzen:
Sach- und Gebrauchstexte: unterschiedliche Lesetechniken • Methoden der Texterschließung anwenden • Texten Informationen entnehmen • Textinformationen einordnen • Inhalte herausarbeiten • Sachtexte nach Information, Instruktion, Werbung unterscheiden • Wirkung von Gestaltungsmitteln beschreiben *Medien:* Printmedien • grundlegende Funktionen unterscheiden: Information, Unterhaltung • Printmedien und digitale Medien gezielt nutzen • Texte zu Bildern und Bilder zu Texten gestalten • Umgang mit Medien im Alltag • Gefahren bei der Mediennutzung

10 Sprachakrobatik
Wörter bilden, Wörter erkunden 166

10.1 Sprache verändern • Wortbildungen untersuchen 168
Zusammensetzungen (Komposita) erkennen 168
Ableitungen (Derivationen) erkennen 169
Ableitungen ohne Präfix und Suffix erkennen 170
TRAININGSPLATZ Wortbildungen untersuchen 171

10.2 Sagt es treffender! • Wortfelder nutzen 172

Das könnt ihr jetzt! 174

Starthilfen → S. 280

Prozessbezogene Kompetenzen:
Schreiben: Texte sprachlich überarbeiten • differenzierter Wortschatz • variabler Stil
Lesen: Sach- und Gebrauchstexte verstehen

Inhaltsbezogene Kompetenzen:
Sprachgebrauch und Sprachreflexion: Wortbestandteile: Wortstamm, Präfix, Suffix • Komposita • Wortfelder • Wortfamilien • Bedeutung einzelner Wörter • Wortbedeutungen mithilfe von Textverarbeitungsprogrammen klären

11 Segeln im Meer der Wörter
Wortarten und Wortgruppen untersuchen 176

11.1 Das endlose Meer • Nomen untersuchen und verwenden 178
Nomen erkennen, Numerus und Genus bestimmen 178
Den Kasus bestimmen 180
TRAININGSPLATZ Nomen erkennen, Kasus, Numerus und Genus bestimmen 181

11.2 Klein, aber oho • Artikelwörter und Pronomen verwenden 182
Artikelwörter begleiten Nomen 182
Pronomen haben Stellvertreterfunktion 183
TRAININGSPLATZ Artikelwörter und Pronomen verwenden 184

11.3 Kleiner als der kleinste Zwergpirat • Mit Adjektiven beschreiben und vergleichen 185
TRAININGSPLATZ Mit Adjektiven beschreiben und vergleichen 187

11.4 Piratengeschichten • Verbformen bilden und verwenden 188
Verben konjugieren 188
Verbkomplexe erkennen und verwenden 190
Mit Verben die Vergangenheit, Gegenwart und Zukunft ausdrücken 191
Tempusformen bilden 192
TRAININGSPLATZ Tempusformen bilden und verwenden 193

11.5 Störtebeker • Mit Präpositionen Beziehungen herstellen 196

TRAININGSPLATZ Wortarten unterscheiden und verwenden 198

11.6 Auf dem Wasser • Wortgruppen erkennen und verwenden 200
Nominalgruppen untersuchen 200
Adjektivgruppen untersuchen 201
Adjunktorgruppen untersuchen 202
Präpositionalgruppen untersuchen 202
Verbgruppen untersuchen 203

Das könnt ihr jetzt! 204
Klassenarbeit: Wortarten und Wortgruppen untersuchen 204
Test: Verben untersuchen und verwenden 205

Starthilfen → S. 281

Prozessbezogene Kompetenzen:
Schreiben: Texte sprachlich überarbeiten • Strategien zur Überprüfung der sprachlichen Richtigkeit *Lesen:* literarische Texte *und* Sach- und Gebrauchstexte verstehen

Inhaltsbezogene Kompetenzen:
Sprachgebrauch und Sprachreflexion: Wortarten nach ihren morphologischen Merkmalen, Funktion und Verwendung unterscheiden • Nomen • Genus • Numerus • Kasus • Artikel • Adjektiv • Komparationsformen und Vergleichspartikel • Pronomen • einfache Formen der Textkohärenz • Verb • Konjugation im Indikativ • schwache und starke Konjugation • Präposition • Wortgruppen: Nominalgruppe, Adjektivgruppe, Adjunktorgruppe, Präpositionalgruppe, Verbgruppe

12 Wolkenkratzer und Pyramiden
Satzglieder untersuchen und verwenden 206

Starthilfen → S. 284

12.1 Los geht's • Satzglieder erkennen, Wortarten und Satzglieder unterscheiden 208

12.2 Clever gebaut! • Das Feldermodell kennenlernen und Satzformen bestimmen 210
Sätze mithilfe des Feldermodells beschreiben 210
Satzformen bestimmen 212
TRAININGSPLATZ Sätze mithilfe des Feldermodells beschreiben und Satzformen bestimmen 213

12.3 Turmhoch gebaut • Die besondere Bedeutung des Prädikats erkennen 214
Prädikate und Subjekte bestimmen 214
Mehrteilige Prädikate untersuchen 216
TRAININGSPLATZ Prädikate und Subjekte bestimmen 217

12.4 Dschungelstadt • Dativ- und Akkusativobjekte erfragen und verwenden 218

12.5 Vor 4000 Jahren ... in Ägypten • Mit adverbialen Bestimmungen genaue Angaben machen 220

TRAININGSPLATZ Satzglieder untersuchen und verwenden 222

Das könnt ihr jetzt! 224
Klassenarbeit: Sätze und Satzglieder untersuchen 224
Klassenarbeit: Satzglieder untersuchen und verwenden 225

Prozessbezogene Kompetenzen:
Schreiben: Texte sprachlich überarbeiten • Strategien zur Überprüfung der sprachlichen Richtigkeit *Lesen:* Sach- und Gebrauchstexte verstehen

Inhaltsbezogene Kompetenzen:
Sprachgebrauch und Sprachreflexion: Struktur von einfachen Sätzen nach dem Feldermodell beschreiben: Satzklammer, Vorfeld, Mittelfeld • Satzglieder bestimmen: Umstellprobe • zentrale Bedeutung des Prädikats für den Satz • Subjekt • Objekt • Kasus der Objekte • Adverbiale

13 Wie wir feiern? Und wie wir feiern!
Sätze untersuchen und Satzzeichen setzen 226

Starthilfen → S. 286

13.1 Los geht's • Satzarten erforschen, Absichten durch Satzzeichen verdeutlichen 228

13.2 Eins, zwei, drei – Frühling, komm herbei! • Richtig aufzählen 230

13.3 „Sei kein Faschingsmuffel!" • Die Satzzeichen bei der wörtlichen Rede setzen 232

13.4 Wenn Geister durch die Straßen ziehen, ... • Satzgefüge erkennen, Kommas setzen 234
TRAININGSPLATZ Satzgefüge erkennen, Kommas setzen 236

Das könnt ihr jetzt! 238
Test: Satzarten und Satzformen unterscheiden, Satzzeichen setzen 238
Test: Satzgefüge erkennen und Kommas setzen 239

Prozessbezogene Kompetenzen:
Schreiben: Texte sprachlich überarbeiten • Strategien zur Überprüfung der sprachlichen Richtigkeit und Rechtschreibung anwenden *Lesen:* Sach- und Gebrauchstexte verstehen

Inhaltsbezogene Kompetenzen:
Sprachgebrauch und Sprachreflexion: verschiedene Satzarten unterscheiden: Verbzweitsatz, Verberstsatz • Stellung des finiten Verbs im Satz mit der Satzfunktion (Aussage, Frage, Befehl) in Zusammenhang bringen • Satzzeichen am Ende des Satzes zur Verdeutlichung des Sprechakts • Satzzeichen bei Nebensätzen, Ausrufen, Aufzählungen, bei der direkten Rede

14 **Auf die Plätze, fertig, los ...**
Regeln und Strategien der Rechtschreibung anwenden 240

14.1 Los geht's • Rechtschreibstrategien nutzen 242

14.2 Auf den Rollen nicht zu bremsen • Großschreibung beherrschen 244
Nomen erkennen 244
Nominalisierungen erkennen 246
TRAININGSPLATZ Nomen und Nominalisierungen erkennen 247

14.3 Im Höhenrausch • Wörter mit gleich und ähnlich klingenden Lauten schreiben 248

14.4 Die Qual der Wahl • Wörter mit kurzem und langem Vokal schreiben 250
Kurze und lange Vokale unterscheiden 250
Wörter mit kurzem Vokal schreiben 251
Wörter mit langem Vokal schreiben 253
TRAININGSPLATZ Wörter mit langem Vokal schreiben 254

14.5 Schuss – Tor – Sieg! • Wörter mit *s*-Lauten schreiben 255
s-Laute unterscheiden 255
Wörter mit *s*-Lauten schreiben 256

14.6 Mit Köpfchen • Merkwörter schreiben 258

14.7 Ab-flug-ge-schwin-dig-keit • Worttrennung am Zeilenende anwenden 259

14.8 Gewusst, wo ... gewusst, wie • Wörterbuch und digitale Rechtschreibprüfung nutzen 260

TRAININGSPLATZ Stationen: Rechtschreibung 262
Station A: Großschreibung beherrschen 262
Station B: Wörter mit gleich und ähnlich klingenden Lauten schreiben 263
Station C: Wörter mit kurzem Vokal schreiben 264
Station D: Wörter mit langem Vokal schreiben 264
Station E: Wörter mit *s*-Lauten schreiben 265

Das könnt ihr jetzt! 266
Klassenarbeit: Ein Diktat schreiben 266
Eigene Fehlerschwerpunkte erkennen 267

Starthilfen 268

Lösungen zu den Seiten „Das könnt ihr jetzt!" 290

Stichwortverzeichnis 346
Verzeichnis der Autorinnen und Autoren 348
Textsortenverzeichnis 349
Text- und Bildquellen 351
Inhalte des Online-Bereichs letzte Seite des Buches

Starthilfen → S. 288

Prozessbezogene Kompetenzen:
Schreiben: Texte sprachlich überarbeiten • Strategien zur Überprüfung der sprachlichen Richtigkeit und Rechtschreibung anwenden
Lesen: Sach- und Gebrauchstexte verstehen

Inhaltsbezogene Kompetenzen:
Sprachgebrauch und Sprachreflexion: Schärfung • Dehnung • Schreibung der s-Laute • Groß- und Kleinschreibung • Großschreibung von Namen, Satzanfängen, Nomen, Nominalisierungen • Rechtschreibstrategien: Silbierung, Wortverlängerung, Ableitungen • Rechtschreibregeln: Lautprinzip, morphematisches Prinzip, silbisches Prinzip, grammatisches Prinzip • Fehlersensibilität weiterentwickeln • die Rechtschreibhilfe am Computer nutzen

Lerninseln

A Lesestrategien und Lesetechniken
Diagonales Lesen 294
Selektives Lesen 294
Intensives Lesen 294
Unbekannte Wörter klären, Schlüsselwörter markieren 295
Texte in Abschnitte einteilen und Überschriften für Abschnitte formulieren 296
Wichtige Informationen eines Textes zusammenfassen 297
Die Fünf-Schritt-Lesemethode 298

B Referieren, präsentieren und diskutieren
Einen kurzen Vortrag vorbereiten und halten 299
Meinungen in Diskussionen begründen 301

C Erzählungen, Beschreibungen und Briefe verfassen
Erzählen 302
Eine Erlebniserzählung schreiben 303
Eine Fantasiegeschichte schriftlich erzählen 305
Eine Erzählung zu Bildern schreiben 307
Beschreiben 309
Ein Tier beschreiben 310
Einen Gegenstand beschreiben 311
Einen persönlichen Brief schreiben 312
Eine förmliche E-Mail schreiben 313

D Umgang mit Gedichten
Ein Gedicht untersuchen 314
Ein Gedicht wirkungsvoll vortragen 317

E Umgang mit erzählenden Texten
Einen erzählenden Text untersuchen 318
Ein Märchen nach Vorgaben schreiben 321
Einen Steckbrief und eine Rollenbiografie schreiben 322
Ein Lesetagebuch anlegen 322

F Umgang mit szenischen Texten
Einen szenischen Text untersuchen und spielen 323

G Umgang mit Medien
Im Internet recherchieren 325
Sich im Internet richtig verhalten 326
Ein Textverarbeitungsprogramm nutzen 326

H Grammatik
Wortarten unterscheiden und verwenden 327
Wortgruppen erkennen und verwenden 332
Satzglieder erkennen und verwenden 333
Satzarten und Satzformen unterscheiden 335
Satzzeichen richtig setzen 336

I Rechtschreibung
Rechtschreibstrategien nutzen 338
Nomen und Nominalisierungen erkennen 339
Wörter mit langem Vokal schreiben 340
Wörter mit *s*-Lauten schreiben 341
Im Wörterbuch nachschlagen 342
Merkwörter lernen und behalten 342

J Lern- und Arbeitstechniken
Hausaufgaben/Lernzeitaufgaben erledigen 343
Brainstorming 344
Cluster 344
Mindmap 344
Schreibkonferenz 345
Plakat 345
Feedback geben 345

1 Ich – du – wir

I01 Eingangstest

Sich und andere informieren

1 Beschreibt die Situationen auf den Bildern.
Erzählt von ähnlichen Erfahrungen.

2 Setzt euch mit eurer neuen Schule auseinander und diskutiert in Partnerarbeit darüber.
- Welche Unterschiede zu eurer alten Schule habt ihr bemerkt?
- Was gefällt euch an der neuen Schule?
- Was wünscht ihr euch von der neuen Klasse?
- Was erwartet ihr von den Lehrerinnen und Lehrern?

Stellt den anderen vor, was ihr in der Partnerarbeit erfahren habt.

Das lernt ihr jetzt!

1.1 Informationen sammeln, ordnen und präsentieren, von Erfahrungen und Erlebnissen in einem persönlichen Brief berichten

1.2 Sachtexte lesen und verstehen

1.3 gezielt nach Informationen suchen

1.4 verschiedene Sprachen vergleichen

A

B

3 Vergleicht die Gestaltung der Steckbriefe **A** und **B**. Gestaltet einen eigenen Steckbrief, mit dem ihr euch vorstellt.

4 Lernt euch mithilfe der Steckbriefe besser kennen.

a) Präsentiert eure Steckbriefe in kleinen Gruppen.

b) Prüft, wie gut ihr euch bereits kennt, indem ihr Quizfragen zu den Steckbriefen formuliert.

Wer mag gerne große Hunde?

1.1 Unsere neue Schule · Informationen sammeln, ordnen und präsentieren

Ein Interview führen

○ **1** Klärt die Namen wichtiger Personen der Schule, zum Beispiel Klassenlehrer/-in, Schulleitung, Hausmeister/-in, Sekretär/-in, Patin/Paten, Schülersprecher/-in.
- Was wisst ihr schon über diese Personen?
- Was möchtet ihr noch erfahren?

◒ **2** Bereitet in Gruppen ein Interview mit einer der Personen (Aufgabe 1) vor.

a) Klärt, was ihr im Interview über die Person und die Schule erfahren wollt, und notiert Fragen.

b) Formuliert fünf bis sieben Fragen und gestaltet einen Fragebogen. Orientiert euch an dem folgenden Beispiel.

c) Diskutiert in der Gruppe, wer die Fragen stellt und wer die Antworten aufschreibt. Ihr könnt die Antworten auch aufnehmen, wenn die befragte Person einverstanden ist.

Interview mit der Schulleiterin Frau Müller

Guten Tag, Frau Müller. Schön, dass Sie Zeit haben, unsere Fragen zu beantworten …
1. *Seit wann sind Sie Schulleiterin am Thomas-Mann-Gymnasium?*
2. *Wie kam es zu Ihrem Wunsch, Schulleiterin zu werden?*
3. *Was gefällt Ihnen an Ihrer Tätigkeit besonders gut?*
4. *…*

Vielen Dank für das Interview …

förmliche E-Mail → S.43

● **3** Arbeitet aus dem Stichwortzettel „Interview mit der Schulleiterin Frau Müller" die Pronomen heraus, mit denen die Schulleiterin angesprochen wird. Erklärt, warum diese Anredepronomen großgeschrieben werden.

◒ **4** MK Führt das Interview durch und haltet die Antworten fest. Ihr könnt es auch aufnehmen, wenn die befragte Person einverstanden ist.

a) Berücksichtigt während des Interviews folgende Punkte:
- Begrüßt und verabschiedet euch freundlich.
- Haltet Blickkontakt zur Gesprächspartnerin/zum Gesprächspartner.
- Sprecht laut und deutlich, wenn ihr die Fragen stellt.
- Hört aktiv zu. Zeigt Interesse, zum Beispiel mit einem Kopfnicken oder Lächeln. Unterbrecht euer Gegenüber nicht. Stellt Rückfragen, wenn euch Informationen fehlen oder wenn euch etwas unklar ist.

Ist es richtig, dass …? | *Meinen Sie, dass …?* | *Heißt das …?*

Feedback → S.345

b) Bewertet in eurer Gruppe nach dem Interview, was gelungen war und was ihr noch verbessern könnt.

Auf der Internetseite der Schule Informationen finden

Internetseite einer Schule

○ MK Welche Informationen erwartet ihr auf einer Schulinternetseite?

◒ MK **2** Diskutiert, worüber ihr euch auf der Internetseite eurer Schule informieren wollt, und sammelt dazu Informationen. Geht so vor:

a) Formuliert zuerst Fragen, die ihr beantworten wollt.

Welche Projekte gibt es an der Schule?
Welche Arbeitsgemeinschaften gibt es für mein Alter?
Was ist die Aufgabe der Schülervertretung?

Internet → S. 325

b) Prüft die Internetseite gezielt nach Informationen. Wenn ihr die Suchfunktion verwendet, müsst ihr einen passenden Suchbegriff eingeben, wie zum Beispiel „Schülervertretung".

c) Formuliert die wesentlichen Informationen zu euren Fragen.

Ein Plakat gestalten

◒ MK **1** Gestaltet ein Plakat, um den anderen eure Ergebnisse zu präsentieren. Ihr könnt auch den Computer oder das Tablet nutzen.

a) Fasst die wichtigsten Informationen in Stichworten zusammen.

b) Sortiert die Stichworte nach Unterthemen.

c) Sucht passende Bilder oder Zeichnungen.

Plakat → S. 345

d) Entwerft eine Skizze des Plakats. Wählt eine treffende Überschrift. Verteilt die Informationen und Bilder sinnvoll.

e) Gestaltet das Plakat. Achtet auf eine lesbare und ausreichend große Schrift.

Vortrag → S. 300

◒ **2** Präsentiert eure Plakate in einem kurzen Vortrag. Gebt euch anschließend eine Rückmeldung.

Textverarbeitungsprogramm → S. 326

MK **3** **EXTRA** Gestaltet eine Schulrallye für die nächsten fünften Klassen. Ihr könnt ein Textverarbeitungsprogramm nutzen. Notiert Stationen, die durch die Schule führen, und Fragen, die an diesen Stationen beantwortet werden sollen.

Einen persönlichen Brief schreiben

30. 09. 2025

Liebe Oma,

jetzt haben wir uns ja lange nicht gesehen. Du kannst dir nicht vorstellen, wie viel ich seit dem Beginn an der neuen Schule erlebt habe.

Okay, am Anfang fand ich es ziemlich verwirrend hier. Das Gebäude ist riesig und es gibt tausend Gänge. Wir haben jetzt viele neue Fächer wie Biologie oder Erdkunde und die werden oft nicht im Klassenraum unterrichtet. Deshalb müssen wir zwischendurch ganz schön viel rumlaufen. Und so bin ich einmal sogar zu spät zu Bio gekommen. Aber das war gar nicht schlimm. Als ich reinkam, meinte der Lehrer, dass er froh ist, dass ich noch komme, denn er wollte gerade eine Suchmeldung aufgeben.

Zum Glück sind Elif und Sarah aus meiner alten Klasse hier. In der Grundschule hatten wir gar nicht so viel miteinander zu tun. Aber seit wir hier sind, sitzen wir nebeneinander und verstehen uns super. In der Pause spielen wir mit ganz vielen zusammen Fangen oder Fußball.

Unsere neue Klassenlehrerin heißt Frau Tillmanns. Wir haben sie in Deutsch und Kunst und der Unterricht bei ihr macht Spaß.

Neulich haben wir in Deutsch ein richtiges Interview mit der Schülersprecherin Koshbo geführt, die hat uns erzählt, was die Schülervertretung so macht, zum Beispiel die Unterstufenparty oder die Projektwoche organisieren. Ich glaube, wenn nächste Woche die Klassensprecher gewählt werden, lasse ich mich aufstellen.

Und jetzt kommt das Beste: In vier Wochen fahren wir auf Klassenfahrt, drei Tage lang in eine Jugendherberge auf den Hohenstaufen. Da werden wir als Naturdetektive den Wald erforschen. Das wird bestimmt spannend und lustig. Ich erzähle dir dann, wie es war.

Ich freue mich, wenn du mir zurückschreibst. Und vielleicht sehen wir uns ja auch bald mal wieder!

Liebe Grüße
deine Emma

○ **1** Besprecht, was Emma berichtet und worüber ihr gern mehr erfahren würdet.

○ **2** Diskutiert, was ihr eurer Oma über eure neue Schule schreiben würdet und was eurer besten Freundin/eurem besten Freund. Warum gibt es Unterschiede?

◒ **3** Stellt euch vor, ihr schreibt einen Brief an eure frühere Grundschullehrerin/euren früheren Grundschullehrer. Was würdet ihr in diesem Brief anders formulieren?

S. 268 ○ ← ◒ **4** Beschreibt, an welchen Wörtern und Sätzen in Emmas Brief man erkennen kann, dass sie an ein Familienmitglied schreibt.

◒ **5** Untersucht mithilfe der Kompetenzbox (Seite 15), wie Emmas Brief aufgebaut ist.

6 Schreibt einen persönlichen Brief, in dem ihr über Erlebnisse oder Erfahrungen an eurer neuen Schule berichtet.

a) Notiert, an wen ihr schreibt und was diese Person interessieren könnte.

b) Haltet eure Schreibideen in Stichworten fest.

c) Formuliert den Brief. Orientiert euch dabei an der Kompetenzbox.

7 Überarbeitet eure Briefe im Tandem. Achtet dabei auf die Besonderheiten eines persönlichen Briefes, wie zum Beispiel Briefkopf, Anrede und Grußformel.

8 Oft schreibt man statt eines Briefes eine oder mehrere Nachrichten auf dem Smartphone.

MK

a) Formuliert einen Nachrichten-Chat mit der gleichen Person, an die ihr den Brief geschrieben habt (Aufgabe 6). Es soll darin um eure ersten Erlebnisse an der neuen Schule gehen.

b) Vergleicht den Nachrichten-Chat mit eurem Brief. Achtet dabei vor allem auf Inhalt, Aufbau, Wortwahl und Satzbau. Welche Unterschiede könnt ihr feststellen?

c) Erklärt diese Unterschiede.

persönlicher Brief S. 312 **KOMPETENZBOX**

Einen persönlichen Brief schreiben

Geht immer auf **die Adressatin/den Adressaten** ein. Überlegt vor dem Schreiben: Was interessiert sie/ihn? Welche Inhalte und Formulierungen sind passend?

Achtet auf die folgenden Punkte, wenn ihr einen persönlichen Brief schreibt:

Briefkopf mit Datum	***Beispiele***
Ihr könnt auch den Ort angeben.	*30.09.2025* *Stuttgart, den 30.09.2025*
Anrede	
Setzt ein Komma nach der Anrede und schreibt klein weiter.	*Liebe Oma,* *jetzt haben wir …*
Brieftext	
Sprecht die Adressatin/den Adressaten direkt an und nennt den Anlass eures Briefes.	*…, wie war dein Start an der neuen Schule?*
Berichtet von Neuigkeiten, Erlebnissen oder persönlichen Erfahrungen.	*In der neuen Klasse habe ich schon einiges erlebt …* *Als ich zum ersten Mal …* *Besonders gut gefallen hat mir …*
Regt die Adressatin/den Adressaten durch Fragen an, euch zu antworten.	*Waren deine ersten Wochen auch so aufregend? …*
Grußformel und Unterschrift	
Beides steht in jeweils einer Zeile und ohne Satzzeichen dazwischen.	*Liebe/Viele Grüße* *deine Nele*

1.2 Kinder in anderen Ländern · Sachtexte lesen und verstehen

Einen Überblick gewinnen

diagonales Lesen → S. 294

1 Verschafft euch einen ersten Überblick über den folgenden Text. Bezieht auch die Überschrift mit ein und erläutert die folgenden Fragen:
- Worum könnte es in dem Text gehen?
- Was wisst ihr über das Thema?
- Welche Informationen erwartet ihr von dem Text?

Golineh Atai: Kleopatras[1] ohne Scheinwerferlicht (Ausschnitt)

Vielleicht ist in Ägypten der Gegensatz besonders groß – der Gegensatz zwischen den starken, reichen Fußballclubs der Männer, die regelmäßig Spiele in der Region gewinnen, und einem Frauenfußball, der mit viel Einsatz und Hingabe von einigen wenigen nicht wirklich vorankommt.

[...] Dabei ist das Interesse an Frauensport größer als zuvor: Nicht nur auf der Straße sind kickende Frauen zu sehen, jedes Jahr melden sich immer mehr Frauen und Mädchen in den Fußballakademien an [...] – doch beim Frauenfußball bleibt die breite Anerkennung ein Wunschtraum. [...]

Immerhin scheinen nun die beiden Stars der Liga – Al-Ahly und Zamalek[2] – nach Jahren der Diskussionen begriffen zu haben, dass sich etwas bewegen muss: Frauenteams sind für die Saison 2023/24 im Aufbau, melden sie.

Die 18-jährige Maja Ehab ist Zahnmedizin-Studentin, Spielerin beim Tabellenführer Wadi Degla[3] und im Nationalteam. Sie brennt für ihr Ziel, Profi-Fußballerin zu werden. Klischees[4] und Störenfriede im Internet, die, statt die Erfolge der Kickerinnen zu feiern, deren Aussehen kommentieren oder Frauen „zurück in die Küche" schicken wollen, gehen nicht spurlos an Maja vorbei: „Ich ärgere mich sofort. Besonders wenn ich fühle, dass nicht nur ich unterschätzt werde, sondern auch der Sport – also das, was ich liebe. Aber ich sage mir, am Ende des Tages ist das alles nur Gerede."

Ihr Vater, Bauingenieur und selbst ehemaliger Fußballer, entdeckte ihr Talent, der Onkel ermunterte die Eltern, Maja zum Training zu schicken, ihre Mutter – die zuerst dachte, Fußball gehöre sich nicht für ein Mädchen – gab schließlich nach. [...]

Heute sträubt sie sich nicht einmal gegen die Idee, ihre Tochter in Europa Karriere machen zu lassen: „Ich wäre sogar glücklicher, wenn sie Profi wäre in einem Land, in dem es um den Frauenfußball besser steht als hier", sagt sie. „Es gibt hier kaum Aufmerksamkeit dafür, nicht einmal in den Medien, kein Frauen-Spiel wird so regelmäßig wie im Männerfußball ausgestrahlt, es gibt Benachteiligung in allem [...] – das erzeugt ein ständiges negatives Gefühl."

„Maja steckt mehr hinein, als sie zurückbekommt", so ihre Mutter. „Also wenn sie noch ein bisschen wichtiger und besser wird, werden wir Maja im Ausland vorstellen. Ich glaube, sie will nach England", sagt Majas Vater.

Die Generation unter zwanzig, sagt er mit Verweis auf seine beiden Kinder, sei ohnehin ganz anders als die Eltern. „Wir wuchsen mit den Anweisungen der Eltern auf. Diese Generation aber folgt nur dem eigenen Kopf".

Noch vor einigen Jahren sei es schwer gewesen, Spielerinnen zu finden, meint Majas Coach Wael Al-Sayed. „Aber die Welt hat sich verändert, die Gesellschaft hat diesen Frauensport akzeptiert. Nur: Wir brauchen mehr Unterstützung von unserem Fußballverband.

---

1 Kleopatra: Name einer ägyptischen Königin (69 v. Chr. bis 30 v. Chr) 2 Al-Ahly und Zamalek: berühmte Fußballvereine in Ägypten 3 Wadi Degla: Fußballverein in Ägypten 4 das Klischee: Rollenverhalten, vereinfachte allgemeine Vorstellung

Wir haben mindestens zehn Spielerinnen, die in Europa spielen könnten." Er beklagt die fehlende Unterstützung: „Viele haben große Ziele, wollen bei der WM, bei den Olympischen Spielen dabei sein. Aber es gibt nicht so etwas wie einen Plan. Nichts ist durchdacht." Auch der Nationalcoach Mohammad Mostafa Abdelhamid lässt Enttäuschung durchblicken: „Es fällt mir schwer, das zu sagen. Aber das Mobbing[5], das kommt von den obersten Verantwortlichen der Fußballvereine. Und manchmal auch von den Medien – die eigentlich die Menschen aufklären und nicht noch zu mehr Mobbing ermutigen sollen. Ich habe den Ehrgeiz, dass die Spielerinnen hier die Medien schließlich zwingen werden, mit ihnen zu sprechen – und zwar durch ihren Erfolg."

5 das Mobbing: absichtliche gezielte Angriffe auf eine Person

◒ **2** Lest den Text (Seite 16–17) und begründet, welcher Satz am besten ausdrückt, worum es in dem Text geht:

A Der Text „Kleopatras ohne Scheinwerferlicht" beschreibt die Lebenswirklichkeit von Mädchen und jungen Frauen in Ägypten.
B In dem Text „Kleopatras ohne Scheinwerferlicht" wird berichtet, wie Frauenfußball in Ägypten gefördert wird.
C Der Text „Kleopatras ohne Scheinwerferlicht" thematisiert am Beispiel fußballspielender Frauen in Ägypten, wie schwierig es ist, jahrhundertealte Rollenbilder zu überwinden.

Fragen an den Text stellen

intensives Lesen → S. 294

◒ **1** Arbeitet mit einer Kopie des Textes (Seite 16–17) und lest ihn ein zweites Mal intensiv. Beantwortet die folgenden Fragen mithilfe des Textes. Markiert die Antworten im Text.
- Wo lebt Maja?
- Welches Ziel hat Maja?
- Wie beurteilen Majas Eltern die Pläne ihrer Tochter?

ARBEITSTECHNIK

Fragen an einen Text stellen

Wenn ihr die wichtigsten Informationen in einem Text finden wollt, hilft es, Fragen zu stellen und diese mit dem Text zu beantworten.

Formuliert **W-Fragen:** ***Wer? Wie? Wo? Wann? Warum? Welche Folgen?*** Markiert anschließend die Antworten in dem Text.

S. 268 ◒ ← ● **2** Gestaltet ein Quiz mit W-Fragen, auf die der Text (Seite 16–17) antwortet.

a) Formuliert mithilfe der Arbeitstechnik eigene W-Fragen und schreibt sie an den Rand der Kopie. Markiert jeweils die Antworten im Text.

Frage: Was geht nicht spurlos an Maja Ehab vorüber?
Antwort: „Klischees und Störenfriede im Internet, die, statt die Erfolge der Kickerinnen zu feiern, deren Aussehen kommentieren oder Frauen ‚zurück in die Küche' schicken wollen […]"
(Zeile 24–28)

b) Stellt euch gegenseitig die W-Fragen und beantwortet sie. Belegt eure Antworten wie im Beispiel mit Zeilenangaben.

Unbekannte Wörter klären

1 a) Erläutert, was ihr über die chinesische Schrift wisst.
- Wo begegnen euch chinesische Schriftzeichen im Alltag?
- Worin bestehen die Unterschiede zu unseren Schriftzeichen?

diagonales Lesen → S. 294

b) Lest den Text diagonal. Beachtet dafür nur ausgewählte Bereiche eines Textes, zum Beispiel die Überschrift, Zwischenüberschriften oder den ersten Satz eines Absatzes. Achtet auch darauf, wie der Text gestaltet ist, zum Beispiel durch Absätze, Bilder oder Nummerierungen.

Ute Friesen, Marcus Würmli: Wie lernen chinesische Kinder schreiben? (Ausschnitt)

A Chinesisch ist die meistgesprochene Sprache der Welt. Über 1,3 Milliarden Menschen sprechen Chinesisch. Seit rund 3 500 Jahren kennen die Chinesen bereits die Schrift. Sie ist ganz anders aufgebaut als die unsrige. Die chinesische Schrift verwendet keine Buchstaben für einzelne Laute, sondern ein oder mehr Zeichen für ganze Wörter.

B Vor rund 3 500 Jahren entwickelten die Chinesen eine sogenannte „Begriffsschrift“. Wenn sie „Schildkröte“ meinten, zeichneten sie eine Schildkröte, wenn sie „Schaf“ meinten, ein Schaf. Schon früh einigte man sich darauf, dass man Schildkröte mit einem ganz bestimmten Zeichen und Schaf mit einem anderen Zeichen darstellte. Wenn die Menschen das Zeichen für „Schildkröte“ sahen, wussten sie, dass sie Schildkröte sagen mussten. Aber es stand eben nicht S-c-h-i-l-d-k-r-ö-t-e in Buchstaben da, wie bei uns. Aus der Gestalt des Zeichens konnte ein Chinese, der das Wort für „Schildkröte“ gerade vergessen hatte, nicht ablesen, was für ein Wort er sagen musste.

C Im Lauf der Jahrhunderte entwickelte sich die Schrift weiter. Die Schriftzeichen vereinfachten sich. Statt zum Beispiel einen Menschen ganz zu zeichnen, entschied man sich nur noch für zwei Striche. Das Zeichen 人 für „Mensch“ war somit als Mensch überhaupt nicht mehr zu erkennen. So erging es auch dem Zeichen 龟 für „Schildkröte“. Es hat kaum mehr Ähnlichkeit mit einer echten Schildkröte. Zudem wurden einzelne Zeichen zusammengesetzt, und die neuen Schriftzeichen bekamen eine eigene Bedeutung. So wurde zum Beispiel aus dem Zeichen für „Schwein“ unter einem „Dach“ ein neues Schriftzeichen 家 mit der Bedeutung „Familie“.

D [...] Früher haben die Chinesen von oben nach unten und von rechts nach links gelesen und geschrieben. Heute lesen und schreiben sie wie wir häufig

Schulkinder in Shanghai (China)

auch von links oben nach rechts unten. Aber Vorsicht: Manche Bücher beginnen hinten. […]

E Das Chinesische und andere asiatische Sprachen sind sogenannte „Tonsprachen“. Das heißt, dass die Zeichen in verschiedenen Tonhöhen ausgesprochen werden. Im Chinesischen gibt es vier Töne: einen ebenen, einen steigenden, einen fallend-steigenden und einen fallenden Ton. Sie werden bei der Umschrift häufig mit angegeben.

F Die chinesischen Kinder lernen in der Grundschule zunächst einmal ganz einfache Symbole, wie die Zeichen 日 für „Sonne“ oder 月 für „Mond“. Wenn man diese beiden Zeichen zusammensetzt, bekommt man das Zeichen 明 für „hell“. Doch ganz so einfach ist das nicht. Alle chinesischen Schriftzeichen dürfen nur den Platz eines gleichgroßen Quadrates einnehmen – egal, ob sie mit einem Strich oder 20 Strichen geschrieben werden. So üben die Schüler, wie sie die beiden Zeichen für „Sonne“ und „Mond“ so reduzieren und ausgleichen, dass beide in einem Quadrat Platz finden und das Ganze auch gut aussieht. Die ersten Schulhefte sind nicht mit Linien, sondern zur Unterstützung mit Quadraten bedruckt, und jedes Quadrat ist wiederum in vier Quadrate aufgeteilt, sodass die Kinder das Schreiben der Zeichen besser üben können.

G Sowohl die einfachen als auch die komplizierteren Schriftzeichen setzen sich aus einzelnen Strichen zusammen.

◒ **2** **a)** Fasst in ein bis zwei Sätzen kurz zusammen, worum es in dem Text geht. Nutzt den Sprachtipp.

b) Stellt die Kernaussagen des Textes in einem Cluster dar.

Cluster → S. 344

S. 268 ○ ← ◒ **3** Schreibt aus dem Text Wörter heraus, die ihr nicht kennt, und klärt ihre Bedeutung. Die Arbeitstechnik hilft euch dabei.

SPRACHTIPP

Wichtige Informationen zusammenfassen

Der Text informiert über …
Es wird erklärt, wie …
Der Text beschreibt …
Es wird berichtet, dass/wie …
Außerdem stellt der Text dar, dass/wie …
Die Leserinnen/die Leser erfahren auch, dass/wie …
Thema des Textes ist …

Unbekannte Wörter klären S. 295 **ARBEITSTECHNIK**

Unbekannte Wörter klären

So könnt ihr die Bedeutung ermitteln:

- Das Wort von einem Wort ableiten, das ihr bereits kennt.
  asiatisch: Asien – zu Asien (Erdteil) gehörig, Asien betreffend
- Das Wort aus dem Zusammenhang erklären.
  Begriffsschrift: „Wenn sie ‚Schildkröte‘ meinten, zeichneten sie eine Schildkröte.“
- Das Wort in seine Bausteine zerlegen.
  Schriftzeichen: Schrift + Zeichen = einzelne Bestandteile der Schrift
- Das Wort in einem Lexikon oder im Internet nachschauen.
  Umschrift: in ein anderes Schriftsystem umwandeln, hier: Lautschrift

MK **4** **EXTRA** Stellt andere Sprachen und ihre Schriftzeichen vor. Mögliche Sprachen sind zum Beispiel: Russisch, Arabisch, Swahili, Bulgarisch, Türkisch oder Farsi.

a) Recherchiert in der Bibliothek oder im Internet. Nutzt die Kompetenzbox auf Seite 25.

b) Geht wie beim Text „Wie lernen chinesische Kinder schreiben?“ vor.

Schlüsselwörter markieren und Abschnitte zusammenfassen

Chinesisch   meistgesprochene Sprache   chinesische Schrift

keine Buchstaben für einzelne Laute   Zeichen für ganze Wörter

selektives Lesen → S.294

1 **a)** Lest den Text „Wie lernen chinesische Kinder schreiben?“ (Seite 18–19) nochmals selektiv. Berücksichtigt dafür die blauen Schlüsselwörter oben.
b) Fasst mithilfe der Schlüsselwörter den Abschnitt **A** (Seite 18) mit eigenen Worten zusammen. Formuliert dann eine Zwischenüberschrift für Abschnitt **A**.

2 Erklärt, warum „Begriffsschrift“ (Seite 18, Zeile 9), „bestimmten Zeichen“ (Seite 18, Zeile 13) und „Schildkröte“ (Seite 18, Zeile 15) die Schlüsselwörter von Abschnitt **B** sind.
Nutzt eines der Schlüsselwörter, um eine Zwischenüberschrift zu formulieren.

Schlüsselwörter markieren S.295 **ARBEITSTECHNIK**

Schlüsselwörter markieren und nutzen

Schlüsselwörter sind **zentrale Begriffe**, die besonders **wichtige Informationen** enthalten. Mit ihnen könnt ihr einen Text „aufschließen“.

Markiert in einem Text nur wenige Schlüsselwörter.
Ihr erkennt Schlüsselwörter zum Beispiel daran, dass sie
- **mehrfach** im Text zu finden sind,
- einen **Zusammenhang zu anderen wichtigen Wörtern** aufweisen,
- als **Überschrift** für einen Abschnitt dienen können.

Ihr könnt **Schlüsselwörter nutzen**, um
- einzelne Abschnitte in Stichworten zusammenzufassen.
- Zwischenüberschriften zu Abschnitten zu formulieren.

Zwischenüberschriften drücken aus, worum es in dem jeweiligen Abschnitt geht.

S.268 **3** Arbeitet zu zweit die wichtigsten Informationen der Textabschnitte **C** – **G** (Seite 18–19) heraus. Nutzt eine Kopie. Geht arbeitsteilig vor:
a) Einer markiert die Schlüsselwörter in Abschnitt **C** und **D**, der andere in den Abschnitten **E** – **G**.
b) Ordnet dann eine der folgenden Zwischenüberschriften euren Abschnitten zu.
c) Notiert die Zwischenüberschriften und die dazu passenden Schlüsselwörter.

Das Erlernen der chinesischen Schrift   Die chinesische Lese- und Schreibrichtung

Die Vereinfachung der Zeichen   Chinesisch als Tonsprache   Zeichen aus Einzelstrichen

Groß-schreibung → S.246

4 Erklärt die Groß- und Kleinschreibung folgender unterstrichener Wörter.

A Über 1,3 Milliarden Menschen sprechen <u>Chinesisch</u>.
B Die <u>chinesische</u> Schrift verwendet keine Buchstaben.
C Das <u>Chinesische</u> und andere asiatische Sprachen sind sogenannte „Tonsprachen“.

Den Inhalt des Textes kurz wiedergeben

◒ **1** Präsentiert euch gegenseitig eure Ergebnisse aus Aufgabe 3 (Seite 20).
- Tragt die wesentlichen Informationen aus euren Abschnitten mündlich vor.
- Ergänzt fehlende Informationen.

S. 268 ○ ← ◒ **2** Fasst den Abschnitt **C** (Seite 18) oder den Abschnitt **F** (Seite 19) schriftlich zusammen.

Lesestrategien und Lesetechniken S. 294–298 **KOMPETENZBOX**

Sachtexte lesen und verstehen

Sachtexte können über Fakten informieren, Sachverhalte beschreiben und Zusammenhänge erklären. Wenn ihr aus einem Sachtext Informationen gewinnen möchtet, könnt ihr so vorgehen:

Erste Schritte in den Text

Einen Überblick gewinnen
- Klärt, was ihr von dem Text erwartet.
- Lest den Text diagonal.
- Beachtet die Überschrift, Zwischenüberschriften und Bilder.

Fragen an den Text stellen
- Formuliert W-Fragen zu einzelnen Textstellen.
- Lest den Text selektiv.
- Markiert die Antworten auf eure W-Fragen im Text.

Unbekannte Wörter klären
- Leitet unbekannte Wörter von bekannten ab.
- Klärt Wörter aus dem Zusammenhang.
- Zerlegt das Wort in seine Bausteine.
- Schlagt nach.

↓

Den Text intensiv lesen und verstehen

Schlüsselwörter markieren
Markiert Wörter, die besonders wichtige Informationen enthalten.

Abschnitte zusammenfassen
- Notiert in Stichworten die wichtigsten Informationen zu jedem Abschnitt.
- Formuliert Zwischenüberschriften.

↓

Den Inhalt des Textes kurz wiedergeben

Fasst die wichtigsten Informationen des Textes zusammen.

S. 269 ◒ ← ● **3** Bereitet auf Grundlage des Textes „Kleopatras ohne Schweinwerferlicht“ (Seite 16–17) einen kurzen Vortrag zum Thema „Frauenfußball in Ägypten“ vor. Geht dabei so vor:

Vortrag → S. 300

a) Markiert auf einer Kopie Schlüsselwörter.
b) Notiert in Partnerarbeit Stichworte zu folgenden Fragen:
   - Was sind die Hauptunterschiede zwischen dem Männer- und Frauenfußball in Ägypten?
   - Wie hat sich das Interesse an Frauenfußball in den letzten Jahren entwickelt?
   - Welche Klischees, Vorurteile und Benachteiligungen erfahren Spielerinnen wie Maja?
   - Wie hat Majas Familie ihre Fußballkarriere unterstützt oder behindert?
   - Welche Akteure sind am Mobbing von Frauenfußballspielerinnen beteiligt, und welche Folgen hat das?
   - Vertiefung: Was müsste sich ändern, damit der Frauenfußball die Anerkennung erhält, die er verdient?
c) Übt mithilfe der Stichworte euen Vortrag und haltet ihn dann.

Sachtexte lesen und verstehen

Nicole Röndigs: Freeskiing: Total abgefahren! (Ausschnitt)

Kelly peitscht der eiskalte Wind ins Gesicht. Unter ihren Skiern knirscht der Schnee. Mit Tempo 60 [...] rast sie auf die Schanze zu. [...] Kelly geht in die Knie, breitet die Arme aus, schraubt den Oberkörper nach rechts und springt! Sekundenlang wirbelt sie mit gekreuzten Skiern durch die Luft und dreht sich zweieinhalb Mal um die eigene Achse. [...]

Kein schlechter Sprung, findet Kelly. Aber jetzt möchte sie eine halbe Umdrehung mehr schaffen! Schließlich saust sie den Parcours im französischen Skiort Méribel nicht bloß zum Spaß hinab, sondern um fit zu werden für die nächsten großen Freeskiing-Wettbewerbe. [...]

Einfach so Ski laufen? „Das ist langweilig!", findet Kelly. Die 14-Jährige aus Estlands Hauptstadt Tallinn betreibt Freeskiing, das ist eine Mischung aus Skilaufen und Akrobatik. [...] Obwohl sie so jung ist, gehört Kelly zu den besten Freeskiing-Fahrern der Welt. Hunderttausende klicken ihre YouTube-Videos an. Ständig reist sie zu Wettkämpfen ins Ausland und schlägt dort sogar Erwachsene. [...] Bei den „Winter-X-Games" war sie sogar die jüngste Goldmedaillen-Gewinnerin aller Zeiten! „Alles in allem bin ich etwa die Hälfte des Jahres unterwegs", sagt Kelly. Die teuren Flüge zahlen ihr mittlerweile Sponsoren [...].

Zu Hause in Estland kann Kelly schließlich nicht richtig trainieren. Dort gibt es keine hohen Berge [...] wie in Méribel. Zwar hat sie als kleines Kind Skilaufen von ihren Eltern gelernt – erst einmal in flacherem Gelände. Bei Urlauben in den Alpen fand sie dann jedoch Geschmack an rasanten Abfahrten und Sprüngen. Heute trainiert Kelly häufig dort, wo der nächste Wettkampf stattfindet, in Kanada oder Neuseeland zum Beispiel. Oder sie fährt in ein Trainingscamp wie das in Méribel.

Allein auf den Sport konzentrieren kann sie sich aber auch dort nicht. „Wenn ich auf Reisen bin, muss ich abends noch den Schulstoff durchgehen, den die anderen im Unterricht durchnehmen. Ich frage immer vorher die Lehrer, was ich lernen soll."

Manchmal bekommt sie so weit weg von zu Hause auch ein bisschen Heimweh. Da ist es gut, dass sie nie allein unterwegs ist: Ihr zehnjähriger Bruder Henry, wie sie ein Freeskiing-Talent, tritt inzwischen gleichfalls bei Wettkämpfen an. Ihr Vater Tönis ist sowieso immer dabei. „Papa ist unser Trainer. Ich würde nicht wollen, dass jemand anderes das macht. Bei ihm fühle ich mich einfach am wohlsten", sagt Kelly. Außerdem hat Kelly auf ihren Reisen viele Freunde gefunden, die ebenfalls Freeskiing fahren. „Es ist schon toll, dass wir uns an Orten überall auf der Welt wiedertreffen!", sagt sie.

Sitzt sie nach einem Wettkampf im Flieger zurück nach Tallinn, freut sie sich dennoch: auf ihr eigenes Bett und vor allem auf ihre Mutter. Die bleibt nämlich meist daheim, während der Rest der Familie von Wettkampf zu Wettkampf fliegt oder im Trainingslager neue Tricks übt.

In Méribel rast Kelly einmal mehr auf eine Schanze zu. Sie fliegt durch die Luft und dreht sich. Einmal, zweimal, dreimal.

Freeskiing

◒ **1** Diskutiert, warum wohl so viele Menschen Kellys Videos anklicken und welche Funktion Videos im Internet haben.
MK

◒ **2** Erläutert, welcher Satz am besten das Thema des Textes trifft. Begründet.

In dem Text „Freeskiing: Total abgefahren!“ geht es um die ...
A Sportart Freeskiing.
B erfolgreiche Extremsportlerin Kelly, die meist um die Welt reist und oft Heimweh hat.
C Lebensumstände der jugendlichen Freeski-Fahrerin Kelly, die zu Wettbewerben auf der ganzen Welt reist.

S. 269 ○ ← ◒ **3** Erschließt den Text mithilfe von W-Fragen. Geht dabei folgendermaßen vor:
a) Formuliert W-Fragen zum Text.
b) Sucht die Textstellen, die auf die W-Fragen antworten.
c) Stellt euch gegenseitig die W-Fragen und beantwortet sie mit eigenen Worten.

◒ **4** Erklärt die Bedeutung folgender Wörter aus dem Textzusammenhang oder leitet sie aus bereits bekannten Wörtern ab. Schlagt Wörter, die ihr nicht selbst erklären könnt, in einem Lexikon oder im Internet nach.
MK

Parcours (Zeile 10) Freeskiing (Zeile 16) Winter-X-Games (Zeile 21)

Sponsoren (Zeile 25) rasant (Zeile 31)

S. 269 ○ ← ◒ **5** Arbeitet mit einer Kopie des Textes.
a) Teilt den Text in Abschnitte ein.
b) Markiert die Schlüsselwörter in jedem Abschnitt und notiert sie. Ihr könnt die Arbeitstechnik (Seite 20) zu Hilfe nehmen.
c) Formuliert mithilfe der Schlüsselwörter für jeden Abschnitt eine Überschrift. Notiert diese Zwischenüberschriften mit den Zeilenangaben des Abschnitts.
d) Gebt mithilfe der Schlüsselwörter und der Zwischenüberschriften den Inhalt des Textes wieder.

● **6** Beschreibt, wie der Text auf euch wirkt und welche Absicht die Autorin hat.

◒ **7** Diskutiert, wie ihr Kellys Leben findet. Würdet ihr tauschen wollen? Ihr könnt die folgenden Formulierungshilfen verwenden:

Ich finde Kellys Leben interessant, denn ...; Mich beeindruckt, dass ...; Wenn man so lebt wie Kelly, hat das viele Vorteile, zum Beispiel ...; Kellys Leben gefällt mir nicht, denn ...; Ich würde nicht mit Kelly tauschen wollen, da ...; Kellys Leben hat sehr viele Nachteile ...; Einerseits finde ich, dass ... Andererseits muss man bedenken, dass ...; Auf der einen Seite denke ich ... Auf der anderen Seite ...

S. 269 ◒ ← ● **8** Verfasst für die Internetseite eines Kindermagazins einen kurzen Beitrag, in dem ihr
MK
- über Kellys Leben als Freeskiing-Talent berichtet,
- abschließend kurz eure Meinung zu Kellys Leben darstellt und begründet.

1.3 Anders lernen · Gezielt nach Informationen suchen

A01 D01 Hörverstehen

Jan Roß: Lernen unter der Brücke (Ausschnitt)

So eine Schule hast Du bestimmt noch nie gesehen. Es gibt keine Klassenzimmer, keine Turnhalle, keine Waschräume und keinen Pausenhof. Es gibt nur ein paar aufgemalte schwarze Rechtecke auf einer großen Betonwand: Das sind die Tafeln. Davor sitzen etwa fünfzig Schüler im Schneidersitz oder in der Hocke auf dem Boden. [...] Die Kinder tragen dicke Pullover, Jacken und Schals. Es ist ein kalter Wintertag. Trotzdem findet der Unterricht an dieser Schule im Freien statt – unter einer großen Brücke in Delhi, der Hauptstadt von Indien.

Auch Suraj hat auf dem Boden Platz genommen. [...] Er hört seinem Lehrer aufmerksam zu, während dieser ein kurzes Gedicht vorliest: Der Baum isst nicht seine eigenen Früchte, und der Fluss trinkt nicht sein eigenes Wasser, heißt es darin. Die Sache klingt ein bisschen rätselhaft. Aber dann erklärt der Lehrer den Mädchen und Jungen den Sinn der Verse: Man soll im Leben nicht immer nur an sich denken und für sich sorgen, sondern vor allem den anderen helfen. [...]

Schulkinder in Indien

Auch der Gründer und Leiter der Schule denkt nicht nur an sich, sondern hilft Suraj und den anderen Kindern. Eigentlich ist er gar kein Lehrer. Ihm gehört ein kleiner Laden. [...] Aber er weiß viel, und es macht ihm Spaß, Kindern etwas beizubringen. Er und die anderen Lehrer der Schule unterrichten freiwillig. Sie bekommen kein Geld dafür, weder vom indischen Staat noch von den Eltern der Kinder.

Das könnten sich die Mütter und Väter auch gar nicht leisten, weil sie sehr arm sind. Es sind Gemüseverkäufer, Marktarbeiter oder Putzfrauen, die ihre Töchter und Söhne auf die Schule unter der Brücke schicken. Die haben Glück: Viele arme Kinder in Indien besuchen überhaupt keine Schule, weil sie ihren Eltern beim Geldverdienen helfen müssen. Oder sie gehen zum Unterricht, aber der ist sehr schlecht, weil die Lehrer sich keine Mühe geben oder häufig nicht zur Arbeit kommen und die Stunden dann ausfallen.

Natürlich gibt es in Indien auch sehr gute Schulen. [...] Aber diese Schulen verlangen oft hohe Gebühren, die nur reiche Eltern für ihre Kinder bezahlen können. Damit auch die Kinder aus armen Familien viel lernen und später eine gute Arbeit finden, wurde die Schule unter der Brücke gegründet.

Inzwischen ist es schon halb zwölf mittags und der Unterricht ist zu Ende. Suraj macht sich auf den Heimweg. [...] Nach ein paar Minuten hat Suraj sein Zuhause erreicht. Es ist eine Hütte, die nur aus einem einzigen Raum besteht. [...] An diesem Nachmittag kommen ein paar Nachbarskinder vorbei. Sie wollen mit Suraj Murmeln spielen. [...] „Nachher spiele ich noch Federball mit meinen Freunden", sagt Suraj. Aber vor allem wird er an diesem Nachmittag noch lernen.

Es klingt etwas ungewöhnlich für jeden, der von der Schule genervt ist, aber Suraj lernt lieber, als zu spielen. Er hat nämlich einen Traum für seine Zukunft. „Ich möchte gern Arzt werden", erzählt er. [...] Kinder aus armen Familien, wie Suraj, schaffen das nur sehr selten. Aber weil er die Schule unter der Brücke besucht, hat er vielleicht eine Chance.

○ **1** Vergleicht mündlich euren Alltag mit dem Surajs: Wo seht ihr Gemeinsamkeiten und Unterschiede?

Vortrag → S. 300

◒ **2** MK **a)** Zu welchem der folgenden Themen möchtet ihr gern mehr erfahren? Bildet Gruppen zu jedem Thema und bereitet einen kurzen Vortrag vor.
- Indien (zum Beispiel Größe, Lage, Einwohnerzahl, Klima, Sehenswürdigkeiten)
- Kinderarbeit in Indien (zum Beispiel Ursachen; Produkte, die von Kindern hergestellt werden; Lösungsansätze)
- Schule in Indien

Mindmap → S. 344

b) Sucht zu eurem Thema mithilfe der Kompetenzbox Informationen im Internet oder in Büchern in der Bibliothek. Notiert wichtige Informationen in Stichworten und ordnet sie sinnvoll, zum Beispiel in Form einer Mindmap.

c) Übt den Vortrag und präsentiert ihn vor der Klasse.

Internet S. 325 **KOMPETENZBOX**

Gezielt nach Informationen suchen

Im Internet	***Beispiele***
Entscheidet, welche Informationen ihr finden wollt. Formuliert Fragen.	*Welche Ursachen hat die Kinderarbeit in Indien? Welche Produkte werden in Indien von Kindern hergestellt?*
Notiert möglichst genaue **Stichworte (Suchbegriffe)**.	*Kinderarbeit Indien*
Gebt eure Suchbegriffe in **spezielle Suchmaschinen für Kinder** ein.	*www.helles-koepfchen.de* *www.kindernetz.de*
Klickt die Seiten der Ergebnisliste an und überfliegt die Titel, Bilder und ersten Abschnitte der Texte. Findet ihr Antworten auf eure Fragen? Lest die Suchergebnisse navigierend, indem ihr zum Beispiel auf farbige oder unterstrichene Wörter klickt, die euch zum nächsten Text führen.	
Notiert beim genauen Lesen informativer Seiten **Stichworte**.	
Notiert euch die Quellen.	Suchmaschine fragFINN.de

In der Bibliothek	
In einer Bibliothek sind die Bücher und Zeitschriften **nach Sachgebieten** geordnet.	*Geographie, Sport oder alphabetisch nach Verfassern*
Gebt eure Suchbegriffe/Stichworte in den **Online-Katalog der Bibliothek** ein oder sucht dort nach euch bekannten Zeitschriften, Buchtiteln oder Autoren.	*Indien, Wintersport*
Notiert die Titel der angezeigten Bücher oder Zeitschriften sowie die **Signatur**. Eine Signatur ist die Kombination aus Buchstaben und Ziffern, die den Standort in der Bibliothek angibt.	*II L Kin: Kinder Länderlexikon*
Findet das Buch oder die Zeitschrift mithilfe der Signatur.	

1.4 Meine Welt – viele Sprachen · Sprachen vergleichen

Mehrere Sprachen sprechen – für das Gehirn ganz einfach

Kinder beginnen mit dem Spracherwerb bereits im Bauch der Mutter. Sie hören, wenn außerhalb des Mutterleibs gesprochen wird, und bewegen selbst ihre Zunge und Lippen. Als Baby brabbeln sie dann und die meisten Kleinkinder sprechen mit ungefähr einem Jahr die ersten Wörter. Gerade Kindern im frühen Kindesalter gelingt es problemlos, auch mehrere Sprachen zu erwerben. Jugendlichen und Erwachsenen fällt das Erlernen weiterer Sprachen dagegen nicht mehr so leicht. Die frühkindliche Leichtigkeit beruht auf unserer genetischen[1] Ausstattung, der Flexibilität[2] des Gehirns sowie auf der natürlichen Situation, in der der Spracherwerb stattfindet. Dabei spielt es keine Rolle wie unterschiedlich die Sprachen sind, die ein Kind erwirbt. Wenn es zum Beispiel von Geburt an Türkisch mit seinem Vater und Deutsch mit seiner Mutter spricht, erwirbt es die Artikel im Deutschen für jedes Nomen problemlos, obwohl es im Türkischen gar keine Artikel gibt. Für Erwachsene ist das Erlernen einer Fremdsprache schwieriger, weil die Flexibilität, Neues zu erlernen, abnimmt und eben ganz andere Lernzusammenhänge als für das Kleinkind bestehen. Der amerikanische Schriftsteller Mark Twain, der erst als Erwachsener Deutsch lernte, beklagte sich dabei über die Artikel im Deutschen. Denn hier hat das grammatische Geschlecht oft nicht mal etwas mit dem natürlichen Geschlecht zu tun, wie beispielsweise bei „das Mädchen".

1 genetisch: vererbt 2 die Flexibilität: hier: Anpassungsfähigkeit

○ **1** Berichtet davon, welche Sprachen in euren Familien gesprochen werden.

Nomen in verschiedenen Sprachen vergleichen

Die Lautschrift in eckigen Klammern hilft euch, die Wörter aussprechen zu können.

Deutsch	Englisch	Spanisch	Türkisch	Slowenisch	Bulgarisch
der Mond	the moon	la luna	ay [ai]	mesec [meßetz]	луна [luna]
die Sonne	the sun	el sol [ßol]	güneş [günesch]	sonce [ßontze]	слънце [slanze]
das Universum	the universe	el universo	evren [eren]	univerzum [universum]	вселена [fselena]
die Sterne	the stars	las estrellas [estrejas]	yıldızlar [jeldeslar][1]	zvezde[2] [swesde]	звезди [swesdi]

1 Das „ı" im Türkischen wird wie das „e" in „Kanne" ausgesprochen. 2 Der Plural gilt erst, wenn etwas größer als zwei ist; sind es nur zwei Sterne heißt es hier dagegen: zvezdi [swesdi].

Artikel → S.182

○ **2** Entdeckt Gemeinsamkeiten und Unterschiede innerhalb der Sprachen in der Tabelle.

a) In welchen Sprachen gibt es bestimmte Artikel? Wie viele verschiedene bestimmte Artikel könnt ihr erkennen?

b) Welche Buchstaben kennt ihr noch nicht?

c) Werden Nomen in anderen Sprachen auch großgeschrieben?

Sprachenporträts

Sprachenporträt von Amir

Amir

Ich heiße Amir. Ich bin in Syrien aufgewachsen. Mit meiner Familie habe ich Arabisch gesprochen und in der Schule Hocharabisch gelernt. Während unserer Flucht habe ich zwei Jahre in einem türkischen Flüchtlingslager gelebt. Dort hatte ich Unterricht auf Arabisch, Türkisch und Englisch. Seit einem Jahr leben meine Familie und ich in Deutschland. Hier lerne ich in der Schule Deutsch und Englisch. In meinem Sprachenporträt habe ich diese beiden Sprachen in die Beine gezeichnet. Zu Hause spreche ich mit meinen Eltern und Geschwistern nun Arabisch und Deutsch.

Sprachenporträt von Lina

Lina

Ich heiße Lina. Ich bin in Deutschland geboren. Mit meinen Eltern und meinem Bruder spreche ich Deutsch. Mit meinen Großeltern (den Eltern meiner Mutter), die auch in Deutschland leben, spreche ich Deutsch oder Kroatisch. Mit meiner Uroma in Kroatien spreche ich Kroatisch. Mit den anderen Großeltern spreche ich Deutsch und manchmal auch Schwäbisch, zum Beispiel wenn wir Lieder singen. In der Schule lerne ich seit der Grundschule Englisch. Gerne würde ich auch Spanisch lernen, weil mir die Sprache gut gefällt.

3 Sucht euch ein Sprachenporträt aus und schreibt heraus, in welchen Situationen Amir oder Lina welche Sprache verwenden.
Vergleicht mit den Zeichnungen.
Was könnte die Platzierung der Sprachen im Körper bedeuten?

4 Lina spricht auch von Schwäbisch. Diskutiert, ob das eine eigene Sprache ist und warum Lina sie mit in ihr Sprachenporträt aufgenommen hat.

D02 Arbeitsblatt

5 Gestaltet euer eigenes Sprachenporträt.

a) Zeichnet auch Dialekte und Sprachen ein, die ihr gern lernen würdet. Ihr könnt selbst einen Umriss zeichnen oder das Arbeitsblatt aus dem Online-Bereich verwenden.

b) Stellt euch gegenseitig eure Sprachenporträts vor.

A Auf dem Weg zur Schule

Milan: Bok[1] [bock]. Wie geht's dir?
Luka: Dobro jutro. **Dobro sam, hvala**[2] [hwala]. Hab nur nicht so gut geschlafen. I ti, jesi [jessi] li dobro?[3]
Milan: Ja, dobro sam[4]. Sehen wir uns dann beim Fußball?
Luka: Klar. Vidimo [widimo] se kasnije[5].

Kroatisch **1** Grußwort unter Freunden **2** Guten Morgen. **Mir geht es gut, danke.** **3** Und dir, geht es dir gut? **4** Ja, mir geht es gut. **5** Wir sehen uns später.

B Das Morgenritual

Lina: Guten Morgen, Mama! Wie spät ist es?
Mutter: Dobro jutro[1], mein Engel! Es ist gleich halb sieben. Krajnje je vrijeme[2] [wrijeme]!
Lina: ...

1 Guten Morgen! **2** Es ist höchste Zeit!

6 Lest die Szenen **A** und **B** mit verteilten Rollen. Lasst euch bei der Aussprache helfen.

7 Vergleicht den markierten Satz mit seiner Übersetzung.
a) Achtet auf die Anzahl der Wörter und die Stellung der Wörter im Satz.
b) Versucht die Wörter einander zuzuordnen.
c) Was fällt euch auf?

8 Sucht euch eine Situation aus. Ergänzt oder verändert den Dialog mit einer Sprache, die in eurer Klasse gesprochen wird. Verändert die Sprachen oder fügt Dialekte oder umgangssprachliche Ausdrücke ein.
a) Spielt eure Szenen vor.
b) Besprecht, was euch im Umgang mit den Sprachen aufgefallen ist.

Griaß di!

Moin! oder Moin, Moin!

2

صباح الخير

[βabah chilchäir]

3

مرحبًا

[merhaban]

1

Good morning!

Salut! [βalü]

Boungiorno! [bondschorno]

Bog/Bok! [bog/bock], Zdravo! [sdrawo]

Bonjour! [boschur]

5

4

7

6

Dobro jutro!

Dobar dan!

Dobro jutro!

Dober dan!

¡Buenos días!

Günaydın! [güneiden]

8

9

Xin chào! [βin chao]

Merhaba!

10

Zdravo! [sdrawo], Oj! [eu], Ojla! [eula]

¡Buenas tardes!

Chào! [chao]

11

A Vietnamesisch **B** Türkisch **C** Spanisch **D** Bairisch

E Kroatisch **F** Italienisch **G** Französisch

H Englisch **I** Arabisch **J** Plattdeutsch **K** Slowenisch

9 a) Ordnet die Sprachen und Dialekte **A** – **K** den Begrüßungen **1** – **11** zu.
b) In welcher Sprache ist „Guten Morgen" oder „Guten Tag" ein Wort, in welcher sind es zwei Wörter?
c) Was bedeuten die Pfeile bei **3** ?

10 Lest die Begrüßungen laut vor. Beachtet die lautliche Umschrift.
a) Sucht euch eine Sprache aus und begrüßt euch gegenseitig.
b) Gibt es Laute, die euch noch nicht so vertraut sind?
c) Welche Buchstaben werden anders als im Deutschen ausgesprochen?

S.269 **11** Manchmal gibt es mehrere Sprechblasen zu einer Sprache. Besprecht, welche Unterschiede in den Begrüßungsformeln bestehen, die zur gleichen Sprache gehören.

12 Sucht nach Gemeinsamkeiten in Begrüßungsformeln.

MK **13** **EXTRA** Recherchiert, was das Wort „Sprachfamilien" bedeutet. Findet heraus, ob ähnliche Begrüßungen zu einer Sprachfamilie gehören.

Das könnt ihr jetzt!

Einen Sachtext verstehen

„Ich bin das beste Beispiel dafür, dass Kinder etwas erreichen können"

A Malala Yousafzai stammt aus dem Swat-Tal im Nordwesten Pakistans. Bis Malala zehn Jahre alt war, führte sie dort ein ganz normales Leben. Doch 2007 übernahmen die Taliban, eine Gruppe radikaler Islamisten, die Macht in Malalas Heimat. Die Taliban unterdrückten die Menschen und setzen ihre strengen Regeln mit Gewalt durch. Zum Beispiel mussten Männer einen Bart tragen, Frauen in der Öffentlichkeit einen Schleier. Musik, Fernsehen und Sport wurden verboten. Frauen durften nicht mehr arbeiten. Mädchenschulen wurden geschlossen, weil Mädchen ab acht Jahren nicht mehr die Schule besuchen sollten.

B Malala missachtete dieses Verbot und ging weiter zur Schule. Sie forderte auch die anderen Mädchen auf, wie sie zu handeln, und setzte sich zusammen mit ihrem Vater, einem Schuldirektor, für die Bildung von Mädchen und Frauen ein. Deshalb begann Malala im Alter von elf Jahren in einem Internet-Blog von ihrem Leben zu erzählen: Sie prangerte die Gewaltherrschaft der Taliban an und setzte sich für Frieden ein. Vor allem aber forderte sie, dass Mädchen zur Schule gehen dürfen und Frauen die gleichen Rechte wie Männer besitzen.

C Schnell wurde Malala weltweit bekannt, trat in Fernsehsendungen auf und wurde von Zeitungen interviewt. Sie hielt Vorträge und organsierte Demonstrationen gegen die Diskriminierung von Frauen und Mädchen.

D Allerdings bezahlte Malala ihren öffentlichen Protest fast mit dem Leben, weil die Taliban sie zum Schweigen bringen wollten. 2012 stürmten bewaffnete Talibankämpfer Malalas Schulbus und schossen auf sie. Malala wurde schwer verletzt und musste in einer Spezialklinik in Großbritannien behandelt werden: Sie überlebte wie durch ein Wunder den Anschlag. Weil die Taliban drohten sie umzubringen, wenn sie nach Pakistan zurückkehrt, entschied sie sich für ein Leben in Großbritannien. [...]

E Das furchtbare Attentat der Taliban hatte für Malala aber noch mehr Bekanntheit zur Folge, da ihre Geschichte die Menschen weltweit bewegte. Malala trat weiter öffentlich für die Freiheit von Frauen und Mädchen ein. An ihrem 16. Geburtstag hielt sie sogar eine Rede vor den Vereinten Nationen, in der sie das Recht jedes Kindes auf Bildung forderte und zum globalen Kampf gegen Armut, Analphabetismus und Terrorismus aufrief. „Ich bin das beste Beispiel dafür, dass Kinder etwas erreichen können", sagte Malala in einem Interview und forderte von jedem Mädchen und jedem Jungen: „Warte nicht, bis dir jemand hilft. Es könnte zu spät sein. Tu selbst etwas."

Malala Yousafzais Rede bei der Verleihung des Friedensnobelpreises

F Für ihr außergewöhnliches Engagement erhielt Malala 2014 sogar den Friedensnobelpreis. Sie war mit damals 17 Jahren die jüngste Kandidatin, die jemals ausgezeichnet wurde. In ihrer Dankesrede betont sie, dass der brutale Angriff der Taliban sie noch mutiger und stärker gemacht habe. Eines Tages will sie in ihre Heimat Pakistan zurückkehren und dort Premierministerin werden.

Lösungen
→ S. 290

1 Formuliert W-Fragen zu den einzelnen Abschnitten des Textes „Ich bin das beste Beispiel dafür, dass Kinder etwas erreichen können" (Seite 30) und beantwortet diese.

2 Klärt unbekannte Wörter im Text auf Seite 30 aus dem Textzusammenhang. Ihr könnt ein Wörterbuch nutzen.

3 Lest den Text (Seite 30) selektiv und markiert dabei Schlüsselwörter.

4 Ordnet die folgenden Zwischenüberschriften den Abschnitten A bis C (Seite 30) zu und schreibt sie in der richtigen Reihenfolge ab.

Weltweite Aufmerksamkeit   Malala wehrt sich

Malalas Herkunft und Lebensbedingungen

5 Formuliert passende Zwischenüberschriften zu den Absätzen D und E (Seite 30).

6 Fasst den Abschnitt F (Seite 30) in eigenen Worten zusammen.

7 *„Ich bin das beste Beispiel dafür, dass Kinder etwas erreichen können."* (Zeile 48–49) Erläutert mithilfe des Textes, was Malala mit diesem Satz meint.

8 Vergleicht Malalas Leben in Pakistan mit eurem Alltag. Benutzt dabei die folgenden Vergleichsaspekte.

Regierungsform des Heimatlandes   rechtliche Stellung von Mädchen

Heimat   Schulbildung   Berufswunsch

2 Jetzt verstehe ich dich!

Sprachlicher Umgang mit anderen

1 Betrachtet die Bildergeschichte.

a) Erklärt, was hier passiert ist.

b) Was könnten die Väter auf Bild 4 sagen? Formuliert ein Beispiel.

c) Formuliert einen Rat für Erwachsene, wie man in einer solchen Situation reagieren könnte.

MK **2** Nach dem Streit wollen sich die Väter beieinander entschuldigen.

a) Stellt zu zweit ein solches Gespräch dar.

b) Einer der Väter möchte sich lieber in einer E-Mail entschuldigen. Erläutert, worauf er beim Verfassen der E-Mail achten sollte.

Das lernt ihr jetzt!

2.1 Gesprächsregeln anwenden, in Gesprächen Gehör finden

2.2 andere auffordern, um etwas bitten, euch angemessen und situationsgerecht entschuldigen

2.3 euch in Figuren versetzen, Meinungen in einer förmlichen E-Mail schriftlich begründen

Robert Gernhardt: Gesetzt den Fall …

A02 Hörtext

Gesetzt den Fall, ihr habt ein Schaf gekränkt –
(„Gesetzt den Fall“ heißt „Nehmen wir mal an“) –,
gesetzt den Fall, es hat den Kopf gesenkt
und ist euch böse – ja, was dann?

Dann solltet ihr dem Schaf was Liebes sagen,
ihr könnt ihm auch dabei den Rücken streicheln,
ihr dürft nicht „Na? Warum so sauer?“ fragen,
ihr müsst dem Schaf mit Freundlichkeiten schmeicheln.

Sagt mir jetzt nicht: „Ich wohn' doch in der Stadt,
wo soll ich da um Himmelswillen Schafe kränken?“
Ich gebe zu, dass das was für sich hat,
doch bitte ich euch trotzdem zu bedenken:

Ein gutes Wort ist nie verschenkt,
nicht nur bei Schafen, sondern überall.
Auch trefft ihr Schafe öfter, als ihr denkt.
Nicht nur auf Wiesen. Und nicht nur im Stall.

(Na wo denn noch?)

3 Lest das Gedicht „Gesetzt den Fall …“.

a) Gebt mit eigenen Worten wieder, welche Ratschläge in dem Gedicht gegeben werden.

b) Denkt euch einige „Freundlichkeiten“ (Vers 8) aus.

c) Diskutiert, welche Verhaltensweisen euch kränken und was ihr als Entschuldigung erwartet.

d) Klärt, warum Robert Gernhardt für sein Gedicht ein Schaf gewählt hat.

2.1 Vorschläge bitte! · Gesprächsregeln anwenden und in Gesprächen Gehör finden

Planung eines Klassenfestes

Carl: Was für eine blöde Idee, ich will auf unserem Klassenfest kein Fußballturnier machen, bei dem dann auch noch die Mädchen mitspielen.
Melina: Du spinnst wohl, ich spiele viel besser als du! Und außerdem ...
Ben: Ist ja lächerlich! – Kann ich übrigens mal aufs Klo?
Lehrer: Später, es war gerade erst Pause. Welche Vorschläge gibt es denn noch? Pia, du hattest dich doch vorhin gemeldet. ... Pia?
Pia: Was war die Frage? Ich habe gerade nicht zugehört.
Melina: Ich war vorhin gar nicht fertig, lasst mich doch auch mal ausreden.
Lina: Ich habe noch eine Frage, sollen wir eigentlich die Seite im Buch als Hausaufgabe machen oder nicht?
Lehrer: Das sage ich später nochmal an. Gibt es noch Meldungen zum Thema?
Emre: Also ich finde, wir ...
Sven: Was, ich verstehe nichts? Seid doch mal alle leise! Emre, nuschel nicht so!
Emre: ... wir sollten in den Hochseilgarten gehen, das ist cool!
Emma: Viel zu teuer und außerdem ...
Ben: Können wir jetzt nicht endlich abstimmen?
Lehrer: So kommen wir nicht weiter, wir müssen erst ...

○ **1** Lest das Gespräch mit verteilten Rollen vor.

◒ **2** Warum läuft das Gespräch schief?
Begründet eure Aussagen mit Beispielen aus dem Text.

S. 269 ○ ← ◒ **3** Vergleicht das Verhalten der Schülerinnen und Schüler im Gespräch mit dem Verhalten der Schülerinnen und Schüler auf dem Bild.

Plakat → S. 345

4 „So kommen wir nicht weiter, wir müssen erst …“ (Seite 34, Zeile 17)
a) Setzt den Satz des Lehrers fort.
b) Sammelt in der Klasse alle wichtigen Gesprächsregeln und notiert sie.
c) Gestaltet ein Plakat zu den wichtigsten Gesprächsregeln.

ARBEITSTECHNIK

Aufmerksam zuhören und aufeinander eingehen

Mit dem **Echospiel** könnt ihr üben, wie ihr aufmerksam zuhört und aufeinander eingeht, damit ein Gespräch gelingt.

Der erste Redner sagt seine Meinung zu einem Thema.
Bevor ihr nun die nächste Meinung äußern könnt, müsst ihr erst **mit eigenen Worten zusammenfassen**, was **euer Vorredner** gesagt hat. Ihr seid also zuerst das Echo eures Vorredners, bevor ihr selbst etwas sagt.

5 Besprecht, wie ihr euer nächstes Klassenfest gestalten wollt.
Übt mithilfe des Echospiels, wie ihr zuhören und aufeinander eingehen könnt.
Nutzt auch den Sprachtipp.

6 Übt das Führen eines Gesprächs.
a) Wählt ein Thema aus, das ihr in der Klasse besprechen wollt, zum Beispiel:
- Sollte es erlaubt sein, während des Unterrichts zu trinken?
- Wofür verwenden wir das Geld aus dem Kuchenbasar?

b) Teilt die Klasse in zwei Gruppen: die Sprechenden und die Beobachtenden.
- Alle Sprechenden haben jeweils eine beobachtende Person, die sich Notizen macht.
- Die Beobachtenden geben Rückmeldung, was die Sprechenden gut gemacht haben und was verbessert werden sollte.

c) Führt das Gespräch. Wendet dabei eure Gesprächsregeln und den Sprachtipp an.
d) Führt eine zweite Gesprächsrunde durch, in der ihr die Rollen tauscht.

SPRACHTIPP

Zusammenfassen und anknüpfen

Wenn ich dich richtig verstanden habe, meinst du …
Ich habe dich so verstanden, dass …
Du hast gesagt, dass …
Ich schlage aber vor, dass …
Du denkst also …
Ich finde aber …

Gesprächsregeln S. 302 **KOMPETENZBOX**

In Gesprächen Gehör finden

Damit euch zugehört wird, solltet ihr
- euch auf das Gespräch konzentrieren *(zum Beispiel zusammenfassen und anknüpfen)*.
- ruhig und deutlich sprechen.
- Pausen machen.
- euren Beitrag mit Gesten unterstützen.
- die Gesprächspartnerin/den Gesprächspartner anschauen.

2.2 Den richtigen Ton treffen · Auffordern, bitten, sich entschuldigen

1 Lest die verschiedenen Äußerungen der Schülerinnen und Schüler.

Satzarten → S. 229

a) Welche Äußerung haltet ihr für angemessen, welche nicht? Begründet.

b) Wählt drei Äußerungen aus und formuliert sie um.

2 Lest die folgenden sechs Situationen **A** – **F** und überlegt, was ihr sagen würdet.

a) Formuliert zu jeder Situation ein bis zwei passende Sätze und schreibt diese auf.

b) Vergleicht eure Äußerungen. Berücksichtigt dabei, mit wem ihr sprecht und in welcher Situation ihr euch befindet.

Mimik, Gestik → S. 150

c) Wählt eine Situation aus und entwickelt ein kurzes Rollenspiel (Seite 40), in welchem ihr auch die Reaktion auf die Aussage spielt. Achtet auf eure Mimik und Gestik.

A Ihr **bittet** eine fremde Person auf der Straße, euch den Weg zur nächsten Post zu beschreiben, damit ihr euer Päckchen abschicken könnt.

B Jemand aus eurer Klasse hat zerknülltes Papier auf dem Boden liegen gelassen. **Fordert** sie/ihn **auf**, das Papier in den Mülleimer zu werfen.

C Ihr habt die Hausaufgaben vergessen und **entschuldigt** euch dafür vor der Stunde bei eurer Lehrkraft.

D Ihr braucht im Unterricht Hilfe und **bittet** eure Lehrkraft um Rat, während alle anderen still arbeiten.

E Beim Handball in der Sporthalle **fordert** ihr eure Mitspielerin/euren Mitspieler **auf**, euch den Ball zuzuwerfen.

F Ihr seid zu spät zu einer Verabredung mit eurem Freund gekommen und **entschuldigt** euch dafür.

3 Victor hat wieder vergessen, sich die Hausaufgaben einzutragen, und schreibt seinem Freund Emil nach der Schule eine Kurznachricht. MK

a) Erklärt, auf welche Weise Emil zeigt, was er von Victors Bitte hält.

b) Wie könnte Victor auf Emils Nachricht reagieren? Formuliert eine passende Kurznachricht.

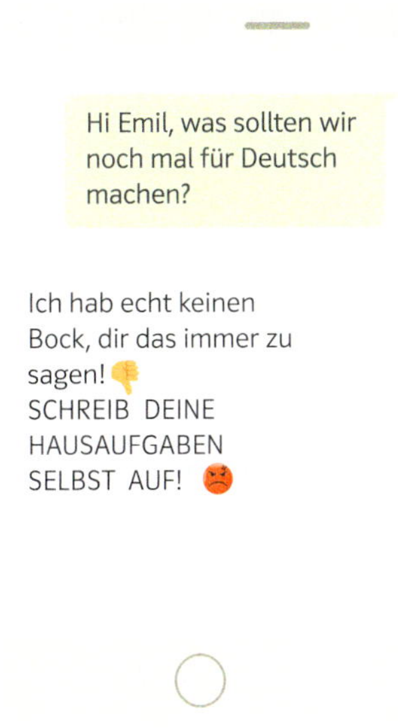

S. 270 **4** Vergleicht Kurznachrichten mit Äußerungen in direkten Gesprächen und arbeitet die Unterschiede heraus. MK

5 Ella meint: „Auch in Kurznachrichten sollte man nett zueinander sein. Manche vergessen das aber und verhalten sich viel beleidigender, als wenn man mit ihnen reden würde." MK
Nehmt Stellung zu dieser Aussage.

KOMPETENZBOX

Auffordern, bitten, sich entschuldigen

Wie ihr euch in Gesprächssituationen und Textnachrichten mitteilt, hängt wesentlich ab von dem **Verhältnis zu euren Gesprächspartnern**.

Folgende Fragen helfen euch:

Gesprächspartner	***Beispiele***
Wie vertraut sind wir? Wie gut kennen wir uns?	*Geschwister, gute Freunde, Mitschülerinnen und Mitschüler, Lehrerinnen und Lehrer, Schulleitung, fremde Person*
Wie wirken meine Äußerungen auf sie/ihn?	*sachlich, höflich, locker, nachlässig, gleichgültig, beleidigend*

Merkmale von Gesprächssituationen	
Es gibt einen Anlass.	*Tag der offenen Tür, Termin beim Arzt, Geburtstagsfeier*
Die Gesprächspartner haben bestimmte Ziele und Erwartungen.	*bitten, auffordern, entschuldigen, danken, informieren*
Das Gespräch findet zu einem bestimmten Zeitpunkt an einem bestimmten Ort statt.	*morgens im Bus, beim Training in der Sporthalle, nach dem Unterricht im Lehrerzimmer*

In Gesprächen wirken **Sprechweise** und **Körpersprache**, nämlich:
- der Tonfall, also die Betonung, die ihr in eure Äußerung legt,
- die Ausdrucksweise, also die Wörter, die ihr wählt,
- alle Gesichtsausdrücke (Mimik) und Gesten.

Kurznachrichten werden ähnlich wie Äußerungen in Gesprächen formuliert und dann in das Smartphone getippt und versendet. Es gibt jedoch Unterschiede:
- Man muss nicht am selben Ort zur selben Zeit sein, um sich auszutauschen.
- Gefühle können nicht über Tonfall oder Körpersprache mitgeteilt werden. Stattdessen verwendet man häufig Emojis oder schreibt alle Buchstaben eines Wortes groß.

Trainingsplatz

Auffordern, bitten, sich entschuldigen

1 Lest das folgende Telefongespräch zwischen Sara und ihrem Trainer. Beurteilt Saras Entschuldigung. Wie hättet ihr als Trainer reagiert?

Entschuldigung!

Herr Mey: Mey hier, hallo.
Sara: Oh – hallo, Herr Mey, ich wusste doch, dass Sie noch nicht im Bett sind. Meine Mutter wollte mir das nicht glauben.
Herr Mey: Sara, bist du das? Was kann ich denn so spät noch für dich tun?
Sara: Ja – naja, ich wollte Ihnen eigentlich nur mitteilen, dass ich am Sonntag nicht an dem Turnier teilnehmen kann. Mein Opa hat 60. Geburtstag und da fahren wir morgen hin.
Herr Mey: Aber Sara, da hättest du doch eher etwas sagen können, damit ich rechtzeitig eine Ersatzspielerin bestimmen kann. Der Geburtstag deines Opas steht doch nicht erst seit heute fest, oder?
Sara: Ja schon, aber Sie wissen doch, wie das ist, das kann man schon mal vergessen. Ich hatte nicht daran gedacht, dass wir über Nacht bleiben.

S.270 ○ ← **2** Formuliert das Telefonat schriftlich so um, dass Sara ihre Entschuldigung angemessen vorbringt. Tragt das Telefonat betont vor. Vergleicht das Gesprächsverhalten mit dem Dialog oben.

3 Beurteilt, ob Sara auch eine Kurznachricht hätte schicken können, statt anzurufen.
MK Nennt, worauf sie dann achten müsste.

4 Lest die folgenden drei Situationen **A** – **C**.
MK
a) Kurznachricht, Telefonat oder E-Mail? Entscheidet, auf welche Weise ihr jeweils kommunizieren würdet.
b) Sucht euch eine Situation aus und reagiert angemessen. Notiert für das Gespräch, was ihr sagen würdet. Formuliert die Kurznachricht oder die E-Mail schriftlich aus.
c) Stellt eure Reaktion der Klasse vor und diskutiert anschließend darüber.

A Eure Eltern haben auf eurem Handy eine App installiert, mit der sie eure Bildschirmzeit kontrollieren können. Ihr habt die vereinbarte Zeit erreicht, wollt aber noch dringend etwas erledigen und bittet sie deshalb, euch noch etwas Zeit freizuschalten.

B Ein Freund hat euch für den kommenden Montag zu sich eingeladen, um sein neues Meerschweinchen zu zeigen. Nun müsst ihr absagen, weil eure Familie zu der Zeit andere Pläne hat, und schlagt vor, das Meerschweinchen ein anderes Mal kennenzulernen.

C Ihr habt euch Bücher in der Bibliothek geliehen und stellt nun fest, dass ihr sie eigentlich gestern abgeben solltet. Ihr entschuldigt euch bei einem Bibliotheksmitarbeiter und bittet um eine Verlängerung der Ausleihfrist um eine Woche.

Satzarten → S.229

5 Ihr möchtet euch von eurem Sitznachbarn ein Lineal ausleihen.
a) Formuliert die Bitte als Aussagesatz, Fragesatz und Aufforderungssatz.
b) Begründet, welche Formulierung angemessen ist.

2.3 So sehe ich das! · Sich in Figuren versetzen und Meinungen schriftlich begründen

Figuren verstehen und Rollenspiele durchführen

Irmela Wendt: Uli und ich

Quer durch meine Schrift ging ein Strich und deswegen bekam ich keine Zwei. Zu Hause haben sie gesagt, ich brauche es mir nicht gefallen zu lassen. „Ich will nicht mehr neben Uli sitzen", habe ich zu meiner Lehrerin gesagt. „Wo willst du denn sitzen, Petra?", hat sie gefragt. „Neben Peter", habe ich gesagt.

Ich habe meine Sachen vom Tisch genommen und bin einfach gegangen und habe kein Wort zu Uli gesagt. Und Uli hat auch nichts gesagt. Er ist dagestanden und hat geguckt und hat ganz nasse Augen gehabt.

Dann hat sich Rolf zu Uli gesetzt und ich habe gedacht, wie lange das wohl gut geht. Gleich am nächsten Tag hat Rolf gepetzt, dass Uli mit dem Stuhl wackelt, dass Uli an den Füller stößt, dass Uli den Radiergummi nimmt, dass Uli abguckt. Um jede Kleinigkeit hat Rolf aufgezeigt und es hat mich ganz nervös gemacht.

Jörg ist wieder da; er war lange krank. Er hat sonst neben Peter gesessen, und es ist selbstverständlich, dass er seinen Platz wieder nimmt. In unserer Klasse sind vierzig Plätze, acht bleiben immer frei, weil wir nur zweiunddreißig sind. Ich gucke mich um. Ich sehe, der Platz neben Uli ist auch frei; Rolf fehlt. Ich weiß selbst nicht, weshalb ich mich wieder auf meinen alten Platz setze.

Ich will meine Sachen auspacken, da sagt Uli: „Ich finde, man kann nicht einfach wiederkommen, wenn man einmal weggegangen ist." Ich habe nicht erwartet, dass Uli so was sagt. Ich weiß nicht, was ich tun soll. Ich denke daran, dass er geweint hat, als ich weggegangen bin.

○ **1** Habt ihr auch schon eine solche Situation erlebt? Äußert euch dazu und erläutert ähnliche Erfahrungen, die ihr gemacht habt.

◒ **2** Erklärt, warum sich die Erzählerin plötzlich von Uli wegsetzt. Beurteilt ihr Verhalten.

◒ **3** Überlegt, was Petra und Uli am Ende der Geschichte durch den Kopf gehen könnte. Formuliert ihre Gedanken jeweils in der Ich-Form.

4 „Ich finde, man kann nicht einfach wiederkommen, wenn man einmal weggegangen ist.“ (Zeile 17–18)

a) Stimmt ihr Ulis Aussage zu? Begründet.

b) Sammelt in einer Tabelle die Gründe, die dafür oder dagegen sprechen könnten, dass Petra wieder neben Uli sitzen kann.

dafür	dagegen
– *Sie hatte keinen Streit mit Uli.* – …	– *Sie hat vor dem Wegsetzen nicht mit Uli gesprochen.* – …

5 Stellt euch vor, Uli und Petra führen nach dem Unterricht ein Gespräch und diskutieren, ob Petra wieder neben Uli sitzen kann. Verwendet dafür die Arbeitstechnik Rollenspiel.

a) Ergänzt die Notizen auf den Karten in der Box durch weitere Informationen.

b) Legt auch eine Rollenkarte für Uli an. Geht dabei besonders auf seine Gefühle und Gedanken ein.

c) Notiert Stichworte zum Gespräch und verwendet dabei Gründe aus Aufgabe 4.

d) Spielt das Gespräch zwischen Uli und Petra.

e) Gebt euch Rückmeldungen.

ARBEITSTECHNIK

Ein Rollenspiel vorbereiten und durchführen

Beim Rollenspiel schlüpft ihr in die **Rollen von Figuren** und versucht so, ihr **Denken, Handeln und Reden** zu verstehen. Ihr könnt dabei das Sprechen und Verhalten von Figuren verändern und verschiedene Gesprächsmöglichkeiten ausprobieren. Dadurch lernt ihr, selbst Gespräche zu führen und Konflikte mit Worten zu lösen.

Vorbereitung

Vor dem Rollenspiel solltet ihr Informationen über die **Situation** und die **Figuren** sammeln. Dazu legt ihr Situations- und Rollenkarten an.

Auf einer Situationskarte notiert ihr Stichworte zur Situation und zum Thema des Gesprächs.

Auf Rollenkarten notiert ihr wichtige Merkmale der jeweiligen Figur, Eigenschaften, Gefühle und Verhaltensweisen.

Situationskarte

– *Petra hat sich von Uli weggesetzt.*
– *Petra will jetzt wieder neben Uli sitzen.*
– …

Rollenkarte für Petra

– *Petra fühlt sich von Uli gestört.*
– *Sie ärgert sich, dass Rolf Uli ständig verpetzt, und ist mitfühlend.*
…

MK **6** **EXTRA** Spielt in einem Rollenspiel die Begegnung von Rico und Oskar im Ausschnitt „Rico, Oskar und die Tieferschatten“ (Seite 93) so nach, dass deren Standpunkte und Gefühle deutlich werden. Achtet auf eure Sprechweise und Körpersprache. Ihr könnt euer Rollenspiel auch aufnehmen.

Meinungen in einer förmlichen E-Mail begründen

Uwe Timm: Rennschwein Rudi Rüssel (Ausschnitt)

Bei einem Sonntagsausflug der Familie gewinnt Zuppi bei der Tombola den Hauptpreis. Ihr großer Bruder erzählt:

„Du hast Schwein. Du hast nämlich ein kleines Schwein gewonnen.“
Und dann hob der Mann ein Ferkel aus einer Kiste und drückte es Zuppi in die Arme. Die Leute klatschten und lachten. Zuppi schleppte breit grinsend das Ferkel zu unserem Tisch und setzte es Mutter auf den Schoß. Es war ein sauberes rosiges Tier, mit einer dicken Schnauze, kleinen flinken Äuglein und großen Schlappohren.
Es sah wirklich niedlich aus, trotzdem machte Vater ein finsteres Gesicht. Als ein Bauer, der an unserem Tisch saß, uns zu dem Ferkel gratulierte, lächelte Vater gequält. Man muss wissen, Vater mag keine Haustiere. Tiere gehören nicht ins Haus, sagt er immer. Und jetzt hatte Mutter dieses Ferkel auf dem Schoß und kraulte ihm das eine Schlappohr.
„Niedlich, nicht“, sagte Zuppi begeistert, „guck mal, dieser kleine Ringelschwanz.“
Vater nahm die Pfeife aus dem Mund. „Ganz nett“, sagte er, „aber wenn wir gehen, dann gibst du das Tier zurück!“
„Nein“, rief Zuppi, „ich hab das gewonnen. Das gehört mir.“
„Wir können das Tier doch nicht mitnehmen.“

Da begann Zuppi zu weinen, und wenn sie weint, dann tut sie das ziemlich laut. Von den anderen Tischen sahen sie herüber. Warum weinte das kleine Mädchen, das doch eben ein Glücksschwein gewonnen hatte?
Vater, der schon die Hand ausgestreckt hatte, um das Ferkel auf den Boden zu setzen, zog die Hand wieder zurück. Die Leute am Nachbartisch sahen ihn finster an. Es hatte tatsächlich so ausgesehen, als habe er dem Ferkel einen Klaps geben wollen.
„Gut, gut“, sagte Vater, „dann behalt das Vieh erst mal.“
Vater zahlte, und wir gingen zum Auto zurück. [...] Mutter nahm das Ferkel auf den Schoß, damit es nicht die Polster schmutzig machte. Dabei war es ganz sauber.
„Schweine sind immer dreckig“, sagte Vater, „sie lieben den Dreck. Was meint ihr wohl, woher das kommt, wenn man sagt, jemand isst wie ein Schwein oder das Zimmer ist ein richtiger Schweinestall?“
Es war natürlich klar, was er damit meinte, unser Kinderzimmer natürlich.
Wir waren noch nicht weit gefahren, da schrie Mutter auf.
Das Ferkel hatte ihr auf das Kleid gepinkelt.
„Jetzt reicht's“, sagte Vater. Beim nächsten Bauernhof hielt er an.
„So“, sagte er, „jetzt schenken wir das Ferkel einem Bauern. Schweine gehören aufs Land und nicht in eine Stadtwohnung.“
Zuppi begann zu schreien. Sie kann so laut schreien, dass man sich die Ohren zuhalten muss.
„Ruhe“, brüllte Vater. „Schweine werden traurig, wenn sie nur Häuser und keine Felder und Wiesen sehen.“
Zuppi schrie weiter.
„Lass ihr wenigstens ein paar Tage das Ferkel“, sagte Mutter, „sie hat es nun mal gewonnen. Wir können es ja immer noch weggeben.“

◒ **1** **a)** Würdet ihr euch über ein kleines Schwein als Haustier freuen? Begründet.
b) Arbeitet aus dem Text heraus, welche Meinung Zuppi und ihre Familie in dieser Frage vertreten.

S. 270 ○ ← ◒ **2** Zuppi streitet sich immer wieder mit ihrem Vater, wenn es um das Schwein Rudi geht.
a) Benennt Gründe, die dafür oder dagegen sprechen könnten, Rudi zu behalten.
b) Gestaltet mithilfe der Arbeitstechnik (Seite 40) ein Rollenspiel.
c) Präsentiert das Gespräch der Klasse und gebt euch Rückmeldungen.

3 Nach einigen Tagen erhalten Zuppi und ihre Familie die folgende E-Mail.

MK

a) Fasst den Inhalt der E-Mail in eigenen Worten zusammen.

b) Diskutiert, wie der Vater und wie Zuppi auf die E-Mail des Vermieters reagieren könnten.

Von: Buselmeier@vermietung.de
An: froehlich-koray@familie.de
Betreff: Halten eines Hausschweins in der Mietwohnung

Sehr geehrte Familie Fröhlich-Koray,

mit großem Erstaunen habe ich kürzlich erfahren, dass Sie nun Besitzer eines Hausschweins sind.

Ich erinnere Sie hiermit daran, dass das Halten von Tieren mit mir als Vermieter abgesprochen werden muss.
Selbstverständlich können Sie davon ausgehen, dass ich mit der Haltung eines Schweins in der Wohnung nicht einverstanden bin.

Schweine sind dreckig, sie fressen Möbel und Tapeten an und machen zudem Lärm.
Hinzu kommt noch die starke Geruchsbelästigung.

Daher fordere ich Sie dringend auf, das Schwein schnellstmöglich aus der Wohnung zu entfernen.

Mit freundlichen Grüßen

Buselmeier
Vermieter

S. 270 **4** Erläutert die Merkmale einer förmlichen E-Mail.

MK

a) Geht auf die Form, den Aufbau und die Wortwahl ein.

b) Besprecht, was sich an der Form ändern würde, wenn der Vermieter statt der förmlichen E-Mail einen förmlichen Brief geschrieben hätte.

5 Zuppi hat die folgende Antwort an Herrn Buselmeier begonnen, in der sie den Vermieter überzeugen möchte, dass das Schwein Rudi doch in der Wohnung bleiben darf.

a) Diskutiert, ob die Anrede angemessen ist.

b) Schreibt den Anfang in korrekter Groß- und Kleinschreibung ab. Achtet dabei auf die Schreibweise der Anredepronomen.

Achtung: Fehlertext

hallo herr buselmeier,
danke für ihre mail, in der sie sagen, warum das kleine schwein nicht bei uns wohnen darf.
Ich kann verstehen, dass sie befürchten, dass …
Allerdings …

● **6** a) Setzt die E-Mail (Seite 42 unten) fort. Nutzt den Sprachtipp. Denkt am Schluss an die Grußformel und die Unterschrift.

b) Beurteilt eure E-Mails.
- Stellt sie in der Klasse vor und prüft, ob sie angemessen und überzeugend formuliert wurden.
- Tauscht sie untereinander aus und überprüft, ob die Form eingehalten wurde und die Anredepronomen großgeschrieben wurden.
- Nutzt die Kompetenzbox.
- Überarbeitet eure E-Mails.

SPRACHTIPP

Meinungen begründen

Problem nennen

Es geht um die Frage, ob …
Das Problem ist, dass …
Ich kann verstehen, dass Sie befürchten …

Gründe benennen

Allerdings muss man beachten, dass …
Ein eindeutiger Vorteil/Nachteil ist, dass …
Besonders wichtig finde ich …

Abschluss formulieren

Wenn man alle Gründe bedenkt, muss man feststellen, dass …
Deshalb bin ich der Meinung, dass …
Daher sollte man unbedingt …

förmliche E-Mail S. 313 **KOMPETENZBOX**

Meinungen in einer förmlichen E-Mail begründen

Um eine **schriftliche Stellungnahme** zu verfassen, müsst ihr euch eine **eigene Meinung bilden** und diese **begründen**. Notiert vor dem Schreiben der E-Mail Stichworte zu folgenden Punkten:

Was ist das Problem? → Was spricht dafür? Was spricht dagegen? → Wie stehe ich zu dem Problem?

Achtet auf die folgenden Punkte, wenn ihr eine förmliche E-Mail schreibt:

Betreffzeile	***Beispiele***
Nennt das Thema der E-Mail.	*Halten eines Hausschweins in der Mietwohnung*
höfliche Anrede	
Setzt ein Komma nach der Anrede und schreibt klein weiter.	*Sehr geehrte Familie Fröhlich-Koray,* *mit …* *Sehr geehrte Frau …, mit …* *Sehr geehrter Herr …, mit …*
Mailtext	
Nennt den Anlass, das Problem oder euer Anliegen.	*… mit großem Erstaunen habe ich kürzlich erfahren, dass Sie nun Besitzer eines Hausschweins sind.*
Führt Gründe dafür oder dagegen an.	*Schweine sind dreckig, sie fressen Möbel und Tapeten an und machen zudem Lärm.*
Formuliert ein konkretes Ziel oder eine Forderung.	*Daher fordere ich Sie dringend auf, das Schwein schnellstmöglich aus der Wohnung zu entfernen.*
Grußformel mit Unterschrift	
Beides steht in jeweils einer Zeile und ohne Satzzeichen dazwischen.	*Mit freundlichen Grüßen* *Buselmeier*

Schreibt das **Anredepronomen *Sie*** und **alle Formen davon** (zum Beispiel *Ihnen, Ihr, Ihre*) groß. Achtet auf eine **angemessene** und **höfliche Wortwahl**.

Das könnt ihr jetzt!

Sprachlicher Umgang mit anderen

David Walliams: Gangsta-Oma (Ausschnitt)

Ben muss freitags immer zu seiner Oma, weil die Eltern diesen Tag für sich nutzen und tanzen gehen. Seine Oma ist ihm aber viel zu langweilig und er mag ihre Kohlsuppe nicht, die es immer gibt.

In Omas kleinem Haus war nichts zu hören als das Ticken der alten Reiseuhr auf dem Kaminsims, das Geklapper der Metalllöffel in den Porzellantellern und ab und zu das hohe Pfeifen von Omas kaputtem Hörgerät. Ein Gerät, dessen Sinn offenbar nicht darin bestand, Omas Schwerhörigkeit zu bessern, sondern bei anderen Menschen Schwerhörigkeit zu verursachen.

Es war einer der wichtigsten Punkte, die Ben an seiner Oma störten.

Außerdem störte ihn, dass

1 Oma immer auf das gebrauchte Taschentuch spuckte, das in ihrem Ärmel steckte, und ihm dann damit durchs Gesicht fuhr,

2 ihr Fernseher schon seit 1992 nicht mehr funktionierte und mittlerweile von einer so dicken Staubschicht bedeckt war, dass es aussah wie ein Fell,

3 ihr Haus voll bis oben hin mit Büchern war und Oma ihn immer dazu überreden wollte, sie zu lesen, obwohl er Lesen hasste,

4 Oma darauf bestand, dass man das ganze Jahr über einen dicken Wintermantel anzog, sogar an superheißen Tagen, weil man ihn sonst angeblich nicht zu „schätzen wüsste“,

5 Oma nach Kohl stank (Kohlallergiker hätten mindestens 15 Kilometer Abstand von ihr halten müssen),

6 ihre Vorstellung von einem tollen Ausflug darin bestand, schimmelige Brotrinde an irgendwelche Enten in einem Teich zu verfüttern,

7 sie ununterbrochen pupste und es nicht mal zugab,

8 diese Pupse nicht bloß nach Kohl rochen, sondern nach verdorbenem Kohl,

9 man bei ihr so früh ins Bett musste, dass es sich kaum lohnte, morgens überhaupt aufzustehen,

10 sie ihrem einzigen Enkel zu Weihnachten immer Pullover mit kleinen Hunden oder Katzen darauf strickte und seine Eltern ihn dann dazu zwangen, diese Strickpullis die ganze Weihnachtszeit über zu tragen.

„Wie schmeckt dir deine Suppe?“, erkundigte sich die alte Dame.

Ben hatte die grünliche Brühe bereits zehn Minuten lang in seinem Suppenteller mit dem Sprung hin und her gerührt, in der Hoffnung, sie würde irgendwie von ganz allein verschwinden.

Doch sie tat es einfach nicht.

Und sie wurde langsam kalt.

[...]

Ben telefoniert am Abend mit seinen Eltern, weil er gerne abgeholt werden möchte.

„HALLO?“, brüllte Papa.

„Sprich bitte leise.“

„WAS?“, brüllte Papa weiter.

„Pscht. Sprich leise, sonst weckst du Oma auf. Könnt ihr herkommen und mich abholen, Papa? Bitte. Ich finde es schrecklich hier.“

„Nein, können wir nicht. Diese Show hier anzuschauen ist eine Chance, die man nur ein Mal im Leben bekommt.“

„Aber ihr habt sie doch letzte Woche schon angeschaut“, widersprach Ben.

„Dann eben zweimal im Leben.“

„Und nächsten Freitag wollt ihr schon wieder hin, habt ihr gesagt!“

„Hör mal, junger Mann: Noch mehr von deinen Unverschämtheiten, und du kannst bis Weihnachten bei Oma bleiben! Ciao.“

Und damit beendete Papa das Gespräch.

Ben legte den Hörer vorsichtig wieder auf die Gabel, und das Telefon machte ganz, ganz leise *ting*.

Omas Schnarchen war verstummt, merkte er plötzlich.

Hatte sie etwa alles gehört? Ben blickte sich um und glaubte ihren Schatten zu sehen, dann aber war er verschwunden.

Es stimmte, dass Ben seine Oma furchtbar langweilig fand, doch davon sollte sie nichts wissen. Schließlich war sie eine einsame alte Witwe. Ihr Mann war schon lange vor Bens Geburt gestorben. Mit schlechtem Gewissen schlich sich Ben ins Gästezimmer zurück und wartete und wartete, dass es endlich Morgen wurde.

Beim Frühstück wirkte seine Oma irgendwie anders als sonst.

Stiller. Älter vielleicht. Ein wenig geknickt.

Ihre Augen sahen ganz rot aus, als hätte sie geweint.

Hat sie alles mit angehört?, dachte Ben. *Hoffentlich nicht.*

Lösungen → S. 290

1 Fasst die Situation im Text in eigenen Worten zusammen.

2 Gestaltet ein Rollenspiel zwischen Ben und seiner Oma, in dem Ben der Oma vorsichtig sagt, was ihm nicht gefällt.
Bereitet dazu Situations- und Rollenkarten vor (Seite 40) und nutzt auch die Technik des Echospiels (Seite 35).

3 *„Pscht. Sprich leise, sonst weckst du Oma auf. Könnt ihr herkommen und mich abholen, Papa? Bitte. Ich finde es schrecklich hier.“* (Zeilen 54–56)
Erläutert dieses Zitat. Versetzt euch dazu in die Lage von Ben und beantwortet die Fragen **A – D**, um seine Aussage besser zu verstehen.

- **A** Welche Informationen könnt ihr der Aussage entnehmen?
- **B** Was soll der Vater tun, denken oder fühlen?
- **C** Was sagt der Satz über das Verhältnis zwischen Ben und seinem Vater aus?
- **D** Was sagt das über Ben aus? (Gedanken, Gefühle)

MK **4** Ben will sich bei seiner Oma, die alles gehört hat, für sein Verhalten entschuldigen.
- **a)** Diskutiert, wie sich Ben am besten entschuldigen könnte. Sammelt Vorschläge für eine Entschuldigung.
- **b)** Entscheidet euch für eine geeignete Kommunikationsmöglichkeit (Brief, Postkarte, E-Mail oder ein direktes Gespräch). Verfasst dann die Nachricht an die Oma oder den Dialog zwischen Ben und seiner Oma.

5 Gestaltet ein Gespräch, das zwischen Ben und seinem Vater auf dem Weg nach Hause stattfinden könnte. Formuliert darin Aufforderungen und Bitten.

3 Erlebt – erdacht – erzählt

Mündlich und schriftlich erzählen

1 Betrachtet die Abbildung.

a) Sucht einen verlorenen Schuh, einen tierischen Sockendieb und eine ungewöhnliche Rutsche.

b) Sucht euch einen Bildausschnitt aus und erfindet ein kurze lustige Geschichte, die erklärt, wie es zu dieser Situation gekommen ist.

Das lernt ihr jetzt!

3.1 Erzähltipps kennenlernen
3.2 mündlich erzählen
3.3 eine Erlebniserzählung verfassen
3.4 eine Fantasiegeschichte verfassen
3.5 eine Erzählung zu Bildern verfassen

Jürgen Banscherus: Der Wald der Abenteuer (Ausschnitt)

Zu Beginn der Nachtwanderung haben Julia und ihre Freundinnen noch herumgealbert. Sie haben sich hinter Bäumen und Büschen versteckt und die Jungen mit ihren Taschenlampen geblendet. Aber je tiefer sie in den Wald vorgedrungen sind, desto stiller sind sie geworden. Sie haben dabei Frau Fassbender und Herrn Ackermann nicht aus den Augen gelassen.

Und Greta? Die hat auf einmal nicht mehr dazugehört. Eigentlich hat es schon im Schullandheim angefangen, sie hat keine Ahnung wieso. Da haben sich Julia und die anderen plötzlich über Gretas Norwegerpullover lustig gemacht und ihre roten Schuhe. Und als ob das nicht genug wäre, hat sie sich ausgerechnet mit Tom die Taschenlampe teilen müssen.

Sie hat versucht, gute Miene zum bösen Spiel zu machen. Sie hat sogar ihren Pullover auf einer Astgabel in der Nähe des Heimes zurückgelassen und ist mit ihrem dünnen T-Shirt weitergelaufen. Aber es hat nichts genützt. Seit mehr als einer Stunde trabt sie stumm neben Tom hinter den vier Mädchen her, fühlt sich schlecht und würde am liebsten auf der Stelle losheulen.

Während Tom weitergeht, bleibt sie neben einer Sitzbank stehen. [...]

Jetzt zieht das Grüppchen um Amadeo an ihr vorbei. Meike nickt ihr kurz zu und läuft schnell hinter Frau Fassbender her. Ole und Kevin bemühen sich, nicht den Anschluss zu verlieren. Tim kommt gemeinsam mit Connies Mutter als Letzter. Die beiden unterhalten sich. Vielleicht bemerken sie Greta deshalb nicht.

Irgendwann verschwinden sie um die nächste Wegbiegung – dann ist Greta allein. Eine Weile hört sie noch die Schritte ihrer Klassenkameraden, sieht die Lichter der Taschenlampen durch das Geäst der Bäume wandern. Einen Augenblick später herrscht um sie herum nichts als Dunkelheit.

2 Lest den Text und überlegt, was Greta dann passiert sein könnte. Erzählt die Geschichte schriftlich weiter.

3 Welche Geschichten kennt ihr, die euch beeindruckt haben? Erzählt sie euch mündlich.

4 Man kann mündlich oder schriftlich erzählen. Sammelt Gemeinsamkeiten und Unterschiede. Achtet zum Beispiel auf die Länge der Sätze, die Zeitformen der Verben und die Ansprache des Publikums.

5 Diskutiert, was für euch eine gute Geschichte ausmacht.

3.1 Wenn Ohren zu Augen werden · Erzähltipps kennenlernen

Adolf Himmel: Fauler Zauber auf Schloss Fionn (Ausschnitt)

Spukt es wirklich auf Schloss Fionn – oder hat sich Mr. O'Flaherty das nur ausgedacht? Achim, zu Besuch in Irland, um sein Englisch aufzubessern, muss sich erst an seine irischen Gastgeber gewöhnen: Immerzu erzählen sie die irrsinnigsten Geschichten, dauernd scherzen und flunkern sie.

„Und Fischmaul erzählt uns eine Geschichte", freute sich Moira. „Du bist an der Reihe, Fischmaul." Achim war völlig verdattert durch seinen Misserfolg beim Angeln. Und jetzt sollte er auch noch eine Geschichte erzählen! „Ich weiß keine Geschichte", antwortete er betreten. „Ich kann euch höchstens einen Film erzählen." „Gilt nicht", rief Moira. „Du musst die Geschichte selber erfinden." „Das kann ich nicht", gestand Achim. [...] Achim hätte den beiden nur allzu gerne eine Geschichte erzählt, aber ihm fiel nichts ein. „Ich weiß nicht, wie man's macht", sagte er. [...]

„Moira und Liam, die erzählen immerzu Geschichten. Aber mein Vater hat mir ja nie gesagt, wie man's macht. Können Sie's mir nicht beibringen?"

Mr. O'Flaherty nahm die eben angezündete Pfeife aus dem Mund. „Das Geschichtenerzählen?", fragte er. „Ja", sagte Achim, und so viel lag ihm nun daran, dass ihm das Herz zu klopfen anfing, weil er fürchtete, Mr. O'Flaherty könne Nein sagen. Mr. O'Flaherty blickte nachdenklich ins Feuer. „Kannst du Rad fahren?", fragte er. „Natürlich kann ich Rad fahren", erwiderte Achim verwundert. „Wie machst du das?", fragte Mr. O'Flaherty. „Ich setze mich drauf und fahre los." „Richtig", sagte Mr. O'Flaherty schmunzelnd und hängte die Pfeife in den anderen Mundwinkel. „Kannst du schwimmen?" „Ja – aber nicht besonders gut", antwortete Achim. „Hm, du gehst jedoch nicht unter, wenn du ins Wasser fällst?" „Nein." „Aber als du das erste Mal auf einem Fahrradsattel saßest, bist du bestimmt sofort wieder umgekippt – ich auch; und beim ersten Schwimmversuch schwappte das Wasser über dir zusammen – über mir auch. Genauso ist das mit dem Erzählen. Nun fange ich einfach an, und auf einmal ist es eine Geschichte. Wie ich das mache, das kann ich dir auch nicht mehr verraten."

„Wo fängt man an?", fragte Achim. „Irgendwo", lachte Mr. O'Flaherty. „Sie wissen es ganz genau. Sie wollen es mir nur nicht sagen", beschwerte sich Achim. „Nun", meinte Mr. O'Flaherty. „Eigentlich habe ich es dir doch schon gesagt. Bei einer Beobachtung fängt man an; etwa der Beobachtung, dass dein Freund Uwe niedergeschlagen aussah. Oder", fuhr er fort, da seine Frau gerade den Tisch deckte für die Makrele, die sie als Vorspeise verzehren wollten, „bei einer Annahme – zum Beispiel der durch äußere Anzeichen gerechtfertigten Annahme, dass gleich eine gebratene Makrele auf den Tisch kommt. Woher stammt die Makrele?"

„Liam hat sie gefangen", sagte Achim. „Aha. ‚Es war einmal ein Junge, der fing eine Makrele.' Nun weiß vielleicht nicht jeder, der deine Geschichte hört, wie eine Makrele aussieht. Denk an alle die, die weit vom Meer weg wohnen oder nie Fisch essen. Also wirst du sie knapp beschreiben.

‚Bevor sie in die Pfanne kam, schillerte ihr strammer Rücken grün und schwarz und blau, als der Junge sie aber auf den Teller legte' – da kommt sie –, ‚war sie braun und knusprig. Wie kam das?'"

„Sie war gebraten worden", sagte Achim. „Natürlich, dir ist das selbstverständlich, solch eine Verwandlung. Aber jetzt fangen wir an zu spinnen. Jetzt nehmen wir an, dass Bratenkönnen für den Jungen etwas ganz Besonderes ist, und wir mischen in unsere Geschichte hinein, was wir sonst noch wissen oder gerade gehört, gelesen, gesehen, gerochen, geschmeckt oder geträumt haben. Also: Als die Makrele die Pfanne verließ, war sie rundum knusprig braun. Das kam, weil der Junge etwas besaß, das er ‚Feuer' nannte. Vorsicht, die Flosse ist nicht zum Essen gedacht; meine Frau hat dir das Schwanzstück gegeben, das ist das Beste vom Fisch. Auf der anderen Seite der Bucht nun wohnte in einem finsteren Schloss der Riese Roderick. Der hatte sein ganzes Leben lang gefroren, auch im Sommer, weil es ja hier so viel regnet, und seine Makrelen hatte er immer roh essen müssen. Er war so verfressen, dass er ständig bis oben hin mit ganzen Makrelen und Barschen und Lachsen und Seezungen angefüllt war, und weil ihm der rohe Fisch aus Mund und Nase roch, flatterte ihm stets ein Schwarm Möwen ums Haupt, das bei Regenwetter fast an die Wolken stieß."

„Mensch!", sagte Achim. „Klar, ein bisschen Übertreiben gehört auch zum Geschichtenerzählen", meinte Mr. O'Flaherty. „Als der Riese hörte, dass der Junge das Feuer besaß, überlegte er, wie er es ihm stehlen könne. Eines Abends machte er mit seinen Riesenbeinen einen großen Schritt über die Bucht, läutete die Schiffsglocke neben der Haustür des Jungen, legte sich flach hin und steckte den Kopf zum Fenster hinein. ‚Bist du der Junge, der das Feuer besitzt?', fragte der Riese.

Der Riese sah schrecklich aus, aber der Junge fürchtete sich nicht. ‚Ja', antwortete er. ‚Aber störe mich jetzt nicht. Ich muss meine Makrele essen, sonst wird sie kalt.' Der Riese war im Grunde ein ziemlich höflicher Riese. ‚Gut', sagte er. ‚Ich komme später noch einmal wieder.' Und ging."

Mr. O'Flaherty zerlegte bedachtsam sein Stück Makrele. „Und weiter?", fragte Achim.

„Erzähle doch selber mal weiter", forderte Mr. O'Flaherty ihn auf.

1 Beschreibt die Situation, in der sich Achim (Seite 48–49) befindet. Erklärt sein Problem.

2 Mr. O'Flaherty versucht, Achim durch Erzähltipps zu helfen.

a) Arbeitet aus der Geschichte (Seite 48–49) die Erzähltipps heraus.

Plakat → S. 345

b) Ergänzt die Hinweise durch eure eigenen Erfahrungen beim Erzählen.

c) Gestaltet in Gruppen ein Plakat, auf dem ihr alle Erzähltipps sammelt.

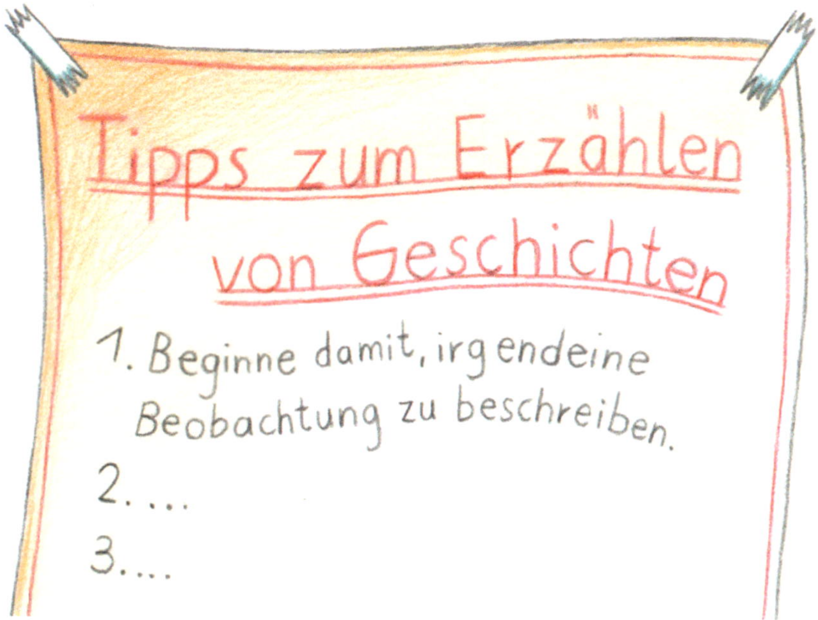

3 Mr. O'Flaherty vergleicht im folgenden Textausschnitt das Erzählen mit Rad fahren und Schwimmen lernen. Erklärt, was er damit meint.

„Kannst du schwimmen?" „Ja – aber nicht besonders gut", antwortete Achim. „Hm, du gehst jedoch nicht unter, wenn du ins Wasser fällst?" „Nein." „Aber als du das erste Mal auf einem Fahrradsattel saßest, bist du bestimmt sofort wieder umgekippt – ich auch; und beim ersten Schwimmversuch schwappte das Wasser über dir zusammen – über mir auch. Genauso ist das mit dem Erzählen. Nun fange ich einfach an, und auf einmal ist es eine Geschichte. Wie ich das mache, das kann ich dir auch nicht mehr verraten."

S. 270 ←

4 Untersucht, welche Erzähltipps der Autor Adolf Himmel selbst in seinem Text (Seite 48–49) nutzt.

5 Erläutert das chinesische Sprichwort „Eine gute Geschichte macht aus den Ohren Augen".

6 **a)** Sammelt in Gruppen Einfälle, wie die Geschichte vom Riesen Roderick weitergehen könnte.

b) Wählt den besten Einfall aus und erzählt die Geschichte zu Ende.

c) Erklärt, an welchen Merkmalen ihr erkennt, dass es sich um eine mündliche Erzählung handelt.

3.2 Zauberzungen · Mündlich erzählen

○ **1** Diskutiert, wovon ihr gerne euren Freunden erzählt und wann ihr gerne zuhört.

○ **2** Schaut euch die Fotos an und überlegt, was die Kinder erleben könnten.
- Beantwortet die W-Fragen: Wer? Wann? Wo? Was? Warum?
- Notiert euch Stichpunkte.

1

2

3

◒ **3** Ein Stichwortzettel hilft euch, nichts Wichtiges zu vergessen und in der richtigen Reihenfolge zu erzählen.

a) Einer der folgenden Stichwortzettel enthält nicht die richtige Reihenfolge. Überarbeitet ihn.

b) Ergänzt die drei Stichwortzettel.

A *Breakdance vor Publikum*
- *erster Auftritt*
- *zitternde Knie*
- *Lampenfieber*
- *Begeisterung und Applaus*
- ...

B *Mit Freunden im Schwimmbad*
- *5-Meter-Turm*
- *Höhenangst*
- *verpatzter Sprung*
- *Nasenbluten*
- ...

C *Zelten mit Freunden im Wald*
- *im Zelt verstecken*
- *Stockbrot am Lagerfeuer*
- *nur der Wind in den Ästen*
- *Geräusche aus dem Wald*
- *Zittern*
- ...

A Ich spürte, wie sich das Sprungbrett leicht absenkte, als ich einen Schritt machte.

B Nachdem ich nun weiß, was es war, lache ich darüber.

C Hinter meinem Rücken habe ich ein merkwürdiges, leises Knistern und Röcheln gehört.

D Obwohl die Musik bereits lief, konnte ich mich nicht bewegen. Was sollte ich bloß tun?

E Ich schluckte und mein Mund war ganz trocken vor Aufregung.

4 Die Formulierungen **A** – **E** stammen aus Erzählungen.
Untersucht, wie sie das Interesse der Leserinnen und Leser wecken.
a) Übernehmt die Tabelle und ordnet die Formulierungen ein.
b) Sucht eigene Formulierungen, die eine ähnliche Wirkung erzeugen.

Einzelheiten beschreiben	Andeutungen machen	Sinneseindrücke beschreiben	die Handlung verzögern
…	…	…	…

5 Erzählt selbst eine Geschichte. Ihr könnt von einer Situation, die ihr erlebt habt, erzählen.
Ihr könnt aber auch die Bilder und Stichwortzettel von Seite 51 verwenden.
- Achtet auf eine nachvollziehbare Reihenfolge und überlegt, was der Höhepunkt der Geschichte ist. Eure Geschichte kann auch mehrere Höhepunkte haben.
- Nutzt den Sprachtipp.

SPRACHTIPP

Mündlich erzählen

Ich konnte es kaum fassen … | Wenn ich gewusst hätte, was mir passieren würde, dann hätte ich … | Versetzt euch mal in diese Lage … | Ich sehe das noch vor mir … | Da hättet ihr dabei sein müssen … | Das Beste/Schlimmste/Witzigste war … | Auf einmal/Plötzlich … | Ihr werdet es vielleicht nicht glauben, aber …

KOMPETENZBOX

Mündlich erzählen

Eine mündliche Erzählung soll die **Zuhörer fesseln**. Sie muss deshalb **nachvollziehbar**, **spannend** und **anschaulich** sein. Dies gilt auch, wenn ihr eine bekannte Geschichte nacherzählen wollt. So könnt ihr vorgehen:

1. Planen
- W-Fragen beantworten: *Wer? Was? Wann? Wo? Wie? Warum?*
- Reihenfolge der Handlungsschritte beachten
- Stichwortzettel erstellen
- Höhepunkt oder Höhepunkte markieren
- Details, Sinneseindrücke sowie Gedanken und Gefühle anschaulich beschreiben
- Andeutungen und Verzögerungen im Handlungsverlauf einsetzen
- wörtliche Rede verwenden

2. Mündlich erzählen
- laut und deutlich sprechen
- überzeugend betonen, das Sprechtempo variieren
- Körpersprache einsetzen

3.3 Was ist denn hier passiert? · Eine Erlebniserzählung verfassen

Eine Erlebniserzählung planen

Papagei löst Polizeieinsatz aus

Schreie, Gepolter und Beschimpfungen aus der Nachbarswohnung haben eine Familie aus Karlsruhe dazu veranlasst, in der Nacht zu Sonntag die Polizei zu rufen. Als die Beamten an der Tür klopften, erlebten sie eine tierische Überraschung.

Cluster → S. 344

1 Sammelt alle Ideen, die euch zur Überschrift, zu dem kurzen Text und zur Illustration einfallen, in einem Cluster.
Diskutiert, welche Ideen sich für eine witzige Geschichte eignen.

2 Vergleicht eure Ideen mit den Ideen auf den Karteikarten. Ergänzt diese durch eure eigenen Einfälle.

A *Geschrei in Nachbarwohnung – Warten auf Polizei – Zunahme der Geräusche – Ankunft der Polizei – Wohnzimmer verwüstet – Vogel im Käfig*

B *Erwachen in der Nacht – Gepolter und Rufe aus der Küche – Dunkelheit – Licht – Bruder und Papagei schlecken gemeinsam Pudding aus heruntergefallenem Topf – Polizei klopft an Tür*

Spannungsbogen → S. 97

3 Die einzelnen Handlungsschritte eurer Erzählung ergeben den Erzählplan (roter Faden). Übernehmt den folgenden Spannungsbogen und notiert die Handlungsschritte eurer Geschichte. Diskutiert auch, was der Höhepunkt der Geschichte sein soll.

4 Begründet, warum ihr eure Geschichte in der *Ich-* oder *Er-/Sie-*Form erzählen wollt.

Eine Erlebniserzählung schreiben

S. 271 **1** **a)** Diskutiert, welche der folgenden Überschriften ihr am gelungensten findet. Begründet.
b) Erläutert, was die Überschrift in eurer Erzählung leisten muss.

Papagei auf Abwegen   Gefiederter Geselle löst Polizeieinsatz aus

(K)ein tierisches Vergnügen   Überraschung in der Nacht

2 **a)** Vergleicht die folgenden Erzählanfänge. Begründet, welcher euch am besten gefällt.
b) Prüft, welchen Erzählanfang ihr spannend weitererzählen könnt.

A *In der gestrigen Nacht sorgte die fünfjährige Marlene aus Karlsruhe für einen Polizeieinsatz. Auch ihr Papagei Lenchen war darin verwickelt.*

B *Pudding ist in meiner Familie die absolute Lieblingsspeise, wir freuen uns immer riesig, wenn meine Mutter ankündigt, welchen zu kochen. Nur leider muss er über Nacht auskühlen und das Warten fällt meiner Schwester Marlene, mir und unserer Papageidame sehr schwer. Auch heute war so ein Abend, an dem es süß und verführerisch duftete.*

C *„Lenchen, komm sofort von dem Topf herunter! Hörst Du! Du wirst noch alle wecken und wir bekommen beide keinen Pudding!" Doch Lenchen, der Papagei, störte sich gar nicht daran, dass Marlene zornig wurde und nun auch noch mit einem Löffel nach ihr warf.*

3 Formuliert einen passenden Erzählanfang für eure Geschichte (Seite 53, Aufgabe 1).

S. 271 **4** **a)** Prüft, mit welchen Mitteln im folgenden Ausschnitt Spannung erzeugt wird.
b) Schreibt den Hauptteil weiter und vergleicht eure Texte.

D *Plötzlich passierte es! Der Löffel traf Lenchen am Schnabel, sie schwankte gefährlich und schrie jämmerlich. Mir blieb die Luft weg und ich dachte: „Was, wenn ich Lenchen verletzt habe?" Doch es kam noch schlimmer. Wie in Zeitlupe kippte mein Lenchen nach vorn und fiel in den Topf. Es patschte schmatzend wie in einem Moor, dann war Stille. „Bloß jetzt keine Panik", schoss es mir durch den Kopf. Die wenigen Schrecksekunden kamen mir wie Stunden vor …*

5 Erläutert anhand der folgenden Beispiele, wie man eine Geschichte beenden kann.

E *Nun mussten auch die Polizisten lachen, als sie Marlene und Lenchen pudding-verschmiert, aber glücklich, am Boden sitzen sahen. Meine Mutter lud sie dann noch herzlich zu einem Restpuddingessen ein und so endete diese Nacht doch noch für alle glücklich.*

F *Am nächsten Tag stand unter der Überschrift „Papagei löst Polizeialarm aus" unsere Geschichte in der Zeitung und wir waren froh, dass alles noch so glimpflich ausgegangen war. Nur Lenchens Federn würden noch eine Weile brauchen, bis sie nachgewachsen waren.*

6 Verfasst mithilfe eurer Vorarbeiten eine Geschichte über den ungewöhnlichen Polizeieinsatz.

Stationen: An der Sprache einer Erzählung arbeiten

Station A: Mit dem Körper sprechen

1 Übernehmt die folgende Tabelle und ergänzt sie um weitere Beispiele.

Gefühl	Körperreaktion	treffende Formulierung
Angst	*schwitzen*	*Plötzlich fing ich an zu schwitzen, obwohl es richtig eisig war.*
...	*Augen leuchten, umarmen*	*Seine Augen leuchteten und er umarmte ihn stürmisch.*
Ärger	...	*Rot vor Zorn stampfte ich mit dem Fuß auf und schrie.*

Pantomime → S. 150

2 Spielt die Gefühle pantomimisch nach und beobachtet dabei eure Körpersprache. Diskutiert, wie diese Gefühle sprachlich passend beschrieben werden können.

Station B: Mit treffenden Wörtern anschaulich erzählen

Wortfeld → S. 173

1 Sucht zu den folgenden vier Wortfeldern möglichst viele Verben. Verwendet diese Verben in Sätzen und diskutiert deren Bedeutung und Wirkung.

gehen: *sausen*, *sprinten*, *hasten*, *rennen*, *humpeln*, *schlurfen*

sagen

essen

sehen

2 Verknüpft die folgenden Verben mit anschaulichen Adjektiven und Vergleichen.

behutsam — *festhalten* —

— *gehen* — *wie eine Gazelle*

3 Übernehmt die folgende Tabelle und ergänzt sie.

Verb	Adjektiv	Gefühl
rufen →	*freudig*	*Glück*
→	*leise*	*Angst*

Station C: Mit Sprache Spannung erzeugen

1 Untersucht, wie in dem folgenden Textausschnitt Spannung erzeugt wird. Übernehmt die Tabelle und ergänzt sie.

Langsam kamen uns die ersten Zweifel. Warum nur konnten wir sie nicht finden? Wie viel Zeit war bereits verstrichen? Ein Blick auf die Uhr zeigte, seit zwei Stunden waren wir ihnen nun schon auf der Spur. Jetzt bekam ich langsam ein mulmiges Gefühl. „Wo sind die nur?", schoss es durch meinen Kopf. Doch noch ließ ich mir nichts anmerken, schließlich war ich der Anführer und hatte die Verantwortung. „Jetzt nur keine Panik, nur ruhig bleiben!", redete ich mir ein. Laut, und so sicher wie möglich, sagte ich: „Lasst uns noch mal bei der Lichtung nachschauen. Bestimmt finden wir sie dort!" Plötzlich, ich konnte es kaum fassen, knackte es im Gebüsch. Mein Herz machte fast einen Luftsprung. Waren sie das endlich? So schnell, wie wir konnten, rannten wir los, stolperten …

Satzanfänge	Andeutungen	Verzögerungen	Gedanken und Gefühle	wörtliche Rede	…
…	…	…	…	…	…

2 Schreibt zu einer Verfolgungsjagd einen kurzen Text. Erzählt spannend.

Station D: Mit allen Sinnen wahrnehmen

1 Eure Erzählungen werden anschaulich, wenn ihr Wahrnehmungen genau beschreibt, welche die fünf Sinne betreffen. Was könnt ihr sehen, hören, riechen, fühlen und schmecken, wenn ihr
- durch einen dichten Wald lauft?
- einen furchteinflößenden Hund seht?
- nachts durch ein Geräusch aufwacht?
- euch vorstellt, leicht wie eine Feder zu sein und durch die Luft zu fliegen?
- ein unbekanntes Wesen seht, das sich euch nähert?

Formuliert anschauliche Sätze und vergleicht sie.

Cluster, Mindmap → S. 344

2 Legt Mindmaps oder Cluster zur sprachlichen Gestaltung mit allen Sinnen an. Nutzt folgende Muster:

Sinneswahrnehmungen

genaue sprachliche Beschreibung

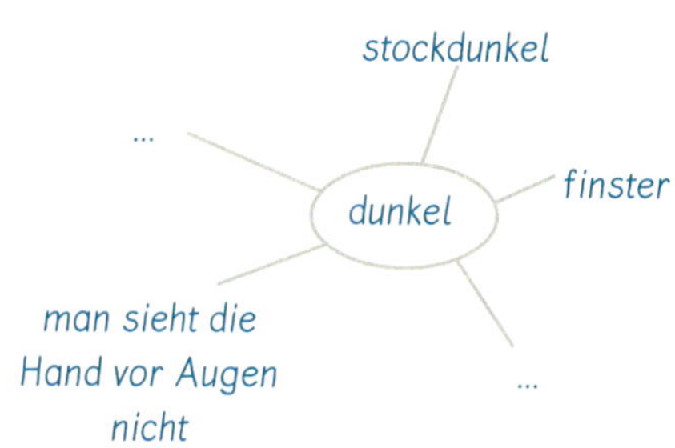

Eine Erlebniserzählung überarbeiten

1 **a)** Diskutiert, was an dem folgenden Ausschnitt aus einem Schülertext gelungen ist und was überarbeitet werden muss. Orientiert euch an den Randnotizen.
b) Überarbeitet den Ausschnitt und lest euch eure Überarbeitungen vor.

Achtung: Fehlertext

„Och Mutti, lass uns doch heute schon kosten! Bitte, bitte, bitte!" Marlene nörgelte mal wieder – typisch für meine kleine Schwester. Meine Schwester wusste schon, wie sie mit ihren niedlichen Schmollmund meine Mutter überreden konnte. Bei unserem Lieblingspudding gab es kein Pardon! Der musste eine Nacht lang abkühlen und ziehen. Sie aß den Pudding gern und auch Lenchen freute. Lenchen flog auf die Schulter und als wir ins Kinderzimmer gegangen waren, merkte ich, dass sie etwas im Schilde führte. Ihr Gesicht zeigte mir, dass sie nicht auf den Pudding verzichten wollte. „Was hast du vor?", fragte ich sie. Sie sagte: „Nichts – wieso?" Ich kam ganz nah an sie heran und hauchte ihr streng ins Gesicht: „Passt bloß auf, dass du dir den Schnabel nicht verbrennst und Lenchen gleich mit. Ich helfe dir nicht."

Wortwiederholung

Grammatik

2 Überarbeitet eure Erlebniserzählung (Seite 54) mithilfe der Checkliste (Seite 304). Tauscht eure Ergebnisse aus und gebt euch gegenseitig Tipps zur Verbesserung.

Erlebniserzählung S.304 **KOMPETENZBOX**

Eine Erlebniserzählung verfassen

1. Planen
- Ideen mithilfe von Arbeitstechniken sammeln: *Brainstorming* (S. 344), *Cluster* (S. 344), *W-Fragen beantworten*
- Erzählform festlegen: *Ich-* oder *Er-/Sie-*Form
- Handlungsschritte notieren: Anfang, Höhepunkt, Schluss
- nachvollziehbare Reihenfolge (roten Faden) und Spannungsaufbau überlegen
- Überschrift formulieren

2. Schreiben
- Sinneseindrücke beschreiben
- Gedanken und Gefühle darstellen
- interessante Einzelheiten beschreiben
- wörtliche Rede einsetzen
- überraschende Wendungen hervorheben
- anschauliche Verben, Adjektive und Vergleiche verwenden
- im Präteritum schreiben

3. Überarbeiten
- Arbeitstechniken verwenden: *Checkliste* (S. 304), *Textlupe* (S. 76), *Schreibkonferenz* (S. 345)
- Rechtschreibung, Grammatik und Satzzeichen überprüfen

Trainingsplatz

Eine Erlebniserzählung verfassen

Glück im Unglück

Der elfjährige Oliver hatte gestern großes Glück, als er am Nachmittag mit seinem Freund in eine Höhle auf der Schwäbischen Alb kletterte. Seine Eltern, die glaubten, er sei beim Klavierunterricht, warteten bis 22 Uhr vergeblich auf ihn. [...]

1 Eine Schülerin hat zu dem Zeitungsartikel Ideen gesammelt. Wählt aus den folgenden Erzählideen eine geeignete aus und formuliert einen Erzählplan.

A *erster Ausflug in eine Höhle – Eindrücke während der Höhlenführung schildern – schöner Ausflug*

B *Wandertag an der neuen Schule – Echospiel in der Höhle – Spaß mit den neuen Freunden*

C *verletztes Tier – Abseilen – Tier eingeklemmt – Rettungsaktion*

D *Höhle – Verbotsschild – Spur – Trennung an Gabelung – Verlaufen – Angst – Verletzung*

2 Ordnet und ergänzt folgende Handlungsschritte zur Geschichte um Oliver.
Jungen wollen Höhlenforscher spielen – zwischen Angst und Neugier – Lichtkegel an den Wänden – zwei Männer, die Kisten verstecken – Flucht aus der Höhle – Jungen hören Stimmen – Jungen treten einen Stein los – gehen zur Polizei

S.271 ○← **3** Schreibt den folgenden Erzählanfang um, indem ihr die *Ich*-Form verwendet.

„Oliver! Du kommst zu spät zum Unterricht!", rief Olivers Mutter Sandra. Doch dieser hatte überhaupt nicht vor, zum Klavierunterricht zu fahren. Nein, er würde heute endlich beweisen, dass er ein mindestens so guter Bergsteiger war wie sein Freund Max! „Ja, ja, ich geh ja schon!" Er schnappte sich seine Tasche und verließ das Haus.

4 Prüft, was an dem Ausschnitt gelungen ist und welche Erzähltipps der Verfasser beachtet hat.

Die Jungen stiegen auf ihre Räder und fuhren in Richtung Höhle, einem sehr gefährlichen Ort, zu dem sich nur selten ein Höhlenkletterer traut. Was hatten sie vor? Würden sie sich in Gefahr begeben? Wenn ja, dann könnte ihnen niemand helfen, da alle denken würden, Oliver wäre von Max begleitet zum Klavierunterricht gefahren. Das Gewitter hatte inzwischen aufgehört und es schien wieder die Sonne. Die Freunde radelten die Landstraße entlang und bogen dann in einen schmalen Feldweg ein, der zur Höhle führte. Am Ende des Feldwegs warfen sie ihre Räder in die noch feuchte Wiese und rannten zum Eingang der Höhle. Langsam kroch Oliver ein mulmiges Gefühl den Rücken hinauf. Er strich die Zweige, die vor dem Eingang hingen, beiseite. „Na, kriegst du Schiss?", fragte Max hämisch.

5 Beurteilt den folgenden Ausschnitt aus dem Text einer Schülerin.
Was ist sprachlich gut gelungen? Was könnte man noch besser machen?

A *„Da bist du ja endlich, Oli", begrüßte Phil seinen Freund. Sie befanden sich am Fuß des Berges, bereit zum Aufbruch. „Von mir aus kann's losgehen", erwiderte dieser. Eine Weile wanderten sie schweigend nebeneinander her, während der Himmel immer dunkler wurde. Nach einer Viertelstunde meinte Oliver auf einmal: „Wenn wir nicht bald einen Unterschlupf finden, werden wir mit einer Dusche rechnen müssen." „Du hast recht, wir können unmöglich ohne Unterstand bleiben", stotterte Phil. Er war auch noch ganz benommen davon, was er soeben gehört und gesehen hatte. Da fiel ihnen die rettende Idee ein: die Höhle. Eilig rannten sie in die Höhle. Weil es schon spät war und sie langsam müde wurden, schliefen sie ein.*

S.271 ○← **6** Vergleicht die beiden folgenden Überarbeitungen des Ausschnitts (Aufgabe 5).
Welche Überarbeitung findet ihr besser? Begründet.

B *„Da bist du ja endlich, Oli", begrüßte Phil seinen Freund. Sie befanden sich am Fuß des Berges, bereit zum Aufbruch. „Von mir aus kann's losgehen", erwiderte dieser. Eine Weile wanderten sie plaudernd nebeneinander her. Sie waren so sehr in ihr Gespräch über das Fußballturnier am Wochenende vertieft, dass sie gar nicht bemerkten, wie der Himmel immer dunkler wurde und drohende Gewitterwolken aufzogen. „Hast du das auch gehört? Donnert es etwa?", fragte Oli seinen Freund. „Ja, und ich habe eben einen Tropfen gespürt. Es fängt an zu regnen! Wenn wir nicht bald einen Unterschlupf finden, werden wir mit einer Dusche rechnen müssen", antwortete Phil. „Du hast recht, wir können bei Gewitter unmöglich ohne Unterstand bleiben", stotterte Phil. Er war auch noch ganz benommen davon, was er soeben gehört und gesehen hatte. Da fiel ihnen die rettende Idee ein: die Höhle. Eilig rannten sie in die Höhle. Weil es schon spät war und sie langsam müde wurden, schliefen sie sofort ein.*

C *„Da bist du ja endlich, Oli", begrüßte Phil seinen Freund. Sie befanden sich am Fuß des Berges, bereit zum Aufbruch. „Von mir aus kann's losgehen", erwiderte Oliver. Eine Weile wanderten sie schweigend nebeneinander her, während der Himmel immer dunkler wurde. Nach einer Viertelstunde meinte Oliver auf einmal: „Wenn wir nicht bald einen Unterschlupf finden, werden wir mit einer Dusche rechnen müssen." Da fiel ihnen die rettende Idee ein: die Höhle, eilig rannten sie hin. An ihrem Eingang angekommen, zögerte Oliver. „Klettere niemals alleine in diese Höhle", hatte sein Vater ihn oft gewarnt. Auch Phil war es mulmig zumute. „Nur gut, dass wir zu zweit sind, wird schon alles gut gehen!", beruhigte er sich in Gedanken. Als wieder ein lauter Donnerschlag zu vernehmen war, krochen die Freunde durch die schmale Öffnung ins Innere der Höhle. Sofort fühlten sie, wie kalt es im Inneren war. Vorsichtig tasteten sie sich im Dunklen vorwärts, bis sie an eine Stelle gelangten, die breit genug war, dass sie sich hinsetzen konnten. Von draußen hörten sie gedämpft den Donner und das Prasseln des Regens. „Puh, hier sind wir erst mal in Sicherheit", atmete Phil auf. Und weil es schon spät war und sie langsam müde wurden, schliefen sie kurz darauf ein.*

3.4 Hummelreiter, Felsenbeißer & Co. · Eine Fantasiegeschichte verfassen

Eine Fantasiegeschichte untersuchen

A03 D03 Hörverstehen

Verena Reinhardt: Der Hummelreiter Friedrich Löwenmaul (Ausschnitt)

Friedrich Löwenmaul stammt aus einer berühmten Familie von Hummelreitern und steht am Beginn einer aufregenden Mission. Mit seiner Rennhummel Hieronymus Brumsel muss er einige Abenteuer bestehen. Doch schon zu Beginn ihrer Reise gerät Friedrich in eine gefährliche Situation.

Friedrich kletterte von dem Felsen hinunter ins Heidekraut[1] und begann, sich seinen Weg durch die Krautbüschel zu bahnen. Er war hundemüde, aber er hatte noch einiges vor: irgendjemand finden, mit dem man sich vernünftig unterhalten konnte.

„Irgendwer hier muss doch normal sein", murmelte er vor sich hin. „Es kann ja schlecht dieses ganze Land mit irren Hummeln, romantisch verklärten Königinnen und dressierten Hofschranzen[2] bevölkert sein!"

Und damit sollte er leider recht haben. Er war kaum fünf Minuten unterwegs, als er (vor sich hin fluchend und versunken in einen Fluchtplan) plötzlich einen heftigen Widerstand an seiner Brust spürte, der ihn mitten im Laufen innehalten ließ.

„Häh, was ...?" Er schaute an sich herunter. Dummerweise griff er mit der Hand sofort nach der Stelle, wo er den Widerstand spürte und steckte fest. An seiner Brust klebte ein Spinnenfaden und an dem Spinnenfaden klebte seine Hand und beide bekam er nicht mehr los. „Himmel nochmal", fluchte er wütend, und dann fiel ihm ein, dass Spinnenfäden selten allein kommen. Ein Blick nach oben verwandelte seine Wut in kaltes Grausen: Über ihm verliefen noch mehr Fäden, alle kunstvoll zu einem losen Netz verwoben. Im Dämmerlicht waren sie kaum zu sehen. [...]

Hinter ihm klackerte etwas über einen Stein. Friedrich drehte sich um, so weit er konnte. „Brumsel?"

„Nicht ganz, nicht ganz", sagte eine weiche Stimme. Friedrich packte die Angst. Spinnen waren gefährlich, das wusste er. Diese konnte zwar sprechen, aber würde sie das davon abhalten, ihn zu fressen?

Die Spinne lief um ihn herum und nun konnte Friedrich sie sehen. Und wenn er sich bisher eingeredet hatte, sein Tag könne nicht mehr schlimmer werden, musste er jetzt zugeben: Damit hatte er unrecht gehabt. Sie war riesig. Ihr Körper war größer als Friedrich und dazu kamen noch acht lange haarige Beine. Mit vier Augen vorn am Kopf beäugte sie ihren Fang neugierig; zwei weitere kleine Augen oben auf dem Kopf schienen nach oben zu schauen.

Friedrich redete sich ein, dass sie vernunftbegabt sein musste. Er räusperte sich und sagte dann mit fester Stimme: „Verzeihung, ich bin aus Versehen in Ihr Netz geraten."

„Jaja, das sehe ich", sagte die Spinne und schaute ihn an. „Es war wirklich nur ein Versehen", wiederholte Friedrich. „ Ach, das macht doch nichts. Ich bekomme so gerne Besuch!", sagte die Spinne.

Jetzt kam der entscheidende Punkt. Friedrich räusperte sich noch einmal. „Also ... würden Sie mir bitte heraushelfen?"

Die Spinne schüttelte den Kopf, stakste ganz nah zu Friedrich heran und begann, aus ihrer Spinndrüse am Hinterleib einen neuen Faden zu ziehen. „Heute nicht." [...]

Die Spinne grinste und summte, und dann klebte sie den Faden an Friedrichs Rücken fest und begann, um ihn herumzulaufen und Friedrich einzuwickeln, als wäre er eine Spindel.

„He!", schrie Friedrich. Jetzt wünschte er, er hätte letzte Nacht nicht so viel geschrien, denn nun war er heiser. „Hilfe! Hilfeeeeee!!"

„Jetzt hören Sie schon auf zu schreien", sagte die Spinne gut gelaunt. „Es dauert ja nicht mehr lange." Dann knipste sie den Faden ab, der Friedrich mit dem Netz verband, und hob ihn mit den vorderen Beinen hoch.

Ein leises Räuspern ertönte. „Ähä-chäm." Die Spinne drehte sich um. Brumsel stand zwischen zwei Büscheln Heidekraut und sah sehr klein aus im Vergleich zu der Spinne.

„Der junge Mann da gehört zu mir", sagte er. [...] „Na

1 das Heidekraut: kleiner Strauch 2 die oder der Hofschranze: abwertend, schmeichlerisches Mitglied eines Hofstaates

dann gibt es heute Abend eben die doppelte Portion", sagte die Spinne. Sie legte Friedrich auf die Erde.
Dann sprang sie. Friedrich sah es wie in Zeitlupe: wie alle ihre acht Beine sich vom Boden abrückten und sie über ihn hinwegflog, auf die Stelle zu, wo Brumsel stand – oder besser gestanden hatte. Mit einem lauten Brummen schoss der nämlich vorwärts nach oben und rammte der Spinne mitten auf der Flugbahn seinen Kopf in den Bauch.
Die Spinne kam direkt zu Friedrich zurückgeflogen, landete neben ihm und versuchte, sich zu berappeln. Sie war schon fast wieder auf den Beinen, als Brumsel ihr direkt ins Gesicht sprang und ihr einen Tritt verpasste, dass es nur so schallerte.
Die dünnen Spinnenbeine schwankten und knickten ein und der Körper der Spinne krachte auf den Boden. Sie versuchte zwar wieder aufzustehen, aber da saß Brumsel schon auf ihr und hielt eins ihrer Beine hinter ihrem Rücken fest. Es sah schmerzhaft aus.
„Mach ihn los", befahl Brumsel der Spinne von hinten. Die Spinne knurrte wütend und versuchte, ihr Bein zu befreien. Aber Brumsel hielt es fest und dann sagte er zu ihr: „Wir können gerne noch eine Runde kämpfen, aber dann ziele ich auf die Augen. Na, wird's bald?"
Hasserfüllt kroch die Spinne zu Friedrich hin und begann, mit ihren Mundwerkzeugen die Fäden durchzuzwicken. „Und Vorsicht, dass du ihn nicht beißt!", ermahnte Brumsel sie.
Einer nach dem anderen wurden die Fäden geöffnet und Friedrich konnte seine Arme wieder bewegen. Die Fäden klebten zwar furchtbar an seinen Kleidern, aber mit Mühe ließen sie sich abziehen.

○ **1** Sind Friedrich und Brumsel gute Freunde? Begründet eure Einschätzung und belegt mit Stellen aus dem Text.

S. 271 ○ ← ◒ **2** Gliedert den Text in Anfang, Hauptteil und Schluss. Begründet eure Einteilung.

Spannungsbogen → S. 97

◒ **3** **a)** Übernehmt den Spannungsbogen auf Seite 62 und tragt die folgenden fünf Handlungsschritte in der richtigen Reihenfolge ein.

Brumsel erscheint und besiegt die Spinne. Friedrich hat Angst und schreit um Hilfe.

Die Spinne muss Friedrich befreien. Friedrich verfängt sich in einem Spinnennetz.

Die Spinne erscheint und will Friedrich fressen.

b) Beschreibt andere Möglichkeiten, eine Geschichte aufzubauen.

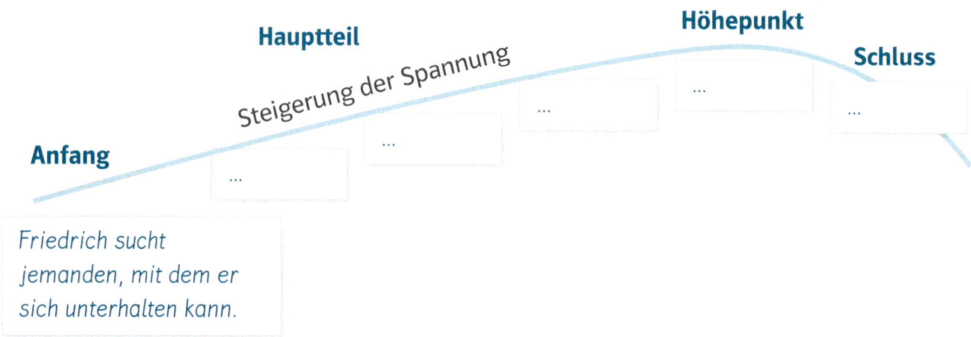

4 Untersucht den Anfang des Textes (Seite 60–61).

a) Beantwortet die W-Fragen.
- Wer sind die handelnden Figuren?
- Was passiert?
- Warum passiert es?
- Wann passiert es?
- Wo passiert es?

b) Diskutiert, warum es wichtig ist, die W-Fragen am Anfang einer Geschichte zu klären.

c) Beschreibt andere Möglichkeiten, eine Geschichte zu beginnen.

5 Erklärt, wie in dem folgenden Textausschnitt Spannung erzeugt wird.

„Himmel nochmal“, fluchte er wütend, und dann fiel ihm ein, dass Spinnenfäden selten allein kommen. Ein Blick nach oben verwandelte seine Wut in kaltes Grausen: Über ihm verliefen noch mehr Fäden, alle kunstvoll zu einem losen Netz verwoben. Im Dämmerlicht waren sie kaum zu sehen. [...] Hinter ihm klackerte etwas über einen Stein.

S. 271 **6** Untersucht, wie über den gesamten Text (Seite 60–61) Spannung aufgebaut wird. Übernehmt die folgende Tabelle und ergänzt jeweils mindestens ein Beispiel.

Gedanken und Gefühle	wörtliche Rede	Spannungserzeuger	anschauliche Adjektive und Verben
Die Spinne knurrte wütend. (Zeile 93)	*„Brumsel?“ „Nicht ganz, nicht ganz“, sagte eine weiche Stimme. (Zeile 27–28)*	*Er war kaum fünf Minuten unterwegs, als er (vor sich hin fluchend und versunken in einen Fluchtplan) plötzlich einen heftigen Widerstand an seiner Brust spürte. (Zeile 10–13)*	*„Himmel nochmal“, fluchte er wütend. (Zeile 20)*

7 Erläutert, welche Art von Schluss die Autorin gewählt hat.

Der Text besitzt ein ...

A positives Ende.
B negatives Ende.
C offenes Ende.

Eine Fantasiegeschichte planen, schreiben und überarbeiten

Cornelia Funke: Das Monster im Kühlschrank (Ausschnitt)

Mitten in der Nacht wurde Leo davon wach, dass er mörderischen Durst hatte. Verschlafen tastete er sich in die dunkle Küche, öffnete die Kühlschranktür – und erstarrte.
„Mach sofort die Tür zu!", sagte eine ekelhafte Stimme. „Aber ein bisschen plötzlich!"
Zwischen der Wurst und dem Pudding saß ein Monster. Ein scheußlich gelbes Monster mit schwarzen Tigerstreifen und einem breiten Maul voll nadelspitzer Zähne. In der einen Tatze hielt es Leos Lieblingswurst, in der anderen eine Gurke.
„Na, da staunst du, was?", grunzte es und rülpste. „Aber jetzt hast du genug geglotzt. Tür zu, aber dalli!"
Leo konnte keinen Finger rühren. Wie angefroren stand er da und starrte das schmatzende Ding an.

○ **1** Wie könnte die Geschichte weitergehen?

a) Schreibt alle Ideen auf, die euch einfallen.

b) Begründet, welche Ideen euch erzählenswert erscheinen.

Brainstorming → S. 344

○ **2** Betrachtet die folgenden Bilder und sammelt Erzählideen.

1

2

3

◒ **3** Wählt einen der folgenden Stichwortzettel aus und ergänzt ihn.
Ihr könnt auch zu einem Bild einen eigenen Stichwortzettel erstellen.

A
- *morgens geschrumpft im Puppenhaus erwacht*
- *Langeweile*
- *Entdeckungstour im Haus*
- *Begegnung mit Haustier*

B
- *König darf sein Reich nicht verlassen, sonst passiert Unglück*
- *möchte aber unbedingt das Land jenseits der Grenze sehen*
- *beim ersten Schritt über die Grenze verwandelt er sich in Steinstatue*

C
- *Mann, der alles vergisst und sich deshalb alles aufschreibt*
- *vergisst auch, wo Merkzettel sind, und klebt sie sich an die Kleidung*
- *geht spazieren*
- *Sturm kommt auf*

4 Diskutiert, ob ihr eure Geschichte in der *Ich-* oder der *Er-/Sie*-Form erzählen wollt.

5 Vergleicht die folgenden Erzählanfänge zu Bild **3** auf Seite 63.
Begründet, welcher Erzählanfang euch besser gefällt.

A *Herr Schmidt war ein glücklicher Mann. Er lebte allein in seiner Wohnung, ging jeden Tag einmal um einen naheliegenden See spazieren und bekam gelegentlich Besuch von seinen Freunden. Selbst konnte er niemanden besuchen, denn er hatte es, unmittelbar nachdem er es sich vorgenommen hatte, wieder vergessen. So ging es ihm mit allen Dingen. Er vergaß einfach alles. Deshalb gab ihm ein Freund einmal einen guten Tipp: Alles, was er sich merken wollte, sollte er aufschreiben. Das tat Herr Schmidt dann auch, allerdings vergaß er, wo er seine beschriebenen Zettel gelassen hatte. Deshalb befestigte er sofort, nachdem er sich etwas aufgeschrieben hatte, den Zettel an seiner Kleidung. Jeden Tag wurden es mehr und mehr Zettel.*

B *„Es kann doch nicht sein, dass du schon wieder unsere Verabredung vergessen hast.“ Herr Schmidt blickte schuldbewusst zu Boden. Wenn es so weiter ging, dann würde er bald nicht einmal mehr den Weg nach Hause finden. „Ich hatte neulich schon eine Idee, was ich machen kann, um mir die Sachen besser zu merken, doch dann habe ich es wieder vergessen“, entgegnete er seinem Freund. „Schreib es dir doch einfach auf!“, riet ihm daraufhin sein Freund. Dieser scheinbar so einfache Vorschlag sollte das Leben von Herrn Schmidt schlagartig verändern. Doch er ahnte noch nicht, wie sehr der langsam beginnende Herbst alles noch viel komplizierter machen sollte.*

6 Schreibt einen eigenen Erzählanfang zu eurem Stichwortzettel (Seite 63, Aufgabe 3).

7 Untersucht, mit welchen Mitteln in dem folgenden Abschnitt Spannung aufgebaut wird.

Plötzlich erfasste ihn eine so kräftige Windböe, dass er sich kaum auf den Beinen halten konnte. Er wankte etwas und griff um sich, um die unzähligen Zettel an seiner Kleidung vor dem Wegfliegen zu retten. „Oh nein, ich schaffe es nicht, es sind zu viele, ich kann sie nicht halten“, jammerte Herr Schmidt und wurde immer hektischer.

wörtliche Rede → S. 233

8 Verfasst einen eigenen Hauptteil zu eurer Geschichte.
- Nutzt eure Vorarbeiten und die Kompetenzbox.
- Achtet bei der wörtlichen Rede auf die Zeichensetzung.

9 Wie soll eure Geschichte enden? Entscheidet euch für ein positives, negatives oder offenes Ende und schreibt es auf.

Textlupe → S. 76

10 MK Überarbeitet eure Erzählungen. Besprecht, was bei einer Überarbeitung am PC/Tablet von Vorteil sein könnte.

a) Bildet Vierergruppen. Bestimmt für jeden Beurteilungsaspekt einen Experten. Beurteilungsaspekte können sein:
   - Gestaltung des Anfangs und des Endes
   - Ausgestaltung des Spannungsverlaufs und des Höhepunkts
   - sprachliche Gestaltung (Wortwahl, Satzbau, Satzverknüpfungen)
   - Rechtschreibung und Grammatik

b) Jeder Experte bearbeitet alle vier Geschichten und notiert Überarbeitungshinweise.

c) Überarbeitet mithilfe der Hinweise eure eigene Erzählung.

MK **11** **EXTRA** Sammelt eure Geschichten und erstellt ein Geschichtenbuch eurer Klasse.
- Gestaltet auch ein Titelblatt.
- Veranstaltet eine Vorlesestunde, in der ihr eure Geschichten präsentiert.

Fantasiegeschichte S. 306 **KOMPETENZBOX**

Eine Fantasiegeschichte verfassen

1. Planen
- Ideen durch Arbeitstechniken sammeln: *Brainstorming* (S. 344), *Cluster* (S. 344), *W-Fragen beantworten*
- Erzählform festlegen: *Ich*- oder *Er-/Sie*-Form
- Wirkliches mit Fantastischem verbinden und auf die Nachvollziehbarkeit achten
- Handlungsschritte notieren: Anfang, Höhepunkt, Schluss
- nachvollziehbare Reihenfolge (roten Faden) und Spannungsaufbau überlegen
- Überschrift formulieren

2. Schreiben
- Sinneseindrücke beschreiben
- Gedanken und Gefühle darstellen
- interessante Einzelheiten beschreiben
- wörtliche Rede einsetzen
- überraschende Wendungen hervorheben
- anschauliche Verben, Adjektive und Vergleiche verwenden
- im Präteritum schreiben

3. Überarbeiten
- Arbeitstechniken verwenden: *Checkliste* (S. 306), *Textlupe* (S. 76), *Schreibkonferenz* (S. 345)
- Rechtschreibung, Grammatik und Satzzeichen überprüfen

3.5 Plötzlich verschwunden · Eine Erzählung zu Bildern verfassen

1 Diskutiert, wie die Geschichte auf euch wirkt. Geht besonders auf den Umgang der Mutter mit ihrem Sohn ein.

2 Untersucht die erste Bildreihe.
a) Beschreibt, was die ersten vier Bilder darstellen.
b) Erklärt, worin sie sich von den übrigen Bildern unterscheiden.

3 **a)** Schreibt in Stichpunkten auf, was auf jedem Bild passiert.
b) Formuliert außerdem, was zwischen den Bildern geschieht.

S. 272 ○← **4** Betrachtet die Mimik (Gesichtsausdruck), Gestik (Bewegung der Hände und Füße) und Körperhaltung der Figuren. Formuliert, wie sich die Figuren fühlen, was sie denken und was sie sagen könnten.

wörtliche Rede → S. 233

5 Schreibt zu den Bildern **8** – **10** passende Sätze mit wörtlicher Rede auf. Lasst die Figuren miteinander oder mit sich selbst sprechen.

6 Verbessert das Beispiel auf Seite 67 oben, indem ihr die Figuren näher beschreibt und Redebegleitsätze einfügt.

Achtung: Fehlertext

„Kommt Max wieder?", fragte die Schwester mit Tränen in den Augen. „Das will ich hoffen. Wir gehen erst mal zum Fernsehtechniker." Oma dachte: „Das wird wohl nix mehr, mein Mäxchen."

◒ **7** Überarbeitet das folgende Beispiel, indem ihr die Sätze zu den einzelnen Bildern verknüpft. Ihr könnt die Verbindungswörter aus dem Sprachtipp verwenden.

Achtung: Fehlertext

Seine Schwester kann es nicht fassen.
Max verschwindet einfach im Fernseher.
Sie rufen die Oma zu Hilfe. Gemeinsam versuchen sie, Max festzuhalten.

SPRACHTIPP

Verbindungswörter

weil | da | dass | sodass | wenn | als | ob | obwohl | damit | nachdem | aber | sondern | denn | während | ehe | bis

S.272 ○←◒ **8** **a)** Verfasst eine vollständige Erzählung zu den Bildern auf Seite 66. Formuliert eine passende Überschrift.
b) Überarbeitet eure Erzählung mithilfe der Kompetenzbox.

Erzählung zu Bildern S.308 **KOMPETENZBOX**

Eine Erzählung zu Bildern verfassen

1. Planen
- Situation und Handlung erkennen
- überlegen, was zwischen den Bildern geschieht, und Zusammenhänge zwischen den Bildern herstellen
- auf Mimik, Gestik und Körperhaltung achten, um damit die Gedanken und Gefühle der Figuren zu erfassen
- Stichpunkte zu den einzelnen Bildern notieren
- Erzählform festlegen: *Ich*- oder *Er-/Sie*-Form
- Überschrift formulieren

2. Schreiben
- Sinneseindrücke beschreiben
- Gedanken und Gefühle darstellen
- interessante Einzelheiten beschreiben
- wörtliche Rede einsetzen
- überraschende Wendungen hervorheben
- anschauliche Verben, Adjektive und Vergleiche verwenden
- im Präteritum schreiben

3. Überarbeiten
- Arbeitstechniken verwenden: *Checkliste* (S.308), *Textlupe* (S.76), *Schreibkonferenz* (S.345)
- Rechtschreibung, Grammatik und Satzzeichen überprüfen

● **9** Versetzt euch in eine der Figuren auf den Bildern (Seite 66) und verfasst die Erzählung aus ihrer Sicht. Ihr könnt auch aus der Sicht eines Gegenstands erzählen, zum Beispiel aus der Sicht des Fernsehers.

◒ **10** Verfasst die Erzählung zu den Bildern auf den Seiten 32–33.

Das könnt ihr jetzt!

Eine Erzählung zu Bildern verfassen

D04 Beispiellösung

Beispiel für eine Klassenarbeit

Schreibt eine Erzählung zu den folgenden Bildern. Achtet auf Folgendes:
- Überlegt, was zwischen den Bildern passiert.
- Beschreibt die Gedanken und Gefühle der Figuren.
- Nutzt wörtliche Rede.
- Haltet die Regeln der Rechtschreibung und Zeichensetzung ein.

Anke Kuhl: Lisa-ohne-Zahn

Eine Erlebniserzählung verfassen

D05 Beispiellösung

Beispiel für eine Klassenarbeit

Schreibt zu der folgenden Meldung aus der Stuttgarter Zeitung eine spannende Erlebniserzählung.

Familie vergisst Sohn auf der Autobahnraststätte

Für eine Familie aus Göppingen verlief der Sonntagsausflug anders als geplant. Die Familie war auf dem Weg in den Erlebnispark *Tripsdrill* in Cleebronn, als sie an einer Autobahnraststätte der A81 kurz Halt machte, um zu tanken. Dort ging der 10-jährige Sohn unbemerkt vom Rest der Familie auf die Toilette. Als er wieder zum Parkplatz kam, war der Pkw bereits fort. Die Familie bemerkte das Fehlen ihres ältesten Kindes erst nach 20 Kilometern und einer Durchsage im Radio. Am Nachmittag und war die Familie dann wieder glücklich vereint.

Schritt für Schritt zur Lösung

Lösungen → S. 290

1. Notiert die Handlungsschritte eurer Erzählung in Stichpunkten.
- Entwerft Hauptteil und Schluss. Legt den Höhepunkt fest.
- Markiert Stellen, an denen ihr wörtliche Rede einsetzt.
- Markiert Stellen, an denen ihr die Gedanken und Gefühle der Figuren beschreibt.

2. Formuliert eine passende Überschrift, die die Leserinnen und Leser neugierig macht.

3. Verfasst eure Erzählung. Achtet darauf, die Gedanken und Gefühle der Figuren deutlich zu machen, Sinneseindrücke zu beschreiben und interessante Einzelheiten zu erzählen (zum Beispiel wie der Parkplatz aussieht).

4. Überarbeitet euren Text in drei Durchgängen:

1. **Durchgang:** Achtet auf die Nachvollziehbarkeit und Reihenfolge (roter Faden).
2. **Durchgang:** Überprüft, ob ihr Spannung erzeugt habt. Achtet auf anschauliche Verben, Adjektive und Vergleiche.
   Lest erneut und prüft, ob eure Satzanfänge abwechslungsreich sind.
   Überarbeitet alle Stellen, die noch nicht so gelungen sind.
3. **Durchgang:** Achtet auf die Rechtschreibung, die Grammatik und die Satzzeichen.
   Verwendet ein Wörterbuch.

4 Okapi, Nasenbär & Co.

Tiere und Gegenstände beschreiben

Pfau

A **Pfau (Blauer Pfau)**

Steckbrief

Ordnung: Hühnervögel
Familie: Fasanenartige
Art/Gattung: Blauer Pfau, Asiatischer Pfau / wissenschaftl. *Pavo cristatus*
Klasse: Vögel
Lebensraum: Indien, Sri Lanka
Lebenserwartung: über 20 Jahre
Feinde: Tiger, Leoparden
Ernährung: Grassamen, Insekten, Früchte, kleine Säugetiere, Kriechtiere
Gewicht: 2,7 – 5,4 kg
Größe: 95 – 115 cm vom Schnabel bis zum Schwanz
Geschwindigkeit: unbekannt
Gefährdete Art: nein

1 Habt ihr schon einmal einen Pfau gesehen? Erläutert, was ihr über den Pfau und seine Besonderheiten wisst.

Das lernt ihr jetzt!

4.1 Tiere genau beobachten und beschreiben

4.2 Gegenstände beschreiben

B **Pfau** **(Lexikonartikel)**

Pavo cristatus

Unterfamilie: Glattfußhühner

Als Ziervogel ist der Pfau weltweit eingebürgert worden und in Zoos und Parks ein vertrauter Anblick. **Kennzeichen:** ♂ 200–220 cm, ♀ 85 cm. ♂ überwiegend metallisch blau schillernd, ♀ oberseits bräunlich, unterseits weißlich, grünlich schillernd an Hals und Oberbrust. ♂ und ♀ mit Krönchen. „Schwanz“ beim ♂ eine mit Augenflecken versehene Schleppe. **Vorkommen:** Indien und Ceylon. Lichtungen im unterwuchsreichen Dschungel in der Ebene und auf den Vorbergen, meist in Flussnähe. Auch in der Nähe menschlicher Siedlungen und in Kulturlandschaften. **Lebensweise:** Nahrungssuche morgens und abends auf Feldern. Baumt zum Schlafen auf[1]. Sehr wachsam, warnt mit seinen lauten, durchdringenden Schreien auch andere Tiere vor Feinden. [...] **Verhalten:** [...]

1 Baumt zum Schlafen auf: Sucht zum Schlafen einen Baum auf

C

Pfau entlaufen!

Wir bitten um Ihre Mithilfe und sind für jeden Hinweis dankbar!

Die Henne aus dem Schulzoo wird seit dem 20. April vermisst!

Alter: 3 Jahre
Art: Blauer Pfau
Größe: ca. 90 cm
Gewicht: 2,5 kg
Aussehen: weißer Kopf mit bräunlicher Federkrone, dunkelbraunes Federkleid mit hellen Federn am Bauch
Besondere Kennzeichen: grünlicher Schimmer am Hals

Pfau

Wo: Konrad-Lorenz-Gymnasium (Heidelberg)
Sie erreichen uns unter der Telefonnummer ...

2 Untersucht die drei Texte **A**, **B** und **C** zum Pfau.
- Welche Informationen enthalten sie?
- An welche Leser richten sich die Texte?
- Zu welchem Zweck sind sie verfasst worden?

3 Nennt euer Lieblingstier und beschreibt es. Ihr könnt auch ein Rätselspiel durchführen.

Mein Lieblingstier besitzt kurzes sandfarbenes Fell und eine dunkelbraune bis schwarze Mähne ...

4.1 Tierisch gut! · Tiere genau beobachten und beschreiben

Merkmale von Tierbeschreibungen kennenlernen

Okapi

1 Giraffe oder Zebra? Diskutiert, welchem Tier das Okapi ähnlicher ist. Ihr könnt dabei die folgenden Formulierungen verwenden:

Das Okapi ist größer als …
Ein Zebra hat vergleichbare …
Es hat Hörner wie …
Die Schnauze ähnelt …

S. 272 **2** Vergleicht arbeitsteilig die Texte **A** und **B** (Seite 73) mit dem Bild.
- Welche Informationen konnten die Schülerinnen und Schüler der Abbildung entnehmen, welche nicht? Haltet eure Ergebnisse in einer Tabelle fest.
- Besprecht, an welche Leserinnen und Leser sich die Texte richten und zu welchem Zweck sie verfasst worden sind.

A *Okapis gehören zur Ordnung der Paarhufer[1] und zur Familie der Giraffenartigen. Sie sind aber wesentlich kleiner als die Giraffen und haben nicht so einen langen Hals. Sie erreichen eine Körperlänge von 2,10 m und eine Schulterhöhe von 1,70 m. Okapis können bis zu 250 kg wiegen. Der Körperbau ist gedrungen[2] mit einer nach hinten abfallenden Rückenlinie. Das Okapi hat sehr kurzes, samtiges[3] kastanien- bis schokoladenbraunes Fell. An den Vorder- und Hinterläufen besitzt es auffällige weiße Querstreifen. Der Kopf ist größtenteils weiß gefärbt und läuft in eine spitze, dunkler werdende Schnauze aus. Die trichterförmigen Ohren sehen dunkel aus und sind sehr groß. Nur das Männchen hat kurze, rückwärts gerichtete und mit Haut überzogene Hörner auf der Stirn, ähnlich wie die Giraffe. Der etwa 40 cm lange Schwanz endet in einer dichten Quaste[4].*

---

1 die Paarhufer: Tier mit Hufen, bei dem zwei Zehen stark entwickelt sind **2** gedrungen: mittelgroß, klein und dabei breit **3** samtig: weich wie Samt **4** die Quaste: hier ein Büschel Haare

B *Für mich sind Okapis die interessantesten Tiere, die ich kenne. Ein Okapi schläft beispielsweise pro Tag nur fünf Minuten! Es fällt zwar bis zu zehn Mal in eine Tiefschlafphase, die beträgt aber nur 30 Sekunden. Es döst recht gern und liegt jede Nacht bis zu sechs Stunden auf seinem Nachtlager. Okapis besitzen ein braunes Fell und erreichen eine Schulterhöhe von bis zu 1,70 m. Ihre großen Ohren wirken so, als ob sie alles hören könnten. Ich finde es toll, wie sie mit ihrem sehr langen Schwanz (circa 40 cm), der am Ende wie ein buschiger Pinsel aussieht, unliebsames Ungeziefer vertreiben können. Die männlichen Okapis haben zwischen ihren großen Ohren zwei mit Fell überzogene Hörner. An ihren Beinen haben sie auffällige weiße Querstreifen, ähnlich wie ein Zebra.*

S.273 ◒ ← ● **3** Stellt euch vor, ihr seid der berühmte Zoologe Henry Hamilton Johnston und entdeckt 1900 zum ersten Mal dieses fremde Tier. Ihr habt keinen Fotoapparat und keine Kamera dabei. Erstellt einen detaillierten Steckbrief für eure Forschung.

Steckbrief → S.70

◒ **4** Erschließt aus Text **A** Merkmale einer Tierbeschreibung. Findet dazu geeignete Oberbegriffe.
- Welche Informationen enthält die Tierbeschreibung (zum Beispiel: Lebensraum, Größe, Nahrung)?
- Wie ist die Tierbeschreibung aufgebaut?
- Welche sprachlichen Besonderheiten fallen euch auf?

Vergleicht eure Ergebnisse mit den Informationen in der Kompetenzbox auf Seite 77.

◒ **5** Beurteilt Text **B** nach Inhalt, Aufbau und Sprache. Begründet eure Einschätzung.

Eine Tierbeschreibung planen, verfassen und überarbeiten

Nasenbär

1 Bei einem Zoobesuch im Rahmen des Biologieunterrichts war eine Klasse besonders von den Nasenbären begeistert.
- Schaut euch die Abbildung genau an.
- Nennt äußere Merkmale und besondere Kennzeichen dieses Tieres.

2 Schreibt die folgende Tabelle ab und ergänzt sie.
Verwendet möglichst genaue Angaben und Formulierungen.

Größe	Körperbau	Fell	Besonderheiten
Körper 30–60 cm *Schwanz 30–60 cm*	...	...	*rüsselartige Schnauze*

3 Seht euch die Beschaffenheit und Farbe des Fells an und wählt geeignete Ausdrücke aus dem Sprachtipp aus. Ergänzt eure Tabelle (Aufgabe 2).

SPRACHTIPP

Treffende Adjektive und Partizipien

borstig | samtweich | flauschig | glatt | hell- bis rötlich braun | nicht einheitlich gefärbt | langhaarig | dunkel geringelt | dicht | zottelig | kastanienbraun | glänzend | durchgängig dunkelbraun | gestreift | buschig | wollig | nussbraun | gefleckt

A04 D06 Hörverstehen

Der Nasenbär

Der Nasenbär (oder Rüsselbär) gehört zu einer in Mittel- und Südamerika verbreiteten Familie der Kleinbären. Er ist circa 30 cm lang und wiegt bis zu 6 kg. Trotz seines putzigen Aussehens zählt er zur Ordnung der Raubtiere.

Nase voran

Die Tiere besitzen einen langen, buschigen Schwanz, der dunkle Streifen aufweist und der meist aufrecht in die Höhe ragt. Die Nase der Bären ist lang, rüsselartig und beweglich. Mit ihr spüren sie Nahrung unter Rinden morscher Bäume, unter Wurzeln und Steinen oder an anderen Stellen im Erdreich auf. Gefundenes Fressen scharren sie mit ihren kräftigen Krallen heraus und verspeisen es geräuschvoll.

Geschickte Kletterer

Ähnlich wie die Affen sind die Kleinbären geschickte Kletterer. Hilfreich sind ihnen dabei ihre starken Arme und die noch kräftigeren Hinterbeine. Mit diesen Gliedmaßen umarmen sie den Baumstamm und krallen sich in die Rinde fest. So klettern die Kleinbären ruckzuck auf den Baum. Nach unten geht es ebenso schnell: Nicht mit dem Hinterteil, sondern mit dem Kopf voran. Hilfreich für dieses Kunststück sind ihre besonders dehnbaren Gelenke der Vorder- und Hinterpfoten.

Revierkämpfe

Männer sind bei den Nasenbären die meiste Zeit des Jahres Einzelgänger. Nur während der Paarungszeit von Februar bis März verbringen Männchen und Weibchen eine gemeinsame Zeit. Währenddessen gibt es gefährliche Revierkämpfe, bei denen der Auserwählte andere männliche Eindringlinge attackiert. Mit hoch gezogener Nase gehen die Männchen aufeinander los. Dabei zeigen sie sich die Zähne. Mit ihren großen Eckzähnen können sie sich stark verletzen.

Bärensprache

Nasenbären verständigen sich mit Fieplauten. Wenn Gefahr droht, können sie aber auch bellen. Mit den Belllauten warnen sie die anderen, die dann schnell auf hohe Bäume klettern und sich so in Sicherheit bringen.

diagonales Lesen → S. 294

4 Überfliegt den Text. Wie gelingt es dem Autor, Interesse an dem Tier zu wecken?

5 Vergleicht diesen Text mit der Tierbeschreibung **A** auf Seite 73 oben. Welche Unterschiede fallen euch auf? Begründet mit Beispielen aus dem Text.

intensives Lesen → S. 294

6 Lest den Text ein zweites Mal intensiv und arbeitet weitere äußere Merkmale des Nasenbären heraus.

a) Ergänzt eure Tabelle (Seite 74, Aufgabe 2).

b) Bringt die Notizen eurer Tabelle in eine sinnvolle Reihenfolge. Orientiert euch an der Kompetenzbox auf Seite 77. Nummeriert die einzelnen Stichpunkte.

Adjektive → S. 186

7 Vergleicht die Eigenschaften des Nasenbären mit denen anderer Tiere. Setzt dazu die Wörter in Klammern in der richtigen Form ein.

A Der Nasenbär kann so ... (geschickt) klettern wie ein Affe.
B Der Nasenbär kann ... (laut) bellen als ein Hund.
C Der Nasenbär kann sehr ... (gut) riechen, aber Hunde haben einen ... (gut) Geruchssinn.
D Der Nasenbär hat eine ... (lang) Nase als ein Braunbär.

S. 273 **8** Ihr sollt nach dem Zoobesuch für den Biologieunterricht ein Säugetier beschreiben. Formuliert die Beschreibung des Nasenbären schriftlich in einem ersten Entwurf.

ARBEITSTECHNIK

Textlupe

Nehmt euren Text genauer unter die Lupe. Untersucht jeweils **einen** Gesichtspunkt und verbessert die Stellen, die euch nicht gefallen.
Überarbeitet so euren Text in **drei Durchgängen**.

1. Durchgang: Inhalt und Aufbau,
zum Beispiel: *Vollständigkeit, Reihenfolge (roter Faden), Leserorientierung*

2. Durchgang: Sprachliche Gestaltung,
zum Beispiel: *Satzanfänge, Satzverknüpfungen, Wortwahl (treffende Verben und Adjektive, Vergleiche)*

3. Durchgang: Rechtschreibung, Grammatik, Satzzeichen

9 Eine Schülerin hat ihren Entwurf **A** mithilfe der Textlupe untersucht und begonnen, ihn zu überarbeiten **B**.
- Nennt die Fehlerschwerpunkte, die die Schülerin in Text **A** gefunden hat.
- Beschreibt, was in Text **B** besser gelungen ist.

A *Der Nasenbär ist ein Kleinbär. Er ist von seiner äußeren Gestalt her mit einer riesigen Spitzmaus vergleichbar. Der Nasenbär ist circa 30 cm lang und hat einen langgestreckten, schlanken Körper. Der Nasenbär ist kurzbeinig und hat einen langen buschigen Schwanz. Der Nasenbär ist rötlich braun. Der Schwanz des Nasenbären ist in gleichmäßigen Abständen dunkler geringelt. Die Schnauze des Nasenbären ist spitz zulaufend.*

B *Der Nasenbär gehört zur Familie der Kleinbären. Er ähnelt in seiner äußeren Gestalt einer riesigen Spitzmaus. Das Tier ist circa 30 cm lang und besitzt einen langgestreckten, schlanken Körper ...*

10 Formuliert Sätze zum Aussehen des Nasenbären mit den folgenden **Nomen** und **Adjektiven**. Verwendet außerdem abwechslungsreiche Verben aus dem Sprachtipp.

Körper, Schwanz, Nasenbär, Ohren, Beine, Nase, Füße, Krallen, Schnauze

lang, buschig, klein, kurz, kräftig, rüsselartig, stark, braun, schwarz

11 Setzt die Überarbeitung von Text **B** fort und nutzt dabei den Sprachtipp.

SPRACHTIPP

Abwechslungsreiche Verben

aufweisen | besitzen | gekennzeichnet sein | sich befinden | betragen | ähneln | messen | verfügen über | gehören zu | erscheinen | verlaufen | erkennen | erinnern an | sichtbar sein | vergleichbar sein mit | wirken (wie) | aussehen (wie)

12 Überprüft euren eigenen Entwurf zur Beschreibung des Nasenbären (Seite 75, Aufgabe 8) mithilfe der Textlupe und überarbeitet ihn.

Internet → S. 325

MK **13** **EXTRA** Informiert euch in einem Tierlexikon oder im Internet über den Lebensraum, das Verhalten und die Ernährung des Okapis.
Fasst die Informationen in einem kurzen Text zusammen.
Ihr könnt die folgenden Verben verwenden:

erreichen verbringen laufen knabbern ernähren nutzen

finden leben kämpfen wahrnehmen verständigen

S. 273 **14** Nach seiner Forschungsreise möchte der Zoologe Henry Hamilton Johnston seine Beobachtungen zum Okapi in einem Brief an einen Forscherkollegen schildern, da er keine Bilder hat. Verfasst für ihn diesen Brief über das Okapi.
Ihr könnt den Steckbrief (Seite 73, Aufgabe 3) nutzen.

Tier beschreiben S. 310 **KOMPETENZBOX**

Ein Tier beschreiben

1. Planen
- **Anlass**, **Zweck** und **Adressatin/Adressaten** beachten
- Tier genau betrachten
- eventuell zusätzliche Informationen nutzen
- Stichpunkte notieren
- Stichpunkte ordnen
- **Möglicher Aufbau:**
  - biologische Einordnung des Tieres, Gesamteindruck, auffällige Besonderheiten
  - äußere Merkmale: Größe, Körperbau, Aussehen einzelner Körperteile, Farbe und Beschaffenheit der Haut, des Fells oder der Federn

2. Schreiben
- im **Präsens** schreiben
- **sachlich** schreiben
- abwechslungsreiche und aussagekräftige Verben verwenden
  ähnelt, besitzt, verfügt über, weist auf
- genaue Nomen verwenden
  nach hinten abfallende Rückenlinie, Schulterhöhe, Vorder- und Hinterläufe
- treffende Adjektive verwenden
  samtiges schokoladenbraunes Fell, auffällige weiße Querstreifen, trichterförmige Ohren
- passende Vergleiche verwenden
  wesentlich kleiner als die Giraffe, ein Zebra hat vergleichbare Streifen

3. Überarbeiten
- Arbeitstechniken verwenden: *Checkliste* (S. 310), *Textlupe* (S. 76), *Schreibkonferenz* (S. 345)
- Rechtschreibung, Grammatik und Satzzeichen überprüfen

Tiere genau beobachten und beschreiben

Marcs Klasse übernimmt eine Tierpatenschaft im Stuttgarter Zoo „Wilhelma". Darüber hat er einen Artikel für die Schulzeitung verfasst.

Patenschaften schützen vom Aussterben bedrohte Tiere

Die Klasse 5c übernimmt die Patenschaft für einen Tapirjungen in der Wilhelma

Letzte Woche besuchten wir, die Klasse 5c, die Wilhelma in Stuttgart. Besonders fasziniert waren wir von den Tapiren, deshalb blieben wir bei diesem Gehege sehr lange. Tapire sehen aus wie Schweine mit kleinen Rüsseln. Der kleine Tapirjunge besitzt ein dunkelbraunes Fell mit weißen Längsstreifen und weißen Punkten, während das Fell seiner Mutter grau gefärbt ist. Jimmy hat große dunkle Augen und die kleinen nach hinten ausgerichteten Ohren haben eine rosa Ohrmuschel. Der Rüssel ist länger als sein Maul und hat vorne zwei Nasenlöcher. An seinen kurzen Beinen befinden sich kleine Klauen. Tapire besitzen nur einen kleinen Stummelschwanz.

Tapire sind grundsätzlich Einzelgänger, die nur zur Paarungszeit zusammenkommen und sehr scheu sind. Das bedeutete für uns, dass wir den Tapirjungen nicht füttern durften. Es hätte sich sonst erschrocken. Dafür zeigte uns der Pfleger, wie er das Futter zubereitet. Er führte uns in die Räume neben dem Gehege und zeigte uns, was die erwachsenen Tapire fressen, nämlich eine Mischung aus Blättern, Knospen, Rinde und Früchten. Sie fressen bis zu 21 Kilogramm am Tag!

Außerdem erzählte er uns, dass manche Tapirarten wie die Flachlandtapire sogar vom Aussterben bedroht sind. Aber in den Zoos werden sie deshalb gezüchtet und die Patenschaft hilft dem Zoo dabei. Als der Pfleger das gesagt hat, waren wir alle ganz stolz.

Tapirjunge

1 Untersucht den Artikel.

a) Besprecht, welches Ziel Marc mit dem Artikel verfolgt.

b) Erläutert, wie sich sein Ziel auf die Beschreibung der Tapire auswirkt. Begründet das mit Textstellen.

Steckbrief → S.70

2 Arbeitet in dem Artikel alle Stellen heraus, an denen der Tapir Jimmy beschrieben wird.
Erstellt einen Steckbrief für den Tapir und ergänzt ihn.

Adjektive
→ S. 186

3 Setzt die folgenden Adjektive in der richtigen Form ein.

lang   lang   klebrig   gut

Die Zunge eines Ameisenbären kann über 60 cm **1** werden. Er zählt damit zu den Säugetieren mit den **2** Zungen.
An dem **3** Speichel bleiben Insekten hängen, die der Ameisenbär beim Einziehen der Zunge in den Mund abstreift.
So frisst er bis zu 30.000 Insekten am Tag.
Ameisenbären können außerdem 40 Mal **4** riechen als Menschen.

Ameisenbär

S. 273 ○ ← **4** Der Tapir – Wildschwein oder Ameisenbär? Bildet Sätze, in denen ihr den Tapir mit diesen beiden Tieren vergleicht und von ihnen abgrenzt.
Orientiert euch an den folgenden Beispielen zum Okapi:

Das Okapi ist größer als ein Zebra. Es hat Hörner wie eine Giraffe.
Die Schnauze ähnelt der einer Giraffe. Ein Zebra hat vergleichbare Streifen.

5 Lauras Klasse möchte eine Tierpatenschaft für einen Ameisenbär im Zoo Heidelberg übernehmen. Laura will ihrer Oma eine E-Mail schreiben, in der sie ihr davon erzählt.
- Schreibt die E-Mail an Lauras Oma.
- Verfasst im Hauptteil eine Tierbeschreibung zum Ameisenbär.
- Formuliert am Ende der E-Mail Lauras eigene Meinung zur Tierpatenschaft.

6 Für das Aquarium des Schulzoos sollt ihr die Informationstafel zum Clownfisch überarbeiten.
MK
- Gestaltet die Satzanfänge abwechslungsreich.
- Verwendet Verben aus dem Sprachtipp auf Seite 76.

Der Clownfisch wird auch Harlekinfisch genannt.
Der Clownfisch lebt in den Korallenriffen des Indischen Ozeans.
Er lebt in der Nähe von Anemonen.
Er wird von der Anemone beschützt.
Er ist ein schlechter Schwimmer.
Er ist ein farbenfroher Fisch.
Der Clownfisch hat eine auffällige orangegelbe Grundfarbe.
Er hat drei weiße Querstreifen auf dem Körper.
An den Rändern der weißen Streifen hat er schwarze Striche.

Clownfisch

4.2 Ich sehe was, was ihr nicht seht · Gegenstände beschreiben

1 Beschreibt einen Gegenstand, den man beim Umgang oder der Pflege mit Tieren benötigt. Tragt eure Beschreibung vor, ohne den Gegenstand zu nennen. Wer errät zuerst, was gemeint ist?

Hannas Hund zerbeißt aus Langeweile immer ihre Schuhe, deshalb sucht sie bei ihrem Klassenkameraden Paul Rat.

Hanna: Karlo hat schon das dritte Paar Turnschuhe zerbissen!
Paul: Beschäftigst du ihn denn genug?
Hanna: Klar. Ich gehe täglich mit ihm spazieren.
Paul: Aber spielst du auch mit ihm? Oder lässt ihn apportieren?
Hanna: Apportieren?
Paul: Das heißt, dass dein Hund dir Gegenstände bringt. Ich habe das mit Mia mit ihrem Lieblingskauspielzeug geübt. Ich werfe es und sie muss es mir bringen. Das macht ihr Spaß und lastet sie aus. Danach stellt sie keinen Unsinn mehr an.
Hanna: Wie sieht denn ein solches Kauspielzeug aus? Das kaufe ich auch. Dann lässt Karlo hoffentlich meine Schuhe in Ruhe!

Kauspielzeug für Hunde

2 Worauf muss Paul bei seiner Gegenstandsbeschreibung achten, damit Hanna das richtige Hundespielzeug kauft? Begründet.

3 Mit zusammengesetzten und abgeleiteten Adjektiven könnt ihr das Hundespielzeug genau beschreiben.
Sucht weitere Wörter, indem ihr die Adjektive mit Nomen oder mit Vor- und Nachbausteinen verbindet.

Zusammensetzungen, Ableitungen → S. 170

Merkmale des Gegenstandes	Adjektive zur genauen Beschreibung
Größe	*handgroß, armlang, riesengroß, kniehoch* …
Form	*kreisrund, knotenförmig, scharfkantig, rechteckig* …
Farbe	*neonorange, taubengrau, feuerrot, moosgrün, holzfarben* …
Material	*gummiartig, filzartig, federleicht, spiegelglatt, wollig* …

4 Übernehmt die folgende Tabelle und ergänzt sie.

Merkmale des Gegenstandes	Angaben zur Beschreibung
Art/Name	*Spielzeug für Hunde*
Funktion	*Beschäftigung, Kauspielzeug*
Größe	...
Form	...
Material	...
Farbe und Muster	...
Einzelteile	...
Besonderheiten	...

5 Verfasst eine Beschreibung des Hundespielzeuges.
Achtet auf eine sinnvolle Reihenfolge.

Gegenstand beschreiben S. 311 **KOMPETENZBOX**

Einen Gegenstand beschreiben

1. Planen
- **Anlass**, **Zweck** und **Adressatin/Adressaten** beachten
- Gegenstand genau betrachten
- Stichpunkte notieren zu:
  - Art und Funktion des Gegenstandes
  - Größe, Form, Material, Farbe, Muster
  - Einzelteilen mit ihrer Ausstattung und Anordnung
  - auffälligen Besonderheiten
- Stichpunkte ordnen
- **Möglicher Aufbau:**
  - vom Auffälligen zum Unauffälligen
  - vom Allgemeinen zum Speziellen
  - von außen nach innen

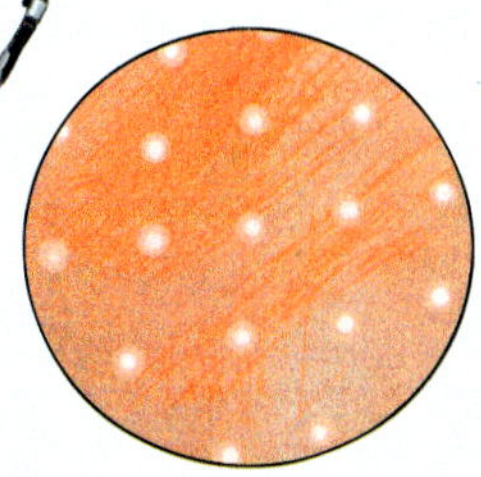

2. Schreiben
- im **Präsens** schreiben
- **sachlich** schreiben (keine Gefühle oder persönliche Eindrücke)
- genaue Nomen verwenden
  Stofffäden, Kauspielzeug, Plastiknoppen, Tennisbälle
- treffende Adjektive verwenden
  schneeweiß, metallhaltig, zweifarbig, viereckig, winzig

3. Überarbeiten
- Arbeitstechniken verwenden: *Checkliste* (S. 311), *Textlupe* (S. 76), *Schreibkonferenz* (S. 345)
- Rechtschreibung, Satzbau und Satzzeichen überprüfen

Gegenstände beschreiben

1 Sophia hat eine lustige Schlafgelegenheit für Katzen entdeckt, die sie mit ihrem Großvater bauen möchte.
Verfasst eine genaue Gegenstandsbeschreibung des Katzenkofferbettes für den Großvater.

a) Notiert Stichpunkte zu
- der Art und Funktion des Gegenstandes,
- den Bestandteilen (zum Beispiel *vier Tennisbälle*).

b) Ihr könnt die Merkmale eines Gegenstandes durch treffende **Adjektive** und **Nomen** genauer beschreiben.
Übernehmt die folgende Tabelle und ergänzt weitere Beispiele.

Merkmale	Adjektive und Partizipien	Nomen
Größe	*niedrig ...*	*Daumengröße, Kniehöhe ...*
Form	*eckig, leicht abgerundet ...*	*Halbkreis, Würfelform ...*
Muster	*gemustert, geringelt ...*	*Blumenmuster, Karomuster ...*
Material	*leinenartig, ledrig ...*	*Stoffreste, Lederkoffer ...*

c) Verfasst die Beschreibung des Katzenkofferbettes.
Ihr könnt die folgenden Satzanfänge verwenden:

Das Katzenkofferbett besteht aus ...
Es hat die Größe ...
Die untere Kofferhälfte ist im Verhältnis ...
Das Bett ist aufgebaut wie ...
Die Kofferhälften sind verbunden durch ...
Das Bett steht auf ...
Als Material für die Kofferhälften wurde ... verwendet ...
Sie sind bezogen mit ...
Am Rand der Kofferhälften befindet sich ...
Die Innenseite der Kofferhälften ist mit ...
In den Kofferhälften liegen ...

d) Überprüft mithilfe der Textlupe (Seite 76) euren Entwurf und überarbeitet ihn.

Hilfe für Hummeln

Oles Großvater möchte für seinen Garten ein Hummelhotel bauen und bittet Ole um Hilfe. Ole informiert sich in einem Ratgeber über diese Nistmöglichkeiten.

Der Bau eines Hummelkastens, in dem sich Hummeln im Garten ansiedeln können, ist nicht schwer. Die Insekten bevorzugen als Nistplatz einen warmen, aber nicht zu heißen, geschützten Hohlraum, der möglichst mit trockenem, weichem Material ausgepolstert ist.

Jedes Hummelhotel benötigt ein Einflugloch mit Anflugbrett, das am besten mit einem Vordach geschützt ist. Möglicherweise ist auch eine Hummelklappe aus Plexiglas[1] am Eingangsloch sinnvoll.

Für eine angemessene Belüftung der Nistkammer dürfen beim Bau nicht die Belüftungslöcher in den Seitenteilen vergessen werden. Diese sollten mit Gaze[2] beklebt werden, sodass sie das Eindringen von Parasiten[3] erschweren.

Die Nistkammer wird mit Kleintierstreu befüllt. Zu Beginn wird die Kammer mit Pappe verkleinert, bis das Volk gewachsen ist. Das Dach sollte durch Schindeln[4] oder Dachpappe vor Feuchtigkeit geschützt werden. Die Farbe Rot sollte man beim Bemalen vermeiden, denn Hummeln sind rotblind. Der Hummelkasten wird am besten schon ab März im Halbschatten des Gartens platziert. Es macht viel Freude, die Entwicklung des Hummelvolkes im Kasten zu beobachten.

1 das Plexiglas: glasartiger, nicht splitternder Kunststoff
2 die Gaze: lockeres, gitterartiges Gewebe aus Baumwolle, das gespannt wird
3 der Parasit: Schädling
4 die Schindel: dünnes, oft wie ein Dachziegel geformtes Holzbrettchen

Hummelhotel

S. 274 ○ ← ◒ **2** Notiert die einzelnen Bestandteile des Hummelkastens. Nutzt die Nummern an dem Bild. Beschreibt jeweils Material, Form, Farbe und Funktion.

Textverarbeitungsprogramm → S. 326

◒ MK **3** Verfasst für Oles Opa eine Gegenstandbeschreibung zum Hummelhotel, damit er dieses nachbauen kann. Verwendet treffende Adjektive und Nomen. Ihr könnt ein Textverarbeitungsprogramm nutzen.

◒ MK **4** Überarbeitet eure Texte. Tauscht mit jemandem aus der Klasse. Überprüft die Beschreibung mithilfe der Textlupe (Seite 76) in drei Durchgängen.
1. Durchgang: Vollständigkeit, Reihenfolge, Leserorientierung
2. Durchgang: Wortwahl (treffende Adjektive und Nomen), Satzanfänge
3. Durchgang: Rechtschreibung, Satzzeichen
Macht mit der Kommentarfunktion des Textverarbeitungsprogramms Verbesserungsvorschläge.

Das könnt ihr jetzt!

Einen Gegenstand beschreiben

D07 Beispiellösung

Beispiel für eine Klassenarbeit

Mit der Arbeitsgemeinschaft „Naturgucker“ habt ihr Vogelhäuser gebaut, die ihr überall auf dem Schulgelände aufstellt. Euer Lehrer bittet euch, einen Beitrag zu der Aktion für die Internetseite der Schule zu schreiben. Verfasst einen solchen Beitrag, in dem ihr das Vogelhaus und seine Funktion genauer beschreibt.

Schritt für Schritt zur Lösung

Lösungen
→ S. 290

1. Betrachtet das Vogelhaus genau und notiert euch Stichpunkte. Ihr könnt die folgenden Begriffe verwenden:

Sitzstange, Einflugloch, Vorderseite, Landeplatz, Einschlupfloch, Seitenwände, Holzstab, Ständer, Blumenmuster, Wäscheleine, Beschriftung

Vogelhaus

2. Übernehmt die folgende Tabelle und ergänzt sie.

Merkmale	Angaben zur Beschreibung
Art/Name	*Vogelhaus*
Funktion	*künstlicher Nistkasten und Futterplatz für Vögel*
Größe	...
Form	...
Material	...
Farbe und Muster	...
Einzelteile	...
Besonderheiten	...

3. Verfasst den Beitrag für die Internetseite der Schule. Achtet auf eine sinnvolle Reihenfolge, schreibt sachlich und im Präsens.

4. Überarbeitet euren Text in drei Durchgängen:

1. Durchgang: Achtet auf Vollständigkeit, Reihenfolge und Leserorientierung.

2. Durchgang: Unterstreicht alle Adjektive und Nomen. Überprüft, ob sie treffend sind. Lest erneut und prüft, ob eure Satzanfänge abwechslungsreich sind. Überarbeitet alle Stellen, die noch nicht so gelungen sind.

3. Durchgang: Achtet auf die Rechtschreibung, den Satzbau und die Satzzeichen. Verwendet ein Wörterbuch.

Ein Tier beschreiben

D08 Beispiellösung

Beispiel für eine Klassenarbeit

Verfasst einen Artikel für die Schulzeitung, in dem ihr über den Ara-Papagei informiert. Dazu müsst ihr das Aussehen des Papageis, aber auch dessen Lebensraum, Nahrung, Paarungsverhalten und Fortpflanzung sowie Feinde anschaulich und sachlich beschreiben.

Schritt für Schritt zur Lösung

Lösungen → S. 290

1. Betrachtet den Papagei genau und notiert euch Stichpunkte in einem Steckbrief. Verwendet die folgenden Fachbegriffe:

   Brust, Hals, Kopf, Schnabel, Schwanzfedern, Bauch, Federkleid, Krallen, Federzeichnung, Augen

Ara-Papagei

2. Formuliert eine genaue Beschreibung für euren Artikel.
   - Beschreibt die Farben mit treffenden Adjektiven und Vergleichen.
   - Verwendet abwechslungsreiche Verben.

3. So könnte euer Artikel beginnen:

   Die bunten Vögel der Regenwälder

   Alles über Ara-Papageien

   Die Ara-Papageien fallen durch ihr prachtvolles und farbenfrohes Gefieder auf und bilden eine eigene Gattung in der Familie der Papageien ...

4. Überarbeitet euren Text in drei Durchgängen:

   1. Durchgang: Achtet auf Vollständigkeit, Reihenfolge und Leserorientierung.

   2. Durchgang: Unterstreicht alle Adjektive und Nomen. Überprüft, ob sie treffend sind. Lest erneut und prüft, ob eure Satzanfänge abwechslungsreich sind. Überarbeitet alle Stellen, die noch nicht so gelungen sind.

   3. Durchgang: Achtet auf die Rechtschreibung, den Satzbau und die Satzzeichen. Verwendet ein Wörterbuch.

5 Tausend Worte, tausend Bilder

Jugendbücher und ihre filmische Umsetzung entdecken

1

2

A *Der Sohn von Poseidon? Das gibt es doch gar nicht!*

B *Ich möchte mich aufrichtig bei dir entschuldigen. Ich heiße Oskar.*

C *Es ist schön, wieder einen Freund wie dich zu haben, Fuchur!*

D *Wir schaffen das, Birk. Gemeinsam haben wir eine Chance.*

1 Ordnet den abgebildeten Figuren **1** – **4** eine passende Aussage **A** – **D** zu und begründet eure Zuordnungen. Erzählt, welche Abenteuer sie bestehen könnten.

MK **2** Wählt Figuren aus Büchern oder Filmen aus und stellt sie in einem Rätsel vor. Lasst eure Klasse die Figuren erraten.

Das lernt ihr jetzt!

5.1 interessante Bücher finden, Bücher weiterempfehlen
5.2 Figuren, Handlung und Spannungsaufbau untersuchen
5.3 Filme untersuchen

Andreas Steinhöfel: Rico, Oskar und die Tieferschatten (Ausschnitt)

„Ich sollte an dieser Stelle wohl erklären, dass ich Rico heiße und ein tiefbegabtes Kind bin. Das bedeutet, ich kann zwar sehr viel denken, aber das dauert meistens etwas länger als bei anderen Leuten. An meinem Gehirn liegt es nicht, das ist ganz normal groß. Aber manchmal fallen ein paar Sachen raus, und leider weiß ich vorher nie, an welcher Stelle. Außerdem kann ich mich nicht immer gut konzentrieren, wenn ich etwas erzähle. Meistens verliere ich dann den roten Faden, jedenfalls glaube ich, dass er rot ist, er könnte aber auch grün oder blau sein, und genau das ist das Problem. In meinem Kopf geht es manchmal so durcheinander wie in einer Bingotrommel[1]."

1 die Bingotrommel: Lostrommel

MK **3** Nennt eure Lieblingsbücher und Lieblingsfilme. Diskutiert, warum ihr lieber lest oder lieber Filme seht.

4 Erläutert, ob euch der Textausschnitt von „Rico, Oskar und die Tieferschatten" zum Weiterlesen anregt. Begründet.

5.1 Wer liest, gewinnt · Jugendbücher entdecken

Interessante Bücher finden

○ **1** Welche der folgenden Buchtitel und Cover sprechen euch an? Begründet.

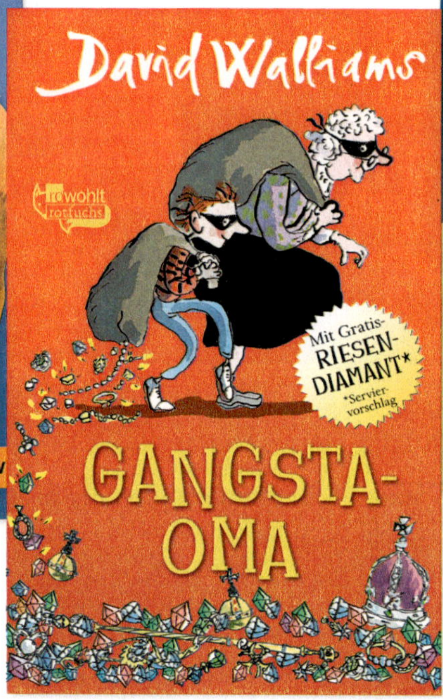

◒ **2** Untersucht die drei Cover genauer.
- **a)** Überlegt, worum es in diesen Büchern gehen könnte.
- **b)** Untersucht die Gestaltung. Achtet auf Elemente, die auf die Figuren oder die Handlung neugierig machen.
- **c)** Analysiert, wie mit den Covern versucht wurde, auf die Bücher aufmerksam zu machen.

S. 274 ○ ← ◒ **3** MK Cover, Klappentexte oder Bewertungen im Internet machen auf Bücher aufmerksam. Erläutert, welche Möglichkeiten ihr nutzt, um neue Bücher zu finden.

◒ **4** Diskutiert, was die Texte **A** – **D** (Seite 89–90) über die Geschichten verraten und wie sie auf die Bücher neugierig machen. Arbeitet in Kleingruppen.

A David Walliams: Gangsta-Oma

(Bewertung aus einem Internetportal für Kinder- und Jugendbücher)

Bens Oma ist sicher die langweiligste der Welt. Sie kocht jeden Tag Kohlsuppe, spielt immer nur Scrabble[1] und pupst viel. [...]
Als er eines Tages durch Zufall ihr großes Geheimnis erfährt, kann Ben es zuerst kaum glauben: In Wirklichkeit ist Oma eine berühmte und auf der ganzen Welt gesuchte Juwelendiebin! Ben und Oma planen gemeinsam nochmal einen großen Coup[2] – den Raub der britischen Kronjuwelen[3]. Ben ist begeistert, und es macht ihm deshalb nichts aus, dass er gar keine Zeit hat, sich auf den blöden Tanzwettbewerb vorzubereiten, zu dem seine Eltern ihn zwingen. Wie Ben sich bei dem Wettbewerb blamiert und gleichzeitig mit seiner Oma das größte Abenteuer seines Lebens erlebt, erzählt David Walliams mit typisch britischem Sinn fürs Absurde[4].

1 Scrabble: Spiel, bei dem Buchstaben zu Wörtern zusammengelegt werden 2 der Coup: Aktion, Vorhaben
3 die Kronjuwelen: wertvoller Schmuck im Besitz des Königshauses 4 absurd: abwegig, sinnlos

B Anna Ruhe: Seeland. Per Anhalter zum Strudelschlund

(Klappentext auf der Rückseite des Buches)

Als Max und Emma in den kleinen Brunnen in Bittie Cross klettern, ahnen sie nicht, dass dies der Eingang zu einer unglaublichen Welt ist: SEELAND.
Hier gibt es Städte aus Metall und Häuser wie Eisberge, geheimnisvolle Riesenquallen und wilde Unterwasserpiraten. Und ausgerechnet in Seeland entdeckt Max eine Spur seines verschollenen Vaters. Wie kann das sein? Zusammen tauchen Emma und Max in das größte Abenteuer ihres Lebens.

C Hayfa Al Mansour: Das Mädchen Wadjda (Anfang)

Wadjda dachte überhaupt nicht an ihre Eintrittskarte ins Paradies. Das sah man an ihrem Gesicht.
Genau genommen sang sie nicht mal davon, sie bewegte nur die Lippen und wiegte sich im Rhythmus des Liedes, das von den anderen Mädchen der Klasse gesungen wurde. Dabei wanderten ihre braunen Augen ruhelos durch die Aula. Vielleicht gab es da ja irgendwas Interessanteres zu entdecken.
Wadjda steckte in der gleichen Schuluniform wie die anderen, einem langweiligen, grauen Kleid – trotzdem stach sie hervor aus der Masse der Mädchen mit den glatt gekämmten Haaren, den vorschriftsmäßig sitzenden Kleidern und der guten Haltung. Ihr langes, leicht lockiges Haar fiel ihr ins Gesicht, und das wirkte ein bisschen unordentlich, vielleicht sogar frech. Und hätte irgendjemand gesehen, wie sie dahinten in der Mitte der letzten Reihe herumstand, hätte derjenige schnell bemerkt, dass sie nicht ganz hierher passte.

D Rick Riordan: Percy Jackson. Diebe im Olymp (Blick ins Buch)

Ich zeigte auf die Hütten ganz vorn und Annabeth erbleichte. „Du kannst dir nicht einfach eine Hütte aussuchen, Percy. Es kommt darauf an, wer deine Eltern sind. Oder ein Elternteil eben."
Sie starrte mich an und schien darauf zu warten, dass ich endlich kapierte.
„Meine Mutter ist Sally Jackson", sagte ich. „Sie arbeitet in einem Süßigkeitenkiosk in der Grand Central Station. Das hat sie zumindest getan."
[...] „Ich rede über deinen anderen Elternteil. Deinen Vater."
„Der ist tot. Ich habe ihn nie gekannt."

Annabeth seufzte. Offenbar führte sie nicht zum ersten Mal so ein Gespräch. „Dein Vater ist nicht tot, Percy."

„Woher willst du das wissen? Kennst du ihn?"

„Nein, natürlich nicht."

„Wie kannst du dann behaupten ..."

„Weil ich dich kenne. Du wärst nicht hier, wenn du nicht einer von uns wärst."

„Du weißt doch gar nichts über mich."

„Ach?" Sie hob eine Augenbraue. „Ich wette, du bist von einer Schule zur anderen geschickt worden. Ich wette, du bist ganz oft geflogen."

„Wie ..."

„Giltst als Legastheniker[1]. Vermutlich auch als hyperaktiv[2]."

Ich versuchte meine Verlegenheit hinunterzuschlucken. „Was spielt das hier für eine Rolle?"

„Alles in allem ist das fast ein sicheres Anzeichen. Wenn du lesen willst, rutschen die Buchstaben von der Seite, nicht? Das liegt daran, dass dein Kopf auf Altgriechisch eingestellt ist. Und deine Hyperaktivität – du bist impulsiv, kannst im Klassenzimmer nicht stillsitzen. Das sind deine Schlachtfeldreflexe. Im Kampf würden sie dir das Leben retten. Was die Konzentrationsprobleme angeht, die haben damit zu tun, dass du zu viel siehst, Percy, nicht zu wenig. Deine Sinne sind besser als die von normalen Sterblichen. [...]"

1 der Legastheniker: jemand, der beim Erlernen des Lesens und Rechtschreibens von Wörtern Schwierigkeiten hat
2 hyperaktiv: unruhig, hektisch

S. 274 **5** Benennt Merkmale, die ein gutes Buch für euch aufweisen muss. Erläutert an Beispielen. Prüft, ob diese Merkmale auf den Ausschnitt **D** (Seite 89–90) zutreffen.

6 MK Informiert euch auf den Internetseiten von Jugendbuchverlagen oder der Internetseite des „Deutschen Jugendliteraturpreises" über aktuelle Bücher.

Auf den Internetseiten der Jugendbuchverlage findet ihr interessante Bücher. Die besten Bücher werden jedes Jahr von verschiedenen Organisationen ausgezeichnet, zum Beispiel mit dem „Deutschen Jugendliteraturpreis". Auf der Internetseite könnt ihr euch über die vorgeschlagenen und ausgezeichneten Bücher informieren.

7 EXTRA Verfasst einen eigenen Klappentext zu eurem Lieblingsbuch.

Bücher weiterempfehlen

1 Diskutiert die Möglichkeiten **A**, **B** und **C**, andere auf Bücher neugierig zu machen. Begründet, welche Varianten euch gefallen und gestaltet eine Idee zu eurem Lieblingsbuch.

A

Mit Lesekisten
Eine Lesekiste wird aus einem Schuhkarton erstellt.
- Deckel außen: selbst gestaltetes Cover
- Deckel innen: Übersicht zu wichtigen Schritten der Handlung
- Karton außen: Fotos oder Zeichnungen, die zum Inhalt passen
- Karton innen: etwa fünf kleine Gegenstände und Figuren, die zum Buch passen

B

Mit Lapbooks
Ein Lapbook ist eine Mappe, die sich mehrfach aufklappen lässt.
- kleine Faltbücher, Umschläge mit Kärtchen, Klappkarten
- Möglichkeiten: Steckbrief zu einer Figur, Lieblingssatz aus dem Buch, Skizze zu Figurenbeziehungen, Interview nur einer Figur, selbst gezeichnete Bilder, Bewertungen, zum Beispiel „Deutscher Jugendliteraturpreis"

C **Während einer Lesenacht**
Bei einer gemeinsamen Lesenacht stellt ihr euch eure Lieblingsbücher vor, indem ihr die schönsten Stellen vorlest. Sprecht eure Buchauswahl vorher ab, damit ihr Dopplungen vermeidet. Übt vor der Lesenacht das betonte Vorlesen.

KOMPETENZBOX

Bücher entdecken

Interessante Bücher finden
- bei Freunden
- in Buchhandlungen und Bibliotheken
- auf Internetseiten der Jugendbuchverlage
- auf Internetseiten für Jugendbücher

Interessante Bücher auswählen
- Titel und Cover betrachten
- Klappentext lesen
- Leseempfehlungen lesen
- Hineinlesen (Blick-ins-Buch-Funktion)

Interessante Bücher weiterempfehlen
- Lesekiste erstellen
- Lapbook erstellen
- Lesenacht veranstalten
- Buchbesprechung schreiben

5.2 Kopfkino · Jugendbücher verstehen

Den Autor kennenlernen

Interview mit Andreas Steinhöfel (Ausschnitt)

Andreas Steinhöfel ist einer der erfolgreichsten Jugendbuchautoren Deutschlands. Seine fünf Geschichten über Rico und Oskar verkauften sich millionenfach und sind in vielen Ländern erschienen. Für den ersten Band „Rico, Oskar und die Tieferschatten" bekam er unter anderem den Deutschen Jugendliteraturpreis.

A Liegen in der Dieffenbachstraße [...] die Geschichten praktisch auf der Straße?
Die Geschichten in der Dieffenbachstraße sind nicht anders als die Geschichten in der Urbanstraße oder Kurfürstenstraße. Die meisten Schriftsteller laufen durch die Gegend und gucken einfach ein bisschen genauer hin. Du siehst jemanden und überlegst, was könnte der für eine Geschichte haben? Hier um die Ecke ist ein Spielplatz. Da ist es ganz nett auf der Bank zu sitzen und allein anhand der Temperamente der Kinder zu spekulieren, das wird vielleicht mal so eins und das so eins. [...]

Andreas Steinhöfel

B Man merkt ja Ihren Büchern an, dass Sie ganz genau wissen, wie Kinder reden.
Ich kann mich ganz gut in kindliches Denken und Fühlen hineinversetzen und das ergibt dann auch die Sprache. Das hat wenig mit Kindern zuhören zu tun. Für mich soll eine Geschichte lebensecht rüberkommen, aber ich will sie nicht vom Leben abkupfern. [...]

C Rico ist zwar tiefbegabt und ein bisschen langsam, aber er ist ein vielleicht unfreiwillig witziger Erzähler. Sie haben eine Vorliebe für skurrile[1] Typen und trockenen Humor[2]. Woher kommt das?
Ja, das ist schwer zu erklären. Ich weiß nur von mir als Leser, dass ich schräge Typen mag. [...] Am liebsten sind mir die Figuren, die einen Knall haben und auch noch über sich lachen können.

D Wieso haben Sie sich überhaupt mit Kindern mit so extrem verschiedenen Begabungen befasst? Wie begabt ein Kind ist, ist unter Eltern zurzeit ja ein brandaktuelles Thema.
Die Urfigur war Oskar. Eigentlich wollte ich über einen hochbegabten Jungen schreiben. Ich wollte erzählen, wie schrecklich es ist, wenn man mit neun Jahren feststellt, dass man weiter als die Eltern ist, obwohl es ja eigentlich die Eltern sind, die einen beschützen sollen. Als Gegenpol brauchte ich einen tiefbegabten Menschen. Aber schon nach dem ersten Kapitel stellte ich fest: Dass der hochbegabte Oskar auf den tiefbegabten Rico hinunterblickt, das geht gar nicht. Also habe ich es umgedreht. Das funktioniert.

1 skurril: ungewöhnlich, auffallend 2 trockener Humor: Humor, bei dem Gefühle nicht direkt erkennbar sind

1 Arbeitet aus dem Interview heraus, was Andreas Steinhöfel über die Entstehung seiner Bücher sagt und weshalb er Rico zum Helden seines Romans macht.

Steckbrief → S. 11

MK **2 EXTRA** Neugierig geworden? Besucht die Internetseite von Andreas Steinhöfel und verfasst einen kurzen Steckbrief zum Autor. Stellt eure Steckbriefe in der Klasse vor.

Figuren untersuchen

A05 D09 Hörverstehen

Andreas Steinhöfel: Rico, Oskar und die Tieferschatten (Ausschnitt)

Rico hat Probleme mit dem Rechnen, mit den Himmelsrichtungen sowie mit rechts und links. Er liebt es, Fundsachen von der Straße zu sammeln. Dabei trifft er Oskar.

Ich sah ein paar Scherben, die vor den großen Altglascontainern verstreut lagen, und eine ausgetretene alte Zigarettenkippe. Dann sah ich zwei kleine Füße mit hellen Strümpfen in offenen Sandalen.
Ich hob den Kopf. Der Junge, der da vor mir stand, reichte mir gerade so bis an die Brust. Das heißt, sein dunkelblauer Sturzhelm reichte mir bis an die Brust. Es war ein Sturzhelm, wie ihn Motorradfahrer tragen. Ich hatte gar nicht gewusst, dass es die auch für Kinder gibt. Es sah völlig beknackt aus. Das Durchguckding vom Helm war hochgeklappt. [...]
„Was machst du da?", sagte der Junge. Seine Zähne waren riesig. Sie sahen so aus, als könnte er damit ganze Stücke aus großen Tieren rausbeißen, einem Pferd oder einer Giraffe oder dergleichen.
„Ich suche was."
„Wenn du mir sagst, was, kann ich dir helfen."
„Eine Nudel."
Er guckte sich ein bisschen auf dem Gehsteig um. [...]
„Was für eine Nudel ist es denn?", sagte er.
„Auf jeden Fall eine Fundnudel. Eine Rigatoni, aber nur vielleicht. Genau kann man das erst sagen, wenn man sie gefunden hat, sonst wäre es ja keine Fundnudel. Ist doch wohl logisch, oder?"
„Hm ..." Er legte den Kopf leicht schräg. Der Mund mit den großen Zähnen drin klappte wieder auf. „Kann es sein, dass du ein bisschen doof bist?"
Also echt!
„Ich bin ein tiefbegabtes Kind."
„Tatsache?" Jetzt sah er wirklich interessiert aus. „Ich bin hochbegabt."
Nun war ich auch interessiert. Obwohl der Junge viel kleiner war als ich, kam er mir plötzlich viel größer vor. Es war ein merkwürdiges Gefühl. Wir guckten uns solange an, dass ich dachte, wir stehen hier noch, wenn die Sonne untergeht. Ich hatte noch nie ein hochbegabtes Kind gesehen, außer mal im Fernsehen bei *Wetten, dass ...?* Da war ein Mädchen gewesen, das spielte wie eine Bekloppte irgendwas total Schwieriges auf der Geige, und gleichzeitig rief der Gottschalk ihr kilometerlange Zahlen zu und sie musste dann sagen, ob es eine Primzahl war oder nicht. [...]
„Ich muss jetzt weiter", sagte ich endlich zu dem Jungen. „Bevor es dunkel wird. Sonst verlaufe ich mich womöglich."
„Wo wohnst du denn?"
„Da vorn, das gelbe Haus. Die 93. Rechts."
Ich ärgerte mich im selben Moment, dass ich *rechts* gesagt hatte. Erstens wusste ich nicht wirklich, ob es rechts war oder nicht doch eher links, und zweitens liegt gegenüber der Häuserzeile das alte Urban-Krankenhaus, lang gestreckt wie eine schlafende Katze, und man erkennt sofort, dass das kein Wohnhaus ist.
Der Junge schaute an meinem ausgestreckten Arm entlang. Als er die 93 sah, rutschte seine Stirn erst rauf, als wäre ihm gerade eine tolle Erleuchtung gekommen oder so was, und dann wieder runter, als würde er gründlich über etwas nachdenken.
Zuletzt wurde seine Stirn wieder ganz glatt und er grinste. „Du bist wirklich doof, oder? Wenn man etwas direkt vor Augen hat und nur geradeaus gehen muss, kann man sich unmöglich verlaufen."
Immerhin stimmte die Straßenseite. Trotzdem wurde ich langsam sauer. „Ach ja? *Ich* kann das. Und wenn du wirklich so schlau wärst, wie du behauptest, wüsstest du, dass es Leute gibt, die das können."
„Ich –"
„Und ich sag dir noch was: Es ist kein bisschen witzig!" Alle Bingokugeln waren auf einmal rot und klackerten durcheinander. „Ich hab mir nicht ausgesucht, dass aus meinem Gehirn manchmal was rausfällt! Ich bin nicht freiwillig dumm oder weil ich nicht lerne!"
„Hey, ich –"
„Aber du bist ja wohl eins von den Superhirnen, die alles wissen und dauernd mit irgendwas angeben müssen, weil sich nämlich sonst keiner für sie interessiert, außer wenn sie im Fernsehen Geige spielen!" [...]
„Ich heiße Oskar", sagte er. „Und ich möchte mich aufrichtig bei dir entschuldigen. Ich hätte mich nicht über dich lustig machen dürfen. Das war arrogant."

1 Diskutiert, ob Rico und Oskar gute Freunde sein können. Überlegt, was für euch eine Freundschaft ausmacht.

S. 274 ○ ← ◒ **2** Untersucht die Figur Rico genauer.

a) Notiert in einer Mindmap, was ihr im Ausschnitt auf Seite 93 über Rico erfahrt. Orientiert euch an der Kompetenzbox.

b) Besprecht, woran ihr die Eigenschaften Ricos erkannt habt.

S. 274 ○ ← ◒ **3** Lest den Textausschnitt (Seite 93) mit verteilten Rollen.

◒ **4** Schreibt aus der Sicht von Oskar einen Tagebucheintrag, nachdem er Rico das erste Mal getroffen hat. Welche Gedanken und Gefühle hat er?

● **5** In Berlin werden Kinder von Mister 2000 entführt und für 2000 € freigelassen. Als Oskar verschwindet, begibt sich Rico auf Spurensuche. Prüft, ob Rico die typischen Eigenschaften eines Detektivs besitzt.

MK **6** **EXTRA** „Rico, Oskar und die Tieferschatten" ist in vielen Ländern erschienen.

- Recherchiert, ob es eine Übersetzung in eurer Familiensprache gibt.
- Vergleicht die Bücher: Wie lautet der Titel? Haben Figuren vielleicht andere Namen? Wo spielt die Geschichte? Welche Unterschiede fallen euch noch auf?
- Diskutiert in der Klasse die Unterschiede und mögliche Gründe.

Figuren S. 319 **KOMPETENZBOX**

Figuren untersuchen

Um die Handlungen und Gefühle einer Figur in einer Geschichte besser zu verstehen, könnt ihr nach folgenden Informationen im Text suchen:

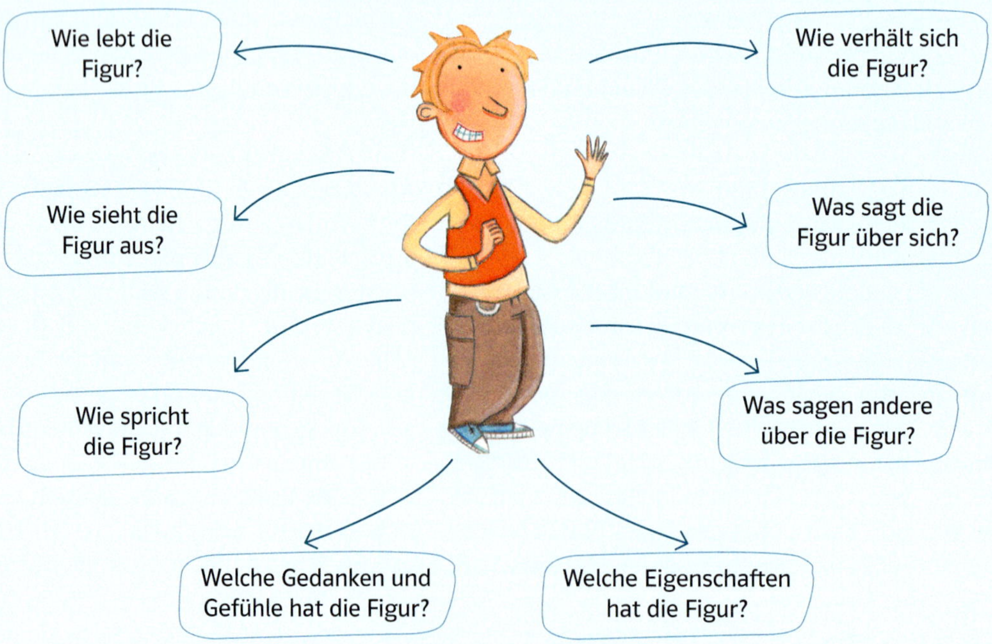

Handlung und Spannungsaufbau untersuchen

Andreas Steinhöfel: Rico, Oskar und die Tieferschatten (Ausschnitt)

Rico sitzt gerade bei der Nachbarin Frau Dahling, als im Fernsehen über eine Entführung berichtet wird.

„Warum haben Sie die Polizei informiert? Der Kidnapper[1] droht regelmäßig damit, die entführten Kinder –“ „Ich habe das Geld nicht“, sagte der junge Mann. „So einfach ist das.“ Und verächtlich fügte er hinzu: „Ich musste mich an die Polizei wenden, sonst würde keine Bank der Welt mir einen Kredit geben. Nicht mal für ein entführtes Kind.“

„Was ist Kredit?“, rief ich in Richtung Küche.

„Geld, das man sich für eine Weile bei jemandem leiht!“, rief Frau Dahling zurück. „Später muss man dafür mehr zurückzahlen, als man vorher gekriegt hat.“

Ich wollte sie gerade fragen, ob sie sich vielleicht etwas von mir leihen wollte, aber genau in diesem Moment blendeten sie im Fernsehen ein Foto des neuesten Opfers ein. Mir blieb das Herz stehen.

Das Kind war ein Junge.

Der Junge war Oskar.

Obwohl er seinen Helm nicht trug, erkannte ich ihn sofort. Keiner hat so grüne Augen wie Oskar und keiner hat so große Zähne. Kann sein, dass auch keiner solche Segelohren hat. Sie standen fast waagrecht von Oskars Kopf ab und sahen aus, als könnte man auf jedem mühelos ein kleines Glas mit einem kühlen Getränk drin abstellen.

„Wie der Vater des Jungen soeben erklärte, brach sein siebenjähriger Sohn gegen neun Uhr dreißig von zu Hause auf, um einen Freund zu besuchen. Aber der kleine Oskar kam nie dort an.“

Ich verstand kaum, was die Sprecherin sagte. In meinen Ohren war ein komisches Rauschen. Jetzt sah man wieder Oskars Vater zwischen den vielen Reportern. [...]

Das Rauschen in meinen Ohren ließ nach. 2000 Euro, dachte ich, 2000 Euro. Offenbar hatte Oskars Vater keine reichen Freunde oder Verwandten, die ihm so viel Geld leihen konnten. Eine Frau hatte er auch nicht. Und Oskar besaß bestimmt keinen Reichstag[2]. Für jemanden, der so viel Angst hatte, war das eigentlich ziemlich unvorsichtig. Sogar ich sparte inzwischen für meine Entführung.

Ich zuckte zusammen, als Frau Dahling wie ein Schatten von der Seite her auftauchte und den Teller mit Müffelchen[3] auf dem Tisch abstellte. [...]

„Vielleicht kriegen sie den Drecksack ja jetzt!“, schnaubte sie. „Könnte doch sein, jemand hat den Jungen heute früh gesehen und erinnert sich daran.“

1 der Kidnapper: Entführer 2 der Reichstag: hier Sparbüchse in Form des Reichstagsgebäudes 3 Müffelchen: belegte Brote

○ **1** Erklärt, warum Rico so „ein komisches Rauschen“ (Zeile 30) in den Ohren verspürt. Worüber denkt er nach und warum?

S. 274 ○ ← ◒ **2** Erzählt die Handlung nach. Nutzt die W-Fragen aus der Kompetenzbox (Seite 94).

S. 274 ○ ← ◒ **3** Arbeitet aus dem Text die Stellen heraus, an denen Spannung erzeugt wird. Tragt diese Textstellen betont vor.

A06 D10 Hörverstehen

Andreas Steinhöfel: Rico, Oskar und die Tieferschatten (Ausschnitt)

Ricos Suche nach Oskar führt ihn in einen unbewohnten Teil seines Wohnhauses. Er findet Oskar, befreit ihn und die beiden fliehen gemeinsam. Der Entführer ist Marrak, der Nachbar aus dem fünften Stock.

Hinter mir ertönte ein Klacken.

Die Tür flog auf. Bleiches Mondlicht ergoss sich wie Milch ins Treppenhaus. Ich schoss am Marrak vorbei wie der Blitz. Wäre Oskar nicht so klein, hätte ich ihn vielleicht nicht übersehen. Keine Ahnung, warum er nicht gleichfalls einfach losgehetzt war, sogar mit Vorsprung, aber er schien auf mich zu warten. Mitten im Türrahmen rannte ich ihn über den Haufen.

Wir stürzten beide. Ich schlug heftig neben Oskar auf dem Hinterhof auf, schlitterte mit einem Unterarm über den rissigen harten Untergrund und wusste, dass er blutete. Etwas Schweres trat mir schmerzhaft in den Bauch und ein Aufschrei erklang, als der Marrak über mich stolperte und wie ein gefällter Baum zu Boden krachte. Neben mir rappelte Oskar sich auf und streckte eine Hand nach mir aus. Ich packte danach und kam stöhnend hoch.

„Weiter, schnell!“, keuchte ich.

Wir jagten wieder los, Oskar vor mir her, mit einem Kreischen, das selbst den angebundenen griechischen Helden O – also, das war der mit dem Holzpferd und der belagerten Frau – von seinem Schiffsmast gerissen hätte. Ich war schneller als Oskar, überholte ihn und kam als Erster an der großen Tür zum Vorderhaus an.

An der großen *klemmenden* Tür!

Ich drückte beide Hände auf die Klinke und zerrte mit aller Kraft an dem Flügel, der sich eigentlich öffnen sollte, doch der rührte sich kaum, gerade mal drei oder vier Zentimeter! Der entstandene Spalt war selbst für Oskar zu schmal, um durchschlüpfen zu können.

Ich wirbelte herum, die harte Tür im Rücken. Neben mir presste Oskar sich an mich und umklammerte meine Hüften. Im Mondlicht sah ich, dass der Marrak wieder auf die Beine gekommen war. Er glotzte uns aus wilden Augen an und stürmte im nächsten Moment auf uns zu wie ein tobsüchtiger Stier.

„Polizei!“, schrie eine Stimme über uns. Mein Kopf schnellte hoch. Oben, im vierten Stock, stand der Bühl im Fenster, eine Pistole in der ausgestreckten rechten Hand. „Bleiben Sie stehen, oder ich muss von der Schusswaffe Gebrauch machen!“

Aber der Marrak hatte uns längst erreicht. Er türmte sich über Oskar und mir auf, ein schreckliches Gebirge aus Kraft und Zorn. Ich legte Oskar schützend meine Hände um den Kopf, zog meinen eigenen zwischen die Schultern und starrte dem Marrak fest in die Augen. Leider beherrschen Mama und Oskar diesen Trick irgendwie besser als ich. Er funktionierte überhaupt nicht.

Das Letzte, was ich hörte, war ein unmenschliches Brüllen. Das Letzte, was ich sah, waren zwei Dinge, die vom Himmel runterkamen, eins über mir und das andere über dem Marrak.

S.275 ○ ← ◒ **4** Untersucht den Spannungsaufbau des Textausschnitts (Seite 96).
a) Verfasst eine passende Überschrift für den Ausschnitt.
b) Teilt den Text in einzelne Handlungsschritte ein und findet passende Überschriften.
c) Zeichnet einen Spannungsbogen und tragt die Überschriften ein.

◒ **5** Erläutert, wodurch der Text spannend wird. Ihr könnt die Kompetenzbox nutzen.

◒ **6** Die Handlung wird im Buch immer wieder durch Ricos Lexikoneinträge unterbrochen.
a) Untersucht, wie Rico bei seinen Definitionen vorgeht.
b) Beschreibt, wie die Definitionen auf euch wirken.

A Visier: Ein Durchguckding. Ich hab Berts danach gefragt, der fährt ein Motorrad. Jule und Massoud sind zusammen im Urlaub, hat er außerdem gesagt. Pfff…

B Orthografie: Heißt Rechtschreibung in kompliziert. Es ist kein Wunder, dass ich Schwierigkeiten damit habe, weil rechts drin vorkommt. Es muss also auch eine Linksschreibung geben. Möge Gott mich davor beschützen.

7 EXTRA Gestaltet Comicbilder zu einer besonders spannenden Stelle der Textausschnitte auf Seite 95 oder 96. Nutzt Denk- und Sprechblasen. Ihr könnt Geräusche und Gefühle durch lautmalerische Ausdrücke darstellen.

Handlungsschritte S.319 **KOMPETENZBOX**

Handlung und Spannungsaufbau untersuchen

Geschichten haben oft einen spannenden **Handlungsverlauf**, der schrittweise zu einem **Höhepunkt** führt. Dies gilt für einzelne Textausschnitte, aber auch für das ganze Buch.

1. Ausgangssituation erfassen
W-Fragen beantworten: *Wer? Was? Wann? Wo? Wie? Warum?*

2. Handlungsschritte erkennen
Einen neuen Handlungsschritt könnt ihr daran erkennen, dass
- neue Figuren auftreten,
- Figuren plötzlich ihr Verhalten ändern,
- Ortswechsel und Zeitsprünge stattfinden,
- die Handlung eine überraschende Wendung enthält.

3. Spannungsbogen skizzieren und Spannungserzeuger erfassen

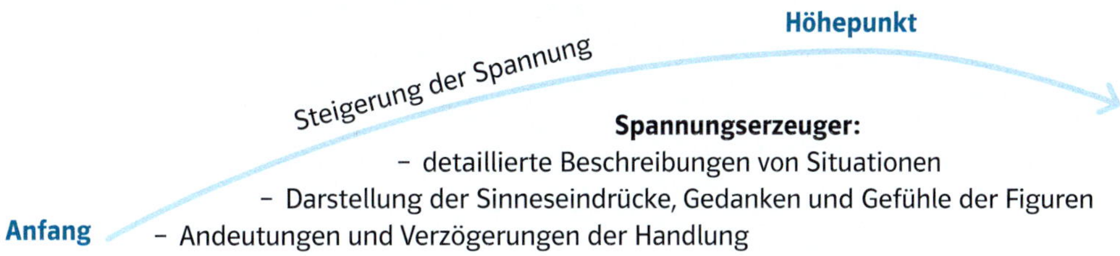

Spannungserzeuger:
- detaillierte Beschreibungen von Situationen
- Darstellung der Sinneseindrücke, Gedanken und Gefühle der Figuren
- Andeutungen und Verzögerungen der Handlung

Figuren, Handlung und Spannungsaufbau untersuchen

Anna Ruhe: Seeland. Per Anhalter zum Strudelschlund (Ausschnitt)

In ihrem Dorf Bittie Cross klettern Max und Emma in einen Brunnen und entdecken zufällig den Eingang zu einer anderen Welt: Seeland. Max hat einen Brief von seinem verschwundenen Vater Mortensen dabei. Sie finden heraus, dass der Brief in Seeland abgeschickt wurde und suchen nach der Adresse. Dabei treffen sie den Kollegen seines Vaters, Ingmar.

„Woran hat Mortensen denn geforscht?“, fragte Max und versuchte, sich seine Aufregung nicht anmerken zu lassen.

„Oh, eine unglaubliche Sache: ein versteckter Zugang zu einer uns völlig unbekannten Welt, nun ja, eurer Welt, nehme ich an. [...] Das allgemeine Interesse war riesig. Zur selben Zeit ergriff allerdings die Schaar die Macht und Seeland veränderte sich.“

„Die Schaar? Was ist das?“, fragte Max.

„Die Schaar regiert nun schon über zwölf Jahre in Seeland. Mortensen wäre heute einer der reichsten Männer, hätte er ihnen damals erzählt, wo der Übergang liegt. Stattdessen hat er alle seine Unterlagen versteckt und ist spurlos verschwunden. Niemand hat ihn noch einmal gesehen.“ [...]

Max’ Augen weiteten sich. „Sie glauben also, dass er entführt wurde?“

„Etwas anderes kann ich mir nicht vorstellen.“

„Aber wo können wir anfangen, nach ihm zu suchen?“

[...]

Auf dem Weg zurück zum Hafen war Max sehr still. Sein Vater entführt – seit Jahren womöglich verschleppt? Und überhaupt. War sein Vater also wirklich ein „Seeländer“? Was hatte er hier zu suchen gehabt und wie passten das Leben in London und Bittie Cross dazu? [...] Ihm platzte fast der Kopf vor Fragen und er war dankbar, dass Emma ausnahmsweise mal die Klappe hielt. [...]

„Sag mal, eigentlich hast du doch grüne Augen, oder?“ Unvermittelt sah Emma ihn an. „Aber eins von beiden schimmert manchmal blau.“

„Ja und? Warum fragst du?“

Emma zuckte mit den Schultern. „Ist mir nur aufgefallen, ist ziemlich selten, so was. Nur hier ist es anscheinend ganz normal. Hat dein Vater auch zwei verschiedenfarbige Augen?“

Max blickte auf seine Füße. „Keine Ahnung. Ich schätze schon. Aber eigentlich weiß ich über Mortensen auch nicht mehr als du.“ [...]

„Wieso seid ihr überhaupt nach Bittie Cross gezogen, wenn du es da so blöd findest?“

„War bestimmt nicht meine Idee, sondern die meiner Ma. Sie fand alles nur noch schrecklich in London: die Stadt, die Menschen um sie herum und ihre zwei schlecht bezahlten Jobs. Von heute auf morgen hat sie beschlossen, unser Leben umzukrempeln und wieder zu malen. [...]“

◒ **1** Arbeitet heraus, was ihr in dem Textausschnitt über Max erfahrt. Nutzt die Kompetenzbox auf Seite 94.

S. 275 ◒ ← ● **2** Verfasst eine Rollenbiografie zu Max.

Anna Ruhe: Seeland. Per Anhalter zum Strudelschlund (Ausschnitt)

Max und Emma treffen auf ihrer Suche Ari, der seine Eltern und seine Schwester sucht. Sie wurden wie Max' Vater entführt. Gemeinsam nutzen sie sein Unterwasserboot Bobby für ihre gefährliche Suche. Die Qualle Monique hilft den dreien.

Während sie fuhren, schleppte sich die Zeit nur schwerfällig dahin. In regelmäßigen Abständen überprüfte Ari ihre Route auf der Karte, ohne den Tiefenmesser aus den Augen zu lassen.

Plötzlich löste sich Monique von Bobby und schwamm davon. Schon bald war sie nicht mehr zu sehen. Die drei sahen sich ratlos an. Ari verlangsamte Bobbys Geschwindigkeit. Da tauchte ihre rote Begleiterin wieder neben Bobby auf. Die meterlangen Tentakel schwangen mehrmals nach vorn und wieder zurück, als würde sie sie voranlotsen wollen.

„Was hat sie vor?" Unschlüssig spähte Ari Moniques schwachem Leuchten hinterher. Die Qualle drehte und schwamm zu ihnen zurück. Ihr Körper warf ein schwaches Licht auf das, was vor ihnen im Wasser schwebte.

Schatten ragten auf und erinnerten an ein in schwarze Farbe getauchtes Märchenschloss. Je näher sie kamen, desto heller leuchtete Moniques Licht auf den geschwungenen Verzierungen der Fenster und spitzen Türme. Ari verlangsamte Bobby, bis der Motor stotterte und schließlich verebbte.

„Das sollte hier nicht sein", stellte Ari trocken fest und blickte auf seine Karte. Neben Bobby wippte Monique auf und ab.

„Was ist – warum schwimmt hier unten ein Schloss?", fragte Emma mit großen Augen.

Ari zog eine Grimasse. „Das ist echt seltsam. Ich hätte geschworen, dass niemand freiwillig hierherzieht."

Plötzlich begann Bobby, von einer Seite zur anderen zu wanken. Irritiert prüfte Ari Schalter und Knöpfe im Cockpit[1]. Krampfhaft steuerte er gegen – ohne den geringsten Erfolg. Alles flog durcheinander. Draußen im Wasser blubberten Luftbläschen um sie herum.

Was passierte hier? Auf der Suche nach Monique blickte Max durch die Bullaugen hinaus. Doch in dem aufwirbelnden Wasser erkannte er rein gar nichts.

Ein Klopfen donnerte durch das Kustoh[2] und schüttelte Bobby so heftig, dass sie sich an ihren Sitzen festhalten mussten. Nur mit Mühe gelang es Ari, die Scheinwerfer anzuschalten. Während das grelle Licht helle Kreise auf das Schloss warf, drehte sich ihr Kustoh einmal um die eigene Achse. Ari fluchte und Emma schrie, während sie kopfüber übereinanderfielen. Als Bobby wieder richtig herum im Wasser lag, hievten sie sich zurück auf ihre Polstersitze und starrten hinaus.

Zwei riesengroße blaue Augen blickten durch die Frontscheibe zu ihnen hinein. Erneut donnerte es. Der Zeigefinger einer wuchtigen Hand klopfte gegen das Glas.

Max hielt die Luft an. Im Kustoh verhallte das Klopfen, bis es so still war, dass man eine Stecknadel hätte fallen hören können.

Ein majestätischer Mann, weit über vier Meter groß, schwebte vor ihnen im Wasser. In seiner rechten Hand glänzte ein Dreizack. Er trug einen eleganten, wenn auch knittrigen Gummianzug. Ein Haarreif bändigte seine silbergrauen Locken, die ihm um die Schultern wallten. Ausgeprägte Falten gruben sich wie Wurzeln durch sein Gesicht.

1 das Cockpit: Bereich eines Fahrzeugs, in dem es gesteuert wird   2 das Kustoh (erfundenes Wort): Unterwasserfahrzeug, U-Boot

◒ **3** Diskutiert, was die Suche so gefährlich macht. Wer ist der Mann?

◒ **4** Untersucht die Handlung und den Spannungsaufbau in dem Textausschnitt.
   a) Teilt den Text in einzelne Handlungsschritte ein und findet passende Überschriften.
   b) Zeichnet einen Spannungsbogen zum Aufbau der Handlung und tragt die Überschriften ein. Nutzt die Kompetenzbox auf Seite 97.

S. 275 ○ ← ◒ **5** Untersucht, wie in den markierten Abschnitten Spannung erzeugt wird.

S. 275 ◒ ← ● **6** Erläutert die Wirkung der markierten Textstellen.

5.3 Kamera ab! · Filme untersuchen

Ein Film braucht einen Regisseur

Interview mit Regisseurin Neele Leana Vollmar zum Film „Rico, Oskar und die Tieferschatten“
(Ausschnitt, 2014)

A In Ihrem Film „Friedliche Zeiten“ (2008) spielten zwar Kinder eine wichtige Rolle, aber „Rico, Oskar und die Tieferschatten“ ist Ihr erster eigentlicher Kinderfilm. Wie kam es dazu?
Es liegt einfach an dem tollen Roman von Andreas Steinhöfel. Nach meinem letzten Film „Maria, ihm schmeckt's nicht!“ habe ich viel gelesen. Mir ging es darum, zu sagen: Dieser Roman berührt mich, der spricht mich an. Bei einer Reise durch Argentinien mit meinem Mann haben wir uns die drei Romane über Rico und Oskar gegenseitig vorgelesen. Sie haben uns zum Lachen gebracht, aber auch gerührt. Mir war es klar: Das ist mein nächster Film.

B Wie war die Zusammenarbeit zwischen den Kindern und den erwachsenen Schauspielern?
Mit Kindern drehen ist schon anders. Wenn man mit Erwachsenen dreht, wird zunächst über die Szene geredet, es wird geprobt ... Mit Kindern kann man keinen vorgefertigten Plan haben. Es fängt schon damit an, dass sie höchstens fünf Stunden pro Tag am Set sein dürfen. Die erwachsenen Schauspieler müssen sich darauf einlassen. Aber Kinder bringen eine Leichtigkeit und eine Euphorie[1] mit, dass es einen beflügelt.

1 die Euphorie: heitere, zuversichtliche Stimmung

Interview mit Regisseurin Neele Leana Vollmar: Kinder geben ein großartiges Feedback
(Ausschnitt, 2019)

Neele Leana Vollmar ist unter anderem durch ihren Film „Rico, Oskar und die Tieferschatten“ bekannt geworden, weil sie besonders gut darin ist, Geschichten für Kinder zu verfilmen. In einem Interview zum Film „Mein Lotta Leben – Alles Bingo mit Flamingo!“ spricht sie auch über die Filme über Rico und Oskar.

A Nachdem Sie bereits zwei Filme über Rico und Oskar gedreht haben, adaptieren Sie mit „Mein Lotta-Leben“ erneut ein Kinderbuch fürs Kino. Haben Sie inzwischen besonders viel Spaß daran, Kinderbücher ins Kino zu bringen?
Nach den Rico-Filmen habe ich zum ersten Mal gespürt, was es bedeutet, Kinder als Zuschauer zu haben. Sie geben ein großartiges Feedback, sind extrem direkt und interessiert, so dass ich nach jeder Vorstellung mit Kindern das Gefühlt hatte, ihnen etwas mit auf den Weg gegeben zu haben. Das ist ein schönes Gefühl. Trotzdem ist die Arbeit am Set mit Kindern eine ganz andere, und nach den beiden Rico-Filmen war meine Sehnsucht nach einem Film für das erwachsene Publikum sehr groß. Als die Produktionsfirma mir jedoch dann „Mein Lotta-Leben“ auf den Tisch legte, konnte ich nicht nein sagen. Mir hat die Direktheit dieser Bücher sofort gefallen. [...]

B Was ist das Geheimnis eines guten Kinderfilms?
Die Kinder ernst zu nehmen. Wie auch in einem Film für ein älteres Publikum ist mir die Balance zwischen Humor und Tiefe/Emotionalität sehr wichtig. Kinder lachen gern, und selbstverständlich sollte ein Kinderfilm auch diese Art von Humor bedienen. Jedoch bin ich der Meinung, dass es genauso wichtig ist, ihnen nicht nur eine Bilderbuchwelt vorzuspielen, sondern auch das wahre Leben mit seinen Problemen zu zeigen.

C Buchverfilmungen haben oft mit den Erwartungen des Publikums zu kämpfen, das sich die Geschichten ganz anders vorgestellt hat. Sind Kinder in der Hinsicht einfacher oder schwieriger?
Die meisten Kinder haben ganz klare Vorstellungen. Und bei jedem Buch gibt es Dinge, die man nicht ändern darf. Wäre Oskar zum Beispiel nicht einen Kopf kleiner gewesen als Rico, hätten mir die Kinder das übelgenommen. [...]

1 MK Nennt die Gründe der Regisseurin (Seite 100), diesen Film zu drehen. Was musste sie beim Drehen beachten?

2 MK Erklärt, was die Regisseurin mit der markierten Aussage im Interview auf Seite 100 meint.

3 MK Besprecht, wie die Ideen der Regisseurin auf dem Cover der DVD zum Ausdruck kommen.

4 MK Oft werden zu beliebten Büchern Filme gedreht.

a) Diskutiert, welche Erwartungen ihr an eine Buchverfilmung habt.

b) Formuliert Gemeinsamkeiten und Unterschiede zwischen Büchern und Filmen. Nutzt den Sprachtipp.

DVD-Cover „Rico, Oskar und die Tieferschatten"

> **SPRACHTIPP**
>
> **Vergleiche formulieren**
>
> *Man kann feststellen, dass beide …*
> *Sowohl das Buch als auch der Film …*
> *Im Vergleich dazu stellt das Buch die Handlung …*
> *Unterschiede finden sich …*
> *Demgegenüber hat der Film …*

5 MK Im Film werden Rico und Oskar unter anderem von dem Song „Ich und du" begleitet. Tragt den Text betont vor und sprecht darüber, ob er die Beziehung zwischen den beiden Jungen treffend beschreibt.

Ich und du (Ausschnitt Songtext)

Ich glaub, wir beide sind füreinander bestimmt.
Wir haben keine Wahl, wir müssen's einfach wagen.
Kommst du mit?
Kommst du mit mit mir? [...]
Du und ich und ich und du
Wir zwei gehören zusammen, es kann gar nicht anders sein.
Und wenn dich ein Drache fängt, dann werd ich dich befreien.
Ich und du
Du und ich und ich und du
Ich und du
Du und ich und ich und du

6 MK **EXTRA** Recherchiert weitere Informationen zum Dreh der Filme um Rico und Oskar und erstellt ein Plakat.

Filme erzählen Geschichten mit Bildern

S. 275 ○ ← ◒
Mündlich erzählen → S. 52
MK

1 Betrachtet die Bilder aus dem Film „Rico, Oskar und die Tieferschatten".

a) Erzählt auf der Grundlage der Bilder **1** – **4** eine spannende Geschichte.

b) Vergleicht eure Geschichten. Was stellt ihr fest?

c) Vertauscht die Bilder in der Reihenfolge und prüft, wie sich die Geschichten verändern.

1

2

3

4
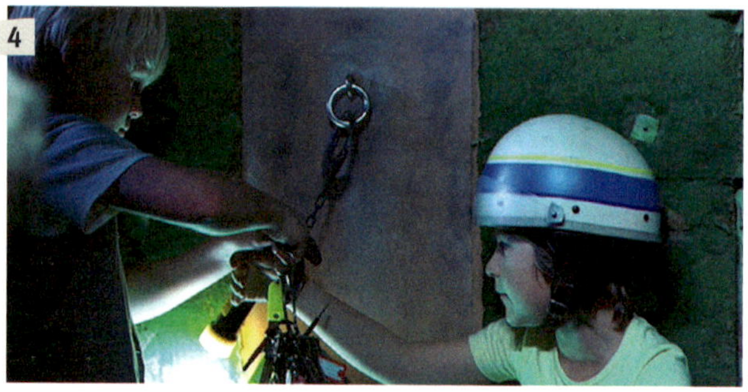

◒ **2** Wählt ein Bild oben aus und beschreibt so genau wie möglich, was ihr seht und wie es auf euch wirkt.
Orientiert euch an dem Beispiel und am Sprachtipp.

MK

Bild 3 zeigt einen Mann, der in einem Hausflur die Treppe heraufkommt. Er trägt einen großen braunen Sack auf der Schulter und ist leicht vornübergebeugt. Die rote Farbe seines Overalls wirkt sehr auffällig, dadurch wird der Mann interessant.

SPRACHTIPP

Filmbilder beschreiben

Im Vordergrund befinden sich …
Rechts und links …
Der Hintergrund ist …
Die Personen wirken auf mich …
Man sieht ganz deutlich, wie …
Am Gesicht erkennt man …
Die … Stimmung wird dadurch erreicht, dass …

Kameraperspektive und Einstellungsgrößen untersuchen

1

2

3

◒ MK **1** Erläutert, wie Rico auf den Bildern **1** – **3** auf euch wirkt. Begründet.

◒ MK **2** Erläutert, was den normalen Blick vom Blick durch die Kamera unterscheidet. Probiert es aus, indem ihr eure Hände zur Kamera formt und vor eure Augen haltet.

◒ MK **3** Prüft, wo die Kamera für die Aufnahme der Bilder **1** – **3** jeweils gestanden hat und weshalb gerade aus dieser Perspektive gefilmt wurde.

S. 275 ◒ ← ● MK **4** Untersucht die Filmbilder auf dieser Seite.
a) Ordnet die Definitionen **A** – **F** den Bildern **2** – **7** auf dieser Seite zu.
b) Besprecht, warum wohl gerade diese Einstellungsgrößen gewählt wurden.

A **Totale:** Kamera gibt Überblick über den gesamten Handlungsort
B **Halbtotale:** Kamera zeigt Figuren von Kopf bis Fuß
C **Halbnah:** Kamera zeigt Kopf und Oberkörper der Figuren
D **Nah:** Kamera zeigt Kopf und Schulter der Figuren
E **Groß:** Kamera zeigt nur ein Körperteil oder einen Gegenstand
F **Detail:** Kamera zeigt nur Teile der Figur oder des Gegenstands

4

5

6
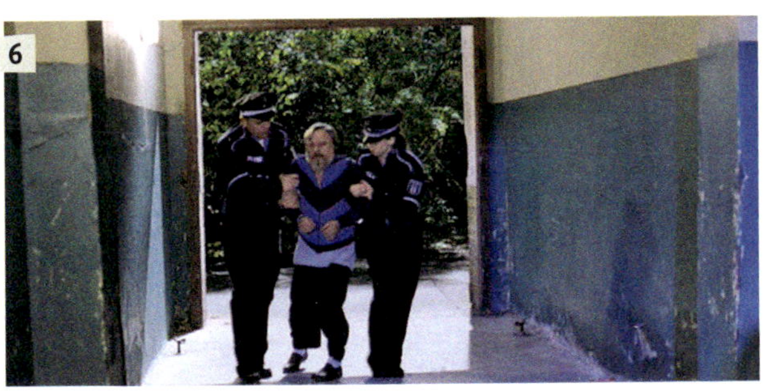
7

KOMPETENZBOX

Kameraperspektive und Einstellungsgrößen untersuchen

Filme erzählen Geschichten mit Bildern, die von der Kamera aufgenommen werden. Die **Kameraperspektive** bestimmt, aus welcher Position man im Film eine Figur oder einen Gegenstand sieht.

1 **Vogelperspektive**
Figuren wirken oft klein und schutzbedürftig.

2 **Normalsicht**
Figuren wirken natürlich.

3 **Froschperspektive**
Figuren wirken oft groß und mächtig.

Die **Kameraeinstellung** bestimmt, wie groß der Ausschnitt ist, den man im Film von einer Figur oder einem Gegenstand sieht.

Die **Einstellungsgröße** der Kamera bestimmt den Ausschnitt, der gezeigt wird.

Totale

Halbtotale

Halbnah

Nah

Großaufnahme

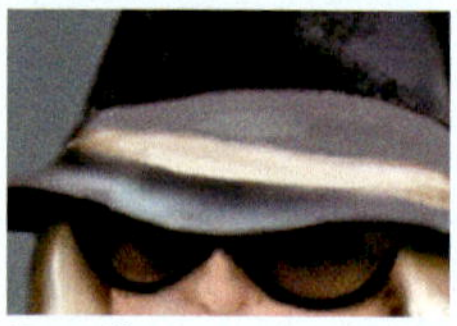
Detail

5 Betrachtet die folgenden Bilder 8 und 9.
MK
a) Bestimmt die Kameraperspektive und die Einstellungsgrößen.
b) Beschreibt, wie das auf die Zuschauerinnen und Zuschauer wirkt.

6 Spielt eine kurze Szene aus dem Film nach.
MK
- Nehmt die Szene aus unterschiedlichen Perspektiven und mit unterschiedlichen Einstellungen auf.
- Sprecht darüber, was sich verändert und was das beim Zuschauer bewirkt.

Eine Filmproduktion ist Teamarbeit

1 Sucht auf den Bildern folgende Berufe: Regisseur/-in, Drehbuchautor/-in, Szenenbildner/-in, Kostümbildner/-in, Maskenbildner/-in, Kameramann/-frau, Tontechniker/-in, Schnittmeister/-in, Filmmusiker/-in.
Besprecht, was ihr über diese Berufe wisst.

2 EXTRA Schaut euch auf der DVD „Rico, Oskar und die Tieferschatten" das Bonusmaterial an.

a) Besprecht, was ihr über die Darstellerinnen und Darsteller sowie die Arbeit hinter den Kulissen erfahrt.

b) Notiert in einer Tabelle, was dazu beigetragen hat, dass die Filmproduktion gelungen ist, und welche Aufgaben dazu erledigt werden mussten.

Das könnt ihr jetzt!

Jugendbücher und ihre filmische Umsetzung untersuchen

Andreas Steinhöfel: Rico, Oskar und die Tieferschatten (Ausschnitt)

Eine Taschenlampe leuchtete blendend auf.
Oskar und ich kreischten gleichzeitig los. Wir rannten auch gleichzeitig los – über die Treppe nach unten. Der Marrak, der uns von ein paar Stufen weiter oben die ganze Zeit belauscht hatte, polterte sofort hinter uns her, was eine komische Art von Glück war, denn seine Taschenlampe erhellte nicht nur ihm, sondern auch uns den Weg. Wir sprangen, polterten und krachten durch das Hinterhaus und ich fragte mich, welcher Schwachkopf es jemals für einsturzgefährdet erklärt hatte – es hielt bombenfest.
Unten angekommen, standen wir vor der verschlossenen Tür zum Hinterhof. Ich drückte Oskar den Schlüsselbund in die Hand. Er war schlauer als ich.
„Mach du!", zischte ich. „Ich lenk ihn ab!"
Der Marrak schlug hinter uns auf wie ein Turmspringer im Schwimmbad bei einer Arschbombe. Seine Taschenlampe fiel krachend zu Boden und rollte davon. Staub wirbelte auf. Im Lichtschein sah ich Oskar bewegungslos neben mir stehen, als wollte er ausgerechnet jetzt ausprobieren, wie sich ein Baum oder eine Verkehrsampel oder dergleichen fühlt. Erstarrt vor Angst nennt man das wohl. Hinter ihm klebten drei Schatten auf der Wand, zwei kleine und ein riesig großer.
„Endstation!", stellte der Marrak fest.
Wenn man Wut wiegen könnte, wog seine mindestens eine Tonne oder noch mehr. Jedenfalls locker an die fünfzig Kilogramm. Ich hatte keine Ahnung, wie ich ihn aufhalten sollte, um uns Zeit zu verschaffen und Oskar aus seiner Starre zu lösen. Aber irgendwas musste mir einfallen. Ich spürte, wie die Bingomaschine in mir langsam anlief. Wenn ich noch fünf Sekunden länger wartete, war alles zu spät. Also warf ich ihm die erstbeste Frage, die mir einfiel, wie einen Bremsklotz vor die Füße, auch wenn ich sie ihm lieber gemütlich bei einer Tasse Kaffee oder dergleichen gestellt hätte. Am besten mit Gittern zwischen uns, in irgendeinem ausbruchsicheren Gefängnis.
„Warum haben Sie Oskars Vater nach der Entführung angerufen, statt einen Brief zu schreiben, so wie sonst?"
Der Marrak funkelte mich böse an, aber seine Antwort kam wie aus der Pistole geschossen. „Damit es schneller geht", knurrte er. „Damit ich diese neunmalkluge Nervensäge so schnell wie möglich loswerde!"
Oskar zuckte in seiner Erstarrung nicht mal mit der Wimper, als das bullige Gesicht seines Entführers sich direkt vor seines schob.
„Du bist das mit Abstand fürchterlichste Kind, das mir je über den Weg gelaufen ist!", schnaubte der Marrak ihn an. „Weißt du, als was man dich noch im Mittelalter angesehen hätte? Als eine Missgeburt! Als eine Strafe Gottes! Gören wie dich hätte man vor vierhundert Jahren auf dem Scheiterhaufen öffentlich verbrannt!"
„Das Mittelalter", sagte Oskar verächtlich, „endete vor über fünfhundert Jahren. Danach begann die Renaissance, Sie Knallkopf!"
Ich kannte keine Renaissance, aber sie musste schrecklich gewesen sein, denn der Marrak zuckte zurück. Einen Moment lang befürchtete ich, er würde Oskar eine scheuern. Stattdessen setzte er plötzlich das liebenswerteste Gesicht aller Zeiten auf. In Krimis ist das immer ein Zeichen dafür, dass der Täter nicht alle Tassen im Schrank hat. Der Marrak, so viel stand für mich inzwischen hundertprozentig fest, hatte nicht mal einen Schrank.
„Eigentlich mag ich Kinder!", sagte er mit zuckersüßer Stimme. „Ich mag sie sogar sehr. Ihre Eltern sollten bloß ein bisschen besser auf sie aufpassen, mehr wollte ich gar nicht. Böse Welt da draußen. Das Geld war mir egal. Doch, doch, ist schon so, ich mag Kinder. Sogar behinderte!"
Jetzt drehte er sich ruckartig um und wandte sich mir zu. Über seine Schulter hinweg sah ich erleichtert, wie endlich Bewegung in Oskar kam, als hätte er nur darauf gewartet, erst mal ein bisschen mit dieser Renaissance angeben zu können, bevor er loslegte. Er begann behutsam und lautlos am Schloss herumzufummeln.

Lösungen
→ S. 290

1 Lest den Text mit verteilten Rollen. Begründet eure Vortragsweise.

2 a) Teilt den Text (Seite 106) in Handlungsschritte ein.
b) Gebt den Handlungsschritten Überschriften.

3 a) Zeichnet den Spannungsbogen zum Text (Seite 106).
b) Tragt die Spannungserzeuger in den Spannungsbogen ein.

4 Untersucht, wie Rico im Text auf Seite 106 Marrak und Oskar charakterisiert und notiert jeweils zwei Textstellen. Erläutert die Wirkung der Textstellen auf euch.

5 Nach der gelungenen Befreiung schreibt Oskar in sein Tagebuch.
Verfasst den Tagebucheintrag aus der Sicht Oskars. Was ging ihm wohl durch den Kopf, als Rico mit Marrak sprach?

MK **6** Erklärt, wie im Film Spannung erzeugt wird.
a) Bestimmt die Kameraeinstellungen der Bilder 1 und 2.
b) Vergleicht die Bilder 1 und 2 mit dem Textausschnitt (Seite 106).

1

2

MK **7** Andreas Steinhöfel, der Autor von „Rico, Oskar und die Tieferschatten", und Cornelia Funke, unter anderem Autorin von „Tintenherz", haben unterschiedliche Meinungen zu den Filmversionen ihrer Bücher.
a) Fasst die Meinung von Steinhöfel und Funke jeweils in einem Satz zusammen.
b) Erörtert die Aussagen, indem ihr folgende Fragen beantwortet: Was spricht jeweils dafür, was spricht dagegen? Wie lautet eure Meinung?

Interview mit dem Autor Andreas Steinhöfel (Ausschnitt)

Dass ein Film so erzählt ist wie die Romanvorlage, macht meiner Meinung nach keinen guten Film aus. Die Änderungen müssen visuell und akustisch funktionieren, und das klappt in diesem Fall erstaunlich gut. Zum Beispiel gibt es im Film den Merkrekorder, kein Tagebuch. Mit den Mitteln des Kinos dramaturgische Klippen zu nehmen – etwas Tolleres kann bei einer Romanverfilmung nicht passieren.

Cornelia Funke im Gespräch (Ausschnitt)

Nach der „Tintenherz"-Verfilmung habe ich beschlossen, nur noch in Ausnahmefällen Verfilmungen zuzustimmen. Was bei Filmen am Ende oft herauskommt, hat so gar nichts mehr mit meinen geschriebenen Szenen zu tun, Film schrumpft mir meine Fliegenden Teppiche allzu leicht zu einem Taschentuch.

6 Von Wünschen und Träumen

Märchen und Sagen entdecken

Jacob und Wilhelm Grimm: Der süße Brei

Es war einmal ein armes, frommes[1] Mädchen, das lebte mit seiner Mutter allein, und sie hatten nichts mehr zu essen. Da ging das Kind in den Wald, und da begegnete ihm eine alte Frau, die wusste seinen Jammer schon[2] und schenkte ihm ein Töpfchen, zu dem sollt es sagen: „Töpfchen, koche“, so kochte es süßen Hirsebrei[3], und wenn es sagte: „Töpfchen, steh“, so hörte es wieder auf zu kochen. Das Mädchen brachte den Topf seiner Mutter heim, und nun waren sie ihrer Armut und ihres Hungers ledig[4] und aßen süßen Brei, sooft sie wollten. Auf eine Zeit war das Mädchen ausgegangen, da sprach die Mutter: „Töpfchen, koche“, da kocht es, und sie isst sich satt; nun will sie, dass das Töpfchen wieder aufhören soll, aber sie weiß das Wort nicht. Also kocht es fort[5], und der Brei steigt über den Rand hinaus und kocht immerzu, die Küche und das ganze Haus voll und das zweite Haus und dann die Straße, als wollts die ganze Welt satt machen, und es ist die größte Not, und kein Mensch weiß sich da zu helfen. Endlich, wie nur noch ein Haus übrig ist, da kommt das Kind heim und spricht nur: „Töpfchen, steh“, da hört es auf zu kochen; und wer wieder in die Stadt wollte, der musste sich durchessen.

1 fromm: anständig, vom Glauben an Gott geprägt 2 die wusste seinen Jammer schon: die kannte seine schlechte Lage schon 3 die Hirse: Getreideart 4 nun waren sie ihrer Armut und ihres Hungers ledig: nun waren sie nicht mehr arm und litten keinen Hunger mehr 5 kocht es fort: kocht immer weiter, kocht über

1 Benennt die Märchen, die ihr auf dem Bild entdeckt. Erzählt, wovon sie handeln.

2 Beschreibt, welche Merkmale typisch für Märchen sind. Tauscht euch darüber aus.

3 Lest das Märchen „Der süße Brei“.
- **a)** Arbeitet die märchenhaften Elemente und Formulierungen aus dem Text heraus.
- **b)** Formuliert die Gedanken der Mutter, als sie merkt, dass sie die Zauberformel vergessen hat (Zeile 13–14).
- **c)** Diskutiert, ob das Mädchen eine außergewöhnliche Tat vollbringt.

Das lernt ihr jetzt!

6.1 traditionelle und moderne Märchen untersuchen, den Aufbau und Merkmale von Märchen erkennen, Märchen fortsetzen, Märchen nach Vorgaben schreiben

6.2 Sagen untersuchen, Merkmale von Sagen erkennen

Die Brüder Grimm und ihre Märchensammlung

Die Brüder Jacob und Wilhelm Grimm begannen 1806 mit der Sammlung von Volksmärchen. Dazu ließen sie sich Märchen von vielen verschiedenen Leuten erzählen, weil sie nie aufgeschrieben worden waren. Man hatte sich die Märchen von Generation zu Generation mündlich weitererzählt, zum Beispiel im Kreis der Familie oder auf Marktplätzen.

Für ihre Sammlung reisten die Brüder Grimm aber nicht durchs Land, um sich die Märchen vom Volk erzählen zu lassen, sondern überwiegend Frauen aus dem Bürgertum und dem Adel kamen zu ihnen und erzählten sie. Diese hatten die Märchen wiederum von ihren Bediensteten, Bauern oder Händlern übernommen.

Die Märchenerzählerinnen und -erzähler stammten vor allem aus Hessen und Westfalen. Einige Märchen haben aber auch europäische, vor allem französische und italienische Wurzeln.

Die Brüder Grimm nutzten aber auch alles, was sie an schriftlichen Aufzeichnungen von Märchen finden konnten, und nahmen diese ebenfalls in ihre Sammlung auf. Oft bearbeiteten sie die Märchentexte sprachlich.

1812, also sechs Jahre, nachdem die Brüder Grimm mit dem Märchensammeln begonnen hatten, erschien der erste von zwei Bänden ihrer „Kinder- und Hausmärchen". Im Vorwort schrieben sie, dass es an der Zeit sei, die Märchen aufzuschreiben, weil es nicht mehr viele Menschen gebe, die sie erzählen könnten. Die Brüder Grimm wollten die Märchen vor dem Vergessen bewahren.

Welch riesigen Erfolg sie mit ihrer Märchensammlung hatten, zeigt die große Anzahl an Übersetzungen: In mehr als 160 Sprachen wurden die Märchen bislang übersetzt. Insofern sind die Märchen wirklich „überall zu Hause", wie die Brüder Grimm damals schrieben.

4 Stellt euch mithilfe des Textes Quizfragen über die Brüder Grimm und ihre Märchensammlung.

Wer erzählte den Brüdern Grimm viele Märchen?

MK **5** Auch heute werden noch märchenhafte Geschichten in Büchern und Filmen erzählt. Nennt Beispiele.

6.1 Magisch · Märchen untersuchen und verfassen

Den Aufbau eines Märchens erkennen

A07
D11
Hörverstehen

Jacob und Wilhelm Grimm: Die drei Federn

Es war einmal ein König, der hatte drei Söhne, davon waren zwei klug und gescheit, aber der dritte sprach nicht viel, war einfältig[1] und hieß nur der Dummling. Als der König alt und schwach ward und an sein Ende dachte, wusste er nicht, welcher von seinen Söhnen nach ihm das Reich erben sollte. Da sprach er zu ihnen: „Ziehet aus, und wer mir den feinsten Teppich bringt, der soll nach meinem Tod König sein." Und damit es keinen Streit unter ihnen gab, führte er sie vor sein Schloss, blies drei Federn in die Luft und sprach: „Wie die fliegen, so sollt ihr ziehen." Die eine Feder flog nach Osten, die andere nach Westen, die dritte flog aber geradeaus und flog nicht weit, sondern fiel bald zur Erde. Nun ging der eine Bruder rechts, der andere ging links, und sie lachten den Dummling aus, der bei der dritten Feder da, wo sie niedergefallen war, bleiben musste.

Der Dummling setzte sich nieder und war traurig. Da bemerkte er auf einmal, dass neben der Feder eine Falltür lag. Er hob sie in die Höhe, fand eine Treppe und stieg hinab. Da kam er vor eine andere Tür, klopfte an und hörte, wie es inwendig[2] rief:

„Jungfer grün und klein,
Hutzelbein,
Hutzelbeins Hündchen,
Hutzel hin und her,
lass geschwind sehen, wer draußen wär'."

Die Tür tat sich auf, und er sah eine große, dicke Itsche[3] sitzen und rings um sie eine Menge kleiner Itschen. Die dicke Itsche fragte, was sein Begehren[4] wäre. Er antwortete: „Ich hätte gerne den schönsten und feinsten Teppich." Da rief sie eine junge und sprach:

„Jungfer grün und klein,
Hutzelbein,
Hutzelbeins Hündchen,
Hutzel hin und her,
bring mir die große Schachtel her."

Die junge Itsche holte die Schachtel, und die dicke Itsche machte sie auf und gab dem Dummling einen

Teppich daraus, so schön und so fein, wie oben auf der Erde keiner konnte gewebt werden. Da dankte er ihr und stieg wieder hinauf.

Die beiden andern hatten aber ihren jüngsten Bruder für so albern gehalten, dass sie glaubten, er würde gar nichts finden und aufbringen.

„Was sollen wir uns mit Suchen groß Mühe geben", sprachen sie, nahmen dem ersten besten Schäfersweib, das ihnen begegnete, die groben Tücher vom Leib[5] und trugen sie dem König heim. Zu derselben Zeit kam auch der Dummling zurück und brachte seinen schönen Teppich, und als der König den sah, erstaunte er und sprach: „Wenn es dem Recht nach gehen soll, so gehört dem Jüngsten das Königreich." Aber die zwei andern ließen dem Vater keine Ruhe und sprachen, unmöglich könnte der Dummling König werden, und baten ihn, er möchte eine neue Bedingung machen.

Da sagte der Vater: „Der soll das Reich erben, der mir den schönsten Ring bringt", führte die drei Brüder hinaus und blies drei Federn in die Luft, denen sie nachgehen sollten. Die zwei ältesten zogen wieder nach Osten und Westen, und für den Dummling flog die Feder geradeaus und fiel neben der Erdtür nieder. Da stieg er wieder hinab zu der dicken Itsche und sagte ihr, dass er den schönsten Ring brauchte. Sie ließ sich gleich ihre große Schachtel holen und gab ihm daraus einen Ring,

1 einfältig: nicht klug 2 inwendig: von innen her 3 die Itsche: Kröte 4 das Begehren: hier Anliegen, Wunsch 5 der Leib: Körper

der glänzte von Edelsteinen und war so schön, dass ihn kein Goldschmied auf der Erde hätte machen können.

Die zwei Ältesten lachten über den Dummling, der einen goldenen Ring suchen wollte, gaben sich gar keine Mühe, sondern schlugen einem alten Wagenring die Nägel aus und brachten ihn dem König. Als aber der Dummling seinen goldenen Ring vorzeigte, so sprach der Vater abermals: „Ihm gehört das Reich." Die zwei Ältesten ließen nicht ab, den König zu quälen, bis er noch eine dritte Bedingung machte und den Ausspruch tat, der sollte das Reich haben, der die schönste Frau heimbrächte. Die drei Federn blies er nochmals in die Luft, und sie flogen wie die vorigen Male.

Da ging der Dummling ohne weiteres hinab zu der dicken Itsche und sprach: „Ich soll die schönste Frau heimbringen." – „Ei", antwortete die Itsche, „die schönste Frau! Die ist nicht gleich zur Hand, aber du sollst sie doch haben." Sie gab ihm eine ausgehöhlte gelbe Rübe mit sechs Mäuschen bespannt. Da sprach der Dummling ganz traurig: „Was soll ich damit anfangen?" Die Itsche antwortete: „Setze nur eine von meinen kleinen Itschen hinein."

Da griff er auf Geratewohl eine aus dem Kreis und setzte sie in die gelbe Kutsche, aber kaum saß sie darin, so ward sie zu einem wunderschönen Fräulein, die Rübe zur Kutsche und die sechs Mäuschen zu Pferden. Da küsste er sie, jagte mit den Pferden davon und brachte sie zu dem König. Seine Brüder kamen nach, die hatten sich gar keine Mühe gegeben, eine schöne Frau zu suchen, sondern die ersten besten Bauernweiber mitgenommen. Als der König sie erblickte, sprach er: „Dem Jüngsten gehört das Reich nach meinem Tod." Aber die zwei Ältesten betäubten die Ohren des Königs aufs Neue mit ihrem Geschrei: „Wir können's nicht zugeben, dass der Dummling König wird", und verlangten, der sollte den Vorzug haben, dessen Frau durch einen Ring springen könnte, der da mitten in dem Saal hing.

Sie dachten: Die Bauernweiber können das wohl, die sind stark genug, aber das zarte Fräulein springt sich tot. Der alte König gab das auch noch zu. Da sprangen die zwei Bauernweiber, sprangen auch durch den Ring, waren aber so plump[6], dass sie fielen und ihre groben Arme und Beine entzweibrachen. Darauf sprang das schöne Fräulein, das der Dummling mitgebracht hatte, und sprang so leicht hindurch wie ein Reh, und aller Widerspruch musste aufhören. Also erhielt er die Krone und hat lange in Weisheit geherrscht.

6 plump: dicklich, ungeschickt

Pantomime → S. 150

1 Stellt das Verhältnis der drei Söhne und ihres Vaters ohne Worte dar. Achtet auf die Anordnung der Figuren, die Körperhaltung und den Gesichtsausdruck.

2 In Märchen müssen die Helden oft Aufgaben lösen.
- **a)** Nennt die Aufgaben, welche der Dummling und seine Brüder lösen müssen.
- **b)** Wer löst die Aufgaben – der Dummling oder die Itsche? Begründet.

Adjektive → S. 186

3 Untersucht anhand der Textstellen die Eigenschaften und das Verhalten der Brüder.
- **a)** Zeile 1–3: Mit welchen Adjektiven werden die drei Brüder am Anfang des Märchens beschrieben?
- **b)** Zeile 47–50, 70–73, 95–98: Beschreibt, wie sich die beiden Brüder des Dummlings beim Lösen der Aufgaben verhalten.
- **c)** Zeile 113–115: Wie wird der Dummling am Ende des Märchens dargestellt? Vergleicht mit dem Märchenanfang.
- **d)** Diskutiert, ob ihr die Bezeichnung Dummling für zutreffend haltet.

4 Beschreibt mithilfe der Kompetenzbox (Seite 112), wie ein Märchen aufgebaut ist. Übernehmt dazu die folgende Grafik.

Märchenanfang: … → *Aufgaben:* … → *Märchenende:* …

5 Entscheidet, welche Adjektive in den Aussagen **A – C** am besten passen. Begründet.

A Die Itsche ist fürsorglich/hilfsbereit/freundlich.
B Die Brüder des Dummlings sind eingebildet/rücksichtslos/egoistisch.
C Der Vater wirkt schwach/sprunghaft/launisch.

6 Erklärt die Unterschiede folgender Adjektive aus dem Sprachtipp.

A hinterhältig, verlogen, gemein
B schlau, weise, außergewöhnlich

S. 276 **7** Den Brüdern des Dummlings gelingt es immer wieder, ihren Vater dazu zu bewegen, neue Aufgaben zu stellen.
a) Fasst ihre Aussagen zusammen.
b) Bewertet dieses Verhalten der Brüder. Ihr könnt dazu den Sprachtipp nutzen.

8 Diskutiert, ob der Dummling es verdient hat, König zu werden.

SPRACHTIPP

Treffende Adjektive

In Märchen stoßt ihr häufig auf den Gegensatz von Gut und Böse. Oft lassen sich Eigenschaften mit anderen Adjektiven genauer beschreiben.

gut

gutherzig, gutmütig, sanftmütig, einfühlsam, wohltätig, klug, schlau, gescheit, geistreich, weise, außergewöhnlich, gerecht, hilfsbereit, ehrlich, gewissenhaft, fürsorglich, freundlich, uneigennützig

böse

hinterhältig, fürchterlich, grausam, egoistisch, hässlich, gemein, verlogen, hinterlistig, boshaft, hartherzig, faul, rücksichtslos, verschlagen, eingebildet, heimtückisch, falsch, scheußlich, widerwärtig

typischer Handlungsverlauf S. 319 **KOMPETENZBOX**

Den Aufbau eines Märchens erkennen

Märchenanfang →	Aufgaben →	Märchenende
Ausgangssituation: Heldin/Held ist arm, unglücklich oder wird ungerecht behandelt	Hindernisse: Prüfung, Rätsel, Abenteuer	Hindernis beseitigt, zum Beispiel mithilfe von Zaubersprüchen, magischen Gegenständen, Sieg des Guten, Bestrafung des Bösen
arme Kinder, böse Stiefmutter	*im Wald ausgesetzt, von Hexe gefangen gehalten*	*überlisten Hexe, Heimkehr*

9 Beschreibt den Aufbau des Märchens „Dornröschen“ (Seite 148–149). Ihr könnt die Kompetenzbox zur Hilfe nehmen.

10 Zeigt, warum die Märchen der Brüder Jacob und Wilhelm Grimm so erfolgreich waren und sind.

Merkmale von Märchen erkennen

Aladin und die Wunderlampe (Märchen aus tausendundeiner Nacht)

In einer großen Stadt in Arabien lebte einst ein aufgeweckter kleiner Junge namens Aladin. Da er keinen Vater mehr hatte, musste er dafür sorgen, dass er und seine Mutter genug zum Leben hatten.

Eines Tages suchte sie ein alter Magier[1] auf und behauptete, Aladins Onkel zu sein.

„Komm mit", forderte er Aladin auf. „Wenn du tust, was ich dir sage, mache ich dich reich."

Das hörte sich gut an. Aladin ging also mit dem Magier bis weit vor die Stadt. In einer kleinen Senke[2] zeigte dieser plötzlich auf eine Öffnung im Boden, die halb von einer Steinplatte verschlossen war.

„Steig hinunter", befahl der Magier. „Und nimm diesen Ring; er wird dich, wenn nötig, beschützen. Vergiss alles, was du dort unten siehst. Mich interessiert nur eine Lampe, die auf einer Säule steht. Bring sie mir, und ich überschütte dich mit Gold."

Aladin stieg in eine Höhle hinunter und stand fassungslos vor den Schätzen, die dort aufgehäuft waren: Kisten voller Goldmünzen, Ringe, Ketten, Perlen, ... Aber er erinnerte sich an das, was der Magier gesagt hatte, er ergriff nur die Lampe und stieg die Treppe wieder empor. Oben wartete ungeduldig der alte Zauberer.

„Gib mir die Lampe", herrschte er Aladin an. „Dann helfe ich dir heraus."

Das kam Aladin seltsam vor, und er weigerte sich, die Lampe herzugeben, bevor er wieder im Freien war.

Darüber ärgerte sich der Magier derartig, dass er die Öffnung unter Donner und Blitz mit der Steinplatte verschloss und sich voller Wut entfernte.

Aladin blieb im Dunkeln zurück. Der Gedanke an seine einsame Mutter trieb ihm die Tränen in die Augen, und ohne es zu merken, rieb er die Lampe zwischen den Händen. Da strahlte sie hell auf, ein riesengroßer Geist erschien und warf sich Aladin zu Füßen.

„Was wünscht mein Herr und Meister?", fragte er mit mächtiger Stimme.

Aladin musste sich erst von seinem Schrecken erholen, aber dann befahl er dem Geist, ihn nach Hause zu bringen, und der Geist gehorchte.

Aladin erzählte seiner Mutter, was geschehen war, und sie beschlossen, sich die Dienste der wunderbaren Lampe zunutze zu machen, aber nur mit Maß und Ziel, um kein unnötiges Aufsehen zu erregen.

Es kamen glückliche Zeiten für Aladin und seine Mutter. Was sie an Essen und Kleidung brauchten, brachte ihnen der Geist. Fehlte ihnen das Geld für die Steuern an den Sultan[3] – der Geist legte es auf den Tisch.

So vergingen einige Jahre, bis – ja, bis Aladin zufällig einen Blick auf die Prinzessin werfen konnte, als sie vorüberging. Es war verboten, die Prinzessin anzusehen, aber es war nun einmal geschehen, und Aladin verliebte sich auf der Stelle unsterblich in die schöne Sultanstochter.

„Die Prinzessin muss meine Frau werden. Es gibt für mich keine andere auf der Welt."

Die Liebe verlieh ihm solchen Mut, dass er seine besten Kleider anzog und dem Geist befahl, ein Kästchen mit dem herrlichsten Schmuck zu füllen, den man sich vorstellen konnte. Mit diesem Kästchen machte er sich auf zum Sultan.

„Majestät[4], mir ist bewusst, dass ihr mich auspeitschen lassen könnt, aber trotzdem wage ich es, Euch um die Hand Eurer Tochter zu bitten, in der Gewissheit, dass niemand sie je so lieben, für sie sorgen und sie beschützen kann wie ich. Als Beweis meiner Aufrichtigkeit seht hier mein Geschenk."

Anfangs wunderte sich der Sultan sehr über die Kühnheit dieses so elegant gekleideten jungen Mannes, aber beim Anblick der Juwelen konnte er seine Bewunderung nicht verbergen, und auch der Prinzessin schien der Bewerber zu gefallen.

Der Sultan sprach: „Wenn du wirklich so reich und mächtig bist, wie du vorgibst, wird es dir nicht schwerfallen, meiner Tochter einen Palast zu erbauen, der ihrer würdig ist."

Damit gedachte er Zeit zu gewinnen und Aladin auf die Probe zu stellen. Aber kaum war Aladin daheim, als er auch schon dem Geist der Lampe auftrug, neben dem Sultanspalast ein herrliches Schloss zu erbauen, wie noch kein Menschenauge es erblickt hatte. Und wie gewünscht, so geschehen!

Überwältigt von diesem Beweis seiner Macht gewährte ihm der Sultan nicht nur die Hand seiner Tochter,

1 der Magier: Zauberer 2 die Senke: Vertiefung in einer Landschaft 3 der Sultan: islamischer Herrschertitel 4 die Majestät: Anrede für den Herrscher

sondern setzte die Festlichkeiten noch für den gleichen Tag an.

Alle waren glücklich und zufrieden, nur einer hasste Aladin aus tiefstem Herzen: der Minister des Sultans, der Großwesir[5]. Er hatte sich selbst Hoffnungen auf die Hand der schönen Prinzessin gemacht und konnte es nicht verwinden, dass ihm ein junger unbekannter Mann den Rang abgelaufen hatte. Er sandte Spione aus, um dessen Geheimnis auf die Spur zu kommen.

Als er erfuhr, dass Aladins ganzer Reichtum der Wunderlampe zu verdanken war, verkleidete er sich als Trödler, kaufte sich einen Sack voll billiger Lampen und stellte sich vor dem Palast auf, in dem die Neuvermählten wie die Turteltauben lebten.

„Neu gegen alt", rief der falsche Trödler. „Tausche alte Lampen gegen funkelnagelneue!"

Das Unglück wollte es, dass sich die Prinzessin der alten Lampe ihres Gemahls[6] entsann, die irgendwo herumstand. Ahnungslos tauschte sie sie gegen eine neue ein und war noch stolz auf das gute Geschäft.

Darauf hatte der verkleidete Großwesir nur gewartet. Kaum hielt er Aladins Wunderlampe in Händen, als er sie auch schon rieb und dem Geist befahl: „Versetze den Palast mit mir und der Prinzessin darin an einen weit entfernten Ort, an dem uns niemand finden kann."

Und so geschah es. Im Nu war der Palast samt Prinzessin verschwunden.

Unbeschreiblich war Aladins Kummer, als er zurückkam und nichts und niemanden mehr vorfand. Er konnte sich nicht vorstellen, was geschehen war. Da erinnerte ihn seine Mutter an den Ring des Magiers.

„Hat er nicht gesagt, er würde dich immer beschützen? Versuch es doch, vielleicht kann er dir helfen."

Ein Versuch konnte nicht schaden, also drehte Aladin den Ring und wünschte sich, bei seiner Gemahlin[7] zu sein. Im nächsten Augenblick befand er sich in einem Gemach[8] im Innern des Palastes, wo der Großwesir die Prinzessin gefangen hielt, bis sie bereit wäre, ihn zum Mann zu nehmen.

„O mein Gemahl", rief die Prinzessin aus und schloss Aladin glückstrahlend in die Arme. „Der Wesir hat mich geraubt und hier eingeschlossen. Es ist alles so merkwürdig!"

Von ihr erfuhr Aladin, dass der Wesir die Lampe immer bei sich trug, und sofort entwarf er einen Plan, um sie wieder an sich zu bringen. Er gab der Prinzessin ein Fläschchen mit einem Schlafmittel, sagte ihr, was sie zu tun habe, und verbarg sich hinter einem Vorhang.

Die Prinzessin ließ den Wesir rufen, gab vor, sich in ihr Schicksal zu fügen, und bot ihm ein Glas Wein an, um auf ihr künftiges Glück anzustoßen.

Hocherfreut trank der Wesir den Wein, in den die Prinzessin das Schlafmittel gemischt hatte, und bald sank er betäubt zu Boden. Nun kam Aladin hinter seinem Vorhang hervor, nahm die Lampe an sich und befahl dem Geist, das Schloss auf der Stelle wieder dahin zurückzuversetzen, wo es hingehörte.

Gerade als das Schloss wieder angesaust kam, steckte der Sultan den Kopf aus dem Fenster und wurde so Zeuge des Wunders. Gleich darauf schloss er seine Tochter in die Arme. Der verräterische Großwesir erhielt seine gerechte Strafe.

Einige Monate später ernannte der Sultan Aladin zu seinem Nachfolger und Erben, so sicher war er, dass dieser seine Untertanen gut und gerecht regieren würde.

Die Wunderlampe aber geriet nach und nach in irgendeinem Schrank in Vergessenheit. Selbst Aladin konnte sich kaum noch an sie erinnern. Er brauchte sie nicht mehr, denn er war an der Seite seiner Gemahlin und seiner Kinder wunschlos glücklich.

---

5 der Großwesir: hohes islamisches Regierungsmitglied, oft der zweite Mann im Staat **6** der Gemahl: Ehemann **7** die Gemahlin: Ehefrau
8 das Gemach: prachtvoller Raum

○ **1** Märchen drücken oft Sehnsüchte und Wünsche von Menschen aus. Benennt die Sehnsüchte, um die es in diesem Märchen geht.

○ **2** Nennt magische Gegenstände, die in diesem Märchen vorkommen.

◒ **3** Zählt wichtige Figuren aus dem Märchen auf und beschreibt sie kurz.

S. 276 ○ ← ◒ **4** Gebt die Handlung des Märchens wieder: Nennt die Prüfungen, die Aladin bestehen muss. Beschreibt, auf welche Weise ihm dabei die magischen Gegenstände helfen.

● **5** Arbeitet Textstellen heraus, die etwas über Ort und Zeit aussagen.

◒ **6** Schreibt aus den Märchen „Die drei Federn“ (Seite 110–111) und „Aladin und die Wunderlampe“ (Seite 113–114) Formulierungen heraus, die für euch nach einem Märchen klingen.

Eines Tages suchte sie ein alter Magier auf ... (Zeile 5)

Adjektive → S. 186

◒ **7** Vergleicht die beiden Textausschnitte und erklärt die Unterschiede. Findet weitere Beispiele in dem Märchen, in denen Adjektive von Bedeutung sind.

A Da strahlte die Lampe hell auf, ein riesengroßer Geist erschien und warf sich Aladin zu Füßen. „Was wünscht mein Herr und Meister?“, fragte er mit mächtiger Stimme. (Zeile 35–38)

B Da strahlte die Lampe auf, ein Geist erschien und warf sich Aladin zu Füßen. „Was wünscht mein Herr und Meister?“, fragte er.

8 EXTRA Stellt eine typische böse oder gute Märchenfigur aus einem anderen Land vor.
a) Lasst eure Klasse raten, woher die Märchenfigur stammt.
b) Vergleicht die Märchenfigur mit anderen, die ihr kennt.

Märchen S. 319 **KOMPETENZBOX**

Merkmale von Märchen erkennen

Figuren	***Beispiele***
Die Figuren haben meist nur eine hervorstechende, **typische Eigenschaft**.	*die böse Stiefmutter, die schöne Prinzessin, der böse Wolf*
Es treten **fantastische Figuren** auf.	*Fee, Zwerg, Hexe, Drache, Teufel, Riese*
Handlung	
Es geschehen **wundersame Ereignisse** und oft spielen **magische Gegenstände** eine Rolle.	*Brei überschwemmt Stadt, fliegende Teppiche dienen als Transportmittel*
Die Heldin/der Held muss **Aufgaben lösen**.	*ein herrliches Schloss erbauen, einen bestimmten Namen herausfinden*
Das **Gute siegt** am Ende, das **Böse** wird **bestraft**.	*der Wolf stürzt in den Brunnen, Aladin und seine Familie sind glücklich*
Typische Formulierungen	
Am Anfang und Schluss stehen häufig **sprachliche Formeln**.	*Es war einmal ...* *Und wenn sie nicht gestorben sind, ...*
Märchen enthalten oft **Zaubersprüche** und sich **reimende Formulierungen**.	*Spieglein, Spieglein, an der Wand, sag, wer ist die Schönste im ganzen Land?*
Die **Zahlen 3, 7** und **12** spielen oft eine Rolle.	*drei Söhne, sieben Zwerge*
Ort und Zeit	
Ort und Zeit bleiben unbestimmt.	*in einem tiefen Wald, vor langer Zeit*

Ein Märchen fortsetzen

Jacob und Wilhelm Grimm: Jorinde und Joringel (Anfang des Märchens)

Es war einmal ein altes Schloss mitten in einem großen dicken Wald, darinnen wohnte eine alte Frau ganz allein, das war eine Erzzauberin[1]. Am Tage machte sie sich zur Katze oder zur Nachteule, des Abends aber wurde sie wieder ordentlich wie ein Mensch gestaltet. Sie konnte das Wild und die Vögel herbeilocken, und dann schlachtete sie es, kochte und briet[2] es. Wenn jemand hundert Schritte dem Schloss nahe kam, so musste er stille stehen und konnte sich nicht von der Stelle bewegen, bis sie ihn lossprach; wenn aber eine brave junge Frau in diesem Kreis kam, so verwandelte sie dieselbe in einen Vogel und sperrte sie dann in einen Korb ein und trug den Korb in eine Kammer des Schlosses. Sie hatte wohl siebentausend solcher Körbe mit so raren Vögeln im Schlosse.

Nun war einmal eine Jungfrau[4], die hieß Jorinde; sie war schöner als alle anderen Mädchen. Die und dann ein gar schöner junger Mann namens Joringel hatten sich zusammen versprochen. Sie waren in der Verlobungszeit, und sie hatten ihr größtes Vergnügen eins am andern. Damit sie nun einsmalen vertraut zusammen reden könnten, gingen sie in den Wald spazieren. „Hüte dich", sagte Joringel, „dass du nicht so nahe ans Schloss kommst." Es war ein schöner Abend, die Sonne schien zwischen den Stämmen der Bäume hell ins dunkle Grün des Waldes, und die Turteltaube[3] sang kläglich auf den alten Maibuchen.

Jorinde weinte zuweilen, setzte sich hin im Sonnenschein und klagte: Joringel klagte auch. Sie waren so bestürzt, als wenn sie hätten sterben sollen; sie sahen sich um, hatten sich verirrt und wussten nicht, wohin sie nach Hause gehen sollten. Noch halb stand die Sonne über dem Berg, und halb war sie unter. Joringel sah durchs Gebüsch und sah die alte Mauer des Schlosses nah bei sich; er erschrak und hatte Todesangst. Jorinde sang:

„Mein Vöglein mit dem Ringlein rot
Singt Leide, Leide, Leide:
Es singt dem Täubelein seinen Tod,
singt Leide, Lei...
zucküth, zicküth, zicküth."

Joringel sah nach Jorinde. Jorinde war in eine Nachtigall verwandelt, die sang zicküth, zicküth. Eine Nachteule mit glühenden Augen flog dreimal um sie herum und schrie dreimal schuh, hu, hu, hu. Joringel konnte sich nicht regen – er stand da wie ein Stein, konnte nicht weinen, nicht reden, nicht Hand noch Fuß regen. Nun war die Sonne unter; die Eule flog in einen Strauch, und gleich darauf kam eine alte krumme Frau aus diesem hervor, gelb und mager: große, rote Augen, krumme Nase, die mit der Spitze ans Kinn reichte. Sie murmelte, fing die Nachtigall und trug sie auf der Hand fort. Joringel konnte nichts sagen, nicht von der Stelle kommen; die Nachtigall war fort. Endlich kam das Weib wieder und sagte mit dumpfer Stimme: „Grüß dich, Zachiel[4], wenn's Möndel[5] ins Körbel[6] scheint, bind lose Zachiel, zu guter Stund." Da wurde Joringel los. Er fiel vor dem Weib auf die Knie und bat, sie möchte ihm seine Jorinde wiedergeben, aber sie sagte, er sollte sie nie wiederhaben, und ging fort. Er rief, er weinte, er jammerte, aber alles umsonst. „Uu, was soll mir geschehen?" Joringel ging fort und kam endlich in ein fremdes Dorf; da hütete er die Schafe lange Zeit. Oft ging er rund um das Schloss herum, aber nicht zu nahe dabei. Endlich träumte er einmal des Nachts, er fände eine blutrote Blume, in deren Mitte eine schöne große Perle war. Die Blume brach er ab, ging damit zum Schlosse: Alles, was er mit der Blume berührte, ward von der Zauberei frei; auch träumte er, er hätte seine Jorinde dadurch wiederbekommen. Des Morgens, als er erwachte ...

1 die Erzzauberin: erfahrene, mächtige Zauberin 2 briet: Präteritum von braten 3 die Turteltaube: Taubenart; bildliche Bedeutung: Verliebte
4 Zachiel: auch Zadkiel, Name eines Erzengels, Anführer einer Engelschar 5 der Möndel: Mond 6 das Körbel: Korb

○ **1** Fasst den Inhalt des Märchens zusammen, indem ihr die Handlungsschritte nennt.

S. 276 ○ ← ◒ **2** Arbeitet die Eigenschaften von Jorinde, Joringel und der alten Frau heraus. Belegt eure Ergebnisse mit Zeilenangaben.

◒ **3** Beschreibt die Beziehung von Jorinde, Joringel und der Erzzauberin in Form eines Standbildes. Ihr könnt die Arbeitstechnik auf Seite 149 nutzen.

◒ **4** a) Überlegt, wie das Märchen enden könnte. Notiert eure Ideen in Stichpunkten.
b) Setzt das Märchen fort, indem ihr einen eigenen Schluss schreibt. Nutzt dazu eure Ideen aus Aufgabe a.

Ein Märchen nach Vorgaben schreiben

○ **1** Sammelt Ideen für ein eigenes Märchen, in dem folgende Begriffe und Figuren vorkommen: ***alte Hexe, mutiger Junge, drei grüne Raben, großer Schatz***

◒ **2** Macht euch Stichpunkte zu den Figuren in eurem Märchen.

alte Hexe:
- *kann mächtige Zauber sprechen*
- *...*

mutiger Junge:
- *lebt im Dorf bei seiner Tante*
- *...*

◒ **3** Übernehmt die Grafik von Seite 111 (Aufgabe 4) und notiert Stichpunkte zu Märchenanfang, Aufgaben und Märchenende.

◒ **4** a) Das Märchen auf Seite 116 trägt den Titel „Jorinde und Joringel". Erklärt, wie Märchentitel aufgebaut sind, indem ihr weitere Märchen als Beispiele heranzieht.
b) Formuliert eine Überschrift für euer Märchen.

S. 276 ◒ ← ● **5** Schreibt das Märchen zu den vorgegebenen Begriffen. Nutzt eure bisherigen Notizen.

S. 276 ○ ← ◒ **6** a) Arbeitet aus dem folgenden Märchenanfang die unpassenden Ausdrücke heraus. Belegt eure Ergebnisse mit Zeilenangaben.
b) Ersetzt diese Ausdrücke durch passendere Begriffe. Der Sprachtipp auf Seite 118 hilft euch dabei.

Achtung: Fehlertext

Es war mal eine alte Hexe, die in einer kleinen, verwunschenen Hütte im Wald lebte. Eines Abends, als die Sonne gerade hinter den hohen Bäumen verschwand, bemerkte die Hexe drei Raben, die so komisch grün leuchteten. Sie flogen um ihre Hütte und krächzten dabei voll seltsame Sachen. „Die Zeit ist gekommen", rief der erste Rabe mit einer Stimme, die wie der Wind klang. „Der coole Schatz wird bald von einem mutigen boy gefunden!"

7 a) Schreibt die Sätze **A** – **C** ab und ergänzt die Satzzeichen.
b) Gebt an, ob es sich um einen vorangestellten, einen nachfolgenden oder einen eingeschobenen Redebegleitsatz handelt.
c) Notiert mindestens drei weitere Aussagen von Märchenfiguren in der wörtlichen Rede.

Achtung: Fehlertext

A Die Hexe sagte Leon, wir müssen es versuchen.
B Was ist das für ein Schatz fragte die alte Hexe.
C Dieses Rätsel dachte der Junge ist gar nicht so einfach.

SPRACHTIPP

Märchensprache verwenden

Nomen
~~Topf~~ → Kessel | ~~Diener~~ → Knecht | ~~Euro~~ → Taler | ~~Halskette~~ → Amulett | ~~Haus~~ → Hütte

Verben
~~unsicher gehen~~ → wanken | ~~schnell gehen~~ → eilen | ~~sich sanft und geschmeidig bewegen~~ → gleiten | ~~vorsichtig gehen~~ → tappen | ~~trinken~~ → laben | ~~auf etwas verzichten~~ → entbehren

Adjektive
~~unheimlich~~ → schaurig | ~~hartnäckig~~ → zäh | ~~schön~~ → hold | ~~freundlich~~ → gütig

Präteritum → S. 192

8 a) Arbeitet aus dem folgenden Märchenende die Verben heraus, die nicht im Präteritum stehen. Notiert die Zeilenangaben.
b) Schreibt die Verben im Präteritum auf.

Achtung: Fehlertext

Im Inneren der Höhle findet Leon den Schatz: eine leuchtende Kugel, die ihre Besitzer beschützt. Als er zurückkehrt, übergibt er der alten Hexe die Kugel. Sie sagt ihm, dass er nun alle Prüfungen bestanden hat. Von diesem Tag an ist der Wald sicher und der mutige Junge Leon ein Held im Dorf. Und die alte Hexe, vor der sich lange Zeit alle fürchten, wird eine weise Beschützerin, die allen hilft, die Rat suchen.

Märchen schreiben S. 321 **KOMPETENZBOX**

Ein eigenes Märchen verfassen

1. Planen
- Ideen sammeln: *Brainstorming* (S. 344), *Cluster* (S. 344), *W-Fragen beantworten*
- ggf. gegensätzliche Märchenfiguren und magischen Gegenstand notieren
- Stichpunkte zum Märchenaufbau notieren: *Märchenanfang → Aufgaben → Märchenende*
- Überschrift formulieren

2. Schreiben

Präteritum → S. 192

- im Präteritum schreiben
- wörtliche Rede verwenden
- Ort und Zeit bleiben unbestimmt
- abwechslungsreich schreiben, zum Beispiel ~~gehen~~ → *schreiten, fortbewegen, laufen, …*
- Sprachliche Formeln nutzen, zum Beispiel *Es war einmal …*
- magische Zahlen gebrauchen, zum Beispiel *Sieben Zwerge*
- Zaubersprüche oder Reime formulieren, zum Beispiel *Töpfchen, koche!*

3. Überarbeiten
- Arbeitstechniken verwenden: *Checkliste* (S. 321), *Textlupe* (S. 76), *Schreibkonferenz* (S. 345)
- Rechtschreibung, Grammatik und Satzzeichen überprüfen

Moderne Märchen untersuchen

A08 D12 Hörverstehen

Franz Hohler: Die drei Gärtner

In einer Stadt lebten einmal drei Gärtner, die hatten ihre Grundstücke nebeneinander.
Der erste pflanzte Salat, der zweite Tomaten, der dritte pflanzte Blumen.
Das hatte sich bald unter den Schnecken herumgesprochen, und sie krochen in Scharen[1] zu den drei Grundstücken.
Der erste Gärtner streute überall wohlriechende Schneckenkörner. Fraß aber eine Schnecke, vom Geruch angezogen, ein solches Korn auf, krümmte sie sich wenig später und starb einen qualvollen Tod.
Der zweite Gärtner dachte sich etwas anderes aus. Er zog um seine Tomatenbeete lange Gräben, die er mit Bier füllte, und die Schnecken, die nichts lieber tranken als Bier, stürzten sich in das schäumende Getränk und ersoffen jämmerlich.
Dem dritten Gärtner aber taten die Schnecken leid. „Warum sollen sie nicht auch etwas zu fressen haben?“, dachte er, sammelte sie jeden Morgen ein und warf sie in den Garten seiner Nachbarn, einmal in den zur Linken und einmal in den zur Rechten.
Eines Tages nun wurde im Land bekannt gegeben, die Tochter des Königs sei von einem Zauberer auf einen Glasberg entführt worden, und wer sie von dort erretten könne, bekäme sie zur Frau.
Die drei Gärtner begaben sich zum Fuß des Glasbergs, wo sich schon die verschiedensten Abenteurer, Ritter und Bastler eingefunden hatten. Aus Angst, seine Tochter könne verletzt werden, hatte der König den Gebrauch von Kanonen verboten, und so gab es für all die Kühnen fast keine andere Möglichkeit, als selbst irgendwie hinaufzugelangen. Einer hatte es versucht, indem er sich Schröpfköpfe[2] an den Füßen befestigte, aber gegen oben wurde die Bergwand so steil, dass er abstürzte. Ein anderer hatte sich Hände und Füße mit Leim eingestrichen, doch nach einem Viertel der Strecke blieb er kleben und verhungerte.
Ein Prinz hatte tausend Luftballone[3] zusammengebunden und ließ sich von ihnen in die Höhe ziehen, aber der Zauberer lenkte mit einem Brennspiegel die Sonnenstrahlen auf die Ballone, sodass einer nach dem andern platzte und der Luftprinz in den Tod fiel.
„Ei“, dachte der erste Gärtner, „das wäre doch etwas für meine Schnecken.“ Er sammelte ein, so viel er konnte, spannte sie am Fuß des Glasbergs vor einen Schlitten, schwenkte ihnen Salatblätter vor den Fühlern hin und her und rief: „Hü!“
Sofort begannen die Schnecken den Berg hochzukriechen, aber in der Hälfte drehten sie sich um, und die älteste sagte: „Du warst immer böse zu uns – jetzt bekommst du deinen Lohn.“ Kichernd ließen die Schnecken den Schlitten fahren, und der Gärtner stürzte zu Tode.
Der zweite Gärtner ließ sich dadurch nicht beirren. „Ein klarer Fall für Schnecken“, sagte er sich, sammelte ein, so viel er konnte, und ging zum Fuß des Glasbergs. „Hü!“, rief er, „oben gibt's Bier aus meinem Rucksack!“
Die Schnecken krochen los, und der zweite Gärtner trat barfuß in die klebrigen Schleimspuren. Er war schon gut in der Hälfte[4], da sagte die älteste Schnecke: „Du warst immer böse zu uns und hast uns keine einzige Tomate gegönnt – jetzt bekommst du deinen Lohn.“ Und alle sonderten einen glatten Schleim ab, sodass der zweite Gärtner ausrutschte und mit einem fürchterlichen Schrei in die Tiefe schlitterte.
Den dritten Gärtner schreckte dies nicht ab. „Schließlich“, dachte er, „habe ich den Schnecken immer geholfen, jetzt werden sie mir wohl auch helfen.“ Er sammelte ein, so viel er konnte, baute sich eine Kutsche, ging zum Fuß des Glasbergs, spannte die Schnecken ein und rief: „Hü!“

1 in Scharen: hier sehr viele, in einer sehr großen Anzahl 2 die Schröpfköpfe: hier im Sinne von Saugknöpfen 3 die Luftballone: (schweizerdeutsch), Luftballons (deutsch) 4 Er war schon gut in der Hälfte: (schweizerdeutsch) er hatte schon gut die Hälfte hinter sich

Die älteste Schnecke sagte: „Du warst immer gut zu uns – jetzt bekommst du deinen Lohn.“ Und sie zogen ihn in seiner Kutsche bis zuoberst auf den Glasberg.

Damit war die Macht des Zauberers gebrochen. Vor den Augen des Gärtners wurde er in eine Bierflasche verwandelt. Der Gärtner gab der Flasche einen Tritt, dass sie klirrend den Glasberg hinuntersauste und in tausend Stücke zersplitterte.

Dann kniete er errötend vor der Prinzessin nieder und lud sie ein, in seiner Kutsche Platz zu nehmen.

Er war der Prinzessin aber äußerst unsympathisch, denn sein Haar war nicht gewaschen, seine Jeans waren zerrissen, und seinen wollenen Pullover fand sie irgendwie das Letzte. Auch hasste sie seine Birkenstocksandalen sowie sein farbiges Käppchen mit dem indischen Muster, und sein ständiges dümmliches Strahlen ging ihr auf die Nerven. Sie ahnte, dass sie ihn heiraten sollte, und es graute ihr davor. Als er sich während der Talfahrt auch noch rühmte, dass er mit den Schnecken befreundet sei, und ihr erzählte, wie es dazu gekommen war, sagte sie: „Du hast also die Schnecken einfach deinen Kollegen zum Töten überlassen?“ „Tja“, antwortete er, „so kann man das nicht sehen. Ich habe ihnen das Leben gerettet.“

„Quatsch“, sagte die Prinzessin, „du warst einfach zu faul, sie wegzutragen, und hast sie in den sicheren Tod getrieben. Deshalb kannst du jetzt deinen Kollegen folgen.“ Und sie stieß den gänzlich überraschten Gärtner aus der Kutsche, sodass er zu Tode stürzte.

Da wurden die Schnecken so böse, dass sie die Kutsche fahren ließen, und die Prinzessin stürzte ebenfalls zu Tode.

Der König war darob[5] so verzweifelt, dass er sich mit Schneckenkörnern das Leben nahm. Seither wird das Land wieder demokratisch regiert, und das ist wahrscheinlich auch besser so.

5 darob: darüber

1 Diskutiert, warum der Tod des Königs für gut befunden wird. Ist das nicht brutal?

Mündlich erzählen → S. 52

2 Erzählt das Märchen nach. Haltet euch dabei an den Handlungsverlauf.

S. 277

3 Vergleicht dieses Märchen mit einem Märchen der Brüder Grimm.

a) Benennt Gemeinsamkeiten.

b) Beschreibt, welche Unterschiede es gibt im Hinblick auf
- die Figuren und ihre Handlungsweise,
- das Ende,
- die Gegenstände,
- auffällige Formulierungen.

Wörtliche Rede → S. 233

4 **a)** Schreibt die folgenden drei Sätze **A** – **C** ab und ergänzt dabei die Satzzeichen für die wörtliche Rede.

b) Erfindet selbst drei Märchensätze mit wörtlicher Rede und schreibt sie auf.

Achtung: Fehlertext

A Der Gärtner ging zum Fuß des Glasbergs, spannte die Schnecken ein und rief Hü!

B Quatsch sagte die Prinzessin zum Gärtner du warst einfach zu faul.

C Wie, meine geliebte Tochter ist zu Tode gekommen schrie der König verzweifelt.

5 Verfasst ein eigenes modernes Märchen. Überlegt:
- Welche Figuren sollen auftauchen, zum Beispiel Zwerg, Friseur, Tierpflegerin?
- Welche Aufgaben sind zu lösen?
- Welche Hilfen kommen zum Einsatz, zum Beispiel sprechendes Tier, Roboter?
- Welche magischen Gegenstände oder Zaubersprüche sind von Bedeutung?
- Wie endet das Märchen, zum Beispiel könnte das Böse siegen?

Merkmale und den Aufbau erkennen, eigene Märchen verfassen

Jacob und Wilhelm Grimm: Rumpelstilzchen

Es war einmal ein Müller[1], der war arm, aber er hatte eine schöne Tochter. Nun traf es sich, dass er mit dem König zu sprechen kam, und um sich ein Ansehen zu geben, sagte er zu ihm: „Ich habe eine Tochter, die kann Stroh zu Gold spinnen." Der König sprach zum Müller: „Das ist eine Kunst, die mir wohl gefällt, wenn deine Tochter so geschickt ist, wie du sagst, so bring' sie morgen in mein Schloss, da will ich sie auf die Probe stellen." Als nun das Mädchen zu ihm gebracht ward, führte er es in eine Kammer, die ganz voll Stroh lag, gab ihr Rad und Haspel[2] und sprach: „Jetzt mache dich an die Arbeit, und wenn du diese Nacht durch bis morgen früh dieses Stroh nicht zu Gold versponnen hast, so musst du sterben."

Darauf schloss er die Kammer selbst zu, und sie blieb allein darin. Da saß nun die arme Müllerstochter und wusste um ihr Leben keinen Rat: Sie verstand gar nichts davon, wie man Stroh zu Gold spinnen konnte, und ihre Angst ward immer größer, dass sie endlich zu weinen anfing. Da ging auf einmal die Türe auf, und trat ein kleines Männchen herein und sprach: „Guten Abend, Jungfer[3] Müllerin, warum weint sie so sehr?" „Ach", antwortete das Mädchen, „ich soll Stroh zu Gold spinnen, und verstehe das nicht[4]." Sprach das Männchen: „Was gibst du mir, wenn ich dir's spinne?" „Mein Halsband", sagte das Mädchen.

Das Männchen nahm das Halsband, setzte sich vor das Rädchen, und schnurr, schnurr, schnurr, dreimal gezogen, war die Spule voll. Dann steckte es eine andere auf, und schnurr, schnurr, schnurr, dreimal gezogen, war auch die zweite voll: Und so ging's fort bis zum Morgen, da war alles Stroh versponnen, und alle Spulen waren voll Gold. Bei Sonnenaufgang kam schon der König, und als er das Gold erblickte, erstaunte er und freute sich, aber sein Herz ward nur noch goldgieriger.

Er ließ die Müllerstochter in eine andere Kammer voll Stroh bringen, die noch viel größer war, und befahl ihr, das auch in einer Nacht zu spinnen, wenn ihr das Leben lieb wäre. Das Mädchen wusste sich nicht zu helfen und weinte, da ging abermals die Türe auf, und das kleine Männchen erschien und sprach: „Was gibst du mir, wenn ich dir das Stroh zu Gold spinne?" „Meinen Ring von dem Finger", antwortete das Mädchen. Das Männchen nahm den Ring, fing wieder an zu schnurren mit dem Rade und hatte bis zum Morgen alles Stroh zu glänzendem Gold gesponnen. Der König freute sich über die Maßen bei dem Anblick, war aber noch immer nicht Goldes satt, sondern ließ die Müllerstochter in eine noch größere Kammer voll Stroh bringen und sprach: „Die musst du noch in dieser Nacht verspinnen: Gelingt dir's aber, so sollst du meine Gemahlin[5] werden."

„Wenn's auch eine Müllerstochter ist", dachte er, „eine reichere Frau finde ich in der ganzen Welt nicht." Als das Mädchen allein war, kam das Männlein zum dritten Mal und sprach: „Was gibst du mir, wenn ich dir noch diesmal das Stroh spinne?" „Ich habe nichts mehr, das ich geben könnte", antwortete das Mädchen.

„So versprich mir, wenn du Königin wirst, dein erstes Kind." „Wer weiß, wie das noch geht", dachte die Müllerstochter und wusste sich auch in der Not nicht anders zu helfen, sie versprach also dem Männchen, was es verlangte, und das Männchen spann dafür noch einmal das Stroh zu Gold. Und als am Morgen der König kam und alles fand, wie er gewünscht hatte, so hielt er Hochzeit mit ihr, und die schöne Müllerstochter ward eine Königin.

Über ein Jahr später brachte sie ein schönes Kind zur Welt und dachte gar nicht mehr an das Männchen: Da trat es plötzlich in ihre Kammer und sprach: „Nun gib mir, was du versprochen hast."

1 der Müller: Handwerker, der in einer Mühle Getreide mahlt 2 die Haspel: dient beim Spinnen dazu, das Garn in die Form eines Stranges zu bringen 3 die Jungfer: junge Frau 4 verstehe das nicht: kann das nicht 5 die Gemahlin: Ehefrau

Trainingsplatz

Die Königin erschrak und bot dem Männchen alle Reichtümer des Königreichs an, wenn es ihr das Kind lassen wollte; aber das Männchen sprach: „Nein, etwas Lebendes ist mir lieber als alle Schätze der Welt.“ Da fing die Königin so an zu jammern und zu weinen, dass das Männchen Mitleiden mit ihr hatte. „Drei Tage will ich dir Zeit lassen“, sprach es, „wenn du bis dahin meinen Namen weißt, so sollst du dein Kind behalten.“

Nun besann sich die Königin die ganze Nacht über auf alle Namen, die sie jemals gehört hatte, und schickte einen Boten über Land, der sollte sich erkundigen weit und breit, was es sonst noch für Namen gäbe. Als am andern Tag das Männchen kam, fing sie an mit Caspar, Melchior, Balzer, und sagte alle Namen, die sie wusste, nach der Reihe her, aber bei jedem sprach das Männlein: „So heiß' ich nicht.“

Den zweiten Tag ließ sie in der Nachbarschaft herumfragen, wie die Leute da genannt würden, und sagte dem Männlein die ungewöhnlichsten und seltsamsten Namen vor: „Heißt du vielleicht Rippenbiest oder Hammelswade oder Schnürbein?“, aber es antwortete immer: „So heiß' ich nicht.“

Den dritten Tag kam der Bote zurück und erzählte: „Neue Namen habe ich keinen einzigen finden können, aber wie ich an einen hohen Berg um die Waldecke kam, wo Fuchs und Has' sich gute Nacht sagen, so sah ich ein kleines Haus, und vor dem Haus brannte ein Feuer, und um das Feuer sprang ein gar zu lächerliches Männchen, hüpfte auf einem Bein und schrie:

„Heute back' ich, morgen brau' ich.
Übermorgen hol' ich der Königin ihr Kind;
Ach, wie gut ist, dass niemand weiß,
dass ich Rumpelstilzchen heiß'!“

Da könnt ihr denken, wie die Königin froh war, als sie den Namen hörte, und als bald hernach das Männlein herein trat und fragte: „Nun, Frau Königin, wie heiß' ich?“, fragte sie erst: „Heißest du Kunz?“ „Nein.“ „Heißest du Heinz?“ „Nein.“

„Heißt du etwa Rumpelstilzchen?“ „Das hat dir der Teufel gesagt, das hat dir der Teufel gesagt“, schrie das Männlein und stieß mit dem rechten Fuß vor Zorn so tief in die Erde, dass es bis an den Leib hineinfuhr, dann packte es in seiner Wut den linken Fuß mit beiden Händen und riss sich selbst mitten entzwei.

◒ **1** Formuliert die Gedanken, die Rumpelstilzchen oder der Königin am Ende des zweiten Tages (Zeile 95) durch den Kopf gehen könnten. Nutzt die Ich-Form.

◒ **2** Untersucht, welche typischen Merkmale das Märchen aufweist. Nennt jeweils das allgemeine Merkmal und ein Beispiel aus „Rumpelstilzchen“.

allgemeines Merkmal: Figuren haben typische Eigenschaften
Beispiel: arme, schöne Müllerstochter (Zeile 1–2)

◒ **3** Fertigt mithilfe der Kompetenzbox (Seite 112) eine kurze Übersicht zum Aufbau des Märchens an. Verwendet die folgenden Begriffe: Ausgangssituation, Notlage, Rätsel, Märchenende.

◒ **4** Wählt drei Adjektive aus, die Rumpelstilzchen beschreiben. Begründet.

hinterlistig hilfsbereit gierig freundlich boshaft nett unberechenbar hartherzig

S.277 ◒ ← ● **5** Die Schriftstellerin Irmela Brender meint: „Rumpelstilzchen hat mir immer leid getan.“ Stimmt ihr Irmela Brender zu? Begründet eure Meinung.

● **6** Schreibt eine moderne Fassung von „Rumpelstilzchen“.
- Entscheidet, welche inhaltlichen Änderungen ihr vornehmen wollt, zum Beispiel andere Eigenschaften der Figuren, moderne Gegenstände, veränderter Schluss.
- Verwendet ähnlich wie bei dem Märchen „Die drei Gärtner“ (Seite 119–120) eine moderne Märchensprache. Ihr könnt zum Beispiel Übertreibungen oder lustige Wendungen einbauen oder zwischen moderner und märchenhafter Sprache wechseln.

◒ **7** Schreibt nach der folgenden Vorlage ein Märchen.

a) Sammelt Ideen
- für die Erlebnisse der drei Brüder auf ihrer Reise, zum Beispiel: Wie kommen sie zu ihrem erstaunlichen Gegenstand? Welche Hindernisse müssen sie überwinden?
- zum Schluss des Märchens, zum Beispiel: Wie entscheidet sich der Vater und warum? Wer wird Nachfolger und was passiert mit den anderen beiden Brüdern?

b) Schreibt im Präteritum, verwendet wörtliche Rede und märchenhafte Wendungen.

Märchenanfang

Einst lebte ein Sultan, der hatte drei Söhne. Als er merkte, dass seine Kräfte zu schwinden begannen, beschloss er, einen seiner Söhne zum Nachfolger zu machen. Da ihm alle drei gleich lieb waren, …

Aufgabe

… sprach der weise Sultan zu seinen Söhnen: „Begebt euch auf eine Reise. Wer von euch den erstaunlichsten Gegenstand mitbringt, wird mein Nachfolger."

Hindernisse, Hilfen

Sogleich machten sich die drei auf den Weg
…

Märchenende

Da sprach der Sultan: „Jeder von euch …"
…
Fortan lebten sie …

6.2 Vom Hörensagen · Merkmale von Sagen erkennen

A09 D13 Hörverstehen

Die Sage von der Sibylle von der Teck

Tief unten im Sibyllenloch am Fuß des Teckfelsens hauste Sibylle. Sie war eine schöne und weise Frau, die den Menschen im Tal viel Gutes tat. Keiner, der in Not war, stieg vergeblich den steilen Weg zu ihrem unterirdischen Schloss hinauf.

Die drei Söhne der Sibylle waren aber von anderem Schlag. Unhold, Raufbold und Saufbold waren üble Burschen, die es nicht lange bei ihrer Mutter aushielten, und so bauten sie ihre eigenen Burgen. Der erste baute seine Burg auf dem Rauber, der Zweite auf dem Wielandstein und der dritte baute die Diepoldsburg. Von diesen Felsnestern[1] aus plagten sie die Bauern und plünderten die Kaufleute und ihre Wagenzüge aus. Aus Kummer über ihre missratenen Söhne beschloss Sibylle, ihr unterirdisches Schloss und das Land zu verlassen. Auf einem goldenen Wagen, der von zwei riesigen Katzen gezogen wurde, fuhr sie eines Abends talabwärts durch die Lüfte und wurde nie wieder gesehen.

Jedes Jahr, wenn die Ackerfrüchte zu reifen beginnen, kann man den Weg verfolgen, den sie genommen hat. Die Spur ihres Wagens ist deutlich zu sehen. Die Wiesen sind dort grüner, das Korn trägt größere Ähren und Äpfel, Birnen und Kirschen sind saftiger und süßer. Die Spur ihres Wagens nennt man heute noch die „Sibyllenspur“.

Burg Teck in der Nähe der Stadt Kirchheim unter Teck

Im Jahr 1982 wurde bei Grabungen entdeckt, dass es sich bei der „Sibyllenspur“ um die Reste des römischen Limes, eine Grenzmauer aus der Zeit der Römer, handelt. Die Wissenschaftler konnten feststellen, dass zwei parallele Gräben das Tal durchzogen. Im Lauf der Zeit wurden diese Gräben mit Kalksteinen und fruchtbarer Erde aufgefüllt, sodass dieser Streifen heute noch ein besseres Wachstum ermöglicht als das umliegende Ackerland.

1 das Felsnest: ein Wohnort hoch oben auf der Spitze eines Felsens

○ **1** Erzählt die Sage mit eigenen Worten nach.

◒ **2** Beschreibt, was das Sagenhafte an diesem Text ist. Nutzt dazu die Kompetenzbox auf Seite 126.

◒ **3** Im letzten Absatz wird eine wissenschaftliche Erklärung gegeben. Erklärt, wie die Sage entstanden sein könnte.

S.277 ○ ← ◒ **4** Lest die Sage „Die Wettenburg“ (Seite 125). Beschreibt die Eigenschaften der beiden Frauen (Sibylle von der Teck und die Gräfin), die durch die Sagen deutlich gemacht werden.

A10 D14 Hörverstehen

Die Wettenburg

Eine halbe Stunde oberhalb von Wertheim liegt ein Felsen, der von drei Seiten vom Main umflossen wird. Dort oben stand einst eine Burg. Von ihr ist nichts mehr zu sehen, doch werden manch unheimliche Ereignisse von dort oben berichtet.

Die Sage erzählt, dass die letzte Gräfin auf dem Schloss eine geizige und hartherzige Frau gewesen sei. Sie beutete ihre Bauern aus, doch besonders hasste sie die Bettler und armen Leute, die um eine kleine Gabe an ihr Burgtor klopften. Um endlich Frieden vor ihnen zu haben, beschloss sie, den Main auch um die vierte Seite des Felsens zu leiten, um den Weg für das „Gesindel[1]“ zu versperren.

Der Burgvogt[2] äußerte Bedenken, Gott möge es missfallen, dem Fluss ein anderes Bett zu geben. Sie aber sagte: „Es mag Gott lieb oder leid sein; mein Vorhaben wird ausgeführt! So wenig ich diesen Ring wieder sehe, so wenig unterbleibt es!“ Damit zog sie einen Ring vom Finger und warf ihn in den Fluss. Noch am selben Abend aber fand der Koch in einem Karpfen, den er für das Festmahl zubereitete, den Ring wieder und brachte ihn arglos[3] zur Gräfin. Die wurde totenbleich, und im selben Moment fuhr ein Blitz vom Himmel und mit einem gewaltigen Donnerschlag versank die Burg im Berg.

Alle sieben Jahre soll man die Burg am Grunde des Mains sehen können. Und alle sieben Jahre öffnet sich an der Stelle, wo die Burg einst stand, eine Höhle. Ein Schäfer suchte einmal darin Schutz vor einem Unwetter. Er kehrte erst nach sieben mal sieben Jahren wieder zurück und keiner kannte ihn mehr.

1 das Gesindel: abwertend für Leute aus dem Volk 2 der Burgvogt: Verwalter der Burg 3 arglos: ohne Böses zu ahnen

5 Sagen wurden jahrhundertelang mündlich überliefert. Erklärt, warum sich Menschen diese Sagen erzählt haben könnten.

6 Oft beinhalten Sagen einen wahren Kern. Überlegt, was an der Sage der Wettenburg wahr sein könnte.

7 Beschreibt, was sich die Menschen mit der Sage erklären wollten.

S. 277 **8** Stellt Unterschiede zwischen Märchen und Sagen zusammen. Überlegt zunächst, was ihr untersuchen wollt. Übernehmt und ergänzt die Tabelle.

Merkmale	Märchen	Sagen
Aufbau der Handlung	...	...
...	...	...

9 Lest den Zeitungsartikel auf Seite 126 und gestaltet eine Sage, die das Abrutschen des Felsstücks erklärt.

Vorsichtsmaßnahme

Wielandstein zum Sperrgebiet erklärt

Der ersten Einschätzung zufolge hat vor allem der zuletzt schnelle Wechsel von Frost- und Tauperioden dem zerklüfteten Jurafelsen zugesetzt. „Es sieht so aus, als sei zuerst ein großes Felsstück im unteren Bereich rausgesprengt worden. Der Rest ist dann von oben nachgerutscht“, sagt Bürgermeister Schlecht. Rund ein Drittel des markanten Felsens, der am Rand der Schwäbischen Alb über dem Lautertal thront, ist in der Nacht zum Mittwoch ins Tal gestürzt. Die Gesteinsmassen haben eine rund 200 Meter lange Schneise in den darunter liegenden Hangwald geschlagen.

Die Gemeinde Lenningen hat das Sperrgebiet rund um den abgerutschten Wielandstein noch einmal ausgeweitet. Damit sollen die erwarteten Wochenendbesucher vor nachstürzenden Steinen geschützt werden.

KOMPETENZBOX

Merkmale von Sagen erkennen

Sagen sind kurze Erzählungen, die zunächst mündlich weitererzählt wurden. Diese Erzählungen sind entstanden, als die Menschen sich vieles noch nicht wissenschaftlich erklären konnten und stattdessen an die Macht von Naturgeistern und höheren Mächten glaubten. Oft sind einzelne Formulierungen in der Regionalsprache enthalten, zum Beispiel auf Schwäbisch.

Typische Merkmale sind:
- **historischer Kern:** Orte, Personen, Ereignisse oder Naturerscheinungen, die es wirklich gab
- **fantastische Figuren**, zum Beispiel Riesen, Hexen, der Teufel
- **unerklärliche Handlungen oder Vorgänge**

MK **10 EXTRA** Recherchiert im Internet Sagen aus eurer Gegend und dokumentiert sie in einem Sagenprojekt:
- Nutzt eine möglichst große Landkarte.
- Markiert die Orte auf der Karte, an denen die Sage spielt. Notiert die Sagentitel und gestaltet eine kleine Zeichnung.
- Ordnet die Sagen um die Karte an. Zieht Verbindungen vom Ort der Sage zum Text.
- Erkundet geschichtliche Hintergründe der Sage und fügt diese Informationen stichwortartig hinzu.
- Stellt eure Sage der Klasse vor und informiert über den Ort der Sage.

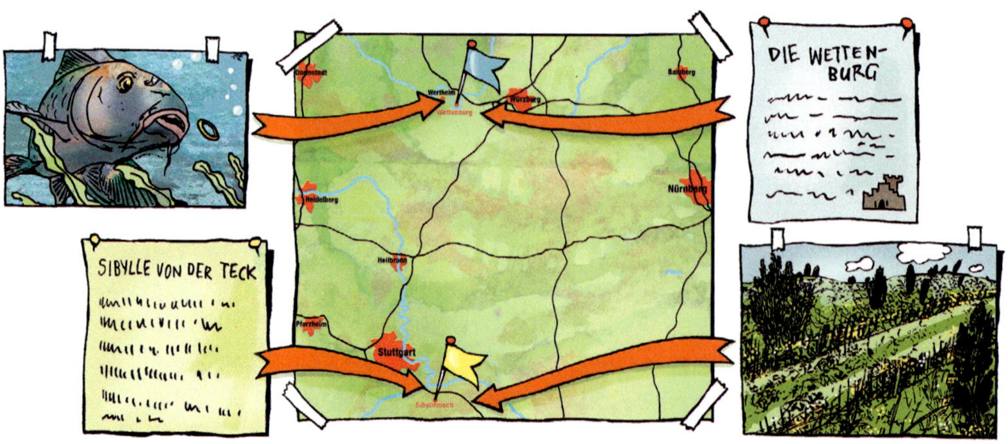

Merkmale von Sagen erkennen

Die Teufelsküche

Teufelsküche nennt das Volk das zwischen Niedermühle und dem Görwihler Steg liegende Felsengewirr, durch das sich die Alb schäumend und brausend den Weg sucht. Einst sollte hier eine Brücke gebaut werden. Das Werk war beinahe vollendet. Nur der Schlussstein fehlte noch. Vergebens versuchte der Baumeister, diesen dem Gewölbe einzufügen. Schließlich stieß er wilde Verwünschungen und Flüche aus. Da stand plötzlich der Teufel höchst persönlich vor ihm und sagte: „Bekomme ich die erste Seele, die über die Brücke geht, will ich für dich den Stein der Brücke einfügen." Der Baumeister ging zwar auf den Handel ein, doch ließ er als ersten einen Hahn über die Brücke schreiten. Der um eine Menschenseele betrogene Teufel stampfte mit seinem Bocksfuß so heftig auf der Brücke auf, dass sie zusammenbrach und in die Alb stürzte.

1 Notiert stichpunktartig die typischen Sagenmerkmale im Text „Die Teufelsküche".

Historischer Kern:	*Fantastische Figuren und Handlungen:*
– ...	– ...

2 Zeichnet zu der Sage mehrere Comicbilder, indem ihr
- die Handlungsschritte in Form von Bildern darstellt und
- mögliche Aussagen in Form von Sprechblasen notiert.

Eine Maus verhilft einem Bergmann zu Reichtum

In der Nähe von Todtnau grub ein Bergmann[1] lange Zeit vergebens nach Erz[2]. Wieder einmal hatte er sich den ganzen Tag abgemüht, ohne etwas zu finden. Verzweifelt ließ er sich auf einem Stein nieder. Da sah er, wie eine Maus das Stück Brot, das er sich vom Munde abgespart und neben sich gelegt hatte, anknabberte. Voll Wut schleuderte der Mann seinen Hammer nach dem diebischen Tierchen, traf aber die Bergwand. Wie wunderte er sich, als sich dort plötzlich ein großes Loch auftat, aus dem blankes Silber hervorglänzte. Der kleine Nager hatte ihn zum reichen Manne gemacht. Zum Dank dafür gab er der Grube den lange noch bestehenden Namen „Die Maus".

1 der Bergmann: Bergarbeiter, der Rohstoffe abbaut, zum Beispiel Kohle oder Erz 2 das Erz: wertvoller Metallstein, der genutzt wurde, um beispielweise Werkzeuge herzustellen

3 Schreibt auf, was sich die Leute eurer Meinung nach mit dieser Sage erklären wollten.

4 Was müsst ihr ändern, damit aus der Sage ein Märchen wird? Notiert Stichpunkte.

Das könnt ihr jetzt!

Ein Märchen fortsetzen

D15 Beispiellösung

Beispiel für eine Klassenarbeit

Setzt den folgenden Märchenanfang fort. Achtet dabei darauf, dass ihr
- im Präteritum schreibt und die wörtliche Rede verwendet und
- die Regeln für Rechtschreibung und Zeichensetzung einhaltet.

Es war einmal ein armer Junge namens Hans, der lebte in einem kleinen Dorf am Rande eines tiefen, dunklen Waldes. Eines Nachts trug es sich zu, dass ein riesiger, böser Wolf in das Dorf kam, die Tiere fraß und die Häuser verwüstete. Die Männer und Frauen, die Mädchen und Jungen waren voller Angst, wenn es dunkel wurde, denn das bedeutete, dass der Wolf wieder kommen würde. Doch Hans ...

Schritt für Schritt zur Lösung

Lösungen → S. 291

1. Formuliert eine Aufgabe für den Märchenhelden Hans.

Der Älteste des Dorfes trug Hans auf ...

2. Beschreibt, wie Hans die Aufgabe löst. Dabei könnte er zum Beispiel von einem magischen Helfer unterstützt werden, vielleicht auch mit einem Zauberspruch.

Hans ging mutig in den Wald, unweit des Weges sah er ...

3. Formuliert eine Überschrift für euer Märchen.

4. Am Ende siegt das Gute, das Böse wird bestraft. Schreibt das Märchen. Haltet euch an den Aufbau und berücksichtigt die typischen Märchenmerkmale.

Als er in das Dorf zurückkehrte, erhielt Hans ...

5. Überarbeitet euren Text in drei Durchgängen:

1. Durchgang: Achtet auf Vollständigkeit, Reihenfolge und Leserorientierung.

2. Durchgang: Unterstreicht alle Adjektive und Nomen. Überprüft, ob sie treffend sind. Lest erneut und prüft, ob eure Satzanfänge abwechslungsreich sind. Überarbeitet alle Stellen, die noch nicht so gelungen sind.

3. Durchgang: Achtet auf die Rechtschreibung, den Satzbau und die Satzzeichen. Verwendet ein Wörterbuch.

Ein Märchen nach Vorgaben schreiben

D16 Beispiellösung

Beispiel für eine Klassenarbeit

Gestaltet ein Märchen, in welchem die folgenden Figuren und Gegenstände vorkommen:
- armes Mädchen,
- böser Ritter,
- goldene Krone.

Schritt für Schritt zur Lösung

Lösungen → S. 291

1. Überlegt, wovon euer Märchen handeln soll. Macht euch Notizen zu den typischen Märchenmerkmalen, indem ihr die folgenden Fragen beantwortet.

a) Figuren:
- Welche positive Eigenschaft hat eure Märchenheldin, das arme Mädchen?
- Welche negative Eigenschaft ist typisch für den Gegenspieler, den bösen Ritter?

b) Handlung:
- Welche Aufgabe muss eure Märchenheldin lösen?
- Bei der Lösung der Aufgabe erhält das Mädchen Hilfe von der goldenen Krone. Über welche hilfreichen Fähigkeiten verfügt sie? Wie kommt das Mädchen an die Krone?
- Wie wird das Mädchen am Ende des Märchens belohnt, wie wird der böse Ritter bestraft?

c) Typische Formulierungen:
- Achtet auf die Verwendung der typischen Märchensprache.
- Überlegt euch einen Zauberspruch oder einen Reim.
- Wählt eine magische Zahl, die in eurem Märchen vorkommt.

d) Ort und Zeit:
- Wählt Ort und Zeit für euer Märchen, die aber unbestimmt bleiben.

2. Formuliert eine passende Überschrift für euer Märchen.

3. Schreibt euer Märchen, indem ihr eure Vorüberlegungen einbezieht.
Achtet dabei auf die typische Sprache im Märchen:
- Schreibt im Präteritum.
- Nutzt an passenden Stellen die wörtliche Rede.
- Verwendet beim Schreiben anschauliche Adjektive.

4. Überarbeitet euren Text in drei Durchgängen:

1. Durchgang: Achtet auf Vollständigkeit, Reihenfolge und Leserorientierung.

2. Durchgang: Unterstreicht alle Adjektive und Nomen. Überprüft, ob sie treffend sind.
Lest erneut und prüft, ob eure Satzanfänge abwechslungsreich sind.
Überarbeitet alle Stellen, die noch nicht so gelungen sind.

3. Durchgang: Achtet auf die Rechtschreibung, den Satzbau und die Satzzeichen.
Verwendet ein Wörterbuch.

7 Sommerhitze – Flockenwirbel

Gedichte entdecken

1 Betrachtet das Foto. Welche Stimmungen und Gedanken ruft es bei euch hervor? Erzählt von eigenen Erlebnissen in der Natur.

2 Wählt ein Gedicht von Seite 131 aus und tragt es betont vor.

3 Erklärt, woran ihr erkennt, dass es sich bei den Texten auf Seite 131 um Gedichte handelt.

Das lernt ihr jetzt!

7.1 die Form erkunden
7.2 den Inhalt und die Stimmung erfassen
7.3 sprachliche Bilder entschlüsseln
7.4 Gedichte vortragen und auswendig lernen

Hanna Johansen: Ein Baum

An einer Straße steht ein Baum.
Der Baum ist groß und leise.
Sieht aus, als atmete er kaum,
und ist doch grün und weise.

Der Baum ist nie für sich allein.
Er summt und brummt und knistert.
In seinem Schatten bist du klein
Und hörst ihn, wie er flüstert.

Es wehn die Blätter hin und her,
sein Atem aus und ein,
denn ohne Atem könnte er
nicht groß geworden sein.

Eduard Mörike: Er ist's

Frühling lässt sein blaues Band
Wieder flattern durch die Lüfte;
Süße, wohlbekannte Düfte
Streifen ahnungsvoll das Land.
Veilchen träumen schon,
Wollen balde kommen.
– Horch, von fern ein leiser Harfenton![1]
Frühling, ja du bist's!
Dich hab ich vernommen!

1 die Harfe: Instrument mit Saiten zum Zupfen

Issa: Haiku

Der Schnee ist geschmolzen:
das Dorf läuft über
von Kindern.

April (Schülertext)

Schillernd
Der Regenbogen
Die Menschen staunen
Ich träume von Nimmerland
Fantastisch

MK **4** Lest das Gedicht „Ein Baum".
a) Erläutert, wie der Baum beschrieben wird. Welchen Eindruck bekommt ihr von dem Baum und woran liegt das?
b) Geht in Gedanken auf einen Spaziergang durch eure Lieblingsjahreszeit und verfasst eine eigene Gedichtstrophe. Malt passende Bilder dazu.
c) Ihr könnt das Gedicht auch digital in Form eines Baums gestalten. Wie müsst ihr dabei mit der Schrift umgehen?

5 Die Form des Gedichts „April" nennt man Elfchen. Insgesamt elf Wörter verteilen sich in einer festgelegten Anzahl auf fünf Verse.
a) Untersucht genauer, wie das Elfchen aufgebaut ist.
b) Verfasst ein eigenes Elfchen zu eurem Geburtsmonat oder zu dem Foto.

7.1 Wind und Wetter · Die Form erkunden

Peter Hacks: Die Blätter an meinem Kalender

Die Blätter an meinem Kalender, die sind im Frühling klein und kriegen goldene Ränder vom Märzensonnenschein. Im Sommer sind sie grüner, im Sommer sind sie fest, die braunen Haselhühner[1] erbaun sich drin ihr Nest. Im Herbst ist Wolkenwetter und Sonnenschein wird knapp, da falln die Kalenderblätter, bums, ab. Im Winter, wenn die Zeiten hart, hat es sich auskalendert. Ich sitze vor der Wand und wart, dass sich das Wetter ändert.

1 das Haselhuhn: seltener, scheuer Waldvogel

1 a) Beschreibt, wie die Jahreszeiten in dem Text dargestellt werden und was mit den Kalenderblättern jeweils passiert.
b) Tragt den Text vor und achtet auf den Klang der Wörter. Was fällt euch auf?

2 Der Text „Die Blätter an meinem Kalender" ist eigentlich ein Gedicht.
a) Schreibt den Text ab und bringt ihn dabei in eine Gedichtform.
b) Tragt eure Gedichte vor und vergleicht diese mit dem Vortrag in Aufgabe 1b.
c) Erläutert, wie ihr auf die Form eurer Gedichte gekommen seid.

Erwin Moser: Gewitter

Der Himmel ist blau a
Der Himmel wird grau a
Wind fegt herbei b
Vogelgeschrei b
Wolken fast schwarz c
Lauf, weiße Katz! c
Blitz durch die Stille
Donnergebrülle
Zwei Tropfen im Staub
Dann Prasseln auf Laub
Regenwand
Verschwommenes Land
Blitze tollen
Donner rollen
Es plitschert und platscht
Es trommelt und klatscht
Es rauscht und klopft
Es braust und tropft
Eine Stunde lang
Herrlich bang
Dann Donner schon fern
Kaum noch zu hör'n
Regen ganz fein
Luft frisch und rein
Himmel noch grau
Himmel bald blau!

3 Beschreibt das Gewitter, indem ihr einen kurzen Wetterbericht als Radiosprecher gebt. Vergleicht euren Text mit dem des Gedichts.

4 Wenn ihr die Reime eines Gedichts mit Buchstaben verseht, erkennt ihr das Reimschema.
a) Ergänzt die Buchstabenfolge im Gedicht „Gewitter“ (Seite 132). Was stellt ihr fest?
b) Bestimmt mithilfe der Kompetenzbox das Reimschema.

Recht-schreib-strategien → S. 242

5 Wer findet zu den folgenden Wörtern die meisten Reimwörter? Gestaltet lustige Vierzeiler mit den folgenden Reimwörtern und achtet auf die Rechtschreibung.

Kleid klug laufen fort

S. 278 ○ ← **6** Arbeitet heraus, welches Reimschema das Gedicht „Die Blätter an meinem Kalender“ (Seite 132) hat. Verwendet eure Ergebnisse aus Aufgabe 2 (Seite 132).

7 Führt ein Rätselspiel durch: Welches Gedicht ist gemeint?
a) Sucht ein Gedicht aus dem Kapitel aus (Seite 130–145) und untersucht seine Form. Achtet auf die Anzahl der Strophen, die Versanzahl in den Strophen und das Reimschema.
b) Beschreibt mithilfe des Sprachtipps die Form des Gedichts.
c) Lest eure Texte vor und lasst die anderen raten, welches Gedicht ihr ausgewählt habt. Ihr könnt auch einen kleinen Hinweis auf den Inhalt geben.

SPRACHTIPP

Die Form von Gedichten beschreiben

Strophen und Verse

Das Gedicht besteht aus ... Strophen.
Das Gedicht ist in ... Strophen mit ... Versen unterteilt.
Das Gedicht ist in ... Strophen mit ... Versen gegliedert.
Alle Strophen umfassen ... Verse.

Reimschema

Als Reimschema liegt der Kreuzreim vor.
Die Verse sind durch einen Paarreim miteinander verbunden.
Das Gedicht besitzt kein regelmäßiges Reimschema.
Die Verse der zweiten Strophe weisen einen umarmenden Reim auf.

Vers, Strophe, Reim S. 315 **KOMPETENZBOX**

Die Form von Gedichten untersuchen

Gedichte sind Texte in einer besonderen Form. Sie wirken vor allem durch ihren **Klang**. Häufig erkennt ihr sie an **Versen**, **Strophen** und **Reimen**.
Aber Achtung: Nicht alle Gedichte haben Strophen oder Reime.

Vers: Zeile eines Gedichts
Strophe: mehrere Verse, die zu einem Abschnitt zusammengefasst sind und häufig einen Sinnabschnitt darstellen
Reim: Gleichklang zweier Wörter vom letzten betonten Vokal an *(gerégnet, begégnet)*
Reimschema: unterschiedliche Anordnung der Reime

Paarreim		**Kreuzreim**		**Umarmender Reim**	
regnet	*a*	*prasselt*	*a*	*Gang*	*a*
begegnet	*a*	*fällt*	*b*	*staunen*	*b*
windet	*b*	*rasselt*	*a*	*Daunen*	*b*
findet	*b*	*hält*	*b*	*Belang*	*a*

7.2

Bunte Zeiten · Den Inhalt und die Stimmung erfassen

A11 Hörtext

Ilse Kleberger: Sommer

Weißt du, wie der Sommer riecht?
Nach Birnen und nach Nelken,
nach Äpfeln und Vergissmeinnicht,
die in der Sonne welken,
nach heißem Sand und kühlem See
und nassen Badehosen,
nach Wasserball und Sonnencreme,
nach Straßenstaub und Rosen.

Weißt du, wie der Sommer schmeckt?
Nach gelben Aprikosen
und Walderdbeeren, halb versteckt
zwischen Gras und Moosen,
nach Himbeereis, Vanilleeis
und Eis aus Schokolade,
nach Sauerklee vom Wiesenrand
und Brauselimonade.

Weißt du, wie der Sommer klingt?
Nach einer Flötenweise[1],
die durch die Mittagsstille dringt,
ein Vogel zwitschert leise,
dumpf fällt ein Apfel in das Gras,
der Wind rauscht in den Bäumen,
ein Kind lacht hell, dann schweigt es schnell
und möchte lieber träumen.

1 die Weise: einfache, kurze Melodie

○ **1** Begründet, welche Strophe euch am besten gefällt. Formuliert für diese Strophe eine eigene Überschrift.

◒ **2** Untersucht das Gedicht genauer. Sucht heraus, wie der Sommer riecht, schmeckt und klingt. Notiert die Nomen und Wortgruppen. Was fällt euch auf?

Der Sommer riecht nach: Birnen ...
Der Sommer schmeckt nach: gelben Aprikosen ...
Der Sommer klingt nach: einer Flötenweise ...

◒ **3** Betrachtet die Illustration und gestaltet ein ähnliches Bild zu der zweiten oder dritten Strophe.

A12 Hörtext

Josef Guggenmos: Ich male mir den Winter

Ich male ein Bild,
ein schönes Bild,
ich male mir den Winter.
Weiß ist das Land,
schwarz ist der Baum,
grau ist der Himmel dahinter.

Sonst ist da nichts,
da ist nirgends was,
da ist weit und breit nichts zu sehen.
Nur auf dem Baum,
auf dem schwarzen Baum
hocken zwei schwarze Krähen.

Aber die Krähen,
was tun die zwei,
was tun die zwei auf den Zweigen?
Sie sitzen dort
und fliegen nicht fort.
Sie frieren nur und schweigen.

Wer mein Bild besieht,
wie's da Winter ist,
wird den Winter durch und durch spüren.
Der zieht einen dicken
Pullover an
vor lauter Zittern und Frieren.

A13 Hörtext

Peter Maiwald: Regentag

Paul steht am Fenster.
Paul steht und glotzt.
Der Regen regnet.
Der Regen rotzt.

Der Regen nieselt.
Der Regen rinnt.
Der Regen pieselt.
Der Regen spinnt.

Der Regen prasselt.
Der Regen fällt.
Der Regen rasselt.
Der Regen hält.

Paul steht am Fenster.
Paul steht und glotzt.
Der Regen regnet.
Der Regen rotzt.

S.278 ○ ← ◒ **4** In dem Gedicht „Ich male mir den Winter" sind in der ersten Strophe wichtige Wörter markiert.

a) Arbeitet wichtige Wörter in den übrigen Strophen heraus.

b) Beschreibt, wie die Jahreszeit in dem Gedicht dargestellt wird.

S.278 ○ ← ◒ **5** Erläutert, welche Sicht auf Winter und Regen in den Gedichten dargestellt wird.

a) Benennt die Stimmung des Gedichts, zum Beispiel *lustig, traurig, ruhig*. Begründet eure Entscheidung mit Beispielen aus dem Text.

b) Beschreibt mithilfe des Sprachtipps in wenigen Sätzen die Stimmung des Gedichts.

c) Lest das Gedicht so vor, dass die Stimmung zum Ausdruck kommt.

SPRACHTIPP

Die Stimmung eines Gedichts beschreiben

Durch das Gedicht entsteht eine fröhliche/nachdenkliche Stimmung. Das erkennt man daran, dass …
Auf mich wirkt das Gedicht bedrohlich/humorvoll, weil …
Das Gedicht wirkt verträumt/ernsthaft … Das liegt daran, dass …
Schon beim ersten Lesen fällt auf, dass die Stimmung … Dies wird durch … erzeugt.

S.278 ◒ ← ● **6** Verfasst eine Strophe zu einem Gedicht mit dem Titel „Sonnentag". Orientiert euch an dem Gedicht „Regentag".

A14 Hörtext

Elisabeth Borchers: November

Es kommt eine Zeit,
da lassen die Bäume
ihre Blätter fallen.
Die Häuser rücken
enger zusammen.
Aus dem Schornstein
kommt ein Rauch.

Es kommt eine Zeit,
da werden die Tage klein
und die Nächte groß,
und jeder Abend
hat einen schönen Namen.

Einer heißt Hänsel und Gretel.
Einer heißt Schneewittchen.
Einer heißt Rumpelstilzchen.
Einer heißt Katherlieschen[1].
Einer heißt Hans im Glück.
Einer heißt Sterntaler.

Auf der Fensterbank
im Dunkeln,
dass ihn keiner sieht,
sitzt ein kleiner Stern
und hört zu.

1 Katherlieschen: eine Frau aus dem Märchen „Der Frieder und das Katherlieschen“ von den Brüdern Grimm

7 Untersucht den Inhalt und die Stimmung des Gedichts.
- Sucht wichtige Wörter heraus.
- Fasst den Inhalt jeder Strophe in einem Satz zusammen.
- Beschreibt mithilfe des Sprachtipps (Seite 135) in wenigen Sätzen die Stimmung.
- Gebt dem Gedicht eine andere passende Überschrift.
- Betrachtet die Illustration. Welche Textstellen sind hier verarbeitet?

8 Prüft, welche Aussage auf das Gedicht am besten zutrifft. Begründet.

A In dem Gedicht geht es darum, dass das Leben im Herbst eher drinnen stattfindet.
B Das Thema des Gedichts ist die Natur, die sich auf den Winter einrichtet.
C Elisabeth Borchers thematisiert, dass sich die Menschen immer gerne Geschichten erzählen.

9 Untersucht den Bau der Sätze im Gedicht.
Vergleicht eure Ergebnisse und besprecht die Wirkung.

10 In einem Kommentar auf der Website von Elisabeth Borchers hat Lorenzo seine Gedanken zu dem Gedicht „November" festgehalten. Schreibt den Eintrag zu Ende.

> Liebe Frau Borchers,
> Ihr Gedicht „November" ist an einigen Stellen rätselhaft und man muss es schon genauer untersuchen, um es zu verstehen. Zum Beispiel, dass die Tage klein und die Nächte groß werden, weil es ja im Herbst früher dunkel wird und es morgens auch länger dunkel bleibt. Gewundert habe ich mich über …

11 **EXTRA** Erstellt einen mehrsprachigen Kalender mit Gedichten in verschiedenen Sprachen. Wählt für jeden Monat ein passendes Gedicht aus oder verfasst selbst eines.
- Gestaltet den Text und das Textblatt digital.
- Ihr könnt unterschiedliche Schriften, Schriftgrößen, Farben, Rahmen oder Schattierungen sowie Bilder verwenden.

Textverarbeitungsprogramm → S. 327

12 **EXTRA** Gestaltet einen Podcast. Nehmt verschiedene Gedichtvorträge auf. Stellt eine Hördatei zusammen, die ihr zum Beispiel auf die Internetseite eurer Schule hochladet.

wichtige Wörter, Stimmung S. 315 **KOMPETENZBOX**

Den Inhalt und die Stimmung erfassen

Manchmal ist der Inhalt von Gedichten nicht so leicht zu verstehen.
Dann könnt ihr so vorgehen:
1. Lest das Gedicht **mehrmals**.
2. Formuliert eure **ersten Eindrücke** und Gedanken.
3. Lest das Gedicht auch **laut** und überlegt euch eine passende **Betonung**.
4. **Fasst** den **Inhalt der einzelnen Strophen** zusammen. Achtet auch darauf, welche Empfindungen, Gefühle und Gedanken ausgedrückt werden.
5. Sammelt eure **Gedanken** zur **Überschrift** und vergleicht sie mit dem Inhalt und der Stimmung des Gedichts.
6. Überlegt euch eine **andere passende Überschrift**.

Mit den folgenden Fragen könnt ihr den Inhalt und die Stimmung erfassen:
- Welche Sinne werden in dem Gedicht angesprochen: ***hören, schmecken, sehen, riechen, fühlen***?
- Welche **Wörter** sind für den Inhalt und die Stimmung besonders **wichtig**?

Den Inhalt und die Stimmung erfassen

A15 Hörtext

Heinrich Seidel: November

Solchen Monat muss man loben:
Keiner kann wie dieser toben,
Keiner so verdrießlich[1] sein
Und so ohne Sonnenschein!
Keiner so in Wolken maulen,
Keiner so mit Sturmwind graulen!
Und wie nass er alles macht!
Ja, es ist eine wahre Pracht.

Seht das schöne Schlackerwetter!
Und die armen welken Blätter,
Wie sie tanzen in dem Wind
Und so ganz verloren sind!
Wie der Sturm sie jagt und zwirbelt
Und sie durcheinanderwirbelt
Und sie hetzt ohn' Unterlass[2]:
Ja, das ist Novemberspaß!

1 verdrießlich: unangenehm, lästig
2 ohn' Unterlass: hier ohne Pause

Rumpelstil: Der Wald (Lied)

Viele Farben hat der Wald
Die Farben klingen leise
Drück ich die Augen ganz fest zu
Drehn sich Farben im Kreise
Farben im Kreise

Viele Töne hat der Wald
Die Töne sind wie Licht
Sie spinnen sich ein Lied zurecht
Ein Lied für mein Gedicht
Mein Gedicht, für mein Gedicht

Und den Wald, den stört das nicht
Er atmet leicht und schwer
Ja der Wald, der riecht nach Wald
Und manchmal wie das Meer
Wie das Meer, wie das Meer

1 Untersucht das Gedicht „November".
a) Notiert in wenigen Sätzen, was die Sprecherin/der Sprecher vom November hält. Warum ist das überraschend?
b) Sucht wichtige Wörter heraus.
c) Fasst kurz den Inhalt der Strophen zusammen.
d) Formuliert für beide Strophen eine eigene Überschrift. Begründet eure Entscheidung.
e) Beschreibt die Stimmung. Nutzt den Sprachtipp (Seite 135).

S. 278 **2** Tragt das Gedicht „November" so vor, dass die Stimmung zum Ausdruck kommt. Vergleicht eure Gedichtvorträge.

3 Arbeitet aus dem Liedtext „Der Wald" die verschiedenen Sinneseindrücke heraus.

4 Gestaltet den Liedtext „Der Wald" als Text-Bild-Collage.

S. 278 **5** „Ein Tag am See"– Was seht, hört, riecht, schmeckt und fühlt ihr? Verfasst eine oder mehrere Gedichtstrophen.

7.3 Wenn Wörter malen · Sprachliche Bilder entschlüsseln

A16 Hörtext

Christine Busta: Die Frühlingssonne

Unhörbar wie eine Katze
kommt sie über die Dächer,
springt in die Gassen hinunter,
läuft durch Wiesen und Wald.

Oh, sie ist hungrig! Aus jedem
verborgenen Winkel schleckt sie
mit ihrer goldenen Zunge den Schnee.

Er schwindet dahin wie Milch
in einer Katzenschüssel.
Bald ist die Erde wieder blank.

Die Zwiebelchen unter dem Gras
spüren die Wärme ihrer Pfoten
und beginnen neugierig zu sprießen.

Eins nach dem anderen blüht auf:
Schneeglöckchen, Krokus und Tulpe,
weiß, gelb, lila und rot.
Die zufriedene Katze strahlt.

Peter Hacks: Der Herbst steht auf der Leiter

Der Herbst steht auf der Leiter
Und malt die Blätter an,
Ein lustiger Waldarbeiter,
Ein froher Malersmann.

Er kleckst und pinselt fleißig
Auf jedes Blattgewächs,
Und kommt ein frecher Zeisig[1],
Schwupp, kriegt der auch nen Klecks.

Die Tanne spricht zum Herbste:
Das ist ja fürchterlich,
Die andern Bäume färbste,
Was färbste nicht mal mich?

Die Blätter flattern munter
Und finden sich so schön.
Sie werden immer bunter.
Am Ende falln sie runter.

1 der Zeisig: Vogelart

1 Lest das Gedicht „Die Frühlingssonne“ mehrmals.
Tragt es anschließend so vor, dass die Stimmung zum Ausdruck kommt.

S.278 ○ ← ◒ **2** Nennt alle Tätigkeiten und Eigenschaften der Frühlingssonne (Seite 139).
a) Bestimmt mithilfe der Kompetenzbox, mit welchen sprachlichen Bildern sie dargestellt wird.
b) Erklärt die Wirkung der sprachlichen Bilder.

◒ **3** a) Lest das Gedicht „Der Herbst steht auf der Leiter" (Seite 139) und stellt es in Gruppen klanglich dar, zum Beispiel durch Klopfen, Klatschen oder Trommeln.
b) Präsentiert eure klangliche Umsetzung vor der Klasse. Gebt euch Rückmeldungen.

◒ **4** Personifikation oder Vergleich? Ordnet die folgenden Formulierungen den beiden sprachlichen Bildern zu.

A der Schnee schwindet dahin wie Milch in einer Katzenschüssel
B die Frühlingssonne ist hungrig
C die Tanne spricht zum Herbste
D unhörbar wie eine Katze
E der Herbst malt die Blätter an

S.279 ◒ ← ● **5** Stellt euch die Bilder aus dem Gedicht „Der Herbst steht auf der Leiter" (Seite 139) in der Wirklichkeit vor. Beschreibt sie mit eigenen Worten. Welche Bilder sind verständlich, welche bleiben rätselhaft?

Er kleckst und pinselt fleißig (Vers 5): die Blätter werden im Herbst immer bunter

förmliche E-Mail → S. 313

● **6** Stellt euch vor, ihr seid die Tanne im Gedicht von Peter Hacks (Seite 139). Schreibt eine E-Mail an den Herbst, in der ihr euch darüber beschwert, dass eure Nadeln grün bleiben.

7 EXTRA Gestaltet einen Comic zu dem Gedicht „Die Frühlingssonne" (Seite 139).

Personifikation, Vergleich S. 315 **KOMPETENZBOX**

Sprachliche Bilder entschlüsseln

Gedichte wirken besonders durch sprachliche Bilder. Sie entstehen dadurch, dass verschiedene Elemente der Wirklichkeit miteinander verknüpft werden. Sprachliche Bilder regen die Fantasie an und ermöglichen neue Sichtweisen und Empfindungen. Manche Sprachbilder müsst ihr erst einmal entschlüsseln.

Personifikation	***Beispiele***
Dinge oder Erscheinungen werden als handelnde Personen dargestellt.	*der Herbst steht auf der Leiter*
Vergleich	
besondere Merkmale werden mit anderen Bereichen verglichen, oft Verknüpfung mit Vergleichswörtern *wie* und *als*	*die Töne sind wie Licht*

Trainingsplatz

Sprachliche Bilder entschlüsseln

Horst Samson: Der Herbst kommt über uns

Auf leisen Sohlen
schleichen Wind
und Herbst heran
wie Katzen.
Die Felder, die
sind schlecht rasiert,
die Bäume tragen
Glatzen.
Der Nebel verschluckt
die halbe Welt
und wird doch
niemals platzen,
die Sonne schweigt,
ihr Mund ist still,
es tschilpen nur
die Spatzen.

1 Besprecht, wie das Gedicht in einer Zeichnung umgesetzt werden könnte.

2 Bestimmt die sprachlichen Bilder und gebt sie mit eigenen Worten wieder. Nutzt die Kompetenzbox (Seite 140).

3 Prüft, welche der folgenden Aussagen zu dem Gedicht oben am besten passt. Begründet.

A Das Gedicht zeigt die Veränderungen der Natur im Herbst.
B Das Gedicht thematisiert den Nebel im Herbst.
C Im Gedicht werden die unangenehmen Seiten des Herbstes dargestellt.

4 Formuliert gegensätzliche Sprachbilder, die die Erscheinungen des Herbstes ausdrücken, und sprecht über deren Wirkung auf die Leser. Orientiert euch an dem Beispiel.

Auf lauten Stöckelschuhen poltern Wind und Herbst heran wie Elefanten.

A17 Hörtext

Wolfgang Bächler: Ins Weiße blickend

Schnee hat auf Katzenpfoten
den Garten zurückerobert,
die Dächer und Bäume besetzt.
Erfroren starren
die Knospen dich an,
schwarze Pupillen
im Weiß der Zweige.

5 Diskutiert, welche der folgenden Überschriften ebenfalls zu dem Gedicht passen. Begründet. Ihr könnt auch eine eigene Überschrift suchen.

A Erster Schnee **B** Winterbild **C** Verzauberter Garten **D** Erfroren

6 Untersucht, mit welchen sprachlichen Mitteln der Winter anschaulich dargestellt wird. Nutzt die Kompetenzbox (Seite 140).

S.279 **7** Ergänzt das Gedicht um einige weitere Verse. Verwendet sprachliche Bilder.

7.4 Blitze zucken, Donner krachen · Gedichte vortragen und auswendig lernen

Wenn die Wetterhexe im Oktober hext (Verfasser unbekannt)

A18 Hörtext

Wenn die Wetterhexe im Oktober hext,/
wirkt er oft nicht/ihr Text,/
obwohl sie übt, lernt und trainiert, <
Oktoberwetter hexen –/ ist halt kompliziert. *(lustig)*

So hört man oft ihr Geheul und Gejammer
von weitem aus der Hexenkammer.
Sie flucht und stampft vor Zorn und Groll,
weil's endlich ein Gewitter geben soll.

Wenn Blitze zucken und Donner krachen
ja, das würd' ihr Freude machen.
Doch so sehr sie auch reimt und hext,
Er wirkt mal wieder nicht, ihr Text.

„Nein!", flucht sie laut, „es ist ein Witz,
statt Gewitter, Donner, Blitz
kein Wölkchen weit und breit zu sehen,
das kann ich wirklich nicht verstehen!"

Schnell holt sie ihr Hexenbuch,
Zauberstab und Hexentuch,
kramt alle Hexentricks heraus –
probiert sie nacheinander aus.

„Krötenschleim und Schlangenzahn ...
ergebe Hagel, Sturm, Orkan!
Fliegenpilz und Spinnenbein ...
schwarz soll der Himmel heute sein!"

Doch, was passiert? – Sie flucht: „Oh, nein!"
Blauer Himmel, Glanz und Sonnenschein!
Im Herbstwind wiegen sich an Büschen und Bäumen
die Blätter, die noch vom Sommer träumen.

Ein goldener Herbsttag wie aus dem Bilderbuch
trotz Hexentanz und Hexenfluch.
So hört man sie toben, schimpfen und fluchen:
„Ich werd's halt im November noch mal versuchen!

So sei halt der Oktober noch mal bunt und schön
doch im November ist Schluss – ihr werdet's sehn!
Dann wird es neblig, ungemütlich und grau,
das weiß ich als Wetterhexe ganz genau!"

1 „So hört man sie toben, schimpfen und fluchen" (Vers 31).
Erklärt, was die Wetterhexe so wütend macht.

2 Sucht alle Verben aus dem Gedicht heraus, die etwas über die Wetterhexe aussagen.

3 Erläutert die Markierungen in der ersten Strophe.
- Was ist markiert?
- Welche Zeichen werden verwendet?
- Warum ist es markiert?

Gestik
→ S. 149

4 Kopiert das Gedicht (Seite 142) und bereitet es für einen Vortrag vor.
- Orientiert euch an der folgenden Arbeitstechnik.
- Überlegt, wie ihr den Vortrag durch Gesten unterstützen könnt.

Gedicht vortragen S. 317 **ARBEITSTECHNIK**

Texte für den Vortrag markieren

Vorgehen	***Beispiele***
Um einen Text ausdrucksstark vorzutragen, müsst ihr ihn vorher mithilfe von Zeichen markieren.	_ = *Betonung* / = *Pause* < = *lauter sprechen* > = *leiser sprechen*
Macht euch Notizen am Rand, wie ihr diese Stellen sprechen wollt.	*schneller, langsamer, längere Pause …* *wütend, schüchtern, lustig …*

5 EXTRA Wählt für euren Gedichtvortrag der „Wetterhexe" (Seite 142) passende Requisiten aus.

Feedback geben
→ S. 345

6 Tragt das Gedicht wirkungsvoll vor und wertet die Vorträge in der Klasse aus. Beginnt immer mit dem Positiven und formuliert dann Tipps, was verbessert werden könnte.

7 Sucht euch ein Gedicht aus diesem Kapitel aus und lernt es auswendig. Die folgende Arbeitstechnik hilft euch dabei.

Gedicht vortragen S. 317 **ARBEITSTECHNIK**

Gedichte auswendig lernen

- Klärt zuerst den **Inhalt** des Gedichts.
- Lest **Strophe für Strophe** laut und langsam durch.
- Stellt euch den Inhalt des Gedichts in Gedanken als **Bild** oder als **Film** vor.
- Lernt **eine Strophe nach der anderen** auswendig, indem ihr die übrigen abdeckt.
- Tragt euer Gedicht einer Person vor oder übt vor einem **Spiegel**.
- Ihr könnt das Gedicht auf ein **Plakat** schreiben und es aufhängen.
- Ihr könnt das Gedicht auch auf ein **Aufnahmegerät** sprechen und es immer wieder anhören.

Das könnt ihr jetzt!

Ein Gedicht untersuchen

Georg Bydlinski: Garten

Ich sitze im Gras und schweige.
Der Himmel ist blau wie das Meer.
Der Wind bewegt die Zweige,
sie schwingen leicht, hin und her.

Ich bin nicht allein, denn ich sehe
den Wind, der im Kirschgeäst schaukelt,
den Schmetterling, der in der Nähe
ganz langsam vorübergaukelt.

Ich höre die Amseln und Stare.
Ich sehe die Käfer im Kraut.
Der Wind bewegt meine Haare,
die Sonne berührt meine Haut.

Lösungen
→ S. 291

1 Beschreibt die Form des Gedichts „Garten". Bestimmt dazu die Anzahl der Strophen, die Versanzahl in den Strophen und das Reimschema.

2 a) Arbeitet aus jeder Strophe wichtige Wörter heraus. Begründet kurz, warum diese für das Gedicht von Bedeutung sind.
b) Fasst den Inhalt der Strophen knapp zusammen.

3 Beschreibt die Stimmung des Gedichts. Belegt durch Textbeispiele aus dem Gedicht.

4 a) Bestimmt die sprachlichen Bilder **A** bis **C**.
b) Erläutert kurz, welche Wirkung die sprachlichen Bilder haben.

A „Der Himmel ist blau wie das Meer." (Vers 2)
B „den Wind, der im Kirschgeäst schaukelt" (Vers 6)
C „den Schmetterling, der [...] ganz langsam vorübergaukelt." (Verse 7–8)

5 Verfasst eine weitere Strophe.
a) Sammelt Ideen, mit welchen Sinnen der Sprecher den Garten noch wahrnehmen könnte.
b) Verwendet eine Personifikation, einen Vergleich oder eine Wortneuschöpfung.

Ein Gedicht vortragen

Fredrik Vahle: Geschichte vom Blatt am Baum

Niemand ist so grün wie ich,
sagte das Blatt am Baum,
grün, grün, grün,
Frühling und Sommer hindurch.

Niemand ist so bunt wie ich,
sagte das Blatt am Baum,
bunt, bunt, bunt,
denn der Herbst ist gekommen.

Niemand ist so bewegt wie ich,
sagte das Blatt am Baum,
bewegt, bewegt, bewegt,
von der Brise mit den kühlen Fingern.

Niemand ist so froh wie ich,
sagte das Blatt am Baum,
froh, froh, froh.
Erhob sich ein Flüstern von vielen Blättern:
Bald kommt der Wind. Bald werden wir tanzen.

Kam der Wind von weit her und nahm
all die Bäume in seine Arme,
wiegte sie wie die Wellen im Meer.
Fielen im Traum manche Blätter zur Erde.
Aber das Blatt blieb am Baum.

Kam der Sturm über Nacht,
rüttelte die Kronen der Bäume,
fauchte, tobte, brüllte,
fast bis zum Morgen.
Aber das Blatt blieb am Baum.

Kam der Nebel und hüllte es ein.
Konnte es niemand mehr sehn.
Fühlte es sich so geheimnisvoll,
fühlte es sich, als müsste es fort
aus den kühlen Händen des Nebels.
Aber das Blatt blieb am Baum.

Kam die Sonne am Morgen.
Verflogen der Nebel.
War es rundum sehr hell und sehr still.
Löste sich das Blatt wie von selbst,
schwebte sehr sacht hernieder zur Erde,
federleicht fliegend im hellen Licht –
wurde mit vielen Blättern zu Laub
auf der hart gefrorenen Erde.

Lösungen
→ S. 291

1 Fasst in eigenen Worten zusammen, was das Blatt im Laufe des Jahres alles erlebt. Diskutiert folgende Frage: Hatte das Blatt ein glückliches Leben?

2 Kopiert den Text und bereitet ihn für einen Vortrag vor.
- Besprecht, ob ihr mehrere Sprechrollen vergeben wollt. Begründet.
- Markiert mithilfe der Arbeitstechnik (Seite 143) den Text und formuliert Randkommentare.
- Diskutiert, wie ihr den Vortrag durch Gesten betonen könnt.

3 Präsentiert euren Vortrag vor der Klasse. Gebt euch Rückmeldungen. Beginnt so:

Besonders gut gelungen ist dir …
Du kannst noch … verbessern.

8 Auf die Bühne!

Szenisch spielen

A Gefühlewürfeln
Arbeitet zu dritt: Überlegt euch sechs Gefühle für die sechs Würfelzahlen, zum Beispiel Wut, Angst, Freude ... Einer würfelt verdeckt und stellt das gewürfelte Gefühl nur durch den Gesichtsausdruck dar. Die anderen beiden müssen das Gefühl erraten. Wer es schafft, ist mit Würfeln dran.

B Spiegelbild
Partnerarbeit: Ihr steht euch gegenüber und stellt euch einen Spiegel in der Mitte vor. Einer steht vor dem Spiegel und macht Bewegungen. Diese Bewegungen ahmt der andere als Spiegelbild genau nach. Wichtig: Macht langsame Bewegungen, damit das Spiegelbild folgen kann. Nach einer Minute wechselt ihr die Seiten.

C Stehen Sie bitte auf!
Partnerarbeit: Einer setzt sich auf einen Stuhl, der andere steht davor. Nun wird ein erfundener Streit gespielt: „Stehen Sie bitte auf!" und „Nein, ich stehe nicht auf!" Ihr sprecht immer nur diese beiden Sätze. Ihr beginnt flüsternd und steigert ganz langsam die Lautstärke, indem der eine jeweils ein kleines bisschen lauter spricht als der andere. Wenn ihr sehr laut geworden seid, werdet ihr schrittweise wieder leiser, bis zum Flüstern.

D Das glaube ich einfach nicht!
Je die Hälfte der Klasse steht sich in zwei Reihen gegenüber. Von einer Reihe wird gemeinsam der Satz: „Das glaube ich einfach nicht!" gesprochen. Die jeweils andere Reihe gibt vor, wie der Satz gesprochen werden soll, zum Beispiel überrascht, fröhlich, verzweifelt, traurig ... Probiert unterschiedliche Gefühle aus.

1 Die Übungen **A** – **D** bereiten euch auf das szenische Spielen vor. Probiert sie aus.

Das lernt ihr jetzt!

8.1 eine Szene pantomimisch darstellen

8.2 einen Dialog szenisch gestalten, die Stimme bewusst einsetzen, Sprechweise und Körpersprache im Spiel verbinden

1

2

3

4

5

A Welches Gefühl ist am schwersten zu spielen?

B Schauen Sie Ihre Filme mit Ihren Eltern an?

C Was macht man oft, wenn man die Kleinste ist?

D Was haben Sie gefühlt, als das Burgtheater Wien Sie gleich nach der Schauspielschule engagiert hat?

E Warum sind Sie so gut darin, Problemkinder zu spielen?

2 Die Schauspielerin Jasna Fritzi Bauer wurde zu einem „Sagen-Sie-jetzt-nichts"-Interview eingeladen. Bei diesen Interviews darf man nur durch Mimik[1] und Gestik[2] antworten.

a) Ordnet die Bilder **1** – **5** den Fragen **A** – **E** zu.

b) Formuliert die gespielten Antworten in jeweils einen Satz um.

c) Sucht euch ein Bild aus und beschreibt genau, wie die Schauspielerin mit ihrer Mimik und Gestik ihre Antwort deutlich macht.

1 die Mimik: Gesichtsausdruck 2 die Gestik: Bewegung der Hände und des Kopfes

8.1 Dornröschen · Eine Szene pantomimisch darstellen

Jacob und Wilhelm Grimm: Dornröschen

Vor Zeiten war ein König und eine Königin, die sprachen jeden Tag: „Ach wenn wir doch ein Kind hätten!" und kriegten immer keins. Da trug sich zu, als die Königin einmal im Bade saß, dass ein Frosch aus dem Wasser ans Land kroch, und zu ihr sprach: „Dein Wunsch wird erfüllt, und du wirst eine Tochter zur Welt bringen." Was der Frosch vorausgesagt hatte, das geschah, und die Königin gebar ein so schönes Mädchen, dass der König vor Freuden sich nicht zu lassen wusste, und ein großes Fest anstellte. Er lud nicht bloß seine Verwandte, Freunde und Bekannte, sondern auch die weisen Frauen dazu ein, damit sie dem Kind hold und gewogen würden. Es waren ihrer dreizehn in seinem Reich, weil er aber nur zwölf goldene Teller hatte, von welchen sie essen sollten, konnte er eine nicht einladen. Die geladen waren, kamen, und nachdem das Fest gehalten war, beschenkten sie das Kind mit ihren Wundergaben: die Eine mit Tugend, die Andere mit Schönheit, die Dritte mit Reichtum, und so mit allem, was Herrliches auf der Welt ist. **Als zehn ihre Wünsche eben getan hatten, kam die Dreizehnte herein, die nicht eingeladen war, und sich dafür rächen wollte. Sie rief: „Die Königstochter soll sich in ihrem fünfzehnten Jahr an einer Spindel[1] stechen und tot hinfallen."** Da trat die Zwölfte hervor, die noch einen Wunsch übrig hatte; zwar konnte sie den bösen Ausspruch nicht aufheben, aber sie konnte ihn doch mildern und sprach: „Es soll aber kein Tod sein, sondern ein hundertjähriger tiefer Schlaf, in den die Königstochter fällt."

Der König hoffte sein liebes Kind vor dem Ausspruch zu bewahren, und ließ den Befehl ausgehen, dass alle Spindeln im ganzen Königreich sollten abgeschafft werden. An dem Mädchen aber wurden die Gaben der weisen Frauen sämtlich erfüllt, denn es war so schön, sittsam, freundlich und verständig, dass es jedermann, der es ansah, lieb haben musste. Es geschah, dass an dem Tage, wo es gerade fünfzehn Jahr alt ward, der König und die Königin nicht zu Haus waren, und das Mädchen ganz allein im Schloss zurückblieb. **Da ging es aller Orten herum, besah Zimmer und Kammern, wie es Lust hatte, und kam endlich auch an einen alten Turm.** Es stieg eine enge Treppe hinauf, und gelangte zu einer kleinen Türe.

In dem Schloss steckte ein gelber Schlüssel, und als es umdrehte, sprang die Türe auf, und saß da in einem kleinen Zimmerchen eine alte Frau, und spann fleißig ihren Faden. [...] „Wie das Ding herumspringt!", sprach das Mädchen, nahm die Spindel, und wollte auch spinnen. **Kaum hatte sie die Spindel angerührt, so ging der Zauberspruch in Erfüllung, und sie stach sich damit.**

In dem Augenblick aber, wo sie sich gestochen hatte, fiel sie auch nieder in einen tiefen Schlaf. Und der König und die Königin, die eben zurückgekommen waren, fingen an, mit dem ganzen Hofstaat einzuschlafen. Da schliefen auch die Pferde im Stall ein, die Hunde im Hof, die Tauben auf dem Dach, die Fliegen an der Wand, ja, das Feuer, das auf dem Herde flackerte, ward still und schlief ein, und der Braten hörte auf zu brutzeln [...] und alles was lebendigen Atem hat, ward still und schlief.

Um das Schloss aber begann eine Dornhecke zu wachsen, die jedes Jahr höher ward, und endlich das ganze Schloss umzog, und drüber hinaus wuchs, dass gar nichts mehr, selbst nicht die Fahnen auf den Dächern, zu sehen war. Es ging aber die Sage in dem Land von dem schönen, schlafenden Dornröschen, denn so

1 die Spindel: spitzer Stab, Werkzeug zum Spinnen von Wolle oder Fäden

wurde die Königstochter genannt, also dass von Zeit zu Zeit Königssöhne kamen, und durch die Hecke in das Schloss dringen wollten. Es war ihnen aber nicht möglich, denn die Dornen hielten sich gleichsam wie an Händen zusammen [...]. Nach langen, langen Jahren kam wieder ein Königssohn durch das Land, dem erzählte ein alter Mann von der Dornhecke, es solle ein Schloss dahinter stehen, in welchem ein wunderschönes Königsfräulein, Dornröschen genannt, schlafe mit dem ganzen Hofstaat. Er erzählte auch, dass er von seinem Großvater gehört, wie viele Königssöhne gekommen wären, um durch die Dornenhecke zu dringen, aber darin hängen geblieben, und eines traurigen Todes gestorben. Da sprach der Jüngling: „Das soll mich nicht abschrecken, ich will hindurch, und das schöne Dornröschen sehen." Der Alte mochte ihm abraten, wie er wollte, er hörte gar nicht darauf.
Nun waren aber gerade an dem Tag, wo der Königssohn kam, die hundert Jahre verflossen. Und als er sich der Dornhecke näherte, waren es lauter große, schöne Blumen, die taten sich von selbst auseinander, dass er unbeschädigt hindurch ging; hinter ihm taten sie sich wieder als eine Hecke zusammen. Er kam ins Schloss, da lagen im Hof die Pferde und Jagdhunde und schliefen, auf dem Dache saßen die Tauben und hatten das Köpfchen unter den Flügel gesteckt. Und als er ins Haus kam, schliefen die Fliegen an der Wand [...] und die Magd[2] saß vor dem schwarzen Huhn, das sollte gerupft werden. Da ging er weiter, und sah den ganzen Hofstaat da liegen und schlafen, und oben drüber den König und die Königin. Da ging er noch weiter, und alles war so still, dass einer seinen Atem hören konnte, und endlich kam er zu dem Turm, und öffnete die Türe zu dem kleinen Zimmer, in welchem Dornröschen schlief. Da lag es und war so schön, dass er die Augen nicht abwenden konnte, und er bückte sich, und gab ihm einen Kuss. Wie er ihm den Kuss gegeben, schlug Dornröschen die Augen auf, erwachte, und blickte ihn freundlich an. Da gingen sie zusammen herab, und der König erwachte, und die Königin und der ganze Hofstaat und sahen einander mit großen Augen an.
Und die Pferde im Hof standen auf und rüttelten sich, die Jagdhunde sprangen und wedelten; die Tauben auf dem Dach zogen das Köpfchen unterm Flügel hervor, sahen umher und flogen ins Feld; die Fliegen an den Wänden krochen weiter; das Feuer in der Küche erhob sich, flackerte und kochte das Essen, und der Braten brutzelte fort [...] und die Magd rupfte das Huhn fertig. Und da wurde die Hochzeit des Königssohns mit dem Dornröschen in voller Schönheit gefeiert, und sie lebten vergnügt bis an ihr Ende.

2 die Magd: junge Frau, die im Haushalt geholfen hat, zum Beispiel beim Kochen, Putzen oder Wäschewaschen

1 Überlegt, wie sich das junge Mädchen fühlt, als es alleine durchs Schloss geht und schließlich zu der kleinen Türe gelangt. Notiert mindestens drei verschiedene Gefühle und besprecht, wie ihr diese mithilfe von Mimik und Gestik ausdrücken könnt.

ARBEITSTECHNIK

Ein Standbild bauen

Standbilder sind Darstellungen von Figuren und Beziehungen zwischen den Figuren. Die Beziehungen werden durch Körperhaltung, Gestik und Mimik veranschaulicht.
In jeder Gruppe gibt es mindestens einen Standbildbauer. Die ganze Gruppe diskutiert über die Gestaltung ihres Standbilds, aber der Standbildbauer entscheidet.

Achtet beim Bauen von Standbildern auf:
- räumliche Nähe oder Distanz
- Haltung der Figuren zueinander: zugewandt, abgewandt
- Blickrichtung
- Position (zum Beispiel liegen, sitzen, stehen, knien)
- Gesten (zum Beispiel Umarmung, Wegschieben)
- eingefrorenes Bild (nicht bewegen, nicht sprechen)

Bewunderung

Freundschaft

S. 279 ○ ← ◒ **2** Gestaltet mithilfe der Arbeitstechnik (Seite 149) ein Standbild, welches das Verhältnis zwischen den wichtigsten Figuren des Märchens darstellt.

◒ **3** Stellt die blau markierten Textstellen (Seite 148) als Szenen pantomimisch dar. Ihr könnt die Kompetenzbox nutzen.

◒ **4** Betrachtet die Bilder **1** – **5**.

a) Ordnet die Gesten den Handlungen **A** – **D** zu.

A Herr Müller fordert die Klasse 5c auf, nicht so laut zu sein.
B Herr Müller ermahnt Leonie sich etwas mehr anzustrengen.
C Paul hat keine Ahnung.
D Ben freut sich über einen gelungenen Streich.

b) Zu einer Handlung passen zwei Gesten. Begründet, welche euch passender erscheint.
c) Spielt die Gesten nach.

1

2

3

4

5

◒ **5** Probiert weitere Gesten aus, die zum Märchen „Dornröschen“ (Seite 148–149) passen.

Der König freut sich sehr über die Geburt seiner Tochter.
→ Er streckt die Arme freudig in die Höhe.

S. 279 ◒ ← ● **6** **a)** Notiert für jeden Handlungsschritt des Märchens (Seite 148–149) wichtige Gesten der Figuren. Legt fest, in welcher Position (Entfernung, Körperhaltung) die Figuren zueinander stehen.
b) Spielt das ganze Märchen „Dornröschen“ in Gruppen als Pantomime. Achtet auf die passende Mimik und Gestik. Gebt euch Rückmeldungen.

Mimik, Gestik, Körperhaltung S. 323 **KOMPETENZBOX**

Eine Szene pantomimisch darstellen

1. wichtige Handlungsschritte bestimmen
2. Schritte und Übergänge einzeln proben
   Achtet beim pantomimischen Darstellen besonders auf:

- **Mimik** (Gesichtsausdruck) der Figuren passend zur Situation verwenden
- **Gefühle** und **Gedanken** der Figuren verdeutlichen
- eindeutige und gut erkennbare **Gesten** verwenden
- **Position** der Figuren zueinander festlegen

8.2 Pippi Langstrumpf in der Schule · Einen Dialog szenisch gestalten

A19 D17 Hörverstehen

Astrid Lindgren: Pippi in der Schule (Ausschnitt)

Pippi Langstrumpf ist das stärkste Mädchen der Welt. Da ihr Vater als Kapitän zur See fährt und ihre Mutter tot ist, lebt sie allein in der Villa Kunterbunt und geht nicht zur Schule. Eines Tages beschließt sie, sich die Schule ihrer Freunde anzuschauen.

Lehrerin: [...] Du kannst dich da an den Tisch setzen.

Pippi: Juchhu! *(wirft sich auf den Stuhl, sieht sich neugierig um und pfeift laut und vernehmlich, um zu bekunden, dass es ihr ganz gut gefällt)*

Lehrerin: Nein, kleine Pippi, man pfeift nicht in der Schule. Wir sind gerade beim Rechnen.

Pippi: Ja, lass dich durch mich nicht stören. Mach nur weiter.

Lehrerin: Vielleicht sollten wir erst einmal prüfen, was du schon kannst. Du bist ja schon ein großes Mädchen. Bestimmt kannst du schon eine ganze Menge.

Pippi: Ja, ich kann praktisch das meiste.

Lehrerin: Dann kannst du mir sicher auch sagen, wie viel sieben und fünf ist.

Pippi: *(sieht sie erstaunt an)* Sieben und fünf. *(lacht freundlich)* Ja, wenn du das nicht einmal selbst weißt, so glaub nicht etwa, dass ich es dir sage.

[...]

Lehrerin: Schluss für heute mit dem Rechnen!

Pippi: *(geht nach vorn und streichelt der Lehrerin die Wange)* Das war das Klügste, was du bisher gesagt hast. Du bist so lieb und nett, und ich mag dich richtig gern, aber du bist ein bisschen anstrengend, gib das zu!

Lehrerin: Aha, meinst du? Was, findest du, was sollten wir jetzt machen?

Pippi: *(springt auf und stellt sich auf den Tisch)* Ich weiß, wir spielen. Ich kenn ein Spiel, das heißt „Nicht den Fußboden berühren". *(Sie fängt an, von einem Tisch zum anderen zu springen.)* Das geht einfach so, man springt herum und darf nicht ein einziges Mal auf den Fußboden kommen, denn dann ist man aus.

(Die Schulkinder lachen, die Lehrerin sieht verzweifelt aus.)

Szene aus Pippi geht von Bord, Schweden/BRD 1969, Regie: Olle Hellbom

1 Beschreibt Pippis Gestik und Körperhaltung auf dem Bild. Passt sie zum Inhalt der Szene? Begründet.

2 a) Erklärt, wodurch Pippi die anderen Kinder zum Lachen bringt und die Lehrerin verzweifeln lässt.
b) Besprecht, wie sich der Konflikt zwischen Pippi und der Lehrerin lösen ließe.

3 In der kurzen Szene sind Teile des Textes kursiv gedruckt.
a) Besprecht, worin sich diese Stellen vom Rest des Textes unterscheiden.
b) Lest die Szene mit verteilten Rollen. Beachtet die kursiv gedruckten Stellen.

Wortfeld
→ S.175

4 Sammelt Sprechweisen zum Wortfeld *sagen*,
wie zum Beispiel *schreien, flüstern, befehlen, nuscheln*.

a) Bildet Sätze und probiert diese in verschiedenen Sprechweisen aus.

b) Entscheidet, welche Sprechweise jeweils am besten passt.

5 Erprobt die beste Sprechweise für die markierten Sätze im Text auf Seite 151.

S.280 **6** Sucht euch eine der Hauptfiguren (Pippi oder die Lehrerin) aus und probt ihren Anteil der Szene (Seite 151). Verbindet die Sprechweise der jeweiligen Figur mit passender Mimik und Gestik.

7 Übt in Gruppen eine Aufführung der Szene (Seite 151) ein.
Zwei sind die Schauspielerinnen und Schauspieler, die anderen sind die Regisseurinnen und Regisseure. Diese achten darauf, dass Mimik, Gestik und Sprechweise gut zusammenpassen. Außerdem können die Regisseure den Rest der Klasse spielen.

8 Führt die Szene (Seite 151) vor der Klasse auf. Gebt euch Rückmeldungen:
- Wird der Text flüssig vorgetragen?
- Werden die Gefühle der Figuren durch Mimik und Gestik verdeutlicht?
- Passen Lautstärke und Betonung zu der Situation und zu der Figur?

szenischen Text spielen S.324 **KOMPETENZBOX**

Einen Dialog szenisch gestalten

Jedes Theaterstück besteht aus verschiedenen **Szenen**, in denen meist mehrere Figuren auftreten. Ein Gespräch in einem Theaterstück nennt man Dialog. Die **Dialoge** müsst ihr beim szenischen Spielen bewusst ausgestalten.

Regieanweisungen beachten:
Hinweise im Text, wo eine Szene spielt oder wie etwas gespielt oder gesprochen werden soll. Oft sind sie *kursiv* geschrieben

Sprechweise überlegen:
durch Lautstärke, Betonung und Sprechweise Gefühle und Gedanken der Figuren verdeutlichen

Körpersprache nutzen:
durch Mimik, Gestik und Körperhaltung die Gefühle der Figuren verdeutlichen

Trainingsplatz

Sprechweise und Körpersprache bewusst gestalten

◒ **1** Sucht euch zu den beiden **Situationen A** und **B** jeweils eine **Sprechweise**, eine passende Mimik (Fotos **1** – **4**) und einen passenden **Satz** aus. Überlegt euch außerdem eine passende Geste und macht sie vor.

A Sarah ist beleidigt, weil ihre große Schwester gesagt hat, dass sie beim Mathematik-Lernen alles falsch macht.

B Pippi Langstrumpf freut sich, dass sie nach langer Suche endlich ihren Vater wiedersieht.

prahlen brüllen jubeln murmeln flüstern erzählen triumphieren

1

2

3

4

„Morgen wird sich zeigen, ob ich die Mathe-Arbeit gut meistere."

„Na, der wird Augen machen, wenn er mich sieht!"

„Warte nur, bis Mama heimkommt."

„Da habe ich aber noch einmal Glück gehabt."

„Unsere Lehrerin ist lustig."

„Morgen machen wir ein riesengroßes Fest."

S.280 ○ ← ◒ **2** Bildet Kleingruppen und entscheidet euch für eines der Märchen: *Schneewittchen, Hänsel und Gretel, Aschenputtel, Rotkäppchen*

a) Tauscht euch über den Inhalt des Märchens aus und überlegt, welche Szene typisch für dieses Märchen ist.

b) Baut mithilfe der Arbeitstechnik ein Standbild zu dem Märchen. Präsentiert eure Standbilder vor der Klasse.

Das könnt ihr jetzt!

Sprechweise und Körpersprache bewusst gestalten

nach Rafik Schami: Eine Hand voller Sterne (Ausschnitt)

Ein 15-jähriger Junge spricht mit „Onkel Salim", einem alten Mann, der bei allen Menschen im Stadtviertel sehr beliebt ist. Später kommt der Vater des Jungen, ein Bäcker, schlecht gelaunt dazu.

Salim *(mit einem Lächeln)*: Das Rezept meines Glücks ist einfach: Ich habe in meinem Leben nie länger als drei Tage in der Woche gearbeitet. An den anderen drei Tagen habe ich mit meiner Familie gefeiert und am siebten Tag zog ich mich zurück und dachte nach. Das Leben ist zu kurz, um nur zu arbeiten und sich zu ärgern. Der Tod, mein Junge, sagt uns jeden Tag: Lebe! Lebe! Lebe!

Junge: Onkel Salim, mit dir kann man immer lachen.

(Der Vater kommt schimpfend zur Tür herein. Als er Salim sieht, bemüht er sich, fröhlicher zu wirken.)

Vater: Onkel Salim, was für eine Freude, dass du uns mal wieder besuchst!

Salim: Ich freue mich auch, aber welche Laus ist dir denn über die Leber gelaufen?

Vater: Vor dir kann man wirklich nichts verbergen. Du bist zwar kurzsichtig, aber du hast immer den Durchblick. Kommt, wir trinken erstmal einen Tee!

(Onkel Salim und der Vater setzen sich an den Tisch. Der Junge holt den Tee und setzt sich dann dazu.)

Salim *(sieht den Vater an)*: Wenn du Kummer hast, mach es wie ich. Ich hatte auch manchmal schlechte Tage, und trotzdem habe ich gelernt, mich auch dann zu Hause gut zu fühlen.

Vater *(erstaunt)*: Wie soll denn das gehen, Onkel?

Salim: Wenn du das Haus erreichst, steh' vor der Türschwelle und sage deinem Kummer: „Steig ab von meiner Schulter, Kummer, steig ab!" – Und dann gehst du hinein, und am nächsten Morgen stehst du beim Hinausgehen an derselben Stelle und sagst: „Kummer! Jetzt kannst du wieder auf meine Schultern steigen!" – Du darfst ihn aber nicht vor der Haustür vergessen, denn sonst rächt er sich bald.

Vater *(jetzt schon wieder fröhlich)*: Aber was ist, wenn mein Kummer durch die Ritzen der Tür hinter mir herkommt? Hm?

Salim: Ja, dann rufe deinen Freund Salim, und ich komme mit meinem Dolch, und du wirst sehen, da wird er wie ein Hund kuschen und hinausschleichen!

(Onkel Salim, der Vater und der Junge lachen fröhlich.)

Lösungen
→ S. 291

1 Stellt mithilfe des Textes (Seite 154) Vermutungen an, warum Onkel Salim in seinem Viertel so beliebt ist.

2 Lest die Szene (Seite 154) erneut und fertigt zu folgenden Fragen Notizen an:
- Wie ist die Position der Figuren zueinander, zum Beispiel im Stehen, im Sitzen?
- Welche Mimik und Gestik kann den Inhalt der Szene oder den Charakter der Figuren verdeutlichen, auch wenn sie gerade nicht selbst sprechen?
- Welche Sprechweise ist für die Figuren an verschiedenen Textstellen passend?

Checkliste
→ S. 324

3 a) Bildet Gruppen. Verteilt die Rollen und die Regie. Probt die Szene mehrfach und gebt euch Verbesserungstipps.
b) Führt die Szene vor der Klasse auf und gebt euch ein Feedback.

4 In den letzten Jahren wurden viele Prominente in „Sagen-Sie-jetzt-nichts"-Interviews befragt (siehe Seite 147, Aufgabe 2). Überlegt euch zu dem Bild mögliche Fragen.

Jasna Fritzi Bauer

MK **5** Gestaltet selbst „Sagen-Sie-jetzt-nichts"-Interviews. Arbeitet zu zweit.
a) Sammelt fünf bis zehn Fragen, die man mit Mimik und Gestik gut beantworten kann.
b) Probt die Antworten nur mit Mimik und Gestik.
c) Nehmt das Interview auf.
d) Präsentiert das Interview vor der Klasse. Gebt euch Rückmeldungen dazu, ob die Antworten auf die Fragen deutlich wurden.

9 Genial medial?

Mediennutzung und Medien erkunden

MK **1** Betrachtet die Illustration.

a) Benennt, welche Medien ihr wofür nutzt.

b) Besprecht, welche Medien ihr am häufigsten benutzt. Erstellt eine persönliche Rangfolge der abgebildeten Medien.

c) Erklärt für ein Medium, welche besonderen Vorteile es hat.

Das lernt ihr jetzt!

9.1 euren eigenen Umgang mit Medien untersuchen
9.2 Zeitschriften untersuchen

MK **2** Betrachtet die Bilder **1** – **6**.

a) Tauscht euch darüber aus, welche der Figuren oder Personen ihr kennt.

b) Wen würdet ihr als Medienstar bezeichnen?
Erstellt eine Rangfolge und diskutiert sie in der Klasse.

c) Welche Medienstars aus anderen Ländern kennt ihr, die in Deutschland weniger bekannt sind? Stellt sie kurz vor.

9.1 Was guckst du? · Den eigenen Umgang mit Medien untersuchen

○ MK **1** Was macht ihr in eurer Freizeit? Unterscheidet zwischen Aktivitäten, die ihr (fast) jeden Tag durchführt, und solchen, die ihr nur ein oder zweimal pro Woche betreibt.

Freizeitaktivitäten 2022 – mindestens ein-/mehrmals pro Woche

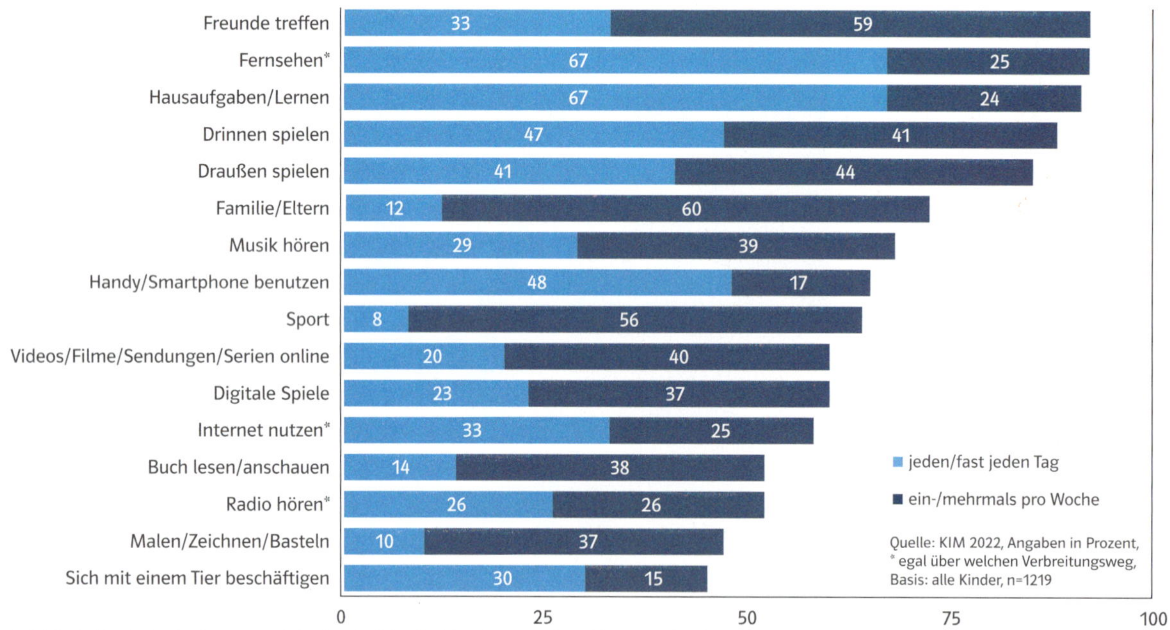

◒ MK **2** Für die KIM-Studie (KIM = Kindheit, Internet, Medien) wurden Kinder zwischen 6 und 13 Jahren nach ihren Freizeitaktivitäten gefragt. Betrachtet das Diagramm und beantwortet die folgenden Fragen. Ihr könnt den Sprachtipp nutzen.

a) Welche Ergebnisse überraschen euch? Welche habt ihr so erwartet?

b) Warum hat „Sport" bei den täglichen Aktivitäten den geringsten Wert, steht aber trotzdem in der Mitte des Diagramms?

c) Welche anderen Aktivitäten sind beim „Freunde treffen" oft ein Teil dieser Treffen?

SPRACHTIPP

Ein Diagramm beschreiben

Aus der Umfrage geht hervor, dass …
Mehr als/weniger als … Prozent der befragten Kinder …
Die meisten/die wenigsten Kinder …
Insgesamt … Prozent der Mädchen und Jungen …
Nur einer Minderheit …
Die Mehrheit …
Etwa die Hälfte …
Das Diagramm zeigt, dass …

◒ MK **3** Teilt die in dem Diagramm aufgezählten Freizeitaktivitäten in drei Gruppen ein:

a) nur mit Medien möglich

b) mit oder ohne Medien möglich

c) meist ohne Medien möglich

4 Untersucht die Mediennutzung in eurer Freizeit eine Woche lang mit einem Medientagebuch.
MK

a) Legt eine Tabelle mit den wichtigsten Medien an: Smartphone, Fernsehen, Radio, Buch, Zeitschrift, PC/Tablet, Konsole.

b) Tragt jeden Tag in der Mittagspause, vor dem Abendessen und vor dem Schlafengehen ein, wie viele Minuten ihr die Medien genutzt habt.

c) Tragt beim Smartphone und PC/Tablet außerdem ein, wofür ihr es genutzt habt.

	Smartphone	TV	Radio	Buch	Zeitschrift	PC/Tablet	Konsole
21.04. (Mo.) *Morgen*	*15 min (Musik hören)*	–	–	–	–	–	–
Nachmittag	*30 min (soziale Netzwerke)*	*30 min*	–	–	*25 min*	*30 min (YouTube-Videos)*	–
Abend	*20 min (soziale Netzwerke)*	–	–	*30 min*	–	–	*45 min*
GESAMT	*65 min*	*30 min*	–	*30 min*	*25 min*	*30 min*	*45 min*
22.04. (Di.) *Morgen*	...	...	...	...	...	...	...

5 Erklärt, warum man in den Spalten „Smartphone“ und „PC/Tablet“ zusätzlich angeben muss, wofür man die Geräte genutzt hat.
MK

6 Wertet eure Medientagebücher aus.
MK

a) Welches Medium nutzt ihr oft? Welches (fast) nicht?

b) Errechnet den Durchschnitt für die tägliche Nutzung der Medien.

c) Vergleicht eure Ergebnisse in Kleingruppen: Wo gibt es Ähnlichkeiten, wo Unterschiede? Tauscht euch darüber aus, welche Ergebnisse euch überrascht haben.

d) Diskutiert, wie sich die meistgenutzten Medien auf euer Leben auswirken.

e) Erläutert, ob diese Auswirkungen eher gut oder eher schlecht sind. Geht auch darauf ein, wie andere eure Mediennutzung bewerten.

7 Betrachtet das folgende Diagramm.

MK

a) Erklärt die Veränderung mit zunehmendem Alter.
b) Bewertet, inwiefern die Zahlen glaubwürdig sind. Beachtet dabei, dass die Eltern (= Haupterzieher) die Zeiten geschätzt haben.
c) Vergleicht euer Ergebnis aus dem Medientagebuch (Seite 159, Aufgabe 6) mit dem Ergebnis der 10- bis 11-Jährigen (roter Balken) aus der KIM-Studie.

Geschätzte tägliche Nutzungsdauer verschiedener Medien durch Kinder in Minuten

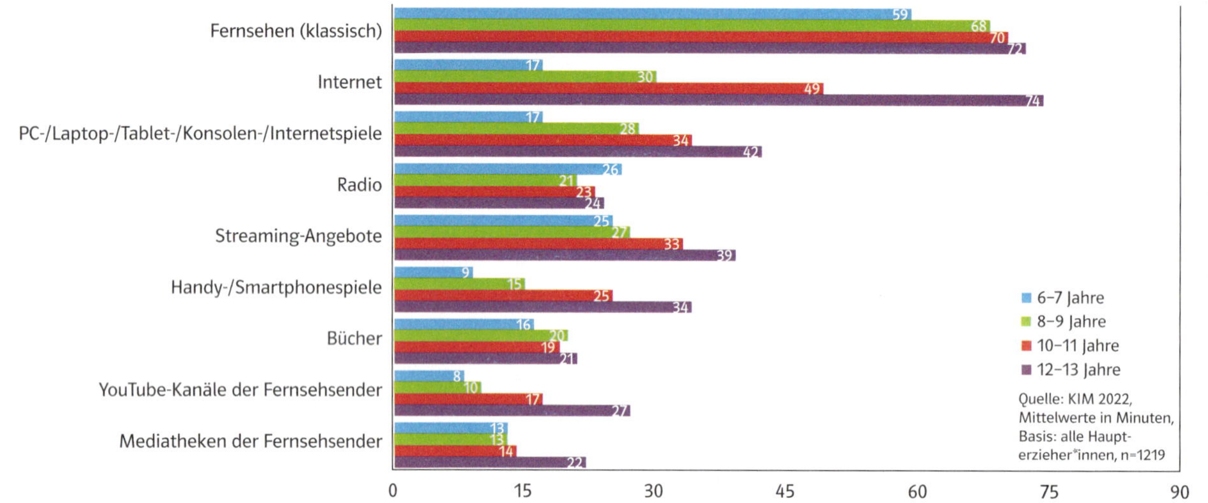

8 Auf Videoportalen sind lustige Clips, Musikvideos und Tiervideos bei Kindern beliebt. Mit zunehmendem Alter werden aber auch Tutorials, Mode- und Beautyvideos sowie Videos aus dem Alltag von Videoportal-Stars gern angesehen.

MK

a) Besprecht, wozu ihr Videoportale vor allem nutzt.
b) Erklärt die Veränderung in der Nutzung mit zunehmendem Alter.
c) Tauscht euch darüber aus, welche Stars aus Videoportalen ihr gut findet. Begründet eure Bewertung.

KOMPETENZBOX

Den eigenen Umgang mit Medien untersuchen

Das Wissen über den eigenen Umgang mit Medien kann euch helfen, Medien bewusster zu nutzen. Ihr könnt euch die folgenden Fragen stellen:

Welche **Geräte** werden genutzt?
- Smartphone
- Fernseher
- Radio
- Buch
- Zeitschrift
- PC/Tablet
- Konsole
- …

Welche **Inhalte** werden abgerufen?
- Texte
- Spiele
- Videos
- Fotos
- Diagramme
- Musik
- …

Welches **Ziel** hat die Mediennutzung?
- sich mit Freunden austauschen
- sich informieren
- sich unterhalten
- Beiträge selbst gestalten

Wie **lange** nutze ich Medien?

9.2 Der erste Blick zählt · Zeitschriften untersuchen

1
2
3

Dein Spiegel 10/2024

Bravo Sport 10/2024

4
5

○ **1** Betrachtet die beiden Titelseiten und begründet, welche euch mehr anspricht.
MK

◒ **2** Besprecht, welche Aufgaben die Titelseite einer Zeitschrift hat.
MK

S. 280 ○ ← ◒ **3** Vergleicht die beiden Titelseiten. Achtet dabei auf dabei auf folgende Punkte:
MK

Aufbau   Farben   Schrift   Bilder

Rubriken (Themenbereiche)

◒ **4** Nehmt Stellung zu der folgenden Aussage.
MK

Die Titelseite einer Zeitschrift ist die Einladung für den Leser, weiterzublättern. Sie muss deshalb besonders wirkungsvoll gestaltet werden.

○ **5** Jede Titelseite einer Zeitschrift verfügt über bestimmte Elemente. Ordnet die folgenden Hauptelemente den Buchstaben **1** bis **5** auf den Titelseiten (Seite 161) zu.
MK

Titel der Zeitschrift Ausgabennummer und Erscheinungsdatum

weitere Artikelankündigungen Titelbild Titelgeschichte

◒ **6** Notiert, welche Aufgaben das Inhaltsverzeichnis einer Zeitschrift hat. Wie sollte es gestaltet sein?
MK

○ **7** Lest die folgenden Überschriften und ordnet sie einer Rubrik in dem Inhaltsverzeichnis zu.
MK

A 15. Geburtstag des Spiels: „Minecraft" – Die Welt aus Blöcken
B Wie in Bayern Bartgeier ausgewildert werden: Auf in die Freiheit
C 17 Jahre alte Parkour-Athletin: Auf dem Weg zur Ninja-Meisterin
D Titel: Macht KI die Schule besser? Wie künstliche Intelligenz den Unterricht verändert

MENSCHEN

14 **WIE GUT KENNST DU „DEIN SPIEGEL"?**
Finde es im Quiz heraus
16 [ ]
24 **Eure Texte**
Mila, 12, ist bei der Jugendfeuerwehr
27 **BRIEFKASTEN / WITZE**

KULTUR

44 **KULTURTIPPS**
46 [ ]
50 **BESTSELLER**
52 **COMIC**
57 **FRAGEBOGEN**
Die Autorin Margit Auer
57 **QUERBEET**

NATUR + TECHNIK

34 **NEWS**
36 **Serie: Beruf Hufschmied**
So arbeitet ein Hufschmied:
Hämmern, schmieden, raspeln, schleifen
40 [ ]
43 **AUFLÖSUNG / IMPRESSUM**

SPORT

62 [ ]
66 **FERDINAND**

Inhaltsverzeichnis Dein Spiegel 10/2024 (bearbeitet)

MK **8** Neben gedruckten Zeitschriften sind auch digitale Zeitschriften beliebt. Sammelt Vor- und Nachteile von gedruckten und digitalen Zeitschiften. Ordnet dabei auch die Aussagen in den Sprechblasen zu.

Manchmal sind sogar Videos enthalten!

Ich möchte nicht nur einen kleinen Ausschnitt des Artikels auf dem Bildschirm sehen.

Ich werde beim Lesen nicht durch Werbefenster unterbrochen.

Bilder kann ich einfach vergrößern!

KOMPETENZBOX

Zeitschriften untersuchen

Die Gestaltung einer Zeitschrift hängt von der Zielgruppe ab, das heißt vom Interesse und vom Alter der Leserinnen und Leser. Titelseite, Inhaltsverzeichnis und Gestaltung der Seiten sollen neugierig machen und zum Kauf anregen.

Beachtet beim Untersuchen einer Zeitschrift folgende Punkte:

Titelseite

- Schrift
- Titel der Zeitschrift (Titelzug)
- Bilder
- Aufbau
- Titelthema
- Datum, Preis, Ausgabennummer

Inhaltsverzeichnis

- Anzahl der Rubriken (Themenbereiche)
- Art der Rubriken, zum Beispiel *Natur, Sport, Stars*

Beispielseiten

- formale Gestaltung, zum Beispiel *Übersichtlichkeit, Bilder, Farben*
- Elemente der Zeitschrift, zum Beispiel *Rätsel, Leserbriefe, Rezepte*

MK **9** **EXTRA** Bringt eine Zeitschrift eurer Wahl mit. Untersucht diese mithilfe der Kompetenzbox und stellt anschließend eure Ergebnisse vor. Erklärt, was ihr an dieser Zeitschrift interessant findet.

MK **10** **a)** Erstellt eine Liste mit den beliebtesten Zeitschriften, die in eurer Klasse gelesen werden.
b) Gestaltet ein Plakat mit Leseempfehlungen.

Das könnt ihr jetzt!

Mediennutzung untersuchen

Lösungen
→ S. 292

MK **1** Erklärt die Aussage der Zeichnung rechts.

MK **2** Prüft euer eigenes Gesprächsverhalten:
- a) Mit wem sprecht ihr von Angesicht zu Angesicht, mit wem vor allem über soziale Medien?
- b) Vergleicht eure Ergebnisse in der Klasse.

MK **3** „Ein Tag ganz ohne digitale Medien."
- a) Stellt euch einen solchen Tag vor. Überlegt, was ihr machen würdet.
- b) Nehmt Stellung dazu, ob es gut wäre, jede Woche mindestens einen solchen Tag zu verbringen.

"What happened in school today? Read my blog."

„Was heute in der Schule los war? Lies doch meinen Blog."

MK **4** Die Nutzung von Medien kann nützlich, aber auch schädlich sein.
- a) Welche Informationen entnehmt ihr dem Diagramm dazu?
- b) Sammelt Beispiele für diese Aussage.

Überdruss digitaler Kommunikation 2024

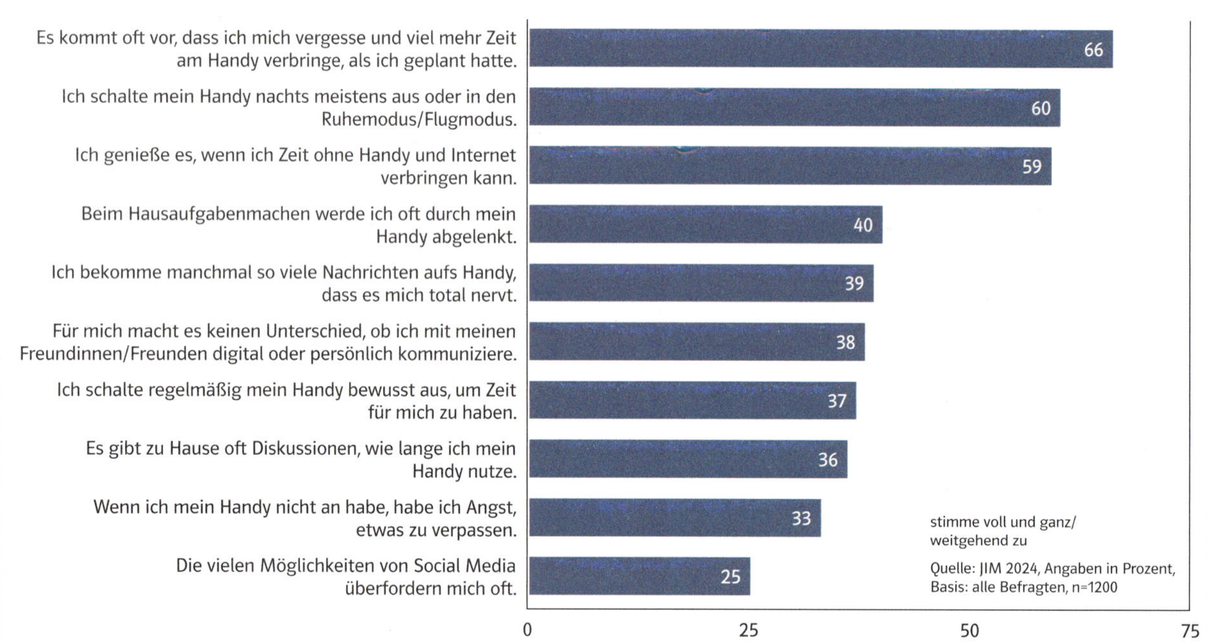

Für die JIM-Studie 2024 wurden Jugendliche zwischen zwölf und 19 Jahren befragt.

MK **5** *„Bildschirmmedien machen dick, unaufmerksam, senken die Leistung in der Schule und führen zu mehr Gewalt in der realen Welt."* (Manfred Spitzer)
Der Hirnforscher Manfred Spitzer ist bekannt für seine kritische Sicht auf Bildschirmmedien. Schreibt auf seine Aussage eine Entgegnung, in der ihr die positiven Aspekte moderner Medien darstellt.

Titelseite und Inhaltsverzeichnis einer Zeitschrift gestalten

Jetzt seid ihr dran: Gestaltet die Titelseite und das Inhaltsverzeichnis eurer ganz persönlichen Zeitschrift. Bildet dazu kleine Redaktions-Teams und bearbeitet nacheinander die folgenden Aufgaben.

Lösungen
→ S. 292

MK **1** Wählt gemeinsam einen der vier Vorschläge als Titelthema eurer Zeitschrift aus. Begründet eure Entscheidung.

A Mehr Sportunterricht in der Schule?

B Typisch Mädchen – typisch Junge!?

C Die spannende Welt der Tiere

D Mode im Wandel der Zeit

MK **2** Zahlreiche Reporter haben verschiedene Artikel und Rubriken für eure Zeitschrift vorgeschlagen.
a) Überlegt, welche der vorgeschlagenen Rubriken eure Zeitschrift beinhalten soll. Notiert fünf Rubriken.
b) Diskutiert, welche der vorgeschlagenen Artikel ihr aufnehmen wollt. Begründet eure Meinung und notiert die Titel der ausgewählten Artikel.
c) Formuliert Überschriften für drei weitere eigene Artikel, welche für eure Zeitschrift passend wären.

- *Technologische Highlights des Monats*
- *Leserbriefe*
- *Comic*
- *Tiere und Natur*
- *Musik*
- *Die neusten Trends im Internet*
- *Buchvorstellung*
- *Rezepte*
- *Horoskop*
- *Foto-Love-Story*
- *Sport*
- *Fashion*
- *Film und Fernsehen*

- *Koalabär rettet Menschen*
- *Interview mit einem Popstar*
- *Die besten Fitness-Tipps*
- *Ohne Stress: Tipps für die Schule*
- *Die Geldbeutel der Sportler*
- *Können Tiere denken?*
- *Tipps zum Umgang mit Klassenchats*
- *Ratschläge bei Faulheit*
- *Deine ultimativen Styling-Tipps*
- *Endlich ein Zirkus ohne Tiere!*
- *Das Experiment: Unterricht im Stehen?*
- *Kinder leiden unter Bewegungsmangel*
- *Diese Apps helfen dir im Alltag!*

MK **3** Erstellt ein Inhaltsverzeichnis für eure Zeitschrift, in dem ausgewählte (Aufgabe 2) und eigene Artikel aufgeführt werden. Ordnet die Artikel passenden Rubriken zu.

MK **4** Gestaltet passend zu euren Themen eine Titelseite. Einigt euch auf einen Namen für eure Zeitschrift und integriert diesen auf eurer Titelseite.

MK **5** Präsentiert eure Inhaltsverzeichnisse und Titelseiten im Klassenzimmer und veranstaltet einen kleinen Wettbewerb. Vergebt jeweils die ersten drei Plätze. Begründet eure Wahl.

10 Sprachakrobatik

Wörter bilden, Wörter erkunden

Renate Peter: Fragen über Fragen

Die Krähe kräht? Nein, die Krähe krächzt, und der Hahn kräht.
Die Fliege fliegt. Was noch? *(summt)*
Die Katze katzt? Nein, die Katze kratzt.
Die Maus maust.
Der Bär bärt? Nein, der Bär brummt.
Der Falter faltert. Nein, der Falter flattert.
Die Blume blumt? Nein, die Blume blüht.
Der Regen regnet.
Die Wolke wolkt. Und die Blume? Die Blume welkt.
Der Fluss fließt.
Der Strom strömt.
Stammelt der Stamm? Nein, der Stamm wurzelt.

links	Wortstamm	rechts
UN SCHERZ UM BE ICH ER GE DIE	FRAG	LOS T N LICH E UNG

1 Lest das Gedicht „Fragen über Fragen".
a) Erklärt, wie die Autorin mit Sprache spielt. Welche Wörter hat sie neu erfunden?
b) Spielt selbst mit Wörtern und setzt das Gedicht fort.

Der Fisch …
Der Hirsch …

2 **a)** Bildet aus dem Wortstamm *frag* und aus den Bausteinen links und rechts so viele Wörter und Wortformen wie möglich.
ich frag-t-e, er frag-t, die Um-frag-e, un-ge-frag-t
b) Ordnet die Wörter in eine Tabelle ein.

Bildung grammatischer Wortformen	Bildung neuer Wörter
ich fragte, er fragt	*die Umfrage, ungefragt*

Das lernt ihr jetzt!

10.1 die Bildung neuer Wörter untersuchen

10.2 Wortfelder nutzen, um euch besser auszudrücken

Käthe Recheis: Das neue Schimpfwörter-Abc

Du abgetakelter[1] Aprilscherz!
Du birnenköpfige Bohnenstange!
Du chronisches[2] Chamäleon[3]!
Du dusseliger Dinosaurier!
Du epochaler[4] Eierkopf!
Du flatterhafter Fliegenfänger!
Du geigender Gurkenhammel!
Du hirnverbrannter Himmelschlüssel!
Du irrsinniger Igelkaktus!
Du jaulender Junimops!
Du kümmerlicher Krötenschwanz!
Du liederliches[5] Läusebein!
Du minimale Mammutmaus!
Du nachtwandelndes Nadelkissen!
Du obergescheite Ofenklappe!
Du patentierter[6] Pinselwisch!
Du quabbelnde Quadratqualle!
Du rostiger Ritterzwerg!
Du salbungsvoller[7] Sauerampfer[8]!
Du schielender Schuhsohlennagel!
Du triefende Tränentonne!
Du unverschämtes Unkenauge[9]!
Du verschnupftes Vollmondveilchen!
Du wimmernde Wickenblüte!
Du x-beliebiges X-Bein!
Du yberflüssiges Ypsilon!
Du zittriger Zebrastreifen!

1 abgetakelt: ausgedient, heruntergekommen 2 chronisch: dauernd, ständig 3 das Chamäleon: Echse, die ihre Hautfarbe bei Gefahr rasch wechselt 4 epochal: für die Zukunft bedeutsam 5 liederlich: unordentlich 6 patentiert: eine Erfindung, die mit einer Urkunde geschützt ist 7 salbungsvoll: übertrieben würdevoll, feierlich 8 der Sauerampfer: Pflanze mit säuerlich schmeckenden Blättern 9 die Unke: Kröte

c) Erklärt, auf welche Weise man Wörter verändern kann.

d) Diskutiert, warum immer wieder neue Wörter gebildet werden.

3 Lest das Gedicht „Das neue Schimpfwörter-Abc".

a) Probiert verschiedene Möglichkeiten, wie ihr durch Lautstärke, Betonung und Sprechtempo mit diesen Wörtern richtig schimpfen könnt. Jede Person übernimmt einen Vers.

b) Beschreibt, nach welchem Muster das Gedicht aufgebaut ist.

c) Schreibt nach diesem Muster ein Kosenamen-Abc. Jede Person übernimmt einen Buchstaben.

10.1 Sprache verändern · Wortbildungen untersuchen

Zusammensetzungen (Komposita) erkennen

1 Tauscht euch über die Zeichnung aus.
a) Erklärt das Wort „Ladendiebstahl" für jemanden, der es nicht kennt.
b) Setzt das Telefongespräch fort und schreibt es auf.

Ladenbesitzer: Polizei? Ich möchte einen Ladendiebstahl melden. …
Polizist: Was ist denn aus Ihrem Laden gestohlen worden?
Ladenbesitzer: …

2 Schreibt die zusammengesetzten Wörter in den blauen Kästen untereinander auf.
a) Zerlegt sie in ihre Wortbestandteile. Bestimmt die Wortart.
b) Erklärt, wie das Bestimmungswort das Grundwort näher bestimmt.

Lachfalten	*lach(en)*	*+ Falten*
	Verb	*+ Nomen*

→ Falten, die durch das Lachen verursacht werden (= Ursache)

→ Lach (Bestimmungswort) + Falten (Grundwort)

himmelblau   Kurzurlaub   eislaufen   Vorabend   Holzhütte   Wanderschuhe

3 Erklärt den Unterschied zwischen den Zusammensetzungen (Komposita) „Ladendiebstahl" und „Fahrraddiebstahl". Beachtet dabei, wie das Bestimmungswort das Grundwort näher bestimmt.

4 Vergleicht die folgenden Wortpaare.
a) Untersucht, was sie jeweils gemeinsam haben.
b) Beschreibt für zwei Wortpaare, wie jeweils das Bestimmungswort das Grundwort näher bestimmt.

Fischmarkt – Bauernmarkt   Kinderbuch – Tierbuch   Herrenschuhe – Fußballschuhe

Kinderschnitzel – Schweineschnitzel   Kaffeetasse – Porzellantasse

5 EXTRA Gestaltet zu einer Zusammensetzung aus Aufgabe 4 selbst eine witzige Zeichnung ähnlich dem Bild oben.

Ableitungen (Derivationen) erkennen

1 Erklärt, wie Michael Ende im Gedicht „Kuriose Berufe" mit der Sprache spielt.

2 Klärt die Bedeutung des Wortes „Zitronenfalter". Ihr könnt dazu die Informationen aus Text **B** nutzen.

3 Weist nach, dass *Zitronenfalter* ein zusammengesetztes Nomen ist.
- Benennt Grund- und Bestimmungswort.
- Erklärt, wie das Bestimmungswort das Grundwort näher bestimmt.

4 Sucht Berufsbezeichnungen, die mithilfe des Suffixes (Nachbaustein) *-er* von Verben, Nomen oder Wortgruppen abgeleitet wurden.

A Michael Ende: Kuriose Berufe
(Ausschnitt)

Bedenk ich's, möcht ich lieber kein
ZITRONENFALTER werden, nein!
Kein blasser und kein gelber.
Ach, der Beruf ist ganz veraltet!
Denn seht ihr, heutzutage faltet
doch jeder die Zitronen selber.

malen – der Maler …
Musik – der Musiker …
Fenster putzen – der Fensterputzer …

B Der Zitronenfalter

Der Zitronenfalter ist ein Tagfalter, also ein Schmetterling. Der Begriff Falter stammt dabei ursprünglich nicht vom Verb „falten", sondern von „flattern". Seinen Namen **verdankt** der Zitronenfalter der **Färbung** seiner Flügel, wobei nur die Flügel der **Männchen** leuchtend gelb gefärbt sind. Die weiblichen Falter sind eher hellgrün bis **weißlich**. Der Zitronenfalter kann bis zu 12 Monate alt werden. Er ist die einzige europäische Schmetterlingsart, die den Winter **ungeschützt** draußen **verbringen** kann. Kaum **fassbar**: Zitronenfalter trotzen Temperaturen bis zu minus 20 Grad. Bereits im Februar kann man sie, wenn die Tage **sonnig** sind, wieder fliegen sehen.

5 Untersucht die Wortbildung der markierten Wörter im Text „Der Zitronenfalter".
a) Markiert Wortstämme gelb, Präfixe (Vorbausteine) grün und Suffixe (Nachbausteine) rot.
b) Bestimmt jeweils die Wortart des Ausgangswortes und der entstandenen Ableitung (Derivation).

ver- + danken (Verb) → verdanken (Verb)
färben (Verb) + -ung → Färbung (Nomen)

6 Bildet mit den folgenden Präfixen und Suffixen Wörter und bestimmt die Wortarten der neuen Wörter. Ordnet anschließend die Suffixe jeweils einer Wortart zu.

mutig (Adjektiv), Missachtung (Nomen), glücklich …

ver- un- ent- miss-
zer- be- er-

-ig -nis -los -keit -bar
-lein -lich -isch -ung heit

Ableitungen ohne Präfix und Suffix erkennen

Friedrich Karl Waechter

Warum heißt der Apfel Apfel?
Weil er vom Baum apfelt.

1 Welches Wort hat Friedrich Karl Waechter in dem Ausdruck „apfelt" versteckt? Betrachtet das Bild genau.

2 Das Wortbildungsmuster, das der Autor spielerisch im Gedicht verwendet, ist im Deutschen recht häufig. Dabei werden Wörter ohne Präfix und Suffix in eine andere Wortart überführt. Wenn dabei ein Verb entsteht, kommt die Endung *-en* hinzu. Sucht selbst Wortbildungen, die diesem Muster folgen.

essen → das Essen, grün → das Grün, der Film → filmen

3 MK *Mail, SMS, App …* Prüft, ob es zu diesen Wörtern, die aus der englischen Sprache übernommen sind, Ableitungen ohne Präfix und Suffix gibt. Sucht weitere Beispiele.

KOMPETENZBOX

Wortbildungen untersuchen

Zusammensetzungen (Komposita)	Ableitungen (Derivationen)
– aus zwei (oder mehr) **Wörtern** zusammengesetzt – bestehen aus **Bestimmungs- und Grundwort** – oft mit Fugenelement *Überraschung-s-gast*	– von einem **Wortstamm** durch ein **Präfix** oder **Suffix** abgeleitet – Präfixe und Suffixe sind **unselbstständig**, können nicht allein stehen
Vanille + Eis → Vanilleeis *Eis + kalt → eiskalt*	*ver- + schreiben → verschreiben* *Eis + -ig → eisig*
Bestimmungs- + Grundwort → Zusammensetzung	Präfix Stamm Suffix → Ableitung
Das Grundwort bestimmt meist die Wortart.	Das Suffix bestimmt die Wortart.

Ableitungen können auch ohne Präfix und Suffix erfolgen: *tanzen – der Tanz*

Abgeleitete oder zusammengesetzte Wörter mit einem gemeinsamen Wortstamm bilden eine **Wortfamilie**.

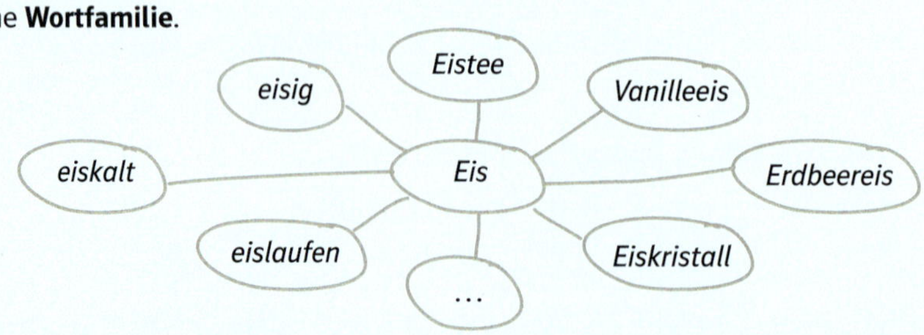

Wortbildungen untersuchen

Franz Fühmann: Am Schneesee (Ausschnitt)

Es war einmal ein See, der war immer voll Schnee, darum nannten ihn alle Leute nur **Schneesee**. Um diesen Schneesee wuchs Klee, der **Schneeseeklee**, der wuchs rot und grün, und darin äste[1] ein Reh, das Schneeseekleereh, und dieses Schneeseekleereh wurde von einer Fee geliebt, [...] der überaus **anmutigen** Schneeseekleerehfee.

Diese Fee hatte, wie alle Feen dieser Gegend, sechsundsechzig Zehen, fünfundsechzig zum Gehen und einen zum Drehen, und dieser sechsundsechzigste Zeh war natürlich der Schneeseekleerehfeedrehzeh.

Zehendrehen macht schrecklich Spaß, doch einmal drehte die Fee im Übermut ihren Zeh zu sehr, und da tat der **Drehzeh** schrecklich weh.

Zum Glück wohnte am Schneesee eine weise Frau. Die weise Frau, eine **Heckenhexe** mit zwei **schrecklichen Hackenhaxen**, hockte grade vor einer Hucke[2] Kräutern, als die kleine Fee gehumpelt kam.

„Guten Tag, beste Heckenhexe mit den Hackenhaxen!"

„Guten Tag, nette Schneeseekleerehfee mit den sechsundsechzig Zehen! Doch was seh ich: Du humpelst? Was hast du denn?"

Da antwortete die Schneeseekleerehfee: „Schneeseekleerehfeezehweh!"

„Gehzehweh oder Drehzehweh?"

„Drehzehweh"

„Dann ist es nicht schlimm: Gehzehweh ist zäh und hält sich, doch Drehzehweh kommt und **vergeht** jäh – und wodurch vergeht es? **Natürlich** durch der Heckenhexe herrlichsten Tee, den **hellgelben** Schneeseekleerehfeedrehzehwehtee! Und einen solchen hellgelben Schneeseekleerehfeedrehzehwehtee werde ich dir jetzt brauen." [...]

Da trank die Schneeseekleerehfee auf einen Zug den Schneeseekleerehfeedrehzehwehtee-kessel aus und als der Schneeseekleerehfeedrehzehwehteekessel ausgetrunken war, hatte der hellgelbe Schneeseekleerehfeedrehzehwehtee das Schneeseekleerehfeedrehzehweh aus dem Schneeseekleerehfeedrehzeh der Schneeseekleerehfee **weggehext**, und da stieß die **glückliche** Fee ein lautes Juchhe aus, das rings durch alle Wälder schallte.

1 äste: fraß 2 die Hucke: auf dem Rücken zu tragende Last

◒ **1** Lest den Text betont und witzig vor. Erklärt, an welchen Stellen das besonders schwierig ist.

S.280 ○ ← ◒ **2** Sortiert die blau markierten Wörter nach Zusammensetzungen und Ableitungen.
a) Bestimmt für alle Zusammensetzungen Grund- und Bestimmungswort.
b) Markiert in allen Ableitungen den Wortstamm.

S.280 ◒ ← ● **3** Bestimmt für die unterstrichenen Wörter Grund- und Bestimmungswort.

◒ **4** Sucht alle Wörter aus dem Text heraus, die zu den beiden Wortfamilien „gehen" (Zeile 6) und „drehen" (Zeile 6) gehören.

● **5** Bildet selbst besonders lange Zusammensetzungen und erfindet eine Geschichte dazu.

10.2 Sagt es treffender! · Wortfelder nutzen

A20 D18 Hörverstehen

Diese Handymenschen! Sie reden und reden! (Ausschnitt)

Sie quasseln und quatschen, schwadronieren und schnattern, palavern und salbadern, parlieren, plappern und plaudern. Sie sagen es im Zug […]. Man hört sie schildern, schwatzen und schnacken. Sie sprechen im Auto, sie besprechen es im Restaurant und erzählen es auf der Straße weiter. Man hört sie argumentieren, debattieren, interpretieren, diskutieren, beraten und bereden. Sie erklären, erläutern, erörtern, kommentieren, manifestieren und spekulieren. […]

Sie kreischen in der Wüste, sie johlen in den Bergen. Sie quäken am Boden, sie schreien in der Luft. Manchmal fauchen, pflaumen und schnauzen sie sich an. Man hört sie aufbegehren und aufschneiden. Sie brüllen und donnern, geifern, fluchen und flunkern. Sie gellen, greinen, grölen und grollen. Sie meckern, sie nörgeln, heulen, heucheln, keifen und jammern. Sie beleidigen und bemängeln, insultieren und kritisieren, kläffen und klagen, knatschen und knurren, lärmen und lästern. Man hört sie mäkeln, missbilligen und monieren, mosern, motzen und murren. Es wird gepöbelt und gepoltert, geprahlt, geprotzt, gequengelt und queruliert. Sie rüffeln und rügen. Sie schwindeln, sie stänkern, sie sticheln. Ab und an vernimmt man ein Weinen und Wehklagen, ein Winseln und Wimmern.

Sie reden in den Wind. Sie reden sich den Mund fusselig. Sie reden sich um Kopf und Kragen. Sie reden wie ein Wasserfall. Sie schütten ihr Herz aus. Sie reden und reden.

○ MK **1** Seid ihr auch „Handymenschen"? Ist für euch eine Welt ohne Smartphones noch vorstellbar? Besprecht, was sich verbessern und was sich verschlechtern würde.

Sachtexte → S. 21

● **2** Diskutiert, ob es sich bei diesem Text um einen informierenden Sachtext handelt.

◒ **3** Sucht einen Begriff für das Wortfeld, zu dem die Verben im Text gehören. Schreibt zehn Verben aus dem Text heraus und klärt ihre unterschiedlichen Bedeutungen.

S. 281 ○ ← ◒ **4** Sucht gegensätzliche Merkmale, nach denen ihr die Verben des Wortfeldes ordnen könnt, zum Beispiel *laut* und *leise*. Ergänzt zu jedem Merkmal mindestens drei Beispiele aus dem Text.

unüberlegtes Sprechen: quasseln, quatschen, schnattern

○ **5** *Laufen, bummeln, rennen, marschieren, hinken* – spielt diese und weitere Möglichkeiten in der Klasse ohne Worte vor. Sucht einen Oberbegriff für das Wortfeld.

KOMPETENZBOX

Wortfelder nutzen

Wörter einer Wortart, welche die gleiche oder ähnliche Bedeutung haben, gehören zu einem Wortfeld.

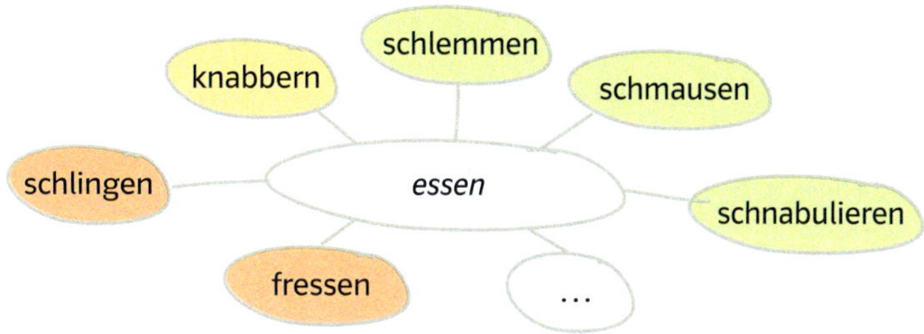

Bedeutungsunterschiede könnt ihr euch klarmachen, wenn ihr die **Wörter nach Merkmalen (Kategorien) ordnet**, zum Beispiel: Wortfeld *essen*
gierig: *schlingen, fressen*
mit kleinen Bissen: *knabbern, nagen*
genüsslich: *schlemmen, schmausen, schnabulieren*

Je mehr Wörter eines Wortfeldes ihr kennt, desto besser. So könnt ihr **anschaulich erzählen** und **genau beschreiben**.

6 Sammelt weitere Verben zu dem Wortfeld *gehen*. Überlegt Merkmale, nach denen ihr diese ordnen könnt (zum Beispiel *langsam* und *schnell*).

7 Vergleicht die folgenden Wörter in ihrer Bedeutung. Ergänzt jeweils weitere Beispiele.

Gruppe Bande Team Publikum Schar

hässlich widerlich abscheulich

abstoßend reizlos

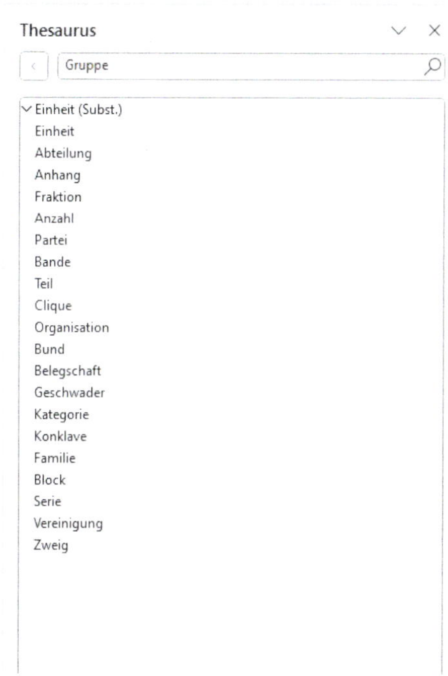

Thesaurusfunktion im Textverarbeitungsprogramm

Textverarbeitungsprogramm → S. 326

8 MK Recherchiert mit der Thesaurusfunktion eines Textverarbeitungsprogramms Wortfelder zu *schnell*, *arbeiten* und *Weg*.

S. 281 ○ ←

9 MK Schreibt einen ähnlichen Text über „Shoppingmenschen“, „Computermenschen“ oder „Fußballmenschen“. Überarbeitet den Text digital mithilfe der Thesaurusfunktion.

Das könnt ihr jetzt!

Wortbildungen untersuchen, Wortfelder nutzen

Hans Manz: Ich

Ich: Träumerisch, träge
schlafmützig, faul.

Und **ich**: Ruhelos, neugierig,
hellwach, betriebsam.

Und **ich**: Kleingläubig, feige,
zweiflerisch, hasenherzig.

Und **ich**: Unverblümt[1], frech,
tapfer, gar mutig.

Und **ich**: Mitfühlend, zärtlich,
hilfsbereit, beschützend.

Und **ich**: Launisch, gleichgültig,
einsilbig[2], eigenbrötlerisch[3]. –

Erst wir alle zusammen sind **ich**.

1 unverblümt: direkt, ganz offen
2 einsilbig: wortkarg, wenig zum Reden aufgelegt
3 eigenbrötlerisch: komisch, merkwürdig

Lösungen
→ S. 292

1 Tragt das Gedicht „Ich“ so vor, dass die verschiedenen Eigenschaften des Ichs zum Ausdruck kommen.

2 Schreibt die markierten Wörter auf. Bestimmt, wie sie gebildet wurden.
- **a)** Unterscheidet Zusammensetzungen und Ableitungen.
- **b)** Bestimmt bei den Zusammensetzungen Grund- und Bestimmungswort.
- **c)** Markiert bei den Ableitungen Präfix oder Suffix. Formt die Wörter zur Kontrolle in eine passende Wortgruppe um.

träumerisch: so wie ein Träumer → Träumer + -isch

3 Sucht für die erste bis sechste Strophe jeweils einen Oberbegriff. Ergänzt zu jedem Wortfeld weitere Adjektive.

4 Bestimmt in dem Gedicht von Franz Fühmann alle Wortbildungen. Unterscheidet Zusammensetzungen und Ableitungen.

5 Schreibt einen ähnlichen Text und spielt mit Wortbildungen. Ihr könnt so beginnen:

Ein matschiger Schneeregen.
Ein schneeiger …

B Franz Fühmann

Ein schauerlicher Lokalregen.
Ein lokaler Schauerregen.
Ein regnerisches Schauerlokal.
Ein schauerliches Regenlokal.
Ein regnerischer Lokalschauer.
Ein lokaler Regenschauer.

Gerda Anger-Schmidt, Renate Habinger: Erfindungen von A–Z

Ameisenstraßenkontrolle
Büroklammeraffe
Chinchillazuchtmeister[1]
Dachsbaustelle
Elefantenhochzeitskutsche
Fischschuppenshampoo
Glühbirnenkompott
Hummelflughafen
Igelstachelbeeren
...

1 das Chinchilla: Hauskaninchen

6 Untersucht, nach welchem Muster das Gedicht „Erfindungen von A–Z" aufgebaut ist. Erfindet eigene Wörter nach diesem Muster und setzt das Gedicht fort.

Andreas Brunsch: Die längsten Wörter der Welt (Klappentext)

Jedes Kind kennt den Donaudampfschifffahrtsgesellschaftskapitän. Aber was ist mit der Lieblingskuscheltiersondersucheinsatztruppe oder dem Zehnmeterbrettarschbombensuperklatscher?

7 Bestimmt bei den markierten Wörtern Grundwort und Bestimmungswort. Formt dazu das Wort in eine passende Wortgruppe um.

Spezialsäuberungsbürste für Tierparkelefantenrüssel
→ Tierparkelefantenrüssel spezialsäuberungsbürste

11 Segeln im Meer der Wörter

Wortarten und Wortgruppen untersuchen

1 Betrachtet die Landkarte. Welche Wortarten und Fachbegriffe kennt ihr schon? Tauscht euch über euer Wissen aus.

2 Findet Möglichkeiten, wie man die Wörter in den blauen Kästen auf Seite 177 oben in Gruppen ordnen kann.

Das lernt ihr jetzt!

- 11.1 Nomen erkennen, Kasus, Numerus und Genus bestimmen
- 11.2 Artikelwörter und Pronomen verwenden
- 11.3 mit Adjektiven beschreiben und vergleichen
- 11.4 Verben konjugieren, Verbkomplexe erkennen und verwenden, Tempusformen bilden und verwenden
- 11.5 mit Präpositionen Beziehungen herstellen
- 11.6 Wortgruppen erkennen und verwenden

tauchen segeln tief Meer Taucher Kapitän Schiff stürmisch Möwe kentern

Walter Moers: Mein Leben auf der Flucht (Ausschnitt)

In seinem Roman „Die 13½ Leben des Käpt'n Blaubär" erzählt Walter Moers, wie der junge Blaubär das Sprechen lernt. Er hat ganz besondere Lehrmeister: Tratschwellen, die sich mit Schiffbrüchigen unterhalten.

Grübelnd zogen die Wellen ihre Kreise um mein Floß. „Ich hab's!", rief die eine Welle. „Wir bringen ihm das Sprechen bei!" „Meinst du, das geht?", zweifelte die andere. „Ich finde, er sieht ein bisschen minderbemittelt[1] aus."

Eine der Wellen schwappte direkt zu mir hin. „Sag mal A!", befahl sie, sah mir tief in die Augen und streckte mir eine Zunge aus Meerwasser entgegen. „A!", sagte ich.

„Siehst du!", rief sie. „Wer A sagen kann, kann in Null Komma nichts auch Binomialkoeffizient[2] sagen!"

In den folgenden Wochen umkreisten die Tratschwellen unermüdlich mein Floß und brachten mir das Sprechen bei. Zunächst lernte ich so einfache Wörter wie „Welle" oder „Woge", dann schon schwierigere wie „Flutwelle" oder „Wellengang". [...] Ich lernte, wie man diese Wörter buchstabiert, artikuliert[3], dekliniert[4] und konjugiert[5], substantiviert[6] und dativiert[7]. [...]

Damit das klar ist: Die Tratschwellen brachten mir nicht das Schreiben bei, sondern nur das Sprechen. Das geschriebene Wort hat auf hoher See keine Bedeutung. Das Papier wird zu schnell nass.

1 minderbemittelt: nicht sehr intelligent 2 der Binomialkoeffizient: Fachausdruck aus der Mathematik 3 artikulieren: aussprechen 4 deklinieren: Nomen, Adjektive, Artikel oder Pronomen in ihren grammatischen Formen abwandeln, beugen 5 konjugieren: ein Verb in seinen grammatischen Formen abwandeln, beugen 6 substantivieren: ein Wort zu einem Nomen machen (nominalisieren) 7 dativieren: ein Nomen in den Dativ setzen

3 Lest den Text „Mein Leben auf der Flucht".

a) Beschreibt, wie Käpt'n Blaubär sprechen lernt.

b) Erklärt, warum es wichtig ist, dass Käpt'n Blaubär Nomen deklinieren und Verben konjugieren kann.

c) Erklärt, warum Käpt'n Blaubär „Welle oder Woge" (Zeile 9–10) als einfache und „Flutwelle oder Wellengang" (Zeile 10) als schwierige Wörter bezeichnet.

11.1 Das endlose Meer · Nomen untersuchen und verwenden

Nomen erkennen, Numerus und Genus bestimmen

Das Meer

A Das Meer ist ein wunderbarer Ort. Man kann darin schwimmen, mit dem 1 in weit entfernte Gegenden der Welt reisen oder einfach nur vom Strand aus den 2 genießen. Wenn man taucht oder schnorchelt, kann man sogar die Unterwasserwelt beobachten. Dort sieht man zum Beispiel Fische und Korallen. Viele Touristen lieben es auch, verschiedene Inseln zu besuchen. Also ist das Meer ein Ort, der den Menschen viel **3** bereiten kann.

B Außerdem gibt es viele alte Geschichten und Legenden über das Meer. Manche Geschichten können einem auch **4** machen, weil sie von Meerungeheuern berichten. Auch heute sind vielen Menschen die Ozeane nicht geheuer. Wenn man zu weit vom Ufer entfernt ist, kann man sich nicht mehr orientieren. Es gibt keine Wegweiser und auch keine 5. Wer da nicht gut mit einem 6 umgehen kann, findet sich nicht zurecht. Auf jeden Fall ist das Meer ein Ort, an dem man auch heute noch spannende **7** erleben kann.

1

2

3

4

○ **1** Tauscht euch darüber aus, welche Erinnerungen oder Gedanken ihr mit dem Thema „Meer" verbindet.

○ **2** Ergänzt die fehlenden Wörter im Text. Nutzt dazu die Bilder. Erklärt, weshalb für die drei grauen Lücken kein Bild vorhanden ist.

S. 281 ○ ← ◒ **3** Notiert alle Nomen, die in den ersten drei Sätzen (Zeile 1–3) stehen. Gebt an, woran ihr sie erkannt habt.

Nomen	Erkennungszeichen
Meer	*Artikel „das" als Begleiter*
Ort	*Artikel „ein" und Adjektiv „wunderbarer" als Begleiter*

S. 281 ○ ← ◒ **4** Bei „Fische und Korallen" (Zeile 4) gibt es außer der Großschreibung keine Erkennungszeichen. Erklärt, wie man trotzdem erkennen kann, dass es sich um Nomen handelt.

5 Untersucht das grammatische Geschlecht von Wörtern zum Thema „Piraten".
a) Notiert in einer Minute so viele Nomen mit ihrem Artikel, wie euch zu dem Thema einfallen. Wer findet die meisten?
b) Ordnet die Nomen in einer Tabelle im Singular (Einzahl) nach ihrem Genus (grammatischen Geschlecht).
c) Benennt, woran ihr das Genus erkennt.

männlich (maskulin)	weiblich (feminin)	sächlich (neutral)
der Totenkopf	*die Schatztruhe*	*das Ungeheuer*
...	...	...

6 Untersucht, ob die Nomen im Abschnitt **B** des Textes „Das Meer" (Seite 178) im Plural (Mehrzahl) oder im Singular (Einzahl) stehen. Geht dabei so vor:
a) Notiert alle Nomen untereinander und gebt an, ob sie im Singular oder Plural stehen.
b) Bildet die jeweils andere Numerusform.

Geschichten: Plural – Geschichte: Singular

S. 281 ◒ ← ● **7** Entscheidet, welche der folgenden Nomen nur im Singular und welche nur im Plural stehen können. Überprüft eure Ergebnisse mithilfe eines Wörterbuchs.

Glück Ferien Milch Butter Gesundheit Kosten Blut

Nomen, Numerus, Genus S. 327 **KOMPETENZBOX**

Nomen erkennen, Numerus und Genus bestimmen

Erkennungszeichen	*Beispiele*
Nomen bezeichnen **Lebewesen** und **Dinge** (Konkreta), aber auch **Gefühle**, **Gedanken**, **Vorstellungen** und **Zustände** (Abstrakta).	*Konkreta: Pirat, Schlingpflanze, Schiff* *Abstrakta: Idee, Traum, Angst*
Nomen können im Satz von **Artikeln** und **Adjektiven** begleitet werden.	*Taucher beobachten Fische.* *Die Taucher beobachten kleine Fische.*
Nomen werden **großgeschrieben.**	*Kind, Taucher*

Eigenschaften

Numerus (Zahl)

der **Singular** (Einzahl)	der **Plural** (Mehrzahl)
der Taucher	*die Taucher*
die Truhe	*die Truhen*
das Boot	*die Boote*

Die Pluralformen werden unterschiedlich gebildet. Einige Wörter kommen nur im Singular *(das Wasser)*, andere nur im Plural *(die Leute)* vor. Bei einigen Nomen sind Singular und Plural gleich *(das Messer, die Messer)*.

Genus (grammatisches Geschlecht)

maskulin (männlich)	**feminin** (weiblich)	**neutral** (sächlich)
der Taucher	*die Truhe*	*das Boot*

Das Genus lest ihr in der **Grundform** am **Artikel** ab: *die Taucher → Grundform: der Taucher.* Das grammatische Geschlecht muss nicht mit dem biologischen Geschlecht übereinstimmen *(das Mädchen)*.

Den Kasus bestimmen

Blackbeard – Der Schrecken des Meeres

Edward Thatch war einer der gefürchtetsten Piraten, die es jemals gab. 1 (Seeräuber) verbreitete Anfang des 18. Jahrhunderts Angst und Schrecken im Atlantik. Der schwarze Bart 2 (Seeräuber) soll bis zu den Augen gereicht haben. Deshalb wurde er auch Blackbeard genannt. Lange Zeit konnte niemand 3 (Seeräuber) das Wasser reichen. Am 17. November 1718 kam Blackbeard jedoch ums Leben, nachdem er bei einem Kampf 16 Wunden erlitten hatte. Somit konnte man 4 (Seeräuber) nicht mehr gefangen nehmen und für seine Taten ins Gefängnis werfen.

S. 282 ○ ← ◒ **1** In dem Text fehlt das Wort *Seeräuber* und der dazugehörige Artikel.
a) Schreibt die richtigen Formen auf. Vergleicht die Artikel und begründet die Unterschiede.
b) Bestimmt mithilfe der Frageprobe den Kasus. Orientiert euch an der Arbeitstechnik.

ARBEITSTECHNIK

Den Kasus von Nomen ermitteln

Um den Kasus zu ermitteln, gibt es zwei Proben:

Frageprobe

1. Ihr fragt nach dem Nomen. Formuliert immer den **vollständigen Fragesatz**.
2. Ihr lest am Fragewort den Kasus ab.

*Der Kapitän steuert **das Schiff**.*
***Wen** oder **Was** steuert der Kapitän?*
→ Akkusativ

Ersatzprobe

1. Ihr ersetzt das Nomen durch die **Singularform** des Fantasiewortes *der Grumpf*.
2. Ihr lest am Artikel den Kasus ab.

*Der Kapitän steuert **das Schiff**.*
*Der Kapitän steuert **den** Grumpf.*
→ Akkusativ

◒ **2** Dekliniert *das Segel* und *die Beute* im Singular. Vergleicht die Formen des Artikels und des Nomens mit denen von *der Seeräuber* (Aufgabe 1a).

◒ **3** Bestimmt den Kasus von *Wasser* (Zeile 4) und *Augen* (Zeile 3) mithilfe der Ersatzprobe. Achtet darauf, das Nomen durch die Singularform zu ersetzen.

Nomen, Kasus S. 327 **KOMPETENZBOX**

Den Kasus bestimmen

Nomen stehen im Satz in einem bestimmten Kasus (Fall).
Dadurch wird die **Beziehung** des Nomens zu anderen Wörtern verdeutlicht.
Die Veränderung des Kasus heißt **Deklination**.

Kasus			***Beispiele***		
Nominativ	(1. Fall)	Wer oder Was?	***der** Schatz*	***die** Insel*	***das** Schiff*
Genitiv	(2. Fall)	Wessen?	***des** Schatz**es***	***der** Insel*	***des** Schiff**es***
Dativ	(3. Fall)	Wem?	***dem** Schatz*	***der** Insel*	***dem** Schiff*
Akkusativ	(4. Fall)	Wen oder Was?	***den** Schatz*	***die** Insel*	***das** Schiff*

Nomen erkennen, Kasus, Numerus und Genus bestimmen

Piraten heute

Auch heute noch gibt es Piraten, die die Weltmeere unsicher machen. Sie überfallen manchmal **Schiffe**. Besonders vor der Küste Somalias in Ostafrika werden immer wieder Seeleute Opfer des einen oder anderen **Piraten**. Anders als früher möchte aber der Pirat heute häufig nicht Gold oder Edelsteine aus der **Ladung** erbeuten und dann das **Schiff** versenken. Im Gegenteil, er ist gerade an den **Schiffen** selbst interessiert. Denn die Besitzer der großen **Ozeantanker** sind oft bereit, hohe Summen für die Rückgabe der wertvollen Tanker zu zahlen. Die **Schiffe** und die Besatzung werden entführt, um Lösegeld verlangen zu können. Es ist also das Ziel der Piraten, dieses Lösegeld zu erhalten. Und häufig gibt es mächtige Hintermänner, die das meiste Geld kassieren und den Piraten kaum etwas abgeben.

1 Im Text tritt viermal das Wort *Schiff* auf. Bestimmt jeweils den Kasus.
Nutzt die Frage- oder die Ersatzprobe (Seite 180).

Satz	Frageprobe	Ersatzprobe	Kasus
Sie überfallen manchmal Schiffe.	*Wen oder was überfallen sie manchmal?*	*Sie überfallen manchmal den Grumpf.*	*Akkusativ*
…	…	…	…

2 Bestimmt Kasus, Numerus und Genus der blau markierten Nomen im Text.

S. 282 ○ ← **3** Gebt das Genus und die Bedeutung der beiden unterstrichenen Nomen an. Worin besteht die Besonderheit?

A Die Pflanzen sind mit Tau bedeckt.
B Die Matrosen bringen Tau und Segel in den Maschinenraum.

4 Manche Nomen werden mit unterschiedlichen grammatischen Geschlechtern (Genera) gebraucht.
a) Notiert, welche Genera jeweils möglich sind.
b) Überprüft eure Vermutungen mithilfe des Wörterbuchs.

Nomen	Genus (Plural: Genera)
Ketchup	*maskulin (der), neutral (das)*
Virus	
Gulasch	
Schnipsel	
Mail	

MK **5** **EXTRA** Jetzt kennt ihr die vier Kasus im Deutschen. Es gibt auch Sprachen, die haben 15 Fälle und mehr. Recherchiert nach solchen Sprachen und stellt Beispiele vor. Wie werden diese Fälle im Deutschen ausgedrückt?

11.2 Klein, aber oho · Artikelwörter und Pronomen verwenden

Artikelwörter begleiten Nomen

Walter Moers: Käpt'n Blaubär und die Erfindung der Pommes frites

Ich war auf den Fidschi-Inseln beim Löschen einer Ladung[1] Kartoffeln, als ein erbärmliches Jammern zu mir drang. Es musste etwas Schlimmes passiert sein! Da kam auch schon einer der Flötenfischer auf mich zu. Ihr müsst wissen, dass es auf diesen Inseln Flötenfische gibt, etwas ganz Seltenes. Man fängt sie durch das Flöten einer bestimmten Melodie. Nun hatte 1 arme Mann so lange geflötet, um die Fische anzulocken, dass er vom vielen Flöten 2 Krampf in den Backenmuskeln bekommen hatte. 3 arme Mann kriegte ja seinen Mund nicht mehr auf, er konnte nichts Festes mehr essen. Beim Nachdenken hatte ich unwillkürlich[2] 4 Kartoffel in die Hand genommen. Und das war 5 rettende Idee! Ich schnitzte Kartoffeln in kleine Stäbchen, die gerade in den Mund 6 Mannes passten. Nach dem Frittieren in heißem Kokosnussöl waren diese Stäbchen etwas Wunderbares. Durch das langsame Füttern hat sich dann auch 7 Krampf gelöst. Und so ganz nebenbei war mir 8 Erfindung der Pommes frites gelungen.

1 beim Löschen einer Ladung: seemännisch, beim Entladen eines Schiffes 2 unwillkürlich: ganz von selbst geschehend, ohne dass man es will

1 Setzt in den Text die fehlenden Artikel ein. Entscheidet, ob der bestimmte Artikel *(der, die, das)* oder der unbestimmte Artikel *(ein, eine)* richtig ist. Erklärt, warum in Lücke 3 der bestimmte Artikel verwendet werden muss.

2 Beschreibt, was mit dem unterstrichenen Wort im Text ausgedrückt wird.

3 Setzt in den folgenden Sätzen den richtigen Possessivartikel in die Lücken ein.

Hein Blöd erklärt ihr, er habe 1 Segelschein im Lotto gewonnen.
„Ist das 2 Ernst?", fragt ihn die Frau ungläubig. „Natürlich",
erwidert Hein, „und 3 Angelschein habe ich mir selbst gebastelt."

Nominalisierungen → S. 246

4 Notiert aus dem Text alle Nomen mit weiteren Artikelwörtern.

Nominalgruppe → S. 200

Artikelwörter S. 328 **KOMPETENZBOX**

Artikelwörter erkennen und verwenden

Artikelwörter sind Teil einer Nominalgruppe. Als **Begleiter** stehen sie **links** vom Bezugsnomen und stimmen mit diesem in **K**asus, **N**umerus und **G**enus überein. Es gilt die **KöNiG**sregel.

KöNiG

Nico wünscht sich einen Sturm. (K: Akkusativ, N: Singular, G: maskulin)
Die drei Bärchen hören ihrem Opa gerne beim Erzählen zu. (K: Dativ, N: Singular; G: maskulin).

Zu den Artikelwörtern zählen:
- **bestimmte Artikel** (*der Kapitän, die Schatzkiste, das Schiff, die Flötenfische*)
- **unbestimmte Artikel** (*ein Kapitän, eine Schatzkiste, ein Schiff*)
- **Possessivartikel** (*mein Kapitän, deine Schatzkiste, euer Schiff, ihre Flötenfische*)
- **weitere Artikelwörter:** *kein, manche, jede …* (*keine Kartoffel, mancher Flötenfischer, jede Idee*)

Pronomen haben Stellvertreterfunktion

Eine Klasse möchte ein Tierlexikon mit ungewöhnlichen Tierarten zusammenstellen. Dazu hat ein Schüler Informationen über Flötenfische gesammelt:

Flötenfische

Die Flötenfische sind eine Gattung der Raubfische. Flötenfische erkennt man an ihrem schlanken Körper, der bis zu 1,7 Meter lang wird. Seine Farbe reicht von hellem Grau bis zu Blau- oder Grüntönen. Flötenfische können auch ein leichtes Fleckenmuster annehmen, um sich zu tarnen. Flötenfische kommen in allen tropischen Meeren vor. Vor allem kleinere Fische und Krebse werden von den Flötenfischen gefressen. Die Flötenfische lassen sich bei der Jagd wie Treibholz in die Nähe von Fischschwärmen treiben. Die Flötenfische schnappen dann plötzlich zu.

S.282 **1** **a)** Beurteilt den Text des Schülers. Was ist gut und was ist weniger gut gelungen?
b) Überarbeitet den Schülertext.

2 **a)** Findet im folgenden Text die Pronomen und bestimmt sie.
b) Untersucht, auf welches Nomen sich die unterstrichenen Pronomen beziehen.

Ich mag Windsurfen. Es gefällt mir als Hobby sehr. Mögt ihr es auch? Stand-up-Paddling ist hingegen nichts für mich, es erscheint mir etwas langweilig. Meines ist ein sportliches Hobby. Und eures?

3 Possessivartikel oder Possessivpronomen? Begründet eure Entscheidung.

Elias fragt nach meinem Angelhaken. Er sagt, seiner muss repariert werden.

Pronomen S.328 **KOMPETENZBOX**

Pronomen erkennen und verwenden

Pronomen sind **Stellvertreter**. Sie **ersetzen** ein Nomen oder **verweisen** auf dieses. Sie helfen, Wiederholungen zu vermeiden und Texte abwechslungsreich zu formulieren. Pronomen werden dekliniert und stehen im selben Kasus und Numerus wie das Nomen, das sie ersetzen.

Man unterscheidet:
- **Personalpronomen**, zum Beispiel *ich, du, er/sie/es, wir, ihr, sie; mir, mich; Sie, Ihnen*: Sie zeigen an, wer spricht *(ich/wir)*, wer angesprochen *(du, ihr, Sie)* und worüber gesprochen wird *(er, sie, es)*.
  Du erzählst Piratengeschichten. Wir mögen Seemannsgarn. Ich höre Ihnen zu.
  Nico und Melanie surfen auf dem Meer. → Sie surfen auf dem Meer.
- **Possessivpronomen**, zum Beispiel *meine(r), deine(r), seine(r)/ihre(r), unsere(r), eure(r); Ihre(r)*: Sie geben an, wem oder zu wem etwas gehört.
  Das ist dein Schnorchel und hier ist meiner. Hier schwimmt Ihrer, Frau Scholle.

Trainingsplatz

Artikelwörter und Pronomen verwenden

1 Schreibt den folgenden Text ab und setzt die passenden Artikelwörter in die Lücken ein.

einen die ein unser jeder viele etwas deiner

Liebe Valérie,

genießt du gerade auch 1 Sommerferien? 2 Urlaub ist bisher sehr schön. Wir sind froh, dass wir uns für 3 Ferienhaus entschieden haben, weil wir hier sogar 4 Garten haben. Mit dem Windsurfen klappt es auch, 5 Schöneres kannst du dir nicht vorstellen. Das Surfen über das Wasser ist einfach genial. 6 Mensch sollte es in seinem Leben einmal ausprobieren, auch wenn es sicher nichts für Wasserscheue ist. Dir würde es sicher gefallen. Was meinst du?

7 Grüße von 8 Melanie

2 Schreibt die folgenden Sätze ab und setzt passende Personalpronomen ein. Unterstreicht dann die Pronomen und Possessivartikel unterschiedlich, zum Beispiel *Ich benutze meinen Kompass.*

1 schrubbst unser Deck ordentlich.
2 bereitet ihren Lieblingsfisch zu.
Zuletzt verstaut 3 seine Angel.
4 paddeln mit unseren Freunden.
Habt 5 eure Kajüten geputzt?
Ihre Segel setzt 6 geschickt.

Paddeltour mit Kajaks

S. 282 **3** Entscheidet, ob es sich bei den unterstrichenen Wörtern um einen Possessivartikel oder um ein Possessivpronomen handelt.

A Wir treffen uns in eurer Kajüte. In meiner ist es zu eng. → *eurer: Possessivartikel ...*
B Hier ist ihr Paddel. Er hat seines.
C Dies macht sie für ihre Mannschaft.
D Das ist mein Schiff und hier ist eures!
E Deine ist rot, meine Schwimmweste ist orange.

S. 282 **4** Überarbeitet den folgenden Text zum Thema Wingsurfen. Ergänzt Artikelwörter in den Lücken und ersetzt die markierten Wörter durch Pronomen.

Wingsurfen ist 1 Wassersportart, die in 2 letzten Jahren weltweit bekannt wurde. Beim Wingsurfen steht 3 Surfer auf 4 Brett und hält 5 aufblasbaren „Flügel" in 6 Hand. **Der Surfer** stellt **den Flügel** in 7 Wind und gleitet so übers Wasser. Manche Surfer benutzen spezielle Bretter, die aus 8 Wasser abheben können. Dann sieht es aus, als würden **die Surfer** mit **den Brettern** übers Wasser schweben.

11.3 Kleiner als der kleinste Zwergpirat · Mit Adjektiven beschreiben und vergleichen

nach Walter Moers: Mein Leben als Zwergpirat

Käpt'n Blaubär wächst in dem Roman „Die 13½ Leben des Käpt'n Blaubär“ schon als Kleinkind allein auf dem wilden Meer auf. Die ersten Lebewesen, die er kennenlernt, sind die Zwergpiraten.

Zwergpiraten waren, wie der Name schon unterstellt, kleine Seeräuber.

Die Zwergpiraten befuhren die Meere in klitzekleinen Schiffen, immer auf der Suche nach etwas, das sie mit ihrer geringen Größe kapern konnten. Doch das geschah so gut wie nie. Um die schonungslose Wahrheit zu sagen: In der ganzen Geschichte der Seefahrt wurde niemals auch nur ein einziges Schiff, nicht mal ein klappriges Ruderboot, von Zwergpiraten mit Erfolg gekapert.

Aus Verzweiflung griffen Zwergpiraten auch größere Schiffe, sogar Ozeanriesen an. In der Regel wurden ihre Bemühungen nicht einmal wahrgenommen. Die winzigen Seeräuber warfen ihre Enterhäkchen in das Holz der riesigen Schiffe und wurden dann mitgeschleppt, bis sie schließlich aufgaben. Oder sie feuerten ihre niedlichen Kanönchen ab, deren Geschosse nie das Ziel erreichten – schon nach wenigen Metern plumpsten sie ins tiefe Meer.

Trotz oder gerade wegen ihrer Harmlosigkeit spielen sie sich als blutrünstige und raubeinige Piraten auf. Sie schwingen gerne großmäulige Reden, die von erfolgreichen Kaperfahrten und fetter Prise[1] handeln. Man könnte fast sagen, sie neigen zur Prahlsucht. Wenn sich Zwergpiraten begegnen, dann zählen sie sich mit großartigen Gebärden und lautem Geschrei die Anzahl der Handelsschiffe vor, die sie in den Grund gebohrt haben, und protzen mit den unschuldigen Matrosen, die sie kielgeholt[2] oder über die Planke gejagt[3] haben.

1 die Prise: erbeutetes Handelsschiff oder Handelsgut 2 kielholen: seemännische Strafe, bei der jemand unter dem Schiff durchs Wasser gezogen wird 3 jemanden über die Planke jagen: seemännische Strafe, bei der der Verurteilte über ein langes Brett (Planke) vom Schiff gejagt und ins Wasser geworfen wird

○ **1** Wie wirken die Zwergpiraten auf euch?

◒ **2** Klärt die Bedeutung der Adjektive *schonungslos* (Zeile 6) und *raubeinig* (Zeile 21) .

◒ **3** Lest den Text bis Zeile 19 ohne die unterstrichenen Adjektive vor. Erklärt, wie sich die Wirkung des Textes ändert.

S.282 ○ ← ◒ **4** Notiert alle Adjektive aus dem letzten Absatz des Textes in ihrer Grundform.

blutrünstige → blutrünstig

S.282 ◒ ← ● **5** Bestimmt Kasus, Numerus und Genus der drei folgenden Wortgruppen. Wonach richtet sich die Form des Adjektivs?

A die schonungslose Wahrheit (Zeile 6)
B die winzigen Seeräuber (Zeile 13–14)
C der riesigen Schiffe (Zeile 15)

Ein Zwergpirat erzählt von sich

Ich möchte nicht angeben, aber ich bin ohne Zweifel der mutigste Zwergpirat aller Zeiten. Denn ich habe in meinem Leben nicht nur gegen große Schiffe gekämpft, sondern ich habe auch den größten Ozeanriesen gekapert. Außerdem habe ich die fürchterlichsten Seeungeheuer und die gefräßigsten Haie besiegt. Alles in allem muss ich sagen, dass ich der außergewöhnlichste Pirat bin, den ich jemals kennengelernt habe.

○ **6** Versetzt euch in die Lage des Zwergpiraten und tragt den Text vor. Begründet die Betonungen in eurem Lesevortrag.

◒ **7** Notiert fünf Wortgruppen, in denen ein Adjektiv enthalten ist. Bildet die Grundform. Markiert Unterschiede.

der mutigste Zwergpirat → Grundform: mutig

S. 282 ◒ ← ● **8** Untersucht bei den folgenden Adjektiven die Steigerungsformen. Was fällt euch dabei auf?

dunkel klug hart heiß nass schmal

◒ **9** Bildet jeweils drei Adjektive mit den Suffixen (Nachbausteinen) *-los, -lich, -haft, -mäßig*.

Wortfeld → S. 173

◒ **10** Findet mindestens fünf weitere Adjektive aus dem Wortfeld *froh*.

Adjektiv S. 329 **KOMPETENZBOX**

Mit Adjektiven beschreiben und vergleichen

V01 Erklärvideo

Merkmale	***Beispiele***
Adjektive bezeichnen **Eigenschaften** und **Merkmale** von Lebewesen und Dingen.	*ein kleiner Pirat* *ein großes Schiff*
Adjektive können **Nomen** begleiten.	***Große** Schiffe legen an Land an.* *(Nominativ, Plural, Neutrum)*
Sie besitzen bestimmte **Deklinationsendungen**, da sie sich in **K**asus, **N**umerus und **G**enus dem Nomen anpassen. Eselsbrücke: Es gilt die **KöNiG**sregel.	*Piraten kapern ein **großes** Schiff.* *(K: Akkusativ, N: Singular, G: Neutrum)* KöNiG

V02 Erklärvideo

Komparation (Steigerung)	
der **Positiv** (Grundform) der **Komparativ** (Vergleichsform) der **Superlativ** (Höchstform)	*groß, so groß wie* *größer, größer als* *größte, am größten*

Bei manchen Adjektiven ist eine Steigerung **nicht sinnvoll**: *tot, gelb*
Beim Steigern mancher Adjektive ändert sich der **Konsonant**: *hoch – höher – am höchsten; nah – näher – am nächsten*
Einige Adjektive wie *gut* und *viel* werden **unregelmäßig** mit Ersatzformen gesteigert: *gut – besser – am besten; viel – mehr – am meisten*

Mit Adjektiven beschreiben und vergleichen

1 Übernehmt die Tabelle und füllt sie aus.

Positiv	Komparativ	Superlativ
groß	*größer*	*am größten*
hoch	...	...
kurz	...	...
blass	...	...
nah	...	...
alt	...	...
dunkel	...	...
teuer	...	...

2 Schreibt den folgenden Text ab und setzt die Adjektive in der passenden grammatischen Form ein.

klein leicht groß ahnungslos gefährlich leise winzig

Die 1 Schiffe der Zwergpiraten kann man häufig gar nicht erkennen. Schon 2 Seegang genügt, um die kleinen Segel hinter den Wellen verschwinden zu lassen. Raubeinige Seemänner wie die Zwergpiraten ärgert es natürlich sehr, von anderen nicht bemerkt zu werden. Schließlich halten sie sich für besonders 3 Piraten. Aufgrund ihrer 4 Wut brüllen die 5 Seeräuber dann die größeren Schiffe an und beleidigen die 6 Besatzungen. Da ein kleiner Seemann aber auch nur ein 7 Stimmchen hat, wird dieses Gebrüll meist gar nicht gehört.

S.282 ○←◒ **3** Setzt den folgenden Dialog der Piraten fort.
- Übertreibt die Aussagen immer weiter.
- Verwendet die passenden Steigerungsformen der Adjektive.
- Findet einen geeigneten Abschluss des Duells.

Angeberduell zweier Zwergpiraten

A: Ich bin ein großer Pirat. Ich habe viele Schiffe gekapert.
B: Ich bin nicht nur ein großer Pirat, sondern ein noch größerer Eroberer. Ich habe schon ferne Inseln erobert.
A: Darin bist du vielleicht nicht schlecht. Ich habe aber schon die fernsten Inseln erobert.
B: Aber ich bin ein guter Angler. Ich fange viele Fische.
A: Aber das ist ja noch gar nichts. Ich fange viel mehr Fische als du und die Fische, die ich fange, sind die größten Fische überhaupt.
B: Dass ich nicht lache! ...

szenisch spielen → S.152

4 EXTRA Präsentiert euren Dialog als szenisches Spiel.

11.4 Piratengeschichten · Verbformen bilden und verwenden

Verben konjugieren

Benno Pludra: Das Herz des Piraten (Ausschnitt)

Lange schon her, da lebte ein Pirat, der hatte viele Schiffe beraubt, auch Menschen getötet und reiche Schätze angehäuft, dann wurde er besiegt. Sein Schiff versank mit Mann und Maus, die Schätze versanken mit, zuletzt versank der Pirat.

Es war dort ein südliches Meer, das Wasser blau und sehr klar, sodass man sehen konnte, wie ein jedes langsam in die Tiefe sank: Das Schiff mit den zerschossenen Segeln, die Kisten mit Gold und Juwelen, die tausend Fässer mit Rum. Und schließlich auch der Pirat.

Doch während dieser versank, löste sich aus seiner Brust das Herz, wie eine Männerfaust so groß, und blieb auf der Spitze eines Korallengebirges liegen, in einem Nest aus weichen Wassergräsern. Der Pirat indes trieb unaufhaltsam in die Tiefe, hinab bis in den schwärzesten Schlund, wo nicht einmal die Meeresungeheuer leben mochten ...

Es vergingen dreihundert Jahre. Die Schiffe, die fuhren, brauchten keine Segel mehr, und alle Piraten aus der alten Zeit waren längst vermodert, da fand ein Mädchen einen Stein, der leuchtete wie die Sonne am Abend.

Das geschah an einem nördlichen Meer, nach einem gewaltigen Sturm, der das Wasser in weißen Wogen auf die Küste zugetragen hatte. Sechs Tage nach dem Sturm war endlich Stille, das Meer lag glatt wie vordem da, und der Strand war überhäuft von den Dingen, die das Wasser so wild herangeschwemmt und nun zurückgelassen hatte: Kisten und Bretter und alte Stiefel. Seegras, Gestrüpp, zerrissene Netze. [...]

Jessi, ganz leise, beugte sich vor. Ganz leise, als säße dort ein Vogel, den sie nicht verscheuchen durfte. Beugte sich vor, immer noch weiter, und hockte sich nieder, um den Stein ganz aus der Nähe zu betrachten. Das Leuchten blieb, still wie die Sonne am Abend, und nun streckte Jessi die Hand aus, sie wollte den Stein berühren. Als sie das aber tat, ihre Finger den Stein nur streiften, zuckte die Hand sofort zurück, denn sie hatte Wärme gespürt. Nicht Kälte, wie es die Steine hier am Meer so an sich haben, sondern ganz deutlich Wärme: Sanft und beständig unter dem nassen Seegras hervor.

Jetzt wartete Jessi lange. Bewegte sich nicht und dachte die ganze Zeit, ob sie es wagen sollte, den Stein noch einmal zu berühren. Die Neugier trieb sie, es zu wagen.

○ **1** Beschreibt das Bild zum Text „Das Herz des Piraten". Lest den Text und überlegt, wie die Geschichte weitergehen könnte.

◒ **2** Notiert die unterstrichenen Verben untereinander.
a) Ergänzt den Infinitiv (Grundform).
b) Markiert die Unterschiede zwischen den beiden Formen.

lebte – leben

◒ **3** Setzt die Formenreihe fort. Erklärt, wie ihr die einzelnen Formen bildet.

ich lachte, du ..., er/sie/es ..., wir ..., ihr ..., sie ...
ich weinte, du ..., er/sie/es ..., wir ..., ihr ..., sie ...

S.282 ○ ← ◒ **4** Man unterscheidet starke und schwache Verben an der Art, wie sie die Präteritumform bilden. Entscheidet mithilfe der Kompetenzbox, welche der folgenden Verben stark und welche schwach sind. Begründet.

A staunen – staunte – gestaunt
B schlafen – schlief – geschlafen
C tauchen – tauchte – getaucht
D helfen – half – geholfen

Subjekt → S.215

ARBEITSTECHNIK

Das finite Verb erkennen

Ersetzt das Subjekt des Satzes durch verschiedene Personalpronomen.
Das Verb, das sich ändert, ist das finite (konjugierte) Verb.

Die Piraten *werden das Schiff kapern. →* ***Ich*** *werde das Schiff kapern.*
Du *wirst das Schiff kapern.* ***Er*** *wird das Schiff kapern.* ***Ihr*** *werdet das Schiff kapern.*

◒ **5** Gebt mithilfe der Arbeitstechnik an, ob die folgenden unterstrichenen Verben eine finite (konjugierte) oder eine infinite (nicht konjugierte) Form aufweisen. Bestimmt die infinite Verbform mithilfe der Kompetenzbox näher.

Der Pirat setzte alle Hoffnungen auf Jessi. Ob sie ihn retten wird? Schon lange hatte er auf diesen Moment gewartet. Nun stand er kurz vor seiner Rettung.

Verben S.330 **KOMPETENZBOX**

V03 Erklärvideo

Verben konjugieren

Mit Verben werden **Tätigkeiten** *(schwimmen)*, **Vorgänge** *(regnen)* und **Zustände** *(schlafen)* ausgedrückt. Sie werden **konjugiert**, das heißt sie können sich in **Person, Numerus** (Zahl) und **Tempus** (Zeit) verändern: *du wein**st** – er wein**t** – sie wein**ten**.*

Man unterscheidet **schwache** und **starke Verben** nach der Bildung des **Präteritums**:

keine Änderung des Verbstamms, Endung -te bei schwachen Verben	Änderung des Verbstamms bei starken Verben
*basteln – bastel**te**, tauchen – tauch**te***	*tragen – tr**u**g, laufen – **lie**f, essen – **aß***

Verben haben verschiedene Formen:

Infinitiv
(Grundform)

*bastel-**n***
*trag-**en***

Diese Form steht im Wörterbuch.

Partizip
(Mittelwort)

Partizip I	Partizip II
*bastel-**nd***	*ge-bastel-**t***
*trag-**end***	*ge-trag-**en***

Das Partizip ist eine **infinite Verbform**.

finites Verb
(Personalform)

*ich bastel-**e**, du bastel-**st***
*ich bastel-**te***
*ich trag-**e**, du träg-**st***
ich trug

Das finite Verb passt sich in **Person** und **Numerus** an das Subjekt an.

Verbkomplexe erkennen und verwenden

A Hannah ist lange gepaddelt.
B Sie hatte das Wingsurfen im Urlaub gelernt.
C Nico wird am Wochenende lange aufbleiben.
D Er surft vom Ufer los.
E Die 5a teilte sich in Gruppen auf.
F Hier darf man nicht schwimmen!

S. 282 ○ ← ◒ **1** **a)** Untersucht die Sätze **A** – **F**. Was fällt euch hinsichtlich der Verben auf?
b) Notiert jeweils die Infinitivform des finiten Verbs.

◒ **2** Bestimmt mithilfe der Kompetenzbox, um welche Verbkomplexe es sich bei den Sätzen **A** – **F** jeweils handelt.

◒ **3** Untersucht die Wortbedeutung der Beispiele **A** – **D**.
Erklärt, bei welchen Verben es sich um ein Partikelverb handelt. Bildet dazu Sätze. Ihr könnt die Kompetenzbox nutzen.

D19 Arbeitsblatt

A (einen längeren Tauchgang) umgehen
B (mit einem Segel vorsichtig) umgehen
C (mit der Fähre) übersetzen
D (einen Brief) übersetzen

● **4** Tauscht im folgenden Satz das finite Verb durch andere Modalverben aus. Beschreibt, wie sich die Aussage des Satzes verändert.

D20 Arbeitsblatt

Hier darf man nicht schwimmen!

KOMPETENZBOX

Verbkomplexe erkennen und verwenden

Im Satz können je nach Absicht der Sprecher mehrere Verbformen erforderlich sein. Man unterscheidet folgende **Verbkomplexe**:

Verbkomplexe	***Beispiele***
Hilfsverb *haben* oder *sein* + Partizip II des Vollverbs	*Ich hatte es ihr gesagt.* *Er ist lange gesurft.*
Hilfsverb *werden* + Vollverb im Infinitiv	*Sie werden noch tiefer tauchen.*
Modalverb + Vollverb im Infinitiv	*Er soll/muss/darf/kann/will/mag hier surfen.*
Partikelverben (Verb + trennbare Partikel)	*Die Fähre legte gegen 12 Uhr ab. (Infinitiv: ablegen)*

Modalverb → S. 330

Satzklammer → S. 211

Verbkomplexe bilden im **Verbzweitsatz** das Prädikat. Die linke Satzklammer besteht dabei aus der finiten Form des Verbs, die rechte Satzklammer aus allen weiteren Teilen des Verbkomplexes.

Mit Verben die Vergangenheit, Gegenwart und Zukunft ausdrücken

S.283 ○ ← ◒ **1** Stellt euch vor, ihr seid direkt vor Ort, als Jessi den Stein findet (Seite 188). Beschreibt das Geschehen als Live-Kommentar. Begründet die Tempusform.

◒ **2** Am Abend schreibt Jessi die Erlebnisse ihres Tages in ein Tagebuch. Beschreibt die zeitliche Abfolge mithilfe der Begriffe: Vergangenheit, Gegenwart, Zukunft.

Liebes Tagebuch,
heute habe ich etwas Magisches erlebt. Am Strand habe ich einen herzförmigen Stein gefunden, der sogar geleuchtet hat. Ich habe ihn berührt und bin sofort zurückgeschreckt, denn der Stein hat tatsächlich Wärme ausgestrahlt. Ich steckte ihn mutig ein und rannte nach Hause. Jetzt liegt der Stein neben mir auf dem Schreibtisch. Ich werde herausfinden, was es damit auf sich hat.

◒ **3** Bestimmt in den folgenden Sätzen das Tempus. Erklärt, wie in Satz **C** und **D** jeweils die Zukunft zum Ausdruck gebracht wird.

A „Das Herz des Piraten" ist ein Jugendbuch von Benno Pludra.
B Es erschien im Jahr 1985.
C Morgen lese ich das erste Kapitel des Buches.
D Ich werde das erste Kapitel des Buches lesen. = *Futur*

◒ **4** Bestimmt in den folgenden Sätzen die Tempusformen und ihre Funktion.

A Ich werde das Buch meiner besten Freundin ausleihen.
B Letzten Mittwoch fiel das Training aus.
C Morgen beginne ich den nächsten Band des Buches.

◒ **5** Jessi plant, den merkwürdigen Stein am nächsten Tag ihrem besten Freund zu zeigen. Schreibt den folgenden Anfang weiter.

Ich werde vorsichtig sein, sonst wird er sich erschrecken. Zuerst werde ich ihn fragen, ob er …

Tempus S.330 **KOMPETENZBOX**

Mit Verben die Vergangenheit, Gegenwart und Zukunft ausdrücken

Das Verb verändert seine Tempusform (Zeitform) in Abhängigkeit von dem Zeitpunkt oder dem Zeitraum.

Tempusform	Plusquamperfekt	Präteritum Perfekt	Präsens	Futur
Funktion	Vorvergangenheit	Vergangenheit	Gegenwart	Zukunft

Mit dem **Präsens** kann **nicht nur Gegenwärtiges** ausgedrückt werden, sondern auch
- **allgemein Gültiges:** *Flötenfische sind Raubtiere.*
- in Verbindung mit einer zeitlichen Angabe **Zukünftiges:** *Nächste Woche kaufe ich einen Taucheranzug.*

Das **Perfekt** wird häufig im Mündlichen genutzt, um über **Vergangenes** zu berichten.

Tempusformen bilden

1 Vergleicht die Verwendung des Verbs *haben* in den beiden folgenden Sätzen.

A Jessi hat einen Stein. **B** Jessi hat einen Stein gefunden.

S. 283 **2** Erklärt mithilfe der folgenden Sätze, wie das Perfekt und das Plusquamperfekt gebildet werden. Welche Gemeinsamkeiten und Unterschiede gibt es?

Perfekt: Sie hat den Stein schon am Wochenende gefunden.
Plusquamperfekt: Sie hatte den Stein schon am Wochenende gefunden.

S. 283 **3** Schreibt die folgenden Sätze ab.
a) Unterstreicht alle Hilfsverben rot und alle Vollverben grün.
b) Bestimmt mithilfe der Kompetenzbox die Tempusformen der Verben.

A Jessi ist nach Hause gerannt.
B Jessi wird ihren Eltern den Stein nicht zeigen.
C Sie versteckte den Stein unter ihrem Kopfkissen.
D Ob der Pirat damals auch einen magischen Stein besaß?

Jessi ist nach Hause gerannt. 3. Person von „sein" im Präsens + Partizip II von „rennen" → Perfekt

4 Formuliert den folgenden Satz in allen Tempora.

Viele Schiffe versinken im Meer.

Viele Schiffe waren im Meer versunken. → Plusquamperfekt

Tempus S. 330 **KOMPETENZBOX**

Tempusformen bilden

Das Tempus wird mit **einfachen** oder **zusammengesetzten** Formen gebildet.
Bei einfachen Formen steht nur das **Vollverb**, also das Verb mit einer Bedeutung.
Bei zusammengesetzten Formen kommen die **Hilfsverben** *haben*, *sein* oder *werden* hinzu.

Einfache Formen		***Beispiele***
Präsens	Präsensstamm + Personalendung	*du geh-st, du sag-st*
Präteritum	Präteritumstamm + Personalendung	*starkes Verb: du ging-st* *schwaches Verb: du sagte-st*
Zusammengesetzte Formen		
Perfekt	Personalform von den Hilfsverben *haben* oder *sein* im Präsens + Partizip II des Vollverbs	*du bist gegangen* *du hast gesagt*
Plusquamperfekt	Personalform von den Hilfsverben *haben* oder *sein* im Präteritum + Partizip II des Vollverbs	*du warst gegangen* *du hattest gesagt*
Futur	Personalform vom Hilfsverb *werden* im Präsens + Infinitiv des Vollverbs	*du wirst gehen* *du wirst sagen*

V04 Erklärvideo
V05 Erklärvideo
V06 Erklärvideo

Trainingsplatz

Tempusformen bilden und verwenden

1 Bildet aus den folgenden Wörtern Sätze in dem angegebenen Tempus.

A Hannes/eine Flaschenpost/während des letzten Nordseeurlaubs/finden **(Perfekt)**
B aufgeregt/sein/er und seine Eltern **(Präteritum)**
C stammen/von einer finnischen Familie/der Brief **(Präsens)**
D die finnische Familie/eine Antwort/von Hannes/erhalten/in ein paar Tagen **(Futur)**

2 Übernehmt die folgende Tabelle und ordnet die Verben aus der Seeschlange ein.
Nutzt einige dieser Wörter, um in Sätzen im Perfekt über eure letzten Ferien zu berichten.

Verben, die das Perfekt mit *sein* bilden	Verben, die das Perfekt mit *haben* bilden
gehen – ich bin gegangen	*lesen – ich habe gelesen*
...	...

S. 283 **3** Bestimmt in den folgenden Sätzen Person, Numerus und Tempus der Verben.
Geht so vor:
- Schreibt den Satz ab und unterstreicht das Hilfsverb rot und das Vollverb grün.
  Der Pirat hat viele Schiffe ausgeraubt.
- Bestimmt das Tempus.
  hat ausgeraubt, 3. Person von „haben" im Präsens + Partizip II von „ausrauben" → Perfekt
- Bestimmt Person und Numerus. Schaut dazu das Subjekt des Satzes und das finite Verb an. Ersetzt das Subjekt durch ein Pronomen.
  Der Pirat hat ... → Er hat ... → 3. Person Singular

→ hat ausgeraubt, Person: 3. Person, Numerus: Singular, Tempus: Perfekt

A Viele Geschichten erzählen von Piraten.
B Diese haben viele Schiffe geentert.
C Nachdem die Piratenmannschaft ein großes Schiff ausgeraubt hatte, vergrub der Kapitän die Schätze auf einer einsamen Insel.
D Wir werden auch im Geschichtsunterricht über Piraten sprechen.

4 Was gehört zusammen? Ordnet zu und schreibt das Lösungswort auf.

Ihr habt die Schatztruhe entdeckt.	**A**	2. Person Plural Plusquamperfekt
Du wirst den Schatz teilen.	**P**	2. Person Plural Perfekt
Ihr wart über das Hindernis gesprungen.	**N**	1. Person Singular Futur
Ich werde die Truhe verstecken.	**L**	2. Person Singular Futur
Er hatte solche Angst.	**E**	1. Person Plural Perfekt
Wir sind vor dem Unwetter geflüchtet.	**K**	3. Person Singular Präteritum

Trainingsplatz

Walter Moers: Mein Leben bei den Klabautergeistern (Ausschnitt)

Klabautergeister haben selbst keine Gefühle, ernähren sich aber von der Angst hilfloser Wesen. Aus diesem Grund soll Käpt'n Blaubär immer wieder für die Geister weinen.

Ich verzog mein Gesicht auf alle möglichen Arten, um eine Träne hervorzupressen, aber es kam nichts.

Ich versuchte es mit Schluchzen, aber heraus kam nur ein heiseres Krächzen. Die Klabautergeister wurden unruhig. [...] und endlich flossen die Tränen!

Und wie sie flossen! Wahre Sturzbäche von Tränen, eine Überschwemmung von salzigen Fluten. Das Wasser spritzte aus meinen Augen, stieg mir in die Nase und sabberte über meine Lippen. Ich schluchzte herzzerreißend [...], hockte mich auf alle viere und heulte die Mondsichel an wie ein kleiner heimweh-kranker Hund. Es war ein Weinkrampf der Sonderklasse, viel besser und länger als der erste.

Dann war er plötzlich vorbei. Schniefend setzte ich mich auf und wischte die letzten Tränen ab. Durch den wässrigen Schleier vor meinen Augen **sahen** die Klabautergeister noch unheimlicher **aus**. Sie saßen völlig regungslos da und starrten mich an. Absolute Stille.

Ich zog die Nase hoch und war auf alles gefasst. Sollten sie mich doch fressen oder sonst was – mir war es seltsam egal. In der letzten Baumreihe fing ein einzelner Klabautergeist zögernd an zu applaudieren. Immer noch saßen alle anderen regungslos da. Dann fiel ein zweiter in den Applaus ein, ein dritter, ein vierter, und plötzlich standen die Klabautergeister wie auf ein geheimes Kommando geschlossen auf und applaudierten, dass der Wald bebte. [...]

○ **5** Bestimmt das Tempus, in dem der Text geschrieben ist.
Erklärt, warum der Autor dieses Tempus gewählt hat.

◒ **6** **a)** Notiert den Infinitiv und die Form des Partizips II zu den im Text unterstrichenen Verben.
b) Gebt an, ob es sich um starke oder schwache Verben handelt. Erklärt, woran ihr das erkannt habt.

● **7** Bildet den Infinitiv zu dem markierten Verb (Zeile 11–12).
Worin besteht der Unterschied zu den Verben aus Aufgabe 6?

S.283 ○ ← ◒ **8** Nach dem Auftritt wird Käpt'n Blaubär von einem Reporter interviewt.

szenisch spielen → S.152

MK

a) Lest den Anfang des Interviews und bestimmt die gewählte Tempusform.
b) Schreibt das Interview in Partnerarbeit weiter. Ihr könnt das Interview auch aufnehmen.
c) Spielt euer Interview der Klasse vor.

Reporter: Herr Blaubär, Ihnen ist ein sensationeller Auftritt gelungen. Wie haben Sie sich auf diesen Tag vorbereitet?
Blaubär: Ich habe ...

9 Einige Wochen später wird Käpt'n Blaubär wieder vor den Klabautergeistern auftreten.
a) Beschreibt, was beim nächsten Auftritt passieren könnte.
b) Begründet die Wahl der Tempusform.

S. 283 ○ ← **10** Bestimmt die unterstrichenen Verben nach Person, Numerus und Tempus.

Käpt'n Blaubär hatte es geschafft: Die Klabautergeister liebten ihn. Sie hatten für seine Auftritte zwar kein Geld bezahlt, dafür kümmerten sie sich aber um ihn. Recht schnell hatten sie begriffen, dass er sich nicht wie sie von Angst ernährt. Daher boten sie ihm Bananen, Nüsse und Beeren an. Die Geister selbst trieben weiterhin nachts ihr Unwesen und flößten Seeleuten Angst ein, indem sie furchterregend und schrecklich sangen. Sie waren erst zufrieden, wenn an Bord der Schiffe jeder bibberte und zitterte. In manchen Momenten fuhr auch Käpt'n Blaubär aufs Neue die Furcht in die Glieder. Doch je länger er bei den Klabautergeistern geblieben ist, umso mehr verlor er dieses Gefühl. Zwar zwangen sie ihn allabendlich dazu, dass er vor ihnen schluchzte und schniefte, aber dafür jubelten sie ihm zu und brachten ihm Geschenke.
Ihr fragt euch sicher: Und das alles nur, weil er so herzzerreißend weint? Ihr werdet es herausfinden, wenn ihr den Roman selbst lest.

11 Findet für jedes Tempus ein Beispiel aus dem Text. Notiert die Verbform mit dem Subjekt.

12 Drei der folgenden Aussagen sind richtig, drei falsch.
a) Entscheidet, welche richtig sind.
b) Berichtigt die falschen Aussagen und schreibt die drei Sätze auf.

Achtung: Fehlertext

A Verben werden konjugiert.
B *Werfen* ist ein schwaches Verb.
C Mit dem Präsens kann ein zukünftiges Geschehen ausgedrückt werden.
D Der Infinitiv ist die Grundform des Verbs.
E Bei finiten Verben kann man Person und Kasus bestimmen.
F Die Tempusform Futur wird mit dem Hilfsverb *haben* gebildet.

MK **13** **EXTRA** Setzt die Kompetenzbox auf Seite 191 oder 192 als Erklärvideo mit Kärtchen um. Orientiert euch an den Erklärvideos zu den Kompetenzboxen auf den Seiten 245, 246, 249, 252, 253 und 257.

11.5 Störtebeker · Mit Präpositionen Beziehungen herstellen

Störtebeker – eine gruselige Sage

Klaus Störtebeker ist einer der berühmtesten Seeräuber der Geschichte. Er wurde 1 der zweiten Hälfte des 14. Jahrhunderts in Norddeutschland geboren. Störtebeker wurde schon als junger Mann berühmt, weil er besonders raubeinig und trinkfest gewesen sein soll.

Seit 1394 war Störtebeker Mitglied einer Gruppe von Seeräubern, die 2 den Gewässern der Nord- und Ostsee ihr Unwesen trieben. Ursprünglich hatten sie den schwedischen König im Krieg 3 die Dänen unterstützt. Störtebeker soll der Hauptmann dieser Seeräuberbande gewesen sein.

Durch ihre Seeräuberei fügten sie vor allem den Kaufleuten rund um die Nord- und Ostsee großen Schaden zu. Sie fielen nämlich 4 die Schiffe her, die Handelswaren in die großen Häfen in England und Holland bringen sollten. Um den Schaden zu begrenzen, versuchten reiche Hansestädte wie Hamburg und Lübeck, das Meer von den Seeräubern um Störtebeker zu befreien. Sie konnten sie aber jahrelang nicht fassen. 1401 wurde Störtebeker schließlich doch 5 etwa 30 Gefährten gefangen genommen. Am 20. Oktober des gleichen Jahres wurden sie alle auf einem Hinrichtungsplatz bei Hamburg enthauptet.

Wegen der damaligen Ereignisse gibt es eine besonders gruselige Legende: Vor der Hinrichtung soll Störtebeker eine letzte Bitte geäußert haben. Er behauptete, auch mit abgeschlagenem Kopf noch weiter gehen zu können. Alle Männer, an denen er ohne Kopf noch vorbeigehen würde, sollten freigelassen werden. Diese Bitte wurde ihm von dem Bürgermeister gewährt. Angeblich ist der kopflose Störtebeker 6 elf seiner Leute vorbeigegangen. Dann stellte ihm der Henker ein Bein, damit der Spuk ein Ende hatte.

Skulptur des Seeräubers Klaus Störtebeker in Hamburg

1 Beschreibt die Skulptur. Passt sie zu dem Eindruck, den euch der Text von Störtebeker vermittelt?

2 Fügt die folgenden Wörter an den markierten Stellen in den Text ein.

in mit gegen auf an über

3 Setze die Nomen und Artikel ein. Woher wisst ihr, welche Form richtig ist?

Störtebeker kämpfte gegen ... (ein Seeräuber).
Störtebeker kämpfte mit ... (ein Seeräuber).
Störtebeker fluchte wegen ... (ein Seeräuber).

Präposition S. 329 **KOMPETENZBOX**

Mit Präpositionen Beziehungen herstellen

Präpositionen kennzeichnen verschiedene **Beziehungen** zwischen Personen, Dingen und Erscheinungen. Welche Präposition steht, hängt vom Inhalt ab.

Es gibt Beziehungen

des Ortes und der Richtung
auf dem Stuhl sitzen
über das Feld fliegen

der Zeit
während der Pause
nach der Pause

der Art und Weise
mit einem Säbel
ohne einen Säbel

des Grundes
wegen der Meuterei
trotz des Unwetters

Präpositionen sind **unveränderbare** Wörter. Sie erfüllen eine wichtige Aufgabe im Satz: Sie **vergeben** einen **bestimmten Kasus** (Fall) an ein Nomen oder Pronomen.

Präpositionen, die den	***Beispiele***
Akkusativ fordern	*für, durch, ohne, gegen* *für den Piraten, gegen das Seeungeheuer*
Dativ fordern	*mit, aus, seit, bei, zu, gegenüber, nach, von* *mit dem Schiff, nach der Flaute*
Genitiv fordern	*trotz, wegen, dank, während, statt, außerhalb* *außerhalb des Schiffes, wegen des Sturms*
Dativ **oder** den Akkusativ fordern können	*in, an, auf, hinter, neben, über, unter, vor, zwischen* ***Dativ:** Ort (Wo?) Der Säbel liegt **auf dem** Tisch.* ***Akkusativ:** Richtung (Wohin?) Der Pirat legt den Säbel **auf den** Tisch.*

○ **4** Betrachtet die Zeichnung. Wo kann sich die Person noch befinden? Notiert eure Ideen.

◒ **5** Ordnet die unterstrichenen Präpositionen aus dem Text (Seite 196) nach ihrer Beziehung, die sie ausdrücken.
- *Ort und Richtung: in, ...*
- *Zeit: ...*

S. 283 ○ ← ◒ **6** Findet in den folgenden Sätzen die Präpositionen.
a) Welchen Kasus vergeben die Präpositionen in diesen Sätzen?
b) Ordnet anschließend die Wortgruppen in einer Tabelle.

A Störtebeker wurde in Norddeutschland geboren.
B Durch ihre Seeräuberei schadeten sie den Kaufleuten.
C Er wurde wegen seiner Taten hingerichtet.
D Kurz nach seinem Tod spukte er auf dem Hinrichtungsplatz.

Genitiv	Dativ	Akkusativ
...	*in Norddeutschland*	...

Trainingsplatz

Wortarten unterscheiden und verwenden

1 a) Bestimmt in dem folgenden Text Person, Numerus und Tempus der beiden unterstrichenen Verbformen.

b) Bestimmt Kasus, Numerus und Genus der drei markierten Nomen.

Zwei Piraten müssen auf die Schnelle einen Schatz verschwinden lassen und versenken ihn in einer Bucht. Sagt der eine: „Und wie finden wir den Schatz später wieder?“
Daraufhin besorgt der andere rote Farbe und malt ein großes Kreuz auf das Deck, genau dort, wo sie den Schatz über Bord geworfen haben. Wiederum der eine: „Du, ich glaube, das bringt nichts – die Farbe ist nicht wasserfest und wird sicher beim nächsten Regen abgewaschen.“

2 Ein dritter Pirat, der das Geschehen beobachtet hat, berichtet seinen Kameraden am Abend davon.

a) Schreibt den folgenden Text ab und setzt dabei die Verben in Klammern ein. Achtet auf Person, Numerus und Tempus.

b) Schreibt den Text bis zum Ende des Witzes weiter. Achtet auf die passenden Tempusformen.

Heute Morgen beobachtete ich zwei Piraten. Sie ... (stehen) an der Reling und ... (versenken) einen Schatz in einer Bucht. Sie ... (erstellen) jedoch keine Schatzkarte, um den Schatz wiederzufinden. Stattdessen ... (zeichnen) sie ein rotes Kreuz auf das Schiffsdeck. Ich ... (verkneifen) mir, laut zu lachen.

S.283 ○← **3** Überarbeitet den folgenden Text. Verwendet Personalpronomen, wo es sinnvoll ist.

Arielle, die Meerjungfrau

Arielle ist die jüngste Tochter des Meereskönigs Triton. Triton verbietet Arielle, die Welt der Menschen zu besuchen. Doch Arielle hält sich nicht an das Verbot und beobachtet ein Schiff, auf dem eine große Feier stattfindet. Das Schiff gehört Prinz Eric, einem hübschen jungen Mann. Arielle verliebt sich unsterblich in Prinz Eric.
Da Arielle jedoch eine Meerjungfrau ist, darf Arielle Prinz Eric nicht kennenlernen oder gar heiraten. Dennoch rettet Arielle Prinz Eric, als sein Schiff in einem Gewitter zu sinken droht. Erzürnt stellt Triton Arielle zur Rede und untersagt Arielle jeglichen Kontakt zu Prinz Eric. Diese Situation nutzt die Meerhexe Ursula aus und macht Arielle ein Angebot, das Arielle nicht ablehnen kann.

4 Ergänzt in dem folgenden Text die Präpositionen. Notiert diese und schreibt dahinter, welchen Kasus sie im Satz vergeben.

Überraschend ist, dass es Fische gibt, die 1 Wasser ertrinken können. Es sind meist Bewohner schlammiger, flacher, sauerstoffarmer Gewässer 2 heißen, tropischen Asien. Da ihre Kiemenatmung nicht ausreicht, haben sie 3 der Mundhöhle ein zusätzliches Organ, 4 dem sie der Luft Sauerstoff entnehmen können. Sie müssen regelmäßig 5 die Wasseroberfläche kommen und dort Luft schnappen, sonst ertrinken beziehungsweise ersticken sie.

5 Übernehmt die folgende Tabelle und vervollständigt sie mit den entsprechenden Sätzen.

Plusquamperfekt	Präteritum	Perfekt	Präsens	Futur
...	*Ich war traurig.*	...	*Ich bin traurig.*	...
...	...	*Er hat Glück gehabt.*	*Er hat Glück.*	...
Wir hatten gefeiert.	...	...	*Wir feiern.*	...

S. 283 **6** Der folgende Text enthält grammatische Fehler. Findet und verbessert sie.

Achtung: Fehlertext

Schlafen Fische?

Dass Fische schlafen, ist für uns schwerer vorstellbar. Sie haben immer diesen unendlich kalten Blick – auch wenn sie schlafen. Denn sie haben keine Augenlider. Die Wissenschaft stand mit der Schlafforschung bei Fischen noch ganz an Anfang. Man weiß aber, dass Fische zumindest jahreszeitabhängig ruht. Im Winter nimmt bei kalten Wasser ihre Körpertemperatur ab und die Fische gehen in eine Ruhestellung auf der Boden von Gewässern. Andere schlafen am Tag und sind nachtaktiv, zum Beispiel die Muräne oder der Katzenhai. Erstere verkriechen sich tagsüber in Höhlen und Felsspalten.

Plakat → S. 345

7 Notiert euer Wissen über die Wortarten in übersichtlicher Form auf einem Plakat. Ihr könnt in Gruppen arbeiten.

a) Zeichnet das „Meer der Wörter" von Seite 176 in vergrößerter Form.

b) Bringt in die Seekarte euer neues Wissen ein. Orientiert euch an dem folgenden Kartenausschnitt:

11.6 Auf dem Wasser · Wortgruppen erkennen und verwenden

Nominalgruppen untersuchen

Nico und **seine Freundin** machen **einen Wingsurfkurs** am See. Sie sind begeistert, denn **der leichte Wing** benötigt **keinen Mast** und ist rasch aufgebaut. Zunächst surfen sie auf **einem aufblasbaren Brett**. **Wahre Profis** verwenden stattdessen **ein spezielles Wingboard**. Damit steigen sie höher aus dem Wasser, als man vermuten würde. **Das Wingsurfen** ist wirklich **etwas Besonderes**!

Wingsurfen

○ **1** Schreibt aus dem Text alle markierten Wortgruppen heraus.

Artikelwörter → S. 182

◒ **2** Markiert alle Nomen und nominalisierten Ausdrücke in den Wortgruppen farbig. Markiert dann alle Artikelwörter und alle Adjektive in jeweils einer weiteren Farbe.

◒ **3** Bestimmt Genus, Kasus und Numerus von allen Wörtern in den unterstrichenen Wortgruppen. Was fällt euch auf?

Nominalgruppe S. 332 **KOMPETENZBOX**

V07 Erklärvideo

Nomen → S. 179

Nominalgruppen untersuchen

Eine Nominalgruppe besteht aus einem **Nomen** oder **nominalisierten Ausdruck** als **Kern** der Wortgruppe. Dieser steht meist ganz **rechts**. Zur Nominalgruppe können **Artikelwörter** und **Adjektive** gehören, zum Beispiel

- *einem blauen* ***Bären***
- *die raue* ***See***
- *weiße* ***Möwen***
- *nichts* ***Besseres***

Der **Kasus**, in dem die Nominalgruppe steht, wird durch ihre Funktion im Satz (zum Beispiel, ob es sich um ein Subjekt oder ein Objekt handelt) oder eine Präposition bestimmt.

Adjektivgruppen untersuchen

1 Schreibt aus dem Text alle markierten Wortgruppen heraus. Markiert in jeder Wortgruppe das flektierte Adjektiv.
Bestimmt die Funktion der übrigen Wörter in der Wortgruppe.

unglaublich raue → unglaublich: verstärkend

Die **unglaublich raue** See sorgt für **sehr hohe** Wellen. Der Wind weht heute **äußerst kräftig**. Die geübten Wingsurfer zeigen **durchaus beeindruckende** Tricks und Sprünge. Sie sind dabei **völlig konzentriert**. Trotzdem fällt hin und wieder jemand in das **eisig kalte** Wasser. Nico und seine Freundin schauen den **außergewöhnlich mutigen** Wingsurfern und **höchst aufmerksamen** Seglern mit **absolut großer** Begeisterung vom Strand aus zu.

2 Bildet Adjektivgruppen. Verwendet die **Adjektive** und ergänzt passende Nomen. Formuliert eine verstärkende und eine abschwächende Adjektivgruppe mit den **verstärkenden oder abschwächenden Wörtern**.

sehr kaum äußerst
relativ höchst ungemein
ziemlich total absolut völlig
außergewöhnlich beinahe wenig

kalt klug mutig aufmerksam
einfach gesund lautlos
lärmend langsam groß rot
steil zugig verschneit

*Verstärkung: (die) sehr **mutige** (Seglerin), Abschwächung: (der) relativ **kleine** (Fisch).*

3 Bildet mit den Adjektiven aus Aufgabe 2 Vergleiche im Komparativ mit *als* oder im Superlativ mit *am*.
Markiert das Adjektiv und unterstreicht die Adjektivgruppe.

Die Nordsee ist kälter als das Mittelmeer.
Die Polarmeere sind am kältesten.

Adjektivgruppe S. 332 **KOMPETENZBOX**

V08 Erklärvideo

Adjektive → S. 186

Adjektivgruppen untersuchen

Ein **Adjektiv** bildet den **Kern** einer Adjektivgruppe.

Merkmale	Beispiele
Das Adjektiv kann durch Ausdrücke ergänzt werden, die es **verstärken** oder **abschwächen**.	*besonders **kühl***
In der Adjektivgruppe passt sich nur das Adjektiv, das am weitesten rechts steht, in Numerus, Genus und Kasus an ein Nomen an.	*Diese Meeresstelle ist sehr **tief**.* *Ein außerordentlich **großer** Blauwal taucht aus dem Wasser.*
Zur Adjektivgruppe gehören auch Vergleiche im Komparativ mit *als* und im Superlativ mit *am*.	*Niemand ist **lustiger** als Hein Blöd.* *Ein Hai schwimmt am **schnellsten**.*

Adjunktorgruppen untersuchen

1 Ergänzt das passende Wort und schreibt die Sätze auf. Unterstreicht die Adjunktion.

Mein Surfbrett ist neuer ... deines. Ihres ist ... neu.

2 Findet die drei Adjunktorgruppen in den folgenden Sätzen und notiert sie.

D21 Arbeitsblatt

Anna schwamm wie ein Fisch. Sie kam als Erste ins Ziel. Niemand war schneller als sie.

S. 284 3 Bildet aus den folgenden Adjektivgruppen jeweils zwei Sätze mit einer Adjunktorgruppe.

warmer Neoprenanzug   langes Paddel

Adjunktorgruppe S. 332 **KOMPETENZBOX**

V09 Erklärvideo

Adjunktorgruppen untersuchen

Adjunktorgruppen werden bei Vergleichen verwendet. Sie werden mit einer Adjunktion (*als*, *wie*) als **Kern** der Wortgruppe eingeleitet:

- *Sie verkleidete sich **als** Meerjungfrau.*
- *Das Piratenschiff ist größer **als** das Segelboot.*
- *Wir kreischen **wie** Möwen.*

Präpositionalgruppen untersuchen

1 Schreibt aus dem Text alle markierten Wortgruppen heraus. Unterstreicht dann in jeder Wortgruppe die Präposition.

Nico treibt **über die Wellen**. Er versucht, **mit dem nächsten Windstoß** abzuheben. Schon fliegt er **in die Luft**. Hoffentlich landet er nicht wieder **auf der Nase**!

2 Die Präposition legt den Kasus der Nominalgruppe fest. Gebt an, welchen Kasus die Präpositionen in den Präpositionalgruppen (Aufgabe 1) vergeben.

auf seinem Surfbrett → auf wem? → Dativ

3 Schreibt Sätze mit den folgenden Präpositionen auf. Unterstreicht die Präpositionalgruppen.

auf   aus   an   unter   hinter   in   vor   für   ohne   mit

S. 284 4 Im folgenden Satz ist die Präpositionalgruppe unterstrichen. Begründet, warum man hier nicht sehen kann, welchen Kasus die Präposition festlegt.

Nico segelt langsam nach unten.

Präpositionalgruppe S. 332 **KOMPETENZBOX**

V10 Erklärvideo

Präposition → S. 197

Präpositionalgruppen untersuchen

Der **Kern** einer Präpositionalgruppe ist eine **Präposition**. Diese bestimmt den Kasus der folgenden Nominalgruppe. In einer Präpositionalgruppe steht die Präposition in der Regel ganz links:

- *Die Möwe landet **neben** dem Mast.*
- *Ich esse **nach** meinem Tauchgang.*
- *Die Sonne scheint **auf** dich.*
- ***An** einem warmen Maitag surfen wir.*

Verbgruppen untersuchen

Wasserball einer Freundin die Surfmeisterschaft

beeindruckende Tricks die Siegerehrung eine Bekannte

ansehen anrufen abwarten vorführen zuwinken aufpumpen

○ **1** Verbindet die **Satzglieder** mit passenden **Verben** zu Verbgruppen. Schreibt die Verbgruppen auf und unterstreicht das Verb.

den Wasserball aufpumpen

◒ **2** Gebt für jede Verbgruppe den Kasus der Satzglieder an.

den Wasserball aufpumpen → wen oder was aufpumpen? → Akkusativ

◒ **3** Schreibt die Verbgruppen erneut auf. Ersetzt die Satzglieder dabei durch die Pronomen *etwas* oder *jemand*.

den Wasserball aufpumpen → etwas aufpumpen

◒ **4** Bildet Verbgruppen mit den Verbgruppen aus Aufgabe 1 und den folgenden Modalverben: ***wollen, müssen, können, dürfen, sollen, mögen***.

den Wasserball aufpumpen müssen

Verbgruppen S. 332 **KOMPETENZBOX**

V11 Erklärvideo

Verb → S. 189

Verbgruppen untersuchen

Verbgruppen bestehen aus einem **Verb im Infinitiv** am rechten Rand der Gruppe und den von ihm erforderten Ergänzungen. Das Verb bestimmt als Kern der Gruppe **Anzahl** und **Kasus** der Ergänzungen.

*Hein Blöd möchte ihm **beistehen**.*
ihm ↓ Dativobjekt (Wem oder Was?) — beistehen ↓ Verb im Infinitiv

*Ich werde die Fähre **erreichen**.*
die Fähre ↓ Akkusativobjekt (Wen oder Was?) — erreichen ↓ Verb im Infinitiv

Das könnt ihr jetzt!

Wortarten und Wortgruppen untersuchen

Beispiel für eine Klassenarbeit

Lösungen
→ S. 292

1 Schreibt die Sätze **A** – **C** mit jeweils einer Zeile Abstand auf und bestimmt in der freien Zeile unter jedem Wort die jeweilige Wortart.

A Er bekam einen großen Lachanfall bei unserem Anblick.
B Zur Abendstunde genießen wir die warmen Strahlen der Sonne.
C Angelt sie mit euren neuen Angeln!

2 Schreibt die unterstrichenen Wörter und Wortgruppen des folgenden Textes auf und bestimmt ihren Kasus, Numerus und Genus.

Seekühe sind faszinierende Tiere, auch wenn sie oft träge erscheinen. Der Elefant - und nicht die Kuh - ist der engste heute lebende Verwandte der Tiere. Das Gewicht einer Seekuh beträgt ca. 350 bis 500 Kilogramm. Als Nahrung dienen den Tieren täglich etwa 8 bis 15 Prozent ihres Eigengewichts. Seekühe hören gut, allerdings nur hohe Frequenzen. Alle Seekühe verbringen ihr gesamtes Leben im warmen Wasser. Sie besitzen verschließbare Nasenlöcher, tauchen jedoch in Abständen von weniger als einer Minute auf, um zu atmen. Die Verständigung mit Artgenossen erfolgt über das Aussenden von Geschmacks- und Geruchspartikeln sowie durch hohes Gurren oder Zirpen. Bisher konnte noch nicht erklärt werden, wie sie diese Töne erzeugen, denn Seekühe besitzen keine Stimmbänder.

Seekuh

3 Findet in jedem der folgenden Sätze die Präposition und schreibt sie auf. Notiert, welchen Kasus die Präposition hier verlangt.

A Alle springen in das kühle blaue Meer.
B Wegen seiner Schwimmweste konnte Käpt'n Blaubär nicht tauchen.
C Ein bunter Papagei saß auf dem Mast.
D Die drei Bärchen lernten mit großem Eifer die Seemannsknoten.

4 Notiert diejenigen Adjektive, die man steigern kann, und bildet jeweils die anderen beiden Formen. Begründet, welches Adjektiv nicht steigerbar ist.

schnell besser einzig stärker am meisten ewig

5 Schreibt die folgenden Wortgruppen ab. Ordnet sie dabei nach Verbgruppe, Nominalgruppe, Adjektivgruppe, Adjunktorgruppe und Präpositionalgruppe. Markiert den Kern jeder Wortgruppe farbig.

das sehr bunte Korallenriff – leuchtend blau – in See stechen – unter dem alten modrigen Bug – eine Karte lesen – der graue Wal – das Deck schrubben – der kleinste Pinguin – wie eine Möwe - eine extrem dicke Eisscholle – unbeschreiblich kalt – in der Kombüse – erfrischend kühl – mit dem Schiff – als Pirat

Verben untersuchen und verwenden

Beispiel für einen Test

Lösungen
→ S. 292

1 Vervollständigt die Tabelle.

Infinitiv	Präteritum (1. Person Singular)	Futur (2. Person Plural)	Partizip II
lachen	...	...	...
schwimmen	...	...	...
erzählen	...	...	...
geben	...	...	...
sitzen	...	...	...
fahren	...	...	...

2 Erklärt die Bildung des Plusquamperfekts.

3 Bestimmt jeweils Person, Numerus und Tempus der Verbformen **A** – **F**.

A ich werde bleiben
B ihr gabt
C sie ist gesprungen
D sie hatten genascht
E wir haben gewartet
F es weinte

4 Beantwortet folgende Fragen in ganzen Sätzen.
a) Was versteht man unter einem schwachen, was unter einem starken Verb? Gebt jeweils auch zwei passende Beispiele im Infinitiv an.
b) Was versteht man unter einem finiten Verb?
c) Wann verwendet man das Präsens im Deutschen?

5 Schreibt den folgenden Text ab und notiert zu den markierten Verbformen das jeweilige Tempus.

Die Bärchen und Hein Blöd **lauschten** gespannt Käpt'n Blaubärs abenteuerlichen Geschichten.
Schon lange **hatten** sie **vereinbart**, sich heute Abend zum Erzählen auf Deck zu treffen.
Hein **kicherte**: „Na, ihr Pappnasen, morgen **werden** wir solche Abenteuer selbst **erleben**. **Habt** ihr dazu Lust?"
Die drei Bärchen **nickten** entschlossen.
Sie **hatten** solche Geschichten ihres Opas schon oft **gehört** und **freuten** sich auf den morgigen Tag.
Um sechs Uhr morgens **ging** es los.
„Na Kinners, ich **habe** mich schon **gefragt**, wo ihr **bleibt**", **rief** der Blaubär seinen Enkeln zu.
„Wir **sind** fit, es **kann** losgehen. Du **wirst sehen**, wir **werden** tolle Abenteurer **sein**", **erwiderte** das grüne Bärchen.

12 Wolkenkratzer und Pyramiden

Satzglieder untersuchen und verwenden

1

2

3

1 Betrachtet die Bilder 1 – 5 und ordnet die Erklärungen A – E zu. Besprecht die folgenden Fragen:
- Welche dieser berühmten Bauwerke kennt ihr?
- Was beeindruckt euch an ihnen?

Welche weiteren Bauwerke findet ihr interessant? Begründet.

Das lernt ihr jetzt!

12.1 Satzglieder erkennen, Wortarten und Satzglieder unterscheiden

12.2 Sätze mithilfe des Feldermodells beschreiben, Satzformen bestimmen

12.3 die besondere Bedeutung des Prädikats erkennen, Prädikate und Subjekte bestimmen

12.4 Dativ- und Akkusativobjekte erfragen und verwenden

12.5 mit adverbialen Bestimmungen genaue Angaben machen

5

A Von diesem Turm gelang die erste Funkverbindung über den Atlantik.

B In den Fundamenten unter der Erde wurde genauso viel Material verbaut wie über der Erde.

C Dieses Bauwerk wurde vom Dschungel verschlungen.

D Die Pyramiden wurden vor über 4.500 Jahren aus 3.000.000 Steinblöcken errichtet.

E Dieser Turm wurde 44 Zentimeter aufgerichtet.

2 Stellt einen Zusammenhang zwischen der Entstehung von Bauwerken und der Bildung von Sätzen her.
Ihr könnt folgende Wörter verwenden:
Bauwerk – Materialien – Bauplan – Satz – Satzglieder – Struktur.

3 Tragt zusammen, welche Satzbausteine ihr bereits kennt.

12.1 Los geht's · Satzglieder erkennen, Wortarten und Satzglieder unterscheiden

Das höchste Gebäude der Welt

Im arabischen Dubai steht seit dem Jahr 2009 das höchste Gebäude der Welt. Es ist der Turm Burj Khalifa, der auch Dubai-Turm genannt wird. Seine Höhe beträgt 828 Meter. Der Turm besitzt fast 200 Stockwerke. Die verschiedenen Teile des Gebäudes werden als Hotel, als Büroräume oder als Wohnungen genutzt. Am 4. Januar 2010 fand die offizielle Einweihung statt. Der Scheich eröffnete das gigantische Bauwerk nach sechs Jahren Bauzeit voller Stolz. Tausende Menschen jubelten bei der Eröffnungsfeier. In die Tiefgarage des Gebäudes passen 3000 PKW. Und zum Glück gibt es insgesamt 57 Aufzüge: Die 2909 Stufen vom Erdboden bis zum 160. Stock will wirklich niemand laufen.

Burj Khalifa in Dubai (Vereinigte Arabische Emirate)

○ **1** Würdet ihr gerne im Burj Khalifa wohnen oder arbeiten? Erläutert die Vor- und Nachteile.

Satzglieder hervorheben → S. 335

○ **2** Verschiebt die markierten Teile an den Satzanfang des jeweiligen Satzes.
a) Vergleicht den abgedruckten und den umgestellten Satz.
b) Welcher Teil des Satzes wird jeweils besonders hervorgehoben oder in den Hintergrund gerückt?

Umstellprobe, Ersatzprobe S. 333 **ARBEITSTECHNIK**

Umstellprobe und Ersatzprobe

V12 Erklärvideo

In jedem Satz gibt es verschiedene **Satzglieder.** Das sind ein oder mehrere Wörter, die eine bestimmte Funktion im Satz übernehmen und eine **Einheit** bilden.

Mithilfe der **Umstell-** und der **Ersatzprobe** könnt ihr feststellen,
- welche Wörter **gemeinsam ein Satzglied bilden.**
- **wie viele Satzglieder** ein Satz hat.

Bei der **Umstellprobe** stellt ihr die Wörter eines Satzes auf verschiedene Weise um, ohne dabei den Sinn des Satzes zu verändern. Wörter, die bei diesen Umstellungen immer zusammenbleiben, bilden gemeinsam ein Satzglied.

Im arabischen Dubai	steht	das höchste Gebäude der Welt	seit dem Jahr 2009.
Das höchste Gebäude der Welt	steht	seit dem Jahr 2009	im arabischen Dubai.

Bei der **Ersatzprobe** ersetzt ihr mehrere Wörter durch ein einziges Wort, zum Beispiel durch ein Pronomen. Ihr könnt auf diese Weise jedes Satzglied ersetzen.

Im arabischen Dubai	steht	das höchste Gebäude der Welt	seit dem Jahr 2009.
Dort	steht	es	seitdem.

S.284 ○ ← ◒ **3** Bestimmt mithilfe der Umstellprobe und der Ersatzprobe, welche Wörter in den folgenden Sätzen **A** – **C** gemeinsam ein Satzglied bilden.

A Der Turm besitzt 200 Stockwerke.
B Der Scheich eröffnete das gigantische Bauwerk nach sechs Jahren Bauzeit voller Stolz.
C In die Tiefgarage des Gebäudes passen 3000 PKW.

○ **4** Wendet die Umstellprobe auf den Satz **B** aus Aufgabe 3 an.
Ihr benötigt 12 Personen.
- Notiert je ein Wort des Satzes auf ein A4-Blatt.
- Stellt euch mit euren Wörtern wie im Satz **B** nebeneinander auf.
- Stellt euch nun so um, dass der Satz grammatisch richtig bleibt.
- Achtet darauf, wer beim Umstellen zusammenbleibt.

Diese Personen bilden gemeinsam ein Satzglied und stellen sich eng nebeneinander.

◒ **5** Bei Wörtern und Satzgliedern müsst ihr aufpassen, dass ihr die beiden Ebenen nicht vermischt.
a) Zählt in den drei folgenden Sätzen **A** – **C** die grau unterlegten Wörter und Satzglieder. Was fällt euch auf?
b) Erklärt, worin sich das Beispiel **C** von den anderen beiden Sätzen (**A** und **B**) unterscheidet.

A
Wortebene:

Im | arabischen | Dubai | steht | das | höchste | Gebäude | der | Welt | seit | dem | Jahr | 2009.

Satzgliedebene:

Im arabischen Dubai | steht | das höchste Gebäude der Welt | seit dem Jahr 2009.

B
Wortebene:

Verschiedene | Teile | des | Gebäudes | werden | als | Wohnungen | genutzt.

Satzgliedebene:

Verschiedene Teile des Gebäudes | werden | als Wohnungen | genutzt.

C
Wortebene: Er | eröffnete | ihn | 2010.

Satzgliedebene: Er | eröffnete | ihn | 2010.

◒ **6** Unterscheidet die Wort- und die Satzgliedebene in den folgenden Sätzen **A** – **C**. Schreibt die Sätze ab. Markiert, welche Wörter gemeinsam ein Satzglied bilden.

A Die genaue Höhe des Turms verrieten die Erbauer erst am Tag der Eröffnung.
B Die 124. Etage besitzt eine große Außenterrasse.
C Die Gebäudespitze hat den winzigen Durchmesser von 1,20 Meter.

12.2 Clever gebaut! · Das Feldermodell kennenlernen und Satzformen bestimmen

Sätze mithilfe des Feldermodells beschreiben

Deutschlands höchste Aussichtsplattform

Ein Turm der Superlative wurde 2017 in Rottweil, der ältesten Stadt Baden-Württembergs, eröffnet.
Der 246 Meter hohe „TK Elevator Testturm" dient dem Test von neuen Aufzügen. In den zwölf Schächten innerhalb des Turms, der einen Durchmesser von 21 Metern aufweist, können die Techniker Aufzüge mit Geschwindigkeiten von bis zu 18 m/s testen. In drei der Schächte besteht sogar die Möglichkeit der horizontalen Beförderung.
100 Personen planten das markante Bauwerk, das in weniger als zehn Monaten im Schichtbetrieb gebaut wurde. Zum Einsatz kamen unter anderem 15 000 Kubikmeter Beton, 200 starke Nägel und 2640 Tonnen Stahl. Auffallend ist das zarte Erscheinungsbild des Turmes, die Architekten verkleideten den Betonschaft des Turmes mit einer Stoffhülle aus Glasfaser.
Der Forschungs- und Entwicklungsturm ist inzwischen eines der unverkennbaren Bauwerke Süddeutschlands. Die bundesweit höchste öffentliche Besucherplattform auf 232 Metern ermöglicht einen Panorama-Blick und gilt mittlerweile als attraktiver Anziehungspunkt für Touristen.

TK Elevator Testturm in Rottweil

○ **1** Welches ist das höchste Gebäude, das ihr besucht habt? Beschreibt eure Eindrücke.

◒ **2** Seht euch die folgenden Sätze an. Sie sind durch die Tabelle in Felder gegliedert. Untersucht, an welcher Stelle das finite (konjugierte) Verb steht.

Vorfeld	**linke Satzklammer**	**Mittelfeld**	**rechte Satzklammer**
Von 2014 bis 2017	*wurde*	*der TK Elevator*	*gebaut.*
Der Testturm	*erreicht*	*eine Höhe von 246 Metern.*	
…	…	…	…

◒ **3** Übernehmt die Tabelle aus Aufgabe 2 in euer Heft.
a) Ordnet die Teile der Sätze **A** – **D** in die Tabelle ein.
b) Vergleicht die Sätze. Wie ist jeweils die linke und wie die rechte Satzklammer besetzt?
c) Untersucht, was in der rechten Satzklammer stehen kann. Begründet.

A besitzt   der Testturm   1390 Stufen

B versetzt werden   im Inneren des Turmschafts   in Schwingungen   kann   durch ein Schwingungspendel   der TK Elevator

C in die Höhe in einem Aufzugsschacht   bei dem neuen MULTI-System   die Kabinen   auf zwei miteinander verbundenen vertikalen Schienen   fahren

D die Touristen   den Blick auf Rottweil und Umgebung   genießen   von der Besucherplattform aus 232 Metern Höhe

S.284 ◒ ← ● **4** Bildet drei Sätze zum „TK Elevator Testturm“.
- Bei einem Satz soll die linke und die rechte Satzklammer besetzt sein.
- Bei einem Satz soll das Mittelfeld leer sein.
- Bei einem Satz soll das Vorfeld leer sein.

Feldermodell S.333 **KOMPETENZBOX**

Sätze mithilfe des Feldermodells beschreiben

finites Verb → S.189

In jedem Satz gibt es zwei Positionen für das Verb: eine **linke** und eine **rechte Satzklammer**. Beide zusammen bilden das Prädikat des Satzes. Die finite (konjugierte) Form des Verbs steht in der **linken Satzklammer**. Besteht das Prädikat nur aus einem Teil, so ist die rechte Satzklammer leer.

Vorfeld | linke Satzklammer | Mittelfeld | rechte Satzklammer

Vor der linken Satzklammer befindet sich das Vorfeld und zwischen den beiden Satzklammern das **Mittelfeld**.

Vorfeld	***linke Satzklammer***	***Mittelfeld***	***rechte Satzklammer***
Der Rottweiler Aufzugturm	***ist***	*das höchste mit Stoff verkleidete Gebäude der Welt.*	
Die Besucherplattform	***hat***	*freitags bis sonntags und an Feiertagen*	***geöffnet.***
Seit 2018	***wird***	*im Turm jährlich ein öffentlicher Treppenlauf*	***durchgeführt.***

Satzformen bestimmen

○ **1** a) Schreibt die Sätze **A** und **B** ab und kreist jeweils das Verb ein.
b) Diskutiert, an welcher Stelle das Verb steht.

A Der Turm steht in Rottweil.

B Wohnen im Turm Menschen?

◒ **2** Bestimmt für jeden der folgenden Sätze, ob es sich um einen Verberstsatz oder einen Verbzweitsatz handelt. Ihr könnt die Kompetenzbox zu Hilfe nehmen.

A Die Höhe des Turms wird mit 246 Metern angegeben.
B Ingenieure testen Aufzüge im Inneren des Turms.
C Bestehen die Wände des Turms aus Beton?

◒ **3** Wandelt die folgenden Verbzweitsätze in Verberstsätze um.

A Der Turm hat eine Plattform in 232 Metern Höhe.
B Viele Touristen besuchen die Plattform.

◒ **4** a) Ordnet den Sätzen **A** – **C** die Redeabsichten *Frage*, *Aufforderung* und *Aussage* zu.

A Die Gestaltung des Turms erhielt mehrere Auszeichnungen. → *Verbzweitsatz*
B Wird man bald in horizontalen Aufzügen transportiert werden? → *Verberstsatz*
C Besucht die höchste Besucherplattform Deutschlands! → *Verberstsatz*

b) Beschreibt, was mit Verbzweitsätzen ausgedrückt wird und was mit Verberstsätzen.

S. 284 ○ ← ◒ **5** a) Erklärt die Begriffe Verbzweitsatz und Verberstsatz mit eigenen Worten.
b) Überlegt euch gemeinsam je drei Beispielsätze.

Satzformen S. 336 **KOMPETENZBOX**

Satzformen bestimmen

Satzarten → S. 229

Die Satzarten (zum Beispiel *Aufforderung*, *Frage*, *Aussage* und *Ausruf*) haben unterschiedliche **Satzformen**. Mithilfe des Feldermodells lassen sich diese Satzformen bestimmen.
- **Verberstsätze** sind Aufforderungen und Entscheidungsfragen, das heißt, das Vorfeld bleibt leer und das finite (konjugierte) Verb steht an erster Stelle.
- **Verbzweitsätze** sind Aussagen, W-Fragen und Ausrufe, das heißt, das Vorfeld ist besetzt und das finite Verb steht an zweiter Stelle.

Vorfeld	linke Satz-klammer	Mittelfeld	rechte Satz-klammer	Satzform	Satzart
	Nimm	*doch die Treppe!*		Verberstsatz	Aufforderung
	Freust	*du dich auf den Ausflug?*		Verberstsatz	Entscheidungs-frage
Die Kinder	***genießen***	*die Aussicht.*		Verbzweitsatz	Aussage
Wer von euch	***möchte***	*den Aufzug*	*nehmen?*	Verbzweitsatz	W-Frage
Der Turm	***ist***	*gigantisch!*		Verbzweitsatz	Ausruf

Sätze mithilfe des Feldermodells beschreiben und Satzformen bestimmen

Der Shanghai Tower

A Der Shanghai Tower hat im August 2013 seine Endhöhe von 632 Metern erreicht. **B** Man hat eine öffentliche Aussichtsplattform in 561 Metern Höhe gebaut. **C** Der Turm ist das höchste Gebäude Chinas und das dritthöchste der Erde. **D** Der Wolkenkratzer hat 128 oberirdische Stockwerke. **E** Fünf Stockwerke liegen unter der Erde. **F** Die Architekten haben das Gebäude besonders energiesparend geplant.

Shanghai Tower in Shanghai (China)

1 a) Beschreibt, was euch am Text „Der Shanghai Tower“ sprachlich auffällt.
b) Stellt mindestens zwei Sätze um, um den Text abwechslungsreicher zu gestalten.

S. 284 **2** a) Tragt die Sätze **A**, **B** und **F** in die folgende Tabelle zum Feldermodell ein.
b) Formt die Verben in den Sätzen **A**, **B** und **F** so um, dass die rechte Satzklammer leer bleibt.

Vorfeld	linke Satzklammer	Mittelfeld	rechte Satzklammer
...	...	...	...

3 a) Bildet aus den folgenden Aufforderungen Verbzweitsätze.
b) Tragt diese Sätze in die Tabelle zum Feldermodell (Aufgabe 2) ein.

Nehmt den Aufzug! Wartet! Höre mir zu!

4 a) Diktiert euch den folgenden Text.
b) Unterstreicht die Verben und bestimmt jeweils alle Verberstsätze und Verbzweitsätze.

Der schiefe Turm Baden-Württembergs

Schiefe Türme gibt es nicht nur in Pisa! Gibt es sie auch bei uns? Das baden-württembergische Schwäbisch Gmünd hat seinen schiefen Turm. Der morastige Untergrund des Johannisturms verursachte eine Neigung von über einem Meter. Besucher haben oft ein Schwindelgefühl bei der Besteigung des 45 Meter hohen Turms. Deshalb erhielt der Turm der Johanniskirche den Namen „Schwindelstein“. Die Bewohner der Stadt nutzten ihn in früheren Zeiten als „Hochwacht“: Von oben konnten Wächter ausbrechende Feuer früh erkennen. Dann alarmierten sie Löschhelfer.

S. 284 **5** Erklärt euch gegenseitig, wie man die Satzformen bestimmt. Verwendet dazu die entsprechenden Fachbegriffe.

12.3 Turmhoch gebaut · Die besondere Bedeutung des Prädikats erkennen

Prädikate und Subjekte bestimmen

Der Eiffelturm – Frankreichs Attraktion

Der weltbekannte Eiffelturm **1** große Besucherströme in die französische Hauptstadt Paris. Die Anlässe seines Baus **2** das hundertjährige Jubiläum der Französischen Revolution und die Weltausstellung 1889. Die Attraktivität des neuen Turms **3** schnell die Anziehungskraft der älteren berühmten Bauwerke der Stadt. Trotzdem lehnte die Bevölkerung den Eiffelturm anfangs ab. Viele hielten ihn zunächst für einen Schandfleck. Der Eiffelturm **4** nachts hell. An seiner Spitze **5** er ein besonders helles Licht. Dieses Licht schwenkt nachts über ganz Paris. Seinen Namen **6** der Eiffelturm von seinem Erbauer Gustave Eiffel.

sein | erhalten | haben | locken | übertreffen | leuchten

Eiffelturm in Paris (Frankreich)

○ **1** Sind die Sätze grammatisch richtige Sätze, wenn die Lücken nicht gefüllt sind? Begründet.

S.285 ○ ← ◒ **2** Setzt die Verben in der passenden Tempusform (Zeitform) in die Sätze ein. Bestimmt, wie viele Satzglieder in diesen Sätzen jeweils vor dem finiten (konjugierten) Verb stehen.

Tempusformen → S.330

Aussagesatz → S.335

◒ **3** Sucht euch drei Sätze aus und führt die Umstellprobe (Seite 208) durch.

a) Bestimmt in jeder Variante, wie viele Satzglieder vor dem finiten (konjugierte) Verb stehen.

b) Stellt das finite (konjugierte) Verb nach vorn. Erklärt, was mit dem Aussagesatz passiert.

◒ **4** Untersucht die folgenden Sätze.

a) Erklärt mithilfe der markierten Beispiele, was außer dem Prädikat im Deutschen meist zu einem grammatisch richtigen Aussagesatz gehört.

b) Bestimmt das Subjekt in den Sätzen **B** – **D**.

A Der Eiffelturm leuchtet. *Wer oder Was leuchtet? der Eiffelturm = Subjekt*

B Das Licht strahlt hell.

C Der Eiffelturm hat mehrere Aufzüge.

D Meiner Oma schenken wir eine Reise nach Paris.

● **5** Erklärt, warum nur der erste der folgenden Sätze grammatisch korrekt ist.

A Der Eiffelturm leuchtet.

B ~~Der Eifelturm übertrifft.~~

C ~~Wir schenken unseren Eltern.~~

finites Verb → S. 189

Prädikat S. 334 **KOMPETENZBOX**

Die Bedeutung des Prädikats erkennen, das Subjekt bestimmen

Das Prädikat ist der Kern des Satzes, **ohne Prädikat** gibt es **keinen Satz.** Vor dem finiten Verb steht im Aussagesatz immer genau ein Satzglied (Verbzweitsatz). Befindet sich das finite Verb am Anfang des Satzes, wird aus dem Aussagesatz ein Fragesatz (Verberstsatz).

Aussagesatz:	*Dieses Licht*	*leuchtet*	*nachts*	*über ganz Paris*	.
Fragesatz:	*Leuchtet*	*dieses Licht*	*nachts*	*über ganz Paris*	?

In deutschen Sätzen gibt es außer dem Prädikat fast immer ein **Subjekt**.
Subjekt und finites Verb müssen in **Person** *(ich, du, er/sie/es, wir, ihr, sie)* und **Numerus** (Singular, Plural) übereinstimmen.
Ihr erfragt das Subjekt, indem ihr das Prädikat mit den Fragewörtern **wer** oder **was** verknüpft.

Wer oder **was** leuchtet? **Wer** oder **was** scheint?

Subjekt	Prädikat
Dieses Licht	*leuchtet.*
Die Sonne	*scheint.*

Satzkern

Viele Verben verlangen aber auch mehr Ergänzungen als nur das Subjekt.
~~*Der Turm übertrifft.*~~ → *Der Turm übertrifft die älteren Bauwerke.*
~~*Wir schenken.*~~ → *Wir schenken unseren Eltern eine Reise.*

Der Schiefe Turm von Pisa

Menschen auf der ganzen Welt kennen den Schiefen Turm von Pisa. Der Turm bildet aber nur einen Teil eines größeren Gebäudekomplexes. Er dient als freistehender Glockenturm für den Dom von Pisa. Heutzutage ist der Glockenturm viel berühmter als der Dom selbst. Die Baumeister planten natürlich einen geraden Turm. Der Boden unter dem Turm sackte zwölf Jahre nach der Grundsteinlegung im Jahre 1173 ab. Die Bauleute (**beenden**) gerade erst das dritte Stockwerk. Danach (**ruhen**) der Bau über 100 Jahre. Die mittelalterlichen Baumeister (**bauen**) die weiteren Stockwerke dann etwas schräg. So (**verbessern**) sie die Schieflage am Boden zumindest ein wenig. Ich (**finden**) das bewundernswert.

Schiefer Turm von Pisa (Italien)

○ **6** Erklärt, warum der Turm von Pisa schief ist.

S. 285 ○ ← ◒ **7** Setzt die Prädikate ab Zeile 8 des Textes so ein, dass das Tempus passt und es in Person und Numerus mit dem Subjekt übereinstimmt. Bestimmt in mindestens drei anderen Sätzen Subjekt und Prädikat.

● **8** Sucht aus dem Text Prädikate heraus, die neben dem Subjekt noch andere Ergänzungen verlangen, damit der Satz grammatisch korrekt ist. Erläutert eure Beispiele.

Mehrteilige Prädikate untersuchen

Der Wolkenkratzer Taipei 101

Dieser Wolkenkratzer steht in der Stadt Taipei. Sie wird auch Taipeh genannt. Sie ist die Hauptstadt Taiwans, einer Insel vor dem chinesischen Festland. Eigentlich heißt der Turm Taipei Financial Center, aber aufgrund seiner 101 oberirdischen Stockwerke erhielt er den Spitznamen Taipei 101. Fünf weitere Stockwerke sind unter der Erde. Zur offiziellen Einweihung Silvester 2004 wurde ein großes Fest gefeiert. Bis zur Erbauung des Burj Khalifa in Dubai ist dieser Turm das höchste Gebäude der Welt gewesen. Während der Bauzeit im Jahr 2002 gab es ein schweres Erdbeben. Der Bau wankte so stark, dass zwei Baukräne vom 56. Stock herunterstürzten. Erst ein halbes Jahr später wurden die Arbeiten am Taipei 101 fortgesetzt.

Taipei Financial Center in Taipei (Taiwan)

○ **1** Beschreibt, was an der Form des Turms auffällig ist.

◒ **2** Schreibt aus fünf Sätzen die Prädikate heraus. Stellt fest, ob sie aus einem Verb oder mehreren Teilen bestehen.

S. 285 ○ ← ◒ **3** Schaut euch die markierten Prädikate in den beiden folgenden Sätzen genauer an.

a) Wie viele Satzglieder befinden sich jeweils zwischen den beiden Teilen des Prädikats?

b) Erklärt, warum der zweite Satz schwerer zu verstehen ist.

A In der Hauptstadt Taiwans haben geschickte Architekten den Taipei 101 erbaut.

B In der Hauptstadt Taiwans haben geschickte Architekten in recht kurzer Bauzeit im Zentrum der Metropole den 508 Meter hohen und erdbebensicheren Taipei 101 erbaut.

Prädikat S. 334 **KOMPETENZBOX**

Mehrteilige Prädikate untersuchen

finites, infinites Verb → S. 330

Es gibt **einteilige** und **mehrteilige Prädikate**. Bei mehrteiligen Prädikaten steht im Aussagesatz das **finite (konjugierte) Verb** nach dem ersten Satzglied, das infinite (nicht konjugierte) Verb steht am Satzende.

Zwischen der linken und der rechten Satzklammer sollten nicht zu lange oder zu viele Satzglieder stehen, damit der Satz verständlich ist.

	linke Satzklammer finites Verb			rechte Satzklammer infinites Verb
In der Hauptstadt Taiwans	*haben*	*geschickte Architekten*	*den Taipei 101*	*erbaut.*
Nach dem Erdbeben	*mussten*	*die Erbauer*	*eine Pause*	*einlegen.*

Prädikate und Subjekte bestimmen

Der Fernsehturm in Berlin

Der Berliner Fernsehturm hat eine ungewöhnliche Form. Manche sehen in ihm einen aufgespießten Fußball. Andere bezeichnen ihn als ein beeindruckendes Beispiel für die Baukunst seiner Zeit. Immerhin stammt er bereits aus dem Jahr 1969. Mit einer Höhe von 368 Metern steht das höchste Bauwerk Deutschlands im Ostteil Berlins. Der Fernsehturm wurde zur Zeit der deutschen Teilung aufgestellt. Damit wollten die Erbauer auch den Berliner Funkturm im Westteil der Stadt überflügeln.

Fernsehturm in Berlin

S. 285 ○ ← ◒ **1** Schreibt die Subjekte und Prädikate aus dem Text heraus. Prüft, ob die Prädikate einteilig oder mehrteilig sind. Bestimmt bei den mehrteiligen Prädikaten das finite Verb.

Megacity Shanghai

Im Osten der Volksrepublik China 1 2. Diese riesige Stadt hat etwa 15 Millionen Einwohner. Drei der größten Wolkenkratzer der Welt stehen auch im Finanzzentrum der Stadt. 3 4 2013 als der größte der drei Türme 5. Er misst 632 Meter. Nur wenige Jahre davor wurde das Shanghai World Financial Center errichtet. Es ist durch die auffällige Lücke in den obersten Stockwerken leicht zu erkennen. Die Lücke verringert die Belastung durch starke Winde. 6 7 dem Turm auch den Spitznamen „Flaschenöffner" 8. Den kleinsten der Riesen in der Mitte nennt man Jin Mao Tower. Er hat aber auch noch eine Höhe von über 420 Metern. Dieser Turm wurde im Jahr 1998 nach nur vier Jahren Bauzeit als erster der drei Riesentürme unter großer Beachtung durch die chinesische und weltweite Öffentlichkeit fertiggestellt.

die besondere Form | der Shanghai Tower | Shanghai

brachte ein | liegt | wurde fertiggestellt

Shanghai Tower in Shanghai (China)

◒ **2** In drei Sätzen des Textes fehlen Subjekt und Prädikat. Setzt die passenden Formen in die Lücken ein.

S. 285 ◒ ← ● **3** Sucht in den übrigen Sätzen des Textes „Megacity Shanghai" jeweils Subjekt und Prädikat heraus. Bestimmt bei den mehrteiligen Prädikaten das finite und das infinite Verb.

◒ **4** Erklärt, warum der letzte Satz des Textes nicht gut gelungen ist. Schreibt eine verbesserte Version auf.

12.4 Dschungelstadt · Dativ- und Akkusativobjekte erfragen und verwenden

Angkor – Jahrhunderte im Dschungel versunken

Der französische Forschungsreisende Henri Mouhot traute 1860 seinen Augen nicht, als ihm seine einheimischen Begleiter den Tempel Angkor Wat zeigten. Mitten im kambodschanischen Dschungel stand da eine riesige Tempelanlage. Und gleich in der Nähe fanden sich noch weitere Tempel, alles seit Jahrhunderten halb vom Dschungel verschlungen. Mouhots Reisebericht weckte in Europa Interesse an der Kultur der Khmer, die Angkor erbaut hatten. Heute weiß man, dass Mouhot nur einen kleinen Teil der Gesamtanlage gesehen hatte. Angkor war vom 9. bis zum 13. Jahrhundert das Zentrum des Reichs der Khmer. Im 11. Jahrhundert lebte in Angkor eine Million Menschen. Paris und London hatten zu dieser Zeit noch weniger als 30.000 Einwohner.
Nach dem 14. Jahrhundert zerfiel das Reich der Khmer. Mehrere fremde Herrscher eroberten **1** (reiche Stadt). Niemand schenkte **2** (lebenswichtiges Bewässerungssystem) die nötige Aufmerksamkeit. Schließlich verließen die Menschen **3** (Stadt). Danach geriet Angkor mehr und mehr in Vergessenheit. Bäume überwucherten nach und nach **4** (Tempel). Die Restauration der Tempel begann schon im frühen 20. Jahrhundert. Die Arbeiten mussten aber aufgrund von Kriegen immer wieder unterbrochen werden. Seit etwa 1990 versuchen Restauratoren[1] intensiv, dem Zerfall Einhalt zu gebieten. Sie erhalten **5** (Kulturschätze Angkors) für die Menschheit. Heute besuchen viele Touristen **6** (Stadt im Dschungel).

1 der Restaurator: jemand, der Bauwerke oder Kunstwerke wiederherstellt

Tempel Angkor Wat in Angkor (Kambodscha)

○ **1** Besprecht, welche anderen untergegangenen Reiche ihr kennt.

S. 285 ○ ← ◒ **2** Füllt die Lücken, indem ihr die Wörter und Wortgruppen in der passenden Form einsetzt. Bestimmt den Kasus (Fall) der eingesetzten Wörter und Wortgruppen. Nutzt die Fragen und Beispiele aus der Kompetenzbox (Seite 219).

S. 286 ◒ ← ● **3** Untersucht die Prädikate in den Sätzen, die eine Lücke enthalten. Erklärt, warum die Sätze ohne ausgefüllte Lücken grammatisch falsch wären.

Objekte S.334 **KOMPETENZBOX**

Dativ- und Akkusativobjekte erfragen und verwenden

Neben dem Subjekt erfordert das Prädikat häufig noch weitere Ergänzungen.
Diese Satzglieder heißen **Objekte** und haben einen **Kasus** (meist Dativ oder Akkusativ).
Ihr erkennt sie, wenn ihr das Prädikat mit den Fragewörtern **wem** (Dativ) oder **wen** oder **was** (Akkusativ) verknüpft.

Henri Mouhot traute seinen Augen nicht.
Wem traute Henri Mouhot nicht? → seinen Augen **(Dativobjekt)**

Mehrere fremde Herrscher eroberten die reiche Stadt.
Wen oder **was** eroberten mehrere fremde Herrscher? → die reiche Stadt **(Akkusativobjekt)**

4 Ordnet den folgenden Satzanfängen **A** die Objekte **B** zu.
Schreibt die Sätze auf und bestimmt den Kasus der Objekte.

A
Bäume überwucherten bald ...
Wurzeln verschoben teilweise ...
Natur und Steine schufen zusammen ...
Manche Bäume verhindern ...
Baumexperten helfen heute ...

B
einzigartige Gebilde.
einzelne Bauteile.
den Restauratoren.
den Einsturz der Gebäude.
die Tempelanlagen.

Tempel Ta Prohm in Angkor (Kambodscha)

S.286 **5** Ergänzt den folgenden Text durch inhaltlich passende Objekte.
Achtet auf den geforderten Kasus (**D** = Dativobjekt, **A** = Akkusativobjekt).

Ta Prohm – Bäume und Steine verschmelzen

Tempel Ta Prohm in Angkor (Kambodscha)

Ein besonders ungewöhnlicher Teil der Anlagen in Angkor ist Ta Prohm. Hier war früher ein Tempel, der **1 D** Schutz bot. Heute sind die Gebäude an vielen Stellen von großen Bäumen überwuchert. Man nennt **2 A** auch „Würgefeigen". Ihre Wurzeln können **3 A** überwachsen. Die Bäume gefährden leider den Erhalt der Gebäude. Oft sieht es aber auch so aus, als würden die Wurzeln **4 A** zusammenhalten.
Als die Restauratoren mit ihrer Arbeit in Angkor anfingen, wählten sie einen Tempel aus, den sie in dem Zustand belassen wollten, in dem sie **5 A** vorgefunden hatten. Die Wahl fiel auf Ta Prohm, da sich hier Natur und Steine so eindrucksvoll verbinden.
In diesem Tempel wurden nur wenige Pflanzen und herabgefallene Steine entfernt. Dies bietet **6 D** die nötige Sicherheit.

12.5 Vor 4000 Jahren ... in Ägypten · Mit adverbialen Bestimmungen genaue Angaben machen

Bau der Cheops-Pyramide

Achtung: Fehlertext

Die Cheops-Pyramide wurde gebaut. Es wurden viele Steine und Arbeiter benötigt. Viele Steine kamen aus den Steinbrüchen der Umgebung. Die Steine für die Außenverkleidung wurden mit Schiffen angeliefert. Rampen mussten gebaut werden. Die Arbeit war anstrengend. Die Pyramide war 146 Meter hoch. Sie sollte die Macht des Pharao Cheops verdeutlichen.

○ **1** Der Text soll zusammen mit den Bildern über den Pyramidenbau informieren. Beurteilt seine Eignung. Begründet eure Einschätzung.

◒ **2** Ergänzt den Text „Bau der Cheops-Pyramide" mit den folgenden Bausteinen. Wie verändert sich der Text durch die Bausteine?

A in der Zeit von 2550 bis 2525 vor Christus

B in beeindruckender Weise

C 15 Kilometer von Kairo, am westlichen Rand des Nildeltas

D nach ihrer Fertigstellung

E aufgrund der wenigen Werkzeuge

F wegen des großen Gewichts der Steinblöcke

Die Cheops-Pyramide von Gizeh

Fast 4000 Jahre lang war die große Pyramide von Gizeh das höchste Bauwerk der Welt. Sie hat ihren Namen vom ägyptischen Herrscher Cheops erhalten und steht am Westufer des Nils. Cheops regierte in Ägypten etwa von 2551 bis 2528 vor Christus. Schon zu seinen Lebzeiten ließ Cheops für sich ein gigantisches Grab errichten: die große Pyramide von Gizeh. Unzählige Menschen arbeiteten voller Fleiß und Entbehrungen an dem Grabmal. Bei ihrer Fertigstellung war die Pyramide 146 Meter hoch.

◒ **3** Bestimmt durch W-Fragen die adverbialen Bestimmungen in dem Text. Orientiert euch an der Kompetenzbox (Seite 221).

Fast 4000 Jahre lang war die große Pyramide von Gizeh das höchste Bauwerk der Welt.
Wie lange war die große Pyramide von Gizeh das höchste Bauwerk der Welt?
Fast 4000 Jahre lang → adverbiale Bestimmung der Zeit

adverbiale Bestimmungen S. 334 **KOMPETENZBOX**

Mit adverbialen Bestimmungen genaue Angaben machen

Adverbiale Bestimmungen sind Satzglieder, die über die näheren Umstände eines Geschehens informieren. Sie geben zusätzliche Informationen, die meist auch weggelassen werden können.

Die Ägypter bauten Pyramiden.

- **adverbiale Bestimmung der Zeit**
  Wann? Wie lange? …
  Die Ägypter bauten schon vor über 4500 Jahren Pyramiden.
- **adverbiale Bestimmung des Ortes**
  Wo? Wohin? …
  Die Ägypter bauten im Nildelta Pyramiden.
- **adverbiale Bestimmung des Grundes**
  Warum? Weshalb? …
  Die Ägypter bauten Pyramiden zur Verherrlichung ihrer Pharaonen.
- **adverbiale Bestimmung der Art und Weise**
  Wie? …
  Die Ägypter bauten in beeindruckender Weise Pyramiden.

4 Der folgende Text ist ein Entwurf für einen persönlichen Reiseblog über Ägypten. Benennt Stärken und Schwächen.

MK

Gestern waren wir in Gizeh. Mann, war das heiß! Aber auch super interessant und gut verständlich. Ich dachte immer, dass das nur eine Pyramide ist, aber es sind ja sechs Pyramiden: Drei kleine und drei große. Und wie das Ganze erst früher ausgesehen haben muss! Da waren nämlich noch alle Pyramiden mit Kalkstein verkleidet. Wenn man sich mal vorstellt, dass so etwas gebaut werden konnte. Wahnsinn!
Und dann gibt es ja auch noch die Sphinx mit ihrem Löwenkörper und Menschenkopf. Sie ist 20 Meter hoch und fast 75 Meter lang.
Das müsst ihr euch unbedingt auch mal ansehen. Sehr beeindruckend und leicht mit dem Bus zu erreichen.

5 Entscheidet, welche der folgenden Informationen den Blogeintrag sinnvoll ergänzen. Überarbeitet den Entwurf.

MK

- bei den Pyramiden
- wegen der Führungen auf Englisch und Deutsch
- wegen ihrer Größe und ihres Alters von über 4500 Jahren
- schwitzend bei 42 Grad im Schatten
- ganz in der Nähe der Pyramiden
- vor so langer Zeit
- vom Zentrum Kairos aus

Pyramiden von Gizeh (Ägypten)

Trainingsplatz

Satzglieder untersuchen und verwenden

Brücken verbinden

In der Frühzeit trennten Täler und Flüsse die Menschen. Die Täler musste man durchklettern. Das war oft sehr gefährlich. Die Überquerung der Flüsse bereitete wegen der starken Strömungen viele Probleme. Die Konstruktion von Brücken löste diese Probleme. Wegen der Brücken konnten die Menschen besser reisen und Handel treiben. So lernten sich die Völker besser kennen und auch der Wohlstand wuchs. Heute sieht man überall Brücken. Manche Konstruktionen sind atemberaubend. In Frankreich ist eine Brücke, der Viaduc de Millau, sogar das höchste Bauwerk des Landes. Er ist mit einer Pfeilerhöhe von 343 Metern etwa 40 Metern höher als der Eiffelturm. Auch auf den Euroscheinen finden sich Brücken. Auf den Geldscheinen symbolisieren die Brücken das Zusammenwachsen der europäischen Völker.

Viaduc de Millau (Frankreich)

Golden Gate Bridge (USA)

Tower Bridge (Großbritannien)

○ **1** Prüft, ob die unterstrichenen Wörter im Text „Brücken verbinden" ein Satzglied bilden. Nutzt die Umstellprobe und die Ersatzprobe (Seite 208).

In der Frühzeit trennten Täler und Flüsse die Menschen.
In der Frühzeit trennten sie die Menschen. → Satzglied

S. 286 ○ ← ◒ **2** Bestimmt in den drei markierten Sätzen die Subjekte, Objekte (Dativ- oder Akkusativobjekt) und die Art der adverbialen Bestimmungen.

● **3** Untersucht die beiden folgenden Sätze **A** und **B**. Schreibt sie dazu ab.

a) Markiert die Satzglieder, die grammatisch unverzichtbare Ergänzungen des Prädikats sind.

b) Streicht die Satzglieder durch, die verzichtbar sind, ohne dass der Satz grammatisch falsch wird. Erklärt die Funktion dieser Satzglieder.

A Täler und Flüsse trennten in der Frühzeit die Menschen.
B Die Menschen konnten wegen der Brücken besser verreisen.

Brücke auf dem 50-€-Schein

echte Brücke in Spijkenisse (Niederlande)

Nach dem Geldschein gebaut

Die Brücken, die auf den Euroscheinen abgebildet sind, sind Fantasiegebilde. Man wollte bei der Gestaltung der Geldscheine keine Länder bevorzugen. Es hätte sicher Unmut gegeben, wenn aus einigen Ländern der Eurozone Bauwerke auf den Geldscheinen wären, aus anderen Ländern aber nicht. Aus diesem Grund hat man Fantasiebrücken abgedruckt. Sie entsprechen aber den typischen Bauweisen von Brücken, zum Beispiel Bogenbrücken und Hängebrücken.

Die Brücken auf den Euroscheinen gibt es in Wirklichkeit nicht? Seit 2011 kann man das so nicht mehr sagen. In der Stadt Spijkenisse in Südholland errichtete man nämlich die Brücken von den Geldscheinen. Die Leitung des Projekts hatte der Designer Robin Stamm. Er hat dafür gesorgt, dass die Form der Brücken mit den Geldscheinen übereinstimmt. Die knalligen Farben der Euroscheine findet man nun im holländischen Spijkenisse.

◒ **4** Was haltet ihr von den nachgebauten Geldscheinbrücken? Schreibt einen kurzen Text und verwendet in jedem Satz mindestens eine adverbiale Bestimmung.

S. 286 ○ ← ◒ **5** Bestimmt in den beiden markierten Sätzen die Subjekte, Objekte (Dativ- oder Akkusativobjekt) und die Art der adverbialen Bestimmungen.

● **6** In vielen deutschen Sätzen steht das Subjekt an der ersten Stelle des Satzes.
a) Vergleicht die beiden folgenden Sätze mit den entsprechenden Sätzen im Text.
b) Erklärt, welche Wirkung das Verschieben eines Satzglieds an die erste Position hat.

A Man errichtete die Brücken von den Geldscheinen nämlich in der Stadt Spijkenisse in Südholland.
B Man findet nun die knalligen Farben der Euroscheine im holländischen Spijkenisse.

S. 286 ◒ ← ● **7** Verbessert die folgende E-Mail und setzt sie fort. Baut auch Informationen aus dem Text in Form von adverbialen Bestimmungen ein.
MK

Achtung: Fehlertext

Von: familie-kerber@mail.de
An: helga.kerber@mail.de
Betreff: Grüße aus dem Urlaub

Hallo Oma,
wir machen mal wieder in Holland Urlaub. Das Wetter ist gut. Ich kenne hier schon alles. Aber wenigstens ein Ausflug war spannend. Wir haben Brücken gesehen. Die Brücken sahen besonders aus …

Das könnt ihr jetzt!

Sätze und Satzglieder untersuchen

Beispiel für eine Klassenarbeit

Lösungen
→ S. 293

1 Notiert die folgenden Sätze. Markiert alle Satzglieder in verschiedenen Farben und gebt an, wie viele Satzglieder die Sätze jeweils besitzen.

A Hohe Bauwerke dominieren in einigen Städten das Stadtbild.
B Nachts kann man sie wegen ihrer Beleuchtung gut erkennen.
C Am Dienstag besucht die 5d vergnügt in der Frühe mit ihrer Lehrerin den Rottweiler Testturm.

2 Bestimmt die unterstrichenen Satzglieder.

A Marc und Lea besuchen den Rottweiler Testturm.
B Seine Bauweise gefällt ihnen.
C Wegen seiner besonderen Außenhülle macht Lea bei ihrer Ankunft sofort ein paar Fotos.
D Auf der Besucherplattform möchte Marc bis zum Nachmittag Zeit verbringen.
E Um zwölf Uhr müssen Marc und die restliche Klasse jedoch zurück zum Parkplatz gehen.
F Aufgeregt winkt Lea ihrer Freundin Monja von der Plattform aus zu.
G Gewiss wird Marc den Turm aufgrund seiner großen Begeisterung noch einmal gemeinsam mit seinen Eltern besuchen.
H Lea will ihrer Oma vom Besuch des Turmes berichten.

3 **a)** Unterstreicht in den folgenden Sätzen das Prädikat mit allen Prädikatsteilen.
b) Notiert, welche Sätze eine linke und rechte Satzklammer enthalten.

A Am Morgen schaltet der Ingenieur die Aufzüge an.
B Lea hatte bisher noch nie ein so hohes Bauwerk besucht.
C Kommt Marc heute zu Fuß über die Treppen bis zur Aussichtsplattform?
D Er zweifelt allmählich.

4 Übernehmt die Tabelle zum Feldermodell und ordnet die folgenden Sätze ein.

A Wird der Klasse die Aussicht gefallen?
B Glücklich kann Lea ihre Fotos vom Turm am Abend ihrer Familie zeigen.
C Alle sind davon begeistert.

Vorfeld	linke Satzklammer	Mittelfeld	rechte Satzklammer
...	...	...	...

5 **a)** Erklärt in ganzen Sätzen, was man unter einem Verberstsatz versteht.
b) Formuliert zwei Beispiele für einen Verberstsatz.

Satzglieder untersuchen und verwenden

Beispiel für eine Klassenarbeit

Theater wie vor 2000 Jahren

Achtung: Fehlertext

Voller Erwartungen standen wir mitten in einem alten Theater aus dem Jahr 161 nach Christus. Das sogenannte Odeon des Herodes von Atticus liegt mitten in Athen auf dem alten Tempelberg. Den Berg nennt man Akropolis. Und eine Vorstellung fand statt. Die Schauspieler spielten mit typischen Masken. So waren die Theateraufführungen im alten Griechenland. Man konnte alles verstehen. In das Theater passen 5000 Zuschauer hinein. Griechenland nennt man die Wiege des Theaters. Wir fanden die Theatervorstellung beeindruckend.

Odeon des Herodes von Atticus, antikes Theater am Fuß des Akropolis-Felsens in Athen (Griechenland)

Lösungen → S. 293

1 Schreibt die Subjekte und Prädikate aus dem Text heraus. Bestimmt bei mehrteiligen Prädikaten das finite und das infinite Verb.

2 Erklärt, was an dem Text „Theater wie vor 2000 Jahren" nicht gut gelungen ist.

3 Untersucht die Wortgruppen **A** – **H**.

a) Bestimmt, welche Art der adverbialen Bestimmungen sie im Satz einnehmen können.

b) Prüft, ob alle für den Text sinnvoll verwendet werden können. Erklärt für zwei adverbiale Bestimmungen, warum ihr sie unpassend findet.

c) Schreibt den Text „Theater wie vor 2000 Jahren" ab und baut passende adverbiale Bestimmungen ein.

A aufgrund des guten Organisationstalents meiner Mutter

B in diesem uralten Theater

C bis zur GPS-Koordinate geo:37.970843,23.724524

D wegen seiner berühmten antiken Theaterautoren und der vielen antiken Theater

E am 14. Juni 2025 um 19:30 Uhr

F wegen der einzigartigen klanglichen Wirkung

13 Wie wir feiern? Und wie wir feiern!

Sätze untersuchen und Satzzeichen setzen

A Das Pessachfest

Die Juden erinnern mit dem Pessachfest an die Befreiung der Israeliten aus der Sklaverei im alten Ägypten. Das Fest dauert sieben oder acht Tage. Am sogenannten Seder-Abend findet ein häuslicher Gottesdienst statt und die Familien kommen zu einem festlichen Essen mit Speisen, die symbolischen Charakter tragen, zusammen. Zu diesen Speisen gehören unter anderem Ei, ein spezielles Mus und bittere Kräuter. Während des gesamten Festes wird Mazzen, das ist ein ungesäuertes Fladenbrot, gegessen. Die Mazzen erinnern an das Leid sowie die Entbehrungen der Juden während der Sklaverei und auf der Flucht.

B Ostern

Ostern feiern die Christen die Auferstehung Jesu Christi. Wenn ihr an Ostern denkt, fallen euch bestimmt gleich Ostereier und Osterhasen ein. Ostereier gibt es in allen möglichen Farben, verschiedenen Mustern und Färbetechniken. Aber welche Bedeutung hat das Ei? Es gilt als Symbol für neues Leben, das im Christentum auch als Sinnbild für das ewige Leben gesehen wird.
Der Hase steht für Fruchtbarkeit und hat daher wenig mit der christlichen Vorstellung von Ostern zu tun. Dieser Brauch und andere Osterbräuche gehen wohl eher auf Traditionen der Germanen zurück.

C Das Zuckerfest

Das Fest des Fastenbrechens, auch Zuckerfest genannt, ist ein islamisches Fest und wird am Ende des Fastenmonats Ramadan gefeiert. Ob Groß oder Klein, Alt oder Jung – alle Muslime begehen dieses Fest. Schon während des Ramadans beginnen die Vorbereitungen. Die Familien kochen, backen und kaufen Süßigkeiten ein.
Damit alle beten, feiern und essen können, sind in einigen islamischen Ländern während des Zuckerfestes Schulen, Ämter und Banken geschlossen.

1 Tauscht euch darüber aus, was ihr über das Pessachfest, Ostern und das Zuckerfest wisst.
- **a)** Erklärt, warum in den grün markierten Wortfolgen ein Komma stehen muss, in den rot markierten dagegen nicht.
- **b)** Findet in den drei Texten weitere Beispiele für diese Regel.

2 Zählt Feste auf, die ihr feiert. Setzt dazu die beiden folgenden Sätze fort und schreibt sie auf. Achtet auf die Kommasetzung.

Mit meiner Familie feiere ich ...
Mit meinen Freunden feiere ich ...

Das lernt ihr jetzt!

13.1 Satzarten erforschen, Absichten durch Satzzeichen verdeutlichen
13.2 richtig aufzählen
13.3 die Satzzeichen bei wörtlicher Rede setzen
13.4 Satzgefüge erkennen, Kommas setzen

MK **3** Untersucht die digitale Einladung.

a) Diskutiert, ob ihr diese Einladung versenden würdet. Begründet. Geht dabei auf Inhalt, Aufbau und Gestaltung der Einladung ein.

b) Benennt die Satzarten in der Einladung. Woran habt ihr sie erkannt?

13.1 Los geht's · Satzarten erforschen, Absichten durch Satzzeichen verdeutlichen

Oh Tannenbaum!

Marie, Paul und Leon wollen in diesem Jahr den Weihnachtsbaum allein schmücken.

Paul: Leon, bring doch bitte mal den Karton mit den Weihnachtsbaumkugeln!
Leon: Die neuen Kugeln? Wo sind die denn?
Paul: Sie müssten in der Küche sein. Hast du sie gefunden?
Leon: Warte mal! Kannst du dich noch einen Moment gedulden?
Paul: Ich stehe auf der Leiter. Beeil dich!
Marie: Paul, hilfst du mir mal mit der Beleuchtung? Sie ist völlig verknotet.
Paul: Eine LED-Beleuchtung? Wozu das denn? *(mit Nachdruck)* Wir nehmen natürlich echte Kerzen!
Marie: *(entsetzt)* Das ist jetzt nicht dein Ernst! Hast du schon mal was von Brandschutz gehört?
Paul: Brandschutz hin oder her! LED-Lampen verbreiten überhaupt keine richtige Weihnachtsstimmung.
Leon: Hier sind die Kugeln.
Marie: Zeig mal! *(ungläubig)* Blaue Kugeln? Ihr wollt doch nicht wirklich blaue Kugeln aufhängen!
Paul: Warum denn nicht?
Marie: Weihnachtsbäume haben rote Kugeln.
Paul: So ein Quatsch! Weihnachtsbäume haben vor allem echte Kerzen.
Leon: Hey! Ihr werdet doch jetzt nicht streiten! Wie wäre es mit einem Kompromiss?
Paul: Und wie soll dieser Kompromiss aussehen?

○ **1** Welchen Kompromiss könnte Leon den beiden vorschlagen?

○ **2** „Das ist jetzt nicht dein Ernst!" (Zeile 9). Überlegt, wie Maries Stimme hier klingt. Welche Hinweise findet ihr dazu im Text und im Satz?

Regie-anweisung → S.152

◒ **3** Besprecht, an welchen Stellen ihr Regieanweisungen ergänzen würdet. Achtet dabei auf die Satzzeichen.

◒ **4** Lest den Dialog mit verteilten Rollen ausdrucksstark vor.

◒ **5** Betrachtet die markierten Sätze im Text genauer.
a) Unterscheidet diese nach Satzarten.
b) Übernehmt die folgende Tabelle und ergänzt sie.
c) Kennzeichnet die Merkmale der Satzarten.

Aussagesatz	...	Aufforderungssatz
Sie müssten in der Küche sein.	*Wo sind die denn?* *Hast du sie gefunden?*	...

S.286 ○ ← ◒ **6** „Eine LED-Beleuchtung?“ – „Eine LED-Beleuchtung.“ – „Eine LED-Beleuchtung!“
a) Benennt den Unterschied, das heißt, was in der geschriebenen Sprache anders ist.
b) Lest die drei Sätze laut und beschreibt den Unterschied zur gesprochenen Sprache.
c) Vergleicht mit den Ergebnissen aus Aufgabe 5 (Seite 228).

finites Verb → S.330

◒ **7** Untersucht die Satzart der drei unterstrichenen Sätze im Text auf Seite 228. Schreibt die Sätze auf und unterstreicht die finiten (konjugierten) Verben. Vergleicht euer Ergebnis mit der Tabelle (Seite 228, Aufgabe 5).

Satzarten S.335 **KOMPETENZBOX**

Absichten durch Satzzeichen verdeutlichen

Die vier **Satzarten** verdeutlichen unterschiedliche Absichten des Sprechers: etwas aussagen, etwas fragen, jemanden auffordern oder etwas mit Nachdruck hervorheben.
Beim Sprechen könnt ihr die Absicht oft an der Satzmelodie erkennen.

Satzformen → S.212

Aussagesatz	***Beispiele***	**Satzform**
Das finite Verb steht immer nach dem ersten Satzglied.	*Weihnachtsbäume haben rote Kugeln.*	Verbzweitsatz
Fragesatz		
Das finite Verb steht meist an erster Stelle oder nach dem Fragewort.	*Hilfst du mir mal?* *Was ist passiert?*	Verberstsatz Verbzweitsatz
Aufforderungssatz		
Das finite Verb steht oft an erster Stelle. Meist wird dabei die Befehlsform (Imperativ) verwendet.	*Schau mal!* *Lest den Text.*	Verberstsatz Verberstsatz
Ausruf		
Das finite Verb kann fehlen. Es wird gerufen oder mit Nachdruck gesprochen.	*Hurra! Komm doch mal her!* *Halt! Das ist jetzt nicht dein Ernst!*	Verberstsatz Verbzweitsatz

● **8** Schreibt den folgenden Dialog ab und setzt die Satzzeichen für die jeweiligen Satzarten. Begründet.

Achtung: Fehlertext

Paul: Helft ihr mir mal mit der LED-Lichterkette
Leon: Na klar Wir fangen oben an der Spitze an
Marie: Pass doch auf
Paul: Achtung Alles in Deckung
Leon: Oh nein Der Baum kippt
Marie: Stellt euch das mal mit echten Kerzen vor
Paul: Dann hätte jetzt schon die Feuerwehr anrücken müssen
Marie: Zum Glück ist der Baum nach hinten umgekippt
Leon: Wieso ist das ein Glück
Marie: Schau mal Hier steht der Karton mit den blauen Kugeln Das hätten die bestimmt nicht überlebt

S.286 ◒ ← ● **9** Leon möchte seinem Opa eine E-Mail schreiben, in der er von der Weihnachtsbaum-Aktion erzählt. Schreibt diese E-Mail und achtet dabei auf die Satzzeichen.
MK

13.2 Eins, zwei, drei – Frühling, komm herbei! · Richtig aufzählen

Ein Fest der Farben

Achtung: Fehlertext

Rot, Grün, Blau, Gelb, Orange oder Violett – knallbunte Farben werden in Indien jedes Jahr beim Holi-Fest über Männer, Frauen und Kinder gespritzt, getropft, gepustet oder geschüttet. Das Fest beginnt am Vollmondtag des Monats Phalunga[1], es dauert zehn Tage lang. Nach hinduistischer Tradition markiert es das Ende des Winters, läutet den Frühling ein und ist somit ein fröhliches, ausgelassenes Spektakel. Die Farben stehen für Lebendigkeit, Fruchtbarkeit sowie Neubeginn.

Ähnlich wie beim Fasching sind beim Holi-Fest alle Menschen gleich. Alter Geschlecht Beruf oder sozialer Stand spielen keine Rolle. Die Menschen begrüßen sich mit einem fröhlichen „Holi Hai“ *(Fröhliches Holi-Fest)*. Sie reiben sich mit Farbe ein sie schütten eimerweise bunt gefärbtes Wasser von den Balkons oder sie werfen säckeweise Farbpulver in die Luft. Dabei singen tanzen und musizieren sie ausgelassen. Früher wurden die Farben ganz traditionell aus bestimmten Heilkräutern Wurzeln Blüten und Früchten hergestellt. Heute produziert man die Farben oft chemisch. Inzwischen feiert man Holi-Feste auch in vielen deutschen Städten wie in München Berlin Leipzig Köln oder Tübingen.

---

1 der Phalunga: hinduistischer Monatsname, entspricht bei uns Februar oder März

Holi-Fest

1 Erklärt, was die Farben beim Holi-Fest symbolisieren.

2 Sucht aus dem ersten Satz alle Aufzählungen heraus. Begründet die Kommasetzung.

3 Was kann noch aufgezählt werden? Schreibt den zweiten Satz (Zeile 3) auf. Markiert die Teile der Aufzählung durch Klammern.

4 „Nach hinduistischer Tradition markiert es das Ende des Winters, läutet den Frühling ein und ist somit ein fröhliches, ausgelassenes Spektakel.“ (Zeile 4–5) Begründet die Kommasetzung in diesem Satz. Vergleicht mit der Kompetenzbox (Seite 231).

5 Prüft, welche Aufzählungen es im zweiten Textabschnitt gibt. Setzt die Kommas und begründet.

Aufzählungen S. 336 **KOMPETENZBOX**

Das Komma bei Aufzählungen setzen

Ein Komma steht bei der Aufzählung von gleichrangigen

Wörtern
in München, Berlin, Köln …

Wortgruppen
das indische Holi-Fest, das iranische Nouruz-Fest …

(Teil-)Sätzen
In Deutschland kennt man den Fasching, in Indien feiern die Menschen das Holi-Fest, in der Türkei gibt es …

Ihr erkennt eine Aufzählung daran, dass ihr ein *und* zwischen die Teile setzen könntet.
Das Fest beginnt am Vollmondtag des Monats Phalunga [und] es dauert zehn Tage lang.

Wenn die Teile der Aufzählung durch *und*, *oder*, *sowie* verbunden sind, steht kein Komma.
Die Farben stehen für Lebendigkeit und Fruchtbarkeit sowie Neubeginn oder Wiedergeburt.

Frühlingsfeste auf der ganzen Welt

Achtung: Fehlertext

A In Zürich in der Schweiz feiert man jährlich im April das Sechseläuten. Zum Abschluss wird ein riesiges 1 eindrucksvolles Feuer entzündet 2 und ein drei Meter hoher 3 80 Kilogramm schwerer 4 mit Holzwolle und Knallkörpern gefüllter 5 künstlicher Schneemann verbrannt. Der als Böögg bezeichnete Schneemann symbolisiert den Winter.

B Es ist ein 2. Februar und ihr seht ein Murmeltier 6 einen Mann mit schwarzem Zylinder 7 sowie riesige Zuschauermengen? Dann befindet ihr euch wahrscheinlich in einer amerikanischen 8 oder kanadischen Stadt. Am Murmeltiertag wird ein Murmeltier aus seinem Winterschlaf geweckt 9 ein Mann mit Zylinder holt es aus seinem Bau 10 hält es ins Licht 11 und präsentiert es den Besuchern. Wenn das Murmeltier keinen Schatten wirft, kehrt angeblich der Frühling ein.

C O-Hanami – so heißt das japanische Kirschblütenfest. Je nach geographischer Lage blühen die Kirschbäume in Japan im März April oder Mai. Die japanische Kirsche blüht etwa zehn Tage lang hat besonders viele Blüten trägt jedoch keine essbaren Früchte. Mit Verwandten Freunden oder Kollegen trifft man sich im eigenen Garten in einem Park oder auf dem Land.

D Seit über 3000 Jahren feiern Menschen im Nahen Osten auf der Balkanhalbinsel im Kaukasus und in Zentralasien am 20. oder 21. März das Nouruz-Fest. Auch mit diesem Fest begrüßen die Menschen den Frühling. Nouruz bedeutet „neuer Tag". Als Zeichen für das Ende des Winters werden neue Kleider angezogen Lagerfeuer angezündet und Lieder gesungen.

● **6** Lest euch gegenseitig die Abschnitte **A** und **B** vor. Begründet dann mithilfe der Kompetenzbox oben, ob an den markierten Stellen 1 bis 11 ein Komma stehen muss oder nicht.

S. 286 ○←◒ **7** Schreibt aus den Textabschnitten **C** und **D** die Sätze heraus, in denen etwas aufgezählt wird. Setzt die Kommas.

13.3 „Sei kein Faschingsmuffel!“ · Die Satzzeichen bei der wörtlichen Rede setzen

Elke Bräunling: Die Fastnachtswette

Achtung: Fehlertext

A Dieses Jahr hatte Papa keine Lust auf Fasching. Schon gar nicht mochte er mit zum Faschingsumzug gehen. „Ach, komm doch mit!“, bettelten Anna und Mara. „Bitte, bitte!“ Aber immer wieder brummelte Papa: „Nein, meine Süßen. Ich habe keine Lust und basta!“ Und so sehr Anna und Mara auch bettelten und schmeichelten, Papa tat, als hörte er es nicht. „Ich wette“, sagte Anna auf einmal, „dass du doch mitkommst.“ „Schon verloren“, grinste Papa. „Mich legt ihr nicht rein.“ „Und wenn wir es doch schaffen?“, fragte Mara. „Hoho! Keine zehn Pferde bringen mich heute aus dem Haus. Ihr könnt es ruhig probieren“, antwortete Papa. „Mit allen Tricks?“, fragte Anna. „Ja doch!“, sagte Papa ungeduldig. „Mit allen Tricks der Welt.“ Alle Tricks der Welt? Das hatte er ja nur gesagt, damit er seine Ruhe hatte. Gemein. Die Schwestern dachten nach. Wie könnten sie Papa übertölpeln? Wenn es nicht mal zehn Pferde schafften, ihn zum Fasching zu überreden ...? „Zehn Pferde nicht!“, rief Anna plötzlich und grinste. „Aber Tante Ida!“ „Tante Ida?“, wunderte sich Mara. „Wieso gerade Tante Ida?“ Die nämlich mochte Papa auf den Tod nicht leiden, weil sie immer alles besser wusste und Haare auf den Zähnen hatte[1]. „Ganz einfach“, grinste Anna, und sie tuschelte Mara ihren Plan ins Ohr. Dann ging sie ins Wohnzimmer und baute sich vor Papa auf. „Ich geh schon mal vor“, sagte sie laut. „Ich muss noch bei Pit etwas für mein Kostüm abholen!“ „Na, dann tschüs, meine Süße“, rief ihr Papa hinterher. „Und amüsier dich gut!“ Dann legte er sich faul mit seiner Zeitung aufs Sofa.

Wenig später, als Mara mit Mama dann auch gehen wollte, läutete das Telefon. Mara nahm den Hörer ab. Es war Anna.

„Oh, Tante Ida!“, flötete Mara ins Telefon. „Guten Tag ... Ja, mir geht's gut. Ich gehe mit Mama und Anna zum Faschingsumzug! ... Oh, du willst uns besuchen? Schade ...! Papa? Ja, der ist da ... Ich sage ihm Bescheid, dass du kommst. Tschüs, Tante Ida.“

Puh! Mara wischte sich den Schweiß von der Stirn. Nur schwer konnte sie sich das Lachen verkneifen, doch Papa merkte es zum Glück nicht. Blitzschnell sprang er vom Sofa und heulte los: „Waaas? Tante Ida kommt? Heute? Oje! Ausgerechnet diese olle ...“

Er brummte noch etwas, was keiner verstehen konnte und lief aufgeregt hin und her. „Was soll ich denn jetzt machen?“, fragte er und seine Stimme klang verzweifelt.

Mara und Mama mussten lachen.

„Kaufe beim Bäcker etwas Kuchen“, schlug Mama vor, „und koche Kaffee. Aber pass auf, Tante Ida mag ihren Kaffee nicht so stark.“

B Und am liebsten feixte Mara isst sie Kirschtorte. Wir gehen jetzt sagte Mama. Grüße Tante Ida von uns. Ja, tschüs und viele Grüße rief auch Mara. Ha-ha-haaaalt schrie Papa. Wartet! Ich komme mit! Nur fünf Minuten, dann bin ich fertig.

Na, die fünf Minuten warteten Mara und Mama gerne. Es wurde dann ein toller Faschingstag, der auch Papa Spaß machte.

1 Haare auf den Zähnen haben: sehr durchsetzungsfähig sein

○ **1** Erklärt, was ein Faschingsmuffel ist. Besprecht, auf welche Figur aus dem Text (Seite 232) diese Charakterisierung zutrifft.

○ **2** Lest den Textabschnitt **A** (Seite 232) mit verteilten Rollen. Besprecht, welche Wirkung durch die wörtliche Rede erreicht wird.

◒ **3** Die unterstrichenen Sätze im Text (Seite 232) nennt man Redebegleitsätze. Untersucht, welche Informationen sie über die sprechenden Figuren enthalten.

S.287 ◒ ← ● **4** Formuliert zu den Sätzen in der Kompetenzbox Regeln. Geht so vor:
a) Prüft, welche Satzzeichen zwischen Redebegleitsatz und wörtlicher Rede stehen.
b) Vergleicht, was mit Punkt, Fragezeichen und Ausrufezeichen am Ende der wörtlichen Rede geschieht, wenn danach der Redebegleitsatz folgt.

wörtliche Rede S.336 **KOMPETENZBOX**

Die Satzzeichen bei der wörtlichen Rede setzen

vorangestellter Redebegleitsatz	*Beispiele*
______: „______." (Aussage)	*Mama sagte: „Wir gehen jetzt."*
______: „______?" (Frage)	*Anna fragte: „Mit allen Tricks?"*
______: „______!" (Aufforderung)	*Mara bettelte: „Ach, komm doch mit!"*

nachgestellter Redebegleitsatz	
„______", ______. (Aussage)	*„Ich geh schon mal vor", sagte sie laut.*
„______?", ______. (Frage)	*„Mit allen Tricks?", fragte Anna.*
„______!", ______. (Aufforderung)	*„Amüsier dich gut!", schrie Papa.*

eingeschobener Redebegleitsatz	
„______", ______, „______."	*„Ich wette", sagte Anna auf einmal, „dass du doch mitkommst."*

kein Redebegleitsatz	
Es gibt auch Sätze in wörtlicher Rede ohne Redebegleitsatz.	*„Ich muss noch bei Pit etwas für mein Kostüm abholen!"*

S.287 ○ ← ◒ **5** **a)** Schreibt aus dem Textabschnitt **B** (Seite 232) alle Sätze heraus, die aus wörtlicher Rede und Redebegleitsatz bestehen. Setzt alle fehlenden Satzzeichen.
b) Stellt aus dem Textabschnitt **A** (Seite 232) drei Sätze mit wörtlicher Rede so um, dass die Redebegleitsätze am Satzanfang stehen. Schreibt die umgestellten Sätze auf.

● **6** Setzt den Text fort. Überlegt, wie die Schwestern später ihrem Vater den „Tante-Ida-Trick" verraten. Achtet auf die Zeichensetzung bei wörtlicher Rede.

● **7** Schreibt den Dialog von Aufgabe 8 (Seite 229) ab. Ergänzt dabei Redebegleitsätze und die Satzzeichen für die wörtliche Rede.

13.4 Wenn Geister durch die Straßen ziehen, … · Satzgefüge erkennen, Kommas setzen

Süßes raus, sonst spukt's im Haus!

Es ist der 31. Oktober, man nennt das Halloween. Seid ihr zu Halloween auch schon einmal als Gespenst oder Hexe verkleidet von Haus zu Haus gezogen und habt mit frechen, witzigen Sprüchen um Süßigkeiten gebeten? Das Klingelputzen ist ein beliebter Halloween-Brauch. Süßes oder Saures! Aber woher kommt dieser Spruch? „Trick or treat!", rufen die Halloween-Geister in Amerika. Wörtlich bedeutet dies: „Streich oder Leckerei". Hierzulande wurde der Spruch also recht frei übersetzt. Weil man „Süßes oder Saures" schon so oft gehört hat, wirkt der Spruch inzwischen eher langweilig. Wenn ihr euch also von anderen Gespenstern unterscheiden und somit besonders auffallen wollt, solltet ihr selbst einmal einen Halloween-Spruch reimen. Ihr könnt ja beim nächsten Mal ausprobieren, ob ihr damit mehr Süßigkeiten einheimsen könnt.

○ **1** Welche Halloween-Sprüche kennt ihr? Tragt sie vor.

S. 287 ○ ← ◒ **2** Schreibt den Text ab. Rahmt die finiten Verben rot ein. Unterstreicht die infiniten Verben.

finites Verb → S. 330

Es [ist] der 31. Oktober, man [nennt] das Halloween.

◒ **3** Schreibt die drei Halloween-Sprüche auf Seite 235 oben ab.

a) Rahmt die finiten Verben rot ein und markiert die Subjekte grün.

b) Kennzeichnet in den Sprüchen alle Sätze oder Teilsätze. Achtet darauf, dass jeder Satz oder Teilsatz ein Subjekt und ein finites Verb enthält.

Sie [geben] keinen Frieden, (bis sie etwas Süßes [kriegen].)

A Hier und da und rundherum
gehen heute wilde Geister um.
Sie geben keinen Frieden,
bis sie etwas Süßes kriegen.

B Wir sind kleine Geister.
Wir essen gerne Kleister.
Wenn Sie uns nichts geben,
bleiben wir hier kleben.

C Heute ist die Gruselnacht.
Alle Geister sind erwacht.
Auch wir sind mit dabei
und wollen süßes Allerlei.

4 Untersucht die beiden folgenden zusammengesetzten Sätze **A** und **B** genauer.

a) Probiert aus, ob man einen der beiden Teilsätze weglassen kann.
b) Prüft, ob man einen der beiden Teilsätze durch ein einfaches Wort ersetzen kann, zum Beispiel durch *deshalb, darum, dann, dort, etwas, jemand*.
c) Entscheidet, welcher Teilsatz übergeordnet und welcher untergeordnet ist. Begründet.
d) Ermittelt, an welchen Stellen die finiten Verben stehen.
e) Bestimmt mithilfe der Kompetenzbox jeweils den Hauptsatz und den Nebensatz.

A Sie geben keinen Frieden, bis sie etwas Süßes kriegen.

B Wenn Sie uns nichts geben, bleiben wir hier kleben.

Satzgefüge S. 337 **KOMPETENZBOX**

Satzgefüge erkennen, Kommas richtig setzen

Zusammengesetzte Sätze bestehen aus mehreren Teilsätzen. Jeder Teilsatz besitzt in der Regel ein Subjekt und ein finites Verb. Die Teilsätze unterscheidet man nach:

Hauptsatz (HS)

Der Hauptsatz ist keinem anderen Teilsatz untergeordnet.

Im Aussagesatz steht das finite Verb immer an zweiter Stelle, also **nach dem ersten Satzglied** oder direkt nach dem vorangestellten Nebensatz:

Haustüren werden gruselig geschmückt,

Nebensatz (NS)

Der Nebensatz hängt vom Hauptsatz ab und ist diesem untergeordnet.

Im Nebensatz steht das finite Verb in der Regel **an letzter Stelle**:

wenn Halloween ist.

Satzformen → S. 212

Ein zusammengesetzter Satz aus **Hauptsatz** (HS) und **Nebensatz** (NS) heißt **Satzgefüge**.
Der Nebensatz kann vor oder nach dem Hauptsatz stehen.
Teilsätze werden **durch Komma getrennt**.

Man schmückt dieHaustüren, wenn Halloween ist.

——— HS ———, ~~~ NS ~~~.

Sobald der Abend anbricht, ziehen Gespenster von Haus zu Haus.

~~~ NS ~~~, ——— HS ———.

Achtet beim Schreiben auf **typische Signale** für ein Satzgefüge: zwei finite Verben direkt hintereinander oder typische Einleitewörter wie *dass, indem, nachdem, sobald, weil, wenn, sodass, ob, obwohl.*
~~~

Trainingsplatz

Satzgefüge erkennen, Kommas setzen

Die Geschichte von Halloween

A **1** Die Anfänge dieses Festes reichen mehr als 2500 Jahre zurück in die Zeit, als in Teilen Mitteleuropas die Kelten lebten. **2** Diese feierten am elften Vollmond jedes Jahres ein Fest. **3** Weil sie in dieser Nacht den Sommer verabschiedeten, nannten sie das Fest Samhain. **4** Das bedeutet „Ende des Sommers“. **5** Da sie nur zwischen Sommer und Winter unterschieden, bezeichnet Samhain zugleich das Ende des Jahres. **6** Während der Sommer als Zeit des Lebens galt, war der Winter die Zeit des Todes.

B Die Kelten glaubten 1 dass in der Nacht des Samhain die Grenze zwischen diesen beiden Welten offen sei. Sie waren überzeugt 2 dass in dieser Nacht die Toten auf die Erde zurückkommen. Damit die toten Vorfahren gebührend empfangen werden 3 bot man ihnen leckere Speisen an. Mancherorts pflegt man diesen Brauch bis heute 4 indem am 1. November die Familien mit Speisen und Getränken auf den Friedhof gehen. Sie sitzen um das Grab der verstorbenen Familienangehörigen 5 und feiern gemeinsam. „Día de los Muertos“ (Tag der Toten) heißt dieses eher bunte und fröhliche Fest in Mexiko.

Achtung: Fehlertext

C Bei den Kelten veränderte sich dieser Brauch aber nach und nach. Weil die Menschen immer mehr Angst vor dem Tod hatten verkleideten sie sich zu Samhain möglichst gruselig. Sie hofften dass der Tod dadurch abgeschreckt würde. Damit die Geister besänftigt werden legten die Menschen auch kleine Geschenke und Leckereien vor die Tür.
Als im 19. Jahrhundert die irischen Nachfahren der Kelten in die USA auswanderten nahmen sie ihren Brauch mit. Hat sich in Amerika danach der Brauch erhalten? Er hat sich erneut verändert. Halloween entstand wie wir es heute kennen. Nach Mitteleuropa kehrte Halloween erst zu Beginn des 21. Jahrhunderts zurück.

◒ **1** Überprüft im Textabschnitt **A** die Zeichensetzung.
Orientiert euch an der Kompetenzbox (Seite 235).
Bestimmt Haupt- und Nebensätze.

1 *HS* (,) *NS* .   **2** *HS* . *kein Komma*

S. 287 ○ ← ◒ **2** Entscheidet, ob im Textabschnitt **B** an den markierten Stellen 1 bis 5 ein Komma stehen muss, und begründet. Bestimmt dazu jeweils Subjekt und finites Verb.

S. 287 ◒ ← ● **3** Schreibt aus dem Textabschnitt **C** alle Satzgefüge heraus.
Setzt die Kommas.

Wie der Kürbis sein Gesicht erhielt – Die Legende von Jack O'Lantern

A **1** In Irland lebte einst ein trunksüchtiger Hufschmied namens Jack. **2** Als dieser eines Abends aus dem Wirtshaus kam, begegnete ihm der Teufel. **3** Er wollte Jack gleich mit in die Hölle nehmen. **4** Weil Jack aber inständig[1] um ein letztes Glas Bier bat, verwandelte sich der Teufel in ein Geldstück. **5** Damit sollte Jack das Bier bezahlen. **6** Er steckte die Münze in seine Geldbörse. **7** Dort bewahrte er auch ein kleines Silberkreuz auf. **8** Dieses Kreuz verhinderte, dass der Teufel sich zurückverwandeln konnte. **9** Erst nachdem er Jack große Reichtümer versprochen hatte, ließ der Hufschmied den Teufel frei.

10 Jahre später suchte der Teufel Jack erneut auf. **11** Wieder redete Jack auf ihn ein, sodass der Teufel auf einen Baum kletterte. **12** Sobald er oben war, schnitzte Jack ein Kreuz in den Stamm. **13** Abermals war der Teufel gefangen. **14** Diesmal versprach Jack ihm die Freiheit, wenn der Teufel ihn für immer in Ruhe ließe. **15** Weil er keine andere Möglichkeit sah, gab ihm der Teufel dieses Versprechen.

Achtung: Fehlertext

B Als Jack starb klopfte er an der Himmelstür. Doch der Zutritt zum Himmel wurde ihm verwehrt weil er kein braver Mann gewesen war. Auch in der Hölle wollte man ihn nicht weil Jack ja den Teufel überlistet hatte. Stattdessen schickte man ihn zurück auf die Erde. In der Dunkelheit konnte Jack jedoch den Weg nicht finden. Da gab der Teufel Jack ein Stück glühende Kohle aus dem Höllenfeuer sodass er wenigstens etwas sehen konnte. Damit er die heiße Kohle anfassen konnte steckte Jack sie in eine ausgehöhlte Rübe.

C Doch warum stellen wir heute statt einer Rübe einen ausgehöhlten Kürbis vor die Tür?
Irische Einwanderer kamen nach Amerika. Sie machten den Brauch dort bekannt. Man ersetzte die Rübe durch einen Kürbis. In Amerika gibt es viele verschiedene Kürbisarten.
Später schnitt man Löcher in den Kürbis. Das Licht strahlte heller.
Die flackernde Kürbisfratze hält Teufel und andere Geister fern. Das glaubte man.

1 inständig: sehr eindringlich und nachdrücklich

◒ **4** Sucht im Textabschnitt **A** typische Signale für Satzgefüge heraus.

◒ **5** Übernehmt die folgende Tabelle und vervollständigt sie für die Sätze **3** bis **15**.

Satz	Komma	Begründung	Signale für Satzgefüge
1	*nein*	*HS*	–
2	*ja*	*HS, NS*	*Einleitewort „als", zwei finite Verben direkt hintereinander*
3	…	…	…

● **6** Notiert, bei welchen der Sätze **1** bis **15** aus Abschnitt **A** es sich um Verberstsätze oder Verbzweitsätze handelt. Achtung: Drei Sätze bleiben übrig!

S.287 ○← ◒ **7** Schreibt aus dem Textabschnitt **B** alle Satzgefüge heraus. Setzt die Kommas.

S.287 ○← ◒ **8** Verknüpft im Textabschnitt **C** jeweils die beiden Aussagesätze zu einem Satzgefüge.
a) Verwendet Verknüpfungen wie *da, damit, dass, nachdem, sodass, als*.
b) Achtet auf die richtige Zeichensetzung.

Das könnt ihr jetzt!

Satzarten und Satzformen unterscheiden, Satzzeichen setzen

Beispiel für einen Test

Lösungen
→ S. 293

Achtung: Fehlertext

1 Schreibt den Text ab und setzt die fehlenden Kommas.

Gemeinsam ins Kino gehen Popcorn naschen eine Cola schlürfen ein Eis schlecken und im Fastfood-Restaurant einen Burger verdrücken – oft läuft eine Geburtstagsparty nach diesem Muster ab. Natürlich ist man für Sackhüpfen Topfschlagen Dosenwerfen sowie Eierlaufen irgendwann zu groß. Wie wäre es stattdessen mit einer Motto-Party oder einer Geburtstagsfeier im Schwimmbad? Auch eine Detektivparty ist denkbar. Der Einladungstext wird mit Zahlencode verschlüsselt die Party-Dekoration besteht aus Fingerabdrücken gegessen wird mit Gummihandschuhen. Die Gäste können eine Detektivprüfung in den Disziplinen Lauschen Schnüffeln oder Schmecken ablegen.

2 Schreibt die Sätze **A** bis **D** ab. Unterstreicht die Hauptsätze mit einem Strich und die Nebensätze mit einer Wellenlinie. Ergänzt die fehlenden Kommas.

Achtung: Fehlertext

A Clara feiert ihren Geburtstag im Schwimmbad doch Spiele werden trotzdem gespielt.
B Sie hat sechs Freundinnen eingeladen denn mehr passen nicht ins Familienauto.
C Eddies Geburtstag ist im Sommer sodass er regelmäßig draußen im Garten feiern kann.
D Weil Eddie Rätsel liebt überlegen sich seine Eltern für seine Party stets eine spannende Schatzsuche.

3 **a)** Ergänzt die fehlenden Satzzeichen am Ende der Sätze **A** bis **E**.
b) Notiert für die Sätze die richtige Satzart (Ausrufesatz, Aussagesatz oder Fragesatz) und die jeweilige Satzform (Verberstsatz oder Verbzweitsatz).

Kann Clara vom Sprungturm springen? → Fragesatz, Verberstsatz

Achtung: Fehlertext

A Kann Clara vom Sprungturm springen
B Max freut sich auf seinen Kindergeburtstag
C Könnte doch heute schon Freitag sein
D Was werde ich geschenkt bekommen
E Packt es aus

4 Schreibt den Text ab und ergänzt die fehlenden Satzzeichen der wörtlichen Rede. Unterstreicht die Redebegleitsätze.

Achtung: Fehlertext

Pauline meint Eine gänzlich andere Möglichkeit ist die Geburtstagsfeier im Museum. Ich feiere gerne im Bowling-Center entgegnet Anna. Weil ich Fußball mag sagt Theo habe ich schon einmal in einer Fußballhalle gefeiert. Eigentlich ist der Ort, an dem man feiert erwidert Sarah doch gar nicht wichtig. Ist es nicht wichtiger, dass alle Freunde mitfeiern können fragt sie. Frida stimmt ihr zu Da hast du Recht! Außerdem kann man es sich mit wenigen Freunden auch einfach zuhause gemütlich machen wirft Marlon ein.

Satzgefüge erkennen und Kommas setzen

Beispiel für einen Test

Lösungen
→ S.293

1 Erklärt in ganzen Sätzen, was man unter einem „Satzgefüge" versteht. Verwendet dazu Fachbegriffe und formuliert zwei eigene Beispiele.

2 Schreibt den Text ab. Markiert alle finiten Verben und umkreist typische Einleitewörter für Nebensätze in Satzgefügen. Unterstreicht die Hauptsätze.

Fasching, Walpurgisnacht, Kindertag, Mittsommernacht, Halloween, Geburtstag oder Silvester sind Anlässe für eine richtig coole Party. Ob die Party gelingt, hängt auch von der guten Stimmung ab. Partyspiele sorgen oft für gute Laune, weil sie Spaß und Abwechslung bringen. Wenn ihr ein bisschen erfinderisch seid, fallen euch bestimmt witzige, überraschende oder zum Anlass der Party passende Spiele ein.

3 Schreibt die Sätze **A** bis **D** ab und setzt die fehlenden Kommas.

Achtung: Fehlertext

A Falls ihr beispielsweise eine Halloween-Party plant könnt ihr das Gespensterkegeln ausprobieren.
B Bevor ihr mit dem Kegeln beginnt malt oder klebt ihr gruselige Gespenster auf neun leere Plastikflaschen.
C Nachdem die Gespensterkegel aufgestellt worden sind wird mit Stoffbällen oder Tennisbällen gekegelt.
D Zuvor müsst ihr die Regeln besprechen damit alle Spaß beim Spielen haben.

4 Verknüpft jeweils die beiden Aussagesätze zu einem Satzgefüge und schreibt sie auf. Achtet auf die richtige Zeichensetzung.

Einweg-Partybesteck erscheint auf den ersten Blick praktisch, weil ...

A Einweg-Partybesteck erscheint auf den ersten Blick praktisch. Es muss hinterher nicht abgewaschen werden.
B Aber man sollte besser darauf verzichten. Es ist oft nicht umweltfreundlich.
C Wir wollen unbedingt Einweg-Besteck verwenden. Wir können essbares Besteck aus Hirse ausprobieren.
D Man kann den Gästen auch Finger-Food anbieten. Man braucht gar kein Besteck.

14 Auf die Plätze, fertig, los ...

Regeln und Strategien der Rechtschreibung anwenden

1 Welche Sportarten erkennt ihr auf den Fotos? Bildet aus den Silben die drei Wörter und schreibt sie richtig auf.

ball Klet nis ser

Tisch ten tern Was

Ihr erhaltet für jedes richtig geschriebene Wort **2 Punkte** (Höchstpunktzahl: 6 Punkte).

2 Ergänzt bei Text **A** die fehlenden Buchstaben und schreibt die Wörter auf. Wenn ihr unsicher seid, prüft, von welchem Wort ihr die Schreibung ableiten könnt.
Ä/Eltere → alt → Ältere

Ihr erhaltet für jedes richtig geschriebene Wort **1 Punkt** (Höchstpunktzahl: 10 Punkte).

Das lernt ihr jetzt!

14.1 Rechtschreibstrategien nutzen
14.2 Großschreibung beherrschen
14.3 Wörter mit gleich und ähnlich klingenden Lauten schreiben
14.4 Wörter mit kurzem und langem Vokal schreiben
14.5 Wörter mit s-Lauten schreiben
14.6 Worttrennung am Zeilenende anwenden
14.7 Wörterbuch und digitale Rechtschreibprüfung nutzen

A Der Kletterjunge (*e* oder *ä*?)

...ltere schauen dem 11-j...hrigen Kletterknirps bewundernd zu. Je höher, desto b...sser – an den steilen W...nden der Kletterhalle kennt Timo jeden Griff. L...ngst ist er nicht mehr ...ngstlich, wenn er die sechs M...ter bis unter die Hallend...cke steigt. Sein Ziel benennt er so: Ich will die gef...hrlichsten Gipfel bezwingen, die es auf der W...lt gibt.

B Streetdance – hartes Training (*d* oder *t*? *g* oder *k*? *b* oder *p*?)

„Wie ein Mehlsack ha(b/p) ich mich am Anfan(g/k) gefühlt, als ich zum Streetdance kam", sa(g/k)t Yvonne. Das änderte sich aber bald, denn fast jeden Ta(g/k) wird seitdem gepro(b/p)t. Neue wie alte Schritte werden wieder und wieder geü(b/p)t. Komischerweise empfindet das nieman(d/t) als langweilig. Körperbeherrschung ist alles, und natürlich steht auch die Musi(g/k), das Gefühl für Tak(d/t) und Rhythmus, im Vordergrun(d/t).

C Rope-Skipping

Achtung: Fehlertext

„Wir sind wirklich mit dem auftritt zufrieden", sagen die Jugendlichen nach ihrer Kür beim Rope-Skipping-Wettbewerb. Sie beherrschen die details ihrer Darbietung so gut, weil sie monatelang dafür trainiert haben. Wichtig ist, dass jeder die einzelnen teile perfekt kann. Aber besonders schwierig ist es, in der gruppe synchron zu bleiben. Dabei machen alle genau dieselben kunststücke zur gleichen Zeit. Erst springen sie ein paarmal auf der stelle, ganz normal. Beim nächsten trick überkreuzen sie die arme vor dem körper und springen dann durchs seil. Zuerst vorwärts, dann rückwärts, und schließlich laufen sie dabei.

3 → Ergänzt bei Text **B** die fehlenden Buchstaben und schreibt die Wörter auf. Verlängert das Wort, um eure Entscheidung zu überprüfen, zum Beispiel *ha(b/p)* → *haben*.

Ihr erhaltet für jedes richtig geschriebene Wort **1 Punkt** (Höchstpunktzahl: 10 Punkte).

4 In Text **C** wurden zehn Nomen kleingeschrieben. Findet sie und schreibt sie in der richtigen Form auf.

Ihr erhaltet für jedes richtig geschriebene Wort **1 Punkt** (Höchstpunktzahl: 10 Punkte).

Zählt alle Punkte zusammen und stellt fest, wie sicher ihr in der Rechtschreibung seid.

0–23 Punkte:	Um fit zu werden, solltest du regelmäßig trainieren.
24–30 Punkte:	Vieles kannst du schon gut. Um zur Höchstform zu gelangen, benötigst du noch Trainingseinheiten.
31–36 Punkte:	Du bist sehr gut in Form. Trainiere weiter, um topfit zu bleiben und neue Herausforderungen zu meistern.

14.1 Los geht's · Rechtschreibstrategien nutzen

1 Lest den folgenden Text und wendet bei den markierten Wörtern die Rechtschreibstrategien aus der Box an. Begründet die Schreibung.

treibt → Wort verlängern → treiben → also: treibt

Probetraining gewünscht?

Wer nicht so gern Sport **treibt**, hat nur noch nicht seine Lieblingssportart entdeckt. Es gibt **unzählige** Sportarten – da ist für jeden etwas dabei. Einige Sportvereine veranstalten einmal **jährlich** einen **Aktionstag** des Sports, bei dem man die **verschiedenen** Sportarten, darunter auch moderne Trendsportarten, ausprobieren kann. Zumba kennt ihr vielleicht. Die Mischung aus Tanz und Fitness ist schon seit Jahren **beliebt**. Und auch mit einem Waveboard seid ihr vielleicht schon einmal gefahren. Aber wisst ihr auch, was Slacken ist? Diese Art Seiltanzen auf einem flach gespannten, breiten **Kunststoffband stärkt** die Muskeln, trainiert den Gleichgewichtssinn und macht vor allem viel Spaß. Probiert es aus, vielleicht beim nächsten Aktionstag eines Sportvereins in eurer **Nähe**.

Slacken

Rechtschreibstrategien S. 338

ARBEITSTECHNIK

Rechtschreibstrategien

Rechtschreibstrategie	Beispiele
verwandte Wörter suchen	*B(e/ä)lle → Ball → also: Bälle*
Wörter verlängern	*Ber(g/k) → Berge → also: Berg*
Wörter in ihre Bestandteile zerlegen und Silbe für Silbe mitsprechen	*Fah(r/rr)ad → Fahr-rad → also: Fahrrad*

Noch mehr Hinweise zu den Rechtschreibstrategien und viele Beispiele dazu findet ihr auf den Seiten 338 und 339.

2 Ergänzt den richtigen Buchstaben und schreibt die Wörter zusammen mit der jeweiligen Rechtschreibstrategie auf.

klug → kluge Kinder, die Erwärmung → warm

klu(g/k) | die Erw(ä/e)rmung | Han(d/t)baller | der Mu(d/t) | das Lo(b/p)

tr(äu/eu)men | bun(d/t) | die Wan(d/t) | sich erk(ä/e)lten | star(g/k)

3 Schreibt die folgenden Wörter ab. Zerlegt sie und sprecht Silbe für Silbe leise mit.

die morgen endenden Wettkämpfe | Fahrraddiebstahl | Fußballmannschaftsturnier

die gewonnenen Pokale | Eisschnellläufer | übermorgen Nachmittag

Pausensport

In der Pause auf Socken durch die Schule wetzen, auf dem Einrad in der Sporthalle zahlreiche Runden drehen oder einfach nur Ball auf dem Schulhof spielen? Viele Schulen haben besondere Angebote, die Schülerinnen und Schüler in den Hofpausen nutzen können. Alle sollen sich bewegen und dabei in den großen Pausen zwischen den verschiedenen Unterrichtsfächern gleichzeitig auch noch Spaß miteinander haben.
Besonders belie...t sind Kletterwände. An diesen kann sich jeder entlang hangeln und die unterschie...lichen Griffe zum Festhalten nutzen. Der Variantenreichtum von Klettergerüsten erfreut sich bei verschiedenen Altersstufen großer Beliebtheit, weil darauf nicht nur Leistungssportler turnen können, sondern jeder ein paar Bewegungen machen kann. Am einfachsten ist es jedoch, ein Spielfeld auf dem Schulhof aufzumalen, wodurch die gepflasterten Fl...chen für verschiedene Ballspiele genutzt werden können.

◒ **4** Bildet kleine Gruppen und führt mithilfe der Arbeitstechnik ein Rechtschreibgespräch zum Text „Pausensport“ durch.
a) → Erklärt die Schreibweise von *Spielfeld* (Zeile 10) mithilfe der Strategie Verlängern.
b) ↗↖ Begründet, warum die Nomen *Unterrichtsfächer* (Zeile 5) und *Kletterwände* (Zeile 6) mit *ä* geschrieben werden.
c) → ↗↖ Untersucht die Wörter mit den drei Lücken und klärt gemeinsam, wie sie geschrieben werden.

ARBEITSTECHNIK

Rechtschreibgespräch

Im Rechtschreibgespräch könnt ihr euch gemeinsam auf die Suche nach der richtigen Schreibung von Wörtern machen. Geht so vor:

Vorgehen	***Beispiele***
1. Diktiert euch Wörter oder Sätze. Markiert die Stellen, an denen ihr unsicher seid.	*In der Pause … auf dem **Einrad** in der Sporthalle …*
2. Überlegt gemeinsam, welche Schreibweisen vorstellbar sind.	*ein Rad – Einrad – ein Rat – Einrat*
3. Nehmt eine Eingrenzung vor.	*mit dem Rad fahren → wahrscheinlich mit d*
4. Findet eine geeignete Rechtschreibstrategie, die euch bei der Entscheidung hilft.	*Wort verlängern: Rad – Räder*
5. Kommt zu einer Entscheidung, zum Beispiel durch – Rechtschreibstrategien, – den Zusammenhang im Satz oder – Nachschlagen im Wörterbuch.	*Einrad hier als besondere Form eines Fahrrads, aber nur mit einem Rad, es geht nicht um ein bestimmtes Rad → also zusammengesetztes Nomen → richtige Schreibung: Einrad*

S. 288 ◒ ← ● **5** **a)** Erklärt die Schreibung der folgenden Wörter: ***Variante, viele, verschieden, paar.***
b) Notiert jeweils zwei Sätze zum Thema „Pause“, in denen ihr die Wörter aus Aufgabe a verwendet.

Merkwörter → S. 258

◒ **6** ↗↖ → Diktiert euch in Kleingruppen die Texte **A** und **B** von Seite 241. Klärt Unsicherheiten in der Schreibung durch das Rechtschreibgespräch.

14.2 Auf den Rollen nicht zu bremsen · Großschreibung beherrschen

Nomen erkennen

○ **1** Ist Skaten ein gefährlicher Sport? Tauscht eure Erfahrungen aus und begründet.

○ **2** Benennt Dinge rund ums Skaten. Schreibt die Nomen mit den passenden Artikeln auf.

◒ **3** Korrigiert den folgenden Text.
a) Erklärt, woran ihr bei den markierten Wörtern erkennen könnt, dass es Nomen sind.
b) Findet die restlichen 14 klein geschriebenen Nomen und schreibt sie auf.

Gefährlich gesund?

Achtung: Fehlertext

Sobald die frühlingssonne sich hervorwagt, kommen auch die skater auf die piste. Inlineskating wird immer beliebter und die zahl der inlinesportvereine wächst. Dabei macht der sport nicht nur viel **spaß**, sondern hält auch fit, denn er verbessert die kondition. Die bewegung an der luft stärkt die **abwehrkräfte** und der alltagsstress wird abgebaut. Allerdings sind die geschwindigkeiten, die hier erreicht werden, auch nicht ganz ungefährlich. Deshalb ist die verwendung einer **schutzausrüstung** und vor allem eines helmes unbedingt notwendig, um sicher auf den rollen zu rollen.

S. 288 ○ ← ◒ **4** Entscheidet, welche der folgenden Wörter Nomen sind, und besprecht, wie ihr das herausgefunden habt.

SKATET SKATERIN HELM SCHNELL GEWONNEN

ERLEBNIS ZUERST SPORTLER GESCHWINDIGKEIT

BEGEISTERUNG WELTMEISTERSCHAFT KNIESCHONER

◒ **5** Manchmal verstecken sich Artikel in einem Wort wie *am = an dem, beim = bei dem, ins = in das.* Findet im folgenden Text die zwei versteckten Artikel.

Die sicheren Begleiter des verantwortungsbewussten Inlineskaters

Eine geeignete Schutzausrüstung muss aus passenden Knie-, Ellenbogen- und Handgelenkschonern bestehen. Wer im Straßenverkehr fährt, sollte zusätzlich einen sicheren Helm tragen. Die Schützer – auch Protektoren genannt – sind aus hartem Plastik, damit sie normale Stürze aushalten. Die Plastikschalen werden mit Schläuchen aus elastischem Stoff oder Klettverschlüssen an Arm- und Beingelenken befestigt.
Wenn du deine zukünftigen Protektoren ohne größere Probleme verbiegen kannst, bewahren sie deine Knochen nicht sicher vor gefährlichen Schäden. Geh auf Nummer sicher. Ein Sportler muss auf beste Qualität achten, wenn es um seine wertvolle Gesundheit geht. Probiere also alles vorm Kauf an. Ein optimaler Schutz besteht nur, wenn alles richtig passt.

6 Nicht immer wird das Nomen von einem Artikel begleitet. Schreibt aus dem Text auf Seite 244 unten alle Wortgruppen mit Nomen auf, die keinen Artikel enthalten.

aus passenden Knie-, Ellenbogen- und Handgelenkschonern

7 Oft steht ein Wort zwischen Artikelwort und Nomen. Schreibt die entsprechenden Beispiele aus dem Text auf Seite 244 unten heraus.

eine geeignete Schutzausrüstung *einen sicheren Helm*

Nominalgruppe → S. 200

ARBEITSTECHNIK

Treppen bauen

Eine Wortgruppe mit einem Nomen als Kern (Nominalgruppe) kann durch **Adjektive** treppenartig erweitert werden. Das Nomen als Kern rutscht dabei immer weiter nach rechts:

der Schuh	*mit Helm*	*deine Technik*
der neue Schuh	*mit neuem Helm*	*deine neue Technik*
der coole, neue Schuh	*mit coolem, neuem Helm*	*deine coole, neue Technik*

Ihr könnt diese Arbeitstechnik anwenden, wenn ihr herausfinden wollt, welches Wort das **Nomen** ist. Es steht in der Wortgruppe immer **ganz rechts**.

8 Erweitert fünf Nomen aus dem Text auf Seite 244 unten nach dem Muster der Arbeitstechnik. Schreibt die Treppe auf und markiert jeweils das Nomen.

Nomen erkennen S. 339 **KOMPETENZBOX**

V13 Erklärvideo

Nomen erkennen

Um Nomen zu erkennen, könnt ihr das folgende Testverfahren nutzen. Beantwortet ihr **eine** der Fragen mit „ja", ist das Wort ein Nomen und wird **großgeschrieben**.

Artikelwörter → S. 182

1. Artikelwörter (Begleiter) als Signal nutzen	***Beispiele***
Steht vor dem Wort zum Beispiel ein **Artikelwort** *(das, ein, mein)*, das sich auf das Wort bezieht? **Achtung:** Ein Artikel kann auch in einem Wort wie *am, ans, beim, durchs, fürs, im, zum* oder *zur* versteckt sein.	*die Katze, eine gute Idee, unser Helm* *am Sonntag → an dem Sonntag*
2. Adjektivprobe durchführen	
Lässt sich im Satz direkt vor das Wort ein **Adjektiv** setzen, das sich dabei verändert?	*Sie zeigen Kunststücke →* *Sie zeigen schwierige Kunststücke.*
3. Suffix (Nachbaustein) als Signal nutzen	
Endet das Wort auf *-ung, -heit, -keit, -nis, -schaft* oder *-tum?*	*Verletzung, Mehrheit, Geschwindigkeit, Erlaubnis, Meisterschaft, Altertum*
4. Auf die Bedeutung achten	
Bezeichnet das Wort ein Lebewesen oder einen Gegenstand?	*Hase, Fichte, Fahrrad*

A?a Nominalisierungen erkennen

Ableitungen → S. 170

1 Manchmal entstehen Nomen aus Verben oder Adjektiven. Sucht solche Nomen aus den beiden folgenden Sätzen heraus und schreibt sie auf.

Inlineskaten – aber richtig!

Viel Wissenswertes und Nützliches über das Skaten erfährt man in Sachbüchern. Hier findet man viele Tipps – vom richtigen Abstoßen und Gleiten über das Abbremsen und das verletzungsfreie Fallen bis hin zum Übersetzen oder zum Überwinden von Hindernissen.

S. 288 **2** Erklärt, woran man erkennen kann, dass die Wörter aus Aufgabe 1 Nomen sind. Vergleicht die Erkennungsmerkmale mit den Merkmalen gewöhnlicher Nomen (Seite 245).

3 Nomen, die aus Adjektiven abgeleitet werden, stehen oft nach Wörtern wie *alles, etwas, nichts, viel, wenig*. Bildet möglichst viele solcher Nomen und schreibt sie auf.

alles Gefährliche

alles	manches	viel	gefährlich	neu	nützlich
etwas	nichts	wenig	wissenswert	gut	schwierig

Nominalisierungen erkennen S. 339 **KOMPETENZBOX**

V14 Erklärvideo

Nominalisierungen erkennen

Verben und Adjektive können im Satz als Nomen gebraucht werden. Sie werden nominalisiert. Um Nominalisierungen zu erkennen, könnt ihr auf Folgendes achten:

1. Bestimmte und unbestimmte Artikel als Signal nutzen	***Beispiele***
Steht vor dem Wort zum Beispiel ein **bestimmter Artikel** *(der, die, das)* oder ein **unbestimmter Artikel** *(ein, eine)*, der sich auf das Wort bezieht?	*das Laufen, das Gefährliche*
Achtung: Ein Artikel kann auch in einem Wort wie *am, ans, beim, durchs, fürs, im, zum* oder *zur* versteckt sein.	*beim Spielen → bei dem Spielen*
2. Possessivartikel als Signal nutzen	
Steht vor dem Wort ein Possessivartikel *(mein, dein, sein, ihr, unser, euer)*?	*euer Spielen, ihre Idee, sein Reden*
3. Weitere Artikelwörter als Signal nutzen	
Stehen vor dem Wort weitere Artikelwörter wie *alles, wenig, viel, nichts, etwas, manches*? Nach solchen unbestimmten Mengenangaben schreibt man deklinierte Adjektive groß.	*alles Gute, viel Schönes, nichts Trauriges*

Trainingsplatz

A?a Nomen und Nominalisierungen erkennen

◐ **1** Teilt die Klasse in zwei Hälften. Die eine Hälfte schreibt Text **A**, die andere Hälfte Text **B** in richtiger Groß- und Kleinschreibung auf. Wenn ihr euch nicht sicher seid, nehmt die Kompetenzboxen auf den Seiten 245 und 246 zu Hilfe.

A Kunst auf acht (r/R)ollen

Rollkunstlaufen ist kein (s/S)port für (ä/Ä)ngstliche. Hinter den (e/E)leganten (b/B)ewegungen steckt (a/A)nstrengendes Training und beim (ü/Ü)ben neuer (s/S)prünge kommt es oft zu (s/S)türzen, die auf dem (h/H)arten (b/B)oden recht schmerzhaft sein können. Rollkunstläufer müssen hart im (n/N)ehmen sein.

Rollkunstlauf

B Ab ins (g/G)elände

Wer den (g/G)rauen (a/A)sphalt und die (n/N)ormale (s/S)traße in der (s/S)tadt für das (i/I)nlineskaten zu (l/L)angweilig findet, der kann auch im (g/G)elände (s/S)katen. Allerdings braucht man zum (c/C)ross-Skaten spezielle (r/R)ollen, die es dem (s/S)kater ermöglichen, mit (h/H)ohem (t/T)empo durch die (w/W)älder zu (r/R)auschen.

Cross-Skating

◐ **2** Sucht euch jemanden aus der Klasse, die/der den anderen Text (Aufgabe 1) gewählt hat. Stellt euch gegenseitig eure Lösung vor und begründet.

S.288 ○←◐ **3** Schreibt den folgenden Text in richtiger Groß- und Kleinschreibung auf.

Spielend fit

Achtung: Fehlertext

Das inlineskaten eignet sich auch gut für das gemeinsame spielen. Ein beliebtes spiel ist das fangen mit kettenbildung:

Ihr steckt ein spielfeld ab. Zwei fahrer fassen sich an der hand und versuchen die anderen spieler durch abschlagen zu fangen. Jeder gefangene wird zum fänger und hängt sich an die ersten fänger an. Auch wenn die kette der fänger immer länger wird, ist das überfahren der spielfeldgrenze verboten. Wer dies beim ausweichen versehentlich trotzdem tut, wird ebenfalls zum fänger. Gewonnen hat, wer als letzter noch frei ist.

◐ **4** Findet zu eurer Lieblingssportart passende Verben und Adjektive. Bildet daraus Nomen und schreibt sie auf.

dribbeln – das Dribbeln
weit – die Weite

14.3 Im Höhenrausch · Wörter mit gleich und ähnlich klingenden Lauten schreiben

○ **1** Stellt fest, welche Buchstaben bei der Aussprache gleich oder ähnlich klingen, und legt eine Tabelle nach folgendem Muster an.

ä äu b d e eu g p t k

b/p	d/...	.../...	.../...	.../...
...	...	...	...	...

○ **2** Lest den folgenden Text und erklärt seine Überschrift.

Jeder Schritt heißt kämpfen

Der Mount Everest ist der höchste Berg der Welt. 8850 Meter hoch ragt der Gipfel in die Todeszone, eine Höhe, in der es viel zu wenig Sauerstoff zum Überleben gibt. Da wird der Weg zum Gipfelerfolg übermäßig schwierig und unglaublich anstrengend. Jede Bewegung fällt schwer. Nach jedem Schritt muss der Bergsteiger seine Kräfte wie nach einem Hundertmetersprint neu sammeln. Es gibt nur zwei Wochen im Mai, in denen es das Wetter erlaubt, bis zum Gipfel zu gelangen. In dieser Zeit ballen sich alljährlich unzählige Leute in Zeltlagern auf 6000 Meter Höhe. Und wenn es endlich losgeht, steht das Bergsteigervolk zum Aufstieg bereit. Jeder hat vom Gipfel geträumt, jeder wird kämpfen.

Mount Everest

◒ **3** Ordnet die markierten Wörter aus dem Text „Jeder Schritt heißt kämpfen" in die Tabelle (Aufgabe 1) ein. Ergänzt, wo es möglich ist, jeweils ein verwandtes Wort, durch das ihr die richtige Schreibung erkennen könnt.

Berg – Berge
ragt – ragen

◒ **4** Schreibt die folgenden Wörter richtig auf. Notiert jeweils ein verwandtes Wort, durch das ihr die richtige Schreibung erkennen könnt.

Wer(g/k) stei(g/k)t abw(ä/e)gig Betru(g/k)

Ty(b/p) ü(b/p)t he(b/p)t dr(ä/e)ngen trin(g/k)t

En(d/t)spur(d/t) len(g/k)t z(ä/e)hmen hal(b/p)

5 Setzt *b/p, d/t, g/k, ä/e* oder *äu/eu* in den folgenden Text ein und schreibt die Wörter auf.
Wendet die Strategien aus der Kompetenzbox an, wenn ihr unsicher seid.

Bergsteigen

Ber...wandern, Klettern, Eisklettern, technisches Ber...steigen und Skitouren – alles, was dich höher auf den Berg bringt, z...hlt zum Bergsteigen. Der alpine[1] Sportkletterer begnü...t sich damit, eine schwierige Wan... oder einen überstehenden Abhang zu durchklettern.
Der technische Bergsteiger will unbedingt auf den Gipfel. Er hat dazu alle erdenklichen Hilfsmittel bei sich. In seinem großen Rucksack steckt allerlei Wer...zeu.... Dieses verschafft ihm im unwe...samen Fels die nötige Sicherhei....
Das Sportklettern entstan... im 19. Jahrhunder... in Sachsen. In Deutschland gerie... es jedoch in Vergessenheit. Erst in den 1970ern kehrte es aus den USA nach Deutschland zurück und ist h...te Trend.

1 alpin: die Alpen oder das Hochgebirge betreffend

Person, Numerus, Tempus → S. 330

6 Wählt mindestens zehn Wörter auf den Kärtchen aus und schreibt Sätze mit diesen Verben in der zweiten oder dritten Person Präsens auf.

Die Sonne versinkt hinter dem Berg.

singen schenken beben tragen streben hupen

erleben versinken klingen schreiben fliegen anfangen

springen zeigen winken liegen bleiben glauben

Rechtschreibstrategien S. 338 **KOMPETENZBOX**

V15 Erklärvideo

Wörter mit gleich und ähnlich klingenden Lauten schreiben

Problem	Hilfe	Lösung
Wie schreibt man das Wort am Ende?	→ **Verlängert das Wort.**	
Ber... – mit g oder k?	*Berge*	*Berg mit g*
Wel... – mit d oder t?	*Welten*	*Welt mit t*
hal... – mit b oder p?	*halbe*	*halb mit b*
Wie schreibt man das Verb vor dem *t/st*?	→ **Bildet die Grundform.**	
ra...t – mit g oder k?	*ragen*	*ragt mit g*
le...t – mit b oder p?	*leben*	*lebt mit b*
Schreibt man das Wort mit *ä* oder *e*, *äu* oder *eu*?	**Sucht verwandte Wörter mit *a/au*.**	
k...mpfen – mit ä oder e?	*Kampf*	*kämpfen mit ä*
tr...men – mit äu oder eu?	*Traum*	*träumen mit äu*

14.4 Die Qual der Wahl · Wörter mit kurzem und langem Vokal schreiben

Kurze und lange Vokale unterscheiden

1 Vergleicht Aussprache und Schreibung der beiden folgenden Nomen. Findet die anderen Gegenstücke zu den Wörtern in den Kästen.

die Sperre – die Speere

die Miete | bieten | das Mus

die Qualen | das Beet

2 Schreibt die markierten Wörter aus dem folgenden Text auf und entscheidet, ob der betonte Vokal kurz oder lang gesprochen wird. Setzt unter jeden langen Vokal einen breiten Strich und unter jeden kurzen Vokal einen kleinen Punkt. Wenn ihr unsicher seid, lest die Wörter laut.

Schwimmen   Judo

Welche Sportart passt zu mir?

Wer gern seine Kräfte im Wettkampf misst und hartes Training nicht scheut, ist beim **Schwimmen**, **Rennen** (Kurz- und Mittelstreckenlauf), **Springen**, **Werfen** (Speerwerfen, Hammerwerfen) und Eisschnelllauf gut aufgehoben. Reaktionsschnelligkeit und Beweglichkeit entwickelt man beim **Tennis**, Tischtennis und **Fechten**. Kampfsport (**Ringen** und **Judo**), **Klettern** und Gewichtheben schulen neben der Reaktion und Beweglichkeit vor allem auch die Kraft. Große Körperbeherrschung erfordern das Turnen, Wasserspringen, Skispringen und Eiskunstlaufen. Gute Nerven braucht man beim **Schießen**. Egal, ob man das Joggen, Radfahren, **Rudern** oder Skilaufen, den Langlauf, Rollsport oder Mehrkampf (Zehn- oder Siebenkampf) wählt, überall braucht man außergewöhnlich viel Ausdauer.

3 Schreibt aus dem folgenden Text mindestens drei Wörter mit kurzem betontem Vokal und drei mit langem betontem Vokal auf.

Angeln – auch eine Sportart?

Der Hering beherrscht an vielen Ufern der Ostsee die Gespräche und Sehnsüchte der Angler. Dass diese Freizeitbeschäftigung auch eine richtige Sportart ist, wissen noch nicht alle Landratten. Nicht nur eine große Menge an Geduld brauchen die Angelsportler, sondern auch sehr viel Geschick.

Jeder Angelsportler muss passende Haken auswählen können, mit denen er Fische fangen will. Außerdem muss eine Anglerin oder ein Angler den richtigen Moment erkennen, wenn ein Fisch beißt. Wie es in jeder Sportdisziplin üblich ist, muss auch beim Angeln hart und regelmäßig trainiert werden.

Wörter mit kurzem Vokal schreiben

S. 288 **1** Klärt die Schreibweise der Verben *fechten* und *ringen* mithilfe der folgenden Arbeitstechnik.

a) Sprecht die Verben laut und prüft, ob ihr nach dem ersten betonten Vokal einen oder mehrere verschiedene Konsonanten hört.

b) Zeichnet das Haus-Garage-Modell für diese beiden Verben.

ARBEITSTECHNIK

Haus-Garage-Modell

Wörter wie *werfen* und *schwimmen* bestehen aus zwei Silben. Diesen Silbenaufbau könnt ihr euch als Modell mit **Haus (betonte erste Silbe)** und **Garage (unbetonte zweite Silbe)** vorstellen. Haus und Garage haben jeweils drei Zimmer. Der **Vokal (Selbstlaut)** steht immer in der **Mitte**. Die Buchstaben vor und nach dem Vokal kommen jeweils in ein Kästchen.

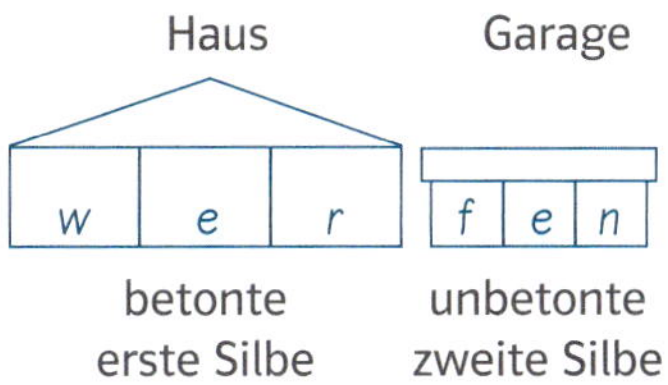

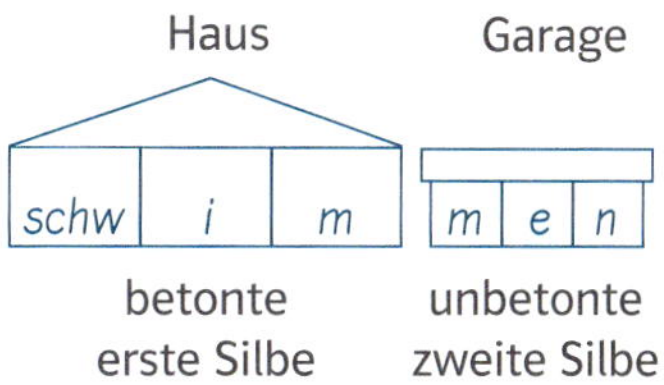

Einsilbige Wörter wie *Kraft* oder *rollt* passen nicht in das Haus-Garage-Modell. Oft kann man aber die Wortstämme verlängern, sodass man das Modell auch anwenden kann.
Kraft → kräftig, rollt → rollen

S. 288 **2** Klärt die Schreibweise der Verben *klettern* und *rennen* mithilfe der Arbeitstechnik.

a) Sprecht die Verben laut und prüft, ob ihr nach dem ersten betonten Vokal einen oder mehrere verschiedene Konsonanten hört.

b) Zeichnet das Haus-Garage-Modell für diese beiden Verben.

c) Ergänzt den folgenden Merksatz.

Wenn ich nach einem kurzen betonten Vokal nur einen Konsonanten höre, dann ....

3 Verlängert bei den folgenden Wörtern die Wortstämme so, dass ihr das Haus-Garage-Modell nutzen könnt. Zeichnet anschließend jeweils das Haus-Garage-Modell.

schnell   Sprint   hüpft

4 Zeichnet das Haus-Garage-Modell für das Wort *Stepptanz*. Verlängert dazu die beiden Wortstämme des zusammengesetzten Wortes.

S. 288 **5** Zeichnet für die Wörter *hocken* und *strecken* das Haus-Garage-Modell. Formuliert eine Regel für die Schreibung des Lautes *k* nach kurzem Vokal.

6 a) Erklärt die Schreibung der unterstrichenen Wörter in dem folgenden Text.
b) Bildet kleine Gruppen und führt ein Rechtschreibgespräch (Seite 243) durch.
- Erklärt, inwiefern euch das Haus-Garage-Modell beim Schreiben des Nomens *Felsen* hilft.

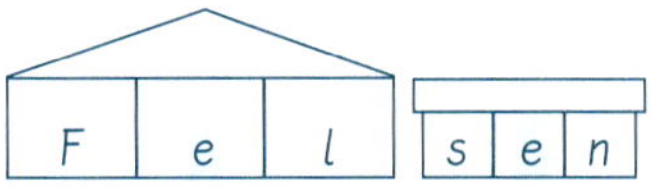

- Vergleicht die Schreibweise der Nomen *Felsen* und *Fell*. Begründet die Schreibweise von *Fell*.

Bouldern

Beim Bouldern handelt es sich ursprünglich um eine Trainingsform des Kletterns an **Felsen** oder an künstlichen Kletterwänden. In den letzten Jahren hat es sich zu einer eigenständigen Trendsportart entwickelt. Da nur in geringer Höhe geklettert wird, ist dieser Sport für viele Altersgruppen hervorragend geeignet.
Das dynamische Klettern sorgt für viel Spaß bei Groß und Klein und hat hoffentlich eine große Zukunft. Unterschiedliche Bewegungen werden intensiv gefördert.
Beim Bouldern wird kein Seil verwendet. Jederzeit kann der Kletterer in einer Halle aus der geringen Höhe abspringen. Es soll auf jeden Fall immer möglich sein, ohne Verletzungsgefahr im Freien von der Felswand oder in einer Kletterhalle aus geringer Höhe abzuspringen. Eine dicke Bodenmatte schützt beim Fallen, denn die Sicherheit ist auch bei dieser Sportart wichtig.

V16 Erklärvideo

KOMPETENZBOX

Wörter mit kurzem Vokal schreiben

Auf einen **betonten kurzen Vokal** (Selbstlaut) folgen meist mindestens **zwei Konsonanten** (Mitlaute). Das können **verschiedene Konsonanten** sein oder **ein Konsonant** wird **verdoppelt**.

Vorgehen	*Beispiele*
- Markiert den kurzen Vokal. - Überprüft, ob das Wort aus zwei Silben besteht. - Wenn das Wort nur aus einer Silbe besteht, verlängert den Wortstamm, indem ihr eine unbetonte Endung anfügt.	*Mantel, schwimmen, Schritt, schnell* *Man-tel, schwim-men,* *Schrit-te, schnel-ler*
- Überprüft, ob ihr nach dem kurzen Vokal mehrere verschiedene Konsonanten hört. - Wenn ihr nur einen Konsonanten hört, müsst ihr ihn verdoppeln.	*Mantel* *schwimmen, Schritte, schneller*
- Die Konsonanten *k* und *z* werden im Deutschen nicht verdoppelt, man schreibt dafür ***ck*** und ***tz***.	*backen, Sack, Katze, Blitz*
- Einige wenige Wörter kann man nicht verlängern. Diese müsst ihr euch **merken**.	Konsonant wird verdoppelt: *wann, wenn, dann, denn* Konsonant wird nicht verdoppelt: *an, mit, von, zum, heran, herauf, herein*

Merkwörter → S. 258

Wörter mit langem Vokal schreiben

1 Sprecht die folgenden Sportarten deutlich aus. Schreibt alle Wörter auf und setzt unter jeden langen Vokal einen breiten Strich.

Gewichtheben   Mehrkampf   Radfahren   Rodeln   Rudern   Segelfliegen

Siebenkampf   Skispringen   Speerwerfen   Sportschießen   Zehnkampf

2 Übernehmt die folgende Tabelle und ordnet die Wörter aus Aufgabe 1 ein.

Dehnungs-*h*	langes *i* als *ie*	Doppelvokal	ohne Dehnungszeichen
Radfahren	*Schießen*	*Speerwerfen*	*Radfahren*

3 Die Wörter im Kasten sind alphabetisch geordnet. Ordnet sie neu.

Wörter mit hl: hohl, kahl, Kohl, …   Wörter mit hm: …   Wörter mit …

Bahn	ihn	kühl	mehr	sehr	wahr
Föhn	ihr	kühn	Mohn	Sohn	wohl
Hahn	Jahr	lahm	Ohr	Stahl	Zahl
hohl	kahl	Lehm	Pfahl	Strahl	zahm
Huhn	Kahn	Lohn	Rahm	Uhr	Zahn
ihm	Kohl	Mehl	Rohr	Wahl	zehn

Wörter mit langem Vokal S. 340 **KOMPETENZBOX**

V17 Erklärvideo

Wörter mit langem Vokal schreiben

Der lang gesprochene Vokal kann im Deutschen ganz verschieden gekennzeichnet sein.

ohne Kennzeichen	***Beispiele***
In den meisten Wörtern steht der lange Vokal **ohne Längenkennzeichnung**. Achtung: Das **lange *i*** bildet eine Ausnahme.	*Rad, Wal, Säge, Segel, Tor, hören, Mut, wütend, Schule, hupen*
ie	
In den meisten deutschen Wörtern kennzeichnet man den langen betonten *i*-Laut mit *ie*.	*spielen, viel, wieder, Ziel, Fliege, siegen*
Ausnahmen müsst ihr euch **merken**.	*Igel, ihr, ihnen*
Das lange *i* ist auch in Fremdwörtern oft nicht gekennzeichnet.	*Benzin, Kilo, Krise, Liter, minus, Ski*
Dehnungs-*h*	
Folgt auf einen Vokal ein *h*, kann man dieses oft nicht hören. Ihr müsst euch diese Wörter **merken**. Häufig steht das *h* vor *l, m, n, r*.	*Bahn, Jahr, Zahl, Bohne, gähnen, Fehler*
aa, ee, oo	
Häufig verwendete Wörter mit *aa*, *ee* und *oo* müsst ihr euch **merken**.	*Beere, Beet, Boot, Kaffee, Klee, Meer, See, Staat, Tee, Schnee, Haare*

Merkwörter → S. 258

Trainingsplatz

Wörter mit langem Vokal schreiben

1 Bearbeitet die Abschnitte des folgenden Textes zu zweit.

a) Sucht in Abschnitt **A** alle Wörter mit *ie* heraus und schreibt sie auf.

b) Entscheidet in Abschnitt **B**, welche der drei Schreibweisen die richtige ist.

c) Überlegt, was ihr in die Lücken in Abschnitt **C** einsetzen müsst. Wenn ihr unsicher seid, schlagt im Wörterbuch nach. Schreibt anschließend den Abschnitt richtig ab.

d) Diktiert euch Abschnitt **D** oder **E**. Wenn ihr bei der Schreibung eines Wortes unsicher seid, dürft ihr euch gegenseitig einen Tipp geben. Begründet anschließend gemeinsam die richtige Schreibung.

Die Geschichte der Olympischen Spiele

A In der Antike fanden viele sportliche Spiele und andere Veranstaltungen statt, mit denen die alten Griechen einen Gott oder mehrere Götter ehrten. Die Forscher fanden heraus, dass die Spiele auf dem heiligen Hain[1] von Olympia ausgetragen wurden. Dieser Ort liegt auf der Halbinsel Peloponnes.

B Lange gab es als einzige Disziplin einen Stadionlauf, bei dem Sportler über die gesamte Stadionlänge von exakt 192,27 Meter um die Wette l(ih/ie/i)fen. Die Sieger durften vor dem Tempel des Gottes Zeus das Feuer entfachen und beka(m/mm/hm)en außerdem einen Olivenkranz als besondere (Eh/Ee/E)re umgehängt. Das Spektakel dauerte nur einen Tag.

C Erst später dauerten die Spiele mehrere Tage, nachdem weitere Sportarten dazukamen. Der Fünfkampf umfasste dam...ls Diskuswerfen[2], Weitsprung, Sp...rwerfen, Laufen und Ringkämpfe. Schl...ßlich wurden auch Sportarten Teil der Spiele, die bis heute bei Olympia zu den besonders beliebten Sportarten z...len, wie Boxen und Reiten. Die Dauer der Spiele wurde deshalb auf fünf Tage ausgedehnt.

Bei den gymnischen[3] Wettbewerben, so nannte man damals Leichtathletik und die Kampfsportarten, traten die Athleten ohne Kleider an. Deshalb g...bt es so viele Darstellungen von nackten Sportlern der Antike.

D Auch wenn die Wettkämpfe und die Götterverehrung im Mittelpunkt standen, waren die Spiele ein wirtschaftliches und politisches Ereignis. Viele Menschen aus dem ganzen Land kamen zusammen. Neuigkeiten wurden ausgetauscht und vor allem danach an vielen Orten verbreitet. Theater und Musik zogen weitere Menschen an, sodass diese Sportereignisse auch einem großen Volksfest glichen.

E Damals durften nur unverheiratete Männer, die sich nichts zu Schulden kommen lassen hatten, an den Spielen teilnehmen. Frauen hatten zwar eigene Wettkämpfe, aber diese fanden zu einem anderen Zeitpunkt statt.

Noch einen großen Unterschied gibt es zu den heutigen Sportwettkämpfen, denn nur der beste Athlet wurde gefeiert. Er erhielt auch Geschenke, Geldprämien und Steuerbefreiungen. Die Sportler auf dem zweiten und dritten Platz wurden damals jedoch nicht geehrt.

---

1 der Hain: kleiner Wald 2 der Diskus: Wurfgerät in Form einer Scheibe, bestehend aus einem Holzkörper mit Metallreifen und Metallkern 3 gymnische: von *gymnos* nackt

MK **2** **EXTRA** Recherchiert im Internet zu Olympia. Vergleicht die Olympischen Spiele der Antike mit den Olympischen Spielen der Gegenwart. Schreibt dazu einen kurzen Text und achtet auf die Rechtschreibung.

14.5 Schuss – Tor – Sieg! · Wörter mit *s*-Lauten schreiben

s-Laute unterscheiden

○ **1** Lest die folgenden Sätze laut vor. Achtet dabei auf die Aussprache der *s*-Laute.

Nach dem Fußballturnier

Sabine fasste sich an ihre blutige Nase und sah auf den Riss in ihrer Hose.
Sie war kurz vor dem Schlusspfiff auf dem nassen Rasen ausgerutscht.
„Trotzdem hat es riesigen Spaß gemacht", sagt sie, „und gesiegt haben wir auch."

KOMPETENZBOX

s-Laute unterscheiden

Stimmhaft nennt man *s*-Laute, die weich gesprochen (gesummt) werden.

Zu Beginn eines Wortes ist der *s*-Laut im Deutschen immer stimmhaft.

Sonne, sauber, Hase, Rasen

Stimmlos nennt man *s*-Laute, die scharf gesprochen (gezischt) werden.

Spaß, Schuss

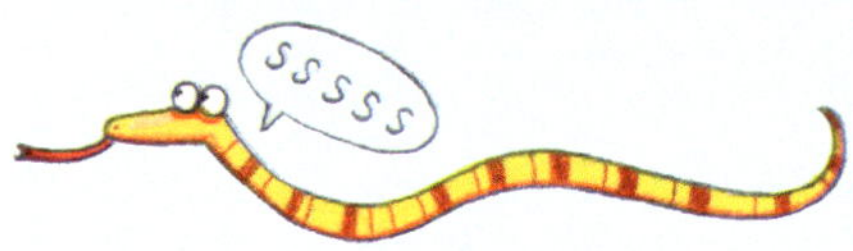

◒ **2** Wenn man schnell spricht, hört man den Unterschied zwischen den *s*-Lauten nicht immer deutlich. Macht euch den Unterschied bewusst.
Sprecht die stimmhaften *s*-Laute in den folgenden Wörtern ganz deutlich.

Sonne Rose Reise Süden summen sausen

◒ **3** Schreibt aus dem Text „Nach dem Fußballturnier" die zehn Wörter mit stimmhaftem *s*-Laut heraus. Unterstreicht den stimmhaften *s*-Laut.

◒ **4** Formuliert eine Regel für die Schreibung des stimmhaften *s*-Lauts.

● **5** → Verlängert die Wörter und prüft, welchen *s*-Laut ihr jeweils hört.
Erklärt, warum beide Formen trotz unterschiedlicher Aussprache gleich geschrieben werden.

Kreis – Kreise

Glas Beweis Haus Maus Eis

Wörter mit *s*-Lauten schreiben

○ **1** Sprecht die stimmlosen *s*-Laute in diesen Wörtern deutlich.

Fuß heiß Schuss schoss Grüße muss

heißt groß Stoß Schluss lässt weiß

◒ **2** Übernehmt die Tabelle und tragt alle Wörter mit *ss* und *ß* aus dem folgenden Text sowie die Wörter aus Aufgabe 1 ein.

ss	ß
der Schuss	*der Fuß*

Schuss – Tor

Selbst Murat, das Ass der Mannschaft, musste nach dem Spiel lachen, als wir schon längst wieder draußen auf der Straße waren. Nach einem guten Pass von Vera war er auf das Tor zugedribbelt und hatte gerade zum Schuss angesetzt. Da war es passiert: Der Fußball hatte plötzlich keine Luft mehr und blieb liegen. Murat stolperte, schoss selbst über den Ball und landete im Tor. Alle lachten, aber ihm war nicht nach Spaß zumute. Etwa dreißig Sekunden dauerte es, bis das Spiel mit einem neuen Ball weitergehen konnte. Schließlich gewannen wir sogar noch den Pokal.

◒ **3** Sprecht die Wörter mit *ss* und *ß* aus Aufgabe 2 deutlich aus und vergleicht die Vokale, die vor den *s*-Lauten stehen. Ergänzt die folgenden Rechtschreibregeln.

Vor *ss* ist der Vokal ....
Vor *ß* steht ein ... Vokal oder ein ....

Haus-Garage-Modell
→ S. 251

◒ **4** Zeichnet für die folgenden Wörter das Modell mit Haus (betonte erste Silbe) und Garage (unbetonte zweite Silbe). Denkt daran, dass der Vokal in beiden Silben in der Mitte steht.

Pfosten Kasper rosten

Massen Sessel fressen

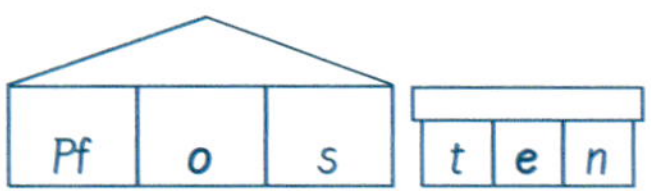

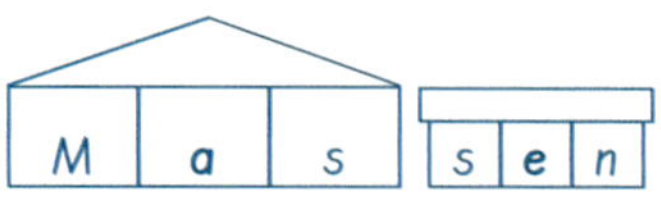

◒ **5** Erklärt die unterschiedliche Schreibung der Wörter aus Aufgabe 4 (Seite 256).

S.288 ◒ ← ● **6** Erklärt die unterschiedliche Schreibung der beiden markierten Wörter.

Lasst uns die schwere Last gemeinsam tragen.

◒ **7** Übernehmt die folgende Tabelle und füllt sie aus.

Maß	*messen*	*misst*	*maß*	*gemessen*
...	*fließen*	...	*floss*	...
...	*reißen*	...	*riss*	...
...	...	*schließt*	...	*geschlossen*

Merkwörter → S.258

◒ **8** Für manche Wörter könnt ihr das Haus-Garage-Modell nicht nutzen. Solche Wörter müsst ihr euch merken. Bildet Sätze mit *bis, das, es, etwas, ein bisschen*.

Etwa dreißig Sekunden dauerte es, **bis das** Spiel weitergehen konnte.

Wörter mit s-Lauten S.341 **KOMPETENZBOX**

V18 Erklärvideo

Wörter mit *s*-Lauten schreiben

Die Schreibung des *s*-Lautes hängt davon ab, ob der *s*-Laut **stimmhaft** oder **stimmlos** ist. Außerdem ist es wichtig, ob der Vokal vor dem *s*-Laut **lang** oder **kurz** ist.

vor dem *s*-Laut steht ein **langer Vokal** oder ***ei, au, eu, äu***

Nase, Glas, Maß

→ *ß oder s?* → stimmloser *s*-Laut: *Maß, Glas*

→ *s* → stimmhafter *s*-Laut: *Nase*

stimmloser *s*-Laut → *ß* → stimmloser *s*-Laut beim Verlängern des Wortes: *Maße → Maß*

stimmloser *s*-Laut → *s* → stimmhafter *s*-Laut beim Verlängern des Wortes: *Gläser → Glas*

vor dem *s*-Laut steht ein **kurzer Vokal**

Kasten, Wasser

→ *s oder ss?* → Wortstamm ermitteln und Grundform bilden

es passt → passen
wässrig → Wasser

→ *s* → auf den *s*-Laut folgt **ein** anderer Konsonant, zum Beispiel *p, t, k*: *Kasten*

→ *ss* → auf den *s*-Laut folgt **kein** anderer Konsonant → s-Laut verdoppeln: *Wasser*

14.6 Mit Köpfchen · Merkwörter schreiben

1 Notiert den gesuchten Begriff und bildet jeweils einen Beispielsatz, in dem ihr den Begriff verwendet.

Gesichtsausdruck → Miene → Sie hat eine freundliche Miene.
das Innere eines Stiftes → Mine → Mein Stift hat eine schwarze Mine

Gesichtsausdruck Wasserfahrzeug rund geformte Masse (zum Beispiel bei Brot)

Haut, die beim Öffnen und Schließen des Auges bewegt wird Blatt eines Buches

Möglichkeit der Entscheidung Person, die im Auftrag eines anderen etwas überbringt

das Innere eines Stiftes auf eine bestimmte Melodie gesungener Text

2 Ergänzt den richtigen *i*-Laut.

Sarah und Timo gehen nach dem Sport ins K...no. Sarah ist Timos Cous...ne. Während des Films essen die beiden Popcorn und Mandar...nen. Sie schauen sich einen Film mit einem T...ger und Vamp...ren an.

3 **a)** Findet im Wortgitter die fünf Merkwörter mit den Buchstaben *eih*.
b) Notiert zu jedem der Merkwort einen Beispielsatz.

D	E	R	H	U	N	D	T	O	L	L
I	I	E	A	L	L	I	E	R	L	A
W	E	I	H	N	A	C	H	T	E	N
E	R	H	A	A	N	A	B	E	I	D
I	C	E	R	A	D	L	L	C	H	I
H	A	R	G	E	D	E	I	H	E	N
E	L	H	U	T	L	I	E	B	N	O
R	I	N	D	H	A	N	D	Q	U	I
E	L	C	H	I	P	B	T	K	P	N

4 Notiert zu jedem Ausdruck einen Beispielsatz aus dem Bereich „Sport“: *im Allgemeinen, im Besonderen, im Folgenden, im Großen und Ganzen, auf dem Laufenden, des Weiteren, im Wesentlichen*

D22 Arbeitsblatt

Merkwörter S. 342 **KOMPETENZBOX**

Merkwörter schreiben

Wörter, bei deren Schreibung Rechtschreibstrategien nicht helfen, muss man im Wörterbuch nachschlagen oder sich merken. Dabei hilft es, diese Wörter aufzuschreiben. Das kann folgende Wörter betreffen:

Wörter	***Beispiel***
... mit *v/V*	*von | vergessen | vielleicht | Vater*
... mit Dehnungs-*h*	*Fehler | nehmen | Gewohnheit | fahren*
... mit *ks*-Laut	*Wachs | Axt*
... mit Doppelvokal und *ai*	*Boot | Haar | Fee | Kaiser*

So könnt ihr euch diese Wörter merken:
- Merkstellen markieren
- Merkwörter mehrfach schreiben
- Wortkarten anlegen
- Wörterlisten mit Merkwörtern erstellen
- Merkverse erfinden und lernen, zum Beispiel *Wer nämlich mit h schreibt, ist dämlich.*
- im Wörterbuch nachschlagen

14.7 Ab-flug-ge-schwin-dig-keit · Worttrennung am Zeilenende anwenden

Achtung: Fehlertext

Wenn das Textverarbeitungsprogramm die Silbentrennung durchführt, kommt es manchmal zu lustigen Trennungen, besonders in Zeitungen, wenn die Spalten schmal sind.

In der 88. Minute gelingt es dem Kapitän endlich, die Torf-laute des Turniers zu beenden. Er verwandelt mit dem Urin-stinkt eines Fußballers den perfekten Pass des Linksau-ßen. Nach dem 0:0 in Berlin nun das 1:0 in Manchester. Erste Mut machende Teiler-folge der überzeugend spiel-enden deutschen Mannschaft.

1 Sucht alle falschen automatischen Silbentrennungen aus dem Zeitungstext heraus. MK

2 Knickt eine Heftseite zweimal der Länge nach, sodass drei gleich große Spalten entstehen. Schreibt die drei folgenden Sätze in die Spalten. Am Zeilenende darf kein Wort gequetscht geschrieben werden.

A 78,6 Meter beträgt die Flugweite eines Fußballs, der mit einer Abfluggeschwindigkeit von 100 Stundenkilometern und einem Abschusswinkel von 45 Grad getreten wird.
B Körperbeherrschung, Reaktionsschnelligkeit sowie ein Höchstmaß an Körperkraft benötigt ein Fußballtorwart, denn er muss bei einem Elfmeter sehr schnell reagieren.
C Die „hässlichste Salatschüssel der Welt“ – so wird die Meisterschale frech, aber liebevoll genannt – wird jedes Jahr dem Deutschen Fußballmeister als Wanderpokal überreicht.

3 Schreibt auf, wie man diese Wörter trennen kann. Nutzt im Zweifel ein Wörterbuch.

A Mannschaftskapitän **B** Stadionärzte **C** Fußballtraining
D Physiotherapeut **E** Schutzausrüstung **F** Übungsprogramme

4 Berichtigt die folgenden Trennungen so, dass Missverständnisse vermieden werden.

A Autoren-nen **B** Bäcker-ei **C** Zwergen-te
D Alp-habet **E** Sen-feier **F** Eie-ruhr

KOMPETENZBOX

V19 Erklärvideo

Worttrennung am Zeilenende anwenden

Regeln	***Beispiele***
Mehrsilbige Wörter trennt man nach Sprechsilben, die ihr beim deutlichen Sprechen auch gut hören könnt.	*Ge-schwin-dig-keit*
Zusammengesetzte Wörter werden nach ihren Bestandteilen getrennt.	*Links-außen (nicht: Linksau-ßen), Schluss-pfiff, Platz-wart, Sport-arzt*
Einzelne Buchstaben werden nicht abgetrennt.	*über-reichen (nicht: ü-berreichen), Olym-pia (nicht: O-lympia)*
pf, *tz* und *st* können getrennt werden.	*Kämp-fe, Plät-ze, Meis-ter*
ch, *ck*, *sch*, *ph* und *th* können nicht getrennt werden.	*rei-chen, blo-cken, beherr-schen, Apo-theke*

14.8 Gewusst, wo … gewusst, wie · Wörterbuch und digitale Rechtschreibprüfung nutzen

1 Ordnet diese Wörter in der alphabetischen Reihenfolge.

Speer jonglieren Waldlauf Torwart Anlauf Abseits Surfen Matte

Anfänger Trillerpfeife Trampolin Gleitflug schießen Weitsprung

S. 288 **2** **a)** Schreibt die folgenden Wörter in alphabetischer Reihenfolge auf. Die Umlaute werden wie die entsprechenden Vokale eingeordnet.
b) Erklärt, wie Wörter mit gleichen Anfangsbuchstaben eingeordnet werden müssen. Überprüft die Ergebnisse mit einem Wörterbuch.

Bänderriss Glückssache Fünfkampf Frühsport Grätsche

Bademeister Geländespiel galoppieren Fairplay

Fanclub Basketball Fahrzeug Badeanzug Ballett

3 In einem Wörterbuch findet ihr außer der richtigen Schreibung noch weitere Informationen. Untersucht die Wörterbucheinträge mithilfe folgender Fragen:
- Welche Informationen findet ihr in runden Klammern?
- Was steht unmittelbar vor und nach dem Stichwort?
- Welche Hinweise sind *kursiv* gedruckt?
- Worüber geben die eckigen Klammern Auskunft?

Rakett … **Rar**ität

A B C D E F G H I

das **Ra|kett** *oder* **Ra|cket** [*engl.;* räkit] des Raketts/Rackets, die Ra|ketts/Ra|ckets (Tennisschläger)
die **Ral|lye** [*engl.;* rali *oder* räli] der –, die Ral|lyes (Etappenrennen für Autos)
das **RAM** des RAM(s), die RAM(s) = random access memory (*in der EDV:* Arbeitsspeicher)
der **Ra|ma|dan** des Ramadan(s), die Ra|ma|da|ne (Fastenmonat im Islam)
die **Ram|me** der –, die Ram|men (schwerer Klotz zum Rammen)
ram|men du rammst (fährst gegen) das Auto, er hat einen Eisenpfahl in die Erde gerammt, sie rammte
die **Ram|pe** der –, die Ram|pen (1. Autoauffahrt, Ladebühne; 2. Bühnenrand)
das **Ram|pen|licht** des Rampenlicht(e)s, die Ram|pen|lich|ter, im Rampenlicht (auf

die **Ran|ke** der –, die Ran|ken (Pflanzenteil, der sich um etwas klammern kann)
ran|ken der Efeu rankt sich in die Höhe, er ist nach oben gerankt, er hat sich um das Gerüst gerankt, er rankte
der **Ran|zen** des Ranzens, die Ran|zen (1. Schultasche; 2. *umgangssprachlich für:* dicker Bauch)
ran|zig ranzige (verdorbene) Butter
der **Rap** [*engl.;* räp] des Rap(s), die Raps (*in der Popmusik:* rhythmischer Sprechgesang)
ra|pid *oder* **ra|pi|de** (sehr schnell)
der **Rap|pe** des Rappen, die Rap|pen (schwarzes Pferd); *Gegensatz:* Schimmel (weißes Pferd)
der **Rap|pel** des Rappels, die Rap|pel (Wutanfall, verrückte Laune)
rap|peln (rasseln, rütteln), du rappelst,

Ausschnitt aus einem Wörterbuch

4 MK Schlagt im Wörterbuch nach, um Antworten auf die folgenden Fragen zu finden.
Ihr könnt auch ein Online-Wörterbuch nutzen.

A Wie lautet der Plural zu *Sneaker*?
B Welches Genus (grammatisches Geschlecht) hat das Substantiv *Triathlon*?
C Was bedeutet *Katamaran*?
D Wie trennt man *Olympiade*?
E Woher kommt das Wort *Ski*?

5 MK Bei der Arbeit mit einem Textverarbeitungsprogramm könnt ihr eine automatische Rechtschreibprüfung nutzen. Dabei werden manchmal auch Wörter rot unterstrichen, die eigentlich richtig geschrieben sind.

a) Überprüft im Text „Auf der Jagd nach dem Schnatz" die unterstrichenen Wörter.
b) Erklärt, warum sie unterstrichen sind.

6 MK Der Text „Auf der Jagd nach dem Schnatz" enthält zehn Fehler, die die automatische Rechtschreibprüfung nicht gefunden hat.

a) Findet die Fehler.
b) Erklärt, warum die automatische Rechtschreibprüfung hier nicht funktioniert.

Achtung: Fehlertext

Auf der Jagd nach dem Schnatz

Quidditch – was wie die Neuzüchtung einer Obstsorte klinkt, ist in Wirklichkeit ein Magischer Sport. Allen Harry-Potter-Fans dürfte dieser wohl bekannt sein. Aber wusstet ihr, dass Mann Quidditch auch in Freiburg spielen kann und dass es sogar eine echte Quidditch-Weltmeisterschaft gibt?
Während in den Harry-Potter-Romanen ein flugfähiger Besen als Sportgerät dient, nutzt man im echten leben eine etwa 100 Zentimeter lange Stange. Diese wird zwischen die Beine geklemmt oder mit einer Hand festgehalten. Doch watscheln die Spieler keineswegs wie flugunfähige Pinguine über das Spielfeld, vielmehr Rennen sie flink und geschickt dem Schnatz hinterher. In der Welt Harry Potters ist das ein Kleiner, fliegender, goldener Ball. Wer in fängt, hat das Spiel gewonnen. Im Muggel-Quidditch – also unter denn Nicht-Zauberern – isst der Schnatz in einer Socke am Bunt der Hose eines Mitspielers versteckt.

Trainingsplatz

Stationen: Rechtschreibung

Diktat A

Im Winter sind viele Bäume kahl.
Bei Hunden ist die Erziehung wichtig.
Gibst du mir mal die Butter?
Bei Hitze ist es im Wasser schön kühl.
Ich esse grundsätzlich kein Fleisch, aber gerne Käse.
Der Bus stoppt an der Ampel.
Er gießt die Blumen, die gelb blühen.
Sie will sich einen Apfel vom Baum nehmen.
Ich gehe heute vielleicht ins Kino.
Diese grelle Farbe finde ich scheußlich.
Bitte benehmt euch anständig!

Diktat B

Als der Schauspieler die Bühne betritt, klatscht das Publikum.
Im Herbst dekorieren sie alles mit Kürbissen.
Der neue Mais soll vortrefflich schmecken.
Das Gefieder des Vogels ist glänzend.
Man sollte die Hoffnung nie aufgeben.

◒ **1** a) Arbeitet zu zweit. Diktiert euch die Sätze von Diktat **A**.
b) Korrigiert gegenseitig eure Lösung. Achtet besonders auf die unterstrichenen Buchstaben.
c) Bestimmt eure Fehler und übt mithilfe der Übersicht auf Seite 267.

● **2** a) Arbeitet zu zweit. Diktiert euch die Sätze von Diktat **B**. Korrigiert gegenseitig eure Lösung, bestimmt eure Fehler und übt mithilfe der Übersicht auf Seite 267.
b) Verfasst drei weitere Beispiele mit Wörtern, die ihr oft nachschlagen müsst.

Station A: Großschreibung beherrschen

Skilanglauf auch im Sommer – geht das?

Achtung: Fehlertext

A Um in der schneefreien Zeit, also auch außerhalb des Winters und in Zeiten ohne Schnee, auf Skiern unterwegs sein zu können, entwickelte sich aus dem traditionellen Skilanglauf das Skirollern. Für diese neue Sportart gibt es verschiedene Bezeichnungen, zum Beispiel Rollskilaufen.

B Zuerst war es als reines Sommertrainingsmittel für Leistungssportler im Skilanglauf gedacht. Schon bald entstand daraus eine eigene Sportart. Vor allem in Skandinavien erfreut sich das ganzjährige Skirollern einer sehr großen Beliebtheit. Am Anfang existierte nur eine kleine Szene eingeschworener Fans, die auf Ski durch die Landschaft rollte. Inzwischen sieht man nicht nur in Nordeuropa, sondern auch in Mitteleuropa häufig „Skilangläufer" auf asphaltierten Wegen beim Langlaufen mitten im Sommer. Das Existieren dieser neuen Trendsportart erfreut nicht nur die Hersteller von Sportartikeln.

C Zum Ausüben dieser Sportart braucht jeder Sportler passende Skiroller. Das Sportgerät besteht aus einem Holm. So heißt der kleine Teil zum Stehen und Fahren. Es ist natürlich kein normales Brett, sondern es ist mit zwei Rädern und einer Skibindung ausgestattet. Dieser kurze Ski kann mit den eigenen Skilanglaufschuhen gefahren werden. Auch die klassischen Skilanglaufstöcke kann man für das ursprünglich winterliche Sommervergnügen benutzen.

D Wahlweise erfolgt das ausstatten der kleinen räder mit gummi oder speziellen materialien für asphaltwege. Selbst das befüllen von kleinen reifen mit luft für wald- und forstwege ist möglich. Damit steht dem skirollern auf allen wegen fast nichts im weg. Einige skirollermodelle verfügen mittlerweile sogar über bremsen, damit sich auch etwas steilere abfahrten sicher meistern lassen.

◒ **1** Erklärt, warum die unterstrichenen Wörter groß geschrieben werden.

S. 288 ○ ← ◒ **2** **a)** Sucht in Abschnitt **C** die Nominalisierungen heraus.
b) Verbessert in Abschnitt **D** die Groß- und Kleinschreibung. Schreibt den Text richtig auf.

● **3** **a)** Diktiert euch die Abschnitte **C** und **D** gegenseitig als Partnerdiktat.
b) Sucht aus eurem Diktatteil drei Wörter heraus, deren Schreibweise euch Schwierigkeiten bereitet und die ihr euch einprägen müsst. Verwendet jedes Wort in einem neuen Beispielsatz.

Station B: Wörter mit gleich und ähnlich klingenden Lauten schreiben

◒ **1** Schreibt den folgenden Text ab und ergänzt die fehlenden Buchstaben.

Den Abstiegsrekor(d/t) vom Gipfel des Everests bis zum Zel(d/t)lager auf dem Sü(d/t)sattel[1] in nur einer Stunde h(ä/e)lt der Österreicher Peter Habeler, der 1978 die schwindelerregen(d/t) steilen Schneeh(ä/e)nge auf dem Hosenboden heruntergerutscht ist. Das muss ein irrer Ty(b/p) sein!

1 der Südsattel: Vertiefung an einem Bergrücken zwischen zwei Gipfeln, hier im Süden

◒ **2** Ergänzt die folgenden Reimwörter. Beachtet, dass Reimwörter oft unterschiedlich geschrieben werden. Begründet die korrekte Schreibung jeweils mithilfe der Rechtschreibstrategien (Seite 242).

Hun... – bun...

Han... – Lan... – Wan... – Ran...

...nge – Gedr...nge

Gel... – Hel... – Wel... – Zel...

Schil... – wil...

Pfer... – fähr...

We... – Ste...

Zwer... – Ber...

Wal... – kal... – bal... – Hal...

S. 289 ◒ ← ● **3** **a)** Schreibt die beiden folgenden Verse auf und setzt das Gedicht fort. Ihr könnt die Reimwörter aus Aufgabe 2 verwenden.
b) Findet weitere Reimwörter mit ähnlich klingenden Lauten und verwendet sie in lustigen Vierzeilern. Ihr könnt unterschiedliche Reimmuster wie Paarreim oder Kreuzreim verwenden.

Paarreim, Kreuzreim → S. 133

Es war einmal ein Zwer...
Der stieg auf einen Ber...

● **4** Diktiert euch den Bergsteigerwitz mit den Satzzeichen.
Kontrolliert die Schreibung. Klärt Unsicherheiten im Rechtschreibgespräch (Seite 243).

Ein Bergsteiger ist auf dem Weg nach oben. Es ist sehr kalt und der Bergsteiger hat nicht genug warme Unterwäsche dabei. Zum Glück gibt es im Ort ein Sportgeschäft. Er geht zum Verkäufer: „Ich benötige Unterhosen." Der Verkäufer fragt nach: „Lange?" Der Bergsteiger schaut den Verkäufer verwundert an: „Ich will sie kaufen und nicht mieten!"

Trainingsplatz

Station C: Wörter mit kurzem Vokal schreiben

1 Zeichnet das Haus-Garage-Modell (Seite 251) für die folgenden Wörter. Bei einsilbigen Wörtern müsst ihr den Wortstamm verlängern.

stark Ball Schritt kicken Muskel Halle toll Tanz dribbeln Gold

S. 289 **2** Ergänzt im folgenden Text die fehlenden Buchstaben und schreibt die Wörter richtig auf.

Olympische Vielfalt

Wie vielfältig Sport ist, macht ein Bli(ck/k/kk) auf die Sportarten bei Olympischen Spielen deutlich. I(m/mm)er wieder hat das Internationale Olympische Komitee neue Sportarten in den Kanon der We(t/tt)bewerbe aufgeno(m/mm)en, andere sind wieder herausgefa(l/ll)en. Ma(n/nn)che Sportarten waren nur kur(z/tz/zz) im Programm. Seilkle(t/tt)ern war insgesa(m/mm)t nur dreimal dabei, Hundeschli(t/tt)en-Rennen nur einmal, 1932 in Lake Placid. Zumi(n/nn)dest vorübergehend gab es bei Olympia auch schon Angeln, Drachenfliegen, Lebensre(t/tt)en, alle 1900 in Paris, außerdem Eissto(ck/k/kk)schießen im Jahr 1964 oder Rollhockey im Jahr 1992. Selbst Ka(r/rr)tenspiele wie Bridge oder das Bre(t/tt)spiel Schach erke(n/nn)t das Olympische Komitee als Sportarten an. Ob sie wohl einmal ins Programm der Olympischen Spiele kommen?

3 Löst das Kreuzworträtsel. Achtet auf die Schreibung nach dem kurzen Vokal.

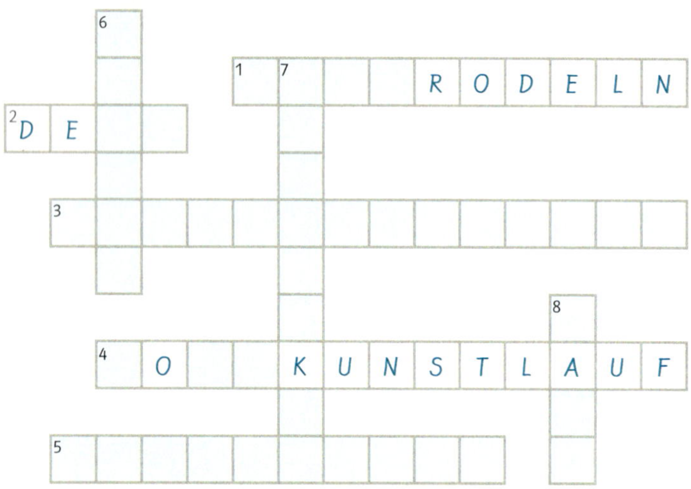

Waagerecht
1. Wintersportart mit Schlitten
2. Merkwort, leitet eine Begründung ein
3. Wettlauf auf Schlittschuhen
4. dem Eiskunstlauf verwandte Sportart auf acht Rädern
5. Ballsportart auf einem durch ein Netz geteilten Spielfeld

Senkrecht
6. Ein berühmtes Turnier in dieser Sportart wird in Wimbledon ausgetragen.
7. Mannschaftssportart auf Eis
8. Merkwort, Fragewort der Zeit

Station D: Wörter mit langem Vokal schreiben

S. 289 **1** *aa, ee* oder *oo*? Bildet Wörter und ordnet sie in einer Tabelle. In drei Fällen (graue Kästen) könnt ihr jeweils zwei Wörter in die Tabelle eintragen. Welche Wörter sind das? Benutzt im Zweifel ein Wörterbuch.

S...l S... T... ...l B...re Kl... Kaff... P...r F... Z... T...r

H...r B...t M...r Schn... W...ge S...t M...s Sp...r St...t

2 Schreibt die folgenden Sätze auf und setzt das richtige Wort ein. Begründet.

A *mehr* oder *Meer*?
Nach ihrer Eislaufkür sah die Eisfläche aus wie ein ... von Blumen.
Es kamen ... Zuschauer als erwartet.

B *Wahl* oder *Wal?*
Er gewann die ... zum „Sportler des Jahres".
Ein ... tauchte vor dem Segelboot auf.

C *lehrte* oder *leerte*?
Sie ... ihn das Schwimmen.
Er ... das Schwimmbecken.

D *Uhr* oder *Ur*?
Sportlichen Wettstreit gibt es seit ...zeiten.
Sie fragte nach der ...zeit.

S. 289 **3** Wer findet die meisten Reimwörter? Bedenkt, dass Reimwörter zwar ähnlich klingen, aber nicht immer gleich geschrieben werden: *Zeh*, *Meer*, *Tor*, *Knie*, *Boot*, *Saal*, *Beere*, *Spiel*.

4 Diese Wörter enthalten ein langes *i* ohne Dehnungszeichen. Ihr müsst sie euch merken. Bildet Sätze mit mindestens fünf der folgenden Wörter: *Benzin*, *Bibel*, *Familie*, *Igel*, *Kino*, *Kilo*, *Liter*, *Linie*, *dir*, *wir*.

Station E: Wörter mit *s*-Lauten schreiben

S. 289 **1 a)** *s* oder *ß*? Entscheidet mithilfe der Strategie Verlängern: *Ei...stockschießen*, *Ga...flamme*, *Schlie...fach*, *Flei...arbeit*, *Presseauswei...*, *Kugelsto...technik*

Ei...stockschießen → *eisig* → *also: Eisstockschießen*

b) *ss* oder *ß* oder *s*? Schreibt die folgenden Wörter richtig auf: *er ra...pelt*, *es ra...elt*, *sie ra...t*, *er ra...tet*, *es hei...t*, *er vergi...t*, *er schie...t*, *es pa...t*, *es ro...tet*, *sie lä...t*, *er lie...t*

2 Schreibt die Wörter aus dem folgenden Text richtig auf. Nutzt die Kompetenzbox auf Seite 257.

Bolzen wie die Ritter

Im britischen Ashbourne la...en rund 400 Männer jedes Jahr am Fa...tnachtsdienstag eine Tradition aufleben, die minde...tens seit dem 12. Jahrhundert nachwei...bar ist: Shrovetide-Fu...ball. Die Regeln sind kurio...: Das Spiel dauert zwei Tage, die Anzahl der Spieler ist bedeutungslo... und schie...t jemand vor 17 Uhr ein Tor, mu... der Ball ausgewech...elt werden. Das Spielfeld umfa...t fünf Kilometer. Früher dienten zwei Mühlsteine als Tore, die mittlerweile abgeri...en sind.

3 Schreibt die einzelnen Wörter auf. Ergänzt bei Nomen den passenden Artikel. Achtet auf die Schreibung der *s*-Laute.

Das könnt ihr jetzt!

Ein Diktat schreiben

Beispiel für eine Klassenarbeit

Lösungen
→ S. 293

1 **a)** Schreibt das Diktat zum Text „Klassenspiele".
b) Korrigiert euer Diktat. Bestimmt dann mithilfe der Übersicht auf Seite 267 eure Fehlerschwerpunkte. Sortiert dazu eure falsch geschriebenen Wörter ein. An den Stellen, an denen ihr besonders viele Fehler gesammelt habt, könnt ihr in den Stationen (Seiten 262–265) üben und in den Lerninseln nachschlagen.

A21 Diktat

Klassenspiele

Eigentlich ist die Schule zum Lernen da. Aber manchmal gibt es auch Gelegenheiten zum Spielen, zum Beispiel in den Pausen.
Häufig fällt einer Klasse dann spontan nichts Gutes ein. „Kennt ihr keine Spiele?", fragt die Lehrerin. Sie hält es für das Beste, wenn die Kinder alle Lieblingsspiele sammeln und aufschreiben. Jeder notiert, was er oder sie am liebsten spielt. Sicherlich wird der 5d dabei viel Lustiges einfallen. Schließlich gibt es sowohl ruhige Spiele als auch solche zum Austoben. Die Klasse hat danach eine große Auswahl, wenn sie etwas spielen möchte.
Am schönsten ist es für eine Gruppe meist, mit zwei Mannschaften zu spielen. Sie versuchen alles Mögliche, um das gegnerische Gewinnen zu verhindern. Am wichtigsten beim Spielen ist aber der Spaß!

(121 Wörter)

2 Warum schreibt man das so? Begründet mit der passenden Rechtschreibstrategie.

Das Das Wort zählen schreibt man mit ä und nicht mit e. > Strategie Ableiten > Zahl

A Das Wort *zählen* schreibt man mit *ä* und nicht mit *e*.
B Das Wort *Zimmer* schreibt mit *mm* und nicht mit *m*.
C Das Wort *schreibt* schreibt man mit *b* und nicht mit *p*.
D Das Wort *Mütze* schreibt man mit *tz* und nicht mit *z*.
E Das Wort *Geld* schreibt man mit *d* und nicht mit *t*.
F Das Wort *Heizung* schreibt man groß.
G Das Wort *fabelhaft* schreibt man klein.
H Das Wort *fertig* schreibt man mit *f* und nicht mit *v*.
I Das Wort *gräulich* schreibt man mit *äu* und nicht mit *eu*.

Eigene Fehlerschwerpunkte erkennen

Fehler	***Beispiele***	**Übungen/ Nachschlagen**
1. Fehler vermeidbar durch **Nomen und Nominalisierungen erkennen:**		
mit Artikelwörtern (bestimmte Artikel, unbestimmte Artikel, Possessivartikel, weitere Artikelwörter)	*die Katze | am Sonntag | mein Hund | alles Gute*	Station A: Großschreibung beherrschen, S. 262 Nomen und Nominalisierungen erkennen, S. 339
mit häufigen Suffixen	*Verletzung | Mehrheit | Erlaubnis*	
2. Fehler vermeidbar durch **Wörter verlängern**:		
Wortende: *t/d, k/g, p/b*	*Berg | Rad | sie übt*	Station B, S. 263 Station E, S. 265 Verlängern, S. 338
Wortende: *s/ß/ss*	*Fuß | Schuss | Gras*	
Wortmitte: Doppelkonsonanten	*Schritte | schwimmen | schneller*	
Wortmitte: silbentrennendes *h*	*gehen | nahe*	
3. Fehler vermeidbar durch **verwandte Wörter suchen**:		
bei *e/ä, eu/äu* (zum Beispiel *Häuser – Haus*)	*Bälle | zähmen | träumen*	Station B, S. 263 Station C, S. 264 Station E, S. 265 Ableiten, S. 338
bei Doppelkonsonanten	*es passt | wässrig*	
4. Fehler vermeidbar durch **Wörter in ihre Bestandteile zerlegen und Silbe für Silbe mitsprechen**:		
zum Beispiel Auslassungen von Buchstaben	*Unterricht | Fahrrad | Eichhörnchen*	Wörter deutlich mitsprechen, S. 338
5. Fehler vermeidbar durch **Merkworttraining**:		
Wörter mit *v/V* (zum Beispiel Vorbausteine *ver-, vor-*)	*viel | versuchen | vorgestern*	Station C, S. 264 Station D, S. 264 Merkwörter, S. 258, S. 342
Wörter mit *ß*	*Fuß | Spaß | Gruß*	
häufig verwendete Wörter	*jetzt | ab | und | man*	
Wörter mit Dehnungs-*h*	*Zahl | Bahn | Jahr | lahm*	
Wörter mit Doppelvokal *(aa, oo, ee)* und *ai*	*Haare | Boot | Schnee | Kaiser*	
Wörter mit *ä*	*Käse | Bär | März*	
Ausnahmen bei langem *i*	*Bleistiftmine | Lid | ihr | ihm*	
Wörter mit *x, chs, cks, ks, gs*	*Axt | wachsen | Klecks | Keks | tagsüber*	
6. Sonstige Fehler:		
zum Beispiel Buchstabenverwechslungen (*s/z, n/m, r/ch, d/t, g/k, b/p, ch/sch*)	*sie sieht | sie zieht | Sand | gesamt | warten | Wacht | Faden | raten | Gasse | Kasse | Bass | Pass | kindlich | kindisch*	genaues Lesen, Merkwörter S. 258, S. 342

Starthilfen

1 Ich – du – wir • Sich und andere informieren

S.14 ○ 4 Sucht nach Wörtern und Sätzen, die
- eine persönliche Anrede enthalten.
- einen persönlichen Bezug zur Adressatin herstellen.
- umgangssprachliche Formulierungen aufweisen.

S.17 ◒ 2 Sucht die folgenden Textstellen und formuliert Fragen, auf die sie antworten.
- „[...] der Gegensatz zwischen den starken, reichen Fußballclubs der Männer, die regelmäßig Spiele in der Region gewinnen und einem Frauenfußball, der mit viel Einsatz und Hingabe von einigen wenigen nicht wirklich vorankommt." (Zeile 2–7)
- „[...] die beiden Stars der Liga – Al-Ahly und Zamalek [...]" (Zeile 15–16)
- „[...] Frauenteams sind für die Saison 2023/24 im Aufbau [...]" (Zeile 18–19)
- „Ich ärgere mich sofort. Besonders wenn ich fühle, dass nicht nur ich unterschätzt werde, sondern auch der Sport – also das, was ich liebe. Aber ich sage mir, am Ende des Tages ist das alles nur Gerede." (Zeile 28–33)
- „Ihr Vater, Bauingenieur und selbst ehemaliger Fußballer, entdeckte ihr Talent, der Onkel ermunterte die Eltern, Maja zum Training zu schicken, ihre Mutter – die zuerst dachte, Fußball gehöre sich nicht für ein Mädchen – gab schließlich nach." (Zeile 34–39)
- „Aber das Mobbing, das kommt von den obersten Verantwortlichen der Fußballvereine. Und manchmal auch von den Medien – die eigentlich die Menschen aufklären und nicht noch zu mehr Mobbing ermutigen sollen." (Zeile 76–81)

S.19 ○ 3 Klärt die Bedeutung folgender Begriffe: *Laute* (Zeile 6), *Gestalt* (Zeile 18), *Tonsprachen* (Zeile 40), *Symbole* (Zeile 47), *Quadrat* (Zeile 52), *reduzieren* (Zeile 55), *kompliziert* (Zeile 62).

S.20 ○ 3a Ihr könnt folgende Schlüsselwörter verwenden:

Abschnitt C: „Schriftzeichen vereinfachten sich" (Zeile 22), „einzelne Zeichen zusammengesetzt" (Zeile 29), „eigene Bedeutung" (Zeile 30)

Abschnitt D: „Früher" (Zeile 34), „von oben nach unten und von rechts nach links gelesen und geschrieben" (Zeile 34–36), „heute" (Zeile 36), „von links oben nach rechts unten" (Zeile 37)

Abschnitt E: „Tonsprachen" (Zeile 40), „Zeichen in verschiedenen Tonhöhen" (Zeile 41), „vier Töne" (Zeile 42), „bei der Umschrift [...] angegeben" (Zeile 44–45)

Abschnitt F: „Grundschule" (Zeilen 46–47), „ganz einfache Symbole" (Zeile 47), „Zeichen zusammensetzt" (Zeile 49), „alle chinesischen Schriftzeichen [...] Platz eines gleichgroßen Quadrates" (Zeile 51–52), „Zeichen [...] reduzieren und ausgleichen" (Zeile 55–56), „Schulhefte [...] mit Quadraten bedruckt" (Zeile 58–59), „Schreiben [...] besser üben" (Zeile 61)

Abschnitt G: „Schriftzeichen [...] aus einzelnen Strichen" (Zeile 63)

S.21 ○ 2 Ihr könnt folgende Formulierungen verwenden:

Abschnitt **C**
Die chinesische Schrift ...
Die Schriftzeichen ...
Zum Beispiel wurde das Schriftzeichen für ...
Deshalb ...
Außerdem entstanden ..., indem man ...

Abschnitt **F**
In der Grundschule ...
Wenn man zwei Schriftzeichen ...
Eine Schwierigkeit beim Schreibenlernen besteht darin, dass ...
Deshalb müssen die Schülerinnen und Schüler ...

S. 21 ◒ 3b Ihr könnt folgende Formulierungen verwenden:
Während die Fußballclubs der Männer ...
In den letzten Jahren ist das Interesse am Frauenfußball ...
Für die Saison 2023/24 planen ...
Maja Ehab ist ...
Vor allem im Internet gibt es leider ...
Wenn Maja mit Klischees konfrontiert wird, dann ...
Majas Familie hat ihre Fußballkarriere ...
Auch wenn ihre Mutter ...
Die Medien ...
Sogar die obersten Verantwortlichen der Fußballvereine ...
Der Nationalcoach Mohammad Mostafa Abdelhamid hofft, dass ...

S. 23 ○ 3b Findet Textstellen, die folgende W-Fragen beantworten.
- Welche Sportart betreibt Kelly?
- Wie kam Kelly zum Freeskiing?
- Wo lebt und trainiert sie?
- Wo finden die Wettkämpfe statt?
- Wie lebt sie auf den Reisen?
- Mit welchen Schwierigkeiten muss Kelly leben, wenn sie reist?

S. 23 ○ 5
- In den ersten drei Absätzen könnt ihr folgende Schlüsselwörter markieren: *Kelly* (Zeile 1), *französischen Skiort Méribel* (Zeile 10–11), *fit zu werden ... Freeskiing-Wettbewerbe* (Zeile 11–13), *14-Jährige aus Estlands Hauptstadt Tallinn* (Zeile 15), *Mischung aus Skilaufen und Akrobatik* (Zeile 16–17), *YouTube-Videos* (Zeile 19), *Wettkämpfen ins Ausland* (Zeile 20), *Hälfte des Jahres unterwegs* (Zeile 23–24), *Sponsoren* (Zeile 25).
- Findet weitere Schlüsselwörter in den Zeilen 26, 27, 32–34, 38, 42, 43, 46, 49, 55, 56.

S. 23 ◒ 8 Ihr könnt folgende Formulierungen verwenden:
Die Jugendliche Kelly zählt zu ... / Freeskiing ist ... / Kelly lebt eigentlich in ..., aber ... / Sie trainiert ... / Deshalb ... / Auf den Reisen ... / Den Schulstoff ... / Ich finde Kellys Leben ..., denn ...

S. 29 ◒ 11 Mehrere Sprechblasen gibt es bei **3** (Arabisch), **5** (Französisch), **7** (Kroatisch), **8** (Slowenisch), **9** (Spanisch), **10** (Türkisch) und **11** (Vietnamesisch).
Bedenkt, wie im Deutschen der Unterschied zwischen „Guten Tag" und „Griaß di"/„Moin, Moin" beziehungsweise zwischen „Guten Morgen" und „Guten Tag" ist. Sucht nach ähnlichen Unterschieden bei den anderen Sprachen.

2 Jetzt verstehe ich dich! • Sprachlicher Umgang mit anderen

S. 34 ○ 3
- Prüft, ob die folgenden Gesprächsregeln eingehalten werden: ***einander zuhören**; **die anderen ausreden lassen**; **nachfragen, wenn ihr etwas nicht verstanden habt**; **euch auf das Gesagte beziehen**; **beim Thema bleiben**; **sachlich bleiben**; **den eigenen Standpunkt begründen**.*
- Sucht Gemeinsamkeiten und Unterschiede zwischen dem Gespräch und dem Bild.

Starthilfen

S.37 ◒ 4 Übernehmt die folgende Tabelle und ergänzt sie.

	Gesprächssituation	Textnachricht
Wo befinden sich die Gesprächspartner?	*zur gleichen Zeit am gleichen Ort*	...
Wie lange hat man Zeit, um darauf zu reagieren?	...	*prinzipiell so lange man möchte*
Wie kann man seine Gefühle ausdrücken?	*mit Worten, Sprechweise, Körpersprache, Gesten*	...
– Wodurch können Missverständnisse entstehen?	...	*– durch Fehlschreibungen* *– mangels Blickkontakt und Gehör*

S.38 ○ 2 Orientiert euch beim Schreiben an der folgenden Gliederung.
Einleitung des Telefonats: Begrüßung, Namen nennen, für späte Störung entschuldigen
Hauptteil: Grund für den Anruf nennen, sich für das Fehlen beim Spiel und die späte Absage entschuldigen
Schluss des Telefonats: Verabschieden, Bedanken fürs Verständnis, einen schönen Abend wünschen

S.41 ○ 2a Übernehmt die folgende Tabelle und ergänzt.

Gründe, Rudi zu behalten	Gründe, Rudi nicht zu behalten
– Rudi mag Zuppi und wird von ihr gut versorgt. *– Zuppi hat das Ferkel gewonnen, daher ...* – ...	*– Eine Stadtwohnung ist kein geeigneter Ort für ein Schwein, denn ...* *– Die Nachbarn ...* – ...

S.41 ○ 2b Legt zur Vorbereitung des Rollenspiels eine Situationskarte und Rollenkarten für Zuppi und den Vater an.
Situationskarte: *Zuppi hat das Schwein gewonnen/möchte es mit nach Hause nehmen/...*
Rollenkarte für den Vater: *ist gegen Haustiere/hält nur seine Meinung für richtig/...*
Rollenkarte für Zuppi: *ist tierlieb/...*

S.42 ◒ 4 Nutzt folgende Hinweise und ergänzt oder berichtigt:
- Form einhalten (zum Beispiel Anrede, Grußformel)
- Anlass für E-Mail formulieren
- Argumente dafür oder dagegen nennen
- Forderung (Ziel) formulieren

3 Erlebt – erdacht – erzählt • Mündlich und schriftlich erzählen

S.50 ◒ 4 Ordnet die erzählerischen Mittel **A** – **D** den Textstellen **1** – **4** (Seite 271) zu. Begründet.

A Die Gefühle und Gedanken einer Figur werden nachvollziehbar beschrieben.

B Die Spannung wird gesteigert.

C Es wird etwas anschaulich beschrieben.

D Eine überraschende Wendung tritt ein.

1 „Können Sie's [das Geschichtenerzählen] mir nicht beibringen?" [...]
Mr. O'Flaherty blickte nachdenklich ins Feuer. „Kannst du Rad fahren?", fragte er. (Zeile 14–20)

2 Bevor sie [die Makrele] in die Pfanne kam [...], war sie braun und knusprig. (Zeile 54–57)

3 „Als der Riese hörte, dass der Junge das Feuer besaß, überlegte er, wie er es ihm stehlen könne. Eines Abends machte er mit seinen Riesenbeinen einen großen Schritt über die Bucht, läutete die Schiffsglocke neben der Haustür des Jungen, legte sich flach hin und steckte den Kopf zum Fenster hinein. ‚Bist du der Junge, der das Feuer besitzt?', fragte der Riese. Der Riese sah schrecklich aus." (Zeile 82–89)

4 Der [Riese Roderick] hatte sein ganzes Leben lang gefroren, auch im Sommer, weil es ja hier so viel regnet, und seine Makrelen hatte er immer roh essen müssen. Er war so verfressen, dass er ständig bis oben hin mit ganzen Makrelen und Barschen und Lachsen angefüllt war. (Zeile 71–77)

S.54 ○ 1b Wählt Punkte aus, die eurer Meinung nach eine Überschrift leisten muss. Begründet.
Die Überschrift ...
A erwähnt die Hauptfigur.
B hat einen klaren Bezug zur Geschichte.
C weckt Interesse, macht neugierig.
D gibt Hinweise auf das zentrale Ereignis.
E ist anschaulich.
F enthält Wortspiele.

S.54 ○ 4a Ihr könnt die folgenden Fragen nutzen:
- Welche Sinneseindrücke nehmen die Figuren wahr?
- Welche Gefühle und Gedanken haben sie?
- An welchen Stellen wird wörtliche Rede genutzt?
- Welche Adjektive und Verben erzeugen Spannung?
- Mit welchen Satzanfängen baut sich Spannung auf?

S.58 ○ 3 Ihr könnt folgenden Erzählanfang fortsetzen:
Bloß nicht die Noten liegen lassen, damit Mama keinen Verdacht schöpft! Von wegen Klavierunterricht – heute werde ich's Max zeigen. Der hält sich ja für ...

S.59 ○ 6 Prüft, in welchem Ausschnitt mehr Spannung aufgebaut wird. Erklärt, woran das liegt.
Ihr könnt folgende Stichworte benutzen: ***inhaltlicher Schwerpunkt des Ausschnitts, Sinneswahrnehmungen, Einzelheiten, Gedanken, Gefühle, Erinnerungen***

S.61 ○ 2 Ihr könnt die folgenden Notizen fortsetzen:
Anfang: *Zeile 1–9 Friedrich sucht jemanden, mit dem er sich unterhalten kann.*
Hauptteil: *Zeile 10– ...*
Schluss: *...*

S.62 ○ 6 Ordnet folgende Textstellen (Seite 271 und 272) in die Tabelle ein:
- „‚Es kann ja schlecht dieses ganze Land mit irren Hummeln [...] bevölkert sein!' Und damit sollte er leider recht haben." (Zeile 7–10)
- „Die Spinne lief um ihn herum und nun konnte Friedrich sie sehen. Und wenn er sich bisher eingeredet hatte, sein Tag könne nicht mehr schlimmer werden, musste er jetzt zugeben: Damit hatte er unrecht gehabt." (Zeile 32–35)
- „Sie war riesig. Ihr Körper war größer als Friedrich und dazu kamen noch acht lange haarige Beine. Mit vier Augen vorn am Kopf beäugte sie ihren Fang neugierig; zwei weitere kleine Augen oben auf dem Kopf schienen nach oben zu schauen." (Zeile 36–40)
- „‚He!', schrie Friedrich. Jetzt wünschte er, er hätte letzte Nacht nicht so viel geschrien, denn nun war er heiser. ‚Hilfe! Hilfeeeeee!!' ‚Jetzt hören Sie schon auf zu schreien', sagte die Spinne gut gelaunt." (Zeile 60–64)

Starthilfen

- „Sie war schon fast wieder auf den Beinen, als Brumsel ihr direkt ins Gesicht sprang und ihr einen Tritt verpasste, dass es nur so schallerte. Die dünnen Spinnenbeine schwankten und knickten ein und der Körper der Spinne krachte auf den Boden." (Zeile 84–88)

S. 66 ○ 4 Übernehmt und ergänzt die folgende Tabelle.

Bild	Gefühle	Gedanken	wörtliche Rede
Bild 1	*fröhlich, entspannt, aufmerksam*	*Ich habe Lust fernzusehen.*	*„Mal seh'n, was in der Glotze kommt."*
...	...	...	...

S. 67 ○ 8a Ihr könnt folgenden Anfang verwenden:
Max' liebstes Hobby war der Fernseher. Von früh bis spät saß er davor, zumindest wenn er keine Schule hatte. Oft genug wurde es so spät, dass er auf dem gemütlichen Fernsehsessel einschlief. So auch heute wieder. Seine Mutter kam noch einmal zu ihm, besorgt, weil er das Geschehen so gebannt verfolgte. „Alles klar mit dir, mein Junge?", fragte sie. Doch Max reagierte gar nicht, er ...

4 Okapi, Nasenbär & Co. • Tiere und Gegenstände beschreiben

S. 72 ○ 2
- Lest noch einmal Text **A** und überlegt, warum die Informationen mit zwei Farben markiert sind.

A *Okapis gehören zur Ordnung der Paarhufer und zur Familie der Giraffenartigen. Sie sind aber wesentlich kleiner als die Giraffen und haben nicht so einen langen Hals. Sie erreichen eine Körperlänge von 2,10 m und eine Schulterhöhe von 1,70 m. Okapis können bis zu 250 kg wiegen. Der Körperbau ist gedrungen mit einer nach hinten abfallenden Rückenlinie. Das Okapi hat sehr kurzes, samtiges kastanien- bis schokoladenbraunes Fell. An den Vorder- und Hinterläufen besitzt es auffällige weiße Querstreifen. Der Kopf ist größtenteils weiß gefärbt und läuft in eine spitze, dunkler werdende Schnauze aus. Die trichterförmigen Ohren sehen dunkel aus und sind sehr groß. Nur das Männchen hat kurze, rückwärts gerichtete und mit Haut überzogene Hörner auf der Stirn, ähnlich wie die Giraffe. Der etwa 40 cm lange Schwanz endet in einer dichten Quaste.*

- Übernehmt und ergänzt die folgende Tabelle zu Text **A** in Stichpunkten. Ergänzt nun die Tabelle zu Text **B**.

	Text **A**	Text **B**
Informationen, die aus der Abbildung entnommen werden können	*Körperbau gedrungen mit nach hinten abfallender Rückenlinie ...*	...
zusätzliche Informationen	*Ordnung der Paarhufer, Familie der Giraffenartigen, kleiner als Giraffen ...*	...
Leserin/Leser (Adressatin/Adressat)	...	...
Zweck	...	...

S.73 ◒ 3 Ordnet den Steckbrief für die Tierbeschreibung des fremden Tieres so und ergänzt weitere Informationen.

Name	*noch unbekannt*
biologische Einordnung	*Ordnung der Paarhufer, zu Familie der Giraffenartigen gehörig*
Gesamteindruck	*fremdes Tier, Ähnlichkeit mit Giraffe, aber Größe und Farbe erinnert an Zebra*
besondere Auffälligkeiten	*Männchen hat kurze, rückwärts gerichtete und mit Haut überzogene Hörner auf der Stirn*
Aussehen	
Größe	*Gewicht bis zu 250 kg …*
Körperbau	*gedrungen mit nach hinten abfallender Rückenlinie*
Kopf, Hals	*dunkle Augen …*
Beine, Füße	*weiße Färbung der Beine, dunkle Hufe …*
Schwanz	*…*
Farbe	*samtiges kastanien- bis schokoladenbraunes Fell*

S.75 ○ 8 Ihr könnt folgende Satzanfänge verwenden:

Der Nasenbär ist ein Säugetier und gehört zu …
Auf den ersten Blick wirkt der Nasenbär wie …
Sein auffälligstes Merkmal ist der … Schwanz, der …
Der Körperbau des Nasenbären ist …
Sein Kopf ist geformt wie …
Der Nasenbär verfügt über eine … Nase, mit der er …
Seine … Ohren …
Das kleine Raubtier besitzt … Arme und … Beine mit … Krallen, mit denen es …
Das Fell des Nasenbären …

S.77 ◒ 14

- Ordnet die Informationen zum Okapi zum Beispiel nach folgenden Oberbegriffen: ***Name, biologische Einordnung, Gesamteindruck, Aussehen/Merkmale, Nahrung, Lebensform, Fortpflanzung und Jungtiere, Lebensraum***
- Ihr könnt den Brief so beginnen:
  Sehr geehrter Professor Lankester,
  auf meiner Kongoexpedition im Jahre 1900 erzählten mir die Ureinwohner von pferdeähnlichen Tieren in den Wäldern. Bei Nachforschungen stellte sich heraus, dass es sich eher um eine Art Waldgiraffe handelt. Ich gab ihr den Namen Okapi.
  Das Okapi gehört zu den Säugetieren …
  Hochachtungsvoll
  Henry Hamilton Johnston

S.79 ○ 4

- Formuliert Sätze mit dem Vergleichswort *wie*, die die Ähnlichkeit zwischen dem Tapir und dem Wildschwein oder Ameisenbären betonen, zum Beispiel:
  Der aus Oberlippe und Nase verwachsene kleine Rüssel der Tapire sieht aus wie die Schnauze eines Ameisenbären.
- Formuliert Sätze mit den Vergleichswörtern *als* oder *wie*, die die Unterschiedlichkeit von Tapir und Wildschwein oder Ameisenbär betonen, zum Beispiel:
  Aber der Rüssel des Tapirs ist kleiner als die Schnauze des Ameisenbären.
  Die Schnauze des Ameisenbären ist doppelt so lang wie der Rüssel des Tapirs.

Starthilfen

S. 83 ○ 2

- Lest noch einmal den Textausschnitt zum Hummelkasten und ordnet die markierten Textstellen den Elementen auf der Zeichnung zu.

  […] Jedes Hummelhotel benötigt ein **Einflugloch** mit **Anflugbrett**, das am besten mit einem Vordach geschützt ist. Möglicherweise ist auch eine **Hummelklappe aus Plexiglas** am Eingangsloch sinnvoll. Für eine angemessene Belüftung der **Nistkammer** dürfen beim Bau nicht die **Belüftungslöcher** in den Seitenteilen vergessen werden. Diese sollten mit Gaze beklebt werden, sodass sie das Eindringen von Parasiten erschweren. Die Nistkammer wird mit Kleintierstreu befüllt. Zu Beginn wird die Kammer mit Pappe verkleinert, bis das Volk gewachsen ist. Das Dach sollte durch **Schindeln oder Dachpappe** vor Feuchtigkeit geschützt werden. […]

- Betrachtet das Bild auf Seite 83 und beschriftet die Elemente mit Angaben zu Material, Form, Farbe und Funktion. Nutzt dazu die folgenden Stichworte.

  Material: Holz, Plexiglas, Gaze, Schindeln, Dachpappe …
  Form: kreisrund, rechteckig, oval, abgerundet …
  Farbe: himmelblau, holzfarben, dunkelgrau, mausgrau …
  Funktion: Belüftungsloch, Eingangsloch, Anflugbrett, Nistkammer …

5 Tausend Worte, tausend Bilder • Jugendbücher und ihre filmische Umsetzung entdecken

S. 88 ○ 3 Ein Klappentext ist ein Text auf dem Buchumschlag, der kurz den Inhalt des Buches beschreibt, meist, ohne das Ende zu verraten.

S. 90 ○ 5 Ihr könnt die folgenden Merkmale, Themenbereiche und Beschreibungen der Sprache als Anregung nutzen.
Merkmale: *spannend, lustig, actionreich, unterhaltsam, fantasievoll, lebendig, unvorhersehbar, gefühlvoll …*
Themenbereiche: *Freundschaft, Familie, Fantasy, Tiere, vergangene Zeiten …*
Beschreibungen der Sprache: *verständlich, anschaulich, unterhaltsam, überraschend, kunstvoll, witzig, dialogisch …*

S. 94 ○ 2a Sucht zu diesen Eigenschaften von Rico die passenden Textstellen: ***gute Beobachtungsgabe, lässt sich nichts gefallen, ehrlich, etwas einfältig, interessiert und unvoreingenommen***

S. 94 ○ 3 Beachtet bei eurem Lesevortrag auch die Eigenschaften der Figuren.
Rico: gute Beobachtungsgabe, etwas einfältig, interessiert, unvoreingenommen, ehrlich
Oskar: Interesse an Oskars Fundnudel, etwas überheblich, voreingenommen, einsichtig und selbstkritisch

S. 95 ○ 2 Nutzt die folgenden Stichpunkte.
Wer? Rico, Frau Dahling und die Leute aus dem Fernsehen (Polizist, Oskars Vater)
Wo? Wohnzimmer von Frau Dahling
Was? Rico sieht, dass sein Freund entführt wurde und erfährt, dass der Vater die Polizei eingeschaltet hat, weil er kein Geld hat. Frau Dahling hofft, dass der Entführer gefasst wird.
Wie? Zunächst fassungsloser, dann nachdenklicher Rico, empörte Frau Dahling

S. 95 ○ 3 Nutzt die Textstellen, in denen Rico seine Gedanken zum Ausdruck bringt.

S. 97 ○ 4b Sucht die Handlungsschritte zu folgenden Teilüberschriften.

Alles Gute kommt von oben Der Sturz Die klemmende Tür

Pech bei der Flucht Bühl greift rettend ein Weiter geht's

S. 98 ◒ 2
- Ihr könnt Max Fragen stellen. Einige Fragen lassen sich mithilfe des Textes beantworten. Bei anderen Fragen könnt ihr die Antwort nur vermuten. Nutzt diese Antworten für die Rollenbiografie.
- Schreibt den zusammenhängenden Text in der Ich-Form.
- Orientiert euch an dem Beispiel:
  Würdest du dich als neugierig bezeichnen? Max: In Bezug auf das Leben in Seeland und die Forschungen Mortensens bin ich auf jeden Fall neugierig, denn ich möchte herausfinden, was mit meinem Vater geschehen ist.

S. 99 ○ 5 Prüft, welche der folgenden Spannungserzeuger in dem Textausschnitt vorkommen.

A treffende und spannende Satzanfänge
B Andeutungen und Verzögerungen
C Beschreibungen mit Adjektiven und treffende Verben
D Wiedergabe wörtlicher Rede oder von Gedanken und Gefühlen

S. 99 ◒ 6 Nutzt die folgenden Formulierungen:

Die Textstelle wirkt auf mich etwas gruselig, weil ...
Beim Lesen kann man sich den Mann im Wasser gut vorstellen, da ...
Ich kann die Angst der Kinder besonders gut nachempfinden, weil ...
Mithilfe von ... wird die Leserin/der Leser ...

S. 102 ○ 1 Nutzt folgende Überschriften, indem ihr sie den Bildern **1** – **4** zuordnet.
Notiert zu jeder Überschrift zwei bis drei Stichpunkte.

A Die Befreiung **B** Der geheimnisvolle Sack

C Mister 2000 schlägt wieder zu **D** Detektiv Rico ermittelt

S. 103 ◒ 4b Übernehmt die folgende Tabelle und ergänzt.
- Tragt zunächst die Einstellungsgröße ein.
- Formuliert mögliche Gründe für die gewählten Einstellungsgrößen.

Bild	Einstellungsgröße	Wirkung
2 *Rico auf dem Weg*	...	*Ricos Unsicherheit ist gut zu erkennen.*
3 *Rico auf dem Sofa*	*Halbnahaufnahme*	...
4 *Brücke*	...	*Die Zuschauer bekommen einen Überblick über die Umgebung.*
5 *Ricos Finger auf dem Lexikon*	...	*Ricos Detektivarbeit wird für die Zuschauer gut vorstellbar.*
6 *Marrak und die Polizei*	...	...
7 *Marraks Kopf*	*Großaufnahme*	...

Starthilfen

6 Von Wünschen und Träumen • Märchen und Sagen entdecken

S.112 ○ 7a In den Zeilen 56–57, 75–76, 102–104 findet ihr die Aussagen der beiden Brüder.

S.112 ○ 7b Mögliche Bewertungen:
Das Verhalten der Brüder ist egoistisch/arrogant/ungerecht/unfair, weil ...

S.114 ○ 4 Ihr könnt folgende Notizen nutzen:

Erste Prüfung:		Zweite Prüfung:		Dritte Prüfung:
sich aus der Höhle befreien mithilfe der Wunderlampe und des Geistes → Aladin kann sofort nach Hause zurückkehren	→	*einen Palast für die Prinzessin bauen mithilfe ... → ...*	→	*... mithilfe eines Rings, der Lampe und des Geistes → ...*

S.117 ○ 2 Ordnet die folgenden Eigenschaften den drei Figuren zu. Ergänzt Textstellen und Zeilenangaben: ***anständig und brav, schön, fürsorglich, mächtig, böse: verwandelt junge Frauen in Vögel***

S.117 ◒ 5 Ihr könnt folgende Notizen nutzen:
Märchen: „Die alte Hexe und der große Schatz"

1. *Einleitung*
   - *Eine alte Hexe lebt in einer kleinen Hütte im dunklen Wald.*
   - *Drei grüne Raben fliegen um die Hütte und reden von einem großen Schatz im Wald.*
   - *Die Raben sagen, dass nur der mutigste Mensch den Schatz finden kann, aber er muss mehrere Prüfungen bestehen.*
2. *Der mutige Junge wird ausgewählt*
   - *Die Hexe schickt Leon, einen mutigen Jungen aus dem Dorf, auf die Reise.*
3. *Die Prüfungen*
   - *Erste Prüfung: Leon löst ein Rätsel am Fluss der Zeit.*
   - *Zweite Prüfung: Leon zeigt Freundschaft zu einem großen Wolf.*
4. *Der Schatz*
   - *Leon findet den Schatz: Eine magische Kugel, die den Wald schützt.*
5. *Rückkehr und Schluss*
   - *Leon bringt den Schatz zur Hexe, sie sagt, dass der wahre Schatz sein Mut und Herz sind.*
   - *Leon wird im Dorf als Held gefeiert.*

S.117 ○ 6a Hier sind einige unpassende Formulierungen schon unterstrichen. Findet vier weitere unpassende Formulierungen im Text.
<u>Es war mal</u> eine alte Hexe, die in einer kleinen, verwunschenen Hütte im Wald lebte. Eines Abends, als die Sonne gerade hinter den hohen Bäumen verschwand, bemerkte die Hexe drei Raben, die <u>so komisch</u> grün leuchteten. Sie flogen um ihre Hütte und krächzten dabei voll seltsame Sachen. „Die Zeit ist gekommen", rief der erste Rabe mit einer Stimme, die wie der Wind klang. „Der coole Schatz wird bald von einem mutigen boy gefunden!"

S.120 ○ **3b** Übernehmt die ersten beiden Spalten der Tabelle. Die Beispiele aus dem Text helfen euch.

	moderne Märchen	Beispiele aus dem Text (Seite 119–120)
Figuren und ihre Handlungsweise	– *gewöhnliche Figuren* – ... – ...	– *Gärtner*
Ende	– ...	– *„Und sie stieß den gänzlich überraschten Gärtner aus der Kutsche, sodass er zu Tode stürzte." (Zeile 100–101)* – *„Da wurden die Schnecken so böse, dass sie die Kutsche fahren ließen, und die Prinzessin stürzte ebenfalls zu Tode." (Zeile 102–104)* – *„Seither wird das Land wieder demokratisch regiert, und das ist wahrscheinlich auch besser so." (Zeile 106–108)*
Gegenstände	– ...	– ...
auffällige Formulierungen	– ... – ...	– *„Ein anderer hatte Hände und Füße mit Leim eingestrichen, doch nach einem Viertel der Strecke blieb er kleben und verhungerte." (Zeile 35–37)*

S.122 ◒ **5** Ihr könnt die folgenden Sätze ergänzen.

- *Mir tut Rumpelstilzchen leid/nicht leid, weil ...*
- *Die Müllerstochter ist in einer Notlage. Rumpelstilzchen hilft der Müllerstochter.*
- *Rumpelstilzchen verlangt das erste Kind der Müllerstochter. Diese Forderung ist ... Die Müllerstochter ...*
- *Rumpelstilzchen gibt der ehemaligen Müllerstochter wieder eine neue Chance. Die Müllerstochter ... Am Ende ...*

S.124 ○ **4** Hinweise findet ihr in der Sage auf Seite 124 in Zeile 3 und in der Sage auf Seite 125 ab Zeile 8.

S.125 ◒ **8** Übernehmt und ergänzt die Tabelle.

Merkmale	Märchen	Sagen
Aufbau der Handlung	– *Anfang: Held ist in schwieriger Situation* – *Aufgabe: Held muss Aufgabe lösen* – *Ende: Das Gute siegt, das Böse wird bestraft.*	...
Typische Formulierungen	...	...
Ort und Zeit	...	...
Figuren	...	...

Starthilfen

7 Sommerhitze – Flockenwirbel • Gedichte entdecken

S.133 ○ 6 Nutzt das Gedicht in seiner eigentlichen Form, um das Reimschema zu bestimmen:

Peter Hacks: Die Blätter an meinem Kalender

Die Blätter an meinem Kalender,
Die sind im Frühling klein
Und kriegen goldene Ränder
Vom Märzensonnenschein.

Im Sommer sind sie grüner,
Im Sommer sind sie fest,
Die braunen Haselhühner
Erbaun sich drin ihr Nest.

Im Herbst ist Wolkenwetter
Und Sonnenschein wird knapp,
Da falln die Kalenderblätter,
Bums, ab.

Im Winter, wenn die Zeiten hart,
Hat es sich auskalendert.
Ich sitze vor der Wand und wart,
Dass sich das Wetter ändert.

S.135 ○ 4a Achtet auf die Farbadjektive und die Verben.

S.135 ○ 5a
- Welche Stimmung vermitteln die folgenden Wörter und Wortgruppen?
- Wählt anschließend das Adjektiv aus, das die Stimmung am treffendsten beschreibt.

„Ich male mir den Winter“:
- schwarz ist der Baum – grau ist der Himmel – Sonst ist da nichts – frieren – schweigen
- Adjektive: *ungemütlich, trostlos, verzweifelt*

„Regentag“:
- Der Regen rotzt – Der Regen prasselt – Der Regen hält – Paul steht am Fenster
- Adjektive: *wütend, gelangweilt, spannend*

S.135 ◒ 6
- Sammelt Verben, die die Sonne beschreiben: *lachen, glänzen, prahlen, strahlen …*
- Ihr könnt so beginnen:

Sonnentag
Ann spielt am Strand.
Ann spielt und strahlt.
Die Sonne glänzt.
Die Sonne prahlt.

S.138 ○ 2 Mögliche Stimmungen: *fröhlich, traurig, beschwingt, wütend, klagend, ruhig, trotzig, entspannt, verträumt, spannend, langweilig, lustig, ungeduldig, ärgerlich*

S.138 ○ 5 Sammelt eure Ideen in einer Tabelle. Nutzt diese zum Schreiben der Gedichtstrophe.

Sehen	Hören	Riechen	Fühlen	Schmecken
bunte Schirme …	*Wellenrauschen* …	*Sonnencreme …*	*warmer Sand …*	*Salz …*

S.140 ○ 2b Schreibt den Text ab und füllt dabei die Lücken:
In dem Gedicht wird die Frühlingssonne mit … verglichen, weil die Sonne ebenso … . Die goldene Zunge, die den Schnee aufschleckt (Vers 6–7), steht für … . Der Schnee wird mit … verglichen, weil … . Durch die Personifikation der Sonne wirkt das Gedicht … .

S.140 ◒ **5** Übernehmt die folgende Tabelle und ergänzt.

Gedicht	sachlicher Ausdruck
...	*Im Herbst wird nach und nach der ganze Wald bunt.*
„Die andern Bäume färbste, / Was färbste nicht mal mich?" (Verse 12–13)	...
...	*Die Blätter der Bäume werden vom Wind umhergeweht.*

S.141 ◒ **7** Mögliche Ideen: *Schnee deckt etwas zu – Krokusse wehren sich – wie gefrorene Tränen – trotzige Sonnenstrahlen – wie eine weiche Decke*

8 Auf die Bühne! • Szenisch spielen

S.150 ○ **2** Entscheidet, welches Verhältnis der wichtigsten Figuren des Märchens jeweils zutrifft. Beachtet dieses Verhältnis für euer Standbild.

A Die Eltern, der König und die Königin ... (lieben/hassen) ihr Dornröschen.
B Die dreizehnte Fee ... (liebt/hasst) die Königsfamilie.
C Der junge Königssohn ... (liebt/hasst) Dornröschen.
D Die zwölf geladenen Feen wünschen Dornröschen nur das ... (Beste/Schlechteste) und sind ... (voller Hass/ihr wohlgesonnen).

S.150 ◒ **6** Übernehmt die folgende Tabelle und ergänzt.

Textstelle/Handlungsschritt	Dornröschen	Königspaar	Position der Figuren
Dornröschen wird verflucht.	...	*geschockt, bestürzt, hilflos*	*nah*
Dornröschen wird größer und neugierig.	*entdeckungsfreudig, lebhaft*	...	...
Der Fluch wird gebrochen, Dornröschen heiratet	...	*glücklich, stolz*	...
Textstelle/Handlungsschritt	**12 Feen**	**13. Fee**	**Position der Figuren**
Die 13. Fee wird nicht eingeladen.	*froh, dankbar*	*sauer, wütend, enttäuscht, voller Hass*	...
Dornröschen wird verflucht.	...	...	*weit entfernt*
Textstelle/Handlungsschritt	**Dornröschen**	**Junger Königssohn**	**Position der Figuren**
Der Prinz sieht Dornröschen zum ersten Mal, küsst sie.	*schlafend*	...	...
Die beiden heiraten.	...	*glücklich*	*sehr nah, er legt den Arm um sie*

Starthilfen

S.152 ◒ 6

Geht so vor:
- Überlegt, wie eure Figur die einzelnen Sätze und Wörter spricht.
- Übt die Sprechweisen in der Gruppe und gebt euch Rückmeldungen.
- Verbindet die Sprechweise mit passender Mimik und Gestik.

S.153 ○ 2a

Ordnet die typischen Szenen dem jeweiligen Märchen zu.

A Schneewittchen **B** Hänsel und Gretel **C** Aschenputtel **D** Rotkäppchen

1 Die Kinder knabbern am Knusperhäuschen. **2** Die Figur isst einen vergifteten Apfel.

3 Nur diesem Mädchen passt der verlorene Schuh.

4 Das Mädchen wundert sich, dass die Großmutter so große Ohren hat.

9 Genial medial? • Mediennutzung und Medien erkunden

S.161 ○ 3

Orientiert euch an folgenden Fragen:

Aufbau	– Wie ist die Seite eingeteilt? – Wie sind die Größenverhältnisse? – Gibt es einen Rahmen?
Farben	– Werden starke Kontraste verwendet, zum Beispiel hell – dunkel? – Gibt es Farben, die besonders hervorstechen?
Schrift	– Welche Schriftgröße wurde gewählt? – Welche Farbe hat die Schrift? – Ist die Schrift gut lesbar?
Bilder	– Welchen Inhalt haben die Bilder? – Wie groß sind die Bilder?
Rubriken (Themenbereiche)	– Welche Themenbereiche stehen auf der Titelseite?

10 Sprachakrobatik • Wörter bilden, Wörter erkunden

S.171 ○ 2

- Bildet immer erst die Grundform der Wörter: *anmutigen → anmutig*
- Manchmal hilft es, die entstandene Ableitung in eine Wortgruppe umzuformen. Verwendet in dieser Wortgruppe den Wortstamm: *anmutige Fee – Fee, die Anmut ausstrahlt*

S.171 ◒ 3

Die besonders langen Wörter sind in mehreren Schritten entstanden. Um Bestimmungs- und Grundwort zu unterscheiden, dürft ihr nur den letzten Bildungsschritt betrachten. Dabei kann das Umformen in eine Wortgruppe helfen.

Schneeseekleerehfeedrehzehweh = das Weh im Schneeseekleerehfeedrehzeh

→ *Schneeseekleerehfeedrehzeh* + *Weh*
Bestimmungswort + *Grundwort*

S.172 ○ 4 Übernehmt die folgende Tabelle und ergänzt.

Merkmal	Beispiele
unüberlegtes Sprechen	*quasseln, quatschen, schnattern ...*
überlegtes, sachliches Sprechen	*argumentieren ...*
...	*kreischen, schreien ...*
abwertendes, verletzendes Sprechen	*anblaffen ...*
...	*bemängeln, kritisieren ...*
...	*flunkern, aufschneiden, schwindeln ...*
trauriges, betroffenes Sprechen	*wehklagen ...*
...	...

S.173 ○ 9

- Nutzt das entsprechende Wortfeld.
  Fußball spielen, bolzen, kicken, dribbeln, passen, grätschen, gewinnen, verlieren ...
  kaufen, anschaffen, besorgen, erwerben, ordern, sich zulegen, scheffeln, hamstern, bezahlen, prüfen, anprobieren ...
- Mögliche Anfänge:
  Diese Shoppingmenschen! Sie kaufen und kaufen.
  Diese Fußballmenschen! Sie kicken und kicken.

11 Segeln im Meer der Wörter • Wortarten und Wortgruppen untersuchen

S.178 ○ 3 In den ersten drei Sätzen stehen insgesamt acht Nomen.
Übernehmt die folgende Tabelle und ergänzt.

Nomen	Erkennungszeichen
1 Meer	*Artikel „das" als Begleiter*
2 Ort	*Artikel „ein" und Adjektiv „wunderbarer" als Begleiter*
3 Schiff	...
4 ...	*Adjektiv „entfernte" als Begleiter*
5 ...	...
6 ...	*Artikel „vom" (von + dem) als Begleiter*
7 ...	...
8 ...	...

S.178 ○ 4 Ergänzt mögliche Erkennungszeichen wie Artikelwörter oder Adjektive.

S.179 ◒ 7 Fünf Wörter treten nur im Singular und zwei Wörter nur im Plural auf.

Starthilfen

S.180 ○ 1b Setzt das passende Fragewort in die Lücken ein. Unterstreicht das Fragewort und lest den Kasus ab.

... schwarzer Bart soll bis zu den Augen gereicht haben?
... konnte lange Zeit niemand das Wasser reichen?
... konnte man somit nicht gefangen nehmen und für seine Taten bestrafen?

S.181 ○ 3 Vervollständigt den Lückentext. Setzt die folgenden Wörter richtig ein:
gleich – unterschiedlich – Genus

Ein Wort, das ... geschrieben wird, kann ... Bedeutungen besitzen.
Oft unterscheiden sich die Wörter in ihrem ....

S.183 ○ 1a Achtet besonders auf die markierten Wörter.

Flötenfische

Die Flötenfische sind eine Gattung der Raubfische. Flötenfische erkennt man an ihrem schlanken Körper, der bis zu 1,7 Meter lang wird. Seine Farbe reicht von hellem Grau bis zu Blau- oder Grüntönen. Flötenfische können auch ein leichtes Fleckenmuster annehmen, um sich zu tarnen. Flötenfische kommen in allen tropischen Meeren vor. Vor allem kleinere Fische und Krebse werden von den Flötenfischen gefressen. Die Flötenfische lassen sich bei der Jagd wie Treibholz in die Nähe von Fischschwärmen treiben. Die Flötenfische schnappen dann plötzlich zu.

S.184 ○ 3 Achtet darauf, ob ein Nomen ersetzt oder begleitet wird.

S.184 ◒ 4 Probiert aus, ob bei 3, 4 und 6 verschiedene Artikelwörter eingesetzt werden können.

S.185 ○ 4 Im letzten Absatz stehen acht Adjektive.

S.185 ◒ 5 Ordnet den drei Wortgruppen jeweils den passenden Kasus, den passenden Numerus und das passende Genus (KNG) zu.

1 Nominativ, Genitiv, Akkusativ **2** feminin, maskulin, neutral **3** Singular, Plural, Plural

S.186 ◒ 8

- Bedenkt, dass zum Beispiel bei Adjektiven auf *-el* im Komparativ ein *e* wegfällt.
- Prüft, ob bei manchen Superlativen ein *e* hinzugefügt wird, wie zum Beispiel bei *blasseste*.
- Überlegt, ob es bei den Adjektiven *nass* und *schmal* jeweils zwei mögliche Komparationsformen wie zum Beispiel bei *gesund* geben kann (*gesunder/gesünder*).

S.187 ○ 3 Mögliche Beispiele:

Ich bin ein talentierter Ruderer. Ich bin so schnell wie ...
Ich bin eine witzige Geschichtenerzählerin. Ich kann ...

S.189 ○ 4 Orientiert euch an dem Beispiel:

lachen – lachte – gelacht: schwaches Verb
gehen – ging – gegangen: starkes Verb

S.190 ○ 1 Sucht in den Sätzen das finite Verb und achtet auf weitere Verbformen im Satz.

S.191 ○ 1 Ihr könnt so beginnen:
Wie ich sehe, trauen sich die ersten Menschen nach dem sechs Tage langen Sturm wieder an den Strand. Dieser ist überhäuft von Dingen, die das Wasser angeschwemmt hat. …

S.192 ○ 2 Antwortet auf die folgenden Fragen:

Frage	Perfekt	Plusquamperfekt
Wie viele Verbformen gibt es?	…	…
Welches Hilfsverb tritt auf?	…	…
In welcher Tempusform steht das Hilfsverb?	…	…
Welche Form zeigt das Vollverb?	…	…

S.192 ○ 3 In den Sätzen stehen insgesamt zwei Hilfsverben und vier Vollverben.
Als Tempusformen kommen Präteritum, Perfekt und Futur vor.

S.193 ◒ 3 Für die Bestimmung von Person und Numerus ist das Subjekt bereits durch ein Personalpronomen ersetzt. Achtet auf das finite Verb.

A Viele Geschichten erzählen von Piraten. → Sie erzählen von Piraten.
B Diese haben viele Schiffe geentert. → Sie haben viele Schiffe geentert.
C Nachdem die Piratenmannschaft ein großes Schiff ausgeraubt hatte, vergrub der Kapitän die Schätze auf einer einsamen Insel. → Nachdem sie ein großes Schiff ausgeraubt hatte, vergrub er die Schätze auf einer einsamen Insel.
D Wir werden auch im Geschichtsunterricht über Piraten sprechen.

S.194 ○ 8 Ihr könnt folgende Fragen für das Interview verwenden:
Was waren Ihre Gedanken vor dem großen Auftritt? Wie haben Sie sich gefühlt?
Haben Sie Tipps, wie ein Auftritt besonders gelingen kann?

S.195 ○ 10 Für die Bestimmung von Person und Numerus ist das Subjekt bereits durch ein Personalpronomen ersetzt. Achtet auf das finite Verb.
Käpt'n Blaubär hatte es geschafft: Die Klabautergeister liebten ihn.
Er hatte es geschafft: Sie liebten ihn.

S.197 ○ 6a Vergleicht den Kasus der Nomen in der Tabelle.
Genitiv: 1 Dativ: 3 Akkusativ: 1

S.198 ○ 3 Ihr könnt die markierten Wörter und Wortgruppen durch Personalpronomen ersetzen.
Arielle ist die jüngste Tochter des Meereskönigs Triton. **Triton** verbietet Arielle, die Welt der Menschen zu besuchen. Doch **Arielle** hält sich nicht an das Verbot und beobachtet ein Schiff, auf dem eine große Feier stattfindet. **Das Schiff** gehört Prinz Eric, einem hübschen jungen Mann. Arielle verliebt sich unsterblich in **Prinz Eric**. Da **Arielle** jedoch eine Meerjungfrau ist, darf **Arielle** Prinz Eric nicht kennenlernen oder gar heiraten. Dennoch rettet **Arielle Prinz Eric**, als sein Schiff in einem Gewitter zu sinken droht. Erzürnt stellt Triton Arielle zur Rede und untersagt **Arielle** jeglichen Kontakt zu Prinz Eric. Diese Situation nutzt die Meerhexe Ursula aus und macht Arielle ein Angebot, das **Arielle** nicht ablehnen kann.

S.199 ◒ 6 In dem Text sind sechs grammatische Fehler.

Starthilfen

S.202 ◒ **3** Ihr könnt so beginnen:
Mein Neoprenanzug ist wärmer …   *Mein Neoprenanzug ist so warm wie …*

S.202 ◒ **4** Überlegt, woran man einen Kasus erkennt und welche Wortarten den Kasus ändern können.

12 Wolkenkratzer und Pyramiden • Satzglieder untersuchen und verwenden

S.209 ○ **3** Die Prädikate sind schon markiert. In Klammern findet ihr die Anzahl der zu bestimmenden Satzglieder.

A Der Turm **besitzt** 200 Stockwerke. *(2 Satzglieder)*
B Der Scheich **eröffnete** das gigantische Bauwerk nach sechs Jahren Bauzeit voller Stolz. (4 Satzglieder)
C In die Tiefgarage des Gebäudes **passen** 3000 PKW. *(2 Satzglieder)*

S.211 ◒ **4** Ordnet die folgenden Sätze **A** – **C** den Vorgaben zu.

A Gewinnt sie?
B Pia hat schon viele Aussichtsplattformen besucht.
C Pia und Sarah überlegen.

S.212 ○ **5a** Ergänzt den folgenden Text.
Bei der Satzform kann man zwischen … und … unterscheiden. … sind Aufforderungen und Entscheidungsfragen. Verbzweitsätze sind …, … und … .
Bei Aussagen und W-Fragen ist das … besetzt, bei … und … ist das Vorfeld leer.

S.213 ○ **2a** Ergänzt die folgende Tabelle.

Vorfeld	linke Satzklammer	Mittelfeld	rechte Satzklammer
…	*hat*	…	*erreicht.*
Man	…	…	*gebaut.*
Der Turm	…	…	…
…	…	…	…

S.213 ◒ **5** Ergänzt den Text, indem ihr folgende Fachbegriffe einsetzt:

Verberstsätze   Aufforderungen   Vorfeld   Aussagen   zweiter Stelle

Mithilfe des Feldermodells lassen sich diese Satzformen bestimmen. 1 sind 2 und Entscheidungsfragen, das heißt, das 3 bleibt leer und das finite Verb steht an erster Stelle.
Verbzweitsätze sind 4, W-Fragen und Ausrufe, das heißt, das Vorfeld ist besetzt und das finite Verb steht an 5.

S. 214 ○ 2 Geht beim Lösen der Aufgabe so vor:

Schritt 1: Das passende Verb in der richtigen Tempusform (Zeitform) einsetzen.

Der weltbekannte Eiffelturm lockt große Besucherströme in die französische Hauptstadt Paris.

Schritt 2: Die Anzahl der Satzglieder vor dem finiten (konjugierten) Verb bestimmen.

Das finite Verb ist „lockt", da es konjugiert ist.

Man kann „Der weltbekannte Eifelturm" durch ein Pronomen ersetzen.

Er lockt große Besucherströme in die französische Hauptstadt Paris.

→ **Es steht ein Satzglied vor dem finiten Verb.**

S. 215 ○ 7 In den Sätzen, in denen die Prädikate eingesetzt werden, sind die Subjekte grün markiert.

Die Bauleute (beenden) gerade erst das dritte Stockwerk. Danach (ruhen) der Bau über 100 Jahre. Die mittelalterlichen Baumeister (bauen) die weiteren Stockwerke dann etwas schräg. So (verbessern) sie die Schieflage am Boden zumindest ein wenig. Ich (finden) das bewundernswert.

S. 216 ○ 3a Die Satzglieder zwischen den beiden Teilen des Prädikats sind schon markiert.

In der Hauptstadt Taiwans haben **geschickte Architekten** **in recht kurzer Bauzeit** **im Zentrum der Metropole** **den 508 Meter hohen und erdbebensicheren Taipei 101** erbaut.

S. 217 ○ 1 Die Subjekte sind schon markiert.

Der Berliner Fernsehturm hat eine ungewöhnliche Form. Manche sehen in ihm einen aufgespießten Fußball. Andere bezeichnen ihn als ein beeindruckendes Beispiel für die Baukunst seiner Zeit. Immerhin stammt er bereits aus dem Jahr 1969. Mit einer Höhe von 368 Metern steht das höchste Bauwerk Deutschlands im Ostteil Berlins. Der Fernsehturm wurde zur Zeit der deutschen Teilung aufgestellt. Damit wollten die Erbauer auch den Berliner Funkturm im Westteil der Stadt überflügeln.

S. 217 ◒ 3 Die Prädikate sind im Text schon markiert.

Im Osten der Volksrepublik China 1 2. Diese riesige Stadt hat etwa 15 Millionen Einwohner. Drei der größten Wolkenkratzer der Welt stehen auch im Finanzzentrum der Stadt. 3 4 2013 als der größte der drei Türme 5. Er misst 632 Meter. Nur wenige Jahre davor wurde das Shanghai World Financial Center errichtet. Es ist durch die auffällige Lücke in den obersten Stockwerken leicht zu erkennen. Die Lücke verringert die Belastung durch starke Winde. 6 7 dem Turm auch den Spitznamen „Flaschenöffner" 8. Den kleinsten der Riesen in der Mitte nennt man Jin Mao Tower. Er hat aber auch noch eine Höhe von über 420 Metern. Dieser Turm wurde im Jahr 1998 nach nur vier Jahren Bauzeit als erster der drei Riesentürme unter großer Beachtung durch die chinesische und weltweite Öffentlichkeit fertiggestellt.

S. 218 ○ 2 Die passende Form der Wörter und Wortgruppen ist schon eingesetzt. Bestimmt den Kasus.

Nach dem 14. Jahrhundert zerfiel das Reich der Khmer. Mehrere fremde Herrscher eroberten die reiche Stadt. Niemand schenkte dem lebenswichtigen Bewässerungssystem die nötige Aufmerksamkeit. Schließlich verließen die Menschen die Stadt. Danach geriet Angkor mehr und mehr in Vergessenheit. Bäume überwucherten nach und nach die Tempel. Die Restauration der Tempel begann schon im frühen 20. Jahrhundert. Die Arbeiten mussten aber aufgrund von Kriegen immer wieder unterbrochen werden. Seit etwa 1990 versuchen Restauratoren intensiv, dem Zerfall Einhalt zu gebieten. Sie erhalten die Kulturschätze Angkors für die Menschheit. Heute besuchen viele Touristen die Stadt im Dschungel.

Starthilfen

S.218 ◒ **3** Orientiert euch an den Beispielen:
Satz: Mehrere fremde Herrscher eroberten 1.
*→ **Prädikat:** eroberten*
*→ **Erklärung:** Das Prädikat erfordert noch eine Ergänzung; etwas, das erobert wird.*
Satz: Niemand schenkte 2 die nötige Aufmerksamkeit.
*→ **Prädikat:** schenkte*
*→ **Erklärung:** Das Prädikat erfordert noch eine Ergänzung; eine Sache, der die Aufmerksamkeit geschenkt wird.*

S.219 ◒ **5** Mögliche Objekte: *den Touristen, die Steine, vielen Mönchen, ihn, ganze Gebäude, diese Bäume*

S.222 ○ **2** Die Subjekte, Objekte und adverbialen Bestimmungen sind in den Sätzen schon markiert.
Die Überquerung der Flüsse bereitete wegen der starken Strömungen viele Probleme.
Heute sieht man überall Brücken.
Auf den Geldscheinen symbolisieren die Brücken das Zusammenwachsen der europäischen Völker.

S.223 ○ **5** Die Subjekte, Objekte und adverbialen Bestimmungen sind in den Sätzen schon markiert.
Aus diesem Grund hat man Fantasiebrücken abgedruckt.
Die knalligen Farben der Euroscheine findet man nun im holländischen Spijkenisse.

S.223 ◒ **7** Ihr könnt für die Überarbeitung der E-Mail folgende Wörter als adverbiale Bestimmungen nutzen: *in Südholland, in/nach Spijkenisse, gestern, morgen, per Schiff, wegen der knalligen Farben, aufgrund der Brücken*

13 Wie wir feiern? Und wie wir feiern! • Sätze untersuchen und Satzzeichen setzen

S.229 ○ **6** Prüft, welcher typische Bestandteil eines Satzes in „Eine LED-Beleuchtung?" – „Eine LED-Beleuchtung." – „Eine LED-Beleuchtung!" fehlt.

S.229 ◒ **9**
- Übernehmt den folgenden Anfang der E-Mail und setzt geeignete Satzzeichen.
- Schreibt die E-Mail zu Ende.

Hallo Opa, heute hast du was verpasst Du hättest dich wahrscheinlich über uns kaputtgelacht Wir haben nämlich heute den Weihnachtsbaum geschmückt Erinnerst du dich an letztes Jahr Da hast du uns noch dabei geholfen In diesem Jahr wollten wir das ganz allein schaffen Willst du die ganze Geschichte hören Frag lieber nicht

S.231 ○ **7** Hier sind die Aufzählungen bereits markiert.

C O-Hanami – so heißt das japanische Kirschblütenfest. Je nach geographischer Lage blühen die Kirschbäume in Japan im März April oder Mai. Die japanische Kirsche blüht etwa zehn Tage lang hat besonders viele Blüten trägt jedoch keine essbaren Früchte. Mit Verwandten Freunden oder Kollegen trifft man sich im eigenen Garten in einem Park oder auf dem Land.

D Seit über 3000 Jahren feiern Menschen im Nahen Osten auf der Balkanhalbinsel im Kaukasus und in Zentralasien am 20. oder 21. März das Nouruz-Fest. Auch mit diesem Fest begrüßen die Menschen den Frühling. Nouruz bedeutet „neuer Tag". Als Zeichen für das Ende des Winters werden neue Kleider angezogen Lagerfeuer angezündet und Lieder gesungen.

S. 233 ◒ 4a Ergänzt die folgenden Sätze.

Steht der Redebegleitsatz vor der wörtlichen Rede, so setzt man zwischen Redebegleitsatz und wörtlicher Rede .... Wenn der Redebegleitsatz nach der wörtlichen Rede folgt, dann .... Ist der Redebegleitsatz in einen Satz in wörtlicher Rede eingeschoben, ...

S. 233 ◒ 4b Ergänzt die folgenden Sätze.

Ein Punkt steht nie direkt vor oder nach einem anderen Satzzeichen.
Deshalb entfällt der Punkt .... Fragezeichen und Ausrufezeichen ....

S. 233 ○ 5a Hier sind die Redebegleitsätze schon unterstrichen.

Und am liebsten feixte Mara isst sie Kirschtorte.
Wir gehen jetzt sagte Mama. Grüße Tante Ida von uns.
Ja, tschüs und viele Grüße rief auch Mara.
Ha-ha-haaaalt schrie Papa. Wartet! Ich komme mit! Nur fünf Minuten, dann bin ich fertig.

S. 234 ○ 2 Um das finite Verb zu bestimmen, verändert ihr das Subjekt. Für ein Subjekt im Singular setzt ihr ein Subjekt im Plural ein und umgekehrt. Das Verb, das dann seine Form verändert, ist das finite Verb.

Seid ihr zu Halloween auch schon einmal als Gespenst oder Hexe verkleidet von Haus zu Haus gezogen ... → Bist du zu Halloween auch schon einmal als Gespenst oder Hexe verkleidet von Haus zu Haus gezogen ... → Das finite Verb ist also seid, das infinite Verb ist gezogen

S. 236 ○ 2 Es gibt nur einen Satz, bei dem kein Komma zu setzen ist.

S. 236 ◒ 3 Hier sind die Satzgefüge bereits unterstrichen. Außerdem sind schon zwei Signale markiert.

Bei den Kelten veränderte sich dieser Brauch aber nach und nach. Weil die Menschen immer mehr Angst vor dem Tod hatten verkleideten sie sich zu Samhain möglichst gruselig. Sie hofften dass der Tod dadurch abgeschreckt würde. Damit die Geister besänftigt werden legten die Menschen auch kleine Geschenke und Leckereien vor die Tür. Als im 19. Jahrhundert die irischen Nachfahren der Kelten in die USA auswanderten nahmen sie ihren Brauch mit. Hat sich in Amerika danach der Brauch erhalten? Er hat sich erneut verändert. Halloween entstand wie wir es heute kennen. Nach Mitteleuropa kehrte Halloween erst zu Beginn des 21. Jahrhunderts zurück.

S. 237 ○ 7

- Im Text gibt es folgende Einleitewörter als Signale: *weil, weil, sodass, damit.*
- Außerdem stehen in einem Satz zwei finite Verbformen direkt hintereinander.

S. 237 ○ 8a Bildet mithilfe dieser Verknüpfungen grammatisch korrekte Sätze.
Beachtet, dass sich dabei die Stellung der finiten Verben ändern muss.

(Als) Irische Einwanderer kamen nach Amerika. Sie machten den Brauch dort bekannt.
Man ersetzte aber die Rübe durch einen Kürbis. (weil/da) In Amerika gibt es viele verschiedene Kürbisarten.
Später schnitt man Löcher in den Kürbis. (sodass/damit) Das Licht strahlte heller.
Das glaubte man. (dass) Die flackernde Kürbisfratze hält Teufel und andere Geister fern.

Starthilfen

14 Auf die Plätze, fertig, los ... • Regeln und Strategien der Rechtschreibung anwenden

S. 243 ◒ 5a Bei manchen Wörtern helfen euch Rechtschreibstrategien nicht weiter, diese muss man im Wörterbuch nachschlagen oder sich merken. Dabei hilft es, Wörter aus einer Wortfamilie oder mit der gleichen Merkstelle aufzuschreiben.

S. 244 ○ 4 Prüft, ob

- ihr einen Artikel vor die Wörter setzen könnt.
- die Wörter einen Nachbaustein *(-ung, -heit, -keit, -nis, -schaft, -tum)* als Nomensignal haben.

S. 246 ○ 2 Prüft, ob

- ihr einen Artikel vor die Wörter setzen könnt.
- ihr die Adjektivprobe durchführen könnt.

S. 247 ○ 3 Insgesamt sind im Text 20 Nomen. Im Text unten sind neun Nomen bereits markiert. Um die noch fehlenden Nomen zu finden, sucht alle Artikel. Denkt auch an versteckte Artikel.

Das inlineskaten eignet sich auch gut für das gemeinsame **spielen**. Ein beliebtes spiel ist das fangen mit **kettenbildung**:
Ihr steckt ein spielfeld ab. Zwei **fahrer** fassen sich an der hand und versuchen, die anderen spieler durch **abschlagen** zu fangen. Jeder **gefangene** wird zum fänger und hängt sich an die ersten **fänger** an. Auch wenn die kette der fänger immer länger wird, ist das **überfahren** der spielfeldgrenze verboten. Wer das beim **ausweichen** versehentlich trotzdem tut, wird ebenfalls zum fänger. Gewonnen hat, wer als **letzter** noch frei ist.

S. 251 ○ 1b Nutzt die folgenden Hilfen.

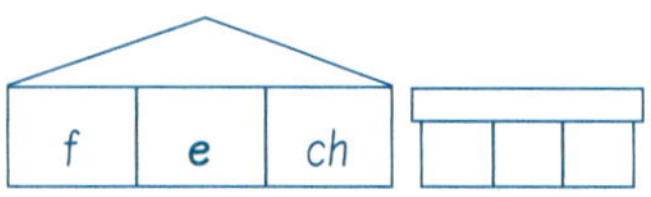

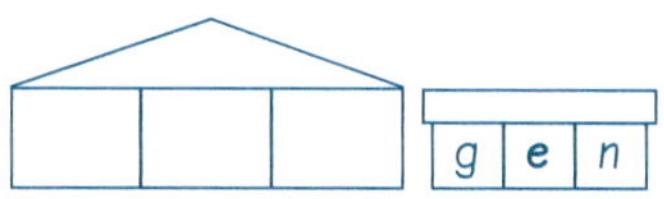

S. 251 ○ 2b Nutzt die folgenden Hilfen.

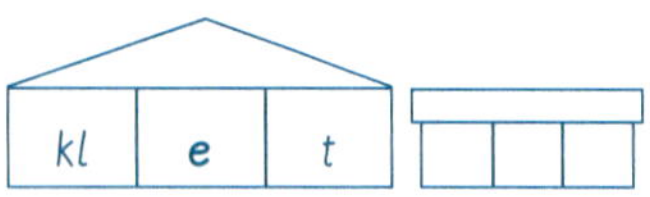

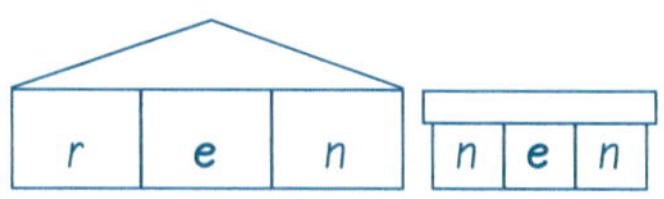

S. 251 ○ 5 Achtet darauf, wie viele Konsonanten ihr nach dem kurzen Vokal hört.

S. 257 ◒ 6 Verändert beide Wortstämme so, dass ihr das Haus-Garage-Modell nutzen könnt.

Lasst → lassen　　*Last → Lasten*

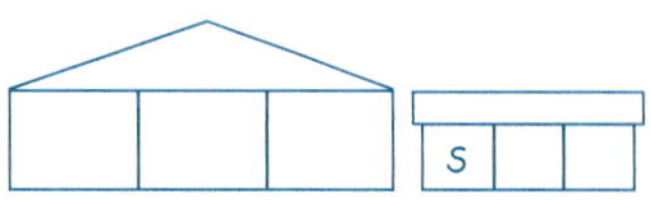

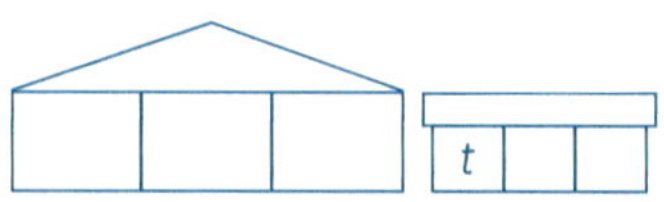

S. 260 ○ 2 Wenn der erste Buchstabe gleich ist, suche nach dem zweiten Buchstaben und so weiter. Die Umlaute *ä, ö, ü, äu* werden wie die Vokale *a, o, u, au* eingeordnet.

Badeanzug, Bademeister, Ballett, Bänderriss, Basketball

S. 263 ○ 2a Im Abschnitt **C** sind drei Nominalisierungen.

S.263 ◒ **3b** Beispiel für Paarreim: *regnet – begegnet – windet – findet*
Beispiel für Kreuzreim: *prasselt – fällt – rasselt – hält*
Ergänzt folgende Reimwörter und nutzt sie für eure lustigen Vierzeiler.

Laub – St...	*Spor... – W...*	*klu... – Z...*
Stran... – S...	*Kin... – W...*	*Tr...me – B...*

S.264 ○ **2a**
- Wendet das Haus-Garage-Modell an.
- Prüft, welche Wörter schon in der **zweisilbigen Form** vorliegen.
- Verändert die anderen Wörter so, dass sie zweisilbig sind. Manchmal darf man auch ein wenig mogeln und Vor- oder Nachbausteine **weglassen**, solange der Wortstamm der gleiche bleibt.
- Wenn ihr unsicher seid, nutzt die folgenden Hilfen.

Bli(ck/k/kk) → bli...en
i(m/mm)er
We(t/tt)bewerbe → we...en
aufgeno(m/mm)en → (aufge)no...en
herausgefa(l/ll)en → fa...en
ma(n/nn)ches
kur(z/tz/zz) → kür...en
Seilkle(t/tt)ern → kle...ern
insgesa(m/mm)t → (ge)sa...ten
Hundeschli(t/tt)en-Rennen
Zumi(n/nn)dest → (zu)mi...dest
Lebensre(t/tt)en → re...en
Eissto(ck/k/kk)schießen → Stö...e
Ka(r/rr)tenspiele → Ka...ten
Bre(t/tt)spiel → Bre...er
erke(n/nn)t → ke...en

S.264 ○ **1** Übernehmt die folgende Tabelle und ergänzt.

aa	ee	oo
Saal	*Beet*	*Boot*

S.265 ○ **3** Nutzt die folgenden Hilfen. Es ist immer nur ein Buchstabe zu ergänzen.
Zeh: R...h, K...ee, Sch...ee, F...e, S...e, W...h, T...e
Meer: s...hr, T...er, Bä..., m...hr, W...hr, we...
Tor: v...r, ...hr, M...or, Ch...r, R...hr
Knie: n...e, d...e, s...e, Sk...
Boot: r...t, t...t, N...t, Schr...t
Saal: M...hl, W...hl, W...l, Sch...l, Reg...l, T...l, f...hl, k...hl
Beere: Sch...re, Gew...hre
Spiel: Z...el, f...el, St...el

S.265 ◒ **1b**
- Prüft zuerst, ob der Vokal vor dem *s*-Laut lang oder kurz ist.
- Wendet nun bei den Wörtern mit langen Vokalen die Strategie Verlängern an, um stimmhaftes *s* und stimmloses *ß* zu unterscheiden.

langer Vokal vor dem *s*-Laut	kurzer Vokal vor dem *s*-Laut
sie ra...t	*er ra...pelt*
es hei...t	*es ra...elt*
er schie...t	*er ra...tet*
er lie...t	*er vergi...t*
	es pa...t
	es ro...tet
	sie lä...t

Lösungen zu den Seiten „Das könnt ihr jetzt!"

1 Ich – du – wir • Sich und andere informieren

S. 31/1
Mögliche W-Fragen: **A:** Wo lebte Malala? **B:** Wie wehrte sich Malala gegen die Diktatur der Taliban? **C:** Wie (Wofür) nutzte Malala ihre Bekanntheit? **D:** Was passierte 2012? **E:** Welche Folgen hatte das Attentat für Malala? **F:** Warum wurde Malala mit dem Friedensnobelpreis ausgezeichnet?

S. 31/2
Mögliche Wörter: *Diskriminierung* (Zeile 28), *global* (Zeile 47)

S. 31/3
Mögliche Schlüsselwörter: Taliban (Zeile 4), Mädchenschulen wurden geschlossen (Zeile 11), prangerte die Gewaltherrschaft der Taliban an (Zeile 20–21), Demonstrationen gegen die Diskriminierung von Frauen und Mädchen (Zeile 27–29), schwer verletzt (Zeile 34), Bekanntheit (Zeile 42), Rede vor den Vereinten Nationen (Zeile 46), Friedensnobelpreis (Zeile 55)

S. 31/4
A: Malalas Herkunft und Lebensbedingungen, **B:** Malala wehrt sich, **C:** Weltweite Aufmerksamkeit

S. 31/5
D: Das Attentat auf Malala, **E:** Weiterer Protest

S. 31/6
F: Malala wurde 2014 mit dem Friedensnobelpreis ausgezeichnet. Sie möchte sich weiterhin politisch engagieren.

S. 31/7
Malala hat bereits als Kind ihre Ziele verfolgt und gegen die Gewaltherrschaft der Taliban Widerstand geleistet.

S. 31/8
Indiviuelle Lösung

2 Jetzt verstehe ich dich! • Sprachlicher Umgang mit anderen

S. 45/1
Ben stören viele Dinge an seiner Oma und in ihrem Haus. Er ruft heimlich seine Eltern an und bittet sie, ihn abzuholen. Er sagt ihnen auch, dass er es bei seiner Oma schrecklich findet.

S. 45/2
Situationskarte: Ben muss jeden Freitag zu seiner Oma, da seine Eltern etwas zu zweit unternehmen wollen. **Rollenkarte Ben:** Er findet seine Oma langweilig und schrullig. Er stört sich an ihrem Essen, ihren Ratschlägen, Geschenken und Vorschriften. Er möchte nicht länger bei ihr sein. **Rollenkarte Oma:** Sie ist schon lange Witwe und lebt allein in einem großen Haus. Sie unternimmt mit ihrem Enkel Ausflüge und kümmert sich sehr um ihn.

S. 45/3
A Ben telefoniert, während die Oma schläft, mit seinem Vater und bittet ihn, ihn abzuholen, da er es hier schrecklich findet.
B Der Vater soll vorbeikommen und Ben abholen. Er soll sich Sorgen um ihn machen, da er sich bei der Oma unwohl fühlt.
C Ben vertraut seinem Vater seine Gefühle an.
D Ben ist nervös, da er seine Oma nicht aufwecken will. Er fühlt sich von der Situation überfordert. Er langweilt sich.

S. 45/4
a) Mögliche Lösung: Ben könnte Verständnis für seine Oma zeigen und erklären, warum er sich so verhalten hat.
b) Individuelle Lösung

S. 45/5
Individuelle Lösung

3 Erlebt – erdacht – erzählt • Mündlich und schriftlich erzählen

S. 69/1
Einleitung: unmittelbarer Einstieg mit wörtlicher Rede; W-Fragen beantworten, Personen einführen, Andeutung machen.
Hauptteil: Familienausflug erzählen, Einzelheiten hervorheben; möglicher Handlungsverlauf: Fahrt zum Erlebnispark, Rast an der Tankstelle, Weiterfahrt, Durchsage im Radio, Entsetzen bei der Familie, Panik beim Sohn, Rückfahrt, glückliche Zusammenführung, Happy End; Höhepunkt: Gedanken und Gefühle der Familie, wenn klar wird, dass der Sohn an der Raststätte vergessen wurde.
Schluss: Happy End, Familie ist wieder vereint

S. 69/2
Mögliche Überschrift: Ende gut, alles gut

S. 69/3 und 4
Individuelle Lösung, siehe Beispiellösung

4 Okapi, Nasenbär & Co. • Tiere und Gegenstände beschreiben

S. 84/1 und 2
Art/Name: Vogelhaus. **Funktion:** Nistkasten, Futterplatz. **Größe:** ca. 50 cm hoch, 20 cm breit, 20 cm tief. **Form:** schräges Dach, wellenförmige Seitenwände, runder Ständer, ovales Einschlupfloch. **Material:** Holz. **Farbe und Muster:** rotes Haus, schwarzes Dach, blauer Dachfirst, Blumenmuster, aufgemalte Wäscheleine, Blumenkette, Rabe am Einschlupfloch, Beschriftung: „Meisenhotel". **Einzelteile:** kleines ovales Einschlupfloch zur Nisthöhle, kurzer Holzstab als Sitzstange, größeres ovales Einflugloch, Landeplatz zum Futterplatz. **Besonderheiten:** fröhliche bunte Farben

S. 84/3 und 4
Individuelle Lösung, siehe Beispiellösung

S. 85/1
Art: Papagei. **Größe:** ca. 90 cm. **Aussehen:** rotes Federkleid an Kopf, Hals, Brust und Bauch, gebogener, weißer Schnabel, rote und blaue Schwanzfedern, gelbe und blaue Federzeichnung an den Flügeln, helle Augen mit weißem Rand, graue Füße mit großen schwarzen Krallen. **Besondere Kennzeichen:** kräftige bunte Farben

S. 85/2
Mögliche Adjektive und Vergleiche: leuchtende Farben, unterschiedlich gefärbt, feuerrot, warmes Gelb, kräftiges Blau, schneeweiß. **Mögliche Verben:** Siehe Sprachtipp auf Seite 76

S. 85/3 und 4
Individuelle Lösung, siehe Beispiellösung

5 Tausend Worte, tausend Bilder • Jugendbücher und ihre filmische Umsetzung entdecken

S. 106/1
Individuelle Lösung

S. 107/2
Zeilen 1–11: Flucht der beiden Jungen vor Marrak, **Zeilen 12–26:** Marrak holt die Jungen ein, **Zeilen 27–42:** Rico verschafft Oskar und sich Zeit, **Zeilen 43–56:** Marrak beleidigt Oskar und Rico, **Zeilen 57–74:** Oskar gibt Marrak Widerworte, **Zeilen 75–81:** Oskar versucht, unbemerkt das Schloss zu öffnen

S. 107/3
a) Spannungsbogen: Höhepunkt in Zeile 26
b) Spannungserzeuger: Handlung wird an mehreren Stellen verzögert, zum Beispiel wenn der Erzähler den Schreckensmoment vor verschlossener Tür beschreibt (Zeilen 16–17, Zeilen 20–22)

S. 107/4
Beispiellösung: Rico beschreibt Marrak als sehr wütend (Zeile 27–29). Durch den Vergleich wirkt die Beschreibung lustig. Rico hält Oskar für besserwisserisch (Zeilen 77–79). Diese Charakterisierung wirkt ungerecht. Als Oskar merkt, dass er schlauer ist als der Erwachsene, ist er stark genug, zu handeln.

S. 107/5
Beispiellösung: Liebes Tagebuch, endlich bin ich dem Marrak entkommen! Beinahe hätte das mit der Befreiungsaktion aber nicht geklappt. Wir kamen an diese verschlossene Tür und er hatte uns schon eingeholt. Da hat Rico fröhlich den Marrak angequatscht und plauderte mit ihm über die Entführung. Das führte dazu, dass Marrak so einen Stuss zusammengeredet hat. Aber das Schlimmste war, dass er das Mittelalter nicht von der Renaissance unterscheiden konnte. Da hatte ich dann auch keine Angst mehr vor ihm. Und da merkte ich, dass ich ja den Schlüssel in der Hand hatte – und ich schloss die Tür auf und wir konnten entkommen. Ohne mich wären wir verloren gewesen!

S. 107/6
a) Halbnah: Kopf und Oberkörper sind zu sehen.
b) Marraks Gesicht wird im Textausschnitt als „bullig" (Zeile 48) bezeichnet, auf Bild **1** trifft das zu. Im Textausschnitt hat der Marrak eine Taschenlampe und lässt sie fallen (Zeilen 17–18), auf Bild **2** hält Rico die Taschenlampe.

S. 107/7
a) Andreas Steinhöfel findet es gut, wenn ein Film anders gestaltet ist und anders erzählt als das Buch. Cornelia Funke findet, dass Filmszenen oft nichts mit dem Buch zu tun haben und zu viele Details auslassen.
b) Individuelle Lösung

6 Von Wünschen und Träumen • Märchen und Sagen entdecken

S. 128/1
Mögliche Lösung: Der Älteste des Dorfes trug Hans auf, den Wolf zu töten.

S. 128/2
Mögliche Lösung: Hans ging mutig in den Wald, unweit des Weges sah er einen Zwerg im Gras liegen und ein Lied pfeifen. [...] Der Zwerg gab ihm einen magischen Ring. Mit dem Zauberspruch „Drehe, drehe, stehe, stehe" könnte er die Zeit anhalten.

S. 128/3
Mögliche Lösung: Hans und der Wolf

S. 128/4 und 5
Individuelle Lösung, siehe Beispiellösung

S. 129/1
Mögliche Lösung:
a) Figuren: Mädchen mutig und klug, Ritter böse und habgierig
b) Handlung: Mögliche Aufgabe: Rettung vor dem Ritter; Goldene Krone: Macht unsichtbar, Mädchen erhält sie von einer guten Fee; Belohnung und Bestrafung: Am Ende wird das Mädchen mit einem Schloss belohnt, der Ritter wird zur Strafe verbannt.
c) Typische Formulierungen: Typische Märchensprache: „Es war einmal"; Zauberspruch oder Reim: „Krone, verschone!"; Magische Zahl: zum Beispiel sieben oder zwölf
d) Ort und Zeit: Kleines Dorf, großes Schloss, vor langer Zeit

S. 129/2
Mögliche Lösung: Die goldene Krone

S. 129/3 und 4
Individuelle Lösung, siehe Beispiellösung

7 Sommerhitze – Flockenwirbel • Gedichte entdecken

S. 144/1
3 Strophen mit je 4 Versen, Kreuzreim (abab)

S. 144/2
a) Strophe 1: Gras, schweige, Himmel, blau, Wind, Zweige, schwingen. **Strophe 2:** Wind, Kirschgeäst, Schmetterling, vorübergaukelt. **Strophe 3:** Amseln, Stare, Käfer, Wind, Sonne. Die Wörter beschreiben die Natur und ihre sanften Bewegungen.
b) Strophe 1: Der Sprecher sitzt im Gras und nimmt die Natur wahr. **Strophe 2:** Der Sprecher fühlt sich der Natur zunehmend näher. **Strophe 3:** Der Sprecher hört, sieht und spürt die Natur.

S. 144/3
Die Stimmung ist harmonisch, zufrieden, verträumt (Verse 1–4, 12).

S. 144/4
a) A Vergleich **B** Personifikation **C** Wortneuschöpfung
b) A Natur wird als Einheit vorgestellt, weil Himmel und Meer, oben und unten dieselbe Farbe haben. **B** Wind wird vermenschlicht und Bild von einem verspielten Kind hervorgerufen. **C** Bewegung des Schmetterlings wirkt wie etwas ganz Neues.

S. 144/5
a) sehen: Wolken, Biene ... **hören:** Summen, Rauschen ... **riechen:** Kirschblüten, Erde ... **schmecken:** salzige Luft, Grashalm ... **fühlen:** weiches Gras, kühle Erde ...
b) Beispiellösung mit Personifikation: Ich höre die Fliegen brummen. / Die Luft schmeckt salzig und warm. / Es fliegen die Bienen und summen / den Kirschblüten in den Arm.

S. 145/1
Das Blatt wechselt die Farbe von grün zu bunt. Es schaukelt in kühler Brise, wird zum Tanzen gebracht, vom Wind gewiegt, vom Sturm durchschüttelt, im Nebel versteckt und friert. Zuletzt schwebt es sanft zur Erde und wird zu Laub.

S. 145/2 und 3
Individuelle Lösung

8 Auf die Bühne! • Szenisch spielen

S. 155/1
Onkel Salim hat einen scharfen Blick und ist für andere da, wenn es ihnen schlecht geht. Er ist humorvoll und hilfsbereit.

S. 155/2
Position der Figuren: Die Figuren, die miteinander sprechen, schauen sich an. **Mimik, Gestik:** Salim freundlich und gut gelaunt, Junge fröhlich, Vater erst wütend, dann gespielt fröhlich, dann wirklich fröhlich. **Sprechweise:** Salim freundlich und ruhig, Junge fröhlich, Vater erst laut schimpfend, dann freundlicher und in normaler Lautstärke.

S. 155/3
Individuelle Lösung

S. 155/4
Mögliche Fragen: Wie ist das Leben als Schauspielerin für Sie? Was denken Ihre Eltern über Ihren Beruf?

S. 155/5
a) Mögliche Fragen: Was machst du in deiner Freizeit? Wie reagierst du, wenn dir jemand ein Eis schenkt?
b) bis d) Individuelle Lösung

9 Genial medial? • Mediennutzung und Medien erkunden

S. 164/1
Die Zeichnung will aussagen, dass junge Menschen lieber digital als persönlich kommunizieren.

S. 164/2 und 3
Individuelle Lösung

S. 164/4
a) Schädlich: Befragte verbringen zu viel Zeit am Handy, sind von Nachrichten genervt und von Social Media überfordert. Nützlich: Zeit mit Freunden verbringen.
b) Digitale Medien machen Kommunikation einfacher und persönlicher, zum Beispiel Videoanruf statt Telefonanruf. Wer aber nur digital kommuniziert, wird einsam, denn ihm entgeht der persönliche Kontakt zu Menschen.

S. 164/5
Individuelle Lösung. Mögliche Gegenargumente: Bildschirmmedien erleichtern die Kommunikation über große Entfernungen. Bildschirmmedien können in der Schule genutzt werden, um auch ohne eine Lehrkraft und im eigenen Tempo zu lernen.

S. 165/1 bis 5
Individuelle Lösung

10 Sprachakrobatik • Wörter bilden, Wörter erkunden

S. 174/1
Individuelle Lösung

S. 174/2
Zusammensetzungen (Bestimmung- + Grundwort): *hellwach*: hell + wach, *hilfsbereit*: Hilf(e) (+ Fugenelement s) + bereit.
Ableitungen: *träumerisch*: Träumer + -isch, *schlafmützig*: Schlafmütz(e) + -ig, *ruhelos*: Ruhe + -los, *zweiflerisch*: Zweifler + -isch, *hasenherzig*: Hasenherz + -ig, *unverblümt*: un- + verblümt, mutig: Mut + -ig, *zärtlich*: zart + -lich, launisch: Laun(e) + -isch

S. 174/3
Mögliche Oberbegriffe: **Strophe 1:** müde, **2:** wach, **3:** ängstlich, **4:** selbstbewusst, **5:** gefühlvoll, **6:** verschlossen

S. 174/4
Zusammensetzungen: alle Nomen, **Ableitungen:** schauerlicher, regnerisches, schauerliches, regnerischer

S. 174/5
Individuelle Lösung

S. 175/6
Je Vers eine Zusammensetzung aus zwei Zusammensetzungen, Grundwort des ersten bildet Bestimmungswort des zweiten Wortes:
Ameisenstraße + Straßenkontrolle → Ameisenstraßenkontrolle.
Die Anfangsbuchstaben entsprechen dem Alphabet.

S. 175/7
Bestimmungswort, Grundwort: Donaudampfschifffahrtsgesellschaftskapitän → Kapitän der Donaudampfschifffahrtsgesellschaft, Lieblingskuscheltiersondersucheinsatztruppe → Sondersucheinsatztruppe für Lieblingskuscheltiere, Zehnmeterbrettarschbombensuperklatscher → Arschbombensuperklatscher vom Zehnmeterbrett

11 Segeln im Meer der Wörter • Wortarten und Wortgruppen untersuchen

S. 204/1
A Er (Personalpronomen) bekam (Verb) einen (unbestimmter Artikel) großen (Adjektiv) Lachanfall (Nomen) bei (Präposition) unserem (Possessivartikel) Anblick (Nomen). **B** Zur (Präposition mit verstecktem Artikel) Abendstunde (Nomen) genießen (Verb) wir (Personalpronomen) die (bestimmter Artikel) warmen (Adjektiv) Strahlen (Nomen) der (bestimmter Artikel) Sonne (Nomen). **C** Angelt (Verb) sie (Personalpronomen) mit (Präposition) euren (Possessivartikel) neuen (Adjektiv) Angeln (Nomen)!

S. 204/2
Seekühe: Nominativ Plural feminin, der Tiere: Genitiv Plural Neutrum, einer Seekuh: Genitiv Singular feminin, den Tieren: Dativ Plural Neutrum, ihres Eigengewichts: Genitiv Singular Neutrum, hohe Frequenzen: Akkusativ Plural feminin, alle Seekühe: Nominativ Plural feminin, ihr gesamtes Leben: Akkusativ Singular Neutrum, verschließbare Nasenlöcher: Akkusativ Plural Neutrum, sie: Nominativ Plural, keine Stimmbänder: Akkusativ Plural Neutrum

S. 204/3
A in: Akkusativ, **B** wegen: Genitiv, **C** auf: Dativ, **D** mit: Dativ

S. 204/4
schnell – schneller – am schnellsten, gut – besser – am besten, einzig: nicht steigerbar, stark – stärker – am stärksten, viel – mehr – am meisten, ewig: nicht steigerbar

S. 204/5
Verbgruppen: in See stechen, eine Karte lesen, das Deck schrubben. **Nominalgruppen:** das sehr bunte Korallenriff, der graue Wal, der kleinste Pinguin, eine extrem dicke Eisscholle. **Adjektivgruppen:** leuchtend blau, unbeschreiblich kalt, erfrischend kühl. **Adjunktorgruppen:** wie eine Möwe, als Pirat. **Präpositionalgruppen:** unter dem alten modrigen Bug, in der Kombüse, mit dem Schiff

S. 205/1
ich lachte – ihr werdet lachen – gelacht, ich schwamm – ihr werdet schwimmen – geschwommen, ich erzählte – ihr werdet erzählen – erzählt, ich gab – ihr werdet geben – gegeben, ich saß – ihr werdet sitzen – gesessen, ich fuhr – ihr werdet fahren – gefahren

S. 205/2
Hilfsverb *haben* oder *sein* im Präteritum + Partizip II des Vollverbs.

S. 205/3
A 1. Person Singular Futur, **B** 2. Person Plural Präteritum, **C** 3. Person Singular Perfekt, **D** 3. Person Plural Plusquamperfekt, **E** 1. Person Plural Perfekt, **F** 3. Person Singular Präteritum

S. 205/4
a) Schwaches Verb: Präteritum mit *-te* (*sagen, erzählen*), starkes Verb: verändert im Präteritum seinen Stamm (*fahren, schneiden*).
b) Ein finites Verb ist konjugiert nach Person, Numerus, Tempus.

c) Das Präsens benutzt man für die Gegenwart, für Allgemeingültiges und zusammen mit Zeitangaben für die Zukunft.

S. 205/5
lauschten: Präteritum, hatten vereinbart: Plusquamperfekt, kicherte: Präteritum, werden erleben: Futur, habt: Präsens, nickten: Präteritum, hatten gehört: Plusquamperfekt, freuten: Präteritum, ging los: Präteritum, habe gefragt: Perfekt, bleibt: Präsens, rief zu: Präteritum, sind: Präsens, kann: Präsens, wirst sehen: Futur, werden sein: Futur, erwiderte: Präteritum

12 Wolkenkratzer und Pyramiden • Satzglieder untersuchen und verwenden

S. 224/1
A Hohe Bauwerke dominieren in einigen Städten das Stadtbild. → 4 Satzglieder **B** Nachts kann man sie wegen ihrer Beleuchtung gut erkennen. → 6 Satzglieder **C** Am Dienstag besucht die 5d vergnügt in der Frühe mit ihrer Lehrerin den Rottweiler Testturm. → 7 Satzglieder

S. 224/2
A Akkusativobjekt, **B** Dativobjekt, **C** Adverbial des Grundes, Subjekt, Adverbial der Zeit, **D** Adverbial des Ortes, Adverbial der Zeit, **E** Prädikat, **F** Adverbial der Art und Weise, Dativobjekt, **G** Akkusativobjekt, Adverbial des Grundes, **H** Prädikat, Dativobjekt

S. 224/3
Satzklammern in **A** und **B**: **A** Am Morgen schaltet … an. **B** Lea hatte … besucht. **C** Kommt …? **D** Er zweifelt …

S. 224/4

Vorfeld	linke Satzklammer	Mittelfeld	rechte Satzklammer
	Wird	der Klasse die Aussicht	gefallen?
Glücklich	kann	Lea ihre Fotos vom Turm am Abend ihrer Familie	zeigen.
Alle	sind	davon begeistert.	

S. 224/5
a) Im Verberstsatz steht das finite Verb an erster Stelle im Satz.
b) Mögliche Verberstsätze: Hast du heute Zeit? Sei pünktlich!

S. 225/1
Subjekte: wir, das sogenannte Odeon des Herodes von Atticus, man, eine Vorstellung, die Schauspieler, die Theateraufführungen im alten Griechenland, man, 5000 Zuschauer, man, wir.
Prädikate: standen, liegt, nennt, fand (finites Verb) statt, spielten, waren, konnte (finites Verb) verstehen (infinites Verb), passen (finites Verb) hinein, nennt, fanden

S. 225/2
Der Text ist recht oberflächlich und wenig anschaulich.

S. 225/3
a) **A** Grund, **B** Ort, **C** Ort, **D** Grund, **E** Zeit, **F** Grund.
b) **A** und **C** passen inhaltlich nicht zum Text.
c) Voller … Akropolis. Und am 14. Juni 2025 um 19:30 Uhr fand eine Vorstellung statt. Die Schauspieler spielten in diesem uralten Theater mit typischen Masken. So … Griechenland. Wegen der einzigartigen klanglichen Wirkung konnte man alles verstehen. In … hinein. Wegen seiner berühmten antiken Theaterautoren und der vielen antiken Theater nennt man Griechenland die Wiege des Theaters. Wir … beeindruckend.

13 Wie wir feiern? Und wie wir feiern! • Sätze untersuchen und Satzzeichen setzen

S. 238/1
Gemeinsam … gehen, Popcorn naschen, eine Cola schlürfen, ein … Sackhüpfen, Topfschlagen, Dosenwerfen … verschlüsselt, die … Fingerabdrücken, gegessen … Lauschen, Schnüffeln … ablegen.

S. 238/2
A Clara … Schwimmbad, doch … gespielt. **B** Sie … eingeladen, denn … Familienauto. **C** Eddies … Sommer, sodass … kann. **D** Weil … liebt, überlegen … Schatzsuche.

S. 238/3
A Kann … springen? → Fragesatz, Verberstsatz, **B** Max … Kindergeburtstag. → Aussagesatz, Verbzweitsatz, **C** Könnte … sein! → Ausrufesatz, Verberstsatz, **D** Was … bekommen? → Fragesatz, Verbzweitsatz, **E** Packt es aus! → Ausrufesatz, Verberstsatz

S. 238/4
Pauline meint: „Eine … Museum." „Ich … Bowling-Center", entgegnet Anna. „Weil … mag", sagt Theo, „habe … gefeiert." „Eigentlich … feiert", erwidert Sarah, „doch … können?", fragt sie. Frida … zu: „Da … Recht!" „Außerdem … machen", wirft … ein.

S. 239/1
Ein Satzgefüge ist ein zusammengesetzter Satz aus mindestens einem Hauptsatz und einem Nebensatz. Beispiel: *An meinem Geburtstag gehen wir ins Freibad, weil ich gerne schwimme.*

S. 239/2
Fasching, … Silvester sind Anlässe … Party. Ob die Party gelingt, hängt auch … ab. Partyspiele sorgen … Laune, weil sie … bringen. Wenn ihr … seid, fallen euch … ein.

S. 239/3
A Falls … plant, könnt … ausprobieren. **B** Bevor … beginnt, malt … Plastikflaschen. **C** Nachdem … sind, wird … gekegelt. **D** Zuvor … besprechen, damit … haben.

S. 239/4
A Einweg-Partybesteck … praktisch, weil es hinterher nicht abgewaschen werden muss. **B** Aber … verzichten, da es oft nicht umweltfreundlich ist. **C** Wenn wir unbedingt Einweg-Besteck verwenden wollen, können wir … ausprobieren. **D** Man … anbieten, sodass man gar kein Besteck braucht.

14 Auf die Plätze, fertig, los … • Regeln und Strategien der Rechtschreibung anwenden

S. 268/1
Individuelle Lösung

S. 268/2
A Strategie Ableiten → *Zahl.* **B** Strategie Wörter deutlich mitsprechen → *Zim|mer.* **C** Strategie Ableiten → *schreiben*, also *schreibt.* **D** Strategie Wörter deutlich mitsprechen → *Müt|ze.* **E** Strategie Verlängern → *Gelder*, also *Geld.* **F** Strategie Nomen erkennen → *-ung* ist häufiges Suffix, also *Heizung.* **G** Strategie Nomen erkennen → keine Nomensignale, also *fabelhaft.* **H** Strategie Merken → kein Merkwort mit *v/V*, also *fertig.* **I** Strategie Ableiten → *grau*

Lesestrategien und Lesetechniken

Diagonales Lesen

Mit dem diagonalen Lesen kannst du dir über einen Text **einen ersten Überblick verschaffen**. Du überfliegst den ganzen Text mit den Augen und konzentrierst dich dabei auf folgende **Orientierungspunkte**:
- Überschrift des Textes
- Aufbau des Textes
- Überschriften der Absätze
- besonders Hervorgehobenes, Schlüsselwörter
- Abbildungen und Bildunterschriften
- die ersten Sätze der Einleitung und der Absätze

Willst du herausfinden, ob ein ganzes Buch geeignete Texte enthält, orientiere dich am besten an Klappentext, Vorwort und Einleitung sowie am Inhaltsverzeichnis.

Selektives Lesen

Selektiv bedeutet „auswählend" oder „zielgerichtet". Selektives Lesen meint also die **gezielte Suche nach bestimmten Informationen** in einem Text. Entscheidend ist, dass du eine **konkrete Fragestellung** hast und beim Lesen nach Antworten auf diese suchst.

Intensives Lesen

Um einen Text verstehen und nutzen zu können, musst du durch **gründliches Lesen den Inhalt erschließen und Textzusammenhänge erkennen**. Dabei helfen dir verschiedene Methoden.
Du kannst
- unbekannte Wörter klären.
- Fragen an den Text stellen.
- Schlüsselwörter markieren.
- den Text in Sinnabschnitte einteilen und Überschriften formulieren.
- wichtige Aussagen zusammenfassen.

Unbekannte Wörter klären, Schlüsselwörter markieren

Um einen Text zu verstehen, musst du zunächst die **Bedeutung der Wörter klären**, die du nicht verstehst.
Du kannst
- prüfen, ob du den Satz auch ohne das Wort verstehst.
- das Wort von einem Wort ableiten, das du kennst.
- dir das Wort aus dem Zusammenhang erklären.
- das Wort in seine Bausteine zerlegen.
- in einem Lexikon oder im Internet nachschauen.

Wörter oder Wortgruppen, die wichtige Informationen enthalten, nennt man **Schlüsselwörter**.
Mit ihnen kannst du den Text „aufschließen".
Schlüsselwörter erkennst du daran, dass sie
- mehrfach im Text zu finden sind.
- einen Zusammenhang zu anderen wichtigen Wörtern aufweisen.
- als Überschrift für einen Abschnitt dienen können.
- sich auf mehrere Textstellen beziehen.

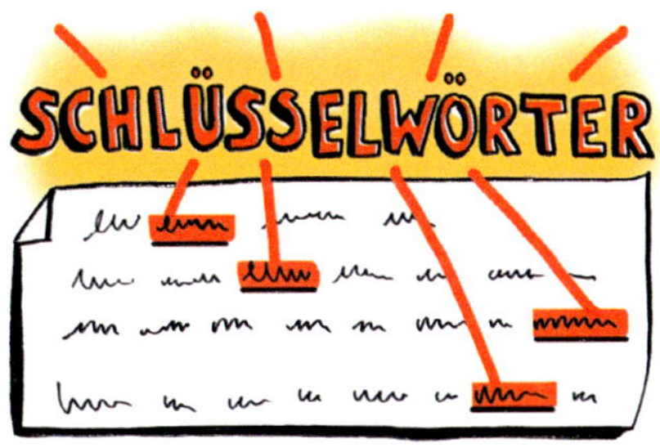

Unbekannte Wörter klären, Schlüsselwörter markieren **SO GEHT'S**

Fledermäuse

Seit ungefähr 50 Millionen Jahren gibt es Fledermäuse. Das weiß man, weil Fossilien gefunden wurden, die so alt sind. Nach den Nagetieren bilden die Fledermäuse die größte Gruppe unter den **Säugetieren**. Mit den Mäusen haben sie gar nichts zu tun. Wahrscheinlich hat man sie so genannt, weil sie so ähnlich wie Mäuse mit Flügeln aussehen. Sie sind **mit dem Igel verwandt**.

Auf der **ganzen Welt** gibt es **rund 1.000 verschiedene Fledermausarten**. In **Europa** leben **zwei große Fledermausfamilien**: die Hufeisennasen und die Glattnasen. Es gibt fünf Fledermausarten aus der Familie der Hufeisennasen und 25 aus der Familie der Glattnasen. Also leben **in Europa 30 verschiedene Fledermausarten**.

Weil sie in der **Nacht jagen** und **am Tag schlafen**, brauchen sie **ungestörte Schlafplätze**, zum Beispiel alte Dachstühle, Mauerritzen oder hohle Bäume. In der Nähe der Quartiere muss es genügend **Insekten** geben, denn davon **ernähren** sich die Fledermäuse. Und weil sie leicht austrocknen, **brauchen** sie kleine **Teiche oder Bäche** in ihrem Jagdgebiet, wo sie **trinken** können. Am Wasser gibt es auch besonders viele Insekten.

nur wenige Schlüsselwörter markieren

Fossilien? → im Wörterbuch steht: versteinerte Tier- oder Pflanzenreste

Wichtig: Fledermäuse sind Säugetiere.

Wichtig: Es gibt verschiedene Fledermausarten und Fledermausfamilien.

Wichtig: Fledermäuse sind nachtaktiv, brauchen ungestörte Schlafplätze und ernähren sich von Insekten und Wasser.

Quartiere? – aha, das ist eine Unterkunft

Texte in Abschnitte einteilen und Überschriften für Abschnitte formulieren

Um den Inhalt eines Textes besser zu verstehen, teilst du ihn in Abschnitte ein und formulierst für diese Abschnitte passende Überschriften.
Anders als zum Beispiel die Überschrift einer Erzählung soll diese Überschrift nicht die Leserin/den Leser neugierig machen, sondern das **Wichtigste des Abschnitts zusammenfassen**.

Texte sind oft durch Absätze gegliedert. Aber Achtung: Nicht jeder neue Absatz muss auch ein neuer Abschnitt sein. Manchmal besteht ein Abschnitt aus mehreren Absätzen.

Wenn du **Überschriften für Abschnitte** formulierst, kannst du
- die Schlüsselwörter des Abschnitts verwenden.
- zu den Schlüsselwörtern des Abschnitts einen Oberbegriff suchen.

Texte in Abschnitte einteilen und Überschriften für Abschnitte formulieren **SO GEHT'S**

Fledermäuse

Seit ungefähr 50 Millionen Jahren gibt es Fledermäuse. Das weiß man, weil Fossilien gefunden wurden, die so alt sind. Nach den Nagetieren bilden die Fledermäuse die größte Gruppe unter den Säugetieren. Mit den Mäusen haben sie gar nichts zu tun. Wahrscheinlich hat man sie so genannt, weil sie so ähnlich wie Mäuse mit Flügeln aussehen. Sie sind mit dem Igel verwandt.

Auf der ganzen Welt gibt es rund 1.000 verschiedene Fledermausarten. In Europa leben zwei große Fledermausfamilien: die Hufeisennasen und die Glattnasen. Es gibt fünf Fledermausarten aus der Familie der Hufeisennasen und 25 aus der Familie der Glattnasen. Also leben in Europa 30 verschiedene Fledermausarten.

Weil sie in der Nacht jagen und am Tag schlafen, brauchen sie ungestörte Schlafplätze, zum Beispiel alte Dachstühle, Mauerritzen oder hohle Bäume. In der Nähe der Quartiere muss es genügend Insekten geben, denn davon ernähren sich die Fledermäuse. Und weil sie leicht austrocknen, brauchen sie kleine Teiche oder Bäche in ihrem Jagdgebiet, wo sie trinken können. Am Wasser gibt es auch besonders viele Insekten.

Hier erkenne ich die Abschnitte an der Textgliederung durch Absätze.

1 Überschrift des ersten Abschnitts:

Alter der Art und biologische Einordnung

2 Überschrift des zweiten Abschnitts:

Unterteilung sowie Vorkommen in Europa

3 Überschrift des dritten Abschnitts:

Lebens- und Ernährungsweise

Wichtige Informationen eines Textes zusammenfassen

Sachtexte können über Fakten informieren, Sachverhalte beschreiben und Zusammenhänge erklären.

Für die Vorbereitung von Vorträgen benötigst du zum Beispiel eine kurze Zusammenfassung der wichtigsten Informationen eines Textes. Dabei geht es nur um das Wesentliche. Auf Einzelheiten kannst du verzichten.

Du kannst die
- Schlüsselwörter verwenden.
- Überschriften der einzelnen Abschnitte kurz erläutern.

Wichtige Informationen eines Textes zusammenfassen **SO GEHT'S**

Fledermäuse

Seit ungefähr 50 Millionen Jahren gibt es Fledermäuse. Das weiß man, weil Fossilien gefunden wurden, die so alt sind. Nach den Nagetieren bilden die Fledermäuse die größte Gruppe unter den Säugetieren. Mit den Mäusen haben sie gar nichts zu tun. Wahrscheinlich hat man sie so genannt, weil sie so ähnlich wie Mäuse mit Flügeln aussehen. Sie sind mit dem Igel verwandt.

Fledermäuse gibt es seit ca. 50 Millionen Jahren. Sie bilden nach den Nagetieren die zweitgrößte Gruppe von Säugetieren und sind mit dem Igel verwandt.

Auf der ganzen Welt gibt es rund 1.000 verschiedene Fledermausarten. In Europa leben zwei große Fledermausfamilien: die Hufeisennasen und die Glattnasen. Es gibt fünf Fledermausarten aus der Familie der Hufeisennasen und 25 aus der Familie der Glattnasen. Also leben in Europa 30 verschiedene Fledermausarten.

In Europa gibt es zwei Fledermausfamilien, die Hufeisennasen und die Glattnasen, die in 30 verschiedene Arten unterteilt werden.

Weil sie in der Nacht jagen und am Tag schlafen, brauchen sie ungestörte Schlafplätze, zum Beispiel alte Dachstühle, Mauerritzen oder hohle Bäume. In der Nähe der Quartiere muss es genügend Insekten geben, denn davon ernähren sich die Fledermäuse. Und weil sie leicht austrocknen, brauchen sie kleine Teiche oder Bäche in ihrem Jagdgebiet, wo sie trinken können. Am Wasser gibt es auch besonders viele Insekten.

Fledermäuse jagen nachts. Sie brauchen ungestörte Schlafplätze, in deren Nähe es genügend Insekten und Wasser gibt.

Die Fünf-Schritt-Lesemethode

Diese Lesemethode hilft dir, Texte zu verstehen.

1

Überfliege den Text!
Was weiß ich und was ist mir neu?
Tipp: Beachte Überschriften und eventuell Bilder.

2

Lies den Text ein erstes Mal!
Was ist das Thema?
Tipp: Kläre auch unbekannte Wörter.

3

Lies den Text ein zweites Mal!
Was sind die Schlüsselwörter?
Tipp: Markiere sie mit verschiedenen Farben, aber markiere nicht zu viel.

4

Fasse Textabschnitte zusammen!
Welche Informationen sind wichtig und gehören zusammen?
Tipp: Notiere Stichworte und formuliere Zwischenüberschriften.

5

Gib den Inhalt des Textes wieder!
Was sind die wichtigsten Informationen des Textes?
Tipp: Achte auf eigene Formulierungen.
Orientiere dich an deinen Zwischenüberschriften.

Referieren, präsentieren und diskutieren

Einen kurzen Vortrag vorbereiten und halten

In manchen Themen kennst du dich besonders gut aus. Dann kannst du dein Wissen in einem kurzen Vortrag an andere weitergeben. Für dein Publikum ist es wichtig, dass du die Informationen interessant und verständlich darstellst.

Stichwortzettel erstellen **SO GEHT'S**

Unsere Partnerschule in Brighton (England) (2)

Hauptteil
1. *Lage der Stadt*
   → *Karte von Großbritannien zeigen*
   – *direkt am Meer, schöner Strand*
2. *Stadtbild*
   → *Folie mit Stadtbild zeigen*
   – *besondere Sehenswürdigkeiten: Riesenrad am Pier, Royal Pavilion*
– *Einwohnerzahl: 278 000*
3. *Die Brighton and Hove School*
   → *Folie mit Foto der Schule zeigen, auf Haupteingang und Aula zeigen*
– *Anzahl der Schülerinnen und Schüler: 840*
– *Alter: …*

Stichwortzettel übersichtlich und gut lesbar gestalten

Karteikarten nur einseitig beschriften und nummerieren

Stichworte groß notieren

Regieanweisungen mit anderer Farbe notieren

wichtige Stellen mit Unterstreichungen oder Textmarkern hervorheben

Einen kurzen Vortrag vorbereiten und halten **CHECKLISTE**

1. Informationen sammeln	Nachschlagen
✓ Ich habe verschiedene Quellen genutzt.	S. 25
✓ Ich habe verlässliche Quellen verwendet.	S. 25
✓ Ich habe die Quellen notiert.	S. 25
2. Informationen ordnen	
✓ Meine Informationen sind wichtig.	S. 25
✓ Meine Informationen sind für das Publikum verständlich.	S. 25
✓ Meine Reihenfolge ist nachvollziehbar (roter Faden).	S. 25
3. Den Vortrag gliedern	
✓ Einleitung: Ich nenne das Thema und wecke Interesse beim Publikum.	S. 21
✓ Hauptteil: Ich bringe die wichtigsten Informationen.	S. 21
✓ Schluss: Ich fasse das Wichtigste zusammen.	S. 21
4. Den Vortrag ausgestalten	
✓ Ich habe einen Stichwortzettel erstellt, um frei sprechen zu können.	S. 51
✓ Ich gestalte den Vortrag anschaulich, indem ich Bilder zeige.	
✓ Ich habe den Vortrag mehrfach geprobt.	S. 143
5. Den Vortrag halten	
✓ Ich spreche beim Vortrag langsam, laut und deutlich.	S. 143
✓ Ich mache beim Vortrag an sinnvollen Stellen Pausen.	S. 143
✓ Ich stehe beim Vortrag ruhig da.	S. 143

Meinungen in Diskussionen begründen

Wenn du in einer Diskussion willst, dass andere deine Meinung ernst nehmen oder sich sogar von ihr überzeugen lassen, genügt es nicht, sie nur laut zu äußern. Du musst deine Meinung mit verschiedenen Argumenten begründen.

Drei Grundregeln

1. Allgemeine Gesprächsregeln beachten

aktiv zuhören, wenn andere reden:
- den anderen genau zuhören
- andere ausreden lassen
- nachfragen, wenn etwas unklar ist

wenn ich rede:
- ruhig und deutlich sprechen
- sich kurz fassen
- beim Thema bleiben

2. Die eigene Meinung begründet darstellen
- eigene Meinung klar formulieren
- verschiedene Argumente vorbringen
- Beispiele geben

3. Auf andere Beiträge eingehen
- andere Meinungen ernst nehmen
- andere Argumente aufgreifen
- Ähnlichkeiten zu anderen Beiträgen aufzeigen

Meinungen in Diskussionen begründen **SO GEHT'S**

Diskussion zur Sitzordnung in der Klasse

Lehrer: ...

Gianna: Sie und Jana haben gesagt, dass unsere jetzige Sitzordnung besser ist als Gruppentische, weil es dann in der Klasse nicht so laut ist. Ich möchte ja auch, dass es nicht so laut ist. ← andere Meinungen ernst nehmen, Ähnlichkeiten aufzeigen

Aber trotzdem bin ich anderer Meinung. ← eigene Meinung klar formulieren

Die Gruppentische haben viele Vorteile: Wir müssen zum Beispiel nicht immer umbauen, wenn wir Gruppenarbeit machen. Und das ist ja vor allem in Deutsch, Erdkunde und Geschichte häufig der Fall. Außerdem kann man an einem Gruppentisch in Partnerarbeit mit wechselnden Partnern arbeiten, nicht immer nur mit dem direkten Sitznachbarn. ← verschiedene Argumente vorbringen

Und ich bin mir sicher, dass wir die Unruhe in den Griff bekommen. ← andere Argumente aufgreifen

Wir könnten zum Beispiel an jedem Gruppentisch eine Person bestimmen, die auf die Lautstärke achtet. Und das kann ja am Tisch auch immer wieder wechseln, damit nicht immer dieselben diese Aufgabe haben. ← Beispiele geben

Jana: Das ist schon verständlich, aber ...

Lerninsel C

Erzählungen, Beschreibungen und Briefe verfassen

Erzählen

anschaulich, spannend und nachvollziehbar erzählen

Wesentliches beschreiben
- eine Situation: *wimmernde Geräusche aus dem Keller*
- eine Figur oder einen Gegenstand: *ein Wesen so groß wie ein Gartenzwerg*
- die Umgebung: *steile Klippen*

wörtliche Rede einsetzen
„Wusste ich es doch!", fuhr er Amir an.

Gedanken und Gefühle der Figuren darstellen
- Freude: *Ich hab's gefunden, endlich!*
- Wut: *In tausend Stücke würde sie ihn reißen …*

Wahrnehmungen aller fünf Sinne beschreiben
- sehen: *Durch den Türspalt erkannte er die Umrisse eines kleinen Jungen.*
- riechen: *Im Treppenhaus umschloss sie das blumige Parfum von Frau Bose.*
- fühlen: *Plötzlich packte sie etwas Glitschiges an der Hand.*
- hören: *Von fern war ein feines Surren zu hören, das langsam, aber merklich anschwoll.*
- schmecken: *Die Brause prickelte auf der Zunge und hinterließ einen süßlichen Film.*

treffende Formulierungen verwenden
- Verben: *schlendern, hasten, latschen, eilen*
- Adjektive: *freudig, verräterisch, seltsam*
- Vergleiche und bildliche Darstellungen: *wie aus der Pistole geschossen*
- überraschende Wendungen: *plötzlich, doch da, auf einmal*
- Andeutungen und Verzögerungen: *Zunächst wirkte alles wie immer: Das Frühstück bestand aus einem ekligen Brei. Da war nichts. Er musste sich getäuscht haben.*

Arten von Erzählungen

Erlebniserzählung **Fantasiegeschichte** **Erzählung zu Bildern**

Eine Erlebniserzählung schreiben

Du kannst von tatsächlichen oder möglichen Erlebnissen erzählen.
Bei der Art der Erlebnisse gibt es große Unterschiede:
Deine Geschichten können zum Beispiel von lustigen, spannenden oder rätselhaften Erlebnissen handeln.

Erzählideen finden
Du kannst dir Fragen stellen, zum Beispiel:
- Welche Situation ist dir als besonders in Erinnerung geblieben, weil sie aufregend, überraschend, beängstigend oder lustig war?
- Welche Erlebnisse könnten eintreten, die jemanden besonders glücklich, ängstlich, stolz oder wütend machen?

Die Erlebniserzählung planen
Lege fest,
- wann und wo die Handlung spielt.
- welche Figuren auftreten, wie sie sich verhalten und wie ihre Beziehung zueinander ist *(beste Freunde; angeberisches, hilfsbereites, chaotisches Verhalten; feindselige Haltung)*.
- was die zentralen Handlungsschritte sind *(das Überbordgehen bei einer Kanutour)*.
- wie du erzählen möchtest und welche Wirkung deine Erzählung haben soll *(lustig, spannend, rätselhaft, nachdenklich)*.

Gliedere in:

Anfang
interessanten Erzählanfang wählen
- Ausgangssituation beschreiben
- eine Figur sprechen lassen
- mitten im Geschehen beginnen
- mit einer Andeutung beginnen

→

Hauptteil
Handlungsschritte und Höhepunkt(e) planen

→

Schluss
Erzählende festlegen
- positives Ende, negatives Ende oder offenes Ende
- überraschender Schlusseffekt

Eine Erlebniserzählung schreiben **SO GEHT'S**

Nie wieder Frösche!

„Na auf, los geht's!", rief mir Lucas zu. Ich schluckte in der Schulmensa eben noch den letzten Bissen hinunter und schon machten wir uns auf den Weg. Am Vortag hatten wir verabredet, dass wir gleich nach Schulschluss zu dem Tümpel gehen, um dort Frösche zu fangen. Wir konnten es kaum erwarten. Von der Schule führte ein Trampelpfad direkt zum Wäldchen. Dort kämpften wir uns querfeldein durch und landeten auf einem schmalen Weg, der mit Brennnesseln zugewachsen war. Unsere Beine begannen furchtbar zu brennen. Aber es war nicht mehr weit. Kurz darauf sahen wir schon den Tümpel. Das Wasser roch moderig und ein leises Plätschern war zu hören. „Schau mal, da ist ein Frosch!", flüsterte Lucas. Er zog sich die Schuhe aus und wollte in das bräunliche, dickflüssige Gewässer steigen. Auf einmal schrie Lucas laut auf, er hatte das Gleichgewicht verloren. Ich sah, wie er die Böschung hinabsauste und im Tümpel wieder zum Stehen kam. Das Wasser reichte ihm bis zum Hals und er wagte kaum, sich zu bewegen, um nichts von der stinkenden Brühe zu schlucken. Ich rief Lucas zu: „Komm näher, komm schon. Dann kann ich dich herausziehen." Aber Lucas blieb vollkommen erstarrt stehen. Ich suchte nach einem langen Ast. Endlich fand ich einen, tastete mich vorsichtig an den Tümpelrand heran und hielt Lucas den Ast hin. Wir dachten in dem Moment beide, wir hätten einen Ausweg gefunden. Aber nein, als Lucas vorsichtige Schritte auf mich zugemacht hatte, machte es laut „Knacks" und jeder von uns hielt ein Stück des Astes in der Hand. Es war zum Verzweifeln. Plötzlich hörte ich das tuckernde Geräusch eines Traktors. Ich rief laut um Hilfe und lief in Richtung Traktor. (...) Mit vereinten Kräften zogen wir Lucas hoch. Wir hatten es geschafft. Lucas stank wie ein nasser Fuchs, aber das war egal. Bauer Etzel ließ uns auf dem Anhänger mitfahren und fuhr uns nach Hause. So hatten wir uns unseren Nachmittag nicht vorgestellt. Wir schworen uns: „Nie wieder Frösche!"

unmittelbarer Einstieg: wörtliche Rede

wörtliche Rede einsetzen

Gedanken und Gefühle der Figuren darstellen

Sinneseindrücke beschreiben

überraschende Wendungen hervorheben

anschauliche Verben, Adjektive und Vergleiche verwenden

Schluss: Bezug zur Überschrift

Eine Erlebniserzählung schreiben **CHECKLISTE**

1. Inhalt und Aufbau	Nachschlagen
✓ Meine Überschrift und der Anfang meiner Erzählung machen neugierig.	S. 54
✓ Meine Erzählung hat einen Spannungsbogen mit Höhepunkt(en) und einen passenden Schluss.	S. 53 S. 97
✓ Meine Erzählung hat einen roten Faden.	S. 53
✓ Die Gedanken und Gefühle der Figuren werden deutlich.	S. 55
✓ Ich habe Sinneseindrücke (zum Beispiel *sehen, hören, riechen*) beschrieben.	S. 56
✓ Meine Erzählung enthält interessante Einzelheiten (zum Beispiel *Äußeres von Figuren*).	S. 55
2. Sprache	
Ich habe	
✓ wörtliche Rede eingesetzt.	S. 233
✓ anschauliche Verben, Adjektive und Vergleiche verwendet.	S. 55
✓ in der Regel im Präteritum geschrieben.	S. 192
✓ die Rechtschreibung, die Grammatik und die Satzzeichen überprüft.	S. 338

Eine Fantasiegeschichte schriftlich erzählen

Beim Schreiben einer Fantasiegeschichte kommt es auf deine Vorstellungskraft an. Die Fantasiewelt, die du entstehen lässt, unterscheidet sich von der realen Welt. Du kannst Menschen mit übernatürlichen Fähigkeiten, fantastische Wesen mit besonderen Eigenschaften oder magische Gegenstände vorkommen lassen. Dennoch müssen die Erzählschritte nachvollziehbar sein. Viele Fantasiegeschichten beginnen in der realen Welt, bevor plötzlich etwas Fantastisches geschieht.

Eine Fantasiegeschichte schriftlich erzählen **SO GEHT'S**

Plötzlich in der Tiefsee

Als ich aufwachte, war meine Laune im Keller. Ja, es war Wochenende, aber all meine Freunde waren weggefahren und so würde es ein langweiliger Samstag werden. Das dachte ich jedenfalls zu diesem Zeitpunkt noch. Als ich aus dem Fenster in den trüben Himmel starrte, hörte ich ein merkwürdiges Plätschern, kurz darauf ein Scheppern. Es musste aus dem Badezimmer kommen. Im Flur wurde das Plätschern lauter und als ich die Badezimmertür einen Spalt weit geöffnet hatte,

Alltagssituation

Andeutungen machen

Sinneseindrücke beschreiben

blickte ich ungläubig in die Badewanne: Was war das? Ein metallener Riesenkrake mit goldenen Saugnäpfen? In seinen Körper waren große Bullaugen eingelassen, aus denen es strahlend hell hervorleuchtete. Vorsichtig näherte ich mich dem Kraken und als mein Gesicht ihn fast berührte, hörte ich eine Stimme. Sie musste aus dem Inneren des Wesens kommen. „Tritt nur ein, na komm!", lud mich die Stimme ein. Sekunden später sah ich durch die Bullaugen unser Badezimmer, doch das verschwand sofort, nachdem der Krake Fahrt aufgenommen hatte. Wasser umgab uns von allen Seiten. Wo war ich? Wohin brachte mich dieser Krake? Vor mir tauchten Fischschwärme auf. Hunderte, tausende glitzernde Fische. Auf einmal sah ich einen weißen Schleier, der sich Sekunden später als das weiße, lange Haar eines Unterwassermannes entpuppte. Er hielt einen Dreizack hoch und nickte mir freundlich zu. Ich zwickte mich, aber es passierte nichts weiter, als dass wir uns langsam von dem Unterwassermann entfernten. Allmählich verlor ich jedes Gefühl für Zeit und Raum, aber es beunruhigte mich nicht. Im Gegenteil, ich ließ mich treiben und eine angenehme Müdigkeit überkam mich. Plötzlich schreckte ich hoch. Ich musste eingeschlafen sein. Ungläubig schaute ich mich um. Ich lag in meinem Bett. Ein Traum, schoss es mir durch den Kopf. Ja klar, ein Traum. Aber es fühlte sich so echt an. Noch immer sah ich den Unterwassermann deutlich vor mir. Hastig schlug ich die Bettdecke zurück und lief ins Bad. Natürlich, kein Krake, aber da: Wasserlachen vor der leeren Badewanne und ein goldener Saugnapf.

Einbruch des Fantastischen

anschauliche Verben, Adjektive und Vergleiche verwenden

wörtliche Rede einsetzen

Gedanken und Gefühle der Figuren darstellen

überraschende Wendungen hervorheben

CHECKLISTE Eine Fantasiegeschichte schriftlich erzählen

1. Inhalt und Aufbau

	Nachschlagen
✓ Meine Überschrift und der Anfang meiner Geschichte machen neugierig.	S. 64
✓ Meine Geschichte hat einen Spannungsbogen mit Höhepunkt(en) und einen passenden Schluss.	S. 62 S. 97
✓ Ich habe Wirkliches mit Fantastischem verbunden und auf die Nachvollziehbarkeit geachtet.	S. 63
✓ Meine Geschichte hat einen roten Faden.	S. 63
✓ Die Gedanken und Gefühle der Figuren werden deutlich.	S. 55
✓ Ich habe Sinneseindrücke (zum Beispiel *sehen, hören, riechen*) beschrieben.	S. 56
✓ Meine Geschichte enthält interessante Einzelheiten (zum Beispiel *Orte, Äußeres von Figuren*).	S. 55

2. Sprache

Ich habe

✓ wörtliche Rede eingesetzt.	S. 233
✓ anschauliche Verben, Adjektive und Vergleiche verwendet.	S. 55
✓ im Präteritum geschrieben.	S. 192
✓ die Rechtschreibung, die Grammatik und die Satzzeichen überprüft.	S. 338

Eine Erzählung zu Bildern schreiben

Bilder können die Grundlage für Erzählungen sein. Die Bilder zeigen wichtige Momente der Handlung und geben einen Teil der Geschichte vor. Beim Schreiben musst du die Bilder in einen Erzählzusammenhang bringen. Das heißt, du ergänzt, was zwischen den Bildern geschieht, zum Beispiel Ursachen oder Folgen einer Handlung oder Gedanken und Gefühle der Figuren.

Eine Erzählung zu Bildern schreiben **SO GEHT'S**

Ein unerwarteter Fund

Leo und Fiona sammelten am Strand gerade Muscheln, als plötzlich eine riesige Welle kam und die beiden von oben bis unten nass spritzte. Fiona stieß vor Schreck einen kleinen Schrei aus, worauf Leo sie aufzog: „Na, bist du wasserscheu?" Doch Fiona reagierte gar nicht, sondern starrte in eine andere Richtung. „Was ist los?", wollte Leo wissen. Fiona rief: „Na schau doch mal! Was ist das denn?" „Sieht nach einer alten Kamera aus, einer ziemlich alten, wenn du mich fragst", meinte Leo. Zusammen untersuchten sie das Gerät. Fiona fand einen winzigen Hebel, zog daran und schon schnappte die Rückwand der Kamera auf. „Das gibt's ja nicht", rief Leo, „da ist tatsächlich ein Film drin." „Ist klar, was wir jetzt machen, oder?", entgegnete Fiona. Die beiden suchten ihr Zeug zusammen und machten sich auf den Weg zu einem Fotoladen. Als sie dem Ladeninhaber den Film vorlegten, staunte dieser: „So etwas hatte ich hier schon lange nicht mehr. Ich kann euch nichts versprechen. Der Film ist nass geworden. Wer weiß, ob er nicht ruiniert ist. Kommt in drei Stunden wieder, dann weiß ich mehr." Die Zeit kroch langsam wie eine Schnecke dahin. Das Einzige, was ihnen blieb, war zu rätseln, was auf den Bildern zu sehen sein könnte, wenn, ja wenn der Film sich entwickeln ließe. Fotos von Kindern, die Sandburgen bauen? Oder, wenn die Kamera über Bord gegangen war, Aufnahmen von einem Schiff? Wie sehr sie mit ihren Vermutungen danebenlagen, sollte sich später zeigen.
Endlich war die Zeit um und sie konnten zurück zum Fotoladen. Der Inhaber empfing sie mit: „Ihr hattet Glück." Fiona und Leo strahlten, öffneten die Fotomappe und beugten sich über die Abzüge. Konnte das wahr sein?
„Das sind ja Mama und Papa!", rief Fiona und Leo meinte: „Ich fass es nicht!" Auf den Fotografien waren ihre Eltern an genau diesem Strand zu sehen, wie sie beide in die Kamera strahlten. „Wie lange ist das denn her? Fünfzehn Jahre?", fragte Leo. „Komm, lass uns die Fotos Mama und Papa zeigen, die werden Augen machen!"

überraschende Wendungen hervorheben

Gedanken und Gefühle der Figuren darstellen

wörtliche Rede einsetzen

interessante Einzelheiten beschreiben

anschauliche Verben, Adjektive und Vergleiche verwenden

Andeutungen machen

Eine Erzählung zu Bildern schreiben **CHECKLISTE**

1. Inhalt und Aufbau — Nachschlagen

✓ Meine Überschrift und der Anfang meiner Erzählung machen neugierig.	S. 67
✓ Meine Erzählung hat einen Spannungsbogen mit Höhepunkt und einen passenden Schluss.	S. 67
✓ Ich habe auch die Handlung zwischen den Bildern erzählt.	S. 66
✓ Meine Erzählung hat einen roten Faden.	S. 67
✓ Ich habe die Mimik, Gestik und Körperhaltung der Figuren auf den Bildern beachtet und in meiner Erzählung berücksichtigt.	S. 66
✓ Ich habe Sinneseindrücke (zum Beispiel *sehen, hören, fühlen*) beschrieben.	S. 67

2. Sprache

Ich habe

✓ wörtliche Rede eingesetzt.	S. 233
✓ anschauliche Verben, Adjektive und Vergleiche verwendet.	S. 55
✓ im Präteritum geschrieben.	S. 192
✓ die Rechtschreibung, die Grammatik und die Satzzeichen überprüft.	S. 338

Beschreiben

Beschreibungen

- basieren auf genauen Beobachtungen und beinhalten besondere Merkmale und Eigenschaften.
- enthalten Details.
- verwenden Fachbegriffe.
- nutzen anschauliche Adjektive.
- können verschiedene Adressaten haben und unterschiedlichen Zwecken dienen.
- haben einen nachvollziehbaren Aufbau. Tier- und Gegenstandsbeschreibungen beginnen mit dem Wesentlichen und kommen dann zum Untergeordneten (vom Gesamteindruck zum Detail).

Arten von Beschreibungen

Steckbrief
Vermisstenanzeige (bei Personen), Suchanzeige (bei Tieren)

Tierbeschreibung
Artikel eines Tierlexikons, Infotafel im Zoo

Gegenstandsbeschreibung
Suchanzeigen, Verkaufsbeschreibungen

Ein Tier beschreiben

Ein Tier beschreiben — SO GEHT'S

Flocke sucht eine liebevolle Familie!

Weil wir umziehen müssen, suchen wir für unseren Hund ein neues Zuhause. Die einjährige Mischlingshündin *weist große Ähnlichkeit mit einem* Labrador *auf. Ihre Schulterhöhe beträgt ca. 60 cm. Sie wiegt 35 kg und hat eine lange, leicht nach oben gewölbte* Rute*. Ihr Fell ist hellbraun und kurz. Nur vorne auf der Brust erkennt man einen auffallend weißen Fleck, dem sie ihren Namen verdankt: Flocke. Ihre Schnauze ähnelt der eines* Schäferhundes*. Unterhalb der Augen hat sie eine Art schwarzen Lidstrich, der sich bis über den äußeren Augenwinkel zieht und ihr ein freundliches Aussehen verleiht. Flocke ist äußerst verspielt und eignet sich gut als Familienhund, der aber viel Bewegung braucht.*

Wenn Sie meinen, dass Sie unserer Hündin ein liebevolles Zuhause bieten können, dann melden Sie sich bitte bei Familie Müller (Tel.: ...).

- Anlass nennen
- äußere Merkmale beschreiben
- Fachausdrücke nutzen
- Einzelheiten beschreiben
- treffende Nomen, Adjektive und Vergleiche verwenden
- Verhaltensweisen darstellen
- Kontaktdaten angeben

Ein Tier beschreiben — CHECKLISTE

1. Inhalt und Aufbau	Nachschlagen
Ich habe	
✓ den Anlass, Zweck und die Adressatin/den Adressaten beachtet.	S. 71
✓ eine sinnvolle Reihenfolge gewählt, zum Beispiel: biologische Einordnung → Gesamteindruck → auffällige Besonderheiten → äußere Merkmale: Größe, Körperbau, Aussehen einzelner Körperteile, Farbe und Beschaffenheit der Haut, des Fells oder der Federn.	S. 75
2. Sprache	
Ich habe	
✓ sachlich geschrieben.	S. 77
✓ abwechslungsreiche und anschauliche Verben verwendet.	S. 76
✓ genaue Nomen genutzt.	S. 76
✓ treffende und aussagekräftige Adjektive und Vergleiche verwendet.	S. 74
✓ im Präsens geschrieben.	S. 192
✓ die Rechtschreibung, die Grammatik und die Satzzeichen überprüft.	S. 338

Einen Gegenstand beschreiben

Ziel einer Gegenstandsbeschreibung ist es, die Merkmale und Eigenschaften des Gegenstandes möglichst genau darzustellen.
Wenn du zum Beispiel einen Gegenstand verloren hast oder er dir gestohlen wurde, kannst du mithilfe einer Beschreibung versuchen, diesen wiederzubekommen, zum Beispiel durch eine Suchanzeige.

Einen Gegenstand beschreiben **SO GEHT'S**

Hundespielball gesucht!

Am Ostersonntag habe ich im Grüneburgpark das Lieblingsspielzeug unseres Hundes verloren, einen Fußball mit einem Stoffüberzug, der einen Fisch darstellt.
Das Innere des Hundespielzeugs besteht aus einem schwarz-weißen Fußball. Über diesen ist fast vollständig eine mittelblaue, eng anliegende Stoffhülle gespannt. Auf der Stoffhülle sind zwei etwa drei Zentimeter große Augen aus weißem Grund mit schwarzen Pupillen aufgenäht. An der oberen rechten und linken Seite sind aus demselben Material runde, abstehende Flossen angenäht. Am hinteren Ende des Stoffüberzugs befindet sich eine längere Schwanzflosse, die sich an ihrem Ende ähnlich wie bei einem Nixenschwanz gabelt.

Finder melden sich bitte bei Benjamin Kaminski, Tel.: ...

- Gegenstand genau benennen
- mit dem auffälligsten Merkmal beginnen
- Einzelheiten und Besonderheiten beschreiben
- treffende Nomen, Adjektive und Vergleiche verwenden
- Kontaktdaten angeben

Einen Gegenstand beschreiben **CHECKLISTE**

1. Inhalt und Aufbau	Nachschlagen
Ich habe	
✓ den Anlass, Zweck und die Adressatin/den Adressaten beachtet.	S. 81
✓ Größe, Form, Material, Farbe, Muster und Besonderheiten des Gegenstands beschrieben.	S. 81
✓ eine sinnvolle Reihenfolge gewählt, je nach Gegenstand zum Beispiel: – vom Auffälligen zum Unauffälligen – vom Allgemeinen zum Speziellen – von außen nach innen	S. 81
2. Sprache	
Ich habe	
✓ sachlich geschrieben.	S. 81
✓ genaue Nomen genutzt.	S. 81
✓ treffende und aussagekräftige Adjektive verwendet.	S. 80
✓ im Präsens geschrieben.	S. 192
✓ die Rechtschreibung, die Grammatik und die Satzzeichen überprüft.	S. 338

Einen persönlichen Brief schreiben

Einen persönlichen Brief schreiben — SO GEHT'S

06.11.2025 ← Briefkopf (rechtsbündig): Datum

Sehr geehrte Frau Meyer, ← Anrede schreiben, bei Komma Kleinschreibung des Briefanfangs

seit sechs Wochen bin ich nun an der neuen Schule und Sie wissen, dass ich ziemliche Angst davor hatte. Das war ganz unnötig. In dem großen Schulgelände finde ich mich inzwischen gut zurecht und die Namen meiner Mitschülerinnen und Mitschüler kenne ich jetzt auch alle, obwohl wir aus sechs verschiedenen Grundschulen kommen. ← Absätze bei neuen Gedanken und Themen einfügen

Wir haben zwei Mentoren aus der achten Klasse, denen wir Fragen stellen können und die uns helfen, wenn wir etwas nicht wissen. In unserer Klasse unterrichten nicht nur Lehrerinnen, sondern auch drei Lehrer. Das finde ich gut, verstehen Sie das bitte nicht falsch, aber in der Grundschule hatten wir ja nur Lehrerinnen. (...) ← über Neuigkeiten oder Erlebnisse berichten

Am 22. September führen die fünften Klassen in der Aula Sketche auf. Es würde mich sehr freuen, wenn Sie kommen könnten. Ich wünsche Ihnen eine gute Zeit und vielleicht sehen wir uns ja bald in meiner neuen Schule. ← Bezug zur Adressatin/zum Adressaten herstellen

Viele Grüße
Tarek ← Grußformel mit Unterschrift

Tarek Yilmaz
Beilstraße 8
68159 Mannheim ← Absender

[Briefmarke] ← Briefmarke

Frau
M. Meyer
Leibnizstraße 23
68165 Mannheim ← Anschrift: Anrede, Name, Straßenname und Hausnummer, Postleitzahl und Stadt

Einen persönlichen Brief schreiben — CHECKLISTE

Ich habe	Nachschlagen
✓ oben rechts den Briefkopf mit Datum geschrieben.	S. 15
✓ nach der Anrede ein Komma gesetzt und kleingeschrieben oder ein Ausrufezeichen gesetzt und großgeschrieben.	S. 15
✓ anschaulich über persönliche Erfahrungen und Erlebnisse erzählt.	S. 15
✓ die Adressatin/den Adressaten beachtet.	S. 14
✓ am Ende eine Grußformel mit Unterschrift geschrieben.	S. 15

Eine förmliche E-Mail schreiben

Mit einer förmlichen E-Mail oder einem förmlichen Brief kannst du dich zum Beispiel an öffentliche Einrichtungen, Unternehmen oder Einzelpersonen wenden, um einen Sachverhalt oder ein Anliegen vorzubringen.

Eine förmliche E-Mail schreiben **SO GEHT'S**

An: T.Hauser@spar-bank.de
Von: n.laufert@fdschule.de
Betreff: Bewerbung für die Aktion „Spar-Bank schiebt an" ← in der Betreffzeile das Thema des Schreibens nennen

Sehr geehrter Herr Hauser, ← höfliche Anrede

wir, Schülerinnen und Schüler der Cajon-AG der Friedrich-Dessauer-Schule, haben von der Aktion „Spar-Bank schiebt an" erfahren, mit der die Bank ausgewählte Vereine und Schulen und ihre Projekte unterstützt.
Unsere Cajon-AG, die vor eineinhalb Jahren von unserer Musiklehrerin, Frau Andres, gegründet wurde, möchte sich für eine finanzielle Unterstützung durch die Spar-Bank bewerben. ← Anlass, Problem oder Anliegen vorbringen, hier: *Bewerbung*

Die AG war zunächst mit sieben Schülerinnen und Schülern gestartet. Nach den ersten Proben und Auftritten der AG, zum Beispiel auf dem Schulfest, ist die Zahl der AG-Teilnehmerinnen und Teilnehmer immer weiter gestiegen, sodass wir heute zwanzig Perkussionistinnen und Perkussionisten sind. ← nähere Informationen, Hintergründe formulieren

Trotz Mitteln aus der Schulkasse und einer Geldspende des Fördervereins unserer Schule fehlen noch immer fünf Instrumente. Mit einem Zuschuss der Spar-Bank in Höhe von 350,- Euro könnten wir fünf Cajon-Bausätze kaufen. Dann wäre jedes AG-Mitglied ausgestattet und wir könnten alle gleichzeitig proben und auftreten. ← Anlass, Problem oder Anliegen genauer ausführen

Wenn Sie einen Eindruck von unserer AG bekommen möchten, können Sie am 15. September zu unserem musikalischen Abend „Bühne frei!" in die Aula unserer Schule kommen.
Über eine positive Rückmeldung würden wir uns sehr freuen! ← um Antwort bitten

Mit freundlichen Grüßen ← höfliche Grußformel mit Unterschrift
Niko Laufert
für die Cajon-AG der Friedrich-Dessauer-Schule

Eine förmliche E-Mail schreiben **CHECKLISTE**

Ich habe	Nachschlagen
✓ nach der Anrede ein Komma gesetzt und klein weitergeschrieben.	S. 43
✓ mein Anliegen am Anfang genannt.	S. 43
✓ nähere Hintergründe oder genauere Informationen zu meinem Anliegen formuliert.	S. 43
✓ ein konkretes Ziel formuliert oder um Antwort gebeten.	S. 43
✓ am Ende eine Grußformel mit Unterschrift geschrieben.	S. 43

Umgang mit Gedichten

Ein Gedicht untersuchen

Gedichte sind Texte in einer besonderen sprachlichen Versform.
Sie bringen oft Gefühle und Gedanken zum Ausdruck.
Gedichte wirken vor allem durch ihren Klang und ihre sprachlichen Bilder.

Ein Gedicht untersuchen

Inhalt
- Überschrift
- Stimmung
- wichtige Wörter
- Thema

Form
- Strophe
- Vers
- Reim und Reimschema

Sprache
- sprachliche Bilder
- auffällige Wortwahl

Inhalt, Form und Sprache untersuchen

Begriff	Erklärung	*Beispiele*
Überschrift	Hinweis auf Inhalt und Thema des Gedichtes	*Garten: Hinweis auf Ort der Ruhe, des Blühens und Erntens*
Stimmung	Ausdruck von Empfindungen, Gefühlen und Gedanken	*fröhlich, beschwingt, tänzerisch, lustig, ruhig, gelassen, nachdenklich, verträumt, traurig*
wichtige Wörter	können sein: – Wörter eines Wortfeldes – Wörter, die mehrfach auftauchen – Wörter, die einen Zusammenhang zu anderen wichtigen Wörtern aufweisen – Wörter an besonderen Stellen, zum Beispiel: erstes/letztes Wort einer Strophe erstes/letztes Wort eines Verses	***Reiner Kunze: Das Holunderwunder*** *Der Holunder spielt Jongleur,* *da gibt es kein Malheur.* *Seine weißen Teller* *drehn sich immer schneller,* *keiner fällt herunter.* *„Bravo!" dem Holunder.* *Doch er hat leicht Spielen:* *Festgewachsen sind die Teller* *An den grünen Stielen.*
Thema	Grundgedanken des Gedichtes	***Wolfgang Bächler: Ins Weiße blickend*** *Schnee hat auf Katzenpfoten* *den Garten zurückerobert,* *die Dächer und Bäume besetzt.* *Erfroren starren* *die Knospen dich an,* *schwarze Pupillen* *im Weiß der Zweige.* } *Thema: der Winter für Mensch und Natur*
Strophe	Sinnabschnitt aus mehreren Versen, Gliederung	***Hubert Schirneck: Windgedicht*** *Wirf ein Wort* *in die Luft, der Wind* *trägt es fort* } *1. Strophe: 3 Verse* *Dann warte* *bis der Wind sich dreht* *und Antwort bringt* } *2. Strophe: 3 Verse*
Vers	Zeile eines Gedichts, kleinste Einheit im Gedicht	
Reim und Reimschema	Gleichklang zweier Wörter vom letzten betonten Vokal an	***Paarreim*** *regnet a* *begegnet a* *windet b* *findet b* ***Kreuzreim*** *prasselt a* *fällt b* *rasselt a* *hält b* ***umarmender Reim*** *Haar a* *Zeichen b* *erreichen b* *war a*
Personifikation	Dinge oder Erscheinungen werden als handelnde Personen dargestellt	*die Blumen träumen* *das Meer bäumte sich auf*
Vergleich	besondere Merkmale werden mit anderen Bereichen verglichen, oft Verknüpfung mit Vergleichswörtern *wie* und *als*	*weiß wie Schnee, haushohe Wellen*
Wortneuschöpfung	Wörter, die neu erfunden werden, zum Beispiel durch Zusammensetzungen	*Märzensonnenschein, Wolkenwetter, auskalendert*
auffällige Wortwahl	Wörter, welche die Vorstellung anregen und zum Mitfühlen auffordern	*starr vor Kälte, glotzen, einsam frierend*

Ein Gedicht untersuchen **SO GEHT'S**

Christine Busta: April

Tage wie Vögel und locker wie junges Haar. *a*
Auf den Stufen hüpft Regen und malt seine **flüchtigen Zeichen**. *b*
Er spielt mit der Sonne. Bald wird er dein Fenster erreichen *b*
und steigt dir ins Zimmer, das **lange voll Schatten** war. *a*

Inhalt untersuchen
- Überschrift beachten: *Aprilwetter*
- Stimmung erfassen: *fröhlich, beschwingt*
- wichtige Wörter suchen
- Thema benennen: *positive Stimmung im Frühling*

Form untersuchen
- eine Strophe, vier Verse
- umarmender Reim

Sprache untersuchen
- Vergleiche
- Personifikationen
- auffällige Wortwahl

1. Stimmung erfassen
- Gedicht zeigt Freude auf das Frühlingswetter
- Stimmung: fröhlich, beschwingt

2. Inhalt wiedergeben
- Frühlingstag, Aprilwetter: Regen und Sonne wechseln sich ab
- Leserin/Leser wird angesprochen: Regen und Sonne werden in ihr/sein Zimmer dringen.

3. Gedicht untersuchen
- Leichtigkeit und Wechsel
- fröhliches Spiel
- Regen malt Zeichen, die schnell wieder verschwinden
- positive Stimmung im Frühling

4. Deutung formulieren
In dem Gedicht wird die Vorfreude auf den Frühling geweckt. Es wird der Wechsel zwischen Regen und Sonne als schönes Spiel beschrieben. Die Leserin/der Leser kann hoffen, dass der Frühling die Dunkelheit aus den Zimmern vertreibt.

Ein Gedicht wirkungsvoll vortragen

Gedichte vorzutragen, kann man lernen. Folgende Schritte helfen dir dabei:

Das Gedicht aufmerksam lesen, verstehen, eine erste Betonung finden. → Die Betonung prüfen und das Gedicht für den Vortrag markieren. Manche Inhalte leben von der Betonung. → Den Vortrag mehrfach laut üben.

Ein Gedicht wirkungsvoll vortragen | **SO GEHT'S**

F. W. Bernstein: Morgenstund

Wolkenballen, / tonnenschwer,
schweben himmelhoch.
Nebelkrähen schreien heiser.
Solln se doch. /
Nur bitte, / wenn's recht ist, / etwas leiser.

heisere Stimmlage nachahmen

trotziger Ausspruch

Wichtiges: unterstreichen → betonen

Pause: Schrägstrich

Stellen, die besonders beachtet werden müssen: unterschlängeln und Notizen zur Sprechweise am Rand

Lautstärke: > leiser sprechen

Ein Gedicht wirkungsvoll vortragen | **CHECKLISTE**

1. Das Gedicht für den Vortrag vorbereiten	Nachschlagen
Ich habe	
✓ das Gedicht mehrfach gelesen und verstanden.	S. 135
✓ eine erste Betonung überlegt und eventuell korrigiert.	S. 138
✓ wichtige Wörter markiert, Pausenzeichen gesetzt, überlegt, wo ich lauter und leiser sprechen möchte.	S. 143
✓ Randnotizen zu besonderen Stellen und deren Sprechweisen angefertigt.	S. 143
2. Das Gedicht wirkungsvoll vortragen	
✓ Ich beginne mit der Überschrift und der Autorin/dem Autor.	
✓ Ich stehe ruhig da.	S. 143
✓ Ich achte auf	
– die Betonung.	S. 143
– die Pausen.	S. 143
– das Tempo.	S. 143
– die Lautstärke.	S. 143
– die Sprechweise.	S. 143

Lerninsel

E

Umgang mit erzählenden Texten

Einen erzählenden Text untersuchen

Du kennst viele Texte, in denen eine Geschichte erzählt wird: Jugendbücher, Märchen oder Witze. Die Geschichten können Erlebtes, Erdachtes, Gehörtes, Gelesenes oder Geträumtes als Grundlage haben.

Einen erzählenden Text untersuchen

Inhalt
- Handlung
- Ort und Zeit
- Figuren:
  - Hauptfiguren, Nebenfiguren
  - Eigenschaften
  - Beziehung der Figuren zueinander

Erzählweise
- Er-/Sie-Form
- Ich-Form

Sprache
- auffällige Wortwahl
- sprachliche Bilder

Textsorte
- Erzählung
- Märchen
- Sage
- Jugendbuch
- Witz

Inhalt, Erzählweise, Sprache und Textsorte untersuchen

Begriff	Erklärung	*Beispiele*
Handlung	– Was passiert? Wie geschieht es, warum und mit welchen Folgen?	*Rotkäppchen bringt kranker Oma Kuchen und Wein, wird vom Wolf überlistet, Wolf frisst Oma und Mädchen, Jäger rettet die beiden*
	– Was tun, sagen, denken und fühlen die Figuren?	
Handlungs-schritte	– einzelne Abschnitte des Geschehens	– *Auftrag der Mutter, Warnung vor dem Wald und dem Wolf* – *Rotkäppchen missachtet Warnung, trifft auf Wolf* – *Wolf frisst Oma*
	– Höhepunkt der Handlung	– *Wolf frisst Rotkäppchen* – *Rettung durch den Jäger*
Figuren	– handelnde Lebewesen – wichtige Eigenschaften	– *Mutter, Rotkäppchen, Wolf, Jäger* – *Wolf: hinterlistig, gefräßig*
Erzähl-weise	– Art, wie die Handlung erzählt wird – Erzählform: Er-/Sie-Form, Ich-Form	– *Ich-Form: Ich weiß, dass ich kein normales zehnjähriges Kind bin.* – *Er-/Sie-Form: Jetzt sah der Junge die Mühle. Er klopfte einmal, zweimal.*
auffällige Wortwahl	– Wörter und Wortgruppen	– *Adjektive: der bärenstarke Ritter* – *Vergleiche: listig wie ein Fuchs*
Märchen	– kurze, mündlich überlieferte Geschichte	*Schneewittchen*
	– keine genauen Orts- und Zeitangaben	
	– Vermischung von Ereignissen aus der Wirklichkeit mit Figuren, Ereignissen und Dingen aus einer übernatürlichen Welt	*magische Gegenstände: Spiegel, vergifteter Kamm und Apfel, Gürtel*
	– typischer Handlungsverlauf: Märchenanfang (Ausgangssituation) → Aufgaben (Hindernisse) → Märchenende (Lösung: gutes Ende)	– *schöne Prinzessin muss sich vor böser Stiefmutter retten, weil diese die Schönste sein will* – *sieben Zwerge helfen ihr* – *böse Stiefmutter versucht dreimal, Schneewittchen zu töten* – *Prinz rettet Schneewittchen, sie heiraten*
	– Figuren haben meist eine hervorstechende, typische Eigenschaft	– *böse Stiefmutter, schöne Prinzessin*
	– typische Formulierungen	– *Es war einmal … Und wenn sie nicht gestorben sind, dann …*

Einen Jugendbuchausschnitt untersuchen **SO GEHT'S**

Andreas Steinhöfel: Rico, Oskar und das Vomhimmelhoch (Ausschnitt)

Rico ist ein tiefbegabtes Kind, sein bester Freund Oskar ist ein Oberschlaumeier. Die beiden wohnen in einem Haus in Berlin, der Dieffe 93. Am Vormittag des 24. Dezember sind die Freunde losgezogen, um letzte Weihnachtsgeschenke zu besorgen.

1 Na bitte. War ja klar, dass es kompliziert würde, sobald die Zwischenfragen kamen. Ich hatte gehofft, wenn ich einfach sagte *Einen Schwimmreifen, bitte,* käme ich gut aus der Sache raus. Aber jetzt ging das mit der Erklärerei los. „Das Baby ist mein Bruder oder meine Schwester", sagte ich langsam und deutlich. „Es ist noch in meiner Mutter, im Bauch. Da kommt es erst in drei Wochen oder so raus." „Und dann willst du gleich mit ihm ins Schwimmbad?" Jetzt lächelte der Verkäufer, aber es war nur sein übliches Verkäuferlächeln. „Weißt du, Babys können ganz gut allein schwimmen, ohne Hilfsmittel. Sobald sie auf die Welt gekommen sind –" „Es ist aber nicht dafür, wenn es auf der Welt ist. Es braucht den Schwimmreifen jetzt!" Das Verkäuferlächeln wurde wieder ausgeknipst. „Wozu denn?" „Für die Geburt."

2 Seit Mama mir erzählt hatte, dass sie schwanger war, hatte ich mir tausendmal vorgestellt, wie so eine Schwangerschaft für ein nagelneues Baby aussieht: Zuerst sitzt es schön gemütlich auf einem kleinen Floß im Bauch, mit ordentlich Platz überall, und es guckt über ein großes Meer. Vom blauen Himmel hängt eine Art Leitung runter, das ist die Nabelschnur, da kommt Mutterkuchen durch – den gibt es wirklich, und er heißt auch so. Je größer das Baby wird, umso enger wird es im Bauch, und selbst wenn man Kuchen sehr mag, hat man den irgendwann auch mal über. Irgendwann will das Baby deshalb da raus, also springt es vom Floß in das große Obstwasser und –

3 „Fruchtwasser!", rief der Verkäufer. Er stieß einen Ton aus, der wie ein kleines Gackern klang. „Ich hau mich weg – du meinst Fruchtwasser!" – „Sag ich doch." – „Du hast Obstwasser gesagt. Obstwasser ist Alkohol!" – „Meine Mama trinkt keinen Alkohol. Das wäre schädlich für das Kind." Der Kopf des Verkäufers war rot geworden. Das wird meiner auch, wenn ich was nicht verstehe, obwohl jemand sich Mühe gibt.

1. Ersten Eindruck formulieren
- lustiger Text, Rico hat merkwürdige Vorstellungen vom Kinderkriegen

2. Inhalt wiedergeben
- Ort und Zeit: Kaufhaus am 24.12.
- Gespräch in Sportabteilung des Kaufhauses, Rico will Schwimmreifen für ungeborenes Baby kaufen
- Verkäufer versteht das nicht und erkennt Irrtum erst spät
- Handlungsschritte **1** bis **3**

3. Text untersuchen
Figuren:
Rico: gut gelaunt, weiß, was er kaufen will, vom Verkäufer genervt
Verkäufer: erst nett, begreift nicht, fragt nach, macht sich dann lustig
Beziehung der Figuren zueinander:
- haben Verständnisprobleme
- Rico ist genervt von Begriffsstutzigkeit des Verkäufers, schildert seine Vorstellungen
- der Verkäufer begreift Ricos Irrtum und lacht

Erzählweise: Ich-Form

Sprache von Rico: einfach, verständlich
sprachliche Bilder, viele Adjektive

4. Deutung formulieren
Der Ausschnitt zeigt Ricos Problem, dass er Begriffe oft zu wörtlich nimmt. Es wird auch ersichtlich, dass er für sein ungeborenes Geschwisterchen etwas Gutes tun möchte. Das Unverständnis des Verkäufers verdeutlicht, dass viele Menschen Ricos Vorstellungen schwer nachvollziehen können.

Ein Märchen nach Vorgaben schreiben

Um ein eigenes Märchen zu schreiben, orientierst du dich an den Merkmalen der Textsorte.

Märchenanfang	→	**Aufgaben**	→	**Märchenende**		**Märchensprache**
Ausgangssituation: Heldin/Held = arm oder unglücklich oder wird ungerecht behandelt	→	Hindernisse: Prüfung, Rätsel, Abenteuer	→	Hindernis beseitigt, zum Beispiel Zaubersprüche, magische Gegenstände, Sieg des Guten, Bestrafung des Bösen		sprachliche Formeln, Zaubersprüche und sich reimende Formulierungen, magische Zahlen 3, 7 und 12

Ein eigenes Märchen verfassen **SO GEHT'S**

Aufgabe: Verfasse ein Märchen zu den drei Reizworten *Bauernjunge – goldener Schlüssel – Riese.*

1 Ideen sammeln

- fantastische Figuren: *Bauernjunge: arm, aber mit gutem Herz, der jüngste von drei Söhnen ↔ böser Riese: stark, gierig, gemein*
- wundersame Handlung: *goldener Schlüssel mit magischen Kräften, Riese schrumpft*
- typische Formulierungen: *Und wenn sie nicht gestorben sind ...*
- Ort und Zeit unbestimmt: *Vor langer Zeit, als das Wünschen noch half, lebte hinter sieben Tälern ...*

2 Das Märchen mit typischem Aufbau schreiben

Der goldene Schlüssel

Vor langer Zeit, als das Wünschen noch half, lebte hinter sieben Tälern, nahe dreier Seen eine arme Bauernfamilie mit drei Söhnen. Die Mutter war krank und der Vater schuftete Tag für Tag, war aber schon sehr alt. Der älteste Sohn war längst aus dem Haus, der mittlere war faul und der jüngste tat sein Bestes, um Vater und Mutter zu unterstützen. Den Verdienst ihrer Arbeit jedoch mussten sie dem schrecklichen Riesen Gargoll abtreten, der schon seit Langem die Menschen tyrannisierte und ihre Höfe in Schutt und Asche legte. Eines Tages trat der jüngste Sohn Malin aus dem Hof, als er einen Vogel zwitschern hörte: „Der Tag ist nah, das Glück nicht mehr fern, finde den Schlüssel mit funklendem Stern. Piep, piep, piep!" Malin rieb sich die Augen ...

- Überschrift formulieren
- gegensätzliche Märchenfiguren
- Zauberformel
- Es geschehen wundersame Ereignisse und ein magischer Gegenstand spielt eine Rolle.
- Der Held muss Aufgaben lösen.
- Das Gute siegt am Ende, das Böse wird bestraft.

Ein eigenes Märchen verfassen **CHECKLISTE**

1. Ideen sammeln	Nachschlagen
Ich habe	
✓ gegensätzliche Märchenfiguren erfunden und einen magischen Gegenstand ausgewählt.	S. 115
✓ Stichpunkte zu Märchenaufbau, Ort und Zeit notiert.	S. 115
2. Das Märchen schreiben und überarbeiten	
Ich habe	
✓ Märchenanfang, Hindernisse, deren Lösung und ein gutes Ende dargestellt.	S. 112
✓ wörtliche Rede verwendet und die Satzzeichen richtig gesetzt.	S. 118
✓ typische Märchensprache, sprachliche Formeln und magische Zahlen verwendet.	S. 118
✓ einen Zauberspruch oder Reim formuliert.	S. 118

Einen Steckbrief und eine Rollenbiografie schreiben

Du kannst eine Geschichte auch dann besser verstehen, wenn du dich in eine Figur hineinversetzt.

In einem **Steckbrief** sammelst du die wichtigsten Informationen über eine Figur. Eine **Rollenbiografie** ist ein kleiner Text in der Ich-Form, in dem die Gefühle und Verhaltensweisen einer Figur verständlich werden.

Steckbrief und Rollenbiografie schreiben **SO GEHT'S**

Name?	*Pippi Langstrumpf*
Alter?	*etwa 10 Jahre alt*
Aussehen?	*rote Zöpfe, Sommersprossen, gelbes Kleid, große schwarze Schuhe, ein Ringelstrumpf, ein einfarbiger Strumpf*
Typische Eigenschaften?	*stark wie mehrere Männer, frech, gerechtigkeitsliebend*
Besonderheiten?	*lebt ohne Eltern, mit Pferd und Affe, in der Villa Kunterbunt*

1. Steckbrief verfassen
Welche Informationen über die Figur sind wichtig?
Denke dir **Fragen** aus.

Beantworte die Fragen stichwortartig.
Die meisten Antworten findest du im Text.
Manchmal sind aber auch deine Einfühlungsgabe und Fantasie gefragt.

Ich bin Pippi Langstrumpf. Meine besten Freunde heißen Tommi und Annika. Sie wohnen im Nachbarhaus, neben der Villa Kunterbunt. Mein Papa ist König in Taka-Tuka-Land und manchmal vermisse ich ihn sehr. Meistens bin ich fröhlich, aber ich kann auch richtig wütend werden, zum Beispiel wenn ...

2. Rollenbiografie schreiben:
Du schreibst in der Ich-Form auf, was in der Figur vorgeht und warum sie sich so verhält.

Ein Lesetagebuch anlegen

Du kannst die Figuren und die Handlung eines Erzähltextes besser verstehen, indem du ein Lesetagebuch anlegst. Darin kannst du dich auf unterschiedliche Weise mit dem Erzähltext beschäftigen, zum Beispiel:

- ein Interview mit einer Figur führen
- einen Brief an die Autorin/den Autor schreiben
- eigene Illustrationen anfertigen
- den Schluss umschreiben
- die Entscheidung einer Figur kommentieren

Umgang mit szenischen Texten

Einen szenischen Text untersuchen und spielen

Du kennst Texte, die im Theater aufgeführt werden. Die Handlung ist in Szenen eingeteilt, in denen die Figuren aufeinandertreffen und miteinander sprechen.

Einen szenischen Text untersuchen

Inhalt
- Handlung
- Ort und Zeit
- Figuren
  - Eigenschaften
  - Beziehung der Figuren zueinander

Sprache
- auffällige Wortwahl
- sprachliche Bilder

Regieanweisung
- zu Ort, Bühnenbild
- zu Sprechweise, Verhalten der Figuren

Inhalt, Sprache und Regieanweisung untersuchen

Begriff	**Erklärung**	***Beispiele***
Dialog	Gespräch in Rede und Gegenrede von mindestens zwei Figuren	*Lehrerin: Ich hoffe, dass es dir bei uns gefällt.* *Pippi: Ja, wenn ihr euch immer gut benehmt …*
Sprechweise	Art und Weise des Sprechens, zum Beispiel Lautstärke, Betonung, Aussprache, Tempo	*freundlich, liebevoll, nachdenklich, ängstlich, leise, drohend, schnell, langsam, stotternd, flüsternd*
auffällige Wortwahl	Wörter oder Wortgruppen, welche den Charakter der Figur verdeutlichen	*Lehrerin: Pippi Langstrumpf! Ist das nicht das kleine Mädchen, das ganz alleine wohnt? […] Ja, wir müssen uns wirklich um dieses arme kleine Kind kümmern.*
Regieanweisung	Empfehlungen für die szenische Umsetzung, meist *kursiv* gedruckt	Pippi: Juchhu! *(wirft sich auf den Stuhl, sieht sich neugierig um …)*
Mimik	Gesichtsausdruck, Gesichtsbewegung	
Gestik	Bewegungen der Arme, der Hände, des Kopfes	*Finger an Stirn meint: Du spinnst.*
Körperhaltung	Art und Weise des Stehens, Sitzens, Gehens	*aufrecht, gebückt, eingefallen, schief, humpelnd, hüpfend*
Pantomime	Darstellung einer Handlung ohne Worte, Ausdruck durch Mimik, Gestik, Körperhaltung und Position der Figuren zueinander	

Eine Szene spielen **SO GEHT'S**

2. Bild: Pippi in der Schule (Ausschnitt)

Thomas: Heute kommt ein neues Mädchen. [...]
Lehrerin: Pippi Langstrumpf! Ist das nicht das kleine Mädchen, das ganz alleine wohnt? [...] Ja, wir müssen uns wirklich um dieses arme kleine Kind kümmern. Wir müssen erreichen, dass sie sich bei uns in der Schule wohlfühlt. Sie wird sicher am Anfang ein bisschen schüchtern sein und sich fremd vorkommen, und da braucht sie eure Hilfe, versteht ihr? So, aber nun wollen wir einmal sehen, wie es heute mit dem Kopfrechnen geht.
(Hinter der Bühne hört man wildes Galoppieren eines Pferdes. Die Tür wird aufgerissen und Pippi stürmt mit Donnergetöse in das Schulzimmer.)
Lehrerin: Huch!
Pippi: Hallo, hier bin ich! Komm ich noch rechtzeitig zur Plutimikation?
Lehrerin: Ja, allerdings, obwohl du ein bisschen leiser hättest kommen können. Aber dennoch – willkommen in der Schule, kleine Pippi.
Pippi: Dankeschön.
Lehrerin: Ich hoffe, dass es dir bei uns gefällt.
Pippi: Ja, wenn ihr euch immer gut benehmt ...
Lehrerin: Und ich hoffe, dass du viel lernen wirst.
Pippi: Dankeschön, und ich hoffe, dass ich Weihnachtsferien kriege, deshalb bin ich ja hergekommen.
Lehrerin: *(lacht)* Weihnachtsferien? Das geht in Ordnung. Du kannst dich da an den Tisch setzen.
Pippi: Juchhu! *(wirft sich auf den Stuhl, sieht sich neugierig um und pfeift laut und vernehmlich, um zu bekunden, dass es* ihr ganz gut gefällt)
Lehrerin: Nein, kleine Pippi, man pfeift nicht in der Schule. [...]

Den Text verstehen
- Pippi kommt das erste Mal in ihrem Leben in die Schule.

Eigenschaften der Figuren und Position der Figuren zueinander klären
- Lehrerin: schätzt Pippi falsch ein (armes kleines Kind, schüchtern, hilfsbedürftig)
- Pippi: selbstbewusst, willensstark

Szene in Abschnitte einteilen

Aufgaben verteilen
- Regie
- Schauspielrollen: Lehrerin, Thomas, Pippi
- eventuell Bühnenbild, Requisiten und Kostüme überlegen und erstellen

Spielweise überlegen
- Sprechweise, Mimik, Gestik, Körperhaltung, Position
- **Lehrerin:** am Anfang besorgt, verständnisvoll, als Pippi kommt, etwas erschrocken („Huch!"), tadelnd (leiser), belustigt (Weihnachtsferien), tadelnd (nicht pfeifen)
- **Pippi:** selbstbewusstes Auftreten („Hallo, hier bin ich!"), freundlich („Dankeschön."), lustig, etwas frech

Besprechung und Proben durchführen

Eine Szene spielen **CHECKLISTE**

Wir haben	Nachschlagen
✓ die Szene besprochen und geklärt, wie wir sie verstehen.	S. 151
✓ die Eigenschaften der Figuren und die Position der Figuren zueinander erfasst.	S. 94
✓ die Szene in Abschnitte eingeteilt.	S. 97
✓ alle Rollen verteilt und besprochen, welche Aufgaben erfüllt werden müssen.	
✓ die Sprechweise, Mimik, Gestik und Körperhaltung der Figuren geübt.	S. 152
✓ die Regieanweisungen beachtet und umgesetzt.	S. 152
✓ ein Bühnenbild, Kostüme und Requisiten, die zu der Szene passen.	
✓ die Szene mehrmals geübt und verbessert.	S. 152

Umgang mit Medien

Im Internet recherchieren

Das Internet nutzt du in der Schule vor allem, um Informationen zu recherchieren. Es bietet dir zum Beispiel vielfältige Möglichkeiten, um einen Vortrag interessant zu gestalten.

So kannst du vorgehen, damit du schnell zu passenden Ergebnissen kommst:

1. Suchbegriffe auswählen
- Überlege dir einen oder mehrere Begriffe, die zu deinem Thema passen.
- Wähle zuerst wenige Wörter aus und erweitere, wenn du nichts oder zu viel findest.

1. Trendsportarten
→ 2. Sommertrendsportarten
→ 3. neue Sommertrendsportarten 2025

2. Suchmaschine wählen
- Wähle eine Suchmaschine aus.

bekannte Kindersuchmaschinen: fragFINN.de, helles-koepfchen.de

3. Suche durchführen
- Gib die ausgewählten Begriffe in das Suchfeld ein.

Zum Begriff Trendsportarten erhältst du über 250 000 Eintragungen bei Google, aber nur 31 deutschsprachige Seiten bei „Helles Köpfchen".

4. Suchergebnis eingrenzen
- Verfeinere deine Suche. Damit kannst du die Anzahl der angezeigten Einträge verringern.

Ergänze „Trendsportarten + Sommer", dann zeigt es dir nur noch drei Seiten bei „Helles Köpfchen" an. Bei Google sind es noch knapp 184 000. Hier musst du also weiter eingrenzen. Zur Sportart Crunning zum Beispiel findest du nur noch etwas mehr als 400 Einträge.

5. Suchergebnis bewerten
- Wirf einen Blick auf die Suchergebnisse. Findest du Stichwörter, die zu deinem Thema passen könnten?
- Lies die Suchergebnisse navigierend, klicke zum Beispiel auf farbige oder unterstrichene Wörter, die dich zum nächsten Text führen.
- Notiere dir beim genauen Lesen informativer Seiten Stichworte und die Quellen.

Wikipedia ist ein Online-Lexikon, in dem jeder Artikel schreiben und bearbeiten kann. Es hilft dir, Informationen zu deinem Thema zu finden. Aber Achtung: Du kannst dich nicht darauf verlassen, dass alle Informationen richtig sind.

Sich im Internet richtig verhalten

Das Internet bietet viele Möglichkeiten der Nutzung. Dafür musst du einige Regeln kennen:

- Bedenke bei allem, was du tust, den Satz: **Das Internet vergisst nicht.** Es ist sehr schwer, Inhalte zu entfernen, die einmal ins Internet gestellt wurden.

- Verrate im Internet **keine persönlichen Daten** wie Namen, Adressen oder Telefonnummern von dir und anderen.

- **Bilder von anderen Personen** darfst du nicht im Internet veröffentlichen. Auch von dir darf niemand Bilder ins Internet stellen. Für eine Ausnahme ist eine schriftliche Erlaubnis aller Personen (beziehungsweise ihrer Eltern) notwendig, die auf dem Bild zu sehen sind.

- Du darfst Texte, Bilder oder Videos aus dem Internet **nicht einfach kopieren**. Sie gehören immer dem, der sie erstellt hat (Urheber). Manchmal ist die Nutzung erlaubt. Du findest Hinweise dazu auf der jeweiligen Internetseite.

- Immer wenn du Texte, Bilder oder Videos aus dem Internet benutzt, musst du dir genau aufschreiben, wo du sie gefunden hast (Quellennachweis).

- Wenn du **selbst Videos oder Bilder hochlädst**, zeige sie vorher einem vertrauenswürdigen Erwachsenen, zum Beispiel deinen Eltern.

Gesprächsregeln im Chat

- Auch in Chats gelten die üblichen Gesprächsregeln. Schreibe nichts, was andere schlecht macht oder beleidigt.
- Wenn du in Chats beleidigt oder bedroht wirst, sage einem Erwachsenen Bescheid.
- Jeder Chateintrag kann sofort an viele andere weitergeleitet werden. Bedenke das immer und sei vorsichtig, wenn du über dich und andere schreibst.

Ein Textverarbeitungsprogramm nutzen

Texte am PC/Tablet schreiben und überarbeiten **CHECKLISTE**

1. Den Text gestalten	Nachschlagen
✓ Ich habe eine gut lesbare Schriftgröße (11 oder 12) verwendet.	
✓ Ich habe durchgängig dieselbe Schriftart benutzt.	
✓ Ich habe Schrifteffekte (**Fett**, *kursiv*, unterstrichen; andere Textfarbe) sparsam und nur da eingesetzt, wo ich etwas hervorheben möchte.	
✓ Ich habe einen längeren Text durch Absätze unterteilt.	
2. Den Text überarbeiten	
✓ Ich habe die von der automatischen Rechtschreibprüfung rot unterstrichenen Wörter überprüft.	S. 267
✓ Ich weiß, dass die automatische Rechtschreibprüfung nicht alle Fehler erkennt, und kontrolliere meinen Text daraufhin.	S. 267
✓ Ich habe die Thesaurusfunktion verwendet.	S. 173

Grammatik

Wortarten unterscheiden und verwenden

Nomen

Sie bezeichnen Lebewesen und Dinge (**Konkreta**), aber auch Gefühle, Gedanken, Vorstellungen und Zustände (**Abstrakta**). — *Pferd, Burg, Schwert, Angst, Idee, Macht*

- Sie können von Artikeln und Adjektiven begleitet werden. — *der mutige Ritter*
- Sie werden großgeschrieben. — *eine mächtige Königin*

Kasus (Fall)
Nomen stehen im Satz in einem bestimmten Kasus. Die Veränderung des Kasus heißt **Deklination**. Den Kasus des Nomens kannst du erfragen.

Nominativ (1. Fall)	*Der König ist berühmt.*	**Wer** (oder **was**) ist berühmt?
Genitiv (2. Fall)	*Es ist der Pokal des Ritters.*	**Wessen** Pokal ist es?
Dativ (3. Fall)	*Ich helfe dem König.*	**Wem** helfe ich?
Akkusativ (4. Fall)	*Ich sehe den Ritter.*	**Wen** (oder **was**) sehe ich?

Numerus (Zahl)
- Nomen stehen im **Singular** (Einzahl) oder im **Plural** (Mehrzahl).
  der König – die Könige
  das Pferd – die Pferde
- Manche Nomen kommen nur im Singular oder nur im Plural vor.
  nur im Singular: das Glück, die Liebe
  nur im Plural: die Ferien, die Leute

Genus (grammatisches Geschlecht)
- Nomen sind **maskulin** (männlich), **feminin** (weiblich) oder **neutral** (sächlich).
- Das Genus liest man in der Grundform am Artikel ab.
  der Ritter (maskulin), die Burg (feminin), das Land (neutral)
- Das Genus muss nicht mit dem biologischen Geschlecht übereinstimmen.
  das Burgfräulein

Begleiter: Artikelwörter

- Sie begleiten Nomen und bilden mit ihnen eine Einheit.
- **K**asus, **N**umerus und **G**enus (**KNG**) stimmen mit dem Nomen überein. Eselsbrücke: Es gilt die **K**ö**N**i**G**sregel.

Artikel

bestimmte Artikel	**unbestimmte Artikel**
der, die, das	*ein, eine, ein*
der König	*ein König*
die Edelfrau	*eine Edelfrau*
das Kind	*ein Kind*

Possessivartikel
mein, dein, sein, ihr, unser, euer

Sie bezeichnen, wem oder zu wem das Nomen gehört.
seine Burg, die Mauer deiner Burg; Ich helfe meinem König.

Stellvertreter: Personalpronomen und Possessivpronomen

- Sie können stellvertretend für Nomen stehen oder verweisen auf dieses.
- **K**asus, **N**umerus und **G**enus (**KNG**) stimmen mit dem Nomen überein, das sie ersetzen. Eselsbrücke: Es gilt die **K**ö**N**i**G**sregel.

Personalpronomen
ich, du, er/sie/es, wir, ihr, sie
Der König hilft der Königin.
Er (Nominativ, Singular, maskulin) hilft ihr (Dativ, Singular, feminin).

Possessivpronomen
meine, deine, seine, ihre, unsere, eure
Das ist deine Burg und hier ist meine.

Den Kasus bestimmen **SO GEHT'S**

Der Ritter und der Graben

Ritter Edmund ritt am Graben seiner schönen Burg entlang. Er stellte fest, dass an einer Stelle ein Holzsteg über den Graben führte. „Was soll dieser Steg? Da kann ja jeder Feind sofort in die Burg gelangen. Reißt ihn sofort ein!“, befahl er wütend seinen Knechten. Sofort führten die Knechte des Ritters seinen Befehl aus. Da trat Fräulein Kunigunde auf die Burgmauer und rief: „Welcher Idiot hat denn den Steg eingerissen? Unsere Zugbrücke ist doch kaputt. Jetzt muss mein armer Edmund draußen schlafen.“

Wer (oder **was**) ritt am Graben seiner schönen Burg entlang?
Ritter Edmund = Nominativ

Wem befahl er es wütend?
seinen Knechten = Dativ

Wessen Knechte führten seinen Befehl sofort aus?
(die Knechte) des Ritters = Genitiv

(**Wen** (oder **was**) führten sie sofort aus?
seinen Befehl = Akkusativ

Adjektive

Sie bezeichnen Eigenschaften und Merkmale von Lebewesen und Dingen.

- Sie können ein Nomen begleiten.
  der schöne Ritter, das schnelle Pferd
- Eselsbrücke: Es gilt die **KöNiG**sregel.

Deklination
Sie stimmen mit dem Nomen in Kasus, Numerus und Genus (**KNG**) überein.
der schöne Ritter, des schönen Ritters, dem schönen Ritter, den schönen Ritter

Komparation (Steigerung)

Positiv	**Komparativ**	**Superlativ**
(Grundform)	(Vergleichsform)	(Höchstform)
schnell	*schneller*	*am schnellsten*

Bei manchen Adjektiven ist eine Komparation nicht sinnvoll: *viereckig, schriftlich, fleischlos, gelb*

Präpositionen

Sie geben die Beziehung zwischen Personen, Dingen und Erscheinungen an. Sie sind unveränderbare Wörter.

Er begrüßt den König mit einem Hofknicks. Auf dem Tisch steht das Essen.

Arten von Präpositionen

- Beziehungen des **Ortes** und der **Richtung** (lokal):
  in dem Stall,
  unter dem Tisch,
  hinter dem Tor
- Beziehungen der **Zeit** (temporal):
  nach einer Stunde,
  innerhalb weniger Minuten,
  gegen 15 Uhr,
  während des Turniers
- Beziehungen der **Art und Weise** (modal):
  mit meinen Rittern,
  statt eines Angriffs
- Beziehungen des **Grundes** (kausal):
  wegen meiner Verletzung,
  aufgrund der Verspätung

Präpositionen bestimmen den Kasus
Sie erfüllen eine wichtige Aufgabe im Satz: Sie vergeben einen bestimmten **Kasus** (Fall) an ein Nomen oder Pronomen.

- Präpositionen, die den **Akkusativ** fordern:
  für, durch, ohne, gegen
  für meinen König, gegen den schwarzen Ritter
- Präpositionen, die den **Dativ** fordern:
  aus, außer, bei, mit, nach, seit, von, zu
  bei meinem König, mit dem schwarzen Ritter
- Präpositionen, die den **Genitiv** fordern:
  außerhalb, abseits, statt, während, wegen, trotz, dank
  statt meines Königs, wegen des schwarzen Ritters
- Präpositionen, die den **Akkusativ** oder den **Dativ** fordern können:
  in, an, auf, hinter, in, neben, über, unter, vor, zwischen

Sie geht in den Saal.	*Sie ist in dem Saal.*
Wohin geht sie?	*Wo ist sie?*
Richtung, Akkusativ	*Ort, Dativ*

Verben

Sie bezeichnen Tätigkeiten, Vorgänge und Zustände. — *kämpfen, herrschen, regnen*

- Man unterscheidet **Vollverben** (Verb mit einer Bedeutung) und **Hilfsverben**. — *Vollverben: kämpfen, sagen, herrschen* / *Hilfsverben: haben, sein, werden*
- **Modalverben** verändern den Inhalt einer Aussage. Sie drücken aus, ob etwas nötig, erlaubt oder möglich ist oder ob es sich um Willen und Vorliebe handelt. — *müssen, sollen, dürfen, können, wollen, mögen*
- **Schwache** Verben bilden das Präteritum mit der Endung *-te*. — *ich kämpfte, er lachte*
- **Starke** Verben bilden das Präteritum durch die Änderung des Verbstamms. — *ich ritt, er befahl*
- Es gibt **infinite** (nicht-konjugierte) Verbformen: **Infinitiv** (Grundform), **Partizip I** und **Partizip II**. — *Infinitiv: reiten, kämpfen* / *Partizip I: reitend, Partizip II: geritten*

Verben werden **konjugiert**, das heißt, sie können sich in Person, Numerus und Tempus verändern. Man nennt sie dann **finite Verben**.

Person und **Numerus** (Zahl)
Das **finite Verb** passt sich in Person und Numerus an das Subjekt an.

1. Person Singular: ich reite	*1. Person Plural: wir reiten*
2. Person Singular: du reitest	*2. Person Plural: ihr reitet*
3. Person Singular: er/sie/es reitet	*3. Person Plural: sie reiten*

Tempus (Zeitform)
Das Tempus wird mit **einfachen** oder **zusammengesetzten** Formen gebildet.
Einfache Formen bestehen nur aus dem **Vollverb**.
Bei zusammengesetzten Tempusformen kommen die **Hilfsverben** *haben*, *sein* und *werden* hinzu.

Präsens
- Bilden: Präsensstamm + Personalendung — *ich gehe, du sagst, sie lachen*
- Verwenden: für Gegenwärtiges, allgemein Gültiges, für Zukünftiges in Verbindung mit einer zeitlichen Angabe — *Der Ritter lacht. Die Burg stammt aus dem Mittelalter. Wir gehen morgen zum König.*

Präteritum
- Bilden: Präteritumstamm + Personalendung — *ich ging, du sagtest, sie lachten*
- Verwenden: für Vergangenes — *Gestern besuchten wir das Ritterturnier.*

Perfekt
- Bilden: Personalform von den Hilfsverben *haben* oder *sein* im Präsens + Partizip II des Vollverbs — *ich bin gegangen, sie haben gelacht*
- Verwenden: für Vergangenes — *Gestern haben wir das Ritterturnier besucht.*

Plusquamperfekt
- Bilden: Personalform von den Hilfsverben *haben* oder *sein* im Präteritum + Partizip II des Vollverbs — *ich war gegangen, sie hatten gelacht*
- Verwenden: etwas erzählen, das noch vor dem stattgefunden hat, was im Präteritum oder Perfekt erzählt wird (Vorvergangenheit) — *Nachdem ich gegangen war, feierten sie nicht mehr lange weiter.*

Futur
- Bilden: Personalform vom Hilfsverb *werden* im Präsens + Infinitiv des Vollverbs — *ich werde gehen, du wirst sagen*
- Verwenden: für Zukünftiges — *Morgen werden wir das Ritterturnier besuchen.*

Verben in der richtigen Tempusform verwenden **SO GEHT'S**

Unerwarteter Besuch bei Ritter Edmund

Ritter Edmund saß an seinem Schreibtisch, musste aber nicht mehr viel erledigen. Vor einer Stunde hatte das noch ganz anders ausgesehen. Da hatte er noch gedacht, dass er ewig brauchen würde, um die ganzen Bittgesuche zu beantworten. Zum Glück ging es dann doch schneller als erwartet und so freute er sich in diesem Moment darauf, den Rest des Nachmittags mit Fräulein Kunigunde zu verbringen.
Nachdem er das letzte Schriftstück erledigt hatte und in die Waffenkammer gegangen war, um seinen Bogen zu holen, rief er nach dem Fräulein und fragte: „Begleitest du mich nachher auf der Jagd? Bitte! Bei deiner Glückssträhne wirst du bestimmt alles treffen. Ich werde gleich die Pferde satteln." Kunigunde entgegnete: „Auf die Jagd habe ich mich schon gefreut. Und ich bin auch schon fleißig gewesen. Also, wann geht es los?"
Noch bevor Edmund antworten konnte, hörte er ein Pferd im Burghof. Und gleich danach klopfte jemand unverschämt laut an die Tür. Da ...

Das **Präteritum** ist das typische Tempus beim schriftlichen Erzählen.
Ich bilde es entweder mit der Endung *-te* oder durch die Veränderung des Verbstamms.

Im **Plusquamperfekt** schreibe ich über das, was noch früher passiert ist.
Ich bilde es mit der Personalform von *haben* oder *sein* im Präteritum und dem Partizip II des Vollverbs.

Das **Präsens** steht für die Gegenwart.
Ich kann es zusammen mit einer Zeitangabe auch für die Zukunft benutzen.

Das **Perfekt** ist typisch für die mündliche Wiedergabe von Vergangenem, zum Beispiel in der wörtlichen Rede.
Ich bilde es mit der Personalform von *haben* oder *sein* im Präsens und dem Partizip II des Vollverbs.

Das **Futur** drückt die Zukunft aus. Ich bilde es mit der Personalform von *werden* und dem Infinitiv des Vollverbs.

Wortgruppen erkennen und verwenden

Wörter verbinden sich häufig mit anderen Wörtern zu **Wortgruppen**.
Die Wörter einer Wortgruppe gehören inhaltlich und grammatisch zusammen.
Eine Wortart spielt jeweils die wichtigste Rolle und bildet den Kern.

Nominalgruppe

- Sie besteht aus einem Nomen oder nominalisierten Ausdruck als Kern der Wortgruppe. Meist steht das Nomen ganz rechts. — *die alte **Burg***
- Zur Nominalgruppe können Artikelwörter und Adjektive gehören. — *die alte **Burg***
- Der Kasus, in dem die Nominalgruppe steht, wird durch die Funktion im Satz (zum Beispiel Subjekt oder Objekt) oder eine Präposition bestimmt. — *Die alte **Burg** gehört dem König. (Wer oder) was gehört dem König? → die alte Burg = Nominativ (Subjekt)*

Adjektivgruppe

- Das Adjektiv bildet den Kern der Wortgruppe und kann durch Ausdrücke ergänzt werden, die es verstärken oder abschwächen. — *besonders **alt***
- In der Adjektivgruppe passt sich nur das Adjektiv, das am weitesten rechts steht, in Kasus, Numerus und Genus (**K**ö**N**i**G**sregel) an ein Nomen an. — *eine außergewöhnlich **alte** Burg*
- Zur Adjektivgruppe gehören auch Vergleiche im Komparativ mit *als* und im Superlativ mit *am*. — *Die Burg ist **älter** als das Schloss. Die Burg ist am **ältesten**.*

Adjunktorgruppe

- Adjunktorgruppen werden bei Vergleichen verwendet. Sie werden mit einer Adjunktion *(als, wie)* als Kern der Wortgruppe eingeleitet. — *Die Burg ist älter **als** das Schloss. Der König ist so alt **wie** die Königin.*

Präpositionalgruppe

- Der Kern einer Präpositionalgruppe ist eine Präposition. Meist steht diese ganz links. — ***in** dem Schloss*
- Die Präposition bestimmt den Kasus der darauffolgenden Nominalgruppe. — *Der König wohnt **in** seinem Schloss. (**in** fordert hier den Dativ)*

Verbgruppe

- Sie besteht aus einem Verb im Infinitiv. Meist steht dieses ganz rechts. — *die Burg **verlassen***
- Das Verb bestimmt als Kern der Gruppe die Anzahl und den Kasus der Ergänzungen. — *Sie werden die Burg **verlassen**.*

Satzglieder erkennen und verwenden

Feldermodell

Sätze lassen sich mithilfe eines Feldermodells beschreiben: In der **linken Satzklammer** steht die finite (konjugierte) Form des Verbs. Zusammen mit der **rechten Satzklammer** bildet sie das **Prädikat** des Satzes.
Bei Sätzen im Präsens und im Präteritum kommt es vor, dass das Verb nur in der linken Satzklammer erscheint und die rechte Satzklammer leer bleibt.
Bei Partikelverben (Verb + trennbare Partikel) steht der Partikel in der rechten Satzklammer.
Vor der linken Satzklammer befindet sich das **Vorfeld** und zwischen den beiden das **Mittelfeld**.

Vorfeld	linke Satzklammer	Mittelfeld	rechte Satzklammer
Emma	spielt	auf dem Bolzplatz.	
In der Ferne	zog	ein Gewitter	auf.

Umstellprobe und Ersatzprobe

Satzglieder sind **einzelne Wörter** oder **mehrere Wörter**, die eine bestimmte Funktion im Satz übernehmen und eine **Einheit bilden**, zum Beispiel *Subjekt*, *Objekt* und *adverbiale Bestimmung*.

Das **Prädikat** hat eine besondere Stellung im Satz. Es bildet den Satzkern, um den sich die einzelnen Satzglieder anordnen.

Es gibt **zwei Proben**, mit denen du erkennst, welche Wörter im Satz gemeinsam ein Satzglied bilden.

1. Bei der **Umstellprobe** stellst du die Wörter eines Satzes auf verschiedene Weise um, ohne dabei den Sinn des Satzes zu verändern. Wörter, die bei diesen Umstellungen immer zusammenbleiben, bilden gemeinsam ein Satzglied.

Der clevere Junge	hat	den Ball seines Freundes	im dornigen Gebüsch	gefunden.
Im dornigen Gebüsch	hat	der clevere Junge	den Ball seines Freundes	gefunden.

2. Bei der **Ersatzprobe** ersetzt du mehrere Wörter durch ein einziges Wort, zum Beispiel durch ein Pronomen. Du kannst auf diese Weise jedes Satzglied ersetzen.

Das schnelle Mädchen	übergibt	der nächsten Läuferin	den Staffelstab.
Sie	übergibt	der nächsten Läuferin	den Staffelstab.
Das schnelle Mädchen	übergibt	ihr	ihn.

Das Prädikat als Kern des Satzes

Ohne Prädikat gibt es keinen Satz. Es informiert darüber, was passiert oder was getan wird.

- Du erfragst es mit: **Was** tut jemand? oder **was** geschieht?
  Das Kind spielt.
  Es regnet.
- Das Prädikat besteht aus mindestens einem **Verb**.
- Vor dem finiten (konjugierten) Verb steht im Aussagesatz immer ein Satzglied.
  Das Kind spielt mit dem Ball.
  Das Spiel beginnt gleich.
- Wenn du das finite Verb verschiebst, änderst du die Satzart. Aus einem Aussagesatz wird zum Beispiel ein Fragesatz.
  Das Kind spielt mit dem Ball.
  Spielt das Kind mit dem Ball?
- Das Prädikat kann **einteilig** oder **mehrteilig** sein.
  Bei mehrteiligen Prädikaten steht der zweite Teil am Satzende oder am Ende des Teilsatzes.
  Die Kinder spielen auf dem Bolzplatz.
  Die Kinder haben auf dem Bolzplatz gespielt.
  Ein starkes Gewitter zog in der Ferne auf.
  Ein starkes Gewitter zog in der Ferne auf, sodass sie Schutz suchen mussten.

Subjekt

Es informiert darüber, wer oder was etwas tut.
- Du erfragst es mit: **Wer** oder **was**?
  Paul spielt auf dem Bolzplatz.
- Das Subjekt steht immer im **Nominativ.**
  Ein starkes Gewitter zieht in der Ferne auf.
- Es kann ein Nomen, eine Wortgruppe mit Nomen oder ein Pronomen sein.
  Er spielt auf dem Bolzplatz.

Objekte

- **Dativobjekte** sind Nomen, Wortgruppen mit Nomen oder Pronomen im **Dativ**.
  Du erfragst sie mit: **Wem**?
  Der Trainer gibt dem Spieler den Ball.
- **Akkusativobjekte** sind Nomen, Wortgruppen mit Nomen oder Pronomen im **Akkusativ**.
  Du erfragst sie mit: **Wer** oder **was**?
  Der Trainer gibt dem Spieler den Ball.

Adverbiale Bestimmungen

Sie informieren über die näheren Umstände der Handlung oder des Geschehens.
- adverbiale Bestimmung der **Zeit** (Temporaladverbial): Du erfragst sie mit: Wann? Wie lange? Seit wann? Wie oft?
- adverbiale Bestimmung des **Grundes** (Kausaladverbial): Du erfragst sie mit: Warum? Weshalb?
- adverbiale Bestimmung der **Art und Weise** (Modaladverbial): Du erfragst sie mit: Wie? Auf welche Art und Weise?
- adverbiale Bestimmung des **Ortes** (Lokaladverbial): Du erfragst sie mit: Wo? Wohin? Woher?

Wann? Warum? Wie? Wohin?

Gestern rannte das Schwein wegen des herrlichen Wetters schnell auf die Wiese.

Satzglieder hervorheben **SO GEHT'S**

Ich kann Satzglieder umstellen, um sie zu betonen oder in den Hintergrund zu rücken.

Der Trainer gibt dem Spieler an der Seitenlinie ein paar Tipps. ← Subjekt an erster Stelle

An der Seitenlinie gibt der Trainer dem Spieler ein paar Tipps. ← Adverbiale Bestimmung im Hintergrund

Dem Spieler gibt der Trainer ein paar Tipps an der Seitenlinie. ← Dativobjekt im Hintergrund

Ein paar Tipps gibt der Trainer dem Spieler an der Seitenlinie. ← Akkusativobjekt im Hintergrund

Satzarten und Satzformen unterscheiden

Satzarten

Aussagesätze

Du verwendest sie, wenn du etwas mitteilen willst.

- Das finite (konjugierte) Verb steht immer nach dem ersten Satzglied.
- Am Ende steht ein **Punkt**.

Marc geht ins Kino.

Fragesätze

Du verwendest sie, wenn du etwas wissen willst.

- Das finite (konjugierte) Verb steht meist an erster Stelle oder nach dem Fragewort.
- Am Ende steht ein **Fragezeichen**.

Kommst du mit ins Kino?
Wann gehst du ins Kino?

Aufforderungssätze

Du verwendest sie, wenn du jemanden um etwas bitten oder jemanden zu etwas auffordern willst.

- Das finite (konjugierte) Verb steht oft an erster Stelle.
- Meist wird dabei die Befehlsform (Imperativ) verwendet.
- Am Ende steht ein **Ausrufezeichen** oder **Punkt**.

Komm doch mit ins Kino!
Lest den Text.

Ausrufe

Du verwendest sie, wenn du etwas mit Nachdruck hervorheben willst.

- Das finite Verb kann fehlen.
- Oft enthält der Ausruf kein Subjekt.
- Am Ende steht ein **Ausrufezeichen** oder **Punkt**.

Hurra! Halt!
Das ist jetzt nicht dein Ernst.

Satzformen

Sätze, in denen nichts im Vorfeld steht, drücken meistens Aufforderungen und Fragen aus. Sie heißen **Verberstsätze**.

Vorfeld	linke Satzklammer	Mittelfeld	rechte Satzklammer
–	*Hast*	*du das Buch*	*gelesen?*
–	*Lies*	*das Buch!*	–

Sätze, in denen etwas im Vorfeld steht, drücken Aussage und Ausrufe aus. Sie werden als **Verbzweitsätze** bezeichnet.

Vorfeld	linke Satzklammer	Mittelfeld	rechte Satzklammer
Alex	*ist*	*ins Kino*	*gegangen.*
Der Film	*war*	*toll!*	–

Satzzeichen richtig setzen

Zeichensetzung bei der wörtlichen Rede

Die wörtliche Rede kennzeichnest du mit **Anführungszeichen**. Wer etwas sagt und wie es gesagt wird, steht im Redebegleitsatz.

Der Begleitsatz kann der Rede **vorangestellt** sein:

: „	.“	(Aussage)	*Er sagte: „Nina kommt mit.“*
: „	?“	(Frage)	*Er fragte: „Kommst du mit?“*
: „	!“	(Aufforderung)	*Er rief: „Los, komm mit!“*

Der Begleitsatz kann der Rede **nachgestellt** sein:

„ “,	.	(Aussage)	*„Nina kommt mit“, sagte er.*
„ ?“,	.	(Frage)	*„Kommst du mit?“, fragte er.*
„ !“,	.	(Aufforderung)	*„Los, komm mit!“, rief er.*

Es gibt auch Sätze in wörtlicher Rede ohne Redebegleitsatz.
Achtung: Bei vorangestellten Aussagesätzen wird kein Punkt gesetzt!

Kommasetzung bei Aufzählungen

Du erkennst eine Aufzählung daran, dass du ein *und* zwischen die Teile setzen kannst.
Ein Komma steht bei der Aufzählung von gleichrangigen

- **Wörtern** — *Nina, Anne, Karl und Sebastian gehen in den Zoo.*
- **Wortgruppen** — *Dort besuchen sie die Affen, Löwen, die großen Elefanten und die Zebras.*
- **(Teil-)Sätzen** — *Nina mag am liebsten die Affen, Anne freut sich auf die Löwen, Karl will die Elefanten sehen.*

Ein *und, oder, sowie* ersetzt das Komma. — *Nina, Anne, Karl und Sebastian gehen in den Zoo. Dort besuchen sie die Affen, Löwen, die großen Elefanten sowie die Zebras.*

Kommasetzung bei Satzgefügen

Jeder Hauptsatz und Nebensatz besitzt in der Regel ein **Subjekt** und ein **finites** (konjugiertes) **Verb**.

Hauptsatz (HS)	Nebensatz (NS)
Das finite (konjugierte) Verb steht in der Regel an zweiter Stelle, also **nach dem ersten Satzglied**. *Alle Kinder freuten sich, als Emma endlich kam.*	Im eingeleiteten Nebensatz steht das finite (konjugierte) Verb an **letzter Stelle**. *Alle Kinder freuten sich, als Emma endlich kam.* *Als Emma endlich kam, freuten sich alle Kinder.*
Wenn der **Nebensatz vor dem Hauptsatz** steht, steht das finite (konjugierte) Verb **nach dem Komma am Anfang** des Hauptsatzes. *Als Emma endlich kam, freuten sich alle Kinder.*	Der Nebensatz wird oft durch **Wörter** wie *als, wenn, weil, dass, damit, da* (Subjunktionen) **eingeleitet**. *Als Emma endlich kam, freuten sich alle Kinder.*
Wenn der **Hauptsatz vorne** steht, kann er **allein** stehen. Er ist keinem anderen Teilsatz untergeordnet. *Alle Kinder freuten sich.*	Der Nebensatz kann **in der Regel nicht allein** stehen. Er hängt vom Hauptsatz ab und ist diesem untergeordnet. *~~Als Emma endlich kam.~~*

Satzgefüge bestehen aus mindestens einem **Hauptsatz** (HS) und mindestens einem **Nebensatz** (NS).
- Hauptsatz und Nebensatz werden durch **Kommas** voneinander getrennt.
- Die Reihenfolge von Hauptsatz und Nebensatz kann unterschiedlich sein:

Hauptsatz, Nebensatz
Alle Kinder freuten sich, als Emma endlich kam.
HS , NS .

HS NS
, als .

Nebensatz, Hauptsatz
Als Emma endlich kam, freuten sich alle Kinder.
NS , HS .

NS HS .
Als ,

Satzzeichen richtig setzen **SO GEHT'S**

Am 14. Mai 2025 fuhr ich gegen 7:45 Uhr wie üblich mit meinen Freunden Jan Heimer, Kadir Özdemir und Eric Beyer mit dem Fahrrad zur Schule.	Komma bei Aufzählungen, aber nicht vor dem *und*
Als wir in der Bremer Straße waren, fuhr ich hinter Jan. [...]	zwei Prädikate → zwei Teilsätze vorn NS, da finites Verb an letzter Stelle und mit *als* eingeleitet, HS hinten → nach NS muss das Komma stehen
Der Fahrradweg geht hier normal weiter, weil die Johannisstraße eine kleine Nebenstraße ist. [...]	zwei Prädikate → zwei Teilsätze vorn HS, da finites Verb nach dem ersten Satzglied, NS mit *weil* eingeleitet → vor *weil* muss das Komma stehen
Als Jan kurz vor dem Auto war, fuhr dieses auf einmal wieder an. [...]	zwei Prädikate → zwei Teilsätze vorn NS, da finites Verb an letzter Stelle und mit *als* eingeleitet, HS hinten → nach NS muss das Komma stehen
„Vorsicht!", rief ich Jan noch zu. [...]	wörtliche Rede in Anführungszeichen, Redebegleitsatz hinten → Komma nach der wörtlichen Rede

Lerninsel

I Rechtschreibung

Rechtschreibstrategien nutzen

Du musst die Schreibung der meisten Wörter nicht auswendig lernen. Bei vielen Wörtern kannst du die Schreibweise von verwandten Wörtern **ableiten** (↗↖) oder die Wörter **verlängern** (→). Bei einigen hilft es dir, wenn du sie beim Schreiben **mitsprichst** (◡)

↗↖ Ableiten und → Verlängern

In der deutschen Rechtschreibung werden Wörter aus einer Wortfamilie im Wortstamm fast immer gleich geschrieben. Du suchst bei dieser Strategie nach einem verwandten Wort, bei dem die richtige Schreibung deutlich wird.
Das Verlängern hilft dir, wenn du nicht weißt, wie bestimmte Wörter am Wortende geschrieben werden.

Ableiten und verlängern **SO GEHT'S**

Problem	Strategie	Lösung
Wie schreibt man das Wort, mit *ä* oder *e*, *äu* oder *eu*? *kä/empfen* *Gebäu/eude*	↗↖ verwandte Wörter mit *a* oder *au* suchen Gibt es kein verwandtes Wort mit *a* oder *au*, schreibt man das Wort meist mit *e* oder *eu*. *Kampf* *bauen*	*kämpfen mit ä* *Gebäude mit äu*
Wie schreibt man das Wort am Ende? *Berg/k* *wild/t*	→ Wort verlängern: bei Nomen Plural bilden, Adjektive steigern oder Nomen ergänzen Plural bilden: *Berge* steigern oder Nomen ergänzen: *wilder, am wildesten, ein wildes Tier*	*Berg mit g* *wild mit d*
Wie schreibt man die Verbform vor dem *t/st*? *sie wieg/kt* *du lob/pst*	→ Wort verlängern: Infinitiv bilden *wiegen* *loben*	*sie wiegt mit g* *du lobst mit b*

◡ Wörter deutlich mitsprechen

Die Buchstabenfolge richtet sich grundsätzlich nach der Lautfolge. Sprich beim Schreiben **langsam** und **deutlich** mit. Längere Wörter zerlegst du in **Sprechsilben**.
Welche Fehler kannst du mit dieser Strategie vermeiden?
- Buchstaben auslassen, zum Beispiel: *Eichörnchen → Eich-hörn-chen, nichs → nichts*
- Buchstabendreher, zum Beispiel: *Tom satge … → Tom sag-te …*

Nomen und Nominalisierungen erkennen

Nur Nomen und Nominalisierungen werden großgeschrieben.
Du kannst sie mithilfe verschiedener Tests erkennen.

Artikelwörter (Begleiter) als Signal nutzen
Gehört zu dem Wort ein Artikel als Begleiter?
der, die, das, dem, den, ein, einer, eines
Unter der großen Buche lag ein träumender Junge.
Nach dem Baden war sie hungrig.
Gehört zu dem Wort ein versteckter Artikel?
am = an dem, beim = bei dem, ins = in das
Das Kind verlor beim Schwimmen seine Brille.
Gehört zu dem Wort ein Possessivartikel?
mein, dein, unser, seinem, ihrer
Er hatte unser Ziel stets vor seinem inneren Auge.

Adjektivprobe durchführen
Kannst du vor das Wort ein Adjektiv setzen, das sich dabei verändert?
Das Fahrrad hat helle Lampen und gute Bremsen.

Suffix (Nachbaustein) als Signal nutzen
Endet das Wort auf *-ung, -heit, -keit, -nis, -schaft* oder *-tum*?
Gleichung, Freiheit, Helligkeit, Ärgernis, Freundschaft, Reichtum

Weitere Artikelwörter als Signal nutzen
Stehen vor dem Wort Wörter wie *alles, wenig, viel, nichts, etwas, manches*?
alles Gute, viel Lustiges

Auf die Bedeutung achten
Bezeichnet das Wort ein Lebewesen oder einen Gegenstand?
Fische schwimmen im Wasser.
Der Computer steht dort.

Nomen und Nominalisierungen erkennen **SO GEHT'S**

Ein Bauer klagt gegenüber seinem Nachbarn: „Ich kann meine beiden Kühe nicht unterscheiden.“ „Du musst doch einen äußerlichen Unterschied erkennen können!“, sagt der Freund. „Nein, sie sind vom Äußerlichen völlig gleich.“ „Schau beim nächsten Melken noch einmal genau hin“, rät ihm sein Freund und geht ins Haus. Am nächsten Tag sagt der Bauer mit sichtbarer Erleichterung zu seinem Freund: „Deine Idee war gut, ich kann sie jetzt mit Leichtigkeit unterscheiden! Die schwarze Kuh hat einen braunen Fleck am Euter sowie Narben hinterm linken Ohr. Das weiße Tier hat die Besonderheiten nicht!“

Wörter mit langem Vokal schreiben

Kurze und lange Vokale unterscheiden

Für die Schreibweise deutscher Wörter ist es wichtig, zwischen lang und kurz gesprochenen Vokalen unterscheiden zu können.
Sprich die Vokale **deutlich** aus. Wenn du dir unsicher bist, vergleiche das Wort mit einem anderen Wort mit dem gleichen Vokal, bei dem du dir sicher bist.

der Kahn – ich kann
der Staat – die Stadt
wir fehlen – das Fell
die Wiese – wir wissen es
das Floß – der Bach floss
die Rose – das Ross
der Mut – die Mutter

Wörter ohne Kennzeichen für den langen Vokal schreiben

In den meisten Wörtern steht der lange Vokal ohne Längenkennzeichnung.
die Strafe, schlafen, das Leder, legen

Das **lange *i*** bildet eine Ausnahme. Es ist in vielen Fremdwörtern, aber nur in wenigen deutschen Wörtern nicht gekennzeichnet.
die Kritik, die Krise, minus
mir, dir, wir

Wörter mit *ie* schreiben

Der lang gesprochene *i*-Laut wird in den meisten deutschen Wörtern als ***ie*** geschrieben.
das Ziel, spielen, der Sieg, viel

Wörter mit Dehnungs-*h* schreiben

Häufig steht das *h* **vor *l*, *m*, *n*** und ***r***.
*kah**l**, lah**m**, der Zah**n**, die Uh**r***

Wörter mit Doppelvokal schreiben

Doppelvokale gibt es im Deutschen nur bei ***aa***, ***ee*** und ***oo***. Gebräuchliche Wörter musst du dir merken. Die Vokale *i* und *u* werden nicht verdoppelt.
der Staat, leer, das Boot, doof

Wörter mit *s*-Lauten schreiben

Für die *s*-Laute gibt es drei Schreibungen: *s*, *ss* und *ß*.
Um die richtige Schreibung zu erkennen, musst du auf zwei Dinge achten:
- Wie wird der *s*-Laut gesprochen: stimmhaft (gesummt) oder stimmlos (gezischt)?
- Wie wird der Vokal vor dem *s*-Laut gesprochen: kurz, lang? Ist es ein Doppellaut?

vor dem *s*-Laut steht ein **langer Vokal** oder ***ei, au, eu, äu***
Nase, Glas, Maß

ß oder *s*?

stimmloser *s*-Laut
Maß → Glas

s

stimmhafter *s*-Laut
Nase

ß

stimmloser *s*-Laut beim Verlängern des Wortes
Maße → Maß

s

stimmhafter *s*-Laut beim Verlängern des Wortes
Gläser → Glas

vor dem *s*-Laut steht ein **kurzer Vokal**
Kasten, Wasser

s oder *ss*?

Wortstamm ermitteln und Grundform bilden
es passt → passen
wässrig → Wasser

s

auf den *s*-Laut folgt **ein anderer Konsonant**, zum Beispiel *p, t, k*
Kasten

ss

auf den *s*-Laut folgt **kein** anderer Konsonant → *s*-Laut verdoppeln
Wasser

Wenn du diese Regeln beachtest, bleiben nur ein paar einfache Wörter, die du dir merken musst, zum Beispiel: *bis, aus, was, etwas, das, los*.

Wörter mit *s*-Lauten richtig schreiben **SO GEHT'S**

Gestern war ich mit meiner ganzen Familie bei einem ***Fusballspiel/Fussballspiel/Fußballspiel****. Wir sind nämlich alle* ***grose/grosse/große*** *Fans der Heimmannschaft. Es waren fast 50 000 Menschen im Stadion. Da dauerte es ganz schön lange, bis wir auf unseren Plätzen waren. Unser Team spielte ganz in* ***Weis/Weiss/Weiß****. Schon vor dem Anpfiff war die Stimmung super. Als es dann losging, wurde es noch besser. Ich* ***wuste/wusste/wußte*** *gar nicht, wo ich hinschauen sollte: auf die Fankurve oder auf das Spielfeld. Das Spiel war sehr spannend, beide Mannschaften waren etwa gleich gut, obwohl ich unser Team natürlich besser fand. Kurz vor dem Ende bekam unsere Mannschaft dann einen* ***Strafstos/Strafstoss/Strafstoß****. Es gab sogar einen* ***Videobeweis/Videobeweiss/Viedeobeweiß****. Unser Kapitän verwandelte sicher. So gelang doch noch der Sieg und wir machten uns sehr zufrieden auf die* ***Heimreise/Heimreisse/Heimreiße****.*

Fußballspiel: *s*-Laut wird gezischt → stimmlos, der Vokal *u* wird lang gesprochen

große: *s*-Laut wird gezischt → stimmlos, der Vokal *o* wird lang gesprochen

weiß: *s*-Laut wird gezischt → stimmlos, *ei* ist ein Doppellaut

wusste: *s*-Laut wird gezischt → stimmlos, der Vokal *u* wird kurz gesprochen

Strafstoß: *s*-Laut wird gezischt → stimmlos, der Vokal *o* wird lang gesprochen

Videobeweis: *s*-Laut wird gezischt → stimmlos, aber nicht im Plural, *Beweise*

Heimreise: *s*-Laut wird gesummt

Im Wörterbuch nachschlagen

Im Wörterbuch nachschlagen **SO GEHT'S**

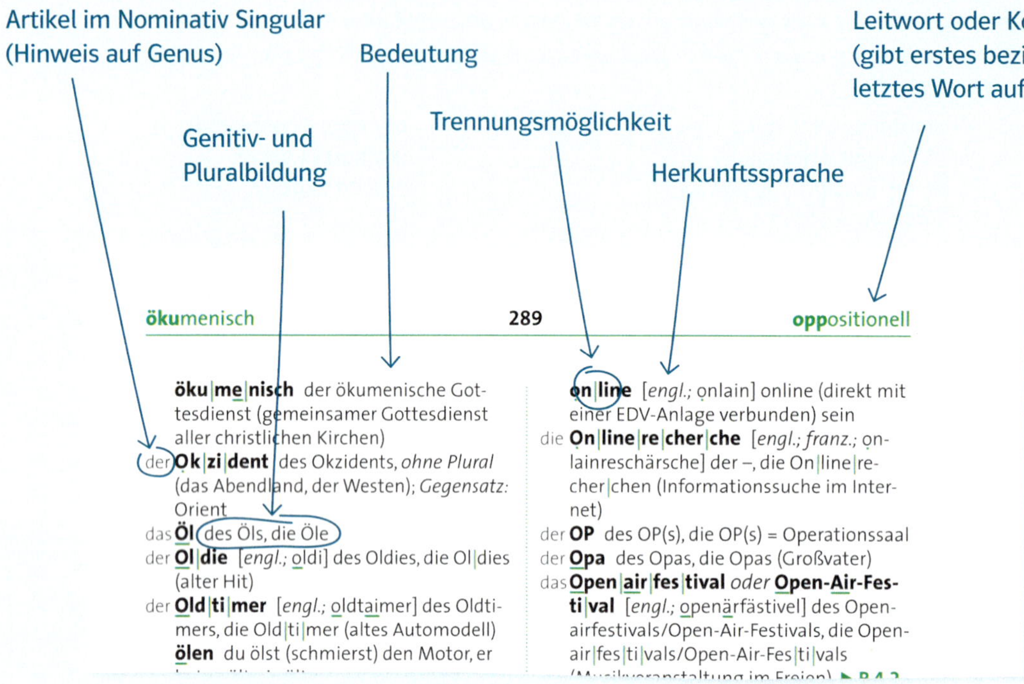

Merkwörter lernen und behalten

Es gibt immer wieder Schreibungen, die du nicht einfach ableiten und erklären kannst. Diese Wörter musst du dir merken und ihre Schreibweise **regelmäßig üben**. Du kannst dir eine Merkwortkartei mit deinen Fehlerwörtern anlegen. Wenn du diese Wörter in einen Karteikasten einordnest, kannst du sie regelmäßig wiederholen und dir diktieren lassen. Das erste Fach wird zweimal in der Woche bearbeitet, das zweite einmal in der Woche, das dritte vierzehntägig, das vierte einmal im Monat. Wenn die Wörter im fünften Fach gelandet sind, bist du in der Schreibung sicher geworden.

Eine Merkwortkartei anlegen **SO GEHT'S**

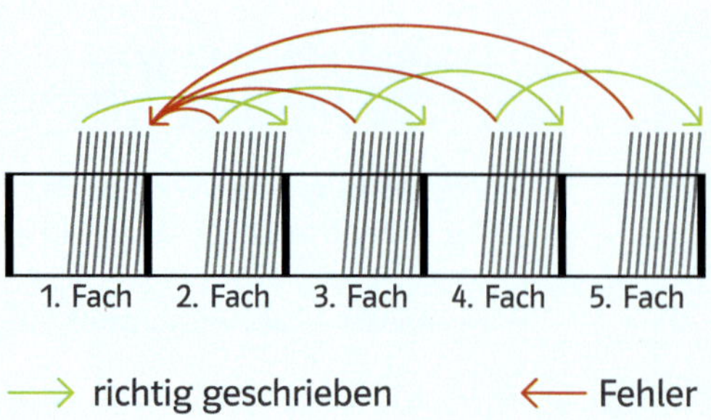

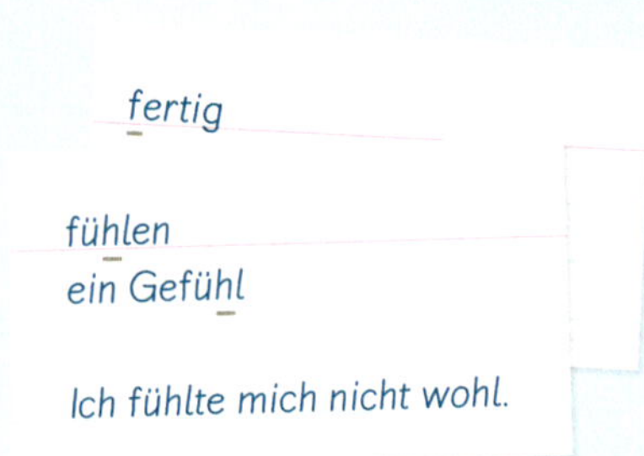

Lern- und Arbeitstechniken

Hausaufgaben/Lernzeitaufgaben erledigen

1. Langfristig planen

- Was hast du auf?
- Bis wann?
- Wann hast du Zeit?

2. Für einen ungestörten Arbeitsplatz sorgen

3. Effektiv arbeiten

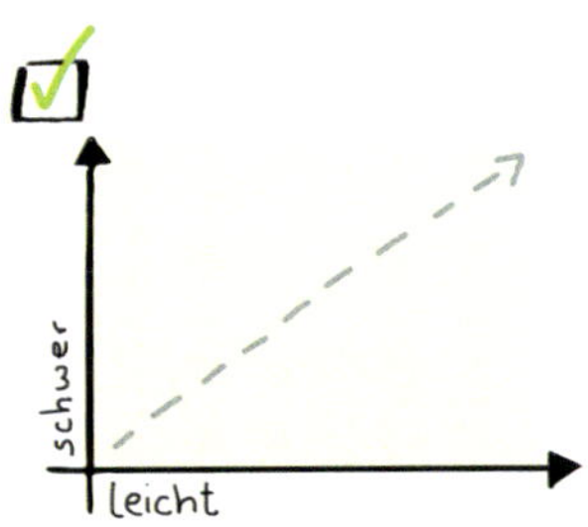

mit leichten Aufgaben beginnen

zwischen leichten und schweren Aufgaben wechseln

bei vielen Aufgaben: nach der Hälfte eine Pause machen

- leserlich schreiben
- Rand lassen
- mit Lineal unterstreichen
- Datum notieren
- Arbeitsblätter einheften
- ordentlich arbeiten

Brainstorming

… hilft dir, gute Ideen zu finden.

Schreibe alles auf, was dir zu einer Frage, zu einem Problem oder zu einem Thema einfällt, ohne dass du auswählst oder sortierst.

Cluster

… hilft dir, gute Ideen zu sammeln und zu strukturieren.

- Schreibe in die Mitte eines Blattes den Begriff oder das Thema. Dies ist der Kern.
- Um dieses Thema herum notierst du alle Gedanken, die dir einfallen.
- Jeder Gedanke wird mit dem Thema durch eine Linie verbunden. Diese Ideen werden Ausgangspunkt für weitere Einfälle.

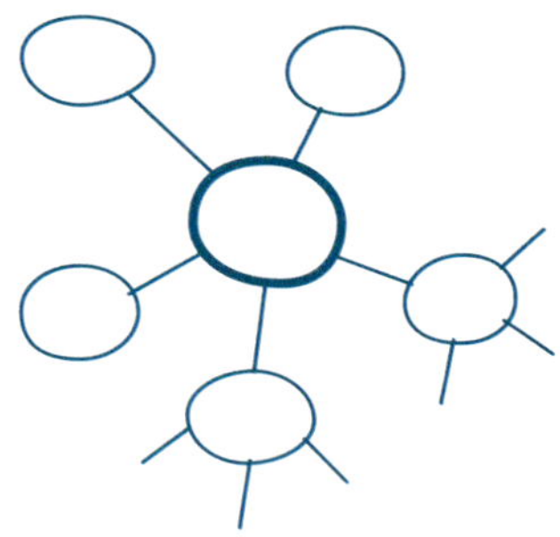

Mindmap

… hilft dir, Informationen zu ordnen.

Vorbereiten:
- Notiere wichtige Wörter zu einem Thema.
- Ordne sie dann in verschiedene Bereiche.
- Sortiere zu jedem Bereich mehrere Begriffe.

Anfertigen:
- Schreibe das Thema in die Mitte. Ziehe davon Äste mit den Bereichen.
- Die Äste verzweigen sich dann mit den verschiedenen Begriffen.

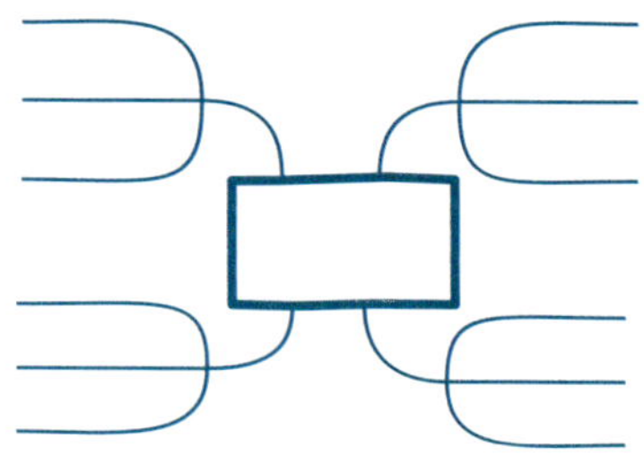

Eine Mindmap anfertigen **SO GEHT'S**

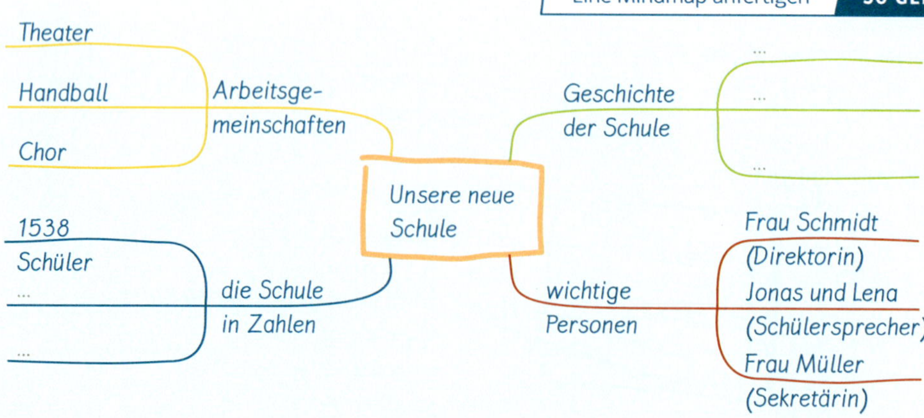

Schreibkonferenz

… hilft dir, in einer Gruppe eigene Texte zu besprechen und zu überarbeiten.

- Lest einen Text vor und gebt euch Rückmeldung, was euch besonders gut gefallen hat.
- Besprecht den Text Abschnitt für Abschnitt in der Gruppe.
- Nehmt für die Beurteilung Checklisten zu Hilfe, zum Beispiel:
  - Inhalt und Aufbau
  - Sprache: Satzanfänge, Satzverknüpfung, Wortwahl, Rechtschreibung, Grammatik, Satzzeichen
- Gebt Tipps für die Überarbeitung und macht Verbesserungsvorschläge.
- Du kannst auch ein Textverarbeitungsprogramm nutzen.

Plakat

… hilft dir, Ergebnisse zusammenfassend darzustellen.

Vorbereiten:
- Überlege dir vorher:
  - Was ist meine Absicht?
  - An wen will ich mich wenden?
  - Wo soll mein Plakat aufgehängt werden?
- Fasse die wichtigsten Informationen in Stichworten zusammen.
- Sortiere die Stichworte nach Unterthemen.
- Suche aussagekräftige Bilder.
- Überlege dir eine treffende Überschrift.
- Fertige eine Skizze von deinem Plakat an.

Anfertigen:
- Du kannst auch ein Textverarbeitungsprogramm nutzen.
- Benutze eine lesbare und ausreichend große Schrift.
- Arbeite mit Farben, um Wichtiges hervorzuheben, aber sei sparsam damit.
- Lege erst alle Texte und Bilder auf das Plakat.
- Ordne sie so an, dass das Plakat übersichtlich ist.
- Klebe dann die Texte und Bilder auf.

Feedback geben

… hilft dir, anderen durch deine Rückmeldung weiterzuhelfen und deine eigenen Ergebnisse zu verbessern.

- Beginne immer mit etwas Positivem.
- Formuliere deine Kritik sachlich.
- Die Kritik an der Sache soll nicht als persönliche Kritik geäußert werden.
- Gib Tipps, anstatt nur Kritik zu üben. Unterbreite Verbesserungsvorschläge.
- So kannst du beginnen:
  Ich finde …/Ich denke, dass …/Mir hat gefallen, dass …/Meiner Meinung nach hast du sehr gut …/Besonders gut gefallen hat mir …
- So kannst du sachlich Kritik üben:
  Nicht so gut ist, dass …/Du solltest auch noch …/In Zukunft solltest du …/ Vielleicht kannst du …/Ich könnte mir vorstellen, dass …

Stichwortverzeichnis

A

Ableiten (Rechtschreibung) 338
Ableitung (Derivation) 170
Abschnitte einteilen/zusammenfassen 20, 21, 296, 298
Abstrakta 179, 327
Adjektive 74, 112, 179, 186, 201, 327, 329, 332
Adjektivgruppe 201, 332
Adjektivprobe 245, 339
Adjunktion 202, 332
Adjunktorgruppe 202, 332
Adressat/Adressatin 15, 77, 81, 312
adverbiale Bestimmung 221, 334
Akkusativ 180, 197, 219, 327, 329, 334
Akkusativobjekt 219, 334
Anführungszeichen 336, 337
Anrede (Brief) 15, 43, 312
Anredepronomen 43
Arbeitstechniken → Lern- und Arbeitstechniken
Artikel 179, 182, 328, 339
Artikelwort 182, 200, 328, 339
aufeinander eingehen 35
auffällige Wortwahl 315, 319, 323
Aufforderung/auffordern 37, 212, 229, 336
Aufforderungssatz 229, 233, 335
aufmerksam zuhören 35
Aufzählungen 231, 336, 337
Ausgangssituation 97, 112, 303, 319
Ausruf 212, 229, 335
Ausrufezeichen 335
Aussagesatz 215, 216, 229, 233, 235, 335

B

Befehlsform → Imperativ
Begleiter 182, 245, 246, 328, 339
Beschreibungen 309
bestimmter Artikel → Artikel
Bestimmungswort 170
Beziehungen herstellen (Präposition) 197
Bibliothek 25, 91
Bitte/bitten 37, 335
Brainstorming 57, 65, 118, 344
Briefkopf 15, 312
Bücher entdecken 91
Bücher weiterempfehlen 91
Buchstabenverwechslungen 267

C

Checkliste 300, 304, 306, 308, 310, 311, 312, 313, 317, 324, 326
Cluster 57, 65, 118, 344

D

Dativ 180, 197, 219, 327, 329, 334
Dativobjekt 219, 334
Dehnungs-*h* 253, 340
Deklination 180, 327, 329
Deklinationsendungen 186
Derivation → Ableitung
diagonales Lesen 294
Dialog 152, 323
Dialog szenisch gestalten 152
Diskussion 301
Doppelvokal 253, 340

E

Echospiel 35
Einstellungsgröße (Film) 104
Einzahl → Singular
Entschuldigung/sich entschuldigen 37
Erlebniserzählung 57, 303, 304
Ersatzprobe 180, 208, 333
Erzählanfang 303
Erzählen 52, 302, 305, 307
erzählenden Text untersuchen 318
Erzählideen finden 303
Erzählung zu Bildern 67, 307, 308
Erzählweise untersuchen 319

F

Fall → Kasus
Fantasiegeschichte 65, 305, 306
Feedback geben 345
Fehlerschwerpunkte erkennen 267
Feldermodell 211, 333
Figuren (untersuchen) 94, 319, 322, 323
Filmbilder beschreiben 102
finites Verb (Personalform) 189, 216, 229, 235, 330, 337
Form von Gedichten beschreiben/untersuchen 133, 315
förmliche E-Mail schreiben 43, 313
Fragen an einen Text stellen 17
Frageprobe 180
Fragesatz 180, 215, 229, 233, 335
Fünf-Schritt-Lesemethode 298
Futur 191, 192, 330, 331

G

Gedicht wirkungsvoll vortragen 317
Gedicht(form) untersuchen 133, 314, 316
Gedichte auswendig lernen 143
Gegenstandsbeschreibung (Gegenstand beschreiben) 81, 309, 311
Gehör finden (Gespräch) 35
Genitiv 180, 197, 327, 329
Genus 179, 182, 186, 201, 327
Gesprächspartner 35, 37
Gesprächsregeln 301, 326
Gesprächssituationen 37
Gestik 67, 149, 150, 152, 323
gleich und ähnlich klingende Laute 249
Grundform → Infinitiv/Positiv
Grundwort 170
Grußformel (Brief) 15, 43, 312

H

Handlungsschritte 57, 65, 97, 150, 303, 319
Handlungsverlauf (typischer) 52, 97, 319
Hauptsatz (HS) 216, 235, 337
Hausaufgaben/Lernzeitaufgaben erledigen 343
Haus-Garage-Modell 251
Hilfsverben 190, 192, 330
Höchstform → Superlativ

I

Imperativ (Befehlsform) 229, 335
infinites Verb 189, 216, 330
Infinitiv (Grundform) 189, 190, 192, 203, 330, 332
Informationen eines Textes zusammenfassen 19, 297
Inhalt erfassen/untersuchen 137, 294, 296, 298, 316, 318, 319, 320, 323
Inhaltsverzeichnis (Zeitschrift) 163
intensives Lesen 21, 294, 298
Internet (recherchieren) 25, 325
Internetregeln 326
Interview führen 322

J

Jugendbuchausschnitt untersuchen 320

K

Kameraeinstellung 103, 104
Kameraperspektive 104
Kasus (Fall) 180, 197, 200, 219, 327, 328, 329, 332
Kasus von Nomen ermitteln 180
Kausaladverbial (Grund) 221, 334
Kommasetzung 15, 43, 231, 235, 336, 337
Komparation→ Steigerung (Adjektive)
Komparativ (Vergleichsform) 186, 201, 329, 332
Komposita → Zusammensetzung
KöNiGsregel (Kasus/Numerus/Genus) 182, 186, 328, 332
Konjugation/konjugieren (Verb) 189, 330
Konkreta 179, 327
Konsonant (Mitlaut) 186, 252, 257, 341
Körperhaltung/Körpersprache 37, 52, 67, 150, 152, 323
Kreuzreim 133, 315
kurzer Vokal 252, 257, 340, 341
Kurznachrichten 37

L

langer Vokal 253, 257, 340, 341
langes *i* (*ie*) 340
Lapbook 91
Lern- und Arbeitstechniken 343
Lesekiste 91

Lesenacht 91
Lesestrategien und Lesetechniken 294
Lesetagebuch anlegen 322
Lokaladverbial (Ort) 221, 334

M

Märchen 118, 318, 319
Märchenaufbau 112, 118
Märchenmerkmale erkennen 115
Medien (Umgang) 160, 325
mehrteilige Prädikate 216, 334
Meinungen begründen 43, 301
Merkwörter 258, 342
Merkwortkartei anlegen (Rechtschreibung) 342
Merkworttraining 267
Mimik 37, 67, 149, 150, 152, 323
Mindmap 344
Mitlaut → Konsonant
mitsprechen (Silbe für Silbe) 242, 267, 338
Mittelfeld 211, 212, 333, 336
Mittelwort → Partizip
Modaladverbial (Art und Weise) 221, 334
Modalverb 190, 330
mündlich erzählen 52

N

Nachbaustein → Suffix
navigierendes Lesen 25, 325
Nebensatz (NS) 235, 337
Nomen 179, 180, 245, 267, 327, 328, 332, 334, 338, 339
Nominalgruppe 182, 200, 245, 332
Nominalisierungen 246, 267, 339
Nominativ 180, 186, 327, 334
Nullartikel 247
Numerus (Zahl) 179, 327, 330

O

Objekte 219, 334
Online-Katalog (Bibliothek) 25

P

Paarreim 133, 315
Pantomime 150, 323
Partikel 190
Partikelverben 190
Partizip I + II (Mittelwort) 74, 189, 330
Perfekt 191, 192, 330, 331
Person 189, 215, 330
Personalform → finites Verb
Personalpronomen 183, 189, 328
Personifikation 140, 315
persönlichen Brief schreiben 15, 312
Plakat 345
Planen (Texte) 57, 65, 67, 77, 81, 118
Plural (Mehrzahl) 179, 327, 330, 338
Pluraletantum 181
Plusquamperfekt 191, 192, 330, 331
Positiv (Grundform) 186, 329
Possessivartikel 182, 328, 339
Possessivpronomen 183, 328
Prädikat 211, 215, 216, 219, 333, 334, 337
Präfix (Vorbaustein) 170, 267
Präpositionalgruppe 203, 332
Präpositionen 197, 203, 329, 332
Präsens 77, 191, 192, 330, 331
Präteritum 189, 191, 192, 330, 331
Pronomen 183, 197, 329, 333, 334
Pronominalisierung 185, 186

R

Rechtschreibgespräch 243
Rechtschreibstrategien 242, 249, 258, 338
Redebegleitsatz 233, 336
Regieanweisung 152, 300, 323
Reim 133, 315
Reimschema (Gedicht) 133, 315
Rollenbiografie schreiben 322
Rollenspiel vorbereiten und durchführen 40

S

Sachgebiete (Bibliothek) 25
Sachtexte lesen und verstehen 21
Sagenmerkmale 126
Satzarten 212, 229, 335
Satzbau 57, 65, 67, 77, 81, 118, 345
Satzformen 212, 229, 335, 336
Satzgefüge 235, 337
Satzgliedebene 209
Satzglieder erkennen und verwenden 333
Satzglieder hervorheben 335
Satzkern 215, 333
Satzklammer 190, 211, 212, 216, 333, 336
Satzzeichen setzen 229, 233, 336, 337
Schlüsselwörter markieren 20, 21, 294, 295
Schreiben (Texte) 57, 65, 67, 77, 81, 118
Schreibkonferenz 57, 65, 67, 77, 81, 118, 345
schwache Verben 189, 330
selektives Lesen 21, 294
Signatur (Bibliothek) 25
Singular (Einzahl) 179, 215, 327, 330
Singularetantum 181
s-Laute 255, 257, 341
Spannungsaufbau 57, 65, 97
Spannungsbogen 53, 97
Spannungserzeuger 97
Sprache untersuchen 315, 319, 323
sprachliche Bilder entschlüsseln 140
Sprechsilben 259, 338
Sprechweise 37, 152, 323
Standbild bauen 149
starke Verben 189, 330
Steckbrief 309, 322
Steigerung (Adjektive) 186, 329
Stichwortzettel erstellen 52, 300
stimmhaft/stimmlos (*s*-Laut) 255, 257, 341
Stimmung 137, 315, 316
Strophe 133, 137, 143, 315
Subjekt 215, 334, 337
Subjunktionen 337
Suchmaschinen (Internet) 25
Suffix (Nachbaustein) 170, 245, 257, 339
Superlativ (Höchstform) 186, 201, 329, 332
Szene pantomimisch darstellen 150
Szene/szenischen Text untersuchen und spielen 146, 152, 323, 324

T

Temporaladverbial (Zeit) 221, 334
Tempus (Zeitform) 191, 192, 330, 331
Tempusformen bilden 192
Texte für den Vortrag markieren 143
Texte in Abschnitte einteilen 296
Textlupe 57, 65, 67, 76, 77, 81, 118
Textsorte untersuchen 319
Textverarbeitungsprogramm nutzen 326
Thema (Gedicht) 315
Tierbeschreibung (Tier beschreiben) 77, 309, 310
Treppen bauen 245

U

Überarbeiten (Texte) 57, 65, 67, 77, 81, 118
Überschrift 20, 21, 57, 65, 67, 118, 137, 294, 296, 315
Überschriften für Abschnitte formulieren 296
umarmender Reim 133, 315
Umstellprobe 208, 333
unbekannte Wörter klären 19, 21, 294, 295, 298
unbestimmter Artikel → Artikel

V

Verb 189, 191, 192, 203, 211, 246, 302, 330, 331, 332, 333
Verberstsätze 212, 229, 336
Verbgruppen 203, 332
Verbindungswörter 67
Verbkomplex 190
Verbzweitsätze 190, 212, 229, 336, 337
Vergleich 101, 140, 315, 332
Vergleichsform → Komparativ
Verlängern (Rechtschreibung) 267, 338
Vers 133, 315
verwandte Wörter 242, 249, 267, 338
Vollverb 190, 192, 330, 331
Vorbaustein → Präfix
Vorfeld 211, 212, 333, 336
Vortrag 143, 317

Vortrag vorbereiten und halten 299

W

W-Fragen 17, 21, 57, 65, 97, 118, 212
wichtige Wörter (Gedicht) 315
Wortart 170, 173, 327, 332
Wortarten unterscheiden und verwenden 327
Wortbausteine 19, 21
Wortbildungen untersuchen 170
Wortebene 209
Wörter deutlich mitsprechen 267, 338
Wörter in Bestandteile zerlegen 242, 267
Wörter mit kurzem Vokal schreiben 252
Wörter mit langem Vokal schreiben 253, 340
Wörterbuch (nachschlagen) 243, 258, 342
Wortfamilie 170, 338
Wortfelder nutzen 173
Wortgruppe 200, 202, 231, 245, 295, 319, 323, 332, 334, 336
Wortgruppen erkennen und verwenden 332
wörtliche Rede 52, 57, 65, 67, 118, 233, 302, 336, 337
Wortneuschöpfung 315
Wortstamm 170, 251, 252, 257, 338, 341
Worttrennung am Zeilenende 259

Z

Zahl → Numerus
Zahlwörter 184
Zeichensetzung 76, 118, 336
Zeitform → Tempus
Zeitschriften untersuchen 163
zusammengesetzte Formen (Tempus) 192, 330
Zusammensetzung (Komposita) 170
Zwischenüberschrift 20, 21, 298

Verzeichnis der Autorinnen und Autoren

Anger-Schmidt, Gerda
Erfindungen von A–Z 175

Al Mansour, Hayfa
Das Mädchen Wadjda 89

Atai, Golineh
Kleopatras ohne Scheinwerferlicht 16

Bächler, Wolfgang
Ins Weiße blickend 141, 315

Banscherus, Jürgen
Der Wald der Abenteuer 47

Bernstein, F. W.
Morgenstund 317

Borchers, Elisabeth
November 136

Bräunling, Elke
Die Fastnachtswette 232

Busta, Christine
April 316
Die Frühlingssonne 139

Bydlinski, Georg
Garten 144

Ende, Michael
Kuriose Berufe 169

Friesen, Ute
Wie lernen chinesische Kinder schreiben? 18

Fühmann, Franz
Am Schneesee 171
Ein schauerlicher Lokalregen 174

Funke, Cornelia
Das Monster im Kühlschrank 63

Gernhardt, Robert
Gesetzt den Fall … 33

Grimm, Jacob und Wilhelm
Der süße Brei 108
Die drei Federn 110
Dornröschen 148
Jorinde und Joringel 116
Rumpelstilzchen 121

Guggenmos, Josef
Ich male mir den Winter 135

Habinger, Renate
Erfindungen von A–Z 175

Hacks, Peter
Der Herbst steht auf der Leiter 139
Die Blätter an meinem Kalender 132

Himmel, Adolf
Fauler Zauber auf Schloss Fionn 48

Hohler, Franz
Die drei Gärtner 119

Johansen, Hanna
Ein Baum 131

Kleberger, Ilse
Sommer 134

Kunze, Reiner
Das Holunderwunder 315

Lindgren, Astrid
Pippi in der Schule 151, 324

Maiwald, Peter
Regentag 135

Manz, Hans
Ich 174

Mörike, Eduard
Er ist's 131

Moers, Walter
Käpt'n Blaubär und die Erfindung der Pommes frites 182
Mein Leben als Zwergpirat 185
Mein Leben auf der Flucht 177
Mein Leben bei den Klabautergeistern 194

Moser, Erwin
Gewitter 132

Peter, Renate
Fragen über Fragen 166

Pludra, Benno
Das Herz des Piraten 188

Recheis, Käthe
Das neue Schimpfwörter-Abc 167

Reinhardt, Verena
Der Hummelreiter Friedrich Löwenmaul 60

Riordan, Rick
Percy Jackson. Diebe im Olymp 89

Röndigs, Nicole
Freeskiing: Total abgefahren! 22

Roß, Jan
Lernen unter der Brücke 24

Ruhe, Anna
Seeland. Per Anhalter zum Strudelschlund 89, 98, 99

Samson, Horst
Der Herbst kommt über uns 141

Schami, Rafik
Eine Hand voller Sterne 154

Schirneck, Hubert
Windgedicht 315

Seidel, Heinrich
November 138

Steinhöfel, Andreas
Rico, Oskar und das Vomhimmelhoch 320
Rico, Oskar und die Tieferschatten 87, 93, 95, 96, 106

Timm, Uwe
Rennschwein Rudi Rüssel 41

Vahle, Fredrik
Geschichte vom Blatt am Baum 145

Walliams, David
Gangsta-Oma 44

Waechter, Friedrich Karl
Warum heißt der Apfel Apfel? 170

Wendt, Irmela
Uli und ich 39

Würmli, Marcus
Wie lernen chinesische Kinder schreiben? 18

Textsortenverzeichnis

Bildergeschichten, Comics
Die Geschichte von Lukas und dem Fernseher (Anke Kuhl) 66
Ein unerwarteter Fund 307
Ladendiebstahl 168
Lisa-ohne-Zahn (Anke Kuhl) 68
Vater und Sohn (e. o. plauen) 32
Was heute in der Schule los war? 164

Diagramme
Freizeitaktivitäten 2022 158
Geschätzte tägliche Nutzungsdauer verschiedener Medien durch Kinder in Minuten 160
Überdruss digitaler Kommunikation 2024 164

Erzählungen
Am Schneesee (Franz Fühmann) 171
Das Monster im Kühlschrank (Cornelia Funke) 63
Der Wald der Abenteuer (Jürgen Banscherus) 47
Die Fastnachtswetter (Elke Bräunling) 232
Uli und ich (Irmela Wendt) 39

Gedichte
April (Christine Busta) 316
April 131
Das Holunderwunder (Reiner Kunze) 315
Das neue Schimpfwörter-Abc (Käthe Recheis) 167
Der Herbst kommt über uns (Horst Samson) 141
Der Herbst steht auf der Leiter (Peter Hacks) 139
Die Blätter an meinem Kalender (Peter Hacks) 132
Die Frühlingssonne (Christine Busta) 139
Ein Baum (Hanna Johansen) 131
Ein schauerlicher Lokalregen (Franz Fühmann) 174
Er ist's (Eduard Mörike) 131
Erfindungen von A-Z (Gerda Anger-Schmidt, Renate Habinger) 175
Fragen über Fragen (Renate Peter) 166
Garten (Georg Bydlinski) 144
Geschichte vom Blatt am Baum (Fredrik Vahle) 145
Gesetzt den Fall … (Robert Gernhardt) 33
Gewitter (Erwin Moser) 132
Haiku (Issa) 131
Ich (Hans Manz) 174
Ich male mir den Winter (Josef Guggenmos) 135
Ins Weiße blickend (Wolfgang Bächler) 141, 315
Kuriose Berufe (Michael Ende) 169
Morgenstund (F. W. Bernstein) 317
November (Elisabeth Borchers) 136
November (Heinrich Seidel) 138
Regentag (Peter Maiwald) 135
Sommer (Ilse Kleberger) 134
Warum heißt der Apfel Apfel? (Friedrich Karl Waechter) 170
Wenn die Wetterhexe im Oktober hext 142
Windgedicht (Hubert Schirneck) 315

Interviews
Cornelia Funke im Gespräch 107
Interview mit Andreas Steinhöfel 92, 107
Interview mit Regisseurin Neele Leana Vollmar zum Film „Rico, Oskar und die Tieferschatten“ 100
Interview mit Regisseurin Neele Leana Vollmar: Kinder geben ein großartiges Feedback 100

Jugendbücher (Ausschnitte)
Das Herz des Piraten (Benno Pludra) 188
Das Mädchen Wadjda (Hayfa Al Mansour) 89
Der Hummelreiter Friedrich Löwenmaul (Verena Reinhardt) 60
Die 13½ Leben des Käpt'n Blaubär (Walter Moers) 177, 182, 185, 194
Fauler Zauber auf Schloss Fionn (Adolf Himmel) 48
Gangsta-Oma (David Walliams) 44
Percy Jackson. Diebe im Olymp (Rick Riordan) 89
Rennschwein Rudi Rüssel (Uwe Timm) 41
Rico, Oskar und das Vomhimmelhoch (Andreas Steinhöfel) 320
Rico, Oskar und die Tieferschatten (Andreas Steinhöfel) 87, 93, 95, 96, 106
Seeland. Per Anhalter zum Strudelschlund (Anna Ruhe) 98, 99

Klappentexte
Die längsten Wörter der Welt (Andreas Brunsch) 175
Seeland. Per Anhalter zum Strudelschlund (Anne Ruhe) 89

Lexikonartikel
Ausschnitt aus Wörterbuch 260
Ausschnitt aus Wörterbuch 342
Pfau 71

Liedtexte
Der Wald (Rumpelstil) 138
Ich und du 101

Märchen
Aladin und die Wunderlampe 113
Der süße Brei (Jacob und Wilhelm Grimm) 108
Die drei Federn (Jacob und Wilhelm Grimm) 110
Die drei Gärtner (Franz Hohler) 119
Dornröschen (Jacob und Wilhelm Grimm) 148
Jorinde und Joringel (Jacob und Wilhelm Grimm) 116
Rumpelstilzchen (Jacob und Wilhelm Grimm) 121

Sachtexte
„Ich bin das beste Beispiel dafür, dass Kinder etwas erreichen können" 30
Angeln – auch eine Sportart? 250
Auf der Jagd nach dem Schnatz 261
Bouldern 252
Brücken verbinden 222
Das höchste Gebäude der Welt 208
Das Pessachfest 226
Das Zuckerfest 226
David Walliams: Gangsta-Oma (Internetbewertung) 89
Der Clownfisch (Informationstafel) 79
Der Fernsehturm in Berlin 217
Der Nasenbär 75
Der schiefe Turm Baden-Württembergs 213
Der Schiefe Turm von Pisa 215
Der Wolkenkratzer Taipei 101 218
Der Zitronenfalter 169
Deutschlands höchste Aussichtsplattform 210
Die Brüder Grimm und ihre Märchensammlung 109
Die Cheops-Pyramide von Gizeh 220
Die Geschichte von Halloween 236
Die Klasse 5c übernimmt die Patenschaft für einen Tapirjungen in der Wilhelma 78
Die sicheren Begleiter des verantwortungsbewussten Inlineskaters 244
Diese Handymenschen! Sie reden und reden! 172
Ein Fest der Farben 230
Fledermäuse 295
Freeskiing: Total abgefahren! (Nicole Röndigs) 22
Frühlingsfeste auf der ganzen Welt 231
Gefährlich gesund? 244
Hilfe für Hummeln 83
Jeder Schritt heißt kämpfen 248
Kleopatras ohne Scheinwerferlicht (Golineh Atai) 16
Lernen unter der Brücke (Jan Roß) 24
Nach dem Geldschein gebaut 223
Ostern 226
Pfau (Steckbrief) 70
Pfau entlaufen! 71
Piraten heute 181
Probetraining gewünscht? 242
Rope-Skipping 241
Skilanglauf auch im Sommer – geht das? 262
Spielend fit 247
Süßes raus, sonst spukt's im Haus! 234
Theater wie vor 2000 Jahren 225
Welche Sportart passt zu mir? 250
Wie der Kürbis sein Gesicht erhielt – Die Legende von Jack O'Lantern 237
Wie lernen chinesische Kinder schreiben? (Ute Friesen, Marcus Würmli) 18

Sagen
Die Sage von der Sibylle von der Teck 124
Die Teufelsküche 127
Die Wettenburg 125
Eine Maus verhilft einem Bergmann zu Reichtum 127
Störtebeker – eine gruselige Sage 196

Szenische Texte
Eine Hand voller Sterne (Rafik Schami) 154
Oh Tannenbaum! 228
Pippi in der Schule (Astrid Lindgren) 151, 325

Witze
Bergsteigerwitz 263
Kühe 339
Zwei Piraten 198

Zeitungsmeldung
Familie vergisst Sohn auf der Autobahnraststätte 69
Papagei löst Polizeieinsatz aus 53
Wielandstein zum Sperrgebiet erklärt 126

Textquellen

16.f. Golineh Atai: Kleopatras ohne Scheinwerferlicht, auf: ZDF heute v. 22.07.2023, unter: https://www.zdf.de/nachrichten/panorama/frauen-fussball-aegypten-anerkennung-100.html, (Zugriff: 16.10.2024); **18.f.** Ute Friesen, Marcus Würmli: Bertelsmann Kinder Länderlexikon. Wissen Media Verlag Gütersloh 2004, S. 144.; Zur besseren altersgemäßen Verständlichkeit wurde der Originaltext verändert, ohne den Inhalt und/oder Sinn zu verändern.; **22** Nicole Röndigs: Freeskiing: Total abgefahren! GEOlino Nr. 2/2017, S. 36-40.; **24** Jan Roß: Lernen unter der Brücke. In: ZEIT Leo Nr. 2/2016, S. 20–24.; **33** Robert Gernhard: Ich höre was, was du nicht siehst. Insel Frankfurt/M.1975, S. 21.; **39** Irmela Wendt: Geh und spiel mit dem Riesen. Geschichten, Bilder, Gedichte, Rätsel, Texte, Spiele, Szenen, Comics. 1. Jahrbuch der Kinderliteratur. Hrsg v. Hans-Joachim Gelberg. Beltz & Gelberg Weinheim 1971, S. 153.; **40** Irmela Wendt: Geh und spiel mit dem Riesen. Geschichten, Bilder, Gedichte, Rätsel, Texte, Spiele, Szenen, Comics. 1. Jahrbuch der Kinderliteratur. Hrsg v. Hans-Joachim Gelberg. Beltz & Gelberg Weinheim 1971, S. 153.; **41** Uwe Timm: Rennschwein Rudi Rüssel. Nagel & Kimche Zürich 1989, S. 8-11.; **44.f.** David Walliams: Gangsta-Oma. Übers. v. Salah Naoura. Rowohlt Reinbek b. Hamburg 2016, S. 19-22, 43-45; **45** David Walliams: Gangsta-Oma. Übers. v. Salah Naoura. Rowohlt Reinbek b. Hamburg 2016, S. 19-22, 43-45; **47** Jürgen Banscherus: Der Wald der Abenteuer. Ich schenk dir eine Geschichte. Hrsg. von der Stiftung Lesen. cbj München 2013, S. 31-34.; **48.f.** Adolf Himmel: Fauler Zauber auf Schloss Fionn. In: Fantastische Geschichten für junge Leser. Hrsg. v. Susanne Gaschke. Zeitverlag Gerd Bucerius Hamburg 2008, S. 84-87.; **50** Adolf Himmel: Fauler Zauber auf Schloss Fionn. In: Fantastische Geschichten für junge Leser. Hrsg. v. Susanne Gaschke. Zeitverlag Gerd Bucerius Hamburg 2008, S. 84-87.; **60.f.** Verena Reinhardt: Der Hummelreiter Friedrich Löwenmaul. Beltz & Gelberg Weinheim 2016, S. 37-41.; **62** Verena Reinhardt: Der Hummelreiter Friedrich Löwenmaul. Beltz & Gelberg Weinheim 2016, S. 37-41.; **63** Cornelia Funke: Das Monster im Kühlschrank. In: Cornelia Funke erzählt von Bücherfressern, Dachbodengespenstern und anderen Helden. Loewe Verlag Bindlach 2004, S. 132.; **71** Ursula Kopp: NEUES GROSSES TIERLEXIKON IN FARBE. Compact Verlag München 2000, S. 285.; **75** Nasenbär. Unter: https://www.zoo-hannover.de/de/artenschutz-bildung/tier-lexikon/nasenbaer (Zugriff 30.10.2019, bearb.); **87** Andreas Steinhöfel: Rico, Oskar und die Tieferschatten. Carlsen Verlag Hamburg 2008, S. 11.; **89** Hayfa Al Mansour: Das Mädchen Wadjda. Übers. Catrin Frischer. cbt München 2015, S. 7.; „Gangsta-Oma" und „Terror-Tantchen" von David Walliams. (27.08.2016) Unter: https://kinderbuchexperten.wordpress.com/2016/08/27/gangsta-oma-und-terror-tantchen-von-david-walliams/ (Zugriff 26.09.2018, gek.); **89.f.** Rick Riordan: Percy Jackson. Diebe im Olymp. Übers. v. Gabriele Haefs. Carlsen Verlag Hamburg 2006, S. 108f.; **92** Jutta Rinas: Warum hilft Lachen gegen Angst? Interview mit Andreas Steinhöfel. (28.10.2016) Unter: https://www.rnd.de/promis/warum-hilft-lachen-gegen-angst-GUJYDBGOTHGIOK3KY7P3K2PK5E.html (Zugriff 21.11.2024, gek.); Karin Hahn: „Rico soll immer glücklicher werden." Interview mit Andreas Steinhöfel. Unter: www.kinderbuch-couch.de, 2008 (Zugriff 24.03.2020, gek.); **93** Andreas Steinhöfel: Rico, Oskar und die Tieferschatten. Carlsen Verlag Hamburg 2008, S. 32-36; **95** Andreas Steinhöfel: Rico, Oskar und die Tieferschatten. Carlsen Verlag Hamburg 2008, S. 130-132.; **96** Andreas Steinhöfel: Rico, Oskar und die Tieferschatten. Carlsen Verlag Hamburg 2008, S. 209-211.; **97** Andreas Steinhöfel: Rico, Oskar und die Tieferschatten. Carlsen Verlag Hamburg 2008, S. 32, S. 218; **98** Anna Ruhe: Seeland. Per Anhalter zum Strudelschlund. Arena Verlag Würzburg 2015, S. 65-71.; **99** Anna Ruhe: Seeland. Per Anhalter zum Strudelschlund. Arena Verlag Würzburg 2015, S. 200f.; **100** José García: Interview mit Regisseurin Neele Leana Vollmar zum Film „Rico, Oskar und die Tieferschatten". (09.07.2014) Unter: http://www.erziehungstrends.net/Rico-Oskar-und-die-Tieferschatten (Zugriff 24.03.2020, gek.); Neele Leana Vollmar im Interview mit Oliver Armknecht. (27.08.2019) Unter: https://www.film-rezensionen.de/impressum/ (Zugriff 21.11.2024, gek.); **106** Andreas Steinhöfel: Rico, Oskar und die Tieferschatten. Carlsen Verlag Hamburg 2008, S. 205-207; **107** „Ich habe mich gefragt, wie sich ein Kind fühlt, das nicht so tickt wie die anderen." (10.07.2017) Interview von Andreas Busche mit Andreas Steinhöfel. Unter: https://www.kinofenster.de/filme/archiv-film-des-monats/kf1407-08/andreas-steinhoefel-kf1407-08/ (Zugriff 23.10.2018); Cornelia Funke im Gespräch mit Stefan Hauck: „Ein Film schrumpft mir meine Fliegenden Teppiche zu einem Taschentuch". (09.03.2015) Unter: https://www.boersenblatt.net/artikel-cornelia_funke_im_gespraech.947717.html (Zugriff 13.11.2018, gek.); **108** Jacob und Wilhelm Grimm: Jorinde und Joringel. In: Märchen der Brüder Grimm. Knauer Verlag München 2003.; **110.f.** Jacob und Wilhelm Grimm: Die drei Federn. In: Brüder Grimm: Kinder- und Hausmärchen. Hrsg. v. Heinz Rölleke. Reclam Stuttgart 2009, S. 273-276; **113.f.** Aladdin und die Wunderlampe. Frei nach dem Märchen aus 1001 Nacht „Aladdin und die Wunderlampe". Übers. v. Sigrid Eicher. Delphin Verlag Köln 1990.; **115** Aladdin und die Wunderlampe. Frei nach dem Märchen aus 1001 Nacht „Aladdin und die Wunderlampe". Übers. v. Sigrid Eicher. Delphin Verlag Köln 1990.; **116** Jacob und Wilhelm Grimm: Jorinde und Joringel. In: Märchen der Brüder Grimm. Knauer Verlag München 2003.; **119.f.** Franz Hohler: Die drei Gärtner. In: Ders.: Das grosse Buch. Geschichten für Kinder. Hanser Verlag München 2009, S. 293-297.; **121.f.** Jacob und Wilhelm Grimm: Rumpelstilzchen. In: Brüder Grimm: Kinder- und Hausmärchen. Hrsg. v. Heinz Rölleke. Reclam Stuttgart 2009, S. 273-276; **124** Die Sage von der Sibylle von der Teck. Unter: http://www.sagen.at/texte/sagen/deutschland/baden_wuerttemberg/sibylle-vonderteck.html (Zugriff 24.02.2021); **125** Badisches Sagen-Buch II. Hrsg. v. August Schnezler. Creuzbauer und Kasper Karlsruhe 1846, S. 641f.; **126** Thomas Schorradt: Vorsichtsmaßnahme: Wielandstein zum Sperrgebiet erklärt. (16.01.2015) Unter: https://www.stuttgarter-zeitung.de/inhalt.vorsichtsmassnahme-wielandstein-zum-sperrgebiet-erklaert.6145d345-5c8c-4850-bdb5-114ca306dd80.html (Zugriff 21.11.2024, gek.); **127** Hans Matt-Willmatt: Die Teufelsküche. Aus: Max Rieple: Sagen und Schwänke vom Schwarzwald. Südverlag Konstanz 1994, S. 173; **127** Eine Maus verhilft einem Bergmann zu Reichtum. Aus: Max Rieple: Sagen und Schwänke vom Schwarzwald. Konstanz, Südverlag, 1994, S. 169; **131** Eduard Mörike: Er ist's. In: Wenn es Frühling wird. Hrsg. v. Dagmar Binder. Patmos Verlag Mannheim 2001, S. 13.; Issa: Haiku. In: Auf einen Atemzug. Klassische Haiku. Hrsg. v. Dietrich Krusche. dtv München 1994, S. 14.; Hanna Johansen: Ein Baum. In: Sieben Ziegen fliegen durch die Nacht. Hundert neue Kindergedichte. Hrsg. v. Uwe-Michael Gutzschhahn. dtv, München 2018, S. 113; **132** Erwin Moser: Gewitter. In: Überall und neben dir. Gedichte für Kinder in sieben Abteilungen. Hrsg. v. Hans-Joachim Gelberg. Beltz & Gelberg Weinheim/Basel 1986, S. 260.; Peter Hacks: Der Flohmarkt. Gedichte für Kinder. Eulenspiegel-Verlag Berlin 2001, S. 7.; **134** Ilse Kleberger: Sommer. In: Die Stadt der Kinder. Hrsg. v. Hans-Joachim Gelberg. Beltz & Gelberg Weinheim/Basel 1999, S. 175.; **135** Peter Maiwald: Regentag. In: Großer Ozean. Gedichte für alle. Hrsg. v. Hans-Joachim Gelberg. Beltz & Gelberg Weinheim/Basel 2000/2006, S. 109.; Josef Guggenmos: Ich will dir was verraten. Beltz & Gelberg Weinheim/Basel 1989.; **136** Elisabeth Borchers: Und oben schwimmt die Sonne davon. Ellermann München 1965.; **138** Heinrich Seidel: November. Unter: http://gutenberg.spiegel.de/buch/gedichte-9876/4 (Zugriff 27.09.2018); **139** Peter Hacks: Der Flohmarkt. Eulenspiegel-Verlag, Berlin 2001; Christine Busta: Die Zauberin Frau Zappelzeh, Gereimtes und Ungereimtes für Kinder und Freunde. Otto Müller Verlag Salzburg 1991, S. 4.; **141** Wolfgang Bächler: Ausbrechen. Gedichte aus 30 Jahren. S. Fischer Frankfurt/M. 1976, S. 146; Horst Samson: Der Herbst kommt über ins. In: Sieben Ziegen fliegen durch die Nacht. Hrsg. v. Uwe-Michael Gutzschhahn. dtv München: 2018, S. 112; **142** Unter: http://www.medienwerkstatt-online.de/lws_wissen/vorlagen/showcard.php?id=9109&edit=0 (Zugriff 27.09.2018, gek.); **144** Georg Bydlinski: Garten. In: Zauberwort. Die schönsten Gedichte für Kinder aus vier Jahrhunderten. Hrsg. v. Rita Harenski. Arena Verlag Würzburg 2004, S. 19.; **145** Fredrik Vahle: Geschichte vom Blatt am Baum. In: Zauberwort. Die schönsten Gedichte für Kinder aus vier Jahrhunderten. Hrsg. v. Rita Harenski. Arena Würzburg 2004, S. 98f.; **147** Sagen Sie jetzt nichts, Jasna Fritzi Bauer. In: Süddeutsche Zeitung Magazin Nr. 31/2015 v. 03.08.2015. Unter: https://sz-magazin.sueddeutsche.de/sagen-sie-jetzt-nichts/sagen-sie-jetzt-nichts-jasna-fritzi-bauer-81499 (Zugriff 01.10.2018); **148.f.** Dornröschen - Märchen der Brüder Grimm. Nach: Jacob Grimm, Wilhelm Grimm, Berlin 1825/1843, Schreibweise angepasst. Unter: http://maerchen-welt.eu/deutschland/grimm/dornroeschen_maerchen.htm (Zugriff 03.12.2024); **151** Astrid Lindgren: Pippi in der Schule. (Theaterstück) Bearb. v. Silke von Hacht. Verlag für Kindertheater Weitendorf Hamburg 1981.; **154** Rafik Schami: Eine Hand voller Sterne. Beltz & Gelberg Weinheim 1987, S.87f.; **162** Inhaltsverzeichnis Dein Spiegel 10/2024 (bearbeitet) S. 4-5 © SPIEGEL-Verlag Rudolf Augstein GmbH & Co. KG; **166** Renate Peter: Fragen über Fragen. In: Die Erde ist mein Haus. 8. Jahrbuch der Kinderliteratur. Hrsg. v. Hans-Joachim Gelberg. Beltz & Gelberg Weinheim 1988, S. 145.; **167** Käthe Recheis: Das neue Schimpfwörter-Abc. In: Das Sprachbastelbuch. Schreib deinen Namen auf, was reimt sich drauf? Hrsg. v. Helmut Leiter u. Gerri Zotter. G & G Verlagsgesellschaft 2005, S. 27; **169** Michale Ende: Kuriose Briefe. In: Winfried Ulrich: Linguistik für den Deutschunterricht. Hahner Verlagsgesellschaft Aachen 1992, S. 149.; **170** Friedrich Karl Waechter: Opa Huckes Mitmachkabinett. Beltz & Gelberg Weinheim 1974, S. 36.; **171** Franz Fühmann: Die dampfenden Hälse der Pferde im Turm von Babel. Kinderbuchverlag Berlin 1996, 13-16.; **172** Max Wey: Diese Handymenschen! Wenn sie doch schwiegen! In: Die Weltwoche Nr. 44/2006 v. 02. 11. 2006, S. 68.; **174** Hans Manz: Ich. In: Was für ein Glück. Hrsg. v. Hans-Joachim Gelberg. 9. Jahrbuch der Kinderliteratur. Beltz & Gelberg, Weinheim 1993, S. 216; Franz Fühmann: Die dampfenden Hälse der Pferde im Turm von Babel. Kinderbuchverlag Berlin 1996, S. 287.; **175** Gerda Anger-Schmidt: Muss man Miezen siezen? Arena Würzburg 2010, S. 32.; Andreas Brunsch: Die längsten Wörter der Welt. Baumhaus Köln 2017.; **177** Walter Moers: Die 13 1/2 Leben des Käpt'n Blaubär. Goldmann München 1990. S. 60f.; **182** Bernhard Lassahn: Käpt'n Blaubärs Geschichtenbuch. Otto Maier. Ravensburg 1991, S. 37ff.; **185** Walter Moers: Die 13 1/2 Leben des Käpt'n Blaubär. Goldmann München 1990. S. 21f.; **188** Pludra, Benno: Das Herz des Piraten. Kinderbuchverlag Berlin 1985.; **194** Walter Moers, Die 13 1/2 Leben des Käpt'n Blaubär © Penguin Verlag München, in der Verlagsgruppe Random House GmbH; **195** Walter Moers, Die 13 1/2 Leben des Käpt'n Blaubär © Penguin Verlag München, in der Verlagsgruppe Random House GmbH; **198** In: Da lachen selbst Piraten. Die besten Kinderwitze. Hrsg. v. Philip Kiefer. cbj München 2008, S. 15.; **208** Carsten Kühntopp: Der Turm des Kalifen überragt sie alle. (04.01.2010) Unter: https://tsarchive.wordpress.com/2010/01/04/turmvondubai102/ (Zugriff 04.05.2020, bearb.); Zur besseren altersgemäßen Verständlichkeit wurde der Originaltext verändert, ohne den Inhalt und/oder Sinn zu verändern.; **216** Alke Kissel, Manfred Rohrbeck: Weltwunder. Beeindruckende Bauwerke von der Antike bis heute © 2008 Coppenrath Verlag GmbH & Co. Kg, Hafenweg 30, 48155 Münster; **220** Alke Kissel, Manfred Rohrbeck: Weltwunder. Beeindruckende Bauwerke von der Antike bis heute. Coppenrath Verlag Münster 2008, S. 10.; **232** Elke Bräunling: Die Fastnachtswette. Unter: https://www.elkeskindergeschichten.de/2014/02/20/die-fastnachtswette/ (Zugriff 27.09.2018, bearb.); Zur besseren altersgemäßen Verständlichkeit wurde der Originaltext verändert, ohne den Inhalt und/oder Sinn zu verändern.; **241** Regina Rusch, Kirstin Otto: PuR – Biken, Skaten, Boarden. In: 15x Sport und Abenteuer. Beltz & Gelberg Weinheim 2003, S. 46 und 76; Zur besseren altersgemäßen Verständlichkeit wurde der Originaltext verändert, ohne den Inhalt und/oder Sinn zu verändern.; **244** Regina Rusch, Kirstin Otto: PuR – Biken, Skaten, Boarden. In: 15x Sport und Abenteuer. Beltz & Gelberg Weinheim 2003, S. 21ff.; Zur besseren altersgemäßen Verständlichkeit wurde der Originaltext verändert, ohne den Inhalt und/oder Sinn zu verändern.; **248** Waltraud Moegle: Das Labyrinth des Wissens. In: Sport und Rekorde. Carlsen Hamburg 2010, S. 9; Zur besseren altersgemäßen Verständlichkeit wurde der Originaltext verändert, ohne den Inhalt und/oder Sinn zu verändern.; **249** Waltraud Moegle: Das Labyrinth des Wissens. In: Sport und Rekorde. Carlsen Hamburg 2010, S. 26; Zur besseren altersgemäßen Verständlichkeit wurde der Originaltext verändert, ohne den Inhalt und/oder Sinn zu verändern.; **250** Elmar Brümmer: Sport. Was ist was? Bd. 49. Tessloff Nürnberg 2006, S. 48; Zur besseren altersgemäßen Verständlichkeit wurde der Originaltext verändert, ohne den Inhalt und/oder Sinn zu verändern.; **256** Angelika Endell, Doris Jung-Ostermann, Gerd Schemel, Horst Schierhorn, Burkhard Vollmers: Geradeaus Sprachbuch sechs. Ernst Klett Stuttgart 1996, S. 117.; **263** Waltraud Moegle: Das Labyrinth des Wissens. In: Sport und Rekorde. Carlsen Hamburg 2010, S. 10; Zur besseren altersgemäßen Verständlichkeit wurde der Originaltext verändert, ohne den Inhalt und/oder Sinn zu verändern.; **314** Reiner Kunze: Das Holunderwunder. Aus: Ders.: Was macht die Biene auf dem Meer? Gedichte für Kinder, Mütter, Väter, Großmütter und Großväter. S. Fischer Frankfurt/M. 2011, S. 16; Hubert Schirneck: Windgedicht. Aus: Großer Ozean. Gedichte für alle. Hrsg. v. Hans-Joachim Gelberg. Beltz & Gelberg Weinheim 2006.; **315** Christine Busta: April. In: Das Buch vom Winter. Ein Familien- und Hausbuch mit Geschichten und Gedichten von einst und jetzt. Hrsg. v. Helmut Leiter. Jugend und Volk Wien 1984, S. 194.; **316** F. W. Bernstein: Morgenstund. Aus: Ders.: Frische Gedichte. Verlag Anje Kunstmann München 2017, S. 13; **320** Andreas Steinhöfel: Rico, Oskar und das Vommhimmelhoch. Carlsen Hamburg, 2017, S. 77-80; **323** Astrid Lindgren: Pippi Langstrumpf. Übers. v. Silke von Hacht. Chronos Theatertexte/Verlag für Kindertheater Weitendorf Hamburg 1981, S. 52-54.; **339** Eino Zeller, Ludwig Spangler: Total beknackt. Kinder- und Schülerwitze. Bassermannsche Verlagsbuchhandlung Niedernhausen/Ts. 1988/1990, S. 152.

Bildquellen

Cover plainpicture GmbH & Co. KG, Hamburg (DEEPOL by plainpicture/Christopher Villano); **10.1** Alamy stock photo, Abingdon (LightField Studios Inc.); **10.2** Getty Images Plus, München (E+ / fotografixx); **10.3** iStockphoto, Calgary, Alberta (E+/FatCamera); **10.4** Getty Images Plus, München (E+ / fotografixx); **11.A** Roßa, Nadine, Berlin; **11.B** Roßa, Nadine, Berlin; **13.oben** Nicolaus-Cusanus-Gymnasium, Bergisch Gladbach; **13.unten** Oertel, Katrin, Münster; **18** laif, Köln (Darron R. Silva/Cavan Images); Ernst Klett Verlag GmbH, Stuttgart; **19** Wieland, Tobias, Celle; Ernst Klett Verlag GmbH, Stuttgart; **20** Goedelt, Marion, Berlin; **22** Getty Images Plus, München (iStock / innlens); **24** Getty Images Plus, München (E+ / triloks); **25** www.fragfinn.de; **27** Goedelt, Marion, Berlin; **28** Goedelt, Marion, Berlin; **30** Getty Images, München (Nigel Waldron); **32** Aus: e.o. plauen „Vater und Sohn" in Gesamtausgabe Erich Ohser © Südverlag GmbH, Konstanz, 2000; **33** Oertel, Katrin, Münster; **34** Bohn, Maja, Berlin; **35** Wieland, Tobias, Celle; **36** Frampton, Iris, Münster; **37** ShutterStock.com RF, New York (Cosmic_Design); **37** Getty Images Plus, München (DigitalVision Vectors / Vectorios2016); **39** Oertel, Katrin, Münster; **41** stock.adobe.com, Dublin (DerPaparazzo); **44** Oertel, Katrin, Münster; **46** Oser, Liliane, Hamburg; **48** Adolf Himmel: Fauler Zauber auf Schloss Fionn, Zeitverlag Gerd Bucerius, 2008; **49** Bohn, Maja, Berlin; **50** Oertel, Katrin, Münster; **51.1** Getty Images Plus, München (E+ / Geber86); **51.2** Mauritius Images, Mittenwald; **51.3** 123rf Germany, c/o Inmagine GmbH, Nidderau (Liudmyla Boichenko); **53** Bohn, Maja, Berlin; **55** Goedelt, Marion, Berlin; **55** Wieland, Tobias, Celle; **57** Oertel, Katrin, Münster; **61** Bohn, Maja, Berlin; **63.1** Dixit/Libellud; **63.2** Dixit/Libellud; **63.3** Dixit/Libellud; **64** Oertel, Katrin, Münster; **65** Oertel, Katrin, Münster; **66** Illustrationen von Anke Kuhl aus „Lola rast" von Wilfried von Bredow © 2009 by Klett Kinderbuch, Leipzig; **67** Oertel, Katrin, Münster; **68** Illustrationen von Anke Kuhl aus „Lola rast" von Wilfried von Bredow © 2009 by Klett Kinderbuch, Leipzig; **69** dodotes illustrations, Berlin; **70** www.panthermedia.net, München (mdurinik); **71** 123rf Germany, c/o Inmagine GmbH, Nidderau (Predrag Kostin); **72** Picture Press, Hamburg (M. Watson / Ardea); **74** action press international gmbh, Hamburg (OT, IBRAHIM); **76** Kranenberg, Hendrik, Drolshagen; **77** Goedelt, Marion, Berlin; **78** ShutterStock.com RF, New York (Yair Leibovich); **79.oben** Thinkstock, München (Musat); **79.unten** iStockphoto, Calgary, Alberta (iStock / fsimeoni); **80** Alamy stock photo, Abingdon (Sergio Azenha); **81** Goedelt, Marion, Berlin; **82** Goedelt, Marion, Berlin; **83** Mit freundlicher Genehmigung: © frechverlag, 2018 - TOPP 7502 - „Nistkästen und Futterstellen rund ums Jahr"; **84** stock.adobe.com, Dublin (miss_mafalda); **85** stock.adobe.com, Dublin (Maciej Czekajewski); **86.1** Rico, Oskar und die Tieferschatten, R: Neele Leana Vollmar, D 2014 © Lieblingsfilm GmbH, München / Twentieth Century Fox Home Entertainment Germany GmbH, Frankfurt; **86.2** Percy Jackson - Diebe im Olymp, USA/Kanada 2010, Regie: Chris Columbus, Produktion: Fox 2000 Pic./1492 Pic./Imprint Ent., Verleih: Twentieth Century Fox, Hauptdarsteller: Logan Lerman, Rosario Dawson, Uma Thurman © Alamy stock photo, Abingdon (Moviestore collection Ltd); **87.3** Ronja Räubertochter, Schweden/Norwegen 1984, Regie: Tage Danielsson, Produktion: Svensk Filmindustri/Svenska Ord/Norsk/SvTV 1/Fiction/Film-Teknik, Verleih: Jugendfilm/Progress, Hauptdarsteller: Hanna Zetterberg, Dan Håfström © Alamy stock photo, Abingdon (United Archives GmbH/TBM); **87.4** Die unendliche Geschichte II - Auf der Suche nach Phantasien, Deutschland 1989, Regie: George Miller, Produktion: The Neverending Story Film/Cine Vox, Verleih: Warner Bros., Hauptdarsteller: Jonathan Brandis, Kenny Morrison, Clarissa Burt © ddp images GmbH, Hamburg; **88.Mitte** David Walliams: Gangsta-Oma, Übersetzt von Salah Naoura, rororo rotfuchs 2016; **88.links** Stefanie Höfler: Feuerwanzen lügen nicht © 2024 Gulliver in der Verlagsgruppe Beltz & Gelberg, Weinheim; **88.rechts** Hayfa Al Mansour: Das Mädchen Wadjda, Übersetzung von Catrin Frischer, cbt, München 2017; **90** © Benjamin Gottwald/AKJ; **91** Goedelt, Marion, Berlin; **91.A/B** Goedelt, Marion, Berlin; **92** Picture-Alliance, Frankfurt/M. (dpa/Arne Dedert); **94** Oertel, Katrin, Münster; **95** Oertel, Katrin, Münster; **96** Oertel, Katrin, Münster; **98** Goedelt, Marion, Berlin; **101** Rico, Oskar und die Tieferschatten, R: Neele Leana Vollmar, D 2014 © Lieblingsfilm GmbH, München / Twentieth Century Fox Home Entertainment Germany GmbH, Frankfurt; **102** Rico, Oskar und die Tieferschatten, R: Neele Leana Vollmar, D 2014 © Lieblingsfilm GmbH, München / Twentieth Century Fox Home Entertainment Germany GmbH, Frankfurt; **103** Rico, Oskar und die Tieferschatten, R: Neele Leana Vollmar, D 2014 © Lieblingsfilm GmbH, München / Twentieth Century Fox Home Entertainment Germany GmbH, Frankfurt; **104** Rico, Oskar und die Tieferschatten, R: Neele Leana Vollmar, D 2014 © Lieblingsfilm GmbH, München / Twentieth Century Fox Home Entertainment Germany GmbH, Frankfurt; Goedelt, Marion, Berlin; **105** Mahnkopf, Dorothee, Diez a.d. Lahn; **107** Rico, Oskar und die Tieferschatten, R: Neele Leana Vollmar, D 2014 © Lieblingsfilm GmbH, München / Twentieth Century Fox Home Entertainment Germany GmbH, Frankfurt; **108** Goedelt, Marion, Berlin; **110** Oertel, Katrin, Münster; **112** Oertel, Katrin, Münster; **116** Oertel, Katrin, Münster; **119** Oertel, Katrin, Münster; **121** Oertel, Katrin, Münster; **123** Goedelt, Marion, Berlin; **124** ShutterStock.com RF, New York (Juergen Faelchle); **125** Schwarwel, Leipzig; **126** dodotes illustrations, Berlin; **127** dodotes illustrations, Berlin; **128** Häntsch, Uwe, Berlin; **129** Hesselbarth, Susann, Leipzig; **130** Getty Images Plus, München (E+ / Imgorthand); **132** Oertel, Katrin, Münster; **134** Bohn, Maja, Berlin; **136** Mahnkopf, Dorothee, Diez a.d. Lahn; **137** Bohn, Maja, Berlin; **138** Bohn, Maja, Berlin; **139** Bohn, Maja, Berlin; Wiemers, Sabine, Düsseldorf; **140** Oertel, Katrin, Münster; **141** Lange, Katrina, Berlin; **142** Lange, Katrina, Berlin; **144** Goedelt, Marion, Berlin; **145** Oertel, Katrin, Münster; **147** SZ Magazin, Heft 31/2015 © Jasna Fritzi Bauer - lindenfels_public relations / Foto: Frank Bauer, München; **148** Ablang, Friederike, Berlin; **149** Goedelt, Marion, Berlin; **150.1** ShutterStock.com RF, New York (Cookie Studio); **150.2** ShutterStock.com RF, New York (Cookie Studio); **150.3** ShutterStock.com RF, New York (Cookie Studio); **150.4** ShutterStock.com RF, New York (Cookie Studio); **150.5** ShutterStock.com RF, New York (Cookie Studio); **151** Pippi geht von Bord, Schweden/BRD 1969, Regie: Olle Hellbom, Produktion: KB Nord Art/Beta/Iduna/AB Svensk Filmindustri, Verleih: Constantin, Hauptdarsteller: Inger Nilsson, Pär Sundberg © Picture-Alliance, Frankfurt (United Archives/IFTN); **152** Oertel, Katrin, Münster; **153** ShutterStock.com RF, New York (Alex Vog); **154** Goedelt, Marion, Berlin; **155** SZ Magazin, Heft 31/2015 © Jasna Fritzi Bauer - lindenfels_public relations / Foto: Frank Bauer, München; **156** Goedelt, Marion, Berlin; **157.1** Picture-Alliance, Frankfurt/M. (dpa/Benjamin Westhoff); **157.2** ShutterStock.com RF, New York (DFree); **157.3** SPIDER-MAN 3, USA 2007, Regie: Sam Raimi, Produktion: Columbia Pic./Marvel Ent./Laura Ziskin Prod., Verleih: Sony, Hauptdarsteller: Tobey Maguire, Thomas Haden Church, Kirsten Dunst © Alamy stock photo, Abingdon (Moviestore collection Ltd); **157.4** Picture-Alliance, Frankfurt/M. (zz/John Nacion/STAR MAX/IPx); **157.5** ZDF/Maximilian von Lachner (Maral Bazargani); **157.6** Picture-Alliance, Frankfurt/M. (Maximilian Koch); **158** Fotosatz_Buck, Kumhausen/Hachelstuhl nach: KIM-Studie 2022 © Medienpädagogischer Forschungsverbund Südwest (mpfs) www.mpfs.de; **159** Getty Images Plus, München (iStock / zeljkosantrac); **160** Fotosatz_Buck, Kumhausen/Hachelstuhl nach: KIM-Studie 2022 © Medienpädagogischer Forschungsverbund Südwest (mpfs) www.mpfs.de; **161** Dein Spiegel 10/2024 © SPIEGEL-Verlag Rudolf Augstein GmbH & Co. KG; **161** © Bauer Media Group/BRAVO Sport, Abbildungen: Florian Wirtz - Getty Images, München (Bayer 04 Leverkusen/Jörg Schüler/Kontributor); Julian Brandt - Getty Images, München (Borussia Dortmund/Alexandre Simoes/Kontributor); Patrick Mahomes - Getty Images, München (Icon Sportswire/Kontributor/David Rosenblum); Amon-Ra St. Brown - Getty Images, München (Icon Sportswire/Kontributor/Steven King); Kylian Mbappe - Getty Images, München (Getty Images Sport/Quality Sport Images/Kontributor/Alvaro Medranda); Xavi Simons - Getty Images, München (Getty Images Sport/Luciano Lima/Kontributor); Jamal Musiala - Getty Images, München (Getty Images Sport/Sebastian El-Saqqa - firo sportphoto/Kontributor); Karim Adeyemi - IMAGO, Berlin (imago sport/RHR-Foto/Dennis Ewert); Kevin Volland - IMAGO, Berlin (imago sport/Jan Huebner); Jamal Musiala, Rafael Leão, Erling Haaland, Jude Bellingham, Lamine Yamal - 2023-24 TOPPS Superstars UEFA Club Competitions Soccer Card; Angelo Caro Red Bull Pool Drop München 2024 - Marcel Lämmerhirt/Red Bull Content Pool; **162** Fotosatz_Buck, Kumhausen/Hachelstuhl Quelle:Inhaltsverzeichnis Dein Spiegel 10/2024 (bearbeitet) S. 4-5 © SPIEGEL-Verlag Rudolf Augstein GmbH & Co. KG; **163** Oertel, Katrin, Münster; **164** www.CartoonStock.com, Bath (Marty Bucella); Fotosatz_Buck, Kumhausen/Hachelstuhl; Abbildungen: nach: JIM-Studie 2024 © Medienpädagogischer Forschungsverbund Südwest (mpfs) www.mpfs.de; **166** Oertel, Katrin, Münster; Wieland, Tobias, Celle; **168** Haitzinger, Horst, München; **169** Oertel, Katrin, Münster; **170** © Erbengemeinschaft F. K. Waechter; **172** Oertel, Katrin, Münster; **173** Nutzung des Screenshots Microsoft Word 365 mit freundlicher Genehmigung der Microsoft Corporation.; Fröhlich, Anke, Leipzig; **174** Bohn, Maja, Berlin; **175** Aus: Andreas Brunsch / Daniel Ernle, Die längsten Wörter der Welt, Köln 2017. Courtesy of Baumhaus Verlag ein Imprint der Bastei Lübbe AG; **176** Voets, Inge, Berlin; **178.1** ShutterStock.com RF, New York (Alvov); **178.2** Corel Corporation Deutschland, Unterschleissheim; **178.3** ShutterStock.com RF, New York (Pung); **178.4** ShutterStock.com RF, New York (Dima Zel); **181** Oertel, Katrin, Münster; **182** Oser, Liliane, Hamburg; **183** ShutterStock.com RF, New York (Ian Ratcliffe); **184** Getty Images Plus, München (iStock Unreleased/kodachrome25); **185** Goedelt, Marion, Berlin; **186** Goedelt, Marion, Berlin; **187** Voets, Inge, Berlin; **188** Goedelt, Marion, Berlin; **190** Rau, Katja, Berglen; **193** Goedelt, Marion, Berlin; **194** Goedelt, Marion, Berlin; **195** Goedelt, Marion, Berlin; **196** Alamy stock photo, Abingdon (imageBROKER); **197** Oertel, Katrin, Münster; **198** Oertel, Katrin, Münster; **199** Oertel, Katrin, Münster; **200** IMAGO, Berlin (imago sport/reemedia); **201** Kranenberg, Hendrik, Drolshagen; **203** Haas, Cornelia, Münster; **204** ShutterStock.com RF, New York (JacobLoyacano); **206.1** dreamstime.com, Brentwood, TN (Danbreckwoldt); **206.2** Thinkstock, München (claudiodivizia); **206.3** Corbis RF, Berlin (RF); **207.4** stock.adobe.com, Dublin (Ron Sumners); **207.5** www.panthermedia.net, München (dndavis); **208** ShutterStock.com RF, New York (Feraru Nicolae); **209** Goedelt, Marion, Berlin; **210** akg-images, Berlin (euroluftbild.de/Robert Grahn); **211** stock.adobe.com, Dublin (sweasy); **213** ShutterStock.com RF, New York (TonyV3112); **214** stock.adobe.com, Dublin (Ron Sumners); **215** stock.adobe.com, Dublin (hardyuno); **216** iStockphoto, Calgary, Alberta (Halstenbach); **217.oben** stock.adobe.com, Dublin (Bernd Kröger); **217.unten** stock.adobe.com, Dublin (moofushi); **218** 123rf Germany, c/o Inmagine GmbH, Nidderau (Luciano Mortula); **219.oben** 123rf Germany, c/o Inmagine GmbH, Nidderau (donyanedomam); **219.unten** 123rf Germany, c/o Inmagine GmbH, Nidderau (Sergiy Tryapitsyn); **220** Lange, Katrina, Berlin; **221** ShutterStock.com RF, New York (Styve Reineck); **222.Mitte** iStockphoto, Calgary, Alberta (ekash); **222.oben** iStockphoto, Calgary, Alberta (JayKay57); **222.unten** iStockphoto, Calgary, Alberta (Christopher Steer); **223.o.l. u.l.** Illustration by Robin Stam; **223.o.r.** Picture-Alliance, Frankfurt/M. (dpa / Thomas Burmeister); **223.u.r.** Patrick Sijben; **225** 123rf Germany, c/o Inmagine GmbH, Nidderau (Anastasy Yarmolovich); **227** Goedelt, Marion, Berlin; **229** Oertel, Katrin, Münster; **230** stock.adobe.com, Dublin (Kristin); **232** Bohn, Maja, Berlin; **234** ShutterStock.com RF, New York (Monkey Business Images); **236** iStockphoto, Calgary, Alberta (Daniel Troutman Photography); **239** ShutterStock.com RF, New York (Zurijeta); **240.oben** IMAGO, Berlin (Sportfoto Rudel); **240.rechts** iStockphoto, Calgary, Alberta (Joseph C. Justice Jr.); **240.unten** Thomas Weccard Fotodesign BFF, Ludwigsburg; **242** Getty Images, München (Corbis / © 2016 Mikael Väisänen); **246** Oertel, Katrin, Münster; **247.oben** IMAGO, Berlin (Oliver Schneider); **247.unten** IMAGO, Berlin (Schöne); **248** ShutterStock.com RF, New York (Olga Danylenko); **250** Goedelt, Marion, Berlin; **255** Oertel, Katrin, Münster; **256** Goedelt, Marion, Berlin; **261** dodotes illustrations, Berlin; **263** Goedelt, Marion, Berlin; **265** Oertel, Katrin, Münster; **266** dodotes illustrations, Berlin; **294** Oser, Liliane, Hamburg; **295** Oser, Liliane, Hamburg; **297** Oser, Liliane, Hamburg; **298** Oser, Liliane, Hamburg; **301** Oser, Liliane, Hamburg; **302** Oser, Liliane, Hamburg; **304** Dixit/Libellud; **306** Oser, Liliane, Hamburg; **308** Oser, Liliane, Hamburg; **309** stock.adobe.com, Dublin (Sérgio Agnèlo); **310** Karlie GmbH, Bad Wünnenberg-Haaren; **313** Oser, Liliane, Hamburg; **315** Oser, Liliane, Hamburg; **317** Oser, Liliane, Hamburg; **322** Oser, Liliane, Hamburg; **326** Oser, Liliane, Hamburg; **327** Oser, Liliane, Hamburg; **328** Oser, Liliane, Hamburg; **330** Oser, Liliane, Hamburg; **334** Oser, Liliane, Hamburg; **338** Oser, Liliane, Hamburg; **340** Oser, Liliane, Hamburg; **342** Ernst Klett Verlag GmbH, Stuttgart; **343** Oser, Liliane, Hamburg.

1. Auflage 1 5 4 3 2 1 | 29 28 27 26 25

Herausgeberinnen und Herausgeber: Martina Blatt, Frankfurt a. M.; Heike Henniger, Jahnsdorf; Andreas Zdrallek, Köln
Autorinnen und Autoren: Dr. Thomas Bickelhaupt, Ludwigsburg; Martina Blatt, Frankfurt a. M.; Susanne Büttner, Bonn; Melanie Dutzi, Lauf; Maria Geipel, Leipzig; Barbara Geist, Karlsruhe; Julia Glage, Hannover; Heike Henniger, Jahnsdorf; Katja Hofmann, Kirchhain; Janina Kiehl, Hannover; Claudia Lübeck, Gerlingen; Sascha Moritz, Köln; Sina Ruch, Nusplingen; Dr. Anja Seiffert, Leipzig; Daniel Sieverding, Osnabrück; Suzana Vezjak, Leipzig; Andreas Zdrallek, Köln
Mit Beiträgen von: Susanne Becker, Kelmis; Anika Dombach, Köln; Joachim Dreessen, Hamburg; Florian Eisenburger, Dortmund; Marina Gerking, Verden; Bernd Gockel, Buenos Aires; Michael Höhme, Döbeln; Andy Horschig, Dresden; Susanne Jugl-Sperhake, Lippersdorf; Oliver Klis, Bad Wimpfen; Thomas Labusch, Münster; Dr. Rosemarie Lange, Ruttersdorf; Christina Lorenz, Jena; Holger Müller-Hillebrand, Vettweiß; Waltraud Müller-Ruch, München; Frieder Mutschler, Hechingen; Dr. Maximilian Nutz, München; Conrad Pietschmann, Blaustein; Susann Preußer, Redebber; Hiltrud von Rein, Hamburg; Christina Rutsch, Oberdürenbach; Tim Salgert, Lohmar; Dr. Angelika Schmitt-Kaufhold, Wangen; Elke Wittmann, Chemnitz
Beratung: Dr. Friederike Gruber, Bochum; Eren Hajizadeh-Zaker, Köln; Katja Hofmann, Kirchhain; Prof. Dr. Klaus Maiwald, Augsburg; Anna-Maria Scheerle, Kusterdingen; Karin Sousa, Tübingen

Entstanden in Zusammenarbeit mit dem Projektteam des Verlags.

Umschlag und Layoutgestaltung: normaldesign GbR, Maria und Jens-Peter Becker, Schwäbisch Gmünd
Titelbilder: plainpicture GmbH & Co. KG, Hamburg (DEEPOL by plainpicture/Christopher Villano); Getty Images Plus (LindaYolanda), München
Satz: Fotosatz Buck, Kumhausen
Reproduktion: Meyle + Müller GmbH + Co. KG, Pforzheim
Druck: Industriedruck Brandenburg GmbH, Wustermark

Printed in Germany
ISBN 978-3-12-316342-5

9 783123 163425

Medien zum Schulbuch

1	**Ich – du – wir · Sich und andere informieren**		
10	allgemeiner Eingangstest von der Grundschule zum Gymnasium	Interaktiver Eingangstest	I01
24	Jan Roß: Lernen unter der Brücke	Hörtext + Arbeitsblatt	A01 + D01
27	Sprachenporträts	Arbeitsblatt	D02
2	**Jetzt verstehe ich dich! · Sprachlicher Umgang mit anderen**		
33	Robert Gernhardt: Gesetzt den Fall …	Hörtext	A02
3	**Erlebt – erdacht – erzählt · Mündlich und schriftlich erzählen**		
60	Verena Reinhardt: Der Hummelreiter Friedrich Löwenmaul	Hörtext + Arbeitsblatt	A03 + D03
68	Klassenarbeit: Eine Erzählung zu Bildern verfassen	Beispiellösung	D04
69	Klassenarbeit: Eine Erlebniserzählung verfassen	Beispiellösung	D05
4	**Okapi, Nasenbär & Co. · Tiere und Gegenstände beschreiben**		
75	Der Nasenbär	Hörtext + Arbeitsblatt	A04 + D06
84	Klassenarbeit: Einen Gegenstand beschreiben	Beispiellösung	D07
85	Klassenarbeit: Ein Tier beschreiben	Beispiellösung	D08
5	**Tausend Worte, tausend Bilder · Jugendbücher und ihre filmische Umsetzung entdecken**		
93	Andreas Steinhöfel: Rico, Oskar und die Tieferschatten	Hörtext + Arbeitsblatt	A05 + D09
96	Andreas Steinhöfel: Rico, Oskar und die Tieferschatten	Hörtext + Arbeitsblatt	A06 + D10
6	**Von Wünschen und Träumen · Märchen und Sagen entdecken**		
110	Jacob und Wilhelm Grimm: Die drei Federn	Hörtext + Arbeitsblatt	A07 + D11
119	Franz Hohler: Die drei Gärtner	Hörtext + Arbeitsblatt	A08 + D12
124	Die Sage von der Sibylle von der Teck	Hörtext + Arbeitsblatt	A09 + D13
125	Die Wettenburg	Hörtext + Arbeitsblatt	A10 + D14
128	Klassenarbeit: Ein Märchen fortsetzen	Beispiellösung	D15
129	Klassenarbeit: Ein Märchen nach Vorgaben schreiben	Beispiellösung	D16
7	**Sommerhitze – Flockenwirbel · Gedichte entdecken**		
134	Ilse Kleberger: Sommer	Hörtext	A11
135	Josef Guggenmos: Ich male mir den Winter	Hörtext	A12
135	Peter Maiwald: Regentag	Hörtext	A13
136	Elisabeth Borchers: November	Hörtext	A14
138	Heinrich Seidel: November	Hörtext	A15
139	Christine Busta: Die Frühlingssonne	Hörtext	A16
141	Wolfgang Bächler: Ins Weiße blickend	Hörtext	A17
142	Wenn die Wetterhexe im Oktober hext	Hörtext	A18
8	**Auf die Bühne! · Szenisch spielen**		
151	Astrid Lindgren: Pippi in der Schule	Hörtext + Arbeitsblatt	A19 + D17
10	**Sprachakrobatik · Wörter bilden, Wörter erkunden**		
172	Diese Handymenschen! Sie reden und reden!	Hörtext + Arbeitsblatt	A20 + D18